HUGO CLAUS

比利时的哀愁

Het verdriet van België

2

〔比利时〕
雨果·克劳斯／著
李双志／译

译林出版社

“我们岂肯接受世事如斯，
我们每日醒来，都当嘴吐白沫，
为这世间尚有不公。”

——雨果·克劳斯

目 录

那一场青春，有别样的烟火

李双志

比利时的小镇，青春期的战争

距今八十年前的那个下午，阳光洒在比利时西弗兰德省一家由修女开设的寄宿学校里。即将年满十一岁的少年路易斯·塞涅夫正偷偷和几个要好的男生在他们的秘密组织"使徒会"里交流所谓的"禁书"，却有修女找到他，把他带到了前来接他回家的父亲和祖父面前。被南非著名作家、2003年诺贝尔文学奖获得者库切称为"战后欧洲最伟大的小说之一"的《比利时的哀愁》有着完全波澜不惊的一个准校园小说的开头。

这部发表于1983年的弗拉芒语小说，的确是以欧洲文学史中常见的成长小说（Bildungsroman）的形式描述了主人公路易斯在比利时小镇里度过的整个青春时光。只不过，这个时间段是从1939年到1947年，也就是比利时经历第二次世界大战的浩劫并在战后艰难重生的时期。所以，这部小说也是一部具有独特视角的编年体战争历史小说。小说分为风格和内容截然不同的两个部分：上半部名为《哀愁》，是战前一年里路易斯在寄宿学校、瓦勒的家和巴斯特赫姆的外祖母家的经历。这里的哀愁既可解作青春期的少年之愁，也可按小说后来揭示的，是这位少年给家人造成的哀愁。路易斯和众多欧美成长小说中的主人公一样，心智早熟、性格敏感、情绪起伏不定、想象力丰富而有恶作剧的冒险趣味，依恋自己的母亲又和自己的同学有着感情纠葛，对学校的修女教师和家中亲戚组成的成人世界既好奇又流露出不屑。实际上，小说作者正是借这个教会学校和这两个普通市民家庭勾画出了一个民风偏于市侩保守、宗教气息浓厚而又政治局势暗流涌动的战前西欧乡镇社会的剪影。在这青春小说前半段的字里行间已经织入了山雨欲来风满楼的战争预兆，为后半段小说中的暴风骤雨做了铺垫。

小说一开始就写到，路易斯的教父也即祖父要求他说“图钉”的时候不用法语而用弗拉芒语。而他们的车上贴了“雷克斯”也即有基督教色彩的法西斯主义政党的宣传单。这些细节正暗示出当时及战争中比利时的复杂政治倾向，而这又和比利时这个小国的历史发展息息相关。

比利时在漫长的中世纪及近代早期一直是低地国家，即广义的尼德兰的一部分，夹在法国与德意志诸邦国之间，曾经轮番被勃艮第王国、神圣罗马帝国（西班牙分支与奥地利分支）和法国统治过。1302年的“金马刺战役”中，当时还被称为弗兰德的北部地区的弗拉芒人曾一度击败过法国的入侵者，但之后仍然没能改变该地区被法国吞并的命运。在拿破仑失败后，比利时一度成为荷兰联合王国的一部分。1830年，比利时从荷兰独立，成立了自己的君主立宪国家。比利时内部则分为讲弗拉芒语（荷兰语的一个分支）的北部地区和讲法语的南部瓦隆大区及讲德语的一小块东部地区。而首都布鲁塞尔虽然位于北部但却同时拥有讲弗拉芒语与讲法语的社群。从19世纪末20世纪初开始，弗拉芒民族主义及弗拉芒独立运动成为比利时国内的一股重要的政治力量。讲弗拉芒语的民众总觉得自己受到法国与亲法分子的排挤而格外仇视对方。纳粹德国利用了这种民族意识和仇法情绪，在战前和战时都大力宣传日耳曼民族共同体，强调低地语与德语的同源性，将弗拉芒人称为德意志民族的兄弟民族而将其纳入泛日耳曼族之中，成功地蛊惑了不少有弗拉芒民族主义思想的比利时人。二战爆发之前，比利时国王列奥普德三世曾宣布比利时中立。二战爆发后，德国在1940年5月大举进犯比利时、荷兰、卢森堡这些低地国家，战争仅仅持续了十八天，比利时国王就宣布了无条件投降。比利时政府流亡英国。德国占领了比利时。

小说下半部《比利时》便从战争乌云压境的1940年写起。这一部分并没有再像第一部分那样分出章节，而是由一个个零散的段落前后缀接而成。这种形式上的变换也可视为一种对时局的隐喻：表面上井然有序、按部就班的生活被战争打乱，进入了无序、纷乱而快速变化的状态。战火已经不可遏制地烧到了路易斯的家园，他和他的家人都卷入了与德国人的种种关联中。路易斯的母亲康斯坦泽为德国人把持的工厂工作而且和德国上司发展出了私情。具有弗拉芒民族主义倾向的父亲更多地是出于功利考虑而想加入与纳粹紧密合作的弗拉芒民族党。而祖父则坚持对统一的比利时的爱国立场。路易斯也一度加入了类似于希特勒青年团的弗兰德纳粹青年团。不少比利时市民都自愿或半自愿地附庸并服务于纳粹德国的占领军，或多或少在意识形态上接受了纳粹版的弗拉芒复兴道路。弗洛伦特叔叔代表了反对德国的少数派，偷偷逃到了英国追随比利时的流亡政府，最终牺牲在战场上。还有康拉德这样坚定的反纳粹斗士，选择参加了地下抵抗组织“白卫队”。比利时占领期的整个政治光谱在此都得到了呈现。到了德国溃败、盟军反攻、比利时光复之时，“白卫队”获得了统治权，开始清理、抓捕曾经与纳粹合作的这些市民，在这片受战乱摧残过的土地上再次制造了恐怖气氛。大尼德兰、弗兰德、弗拉芒独立等口号又被统一的比利时的爱国主义宣传所取代。

少年路易斯在这样的时代动荡中有着不一样的成长。作者在下半部记述战争岁月时也始终没有丢开成长小说的主线，他让主人公在观察周围人的聚散与改变，目睹父母的情变与冲突，出入不同阵营而流转于不同立场的同时也经历自己青春期的躁动和身体的变化，追求认可而遭受挫败，获得初次的性经历并走向文学创作。小说呈现的既不是一个在战争洗礼中成就英勇自我的英雄形象，也不是愤世嫉俗而与家庭、社会决裂的叛逆行迹，而是时代的跌宕起伏与个人的迷惘骚动之间的交叠复合。这里并没有向上的进步或向下的幻灭的线性叙事，而是如小说后半部分的行文格式，沿时间轴线串联起的零散碎片拼合成斑驳迷离的个人兼家国往事。这个初经世事的少年固然在时代洪流中起伏，却没有被裹挟摇落而丧失自我，反而跳脱出宏大叙事与意识形态的执念，以倔强的目光凝视，以鲜活的肉身感知比利时的这一个小角落里的人情波折、世态变迁。这个主观的视角，连同其中嘲讽与自嘲的格调，是小说作者用心经营之处，也正是这部小说格外迷人之处。

主观的视角，奇幻的叙事

如果可以用电影来类比小说，《比利时的哀愁》应当是有滤镜加持，并且经常采用手摇镜头的那种作者电影。

文中大部分情节都是从路易斯这个主角的视角来记述的，时局的发展、家人的离合、人际关系的微妙变动都是通过他听到的对话、他读到的信、他的见闻经历和他的想象传达至读者。以孩童的视角来观察周围世界，用他的直率无邪来反衬成人社会的伪善与堕落，这是世界文学中屡见不鲜的创作手法。与二战相关的文学中，更是有1999年诺贝尔文学奖获得者君特·格拉斯的《铁皮鼓》这样杰出的先例。德国文学评论界也确实将这部小说与《铁皮鼓》相提并论。只不过，这一次在男孩的视角下展现的不再是二战主犯国内部的人心百态，而是一个态度更为暧昧的纳粹附庸国的种种情状。与那个有魔幻现实主义色彩的、不愿长大也就不长大的奥斯卡正相反，路易斯一边观察着周遭世界，一边体验着自己的成长，一步步走进成人世界。

在此过程中，小说作者在文中不断加入这个男生对当前事件的评论，有时放在括号中，仿佛是电影的旁白，有时则直接作为人物的心理独白插入叙事中。有趣的是，在后一种情况下，叙事者的人称也随之来回转换。就在同一段话里，采用第三人称的客观叙事会紧接着自由间接引语（字面上是用第三人称的叙述，实际上是引用某个角色所说的话），然后又毫无过渡地转入以第一人称开始的主观叙事。“路易斯—他—我”其实都指代同一个主人公，但却不断地、密集地来回切换，在文本表层制造出叙述角度的跳跃晃动，打破了恒定而单调的平铺直叙。这种动态、混杂的言说方式虽然会造成一定的阅读困难，但也正符合青春期少年的活跃躁动，仿佛这个“我”不甘心只是作为“他”而被描述，随时会跳出来，向读者表达他的主观感受和心理冲动。下面这一段话就是这样的一个例子：

> 爸爸和教父走进了聚会厅，那里安放着修女亚当和修女恩格尔的灵床。路易斯不能一起去，因为他反正认不出她们来的。他努力找，找到了梨树所在的位置，站在了那儿。我是头猪，因为我恨不得在这场毁灭当中蹦起来，跳起舞来，放声大笑，这场毁

灭是炸到空中的城堡。

对“他”的描述，对“我”的呈现，仿佛两条互相缠绕奔腾而下的叙事之流，构成了叙事层面的复调结构。在外部事件的展开过程中，“我”这个主人公脑洞大开的主观臆想也便以意识流的形式滚涌而出，为现实世界增添了刻意为之的不和谐“杂音”和奇幻的画面。如同写实风格的电影剧情突然加上了具有动画质感的特效。这特效有时出自孩子气的报复式想象，是一种恶作剧式的颠覆把戏，一种嘲谑意味浓厚的反叙事。比如他在遭到家人冷遇时便断定自己并非亲生，而且煞有介事地推理演绎：

> 路易斯知道得很清楚，这个男人不是他的父亲。我也不是妈妈的孩子。连他们自己都不知道，当我睡在新生儿养育房中的襁褓里的时候，就和另一个婴儿调换了。这件事儿只有教父知道，但他守口如瓶，只向他最宠爱的莫娜姑妈透露过，所以她对我的态度总是这么特殊。

这特效有时是各种记忆碎片在自由联想中拼贴成与现实无关的马赛克画面，乍然浮现于日常生活的境遇中，其中往往混杂了宗教意象、历史传说形象和歌剧或流行乐的歌词，映照出的是主人公飘忽波动的心绪与虚实交织的感念。当他感觉自己心仪的挚友对他没有对等的热情时，脑海中便有了一连串的流动图像：

> 路易斯又缩到被子下面去了。弗里格没有心。每个人的心运转得都不一样。弗里格的完全只是一套机械，气缸，曲轴箱。我

的心是一盏长明灯，一有风过就会闪动。心看起来是什么样子的？猫吃心。耶稣指着自己的心，一团火焰。狮心王理查。苏崇王子的心，颤抖，起伏剧烈，可是沉默不语。“我的这颗心全都付与你。”

尤其是书中多次出现的米泽尔，是主人公完全凭空臆想出的、号称“只有四大使徒看得到的”、介于魔鬼与天使之间的一种精灵形象。在主人公的想象里，它们如蜜蜂一样密集飞行，穿梭在主人公的身体和生活空间里。这是属于他自己的童话角色，是他向友人炫耀的秘密，是他孤独时的陪伴，却也是他性发育的见证。米泽尔的反复出现极大地增添了小说叙事的奇幻色彩，只不过这都是让人一眼能看穿的主观幻想，而不是真正的情节上的奇幻设置。这也让这个文本与《铁皮鼓》有了质地与格调上的差别。《比利时的哀愁》是以准奇幻叙事来增强主观视角，突出少年主人公对周围世界的别样感知和浮想联翩，在打破惯常叙述形式与投射人物内心世界方面显示出叙事语言本身的摇曳多姿。

不管是意识流的奔涌之势，还是天马行空的意象挥洒，小说文本都在写实主义的边缘游移，却也恰恰因此格外真实地还原了一个既狂妄到要挣脱现实，又常常自卑而怨念频生的青春期男生的心理波形图。主观的叙事视角和感知方式让整部小说始终充满了一种少年感，并非鲜花怒马，并非青涩纯情，而是略带着痞气的桀骜，弥漫着失落的怅惘，身体欲望在觉醒，意识观念却混沌，善恶正邪不分明，然而一切忌妒、怨怼、悔恨、骄傲、残忍、嫌隙、摇摆、放浪又都洋溢着生命自发生长的新鲜与真实。就在这战火与硝烟的背景上，背叛与疯癫的时代中，那些纷飞的心事与勃发的情欲构成了特殊的青春回忆，一个比利时灵魂的青春回忆。这个灵魂的名字叫雨果·克劳斯。

弗拉芒语文学的巨擘，永远不羁的少年

在小说的结尾处，作者以颇有后现代风格的文本自我指涉方式，暗示了自己与路易斯之间的部分同一性：路易斯在战后参加了征文比赛，将自己的亲身经历写成了小说，带到了出版社。而编辑定下了这部小说的名字：

> “《哀愁》，这是个好标题。另一方面……还缺了点什么。这标题显得……显得……太单调了。每个人都有哀愁。为什么您不写成《为祖国而哀愁》？我常常给我们自家报纸拟标题……”
>
> …………
>
> “或者，简单点，就叫《比利时的哀愁》。英语就是 *The Sorrow of Belgium*。如果您以这个标题得奖了的话，您就可以亮明身份了。”这不是开玩笑的。这不是开玩笑的。

作者在这里似乎在暗示，我们读到的路易斯的故事，就是这部路易斯自己写的《比利时的哀愁》。而路易斯就是作者雨果·克劳斯。路易斯的成长经历，也是作者的成长经历。然而，这其实也是作者与我们读者玩的一个半真半假的身份游戏，而且他还欲盖弥彰地反复强调，关于小说作者的身份，不是开玩笑的。

雨果·莫里斯·朱利安·克劳斯（Hugo Maurice Julien Claus）1929年出生于比利时的布鲁日，他的父亲和路易斯的父亲一样经营一家印刷工坊。他也和路易斯一样于1933—1939年在一所天主教的寄宿

学校里上过学。之后也是在青春期经历了二战。他的许多老师是亲纳粹的弗拉芒民族主义者，而他自己也确实参加了“弗拉芒民族联盟”中的青年团。但战后他很快就转向了左派。

不过，走出青春期的克劳斯也就离开了路易斯的文学世界。而与路易斯不一样的是，他是离开家乡之后才真正踏上作家成长之路，而关于他的青春期经历的小说要很晚才会面世。1946年，他离开了父母家，就读于根特艺术学院。1950—1952年，他在巴黎接触了超现实主义艺术家群体“眼镜蛇”。虽然他最早在1947年就已经发表了诗歌作品，但真正让他走上文坛的是他于1950年开始的小说和戏剧创作。很快，他就表现出了惊人的文艺创作能量、熟练运用各类文体的卓越才华和挑战世俗的勇气。他一生写了三十五部原创剧本，同时翻译、改编了大量戏剧作品；写了超过二十本小说，上千页诗歌。1983年出版的《比利时的哀愁》是其中最为著名的一部代表作，只不过这时克劳斯已年过五十，所以这部小说可以说是他的青春回忆之作。克劳斯的天赋并不限于文学，1964—2001年，他担任了七部电影的导演，其中一部在1990年戛纳电影节的“一种关注”单元上展映。同时，他也是一位极具个人风格的画家。

弗拉芒语是从荷兰语中演化出的一种主要在比利时部分地区使用的语言，也有人认为这是荷兰语下的一种方言，它在欧洲语言大家庭中是一个小成员，隶属于日耳曼语系，与德语也确实有不少亲缘性。地处欧陆西北角的弗拉芒语区，从不缺少杰出的诗人与作家。克劳斯非常自觉地继承了弗拉芒语文学的传统，他在《比利时的哀愁》里也多次以半调侃的口吻提到诸多弗拉芒语的文学先驱，比如诗人圭多·赫泽拉、小说家赫尔曼·特尔林克等。克劳斯自己的文学成就则很早便蜚声世界文坛，欧洲文学界和批评界公认他为战后比利时最杰出的作家之一，也是用弗拉芒语创作的最重要的作家之一。他的作品已经被翻译为二十多种语言。克劳斯多次获得国内外的重要文学奖项，包括专为荷兰语与弗拉芒语文学作品设立的尼德兰文学奖、德国的莱比锡书展奖和欧洲阿里斯特安文学奖，也曾多次成为诺贝尔文学奖的热门候选人。

与克劳斯的文学盛名相对应的，是他惯于挑战社会习俗，尤其是保守的宗教传统及道德秩序的斗争姿态。从一开始，他的作品就以近乎无政府主义的叛逆性而引人瞩目，甚至让他惹上官司。他在1967年创作的剧本《马谢洛利恩》用三个裸体男人来讽刺基督教里的圣父、圣子、圣灵三位一体。该剧于1968年春上演时曾引起轩然大波，克劳斯因侵害公共道德而被判监禁，后来改为缓刑。这位才华横溢的作家在文学领域里执着地揭开社会规范的虚伪面纱，打破种种禁忌，为比利时当代文学树立了社会批判和文化批判的标杆。在《比利时的哀愁》里，他也借少年路易斯对自己生长环境中的教会体制和宗教传统报以冷嘲热讽。而在欲望描写方面，他可以说是弗洛伊德遥远的文学传人，不仅毫无遮掩地写出了青春期发育时的性冲动，而且更将情感上的俄狄浦斯情结表达得淋漓尽致。这部小说因而也是一部充盈着求真意志与辛辣风味的社会讽刺小说。

实际上，直至生命的最后一刻，克劳斯都是这样一个不愿向外界世俗规范低头的倔强“少年”。2008年，在饱受阿尔茨海默病折磨之后，克劳斯毅然选择了当时在比利时已经合法化的安乐死，告别了这个世界。他的最后这一次人生决定同样震惊了世人，也引发了保守阵营的最后一次徒劳抗议。比利时文学天空上这颗耀眼的星，在陨落之际也再次放射出惊世骇俗的光芒。他的《比利时的哀愁》则将那个永远的不羁少年定格在了战争与青春交织的画卷里，流传给了后世的我们。

第一部　哀愁

第一章
家长来访

冬迭南把七本禁书中的一本藏在宽罩衫下，把路易斯招呼到身边来。两个小男孩蹲到了圣贝尔纳德[1]岩洞里的藤蔓下。

冬迭南的这本禁书是一期画报，《ABC周刊》。毫无疑问，它是上了梵蒂冈的黑名单的。他躺在医院里时，他哥哥给他带来了这本书。从医院回来的他，一只耳朵红通通的，他时不时地拽拽它。白天，这本杂志放在他的小柜子底下，靴子后面。

杂志如今少了四页，那四页正躺在冬迭南课桌抽屉里铺着的蓝色包装纸下，光亮而平整，只是边角开了点儿裂。为保险起见，冬迭南用“punaises”（图钉）牢牢钉住了它们。（“别总说‘punaises’，我们有一个好端端的弗拉芒语[2]词用来说这个。”路易斯的教父总这样说。可是那个弗拉芒语词路易斯从来不用。他的口音已经够让人嘲笑的了。）

展开的书在阳光下闪闪发光；不过，撕下那四页时留下的锯齿边投下了阴影，在两页正中便有了一道丑陋的中线。路易斯自个儿绝不会撕他的禁书，不管被人逮着的风险有多大。但冬迭南就是个霍屯

1 圣贝尔纳德（Bernadette Soubirous）：出生于法国的天主教圣徒。她十四岁时在一个岩洞附近看到圣母马利亚显灵。随后，她一生中还曾多次见到过圣母显灵，她本人逝世后被天主教封圣。这里是用来戏称一处岩洞。

2 弗拉芒语（Flemisch）：比利时北部使用的荷兰语，与法语并列为比利时官方语言，是弗拉芒族人所用的语言。在荷兰称荷兰语，在比利时称弗拉芒语。

督人[1]。

四大使徒一共拥有七本禁书。其中三本归弗里格所有：《雾中之爱》，一份轻歌剧《罗莎·玛丽》[2]的节目单，还有一本是所有书中风险最大的：异端分子、共济会成员萧伯纳的传记。比特贝尔拥有《南太平洋故事集》和一张照片，照片上是只穿着衬裙的狄安娜·杜宾[3]，足够下流，可以当本书来看。而路易斯手上那本书就算被修女们找到，多半也不会给他惹什么麻烦。实际上，他都可以把它公然放在他在复活节假期结束后从家带来的那些久经磨损、香味怡人的大卫基金会[4]赠书中间。但是把书卷起来藏在睡衣下，悄悄地偷运到修道院的高墙后面，这事儿本身不就已经够刺激了吗？书的名字是《弗拉芒之旗》。它是爸爸亲手装订在红棕色厚纸封面里的。这一眼就看得出来，因为爸爸在装订书的时候，会像用断头台那样毫不留情地用切书机紧贴着正文的文字切掉页边。《弗拉芒之旗》讲述的是上个世纪末一群起义的神学院学生，他们受了戴夹鼻眼镜的长发教士们的煽动，创立了一个名叫“无声誓言”的秘密联盟，在夜深雾浓之际，密谋推翻那些比利时的——也就是敌视弗拉芒的大臣和主教。路易斯从家里书架上偷了这本书，因为爸爸曾经说过，教士们如果在他们的教区成员中发现了这一类书，他们就会立刻威胁书的主人，要把他逐出教会。这本书破破烂烂、字母纤细、印成灰色，里面一幅插画都没有，其他三位使徒看到之后并没觉得有什么大不了的。只是因为路易斯以夸张的热情描述了书的来历和内容，讲述了它有多危险，他们才在那个晚上接受这奇形怪状的东西为禁书，把它放在了比特贝尔枕头上其他书旁边，然后

---

1 霍屯督人（Hottentots）：生活在南部非洲的土著族群，自称“科伊科伊人”（Khoikhoi）。“霍屯督人”是荷兰殖民者对其的蔑称。这里用来指蒙昧无知的小孩。

2《罗莎·玛丽》：美国歌舞喜剧，讲述加拿大森林里印第安女孩的爱情故事，1928年改编为同名默片。1936年又改成有声电影，传入中国，当时译为《凤凰于飞》。

3 狄安娜·杜宾（Deanna Durbin，1921—　）：出生于加拿大的美国女影星，在20世纪三四十年代风靡一时。

4 大卫基金会（Davidsfonds）：创办于1875年的一个天主教组织，致力于发展比利时地区的弗拉芒语文化。

各自画了三遍十字，轻声说："在每本黑书中——我们要去寻找——要保持缄默肃静——以马利亚之名。"除非其他使徒中至少还有一人在场，不然谁都不准读这些禁书。

冬迭南和路易斯仔细看着一组模糊的照片，照片上是布鲁日刑事陪审法庭在审判一名无线电报员。受害者的父亲，一个留着花白的山羊胡子、面容憔悴的男人，戴着一顶军便帽，看上去就像是那位哀求拉普斯金[1]拯救自己患了血友病的儿子的俄罗斯沙皇。受害者的母亲是一个干瘪的小个子妇人，她用近视的眼睛逼视着画面外的凶手，紧攥着她的黑色漆皮包，仿佛要用它击打凶手或把它砸向他似的。律师穿着的长袍和他的鬈发是同样的深棕色。一个戴了花格帽子的摄影师举着一台模样像带有四方形裂口的手风琴的机器。再往后呢，再往后便是无线电报员自己，那个凶手。按照起诉书的说法，他把自己的女友活埋在了沙子中。他微笑着站在那儿，留着浓密的大胡子，双手放在背后，朝前腆着肚子。看这样子，这张照片肯定是在整个事情发生前拍的，而不是在沙滩上惊恐战栗的那一刻或者在那之后，在他遭受良心谴责和噩梦折磨之际。

"活活埋进了沙子里，"冬迭南说，"这么一个漂亮的女孩儿！"

"你怎么知道？"路易斯问，"也许她长得挺丑，或者瞎了一只眼睛。"

"你没看到她的照片吗？"冬迭南合上杂志，指着封面说。封面上一个美得毫无瑕疵的女人裹在缎子或者丝绸里，正朝读者微笑。她的眼睛和她略显模糊的双唇有着同样的颜色，一种淡淡的橙色。她额头正中显出了纸上一道讨厌的裂纹。

"霍屯督人哟，"路易斯不耐烦地说，"这是一个电影演员。这里还有她的名字，写得又粗又大：维娜·吉布森[2]。有些人总会在封面上放

---

1 拉普斯金（Rasputin，1872—1916）：俄罗斯的一个修道士，被传为恶魔巫师，曾因救治沙皇尼古拉斯二世的儿子阿列克谢而进入宫廷，在皇后支持下把持后宫大权。

2 维娜·吉布森（Wynne Gibson，1905—1987）：美国电影演员，其名声在20世纪30年代盛极一时。

一个电影明星的照片。”

“这样啊。”冬迭南嘟哝了句，但是他并不相信路易斯。他摸了摸自己透明的红耳朵。

“她是个怪物，”路易斯说，“电报员的那个女朋友。这点他们是不会在报纸上写出来的。一切都是她自找的。她毁掉了那电报员的生活。”

“电报员的生活？”

“当然了。”路易斯说。

“女朋友，”冬迭南说，“那就是说……”

“他们没有结婚。”在沙子里挖一个洞，把一个活蹦乱跳的无辜女人扔进去，在他看来还真不赖。够震撼人的。不过，“女朋友”？这大概就是说，这个女人是一个熟人，某个邻居吧。不然，那上面写的为什么不是“未婚妻”，或者“恋人”，或者那个黏糊、隐晦又肮脏的词“情妇”？

路易斯在维娜·吉布森琥珀颜色的鬈发中间读出了一行字：1935年3月31日，第四期，一法郎二十五生丁。

“这本《ABC》已经是四年前的了。”他说。

“那又怎样？”

“也许维娜·吉布森现在已经死掉了。”

“真是那样的话，我们会听到消息的。”

谁？我们？冬迭南，你这个霍屯督人！我们怎么会听到消息呢？再说了，有谁听说过维娜·吉布森呀？

在音乐房里，小家伙们正在第十二遍唱咏颂马儿白亚德[1]的歌。

路易斯正恼火地想：“我现在非得把规矩都打破了，管他什么使徒呢，我要从他手上抢下这本书，然后跑到花园里去。”冬迭南却把《ABC》递给了他。“你看，”冬迭南说，“和长了恶心痘痘的多博雷一

1 白亚德（Bayard）：比利时登德尔蒙德（Dendermonde）小城中流传着关于这匹马保护自己的主人免遭查理大帝囚禁的故事，该城每十年会举办游行活动纪念这匹马。白亚德马后来成为世界文化遗产。

模一样。”

一个被画得胖鼓鼓的女孩子绝望地盯着一把黑色的匕首或者剑，或者被砍去了一半的乌木保龄球瓶柱。接着路易斯才发现，这是一面镜子，是从侧面拍下来的。在女孩的脸上有黑色的斑斑点点。手细长得过分的一个女人正在用一根手指戳女孩的脸。照片上写着“母亲的妙计”。

“她知道，她母亲猜到了她害羞的秘密：毛孔粗大，一堆粉刺，皮肤脏兮兮又暗淡无光，这让她觉得自己总被人排斥。她不知道的是大多数母亲都知道的事儿：一个简单的药方就能让有些年轻女孩的麻烦神奇地烟消云散。”

他把这本杂志还给了冬迭南。冬迭南把它摊开在自己被擦伤了的膝盖上。大多数母亲都知道的事儿！她们什么都不知道，那些母亲。

冬迭南一板一眼地用标准弗拉芒语朗诵起来，那声音听起来让人想到瓦勒广播台的新闻播音员，但又有点儿晚祷时唱《诗篇》赞美诗的味道：“我们珍贵的精华液，具有清洁、增强、紧致皮肤的功效，用上一小瓶，最丑的皮肤都会发生奇迹。您将焕然一新，获取爱的魔力，它会让您幸福无比。”正在此时，修女亚当出现在了荆棘篱笆后。路易斯很肯定，在她现身之前，他就听到了她的修道服掠过荆棘时发出的窸窣声。这位修女立定了片刻，双臂交叉，这样宽大的衣袖就在她身体前方形成了一个黑色的小圣坛。冬迭南现在也看到了她。

“噢，嘿，”他说，“她过来了，我早料到了。”然后细声细气地说：“我盛米粥的时候盛了两次，她看到了。”

“什么时候？”

“昨天。吃晚饭的时候。我还拿了两次红糖，她都看到了。”

“你这笨蛋。”路易斯说，“她是来找我的。”因为他看到了修女亚当的嘴唇，那嘴唇没有卷成一个微笑。哦，真的没有。但是它随时都可能微笑起来，只要她出于战术上的考虑觉得自己应该微笑、诱劝、哄骗，尽力讨好而无所顾忌。他看到她的脸，那一块浅淡的白色，几乎被她的修行帽那夺目的白色所遮掩；那光亮的一轮，仅仅朝向他。这脸有了颜色，它靠近过来，上面是无精打采的眼睛和四四方方的牙齿。

“路易斯。”修女亚当一边说，一边从黑棉衣袖里伸出一只长手臂。圣贝尔纳德岩洞后的草地上刚割下的青草传来的清香一下子消散了，被一股甜香驱除了：那是蜂蜜蛋糕——带糖的暖暖面粉的味道，就在她说出“路易斯”的当儿传来。

“好。”冬迭南说，他面前还坦然地放着那本要命的书。但是修女亚当只对她瞄准的猎物感兴趣，她把手搁在路易斯的肩头上，靠近脖子；他感觉得到她把拇指放在了那儿。他跟着她，走在她的影子里，几乎是怀着感激把自己交给了她；她的修道服经阳光一照，在他看来比一位总督的黄金锦缎还要富丽，比弗兰德伯爵在投诚法国国王时身穿的天鹅绒还要柔软。在他们沿着紫杉笼罩的林荫道，走过荆棘篱笆和有毒树丛时，她告诉他，他有家长来访。他不像她期待的那样，问她来的是谁。她说：“来吧，来吧。”而他喃喃自语地说：“来吧，熬吧，来吧。”卧室空无一人。在盥洗室，她用晾在窗台上的一只吸水棉手套擦他的脸。手套不是他的，是登·多汶的。她显得冷淡，擦得既不快也不慢，就像是在刷洗一面小盆，一直擦到他脸发烫。然后她掬了一捧水，洒到他头发上——一种洗礼，然后给他梳头，梳得却额外紧密。

“马儿白—亚—德步子真轻巧，登德尔蒙德——小镇里，一圈圈地绕！”

在他们穿过院子时，修女亚当突然站住了。而他在她往前走动的阴影笼罩下撞到了她身上，让她微笑了起来，但她的额头却还继续皱着——两张面孔的复仇女神，或者比这更坏。她朝自己的手上吐了口唾沫，抹平了他左耳上方一绺捣乱的头发。在院子的另一边，在静止不动的旋转铁马上坐着的那群小子中的一个，晃着两条腿。他看到那是弗里格。弗里格也看到了他，但是身子一动也没动，俨然是立在旋转铁马的白色长杆中间的一个瓷人像。

路易斯哼了一声，将修女亚当搁在他耳际上方的手猛地推开，然后与她保持了两米的距离。

她对他头发的拨弄肯定让弗里格看成了抚摸，他绝不会对别人说起的，这个弗里格。但是在他那榛子色的斜眼睛里，这看起来一定像是背叛。没法挽回了，就算我晚些时候，到晚上拼命起誓保证也没用了。路易斯把一截甘草塞进嘴里，恼火地从头到尾嚼了又嚼。他身上暖和了些，脚下又离她远了些。他往围墙的方向走，通过敞开的大门看到了他父亲的橘黄色德卡威[1]。在方向盘后面坐着一个身材高大的男人，睡着了，一个之前从没见过的男人。不过我知道他是谁。

修女亚当又站住了，在她身体一侧晃着一枚耶稣受难十字架。她向他挥手，说："快过来，他们正等着呢。"

他们？那就是说父亲和母亲两人都来了？这倒是件新鲜事儿。他又转过去看了一眼德卡威，似乎要把所有细节都牢牢记在脑子里，好在晚些时候，在今天夜里向痴迷汽车和飞机的弗里格汇报。但是他只看到，这辆车干净得让人吃惊，后窗玻璃上贴了一张圆形纸片。

还在因为羞愧而浑身滚烫的他（弗里格！弗里格！事情真不是你想的那样！），走进了阴凉而宽大的走廊。修女亚当在前头加快了步子，仿佛她便是报信天使，要第一个宣告他的到来。神圣的安娜便这么一路沿着砖石墙迎面奔来了，要传递喜报。这个安娜，她一刻都安静不下来。她的脑子也总转个不停。路易斯把温热的甘草吐到了手上，这金赭色的一团纤维有弗里格眉毛的颜色。他把它塞进了自己的罩衫口袋里，与鞋带、玻璃珠和钱币放在一起。

走廊里有氨水的味道。不久前，在某个星期日的家长来访时间里，小修女恩格尔[2]在这间走廊里做了件事儿，当天夜里在卧室中，它被记

1 德卡威（DKW）：原为丹麦人乔尔根·斯卡夫特·拉斯穆森（Jørgen Skafte Rasmussen）发明的玩具发动机"男孩梦"（Des Knaben Wunsch），1922年被改良为摩托车发动机"小奇迹"（Das Kleiner Wunder）。1927年，拉斯穆森推出了配有新型发动机的奥迪车，也以DKW命名，经过改良，成为20世纪30年代德国产量最高、最受欢迎的小型汽车。

2 恩格尔（Engel）：后文中玛丽·安尔的昵称，也是"天使"的意思。

入了标有**“使徒文件”**字样的花格子小本中。弗里格，字写得最漂亮的使徒留下了这样的记录：“修女玛丽–安尔，谦卑，十分中得八分。”对于一个普通修女来说这是相当高的一个分数了。

毫无预兆，出乎任何意料，修女恩格尔跪在了多博雷面前，在来访人的众目睽睽之下用两只手把他的黑色长袜往上拉到了膝盖处。多博雷的母亲，一个来自安泽海姆[1]的农妇，满脸变得通红，冲着她儿子高声嚷道：“你不觉得害臊吗，欧梅尔[2]？”而修女长从牙齿缝里说出话来：“玛丽–安尔姐妹，够了，多谢，退下吧。”修女恩格尔慢慢腾腾地走开了，顺从却又不屈不挠。

从那以后，每当多博雷做错了什么事儿或在赛跑中落到了最后，靠着爬满常青藤的墙气喘吁吁时，使徒们都会说：“你不觉得害臊吗，欧梅尔？”

路易斯的父亲叉开着两腿，站在修道院宿舍的大门口；可以听到他身后小镇街道上的喧嚣声。他伸出向内勾起的食指，招引着路易斯。

“好了，您的小淘气到了，塞涅夫先生。”修女亚当说。她的声音在袖珍棕榈树和画有大理石纹路的墙面之间回荡。

“一个小淘气。这个说法真好，嬷嬷。”这个头上开始变秃，露出粉红色头皮的男人说。

“怎么，路易斯，不想和你父亲握个手吗？”修女亚当说。握完手之后，父亲把手在他那灰蓝相间的格子外套上揩了揩。

修女亚当擦我的脸时太用力了，所以我脸上才这么烫。就是因为这个。没有别的原因。因为她瘦骨嶙峋的手指尖透过登·多汶那块磨损了的毛巾刮到了我的脸。只是因为这个。弗里格还在白色的铁马上等着呢。

“嘿，我的小伙子，你过得怎么样？”

“挺好。”

---

1 安泽海姆（Anzegem）：比利时西弗兰德省的一个区。
2 欧梅尔：多博雷的姓。

"挺好，还有呢？"修女说。

"挺好，爸爸。"

"这就对了。"爸爸边说，边点了四下头。现在他要说起他的妻子，我的母亲了。她为什么没有一起来？她上一次来访的时候，虽然说过，"我要过一段时间才能来了，我的小兔子。最近我腿上总是不太灵便"，但是路易斯把这话当作耍花招，是预先为她不能来找借口。现在呢？

修女亚当伸手到他宽罩衫的两个衣角之间，拉了拉他右边的吊裤带。他短裤的挂钩往上蹦了蹦。爸爸正望向管家嬷嬷的办公室，办公室的橡木门悄无声息地弹开了。管家嬷嬷并没现身，她躲在一根门框柱子后。教父走出了办公室，路易斯的祖父兼施洗教父。他穿着他平常穿的黑色西装，配着他平常戴的鸽灰色丝领带。同平常一样，他饰有小铜环的圆头皮鞋上没有半粒灰尘。这双鞋静立不动，鞋跟几乎并在一起。看上去，脚趾即将高高翘起，而鞋子随时都会从地板上升起。

"他又长高了。"教父说。他每次都这么说。

如果在修道院的这条走道里放上一只老鼠，它肯定无处可逃。墙上、地板砖上和壁脚板上，所有的裂缝都被封得严严实实。教父的鞋子可以舒舒服服地完成它的任务，可以一脚踩下去，踩个痛快。

教父的头拧紧在一个赛璐珞衣领里，是一个起着皱、制成革的苹果，在扁平的鼻子下挂着一个鬃毛方块。一个长了大胡子的瘪苹果。明显不如他身后油画上那个脸庞圆润丰满的男人那么尊贵。那是圣阿契尔·拉蒂[1]，几个月之前的教皇，基督世界的宗教首领。

"肯定长了五公分。"教父说这话的口音，在院里那些农民兼霍屯督人那儿是会引发大笑的。

"是因为春天到了吧。"爸爸说。

透过高高的、细长的窗户看得到院子当中那棵梨树。为什么弗里格不试着偷听他们说话？路易斯坏坏地笑了。弗里格从来不偷听别人。

---

1 圣阿契尔·拉蒂（Achille Ratti，1857—1939）：教皇庇护十一世，1922年被推举为教宗。

他被人偷听。

“就我看，”教父说，“你过得挺快活。”

“是的，爷爷。”

“要想愁眉苦脸的话，等你老了，时间多的是，不是吗，父亲？”爸爸说。教父善意地点了点头。

路易斯看到自己跑开了，跑过了院子那片铺了砖的无穷无尽的地面，他蜷缩着身子从音乐房的窗户下走过。——“阿尔斯特城，人人都生气，好马白亚德，在我们这里”——然后跑到菜园里。一位做厨娘的修女正在那儿除杂草，被他吓了一跳，大叫道：“塞涅夫！”他看到自己急匆匆地跑过了雨水箱、大礁石和沙堆，他像风帆一样的大耳朵灌满了风。他那双大耳朵，爸爸说要在夜里用“punaises”牢牢钉到他的脑袋瓜儿上。教父说：“斯塔夫，你总忘不了你的法语。还是说图钉更好。而且你在夜里最好是用橡皮利策捆住小伙子的脑袋，这样就不会痛了，是不是，路易斯？”听了这话，爸爸伤了自尊，但又（第一次）扬扬得意地说：“橡皮利策，橡皮利策，这也不是好弗拉芒语，父亲，那应该叫：橡皮筋。”对此，教父把头一扭，就像是一只在修道院走道里抓住了一只耗子的猫那样，然后说：“只要是我们的大诗人圭多·赫泽拉[1]和赫尔曼·特尔林克[2]觉得足够好的词儿，对我这个小人物，他们的学生胡伯特·塞涅夫来说，也就足够好。”

“来，路易斯，我们去散一小会儿步，呼吸点儿新鲜空气。”教父说。

院子里，旋转铁马在转，发出轻轻的吱呀声。在他离开前，弗里格还气汹汹地撞了它一下，让它晃荡了起来。

爸爸把手架在他稀疏的眉毛上方，就像他是在布兰肯贝尔赫[3]看海

1 圭多·赫泽拉（Guido Gezelle，1830—1899）：19世纪比利时最重要的弗拉芒语作家，以其代表作《墓园之花》推动了弗拉芒语诗歌复兴，诗歌多以自然与宗教为题材，流露出强烈的民族情感。

2 赫尔曼·特尔林克（Herman Teirlinck，1879—1967）：比利时著名小说家、剧作家，以弗拉芒语写作。

3 布兰肯贝尔赫：比利时西弗兰德省的一座海滨城市。

（去年夏天，上百的人在海浪中翻转起伏，露出赤裸的肩头），而不是在眺望教堂的钟塔（现在弗里格正跪在那儿，请求圣母马利亚原谅他的怀疑和愤怒吧）。

教父把手搁在垂得低低的梨树树枝上。地下一层的厨房门口等着几个小家伙。没多久前，路易斯也曾站在那儿，站在那一排之中，被裹在厨房的烟雾里，他那时比现在矮上十公分，手中握着弗里格湿漉漉的手。

"我们对我们的路易斯非常满意。"修女亚当说，"在地理课和《圣经》故事课上，他是学得最好的。"

"算术呢？"教父问。

"这门课还有点麻烦。"修女说。

"这是从他父亲那儿继承来的。"教父说。

"没错，"爸爸说，"我们不可能都像你这么机灵。"

教父抽出一条白色的手帕，用它按了按额头和少得可怜的头发。然后，他把手帕塞进了脖子，夹在微微皱裂的皮肤和赛璐珞衣领之间。他的鸽灰色丝领带上，珍珠一闪一闪地亮着。

"路易斯，"他说，"我不是不满意，但是你的算术这个样儿，我可不太高兴。你必须认真起来，好好儿学。你的行为举止也还有点儿欠缺，我听说。"

"从消息灵通人士那儿听到的吧。"路易斯说。

教父把他戴了戒指的手指插入一个鼻孔里，然后使劲地晃动手指。他的鼻子就像是橡胶做的。他说："啊，你这个厚脸皮的撒旦。"

爸爸变得不安起来。他眯起了眼睛。因为近视吗？不，威廉·退尔[1]在拉满强弓，瞄准他站在苹果树下的儿子时就是这副模样。

"要记着，小伙子，"教父边说，边拍打着路易斯的胳膊，"等你放

---

1 威廉·退尔（Wilhelm Tell）：传说中的瑞士民族英雄，在13和14世纪之交带领瑞士民众反对奥布斯堡王朝暴君的统治。传说他曾被迫射击自己儿子头上顶着的一只苹果。他准备好了两支箭，拉弓之后一箭射中苹果。而另一支箭他是准备失手时射杀刁难他的军官的。

假回家，我可是要检查你的成绩单的。要想着塞涅夫家族的好名声。”他踱着步子走开了。路易斯第一次注意到，他有着和骑士一样的罗圈腿。“另外，”爸爸说，“拿着，这是给你的。”路易斯立刻认出了这股香味儿，他伸手接过带有银色花体字母的著名纸袋。寄宿学校前拐角上那家糕饼店里的普拉林巧克力。袋子被搓揉过了，爸爸已经对它动过手了。为了保险起见，路易斯朝袋子里瞧了瞧，看到暗棕色和浅棕色的几小块东西黏在了一起。他把袋子放到了修女亚当摊开的手上。

“今天晚上，他可以吃其中的两块。”修女说，“这里面大概不会有烧酒，是不是，塞涅夫先生？”

爸爸嘶叫了一声。“您都想到哪儿去了，嬷嬷。”他说道，但立刻又变得彬彬有礼起来，几乎显得虔诚了。“没有烧酒，女士，绝没有。偶尔可以来点儿啤酒，天气热或聚会的时候。但是烧酒？”他紧紧盯着路易斯，“要让我知道他以后会堕落成酒徒，我现场就砍掉他的两只手。”

“是啊，是啊，”修女说，“院长大人在一次葬礼上一时疏忽吃了两块普拉林，里面有安特卫普奇酿[1]。她一下子就昏了头。”

她在说谎。这事儿是发生在她自己身上的。吃下的是五块，甚至七块普拉林。路易斯在修行帽压出的那不可侵犯的椭圆上寻找谎言的痕迹。

“说得是。”爸爸说着这话，轻咳了几下。

“别现在就走，”路易斯说，“求你别走。”

“我不走。”爸爸说。“哦，对了，”他接着说，“妈妈情况挺好。我是说，好倒也不好。你可能以为她也会来，但她根本做不到。我要对你说的是：妈妈真心问你好呢。”

“她是不想来吧。”路易斯说。可这话与他原意相悖，听起来像是个问句。（四十一天前，在她最后一次来访时，妈妈说：“我来这儿到

---

1 奇酿（Elixir d’Anvers）：比利时名酒，始于1863年。

底为了什么？我丢下了我的家务活，到了这儿，你却不和我说话。每次我问你话的时候，你只回答是或不是，剩下的时间你就这么看着我，好像我是个傻大娘似的。如果你情愿我不来，路易斯，你得说出来。不是吗？你从来就不主动说点什么。”）

“她当然想来。”爸爸说，“但是我该怎么跟你解释呢？”他把粉红的圆实脸庞无助地转向修女亚当，然后用尖细的音调，朝梨树的方向说：“如果她来不了，那她就是来不了。别再废话了。”

“路易斯有点儿激动过头了，”修女说，“这也和天气有关。突然就变得这么热了。”

“是啊，马上要下场暴雨了吧。”爸爸说。

她自己才激动过头了呢。为什么？别去想。也别去想，你为什么最好别去想。

“这普拉林是从街上那家糕饼店买来的。”路易斯说。

“没错。”爸爸说。

“这么热的天，它们都化掉了。”

“那又有什么关系？”修女说，“重要的是，它们味道好。”

在管家嬷嬷的办公室有一张用手上了色的照片，上面是亨利库斯·拉米罗伊[1]，布鲁日的大主教。教父说，他和塞涅夫家族是远亲，连接两家的是玛尔郭姨妈一家。大主教歪着头，手肘撑在一张中世纪的书桌上，桌上有一个青铜墨水瓶、一台电话机和一个空空的烟灰缸。

穿过竖有沾满灰的弧形厚铁栏的窗户，看得到那辆德卡威。教父叠着腿坐在壁炉旁边，来回甩着他圆钝的鞋，抽着一支雪茄烟。管家嬷嬷那严酷的脸色在她见到路易斯时也没有变柔和。

“嘿，小路路。”她说。路易斯总有一天会抓起放在青苔颜色的文件上、镶着刚果象牙刀柄的拆信刀，朝她刺过去。她到时候会叫起来，这管家嬷嬷，她会尖声喊叫，吓得尿裤子。

---

1 亨利库斯·拉米罗伊（Henricus Lamiroy，1883—1952）：布鲁日第二十三代大主教。

路易斯站到窗口，问："为什么在你车子上贴着雷克斯[1]？"

"这个嘛……"爸爸说。但是这话几乎没人听得到，因为教父激动地叫了起来："什么？雷克斯？在哪儿？"同时一跃而起。雪茄烟雾喷到了路易斯脸上。教父咕哝道："这不可能！"爸爸也走到了窗口。街另一边的"白马店"旅馆里，细心留意的住店旅客现在有机会看到铁栏后塞涅夫家的三代人了。

"还真是，现在还在，正像你说的，"爷爷出声了，"在后窗玻璃上贴着。"

教父这几句话说得铿锵干脆，声调典雅、矜持，音节之间的呼吸透着硫黄的味儿。"斯塔夫，你现在帮我做件事儿，立刻去弄掉那张纸片，一定要就地弄掉。"

"就地弄掉。"路易斯跟自己默默念叨。

"斯塔夫！"教父用威胁的语气呼叱道。

"那一定是霍尔斯特干的。"爸爸边说，边往门口走。

"没错。"教父说，"我想不到还有谁会这么做。"

"那人是霍尔斯特吗？"路易斯问。仿佛得到了爷爷无声的命令，方向盘后面那个男人艰难地钻出了车。当他站到街上时，路易斯无比高兴地发现，那个男人比他父亲要高一个头。

"这个渣滓，"教父说，"管家嬷嬷，如今……"

"大主教在收音机里明确警告人们，要提防雷克斯党人，"管家嬷嬷说，"但是看起来列奥普德国王[2]并不是百分之百地反对他们。当然，他不可能正式承认这一点。"她微笑了。这对路易斯来说挺新鲜。面前突然之间站着一位表情既孩子气又土气的女人。她转动着一支宝石绿的笔，那双手也带上了点女孩子的味道。

---

1 雷克斯（REX）：一个比利时法西斯主义政党，其名字源自拉丁语"Christus Rex"（基督即王），创始于1918年，具有基督教色彩，在法西斯德国占领比利时地区的时期与纳粹紧密合作。

2 列奥普德国王（Leopold Ⅲ，1901—1983）：比利时国王，1934—1951年在位，1940年在德国入侵中投降，在比利时被占领期间对纳粹德国表现暧昧，战后受到本国人民谴责。

“雷克斯居然出现在我们的车上。”教父低吼道。

“总比某些人的纸条要好。”管家嬷嬷说。

“等着瞧。”教父说。他猛地掉头走到书桌边，用他的印章戒指敲着桌面。“这事儿还没完。”他说着，招呼也不打就走了，看都没看其他人一眼。管家嬷嬷站了起来。

“你的祖父，”她说，“很快又会中风的，就他这个着急的样子。”

屋外，在阳光普照的大街上，巨人霍尔斯特正想用一把小刀刮掉那张纸片，却被爸爸阻止了。爸爸小心翼翼，满头大汗，用指甲在后窗玻璃和纸片之间捣鼓。教父走到车旁边，吼叫着这边人听不到的一些话，把他的雪茄烟扔到了街上。

管家嬷嬷把椰子席推到了门和门框之间，然后走了出去。

虽然路易斯现在的行为是违禁的，任何情况下都不会被容许，但他就是无人照看、无人庇护地站在了屋外的街道上，站在有蚊子哼鸣的梧桐树下。爸爸显然已经把那张可恶的纸片弄了下来，但没弄坏，把它塞进了口袋。教父坐在车里，副驾驶座上。他戴了一顶深灰色的礼帽。巨人霍尔斯特用手轻柔地擦拭着发动机盖。

“保重，我的小伙子。”爸爸欢快地说。屋外，他看起来比在学校办公室里受教父辖制时更强壮，肩更宽。“下一次所有东西都会不一样的，都会变好的。别为了妈妈垂头丧气。一切都会好起来的。”

“妈妈是得了那种很快就要死翘翘的肺结核吗？”路易斯问。

“天啦，你在说什么，小路路！”管家嬷嬷说。

爸爸盯着自己的儿子看，就像他是个在圣主显灵节[1]的夜里到人家门口唱赞美诗的孤儿一样。他装作要笑出眼泪的样子，捶打着自己的肚子，像是强忍住即刻要爆发的大笑。

“你都有些什么怪念头呀！”他喘着气说，“不是吗，嬷嬷？你已经是个滑稽的小怪物了。在塞涅夫家族里，已经有五十年没人得过肺

---

1 圣主显灵节：基督教节日，其实是最初的圣诞节，为1月6日，也称为“三圣节”。

结核了。不是吗，嬷嬷？”她不是很确定该不该附和他。爸爸清了清嗓子，向前弯下腰。“没什么事儿，绝对没什么要紧的。妈妈是从楼梯上摔下来了。就是这样。所以她要卧床休养一阵儿。”

“从楼梯上？”

爸爸有点儿困惑，想在管家嬷嬷那儿寻找支持，而修女正望着大街，像是在等什么人。巨人霍尔斯特把着德卡威半开的门等着。

“她必须在床上躺一阵子，但是不会太久了。”管家嬷嬷最后说。

“保重，我的小伙儿，”爸爸说，“等你下回见到妈妈，她会带给你一个漂亮礼物的。”

“没错。”管家嬷嬷说。

“是什么？”

“是一个惊喜。”爸爸说。

“你会大吃一惊的。”管家嬷嬷说。

“保重了，小子。”爸爸说。

“保重，爸爸。”路易斯说。但是说出口时，这话没有他预想的那么讽刺。

“下一次会……”爸爸说了半截，往德卡威慢慢挪过去。在他坐到后座上的时候，教父表情激烈地朝他说了些什么。爸爸身边那个宽大的座位空空荡荡的。路易斯完全可以直接坐进去。那样，在回家的一整段路上，他就会把手放在爸爸的膝盖上。在车子转过街角，在小镇街道上卷起一团团尘雾的时候，他还朝它挥了挥手。

院子空无一人，空气这会儿变浑浊了。从地下厨房里传来了小家伙们叽叽喳喳的说话声。

凡德耶普往路易斯这边走了过来。他在啃一根长条萝卜。

“嘿，白脸鬼。”他说。

“嘿，霍屯督人。”路易斯说。尽管他一点儿都不情愿，可还是对大张着嘴嚼碎橙色小块的凡德耶普说：“我母亲从楼梯上摔下来了。”

“你身边不是总会发生点什么事儿嘛。”凡德耶普说。

第二章
有所闻，有所见

这辆德卡威突突地响着穿过村子，一路驶过那些正墙面闪着黄色光泽而阳台刷成紫色和米色的房屋：若干鞋店，一家铁匠铺，一座墓园；墓园里一位妇人在哀悼中吮吸着拇指。

隆隆作响的车子驶过了一条偏僻的沥青街，路过了和楼房一般高的黏土矿山，而教父这阵子在大声斥责什么呢？答案可以从他的嘴唇动作读出来。他正勃然大怒；就是这同一个教父，当年路易斯在圣马可教会医院受洗时，就是他从牧师手中夺过洒圣水的掸子，在受到惊吓、满脸起皱的小蠕虫头顶挥舞，这景象在奥德纳尔德的施坦街10号客厅里的一张照片上还可见到。照片斜插在《善良牧羊人》[1]的画框里。也是这位教父，每一年在路易斯勇敢地朗诵完自己写的新年献诗后（献诗结束总是要再鞠一个躬，如释重负又志得意满地说出“你的受洗教子尤其祝愿我们能继续长长久久地生活在一起”），他会抓住路易斯的手腕，松开攥紧的拳头，一边把头扭向其他方向，一边塞进五法郎，这可鄙的钱财。正是这位教父，以前把自己称为“塞涅夫教授”。“我还以为，您是教师呢。您是哪个专业的教授？”——“生活艺术这门专业，仁慈的女士！”这位教父现在正训斥着自己的儿子，而后者在这个

1 在《圣经》传统中，善良牧羊人是基督的形象之一。许多宗教画遂以此为题材。

局促、气闷的小车里失魂落魄地紧贴后座靠背坐着。经过了黏土矿之后，路边展开了黑麦田，地形不再那么高低起伏，指向屈尔内、劳维和凡尔德格姆的路牌一一出现。

这会儿教父已经停止了怒骂，但是还没有平静下来。"斯塔夫，"他说这话的声音清晰可闻，"我很理解，你有自己的某些信仰。一个男人，要是什么信仰都没有，就只能往垃圾堆里扔。但是拜托你，斯塔夫，还得注意风度（il y a la manière）。"

"在弗兰德就得说弗拉芒语。"爸爸叫了起来。我看到方向盘前那个男人一脸讪笑，但这两人都没注意到。不对，教父看到了男人的肩头在抖动。

"霍尔斯特，往前看。"教父牙齿间嘶嘶出声。

一队送葬的人走了过来。一个喝醉了的修女被两名脖子上套着哀悼花环的军官架着走。一个军乐队。这步履拖沓的送葬队，成员看上去一个个都像是用硬纸壳剪出来，又描上了样子，由一个笨手笨脚的小男孩用看不见的线拉着往前走似的。这男孩会拉着他们蹦起来，小步跑，跳起舞：复仇日，砰嘁哐啷，赎罪日，砰砰！[1]

"斯塔夫，"教父用无奈的口吻说道，"你是个好小伙儿，但不是个好商人。"最狠毒的侮辱莫过于此了，爸爸在汽车坐垫里沉得更深了。

"斯塔夫，我觉得我是在对一堵墙说话。"

在墓园里，伴有抽泣的女人们的黑色队伍在十字架之间四散开来，又在新挖出的坟墓前重新聚集。在那里，那位哀悼的女人在她黑色的面纱下那么响地嘶号出她的痛苦，周围站立的人都红了脸，相互推搡着。

"斯塔夫，你捣鼓那张雷克斯纸条，闹得真是无法无天了啊。我难道就这么把你教养大的吗？"

"不是你把我教养大的，是婆妈妈。"这样的话，爸爸是永远不敢

1 原文为："Dies irae, dies illa." 从中世纪流传下来的拉丁语基督教颂歌的第一句，歌词描写了末日审判的情景。这首歌从14世纪以来多用于葬礼弥撒。

说出口的。他也不会叫他母亲婆妈妈。在教父——他的父亲说话时，他是永远不会打断他的。

“……我还不就是单单为了你，我的接班人，才把生意经营得这么大，在整个西弗兰德都找不到竞争对手？”

“父亲，在整个西弗兰德再没有第二家批发商会经营学生用品了。”

“我不是说了吗，没有人能和我们竞争。”

墓园里落下了一群乌鸦。这些鸟儿拍打着翅膀，四处刨弄挖出的泥土。一个身着黑衣的男人用一把雨伞驱赶它们。

“斯塔夫，你为什么要让我在西弗兰德的所有修道院丢人？你放心好了，管家嬷嬷现在肯定会拿着电话不放。就连代因泽的迈利珂冷修道院的修女，都会听到她说，发生了件多么可笑的事儿……”

“雷克斯不可笑。”

“雷克斯会胜利的。”前面男人说。他用巨大的、肉乎乎的、泛红的手把方向盘转得像羽毛那么轻巧。

“霍尔斯特，往前看。”

“比利时要么变成雷克斯，要么就得死。”

“霍尔斯特，说够了吗？”

教父从皮包里抽出一管嗅上去有薄荷脑味道的细筒，拧松了些，插进了自己的鼻子里。他的眼里流出泪来。他哀叹道：“我到底犯了什么罪？上天的主啊，告诉我。我所做的都只是为了我的家人，我的孙辈，尤其是为路易斯好。”

最后那一段爸爸也听到了吗？就算听到了，他也没表现出什么来。霍尔斯特哼起了《蓝色多瑙河》，他的脚在加油踏板上敲着圆舞曲的拍子。所以德卡威才会这么摇摇晃晃吗？回头问问弗里格。

“斯塔夫。”

“是，父亲。”

“我这一辈子之所以能有点儿成就，我之所以被大家认可，不仅仅在菲利普斯·凡·德·艾尔萨斯兰，就连远在瓦勒另一边的最小的村子里，在任何有学校或者修道院的地方，我都被视作找对了位置做对了事儿的人，就是因为我嗅觉好。我一嗅到哪里可以做生意，我就下手。就为了这个，我才受到了尊敬，不论是作为商人，还是作为人。其实还不止这些。某种意义上，我是个牧师——我不是获得了主教的特别许可，能在天主教学校里给人带去我的货物吗？不是吗？现在可好，我的未来，还有你的、路易斯的未来都成了赌注，就因为你，斯塔夫，因为你用你这些政治宣传丢人现眼。而且还是给雷克斯做宣传。小子，我希望，莱昂·德雷勒[1]对你的奖赏够大方。他给了你多少钱？五千法郎？比这更多？每一千法郎加三十个银币，好在整个公众面前作践一下我？”

“根本就没几个人注意到。”

“哎哟，哎哟，你把你自己的孩子叫作没几个人？这可真是个猛料啊。这我可要告诉路易斯的母亲。她要听到她生的伢子是‘没几个人’，一定会吃惊的。”

“伢子？”

“儿子，这样好懂些了吧？斯塔夫，回答我的话。别想把我就这么当傻子糊弄了。”

现在，在寄宿学校墙外，教父说的是粗俗的弗拉芒语。他拥有一张教师资格证书；他很多年来都坚持在一切生活状况下都说标准弗拉芒语，甚至违逆着婆妈妈的意愿和她也说弗拉芒语，而她早就忘了当初也是因为他说话文雅才嫁给了他。后来，一天下午，“那是我人生中最重要的时刻之一”，教父与几个朋友拜访了“弗拉芒文学之王”赫尔曼·特尔林克，在他位于奥斯都因柯尔克的别墅里。在那里他染上了说颤音R和拖长的高音AA的习惯，路易斯从他这里继承了这一习惯，并以此在圣约瑟夫寄宿学校的修女和同学那里收获了嘲讽与讥笑。但是从那个在奥斯都因柯尔克闲聊文化和科学的下午开始，教父就开始

1 莱昂·德雷勒（Léon Degrelle）：比利时的雷克斯运动创始人，崇拜希特勒，后加入党卫军，雄心勃勃要建立“大弗拉芒”国家，吸引了很多青年追随他。

用瓦隆区方言，说出瓦隆人的词汇，让家中亲友和他常去的酒馆“格略宁尔”里的人们都格外惊讶。说得倒也不频繁，因为他当然不愿意显得平易近人，不过在打牌或需要干脆快捷地做出一个回应时，他就会出其不意地来两句。怎么会变成这样的？一年前，他在吃圣诞晚餐时说到过：“赫尔曼·特尔林克走到地下室里去，取来了苹果酒，在他倒酒的时候，他妻子走进了沙龙。你们知道，这个大人物，这个虽然不一定放浪不羁，但肯定超凡脱俗的英才做了什么吗？他走到她面前，在她脸颊上吧唧吻了一下，说：‘啊，偶的好丫头，Kumm bi uns bi! 这边这些伙计们是天足教会学校里的教书师傅哟。偶们还要掴饬会儿哪。’我们都惊呆了。后来我们讨论这事儿的时候一致认为，这个在我们这个地方被攻击得这么厉害的男人，他证明了他是真正地、谦虚地心系民众，他尊重我们民间的语言，我们最早的那些普通百姓用的语言。”

那个因为自己的过错而失去了丈夫和孩子的寡妇哪儿去了？军乐队轻轻奏响了曲子，配合着歌唱：“多么可怕，让人心惊胆战；多么严厉，那现身的判官；所有控诉，他都拷问一番。”一座打哈欠的坟墓，发出臭味的泥土。棺材中的孩子还有着余温，下面那口棺材中的父亲早已经成了冰冷的混凝土。在孩子的嘴唇之间夹着一枚金币，一块金路易。

教父一语不发地指挥霍尔斯特在最靠近坟墓的地方停了车。他脚穿着那双闪闪发光的鞋，站在了坟墓边缘。爸爸蹑手蹑脚地跟上他。站到自己父亲的背后时，爸爸伸出了戴着手套的拳头，张开手指，一把抓向教父的后腰。教父绊了个趔趄。

爸爸没有把这位学生用品大王推进坟墓里，而是挠了挠他。教父转过身来。两个塞涅夫先生像兄弟一样哧哧地笑起来。他们现在要把松动的泥土扔进去了吗？

霍尔斯特留在了车旁边，用一块毛巾擦发动机盖。尽管他装出没有注意到路易斯的样子，但是他还是发出了这样的信号：“瞧，我这么高、这么壮，简直伤害不了任何人，包括你。你知道我是谁吗？我是被派来保护你的。”

教父叼起了一只白陶烟斗，那是莫娜姑妈，他最钟爱的女儿从巴伐利亚带给他的。

“霍尔斯特！”

“什么事儿，教授先生？”

“您为什么把雷克斯海报贴到我们的轿车上？”（“我们的轿车”，因为是教父付钱买的。）

这男人没有回答。不值得他费这个劲儿。他身怀另一个任务。

“很可能是个孩子干的，说不定就是修道院学校里那些不守规矩的小子中的某个鼻涕鬼。”爸爸说。

“是个身高一米五的孩子，”教父若有所思地说，“不然他肯定够不着后窗玻璃。”

“或者是个罪犯。”爸爸说。

教父鄙夷地皱起了鼻子，就像金马刺战役[1]爆发前一年，法国国王在看到衣袍华贵、姿态高傲且派头十足的弗拉芒贵族代表团时做出的样子。

“罪犯。”教父说。手指着围绕在敞开的坟墓周围的那群人，因为他们没有哀号，没有悲痛得拔头发或扯衣服，他们甚至都没有叹气，仅仅只是四下里站着，冷冷的，向前弯着身子，像是墓园里四处可见的白色大理石雕的哀悼圣母像[2]。“够了。”教父说。两只飞蛾飞出了他的嘴。“够了。”教父说。他弯身下去，对棺材里还有体温的孩子说“够了”。棺材四面都已经渗入了地下水。小轿车发动机突突响地驶入了奥德纳尔德的施坦街，停在了一户人家门口，门槛上站着战栗的妈妈。

不，

这不可能，妈妈正躺在图胡瓦博胡的家里，在自己的床上，盖着

---

1 金马刺战役：于1302年7月11日在弗兰德地区由平民发起的反抗法国占领军的战役，弗兰德平民以少胜多，大败法军，后来将法国贵族的金马刺示众。

2 圣母马利亚在基督死后悲痛地怀抱基督是基督教绘画和雕塑的常见题材。

羽绒被，她被撞伤或摔断的腿或肋骨让她根本起不了身。

路易斯大口地吸了吸空气。灌木丛后走过了两个修女，从她们的步伐中他认出了修女克里斯。远远地可以听到刚踢完足球回来的霍屯督人的叫嚷。路易斯就着湿了的膝盖继续往下滑，滑进了灌木丛深处，把脸埋进苦涩的叶子里。

妈妈受的伤，完全是他的错。假如他待在家，就绝不会发生这样的事儿，因为在碎片四溅的那一刻他会接住她，就在她梦游到她卧室旁的走道上，摔倒了，弄断了两边手肘的时候。

那样的事儿绝不会发生，假如他在寄宿学校惦记着她的话。（不是偶尔想一下，而是有目标的、冷静的、频繁的想念，要在她寻求保护的、犹豫的、摸索的身影，以一双白色的走不稳的脚走向楼梯那一刻，用这想念抵达她。）假如他的想念、他的祈祷在她还安睡的时候能够包裹住她的话。假如她接受了，吸入了他的想念的话。她就会醒来，会低声说："我在，我的路易斯，我在，尽管叫妈妈。"还会刮刮他的鼻子。摔倒的事儿绝不会发生，假如根本没有他的话。因为假如他不在这世上的话，她就不会在楼梯口犯头晕。因为生他的时候，她的血液里染上了什么东西，这是诺拉姑妈告诉他的。假如根本没有他，也绝不会出现这一刻：她那因为生他而遭了损伤，变得虚弱的灵魂决定将他这危险的新生儿，这拖累人的孩子一股脑儿送进修道院学校。

出生到世上也会带来痛苦。这是路易斯无法想象的，虽然他立刻就相信了。他也不愿去想象，出生和沾满屎的床单，以及招来所有邻居的大声哭叫是连在一起的，还有拒绝和催促，还有"用力压"。

"康斯坦泽，"诺拉姑妈说，"你绝不可以用力压，永远不可以。"

"可我能做什么，教授在那儿喊着'用力压，用力压'啊？"（妈妈，调皮的口吻。）

"我会说，'教授先生，您自己来压一下啊，不然就别烦我。'"妈妈笑了。那是四点钟，她和阿姨在吃蘸榅桲果酱的黄油面包。诺拉姑妈说，咖啡里有太多的菊苣了。他听到妈妈在客厅里大笑，一边在厨房餐桌上继续玩他用硬纸剪出来的小骑士和贵族小姐。

“我记不起那些事儿了，”妈妈说，“我只记得，痛得不得了。这我还记得。我都想从窗户跳出去，我都快被扯碎了，但是女人身体里肯定是有什么机关，一旦把这事儿挺过去，它就会消灭一切痕迹。”

“但是它也知道，被生到世上来也是有痛苦的。这些小蠕虫，一旦挺过去，它们也就不记得了。这都是亲爱的上帝安排好的。”

“这样也好，不记得也好。”

“是啊，不然就没有哪个女人还想再生孩子了。”

“如果什么事儿都随人愿不愿意就好了。”

“不管怎样，那条裂缝愈合得挺好。”

这是上个假期的事儿，但已经过去了那么久。温和的、柔软的声音，阳光四洒。女人们有会愈合的裂缝。或者是被缝上的。

“我还有痔疮要对付呢。”

“啊，这些也会消失的。”

“要用特立马林，还是叫普力马林，是一种蓝色的软管。”

“我有一种药膏，标签上有个白色十字架。”

“这些药膏都是同一家工厂出的。医药公司只是给它们起了不一样的名字，装进了不同的软管里。为了销售额。”

“所以我们的母亲总是去尤里斯·凡东克的店里。”

“去那个江湖郎中那儿？”

“就你会这么说。他从森林里弄来药草和荨麻，用这些熬出一种粥来。两法郎一份。包治百病，他说，人兽通用。可以养胃，可以治抽筋，治头痛，治便秘。吃起来就停不下来，他说，这粥就是生命本身。”

“范登布舍小姐也是去这么一个江湖郎中那儿看的，你知道她都做了些什么勾当。”

“是啊，但是那是个江湖骗子，康斯坦泽。而且那时候本来就来不及了。”

“看样子那是个男孩。”

“几个月大了？”

“六个月。”

“她居然一直就这么怀着他四处走，听任他烂在肚子里。”

“是啊，我也想知道，她怎么会走到这一步的。她虽然总是有点粗心马虎，这个范登布舍小姐，她的马尾辫都能滑进眼睛里，但是如果真有什么不对劲的话，别人也还是看得出的呀。尤其是因为她有了糖尿病。”

“还有甲状腺。”

“还加上这个毛病。”

“话说回来，康斯坦泽，别人也不是一直都注意得到的。我们的阿尔冯斯我就没看出来。一点儿都没有。我走到屋子后面，坐到马桶上。我还说，奇怪了，现在这是怎么回事儿？结果他就从我身体里滑出来了。”

“你要叫他阿尔冯斯？”

“是啊，牧师建议的名字。您可以按我的名字叫他，他说。叫他阿尔冯斯。”

“范登布舍小姐的那个孩子……”妈妈把声音压低了。

路易斯要费劲听才听得到她的话。“我给你讲的都只是我听来的。看上去那不是她丈夫的种。”

“康斯坦泽哟！”

“我不想继续嚼舌头，说谁是那孩子他爸了。我只是告诉你，那是个可怕的酒鬼。叫珀尔诺德，如果你想多知道一点的话。别的我就不说了。”

“一个叫珀尔诺德的酒鬼，”诺拉姑妈说，“好，好，我已经猜到那是谁了。”

一把椅子刮过地面瓷砖。水壶被提起来，又放了下去。

“别放这么多菊苣进去，康斯坦泽。这样味道太苦了。”

“菊苣是萨尔玛店里的。看起来大家都排着队去买呢。咖啡越来越贵了。”

“我认识这里街上几户人家，他们买了足足百来袋咖啡。还有好几袋的盐。以防万一。”

“是啊，万一遇上捷克斯洛伐克那样的厄运。”

“不管怎么样，情况是不会比现在好了，这是肯定的。”

“那就只能沉默了。”

她们没有沉默。她们聊起了诺拉姑妈的女儿妮柯尔的甲状腺。路易斯走到了客厅里，走到她们跟前。诺拉姑妈说：

“好家伙儿，你长得怎么这么快。”

不然她该说些什么呢？他们所有人，爸爸那边的塞涅夫亲戚，妈妈那边的柏塞茨亲戚，还有所有高于一米五的陌生人都要操心一下小麦长多快，小狗崽长多快，路易斯长多快。还有你呢，路易斯！承认吧，在诺拉姑妈对你说“好家伙儿”的时候，那感觉真不赖，尽管你知道，这“好家伙儿”指的并不是你，而只是一个感叹语，是涵盖了整个人类的，包括修女、使徒、霍屯督人（甚至还有米泽尔族，他们不是人，而是异教诸神拉的粪便，不知道什么时候突然就变成了人）。

“好家伙儿。”路易斯边说边站了起来，因为承接又抛弃了他的汗水的灌木丛招来了越来越多的蚊子。他脑子转着这个念头，要不要走进祈祷室里去祈祷。这是一个罪恶的意图。不是突然对上帝起了敬畏之心的转变，那是圣人扬·贝尔西曼斯[1]，那个幸运儿经常经历的，而他心里想的只是哄骗的诡计，好为自己缺席食堂找理由。还是说一次祈祷，哪怕是出于低下动机，也会有效力？耶稣那么宽大慈悲——梅尔克说到这个词，听上去总黏黏的，像是在说吃辈（慈悲）——会接受素有（所有）祈祷的。[2]他到世间来，并不是为了召唤那些正直的

1 扬·贝尔西曼斯（Jan Berchmans，1599—1621）：虔诚的耶稣会士，1888年被教皇封圣。
2 括号里为正确发音。此处是想模仿梅尔克口齿不清的样子。

人，而是感召有罪的人。在他对所有灵魂施行的无穷老练、目力非凡的监控下，路易斯的邪恶意图立刻就会被看穿，然后他会动用温柔和善心，把路易斯的祈祷转变成真正的祈祷。

去祈祷室，还是不去？

他在下定决心之前，又有了一个想法。这个想法突然变得格外强烈，让路易斯又缩进了灌木丛中的汗水蚊子之间。霍尔斯特是个天使。以妈妈的一个朋友的面目出现的天使。不管怎样，是和妈妈来自同一个地区的人。因为当路易斯听到霍尔斯特的嗓音时，当之前街上读到的唇语被音调、声响和话语取代时，他认出了伯斯特格姆方言，妈妈、梅尔克和大量柏塞茨亲戚的家乡话。

这就意味着，霍尔斯特天使是妈妈派来的秘密信使。那两个男人，那两个塞涅夫强迫霍尔斯特留在车里，待在车旁边，是为了阻止他传递妈妈的信号。霍尔斯特根本找不到机会接近路易斯，没法迅速从嘴角处向他低语："你母亲摔倒了，但她还活着"，或者"你母亲摔坏了膝盖，但是她想念着你"，或者"你母亲流血了，但她没有忘记你"。

当然就是这样——他之前怎么没想到！霍尔斯特和妈妈一样，是塞涅夫祖父和塞涅夫父亲这两个监狱看守守着的一个囚徒。妻子、司机和孩子总是被男人和修女的权力所控制。但是，如果霍尔斯特是具有人形的天使，他难道不该更有力量吗？

他悄悄地——除非修女们透过她们城堡的第二层楼的窗户窥望他——站了起来，揉了揉已经泛出绿色的膝盖。他磨磨蹭蹭地走过看护院，那里面一个生了病的霍屯督人尖声叫喊着，找自己远在十二座村子之外的霍屯督妈妈。

也许霍尔斯特真的给过他暗号。而他和平常一样，没有接收到。也许这个暗号，他要到晚上或者明天才会豁然开朗，一清二白？天使给的信号能是什么呢？

在他试着让霍尔斯特高大的形象重现在自己眼前时，从塞涅夫们身旁和身后，一股暖流包裹了他，爬到了他的皮肤下，变成了一阵香味，一个声调，红得刺眼的黑暗。

路易斯感到某个和霍尔斯特一样的人用胳膊抱住了他的胸肋。是霍尔斯特那两只肥胖的、肌肉松垮的、像是用自行车打气筒打满了气的胳膊。它们移过了他的胸口，夹住了他的下巴。是霍尔斯特把他高高举了起来，那是很久以前了，那时他是所有毛头小子里最小的那个，而霍尔斯特就把他，仿佛他轻得像一网兜西红柿，递给了旁边另一个同样高大的巨人。是霍尔斯特在这些年里充当了妈妈的帮手。妈妈一直都把天使流放在外，把他藏在自己的地区，藏在代因泽市附近那些散居的柏塞茨同族中间，直到她需要他为止。

另一个巨人，比霍尔斯特更高，从带金锦缎镶边的猩红色袖子里伸出手来接过了路易斯，一只印章戒指蹭着了路易斯的脖子。一张有着土豆鼻子、布满酒红色小血管的庞大的脸，在一朵纤维状棉布云、结成网的白糖和雪之间，在一顶闪闪发亮的额带下神采焕发。嘴唇开启，一条沾了东西的舌头和土黄色牙齿显露了出来。这个巨人呼出的气息有醋和烟草的味道。他问："嘿，小伙子，你叫什么呀？"看不见的妈妈，远远地说："我的路易斯，他可乖了。"而路易斯尖声叫唤，手脚乱动，朝那个总是够不着的脸砸打过去。"可是，路易斯，这是圣尼古拉斯啊。"他被按到窸窣作响的大衣里，放到一只膝盖上。霍尔斯特，妈妈的帮手和间谍，很可能稍后也会出现在修道院里。所有人，除了路易斯都会看到他，和他打招呼。霍尔斯特是躲在白色泡沫后面的男人的孪生兄弟，这个男人很多年以来都摆出圣人、主教、水手、收税员和孩子的保护人的样子，就好像是他救了三个被撕碎了扔在泡菜桶里的孩子。

天使霍尔斯特肯定也是那个多年前在无人安睡的漆黑夜里，当毛头小子们号啕大哭，霍屯督人低声呜咽，修女们大声呵斥时，在卧房大厅里来回飘荡的幽灵。

霍尔斯特甚至有可能是按照妈妈的命令把他送到修道院托儿所里去的。不，是妈妈亲自送路易斯去的。在陌生人的跟踪下，她穿着飘舞的长睡衣，跑过哈尔贝克的偏僻街道，她怀抱里的路易斯一路上被摇晃得厉害。穿过敞开的大门，她跑进了修道院，在那里放下了包裹，里面是被绑得紧紧的、浑身湿透了的路易斯。她紧张地在我的鬈发上方画了个十字。她哧哧地笑着消失了，把我留在了瓷砖地板上。叮嘴的苍蝇坐在我湿湿的嘴唇上。扑眼的蛾子，像平常那样成双成对，贴在我的眼皮上。我在睡梦中听到它们温暖翅膀的颤动。

第三章
奶牛玛丽

在长满了长生草的矮墙后，站着贝克朗，他正在耙地。他其实叫别克尔曼斯，但是使徒们管他叫贝克朗，用的是一个有传奇色彩的强盗头子的名字。那强盗于1800年左右在布鲁日的集市广场上被砍了头，因为他偷了富人的金子散发给穷人。按照爸爸的观点，法国人之所以要在那些亲法的市民和贵族——那些法国迷们的怯懦欢呼中砍掉贝克朗和他的二十二个伙计的头，首先是因为这个强盗头子是一个“弗拉芒子”，一个热爱弗拉芒的本族人。

眼前这个贝克朗，这个园丁可丝毫没有反叛者的味道。从形态上来看更多的是个侏儒，会因为对修女的敬畏而浑身发抖。他抱怨自己的哮喘，他说那是在14—18年[1]战壕里由于毒气而染上的，但这都是骗人的。

贝克朗低垂的头刚好高出矮墙；既然和身子分隔开，这头就像是在砖石上滑动。整个手持钉耙的贝克朗，从墙塌下去的一个口子里（据传说，一个修女受到拿破仑的士兵追逐，便通过自己的祷告让墙塌了一块，就像摩西劈开红海时做的那样）可以看到一眼。（但是这说法不对。所有人都只是异想天开。我们都是现象而已。我们从来就不是

1 指第一次世界大战（1914—1918年），下文中出现的“14—18年”都代表此意。

别人所认为的那样。我活着，但是我并不在活。耶稣活在我心中。）

圣贝尔纳德的水泥雕像，衣袍刷成了矢车菊蓝色，站在路易斯和冬迭南面前，丰满的脸蛋呈粉红色，嘴唇是鲜红色，她以前肯定也不是现在路易斯眼前看到的样子。

伯恩纳德特对其他修女说："我继续干活儿去了。"

"哪份活儿啊，伯恩纳德特？"

"生病。"

这段话修女恩格尔每年都要讲上三到四次。伯恩纳德特在六年前被封圣了，不是因为贞女马利亚对她显了灵，也不是因为她身边圣迹汩汩涌出，而是因为她牺牲了自己。尽管这个世界用误解、怀疑和猜忌残忍地折磨了她，但是她并不是受到认可的殉道者。

"我母亲从楼梯上摔下来了。"路易斯说，"摔到了脖子。她受了重伤。"

"切——切——"冬迭南说，就好像在招呼一只猫，一脸讥笑。路易斯想知道为什么。但是作为使徒的创立者和首领，他不能放下尊严真的发问。他朝耙地的园丁喊道："贝克朗，你有什么东西要给我们吗？"

园丁直起了身："当然了，你俩都有份。"

"什么啊？"路易斯高兴地喊道。

"耳朵后面一刮子，你们这对坏小子，耳朵后面一刮子。"

两大使徒嘟嘴呸了一口，撞了撞对方。只要你愿意，随时都能诱发出贝克朗的威胁，每次都一样，他每次都是一样的怒火中烧，气急败坏。他的妻子特丽丝，和他一样枯瘦，两腿比他还弯，在和他共同生活了这么多年之后，也把这个特点据为己有了。一只公火鸡，一只母火鸡。

贝克朗从来没当过兵，他个子太矮，太瘦小了。不过在14—18年的时候，不光是孩子，连侏儒也被征用了，他们要从下面爬过阻止德国人靠近比利时战壕的铁丝网。如果贝克朗真的当过兵，那么顶多也是上辈子的事儿，当的是在各各他山上为了得到耶稣的衣服而抽签并且嘲笑救世主的士兵中[1]的一个。

修女亚当有一次曾经皱起鼻子对登·多汶说，他身上和从不洗澡的贝克朗一样臭不可闻。

“贝克朗当然不会洗澡，”路易斯想，“他何必洗澡呢？只要一干活儿，他马上又会变脏啊。”

“我母亲有时候一天洗两次。”冬迭南说。（切——切——我的母亲摔下了楼梯。他的母亲洗澡。）

“哪儿？”

“在厨房。靠着水池。”

“不，我是说，她洗的是哪儿？脸吗？”

“是啊，还有手。”

“还有脚吧？”

“那我还没有见到过。”冬迭南说，“女人洗得比男人勤快。不过她们也必须多洗洗。她们变臭起来要快得多。”

冬迭南是怎么知道这个的？他的叔叔是药剂师。

贝克朗站在了墙塌了一大块的缺口处。他把帽子拉到了脖子上，在他的额头上有一道血红色、手指宽的印记。他把钉耙扛得像把步枪。按照修女天使的观点，整个地球上随时都可能爆发战争。

“你们倒是两个有点腱子肉的小伙儿。”贝克朗说，“我们的列昂进了城。我就一个人和特丽丝待着。你们可以到玛丽那儿搭把手，她立刻就要生小牛崽了。你们要做的，就一点：拽。帮我拽。如果这是我自个儿的母牛，我就会说，我一个人也能拽到底。但是这说到底还是修道院的牛……”

“您尽管舔我袖子吧。”路易斯说。

“也舔舔我的。”冬迭南马上说。

“你们两个软蛋。”贝克朗不那么军人做派地把钉耙从肩上放下来，

---

1 即耶稣被钉上十字架时，罗马士兵所做过的事。各福音书中对此都有记载。

倚靠着它。他身上有萝卜的味道。

“我们不可以进牛棚，这是严格禁止的。”路易斯说，“要是有修女看到我们了怎么办？”

“软蛋。”

“那里面有多少头小牛犊？”冬迭南问。

“哎哟，我的个青天，”贝克朗叫道，“你真是个滑稽鬼哦，你还以为一头牛是一个工厂吗？这我得马上讲给特丽丝听。哎哟，哎哟。”

“修女伊梅尔达能帮您。”路易斯说。

“啊哈，她呀。她只会帮倒忙。她太笨手笨脚了。”

“她学过农业学。”路易斯说。

“还不就是因为这个。”贝克朗说，边走边起劲儿地挠痒。

“你们这些没出息的尿裤子鬼，”他又说，“我们就得靠这样的货色保卫我们的祖国。如果我们在14—18年依赖的是你们这样的笨蛋的话……”

他将半截揉烂了的、潮湿的棕色香烟插进了嘴角。在开罗和阿斯旺，有衣衫褴褛的男人瞪着猞猁般的眼睛，等着一个异乡人把香烟扔在地上，然后闪电一样快地扑到那个猎物上。但是如果他们被警察抓到的话，就要为此付出25个土耳其镑罚款的代价。在家，在瓦隆，路易斯有一次在教父上厕所的时候，吸了五口他的香烟，结果呕吐得够厉害。妈妈责骂着给他洗了脸。爸爸从不抽烟。一个男人如果不会抽烟斗，他就不是男人。

“如果玛丽的事儿出了岔子，那就是你们的错。”贝克朗说。

“会出什么岔子？”路易斯开始打冷战。圣弗兰西斯科绝不会情愿任何动物死去。

“也许我们吃过晚饭后能溜出来。冬迭南和我。但是您知道学校的规定的。”

贝克朗将帽子拉到额头上，正好压住血红色的印记。路易斯对普拉林巧克力又有了渴望，它们现在正躺在饭厅里齐墙高的柜子里，那里所有东西都会起霉、变干，反正就是会变坏。

“学校的规定！如果我们在14—18年遵守了哪条规定的话，我们整个军队很快就都要吃草。动物是不用守规矩的。人也是，如果情况紧急的话。你们这些小子对动物一点都不尊敬。别怪我话说得太狠，你们比德国王太子都差劲。打仗那会儿，到了最后，他的部下都不得不吃甜菜，啃夹了碎稻草的干面包了，他还一直给他的马喂顶好的燕麦。但是这还没完。当他的士兵因为缺汽车轮胎和汽油丢胳膊少腿，有的还送了命的时候，这位王太子却在整个欧洲调动汽车和司机，好找到一只母猴子来给他的公猴子做新娘。那只猴子是恩维尔·帕夏[1]，那个土耳其人送给他的。在战争期间举行了一次猴子的婚礼，有军乐队，还有尊贵的客人，王公和大使之类的。”

母牛玛丽晚上九点半死了。她号叫的哞哞声，贝克朗和特丽丝的喊叫声一直传到了卧房大厅里，盖过了小家伙们的啼哭声和修女克里斯的鼾声。清晨，一头肥肥的、浮肿的白色母牛朝路易斯冲过来。他跑开了，但只跑到了铁丝网边上，铁丝网没法后退，也打不开。母牛低下了头，笼罩在浅色睫毛下、布满血丝的眼睛里都是控诉的神情。它轻盈地跳到了空中，带着大理石和铁做的爪子落到了路易斯的肚子上。连着三天，路易斯都在手腕上戴着一个黑色的毛线圈，作为哀悼的记号。整整一周，他都向圣弗兰西斯科祈祷，请求原谅。

1 恩维尔·帕夏（Enver Pascha，1881—1922）：奥斯曼土耳其军队领袖，在一战期间号召奥斯曼土耳其帝国加入同盟国阵营。

第四章
修女圣盖洛尔夫

那些学校规定有着让人头晕目眩、谜一般的大小条款，没有哪个学生能全部明白，因为没有哪个学生被允许看一眼这些规定。它们被收在一本用牛皮包装，在边角上还钉了黄铜的厚厚的书里，这本书被修女们藏在她们的城堡里。每次有了点芝麻蒜皮的争议，她们就要去书里查看。修女们很少争论，因为她们已经告别了尘世，为的是实现庄重的誓言，彼此和平共处。

这部规则大全，在星期六晚上都要由管家嬷嬷或在她生病的时候由修女萨普里斯蒂加以补充。在其中可以读到，修女们和囚徒——学生们什么时候必须起床；起床、洗漱和咬第一口黄油面包之间允许磨蹭多长时间；哪一天有可可、脱脂牛奶粥、血肠；迫不得已的情况下允许吃哪种肉，比如，某个周五在你已经饿得奄奄一息，但临危之际又到了一个绿洲的时候；冬天一条短裤可以盖住膝盖以上多少，必须盖住多少；可不可以在自己的休闲时间里大笑，如果可以，允许笑多大声；如果有家属两个星期前死了，在哪一天的哪一个时刻必须把赛璐珞领子翻过来，领结的蓝色可以有多深，因为如果是近乎黑色的深蓝，那么戴它的人就是在毫无理由地哀悼，会惹怒上帝的眼；一年里从什么时候起可以开始戴草帽，因为并不一定是在复活节就可以的；对一个不再是小毛孩但却尿了床的学生，必须施以什么样的惩罚；允不允许用三颗黏土做的弹子球交换一颗玻璃做的有火焰条纹的弹子球；允不允许同时往嘴里塞三条以上的口香糖；晚祷到底什么时候开始，为什么；等等。

针对不同的主题，写规则时用的是不同的颜色。上帝的教诲，比如说，当然就是红色，就像神圣心灵的血液。在这一个章节里能找到关于信仰和祝祷词的条款，其中规定了在什么时候，为了什么目的，要念诵或吟唱些什么话，怎么念和唱这些话，要怎么才能用歌唱制服那位永不知疲倦的敌人或用祷告来抵御他，可不可以先迷惑一下他，然后再一劳永逸地摧毁掉他的轻率信任，首先用迅捷短祷，再用长篇连祷，稍后再用禁欲，最后用殉道。要是有哪个修女心生怀疑或忘记了什么，就可以打开这本书，查看谁才是救世主的真正朋友——里面列出了圣徒和获得封圣的人的名单——谁是异端、叛徒和变节者；谁漠视上帝和比利时的律法；谁，比如说，散布了诋毁我们尊贵的列奥普德国王的谣言，就像自由主义分子做的那样；谁公开或私下里声明自己决不想为基督教之王战斗；或者谁（就像上星期比特贝尔，那个傻羊脑袋做的那样）嘲笑了年轻的西班牙天主教，他们可是穿着短裤，拿着猎枪对抗那些在西班牙攻击耶稣卫士的统治的国际纵队里的；谁在面对邪恶力量的时候只会像个懦夫一样耸耸肩；谁对邪恶力量每天的挑衅都无动于衷——对这一点有另外一个规矩，在某些例外情况下最好还是听从邪恶力量，跟随它，好在日后更狠地忏悔，而不是假装邪恶根本不存在。就连我们中最小的那些孩子在对抗邪恶的斗争中也可能有用，因为他们初看起来显得天真无邪，所以能更巧妙地溜到邪恶的阵营中去，就像从14—18年战壕的铁丝网下面溜进敌营那样。

这本书里也画出了魔鬼，它们的外表得到了细致的描绘，不然就没法区分出它们来。这些堕落的天使，自从它们背叛了上帝之后就再也不能来到上帝眼皮底下；或者说得更确切，是上帝再也没法用正眼瞧它们，它们是在创世记第二天被创造出来的，同天使一样明亮放光，结果它们自己把事儿搞砸了。在书中这些魔鬼是按姓名字母顺序排列出来的，在附录里的地图和天图上还写明，如果走运——走霉运的话，能在哪里遇到它们，因为它们中大多数都是躲在云雾里游来荡去的。有的会蹲在阳光下或地球核里。但是它们都被编了号，整理得井井有条，一共是六千六百六十六个军团连同侯爵、伯爵、公爵和大法师，他们又指挥着四千五百万邪恶士兵。有住得很远的火魔，有像苍蝇一样围着我们嗡嗡转，还会释放出风暴的风魔，有以人形混在我们中间引诱我们的地魔，有藏在地下让埃特纳火山[1]或斯特龙伯利火山[2]爆发或骚扰林堡的矿工的水魔，有以女人形态现身的魔鬼，有的魔鬼还能让人看出年纪来，这也都记在书里了。这一切是由上百位修女一代接着一代勤奋而仔细地记载下来的，直到今天。

上帝的间谍当然在这本书里是找不着的，因为这是隐藏最深的秘密，只有教皇和三位特殊的红衣大主教才知道，那三位胸前罩着无袖外衣，里面有很小的一本书，书中的文字只有借助一个高度数放大镜和一种不可盗取的密码才能解读。路易斯想知道，霍尔斯特的名字在那本小书里会以什么样的形式出现。

在修道院这本大书里还有些什么呢？很有可能是寄宿学校的真实财务记录，因为很熟悉和钱有关的事儿的维奥蕾特姨妈曾经这么暗示过。据她说，修道院有两本账目，这样倒也挺好，因为要是把所有那些数字、所有的收入支出公布出来任人看，那么学校可就得遭受财政部的种种恶意刁难了，大家都知道，财政部可是共济会[3]说了算的地方。

书里还有一部分讲地理的，带有可以展开的地图折页。这部分标出了天主教辖区的边界和那些还要等着传教士去劝导人皈依的地区。直到两年前，我都挺渴望路易斯·塞涅夫能被派到奥里诺科河[4]，或者，

1 埃特纳火山（Monte Etna）：欧洲最大的活火山，位于意大利西西里岛东海岸。
2 斯特龙伯利火山（Stromboli Volcano）：意大利半岛西边的一处活火山。
3 共济会（Freemasonry）：出现于18世纪西欧的准宗教兄弟会团体，会员散布全球，倡导博爱、自由、慈善，在纳粹控制欧洲期间遭受诬陷和残酷镇压。
4 奥里诺科河（Orionco）：南美洲第三大河。

如果这个行不通的话，派到易洛魁[1]部落那儿去也成。

其中专门有一节讲到了犹太人，他们几乎不受控制地成群扩散，四处落地筑巢，在好莱坞，在填满钻石的安特卫普地下室。就像跳蚤下的蛋，爸爸说。

“但是耶稣也是一个犹太人啊。”弗里格说。

“不算真正的犹太人。”路易斯希望弗里格没有觉察出他的犹豫。

“他之所以是个犹太人，是因为他父亲想让他受到鄙视和欺凌，他父亲是为了这个才选择了犹太种族的。”

“真不赖。”比特贝尔说。

修女萨普里斯蒂说，很多年前学校曾经接收过一个犹太男孩，他谎称自己是来自法赛那涅的一个普通学生。她揭穿了他，在他自以为没人注意而带着满脸说不出的仇恨用自己的犬牙嚼碎圣饼的时候。

“我们也被记在书里了吗？”冬迭南问。

“没有。所有和学生有关的事儿，管家嬷嬷都记到别的本子里。”

“所有的事儿吗？”

“所有她们知道的事儿。她把这些物件都保存在她的办公室里，就在左边转角柜里。记录卡片啦，纸条啦，本子啦，纸盒子啦，都记满了讯息。”

蜘蛛网一样的丝线交织在学校上空，它们振动着将信号传递到城堡里去。

“所以每次看到管家嬷嬷，她总是在写些什么。”

“她把村里所有发生的事儿都记录下来了。”

“所有的事儿？”

“所有的事儿。”

“可是她肯定没写哈尔贝克足球队一比四败给了瓦勒海姆队。”

“这个也写了。还有车祸，还有一匹马扭伤了踝关节，送报人工作

---

1 易洛魁（Iroquios）：北美原住民联盟。

四十周年，‘远走高飞’俱乐部骑自行车远行了250公里。”

“真不赖。”

“还写了我们是使徒吗？”

“这个倒没写。”路易斯说，心里想着：说不定还是写了的。管家嬷嬷可有个充了电的海绵状大脑，什么都会捕捉到，什么都会吸收掉。就连米泽尔们，使徒们面对的魔鬼，那些尽管从不留下名字和任何痕迹但却无处不在的家伙，他们传出的任何动静也跑不掉。管家嬷嬷会感觉到他们的动静，他认定，但是米泽尔们自己呢，不，她发觉不了他们的。

“那本大书是什么样子的？”瓦尔杰问。他是弗里格的弟弟，小毛头中的一个，同弗里格一样有着榛子棕色，有时又泛出琥珀色的眼睛和尖尖的手指甲。

“那是本精装书，封皮由小牛皮做成。书脊已经烂掉了，书虫在羊皮纸上咬出了洞。在第一页上有一个骷髅头。文字有的是黑色，有的是棕色。”

“她们把它放在哪儿了？”

“没有人知道在哪儿。”

后来，到了晚上，瓦尔杰坐到路易斯身边，路易斯这会儿正就着旋转木马的灯光读《圭多·赫泽拉的生平与作品》；教父从大卫基金会书单中挑出了这本书，在上一个圣诞节作为礼物送给了他。

“如果没有人知道她们把大书藏到哪儿了，修女又怎么能读到它呢？”

“你真是够聪明啊，瓦尔杰。我说没有人知道，是说除了修女们没有人知道。我们之中没有人知道。我们虽然知道，这本书直到1935年前都放在一个空房间里，因为布鲁日主教下令说要把它放在空房间里散散味儿。但是在1935年，当港口工人工会在村子里庆祝成立25周年的时候，那些异端分子聚集在大门口，拼命乱吼。那时候修女长就决定让一个修女作为看守留在房间里，要她在陌生人靠近的时候发出警报。”

就像古罗马的一只鹅那样嘎嘎叫，他想，但是并没有把这话说出来。不然他很可能就得给瓦尔杰讲演一下整个罗马帝国史了。

“谁是那名看守呢？”

“在第一年是修女圣盖洛尔夫。”

“我不认识她。她死了吗？”

“差不多了。”

“她在哪儿？”

“在城堡中的一个小房间里。她出身一个贵族家庭。以前她有过四个姓。”

“哪些呢？”

“呃……她自己也早就忘了是哪些。她丈夫，一个公爵，把她赶出了家门。为了对他的罪孽进行忏悔，她就放弃了世俗生活。她身体就动不了了。”

“为什么动不了？”

“因为她被绑在一个座椅上绑太久了。在椅背顶上是一只橡木做成的山雕。”

“鸟类之王，”瓦尔杰急忙说，“她是被什么绑起来的？”

“有三条绳索绕住山雕的爪子和她的脖子，有三条捆住她双腿，三条围着她手臂绕了两圈。过了几年后，修女恩格尔对她怀有怜悯心，悄悄给她松了绑，但是已经太晚了，修女圣盖洛尔夫已经动不了了，她一站起来就轰然一下面朝下倒了下去，她的整个脸都被刮伤了。”

“她是坐在一把可以拉屎的椅子上吧？”

“当然。没别的法子啊。”

“为什么她要被绑起来？”

“因为她用一把削土豆的刀子剜出了自己的眼睛。因为她在自己房间里舔墙壁舔到舌头嘴唇都破了。所以修女们就把她绑起来了，是同情她。”

“她在进修道院之前叫什么名字？”

“公爵夫人卡特琳娜殿下，多的我也不知道了。”

“卡特琳娜，卡着了脑袋瓜。”瓦尔杰唱道。

“有段时间是两个男杂工照看她，他们时不时地在厨房帮忙做点事，是对双胞胎，两个大粗膀子。但是修女长后来禁止他们去了，因为这俩家伙是臭流氓。”

“臭流氓？他们做啥了？”

“没羞没臊的丑事儿，多的我可不能再透露了。不过他们还是整天整天在修道院周围要流氓。到了晚上他们就在修女圣盖洛尔夫的窗户底下像狗一样汪汪叫。而且，他们似乎在叫的时候还脱光了衣服。”

“那米泽尔们肯定出来把他们赶跑了？”

“什么？米泽尔？米泽尔是什么？谁跟你讲起米泽尔的？”

瓦尔杰把手遮在脸前面，做出抵挡的样子。

“是谁？”路易斯叫唤起来，“说话！是你那个傻帽哥哥，对吗？你倒是说话呀！”

“我不能泄露给任何人的。”

“他都对你说了啥？他的话我全都要知道。现在就要！”

“他说，他说米泽尔四处飞，到处都有，但是只有你们，只有四大使徒能看得到、听得到。”

“胡说八道！根本没有什么米泽尔。不过，还是不要对外说。跟谁都不许说。不然有你好看。你哥哥真是笨鸟脑袋。”

路易斯又拿起了他手上的书。“西弗拉芒意识，”他读道，“为了弗拉芒语折断长矛而起事，为它争取认可，让它平等地成为伟大的尼德兰语祖国的语言的一部分……”

“再说点儿修女圣盖洛尔夫的事儿吧。”

“为什么？”

“因为你挺体谅她的。从你的声音里听得出来。”

“你这个拍马屁的。”路易斯说这话的腔调就像一个教父在说自己的教子，他合上了书。“她是修女中最正直，精神最高贵的，所以她才被绑得那么牢。”

“多可怜啊。她整天到底都干些什么呢？”

“她手上拿着每日祈祷书，做出要念它的样子。她全身都冒出了脓包，因为她披着山羊毛做成的忏悔服。”

“她很快就要死了。”

“死在圣洁的气味中。现在虽然是腐烂的鱼一样的臭味，但到时候会变出焚香和鲜花的香味。修女长看到这情景会被吓坏的，会在漫漫长夜里悔恨得合不上眼的，因为她都没发现自己的修道院里有一个真正的殉道烈士。”

“她身子动不了。”瓦尔杰自言自语道。

“一寸都动不了。她要在椅子上接受圣餐。其他修女对她非常礼貌，因为她身上流着贵族血。她早上也是第一个得到清洗和喂食的。”

最后一点，路易斯当然从来没有看到过，因为自修道院学校成立以来就没有学生闯进城堡里去，也没有任何人给他讲过这些，但他就是知道。在冬天，负责生火取暖的修女会在一大早点燃学校里的炉子，抬着一铲子冒烟的滚烫的煤，就像抬着祭祀供品一样穿过走廊，她拉长了的身影在墙上滑过，听得到热煤嗞嗞作响和裙子簌簌有声，粉红色的炭火从下照亮了她面具一样的脸庞，她最先走进城堡，如果不是去她被捆绑的姐妹那儿，还能去哪里呢？她在那边会小心翼翼地、全心投入地、满意地将煤送进炉子。修女圣盖洛尔夫会在结痂的眼眶里感受到温暖，会轻声说：“啊，姐妹，谢谢，谢谢你生的这火，黑暗世界的边界现在又退后了一段，因为我，我这个被我们的救世主用眼盲来惩戒的人，更能感受到你带来的温暖啊。”

有一天发生了这么一件事儿，在日出之前：就在修女走到门槛处，置身于城堡和尘世之间的边界上的时候，弗里格悄悄往烧得通红的煤上撒了一把没药。修女昏昏沉沉地倒在了地板上，以路易斯为首的使徒们越过她，像苏族人[1]一样悄无声息地飞速掠过她身边，摸摸索索地走到了那间小房间门口。他们用一把小石斧砸开了门。我们在圣盖洛尔夫面前跪下，我亲吻她的手，瞎眼的她在空中摸索，找到了我的头。有那么一秒她以为是那两个身形怪异的裸体男仆回来了，但是我低声说："四大使徒在此，不用怕，我的吻不是犹大之吻[2]。"然后我们都站得笔挺，这她是看不见的，不过也不一定，因为我们的肉眼是看不到耶稣的恩惠的。我们一起大声说出我们的名字。七个修女拿着飞网和哐啷响的锁链跑了过来，但我们坚忍不拔地站着，等待着审判。修女圣盖洛尔夫说道："谢谢，谢谢，谢谢了，塞涅夫、弗里格、冬迭南和比特贝尔！在这一片黑暗里我年复一年地活着，我的姐妹几乎都不知道我还存在于她们之中，在她们的世界里。谢谢！现在大可为我准备好死亡之刀了。"我们和她一样怀着感激之情，被拖到了地下煤窖里。我们并不反抗，远远地还能听到修女圣盖洛尔夫的低沉声音在回响："我们欢迎你，我主基督。"随后就该是法庭听审了，修女长就该把她那把沥青黑的长尺子砸到桌子上，砸到四十根手指上了。

1 苏族人（Sioux）：北美的一个印第安部落。
2 根据圣经《马太福音》，耶稣的使徒犹大为了向犹太祭司指认耶稣而亲吻了他。犹大之吻用来指暗藏杀机的亲吻或示好。

第五章
奥利布利乌斯

就像在使徒年册里规定的那样，荷辛斯请求加入使徒行列的申请书是在弗里格的看管下写好，然后折成一个四角星星递上来的。这份申请书（它活脱脱是用臭猪蹄夹着铅笔写出来的，惨不忍睹的劣质证明，就连弗里格都觉得羞耻——路易斯决定待会儿就把它作为第一个反对理由放到桌面上来谈）的内容是："我，荷辛斯，阿尔伯特，提奥多鲁斯的儿子，家住洛文德格姆，决意证明基督之善。从今天，虔信者兼教父佩特鲁斯·卡尼西乌斯[1]之日，开始，我将对一切圣迹严守缄默。我就着禁书为此起誓。我身上由在场四大师徒之一所指定的位置将承受圣星烙印。我加入的理由是，五大使徒比四大使徒更好，五是弗兰德省份的数目。"

"在场使徒？"路易斯问脸色和粉笔一样白的荷辛斯。

"是啊。不对吗？"

"在场使徒。能下命令的就我一个人。使徒们，这份申请书写得太潦草了，必须重新写过，而且字迹要工整。"

荷辛斯退出去之后，其他三人试着说服路易斯。他们不能太难为

1 佩特鲁斯·卡尼西乌斯（Petrus Canisius）：16世纪的教父、基督神学家和作家，荷兰最早的耶稣会信徒之一。后来被教皇封圣。

荷辛斯了，要不然，他们都预料得到他会因失望而犯倔，再也不考虑加入的事儿了。再说那份申请书里哪有什么大错？不就是多写了一个字母“i”吗？他们说，路易斯不该太吹毛求疵了。比特贝尔甚至还说：“不就因为你想成为标准弗拉芒语的专家嘛，不就因为你的教父在年轻的时候得过一枚演讲艺术金牌嘛。”

路易斯又看了看这份折得不成样子的申请书。字母歪歪斜斜，几处缺了句号和逗号，上面写着“在场”两字，还着重加了下划线。他把这张纸插进了标有“使徒信件”的文件夹中。

使徒们互相挨着，坐在弗里格床上，高举着光光的脚。弗里格的脚趾长而瘦，就好像他从没穿过鞋似的。比特贝尔的脚脏得吓人。荷辛斯挨个吻了他们的脚，不过又得再来第二遍，因为冬迭南觉得他这事儿做得太快太草率了。然后，荷辛斯宣誓说：“为了忠诚和荣誉！”他把睡衣卷起来，躺到地板上，夹紧他的两瓣屁股。先是路易斯，然后是弗里格，接着是冬迭南，最后是兴奋地尖叫的比特贝尔，他们轮流在这白花花的臀部捏一捏或往里掐。荷辛斯很有男子汉的样子，没有哼哼唧唧。路易斯发觉弗里格挺为他庇护的这个小门徒感到骄傲，掐得尤其用力。等那上面的皮肤都已布满了红斑，路易斯便说：“阿门。”荷辛斯站了起来，给自己画了三遍十字，然后跪在比特贝尔面前。比特贝尔一边半点不打磕巴地说，“十字与盐与水，燃烧起来，认自己有罪的人，要得宽恕了”，一边把自己的睡衣撩起来，往荷辛斯头发上爽快地大尿了一把。荷辛斯等所有尿水顺着他的肩膀流下来之后，才跪着挪动身子，按照弗里格具体入微的指示，挪到床头，找到毛巾，默默地把地板擦干。

从市政厅的礼堂传来了村里乐队的奏乐声，反反复复没完没了的敲鼓声。

比特贝尔起身去看修女恩格尔是不是已经开始巡视了。等他回来，弗里格便说：“这个钟头的数字。”荷辛斯竭尽全力地快速数到一百。比特贝尔则说“结盟的字母”，荷辛斯开始背诵字母表，但结巴起来，舔了好几次嘴唇，然后还是一口气干巴巴地念完了。

“狗会怎么做？”路易斯问。荷辛斯把手巾塞进嘴里，咳嗽着，做出快窒息的狗吠。

“现在转圈。连转三圈。”冬迭南说。

现在村乐队抛来了响到极致的奏乐声：《沙皇和傻木匠》。

“你有什么东西能献给百宝箱的？”路易斯问。荷辛斯从弗里格的枕头底下抽出了一小包灰色的、脏兮兮的自行车骑手小照片。最上面，压在红色橡皮筋下的，是猫仔谢亨斯[1]，六次夺冠的自行车赛世界冠军。

“不行，”路易斯说，“我们不接受这个。这是在学校院子里做交易用的，是小孩儿的玩意儿。我们的百宝箱才不能装这些东西呢。”

“但是弗里格说过……”

“弗里格？他是谁？”就像佩特鲁斯做出漫不经心的冷漠样子否认救世主一样，我现在也这么否认我的爱，我的美人。

荷辛斯不知所措地抬起下巴指指弗里格，他正在抠自己的脚趾。

“弗里格这个名字在这里是没人知道的。使徒聚会的时候都用使徒名。”这倒不完全对，使徒们，尤其是比特贝尔，经常忘了自己的使徒名。

“我知道，”荷辛斯指天发誓地说，“你是佩特鲁斯，弗里格是保罗。”

“那我呢？”冬迭南问。荷辛斯不知道答案。

“马太。”冬迭南骄傲地说，“因为我有翅膀。”他用手比画着自己的肩胛骨。

“我是巴拿巴。”比特贝尔说，“你得一次都记住了，不然就要挨揍。”

“那我呢，我该叫什么？你们能告诉我了吗？”荷辛斯满头是汗，或者尿还没干。

---

1 指杰夫·谢亨斯（Jef Scherens），比利时场地自行车赛运动员，从1932年至1937年六次蝉联场地自行车赛世界冠军。在比利时获得昵称“小猫仔”。

“我们等你加入了以后，交了份子钱之后，再考虑这个问题。”

“你为什么没跟我说过这个，唔，保罗？”荷辛斯都快哭了。

“份子钱，”弗里格语气坚定地说，几乎是在大声嚷了，“明天再交。”空口说白话，他就想让我松口，马上接收荷辛斯这个大傻瓜加入。他知道我会让步的，因为我爱他，我爱弗里格，为了他我都会献出自己的生命。路易斯耸耸肩，把他的拖鞋砸到荷辛斯湿漉漉的脖子上。“荷辛斯，霍屯督人，从现在开始就是上帝的使者了。”他拿出了年册，喉咙里像塞了团东西似的念道：“千真万确，我向你们说，许多先知和义人都曾渴望见到你们所见到的，但却没有如愿；都曾渴望听到你们所听到的，但却没有如愿。”“阿门。”他最后加了句，虽然年册里并没有这个。

“好极了，”比特贝尔说，“大功告成。”

“我现在是谁呢？谁？我现在叫什么？”

“奥利布利乌斯。”路易斯说。

“这可不是使徒名。”弗里格说。

“这是个芥末牌子。”比特贝尔说。

“奥利布利乌斯是罗马的城市长官，想要娶童贞玛加利大，还崇拜异教偶像。”

“可是……”荷辛斯现在被弄得一头雾水。

“只要你还没交份子钱，你就不能用使徒名。但是你不用为这个担心，你亲爱的朋友保罗已经说了，你明天会补交的。对吗？”

“你真是个古怪的家伙。”弗里格说。

路易斯恼火地看到比特贝尔在咬一个苹果。苹果，天堂之果，按照年册是必须让所有四个人一起分享的。使徒与他们仪式之间的和谐一致已经出现了裂缝。

“我带了一本书来，是保罗要求我带的。”荷辛斯说，“我要拿过来吗？现在就拿？”

在他走开的时候，弗里格说：“这可不是我的错。他是从洛文德格姆来的，那里的人就是这个样儿的……”

这本在它一生中还从来没被当过禁书的书，是本有点儿潮湿的小册子，有人——肯定是很久以前了——在里面贴上了英语或美国语的剪报。卷曲的封面是黑白色大理石花纹的硬纸板，上面写着：作曲集。下面是一个无法辨识的名字和纽约布鲁克林大街53号。里面的画线纸上贴了泛黄、折皱了的照片。是凶犯、士兵、法警、戴钟形帽且有一口坏牙的女人。

“是从美国来的。”荷辛斯说。

“修女们谁都不懂美国话的，所以它怎么都成不了禁书。”

“可这里面有坏女人。”荷辛斯绝望地叫起来。

“我要好好看看。”路易斯把书夹在自己腋下，“现在让我们祷告吧。”

他们闭上了眼睛，念起了《圣母经》，就着《沙皇和傻木匠》的节奏。

第六章
关于另一个孩子

修女克里斯从半开着的橱柜中拿出了两块普拉林给路易斯，那橱柜里放着许多小包小盒，都做了标记，编了号。这两块巧克力都已经有了一层白边，吃起来有霉味。荷辛斯将他的牛奶巧克力“黄金海岸”分出一半，送给了路易斯。

然后，修女克里斯就坐到长桌的首位上讲解，形势变得紧急起来，因为在西班牙内战结束后，被打败了的杀人犯大批大批地往北边逃过来了。因为基督教国王狠狠惩罚了这些人，所以他们会在我们这儿进行报复。他们根本就不会放弃屠杀教士，辱骂修女，用钝刺刀杀死小孩。修女克里斯喜欢讲西班牙的事儿，这倒不仅仅是因为她发现学生们在听她这些故事时，会打着舒服的寒战鸦雀无声地好好儿坐着。她自己激动得不得了，这路易斯是从她平时一直惨白的脸颊上居然有了红斑看出来的。

尤其是那些工人们，修女克里斯说道，他们受了宣传的蛊惑，在西班牙完全失去了控制，常常要喝他们所迫害的人的颈动脉里的血。一个不配称为女人的女人，她特别臭名昭著，因为她咬断了许多宗教学校学徒的喉咙。高级神父腐烂了的尸体会被拖出受过圣礼的坟墓而遭到玷污。干这些龌龊勾当时被发现的弗兰德人被人拍下了照片。由于这些盗尸犯现在已经被曝光了，他们一旦回到熟悉的土地上就更加肆无忌惮了。所以啊，孩子们，我们的责任就是每当发现可疑的迹象，发现有陌生人在我们修道院四周晃悠的时候，就要立刻发出警告。

荷辛斯，如今他已经得到了巴多罗买的使徒名，非常不小心地露出了他手臂上的圣星标记。那标记看上去像是带脓包和黄色肿块的挺歪斜的海星。路易斯希望最好它治不好了，那样荷辛斯的手连同整个下手臂就都得截掉了。到最后，就像以他那个名字闻名的使徒兼殉教者，他就要被活活剥皮了。尽管如此，路易斯并不是很情愿看到弗里格那么不小心地用钢笔笔尖和紫色墨水给他刺出了这个标记。在其他使徒身上，圣星标记过了五个月就消失了。

“小心点，”路易斯从牙齿间嘶嘶地发出警告，“遮住圣星。”

荷辛斯赶紧把自己长袍的袖子拉到手指以下。外面小家伙儿们正在唱咏颂马儿白亚德的歌。那位骑着白马率领天兵天将的加冕骑士，他大腿上也有一个刺青，上面写着：**众王之王，众主之主**。他该有多少次捂住骑士战袍，以免让异教徒们看到那些字迹啊！那次数极有可能数都数不清。修女克里斯没有注意到荷辛斯的圣星标记。幸好。她可是在修道院里最能发号施令的危险四人组的成员之一呢。

排首位的是修道院院长。她可不只是位修女，还头顶大嬷嬷、修女长嬷嬷的称号。她统治的方式就是不在场。就算她站在某个人面前，白皙的脸上露出对她臣下所干坏事的轻微诧异，她似乎都并不完全在场。她与许多大名人通信，收集来自国外的邮票。她对花园里的活儿充满热情，但却因为地位的缘故而不能亲力亲为，只能把园工活儿交给修女伊梅尔达。她出身于安特卫普最普通的港口街区，所以不论是谁，听她说话总听不太明白。

她有三名手下大臣。第一位是管家嬷嬷，谁要想看到她，就只能从学校院子走到她窗户前，趁窗户开着的时候鼓起勇气守在那儿偷偷往房间里看，不过这可是严令禁止的。如果守得足够久，就会看到她在她那些乱糟糟的文书前站起身来，戴一副严肃的眼镜，有一张细长小嘴。她用眼镜做加法，用迟钝的手指做减法，高高卷起袖子做乘法，再用她磨锋利了的牙齿做除法，把这个世界分解成小碎片。

第二位：修女亚当，慈母样儿，好心肠，但是也挺虚伪。她常常将那些小毛孩儿挑一个放到怀里，摇一摇，把自己的三重下巴贴到他的脸颊上。她的农妇嗓音晃悠着催人入睡。就连一个霍屯督人都知道，这样一类母亲有多危险，这样一位慈母巨人会以多快的速度绕着自己的轴心转个圈儿，一把掐住你的耳垂，而且同时掐两边。

第三位：修女克里斯，这么叫她，因为她是把尖刀[1]。她说话不是很多，总是直接命中目标，这个目标就是你。不过路易斯又一次听到她独自一个人在体育馆里唱歌。

尽管修女长嬷嬷的这三位大臣谈论到彼此时都表现出轻蔑，但她们却形成了一个联合政府。我们只有一次看到过三人对峙，大概是在祈祷室里：她们互相投去力透纸背的目光，用眉毛、鼻翼发出信号，朝着彼此一步步走近，就仿佛她们轻柔小身躯下藏着的磁石在互相吸引；当她们从彼此身边走过的时候，她们的胳膊肘诡计多端地相互摩挲。在城堡里，她们三人肯定会开自己的主教密会，用高脚杯喝梅特酒，这在迦南和古比利时人那儿用蜂蜜和酵母酿成的酒会让她们目光清明，看清楚她们所管理的平时只会让人眼花缭乱的法律、规定和条例的繁密纠结物。四个强大的女人，比其他所有修女更堪称基督的新娘。

“我真想看看这三人戴的戒指，上面肯定刻了什么特殊的字迹。”（比特贝尔）

“她们都是靠卑鄙手段才能这么称王称霸的。”（冬迭南）

“要不就是她们的嫁妆比其他人都多。”（荷辛斯）

“要不就是她们要学更多的东西，要通过更难的考试。”（弗里格）

使徒们和着小家伙儿们唱马儿白亚德的调子唱了起来：“老马老马

---

1 尖刀（Kris）：也称马来短剑，是出自东南亚马来群岛与马来半岛的一种短刀，刀锋和刀柄都是弯曲的。

实在懒到家，臭呀臭烘烘的一张大呀大嘴巴。”然后，他们高举着右手分开了，“噢嘿！”

在修女萨普里斯蒂的地理课上，路易斯觉得不舒服。荷辛斯的授命典礼搞得那么不像话，他的情绪都被搞坏了。荷辛斯对一切接受得太坦然、太理所应当了。他应该表现出更多的尊敬、痛苦、恐惧才对。估计是弗里格在帮他准备的时候就已经抛掉了必要的严肃。路易斯将板凳上粘着的风干了的鼻屎抠了下来。美利坚合众国的国界。北冰洋，西边是太平洋。气候：极地气候、热带气候、温带气候。10月5号从芝加哥发出的一封电报什么时候能到安特卫普？南回归线穿过了哪些国家？智利拥有硝石、多湖平原和铜矿石。

学校院子里，修女伊梅尔达和修女克里斯站在一起，脸色沉重。当路易斯走到她们跟前时，她们沉默了。他想加入她们，所以便说道：“我好伤心啊。我母亲从楼梯上摔下来了。”

两个修女满腹狐疑地看着他，然后修女伊梅尔达爆发出对她而言可算失控的大笑。“哦，是啊，”她说，“当然了。”

“那楼梯有多高，路易斯？”修女克里斯问。

路易斯指指食堂门口上方的窗户。

“她摔痛了没有啊？”修女伊梅尔达根本止不住笑。修女克里斯也把手遮在了嘴前面。“摔到哪儿呢？”

“哪儿？对啊，摔到哪儿了？”

“摔伤了膝盖，还有脖子。”路易斯说。

修女伊梅尔达抹了抹眼睛：“没啥其他的了？”她这话说得就像是在抽泣一样。路易斯周围又罩上了迷雾。他永远都弄不明白这谜一样的暗示，这些哧哧傻笑的暗号指的是什么。它们属于修女和其他成年人的领域，就算他每天花十八个小时钻研，也闯不进去。他发觉自己嘴角出现了一个单纯的微笑，就像套上了一个口套。他朝修女们点点头，等着。但是休息时间结束的铃声响起来了，两个修女往祈祷室里去了。

路易斯对自己的妈妈生起气来，她摔的这一跤引发了误会，导致了让人捉摸不透的大笑。她这会儿在瓦勒干什么呢？肯定不是在做家务。她躺在床上，一边涂手指甲，一边听着瓦勒广播：滑稽演员万腾和达尔的节目。

在这天傍晚，修女恩格尔抓住他的手臂，把他带到了种有松树的内庭里。“我要给你讲点事儿，不过你要发誓，不透露给别人说是我告诉你的。”

“我发誓。用我父亲的人头发誓。”

“你们家里没发生什么糟糕事儿。我看到你因为你母亲从楼梯上摔下来而担心。但那只是个说法而已，成年人觉得，他们必须说这样的套话，而不是直接说出真相来。你妈妈没有摔倒，她进医院只是因为她要生小宝宝了，你会有个小弟弟或小妹妹了。到底是什么，要由亲爱的上帝来决定了。咦，你不觉得高兴吗？”

“一个小妹妹？”路易斯看到一个身着修女服的小不点儿跑过学校院子，直接扑进了妈妈张开的双臂里。

“或者一个小弟弟。你更想要哪个？”

恼怒的泪水从他眼里滚涌而出，他为自己受的屈辱，为这个卑鄙的玩笑而哭。

“肯定想要小弟弟吧？这样他就可以早早地来我们这儿，然后你就可以照顾他了。”

路易斯嘟哝了几句什么。让他自己感到羞愧的是，他发出了一声嘶哑的喊叫。他掉头跑开了。从眼角余光里，他看到修女恩格尔想跟着他。他加快速度跑过了这个骗人的院子，这个怯懦的场地，跑过了朝他指指点点的那群霍屯督人，那些可鄙的畜生。啊，他们多么轻松、多么简单就把他给骗了，骗得最多的是妈妈，她和往常一样，同她丈夫联合起来密谋算计他们唯一的孩子，这个被关在修女的城堡里的孩子。

在食堂，路易斯头也不抬，连吃了三碗黄油牛奶粥。修女亚当在讲圣母马利亚周年[1]，讲全城与全球祈福[2]，那是圣父因为担忧欧洲上空笼罩的战争阴云而在圣母大殿[3]上公布的。贞女马利亚从圣灵那里受孕生了个孩子，我母亲比田里那些最低等的动物也好不到哪儿去。

没多久之前，他还相信（不仅仅是他，还有弗里格和冬迭南），母亲们肚子痛起来，有了所谓的阵痛，就会赶紧挪到厕所里，蹲下来，使劲一拉。那一团东西还来不及分解就会立刻被女邻居们从水里捞起来，放到厨房桌子上的油布上。在这上面，父母柔声闲聊着，把这团东西捏出个小孩来。随后，在诚挚的祈祷呼唤下，会有一阵风透过窗户或从烟囱里吹过来，抚摸过这团棕色的稀泥，那是给便便吹入生命的上帝气息，这时候它就会变成另一种颜色，就像是橡胶一样伸展开来，接着就会朝它妈妈大叫大嚷起来，因为它急着要第一个奶瓶儿了。

他们原来以为那件事儿大概差不多就是这个样子，那时候他们还只是霍屯督人而不是使徒，与比利时统治的刚果的黑人一样笨。据地理教科书说，那些黑人根本不会学习，都是按着老一套规矩办事，因为他们不懂得发明什么，也不会改善什么。他们的想象是和那些深深扎根在黑人头脑里的迷信一样强大的迷信，而这样的迷信与道德缺失，生活无计划共同构成了黑鬼种族灭亡的主要原因。

路易斯悄悄溜进了卧房大厅里，取出他那本波纹封面的小本子，急急忙忙写道："我教父是最大的法利赛人[4]。他想和他的长子，即我父亲一起利用我的无知，让我在别人面前显出一副蠢相。我不想要小妹妹，也不想要小弟弟，除非作为交换条件让我换到一个没有老师是胆

---

1 圣母马利亚周年：按照圣母马利亚一生的经历，在其受孕、产子、悲悼基督受难、去世、升天等日期进行纪念活动而形成的一年周期。

2 全城与全球祈福（urbi et orbi）：罗马教皇在复活节、圣诞节或自己登基之日公布的祈福致辞。

3 圣母大殿（Basilika Santa Maria Maggiore）：位于意大利罗马，是天主教的四座特级宗座圣殿之一。

4 法利赛人（Pharisees）：犹太教四大派别之一，在《新约》中被描述为伪善自大的教条主义者，与基督对立。

小的骗子的学校。只有修女恩格尔是个例外，她总是一片好心。”

他走到屋外，坐到旋转木马上，弗里格身边。他开口说话，但没有同时试着去和那双杏仁状的眼睛对视：他母亲渐渐好起来了。“这可是件好事儿。”弗里格说。路易斯想告诉他那个刚刚像脓疮一样爆发出来的真相，话都到了嘴边。还有谁比弗里格更让他信任，这有着善良心地而格外美的弗里格？弗里格不是天真无邪，而是拥有（像圣徒扬·贝尔希曼斯[1]那样的）法力，能平息所有包含恶意的冲动。但是，他听见自己说的是：

“一切都是我祖父的错，他也是我教父，按照长子习俗就得这样。是他把我母亲推下了楼梯，而且他相信没有别人看到，他可以不受惩罚地逃掉。但是住对面的皮罗恩女士正好在擦她家窗户，就在那一刻，她透过楼梯间的小圆窗户看到了那一幕。她不敢去找警察，因为我教父有不少关系要好的熟人，在刑事警官那儿也有。干出这种事儿来，不该让人狠狠报复一下吗？”

“应该用一把拨火钩把他的双腿打断。”弗里格说，真是正义的化身。

“或者在他喝的汤里下毒，每天加进去一点点，好让他的胃收缩起来，烧出小洞来。”

比特贝尔悄无声息地走了过来，他俩都没察觉到，他像猴子一样挂在旋转木马的一条支杆上。

“用羽扇豆的种子，”他说，“那样他就会变瘫了。”他们走进了修女伊梅尔达的花园里，但是没有找到羽扇豆。比特贝尔也不太清楚它们长什么样儿。在食堂，他们三个用彩色铅笔画德国地图。弗里格负责把北边涂成浅绿色，当然他画过了界，结果有着夏日晴空蓝的波罗的海的边缘看上去就像是起了蓝藻；路易斯把施瓦本的阿尔卑斯山区和克恩顿州涂成深棕色。修女亚当在路过的时候抚摸了一下弗里格的头发。她可以这么做。尽管弗里格属于我，她们还是可以惊羡地触碰

1 扬·贝尔希曼斯（Jan Berchmans）：来自弗拉芒地区的耶稣会士，后被教皇封圣，是青少年学生的保护神。

他的。

那个孩子，那个孩子，要在瓦勒来到世间的那个孩子。如果是个女孩子，她就会和妈妈一起做些事儿。孩子会怎么来到世上呢？这件事儿到底是多大罪恶，能让他们对人编出些送子仙鹤、产子花椰菜和楼梯上摔跤的话来？去年夏天，被大家叫作快乐鸟、和妈妈长得像的奥梅尔舅舅在梅尔克花园里指给我看花椰菜，一边还说："看好了，在那些块茎中间，叶子底下，就在那儿会长出小孩子来。世界上最大的花椰菜长在美国，在迪奥尼家的花园里，那里面一次就塞了五个小孩儿呢。"

但是，这样的事儿到底是怎么发生的呢？首先是这么一个孩子插进了一个女人肚子的脂肪层后面，然后她就痛起来，有个东西被撕开了，一个粉红色的香肠被包在襁褓里，放在了圣母马利亚的怀中。这个家伙就会向马利亚的头顶光环伸出小手儿了。那到底什么东西被撕开了呢？是在母牛身上和登·多汶画的素描画里——每当一个修女出其不意地出现的时候，多汶都会把那些画揉碎了吞掉——那个围了多层褶子的滴水的开口吗？这个新的家庭成员，他会长得像教父那样有个塌鼻子，像父亲那样有稀疏的眉毛，像我这样有我的耳朵，还会有了名字，受洗，但万一他是驼背要怎么办呢？希腊人会立刻敲碎这样一个孩子的脑袋。或者把他丢弃在礁石上，等着那里吃肉的山羊来把他叼走。

这样一个孩子到底是在哪里造出来的呢？多迭南认为是在床上，但这是霍屯督人的胡说八道。在一张床上，那些大人相互亲热，在对方身上摩擦来摩擦去，只是因为那样他们感觉很棒。但是如果一个爸爸要把自己撒尿的小棒儿对着一个妈妈的开口往里喷，那他们绝不会在床上做这个，而是在厕所。没有厕所的话就会在厨房里，那里妈妈才能毫不费劲地把自己再擦干净。

这个要被生出来的弟弟，带来了挺多疑问，可能性多种多样，但都模模糊糊。上帝照自己的样子造出的人。可是怎么会呢？说到底，我对那个用粪便捏出小人儿来的呆板解释并不是不满意。它从来没让我不舒服过。我觉得它挺有道理，清楚又具体。新的解释以后没准儿也会被发现是假的。一个孩子随着女人的大喊大叫从那个窄缝里滑出来，唉，也行吧。然后天使们会在洗礼的时候现身，造骨头的天使、造肌肉的天使、造神经的天使，还有一大群五花八门没名字的天使。这些天使，就像米泽尔一样没人看得见，他们都会挤进孩子的皮肤和内脏里，在里面建造出纤维状的一大块东西，那不是身体，而是灵魂。教士用来洒在孩子头上的水——那头上有一个洞，要到受洗之后才会长合拢，因为不这样的话圣灵就没法钻进脑袋里去——会让这一团非身体的热东西像蒸汽一样嗞嗞响着散布在整个身体里。这是地球上最初那两个人也经历过的，他们因为害怕，号哭着站在围住天堂的水泥围墙边。上帝装作不在家的样子，不给他们开门。直到好几个星期之后，他才对他门前这一对哭哭啼啼的人起了同情心，在约旦河里给他俩做了洗礼，然后亚当就往夏娃肚子里撒尿，那个长着小狐狸脸的好心的亚伯和那个像黑色贵宾犬一样满身是毛的该隐就被生出来了。该隐，第一个以人形出现的魔鬼。

“魔鬼绝不会成为我的主人的。”

“也不会是我的。”弗里格说。

“我们必须抵抗住诱惑。”

“不然我们就会在地狱里遭到烧烤了。”弗里格说。这天晚上他们像平常常做的那样发了誓，以后要做传教士去刚果，那里钱和假样子都比天主教多的新教教徒快要占上风了。只是对他们传教的地点，他们无法达成统一。路易斯更想去有密密森林的多雨地带，弗里格偏向有坚硬多刺的植物的干燥地区，那些植物叫“la brousse”——荆棘丛。

第七章
米泽尔

是凡登纳贝尔让他们注意到母牛的。凡登纳贝尔整天都在做乘法运算。自从他学了乘法之后，他就不做别的，只是在书的页边上，在脏脏的纸条上做乘法练习，一大早趁着第一道曙光开始，晚上还坐在院子里的路灯下做个没完。在时不时能找到小坨白色兔子屎的地方都可以找到小纸团，要是把它们展开，就能看到凡登纳贝尔的乘法运算；如果在他做计算的时候有人干扰他，他就会暴跳如雷，但很快又会埋头捯饬他那些匆忙而潦草地写下来的、邋里邋遢的、显示铅笔灰色的数字，点号和等线，用乘法算出一些土豆和鞋带的总数。

在学校郊游的时候，他试着用心算来做一切可能的乘法练习，但是并不成功。

“你看，”凡登纳贝尔说，“那边的那头母牛。”

“怎么了？”

“你没看到吗，那边有头母牛？”

路易斯马上就看出来了，那是死了的母牛玛丽亚。当然并不真的是它，而是草地上几头棕红色庞然大物中间立着的一头白色母牛，贝克朗用黑色颜料在它身上胡乱涂了个圈，表示对母牛玛丽亚的哀悼和纪念。

“真是个疯子。”

“他为什么不把它整个都涂黑呢？”

“他颜料不够用了。”路易斯说。

他们爆笑了起来，那些号称自己是使徒的霍屯督人。路易斯也笑了。“不，”他随后说，“我是开玩笑的。真正的原因是，这是双重哀悼。一个是弗拉芒式的，用黑色；一个是中国式的，因为在中国白色才表示悼念。”这个解释他们觉得太牵强，都没有笑。

“这是一头荷兰母牛，没啥别的。”比特贝尔说。那头母牛朝路易斯走过来。

一般来说，学校郊游都是走到玛尔科格姆的边界处，走到盖维尔特医生的别墅所在的那个小山丘。盖维尔特医生想凭宣传做哈尔贝克的市长。没有哪个病重的人会找他治病。比特贝尔的父亲去年在纽伦堡参加了泽佩林菲尔德集会[1]，那里有上千人举火炬游行，走过他们伟大元首的身边。据他说，盖维尔特医生不久就会在弗拉芒的民族主义者那里得到点小教训。他会在某天晚上遭到一顿棍棒，砸坏他与全民为敌的嘴巴。“我们警告过他，”比特贝尔说，“但他还是继续胡来。等我们好好跟他算过账，他就可以给自己看病了。这位医生先生。”

但是这一次的郊游在山丘前就结束了，因为小家伙们太累，走得拖拖拉拉，有的干脆就坐到一边去了。勇布鲁德和鲍威尔斯必须一次又一次把他们举起来，拽着往前走。小家伙们哭哭闹闹，大小伙儿们学他们的样儿，草地上尽是叫嚷哭号声，修女亚当的咒骂声。

母牛朝路易斯，这个杀死母牛玛丽亚的凶手，走过来，因为他拒绝帮助贝克朗。她皮毛上毛茸茸的白色变成了灰色，尽管没有云遮住太阳。这头动物点点头又摇摇头：“不，不。”现在母牛转过身，把后身对着路易斯，两条后腿大张开，前腿跪下，哞哞叫着。屁股连同粘在她皮毛上的那些形状规则的平滑痂皮都直直立着。那些红白相间的母

1 泽佩林菲尔德集会（Zeppelinfeld）：在纽伦堡附近，自1933年起被纳粹党及其政府用于阅兵和向元首致敬的集会。

牛站在远处望着这边。母牛扭过头来看路易斯，白色的睫毛忽闪忽闪眨着。

“玛丽。”路易斯轻声说。

母牛抬起了尾巴，下面的屁股和沾有秽物的窄缝左右两瓣都扩展开来，变成了紫罗兰色，肿胀起来，就像是从里面吹鼓起来了似的，尿泡和内皮都翻到外面来。一个红色的肉团在往外挤，是一个被挤压的布满血迹的婴孩脸蛋，带着三层下巴、塞得满满的圆鼓鼓的脸颊和肿了的眼皮眼睑之间沥青一样黑的葡萄干眼睛，这眼睛刚亮起立刻又熄灭了。母牛躺下来，把这显灵的形象埋进自己的侧腹里。

“你看到了吗？”

“看到什么？”冬迭南边问边扯了扯自己那支又大又红的犯病的耳朵。

“母牛身体里的东西。”

“什么东西啊？”

“一个孩子。”

“一头犊子？”

“一个孩子。”

“塞涅夫，”修女亚当用严厉的声调说，“来帮帮小的们。不然我们祷告的时间就太迟了。”

在祷告之后，天色也渐暗了，路易斯平静下来，他为他看到的东西找到了许多解释。

“我看到了米泽尔的女王。”他对弗里格说。

“她是什么样子？”

“就像蚁后那样比一只蚂蚁大上一百倍，像这样……”

“蜜蜂才会是那样的，你这头笨牛。”

“她有一张像婴儿一样的脸。我相信我教父出生的时候也是那个样子，那是在1880年左右吧。”

“那她都干啥了？”

“当她看到我的时候，她立刻命令那头母牛说，把她再藏起来，藏在她的……”他不敢说出来。“她的屁眼里。”“也就是说，在她现身的时候……”他的嗓音突然高起来。

“在她显灵的时候……”他顿了顿，因为看到了弗里格脸上怀疑的表情，不过还是继续说了下去，“米泽尔们请她显灵……”

“在一头奶牛的屁股里？”

“那是神圣的母牛玛丽亚。”

弗里格叹着气走进了休闲活动室，其他使徒正在里面画画。画的是房子。是为了以后做准备，万一他们那时候要回到人间呢。他们会回到人间的，因为解放之日已经在望了。他们不可以赖到他们在寄宿学校的盛大的受圣餐仪式之后，除非主教颁布了特殊许可。就像他对莫特尔曼斯做过的那样，他那时候嘴上都长出了第一丛胡须了。路易斯自己有一次还抓到过被鼻涕浸软了的软毛。莫特尔曼斯多亏了他叔叔，一个主教教堂成员的周旋，才能留下来，因为他的鳏夫父亲没法照料他。但是有一天他突然毫无缘由地消失了。为什么消失，消失去了哪儿，修女们都不愿提。

在莫特尔曼斯不明不白地消失之后，他唯一的存活信号就是比特贝尔收到的一张装在没有寄信人的信封里的遗照。去世的是卡米埃尔·凡·隆索尔阁下，比利时属刚果和列奥波尔特城的第一位圣徒级助理牧师，1938年11月14日死在了那儿的博马教区。在印刷文章下有用快化掉的蓝墨水写的M. M，这不可能是别的，一定就是指的马塞尔·莫特尔曼斯。[1]

使徒画的房子什么样的形式都有。弗里格的是弯弯曲曲的，因为他画不出直线来；所有的都是波浪状的、弧线的、螺旋形的。房子轮廓也是这样。比特贝尔偏爱高大的房间，他的房子看上去就像主教大教堂，在每一个房间的角落里都有梯子，好让住在里面的人能擦到窗

1 姓名的这两个单词（Marcel Mortelmans）都以“m”开头。

子的上半部分。冬迭南画的是茅屋、草屋，墙上满满的都是装饰，大部分都是十字形的。路易斯画的是层层叠叠套起来的盒子、方块和圆锥，每一个房间都可以住进很多孩子的家庭。荷辛斯尤其热衷于鞋子形状的乡间楼房；他的房子中有一幢的外形是意大利靴子。

一张张素描纸上，一层层的冷杉树，望不到头的房梁和门楼乱局，散落四处的窥视孔，高煤炉、小庭园、厕所，用来做监狱的摇摇欲坠的小塔楼，有通道连接厨房的祈祷室。大多数情况下，在这些画儿的右上角都有一个圆圆的太阳，带着能穿透墙壁的射线，而左上角写着ZHEG。上帝的最高荣耀。

路易斯没有告诉任何人，他有时候也会偷偷画坏房子。从学校往瓦勒方向走，那座房子在小树林的左边边缘上。一旦孩子们的队伍到了那块高地，带队的修女就会指着另一边说，"啊，看哪，那边的鸽子！"——"呸，砖窑里冒出了什么烟啊！"——"噢，多么可爱的一只小山羊！"然后修女就会检查一下，是不是所有学生都往这个方向看，这样走上二十步，直到白杨树挡住了看坏房子的视线。坏房子被涂成米黄色，上面有带涡卷花纹的红色字母"**泰坦尼克**"。它有乳白毛玻璃的窗户，据说在太阳达到一定位置的时候，能看到那后面有一个身着白衣的女人。这个女人接待许多旅行的人，为了单单一杯水向他们收取五十法郎。路易斯画出了屋子正面，墙上字母，第二层楼上的镶边窗帘，一个有六把沙发椅围着一张矮桌的房间，但是总是画不对透视角度。那个穿白衣的人形他也总是画不好。但是他已经在另一张纸上画出了这个女人，胳膊上抱着一只腊肠犬；有些细节他是从一幅善良牧人与绵羊的画里照描下来的。但是当他用一支瑞士造的卡达牌铅笔画衣服褶皱的阴影时，他突然满头冒汗。上帝在看你，他把画儿揉碎了，连着三天都注意看他的右手会不会从指尖开始腐烂。这样的事儿并没发生，于是他便用钢笔尖在大拇指和食指之间的软皮肤上画出了一个十字，往里填进了墨水。

坏房子里收容坏人，但是这些人来了又走；唯一一个一直留在那儿的就是穿白衣的抹大拉的马利亚，她为耶稣洗脚，又用自己丰盛的红头发把脚擦干。有一段时间，使徒们相信，莫特尔曼斯在出逃之后最初几天是躲在坏房子里的，在那里犯了罪孽，但女主人后来把他从这个坏庙堂赶出来，因为他的罪孽就连最有罪的访客都为之惊吓。但他们之后又改变了看法，因为要成为出众的罪人的话，莫特尔曼斯太小家子气了。路易斯认为他死在了一个遥远的国家里，比如在蒂罗尔[1]的边界处：莫特尔曼斯跑到一块萝卜地上，一架德国双翼飞机从空中看到了他，就采取了低空飞行，紧贴着他头顶咆哮而过。莫特尔曼斯吓得不行，绊倒在一块碎礁石上，太阳穴撞到了一块大石头，脑浆从耳朵里流了出来。

我们本来可以预见到的，本来必须预见到的。莫特尔曼斯有什么地方就不对劲。他忍受不了寄宿学校的空气和从清砖墙里、从窗框脱落的颜色里吹出来的灰尘。他不是脸上不知什么时候起过疱，那些疱看起来像是藏起来的钱币吗？还是修女服的气味？还是米泽尔的第一次（别人看不见的）显灵？

米泽尔们是在两年前出现的。大家就像寻找孩子们的来源一样执着地寻找他们的起源。他们从太阳光里走来，那光在太阳下山后还留在这里。从草茎之间的雾气里走来。从拉稀的天使们看不见的小屎中走出来。从露水中出来。从上帝的汗珠中出来。每一秒都有成千个米泽尔出生，其中百分之八十又都很快死去了。所有的米泽尔加在一起也不过是圣灵睫毛上的一粒沙。

不管发生什么，米泽尔们总是欢笑，哪怕是你能想到的最糟的情况。虽然听不到也看不到，可你就是知道，他们在笑。

“再多讲点儿米泽尔吧。”弗里格说。

“求你了。”弗里格很久以前就说过。

“行行好，讲讲吧，路易斯。”弗里格边说边摸摸我的膝盖。

---

1 蒂罗尔（Tirol）：奥地利西部及意大利北部的阿尔卑斯山区，是著名旅游胜地。

"女的米泽尔都有鲜花组成的皮肤。她们的头发会随着她们心情的变化改变颜色。"

"只有女的是这样吗？"

"只有女的是这样。"

"什么样的颜色？"

"如果一个女米泽尔发火的话，她当然还是会大笑，但是她的头发和眉毛，还有睫毛的颜色就会变成西红柿那样红。这时候你也能看出她们的年龄。因为她们如果还年轻，还没有真正学会改变头发颜色，那么头发就只会变成粉红色。又比如说，她们在太阳下山的时候发现许多姐妹被杀死了而感到悲伤，头发就会变成沥青一样黑，上面有银色的小点。"

"那她们高兴的时候呢？"

"会变出青草的绿色。"

"要是她们忌妒起来，像修女克里斯那样呢？"

"黄色。像蛋黄一样。"

"他们看到什么就吃什么。不过不吃水平移动的东西，比如毛毛虫或癞蛤蟆，因为她们是垂直降生的，是从落下的太阳光线中出生的。但是她们也会吞掉香烟、鞋带、小孩子们的甜点和衣服夹子。"

"可是他们都是做什么的呢？"

"他们根本不会注意我们的，至少大多数情况下，只要我们不会破坏他们的规矩，就不会。但要知道他们都有哪些规矩，可不是件简单的事儿。"

"可他们到底做什么？"

"他们大多时候都只是目视前方，做祷告。"

"那时候他们还会继续大笑？"

"伯恩纳德特在祷告的时候也笑的啊。"

"他们为什么不注意我们？"

"因为对他们来说这是非常危险的。如果你碰巧看到其中一个和他对视，那他就会融化的。”

“他们会说话吗？”

“他们一直都在叽叽喳喳说话，但是就算我们听得到，我们也听不懂一个词的。她们说的是绕口的叽里咕噜语。”

使徒们大笑。路易斯很得意，但是没有表露出来让别人察觉。

“米泽尔们从来不刷牙，不系鞋带，也从来不扣上自己的硬衣领。他们整天都在嚼甜东西。他们发明了一种不会融化，也不会变少的巧克力。他们常常唱歌，一边唱一边把半边脸贴到地上。他们的颂歌是《皇皇圣体》[1]。他们很健康，主要是因为他们不洗澡。”

“就像你一样。”比特贝尔说。

“他们有这样的商店，在那里可以买到感情。花上多少多少法郎就可以买一小时的悲伤或骄傲或愤怒。年轻米泽尔的母亲可以照料他们，这没问题，但是她们要和孩子们始终保持两米距离。而且孩子想要什么的话，她们都要做到。她们得自己猜到孩子想要的是什么。他们的民族纪念碑就是一位为孩子而死的母亲。民族大菜就是花椰菜。至于他们有什么样的民族美德，我就不知道了。不过他们很容易害羞。芝麻点大的事儿也会让他们尴尬，说话也就变得结结巴巴的。不过他们当然不会停止大笑，笑得就像疯婆子。或者像修女那样哧哧偷笑。也有许多米泽尔没法和自己死去的家人分开，他们有时候会扛着三四位姨妈或表哥四处走，有的都只剩骷髅了。老远就能听到这样一个扛死尸的米泽尔，因为会哐啷嘎吱地响，但是大多数人都以为那是桦树开裂或木地板在响。米泽尔母亲有时候会抱四五个死去的孩子在臂弯中，她们倒会觉得幸福，因为这样就不用再保持两米距离，可以和孩子们依偎在一起了。是啊，在他们还很小的时候，米泽尔是可以踢打自己的母亲的。如果他们这样做了之后立刻向我父祷告，他们就会得到宽恕。”

---

1 托马斯·阿奎因所写的赞歌《皇皇圣体》。

“踢、打、向我父祷告，这是多么美好的生活啊！”比特贝尔说。

他比之前使徒们对米泽尔兴趣浓烈的时候还要更笨拙、更傻气。

“有时候，”路易斯那个时候说，“一个米泽尔会蹲下来，把头埋进膝盖之间，鼻涕眼泪都掉到地板上。这样持续三个星期，头发一把一把地往下掉，皮肤脱落，他母亲给他包了一层纸，因为他开始发出恶臭，然后牙齿也掉下来了，他还不停地咳嗽。一个星期以后，他手脚并用地在地上爬，把自己的屎当润发油往头发上抹。”

“我小时候也干过这个。”比特贝尔说。

“我还吃过呢。”冬迭南说。

“可是这个米泽尔为什么会这么奇怪？”弗里格问。

路易斯等了等，然后哧哧地笑着说：“因为他恋爱了。”

“噢，你这个捣蛋鬼！”比特贝尔发出一声阿帕契人[1]的怪叫，他们所有人都大喊大叫地挥舞着印第安战斧跳起了战争舞。那是米泽尔时刻，不过现在很难得出现一次了。如果有，那也只是路易斯一个人的米泽尔时刻。就像今天下午母牛玛丽的粪便里出现的启示灵光那样。

路易斯听到，小家伙们中有一个正在修道院医务室接受治疗，修女恩格尔在安慰他。修女恩格尔为什么要告诉他关于妈妈生小宝宝的真相？那真的是真相吗，像上帝会帮助我这样的真相吗？为了暗地里敲击其他那些修女，那龇着牙笑的、奸诈的修女伊梅尔达和修女克里斯，好让他不再丢脸？但是说出真相，这不是修道院里新来的人才会做的事儿吗，就像那些见习生、考察生，而不是一个受过所有圣水清洗的修女？

他在听到小宝宝的事儿之后就跑开了，真孬，真孬。他什么时候才学得会岿然不动地对抗邪恶势力，就像丹麦的卡尔[2]或圣女贞德那样？要注意了！你既然要坚决抵抗一切可能的诱惑，那面对攻击也决

1 阿帕契人（Apache）：美国某些原住民部族的统称。

2 卡尔：卡尔一世，丹麦国王克努特四世之子，在父亲死后移居弗拉芒地区，后成为弗兰德公爵。死后被封圣。

不能回避啊，哪怕她们拍你的脸拍得像是打你耳光。

“要坚定，不动摇！”路易斯大声说。

不放弃。就像菲利奇杨·弗伐克[1]最后一次在穿行阿尔卑斯山的环法自行车赛中没有放弃那样——爸爸靠着我坐在沙发上，收音机嘁嘁喳喳响，爸爸说：“这是弗兰德最伟大的一个时刻。”——菲利奇杨·弗伐克领先巴尔塔利2′45″，那是7月23日，所有的工厂都停工，所有学校、办公室也都关门。在收音机中，巴尔塔利和滑头的瓦尔耶·费瑟斯最后获胜。就快到终点的时候，巴尔塔利冲刺超了过去，弗伐克落败了，但他没有放弃。我也想这样，一直这样。为什么我会觉得这是最后一个春天了，尽管我很清楚不会是这样，耶稣我主对我还有很多安排，只要我服从他，赞美他。

1 菲利奇杨·弗伐克（Felicien Vervaecke）：比利时自行车赛手，在20世纪30年代多次在环法自行车赛上获奖。

第八章
殉道士

在小学期[1]结束的时候，学校会放一天假。慈善大集市开场了。学生们和往年一样可以去村里的电影院“狄安娜”看电影，那是一座异教徒神殿，里面的过道两旁挂了露出很多牙齿的美国银幕明星的照片和海报，男人头发闪闪发亮，女人皮肤光滑得像大理石，还有互相打碎下颌骨的牛仔们。修女亚当领着一大群不服管束，在照片前磨磨蹭蹭半天的孩子们走进了放映厅。小家伙们尖叫着四处跑，玩追捕的游戏。路易斯坐在弗里格身边，灯光灭了，蠢货冬迭南叫起来：“噢耶，噢耶，我变瞎了！”

一艘三桅帆船在水上摇摇晃晃，被夹在大块大块黑亮亮的东西之间，那是巨大海豹的背。船长眺望着海岸，岸上站着一个穿着燕尾服的贵族男士，正在挥手。

“这是威廉·退尔[2]。”修女克里斯对小家伙们说。阳光呈扇形透过杉树照下来。整个银幕上都在下雪。一股瀑布喷溅出细小的水珠。在茅屋顶压得挺低的一座农家小屋前面，小门吱呀作响。雪白色的裂纹闪电一样掠过画面，一只模模糊糊的老鼠跟着四处晃悠的人形，他们

1 小学期（Trimester）：是将一年分为三个学期的学制下的一个学期。
2 威廉·退尔（Wilhelm Tell）：为瑞士独立而斗争的传奇英雄。

正暗地里策划着什么事儿。

小家伙们嘟嘟哝哝，他们更喜欢休闲室里那些魔幻神灯[1]放出的图片。路易斯还记得，那些用惨淡颜色涂出来的蹩脚画当时多么让他和弗里格着迷，一个花盆砸到头的园艺工那让人屏住呼吸故事，或者咬狐狸尾巴的那只鹅；仙逝的修女加布里勒模仿动物的叫声，这些动物不断地用西弗拉芒语哇啦啦地乱叫。

这里这些猛地弹跳出的黑灰色图片要阴暗得多，神秘得多。弗里格耷拉着下嘴唇的侧脸像投到了银幕上。黑暗的云朵。一个僧人急急忙忙地走过一棵孤独的橡树和一座墓园，沿着海岸跑。他藏了起来。一群马匹快步横穿过画面。马上坐着修女，粗羊毛做的长袍飘舞。但是如果电影是关于威廉·退尔的，那里面怎么会有海呢？在瑞士地图上肯定没有海。

“是一座湖。”荷辛斯说，“在瑞士有湖，它们和海一样大。”

“这是沙皇的特派信使，”比特贝尔说，“等着看好了。”云遮雾绕的山顶，覆盖着冰雪和青苔的岩石。长着胡子的修女从她们热气腾腾的马上跳下来，叉开腿站成一个半圆，一起发着什么誓，而周围狂风怒号，在他们脸上出现了一行字：“1307年11月8日，在吕特利[2]。”这是金马刺战役之后第五年。

然后，他们就和穿着毛皮大衣的一个独眼人争吵了起来。“盖斯勒[3]总督。”修女亚当说，就好像这是她的一个熟人似的。

银幕噼啪作响。在拱顶地下室里设的一个法庭，四周都是火炬。一个不起眼的小个子男人被放到了行刑台上，脚上上了镣铐，手也拷上了，施刑人往这具瘦削、虚弱的身体上灌了一桶水，小家伙们哇哇地叫起来。盖斯勒总督走近了。他一副紧张的样子，额上的青筋暴起。

1 魔幻神灯（Laterna magica）：欧洲17—20世纪使用的幻灯片投影仪。
2 瑞士的吕特利草坪被称为“瑞士的摇篮”。相传乌里、施威茨、下瓦尔登的代表于1307年便是在这里宣誓结盟对抗哈布斯堡王朝，从而开创瑞士建国的历史。
3 盖斯勒（Gessler）：传说中哈布斯堡王朝派去统治瑞士地区的地方长官，后被威廉·退尔射杀。

他把脸颊温柔地贴到受刑人湿漉漉的胸毛上，慈爱地倾听着，然后满脸堆笑地点了点头。施刑人有着修女克里斯的鼻子和修女伊梅尔达的厚嘴唇，听候总督的指挥。他用长满结痂的手攥住那个半死不活的受刑人的喉咙，然后慢慢收紧，直到汗水流到了他自己的下巴上。小家伙们尖叫，欢呼。然后带着托密的平头盔[1]（对这头盔，爸爸曾经嘲讽说："用这样一个玩意儿顶多能喝喝汤。"）的士兵们就把小屋给烧了。与此同时，威廉·退尔震怒地看着他们，他藏在纹丝不动的芦苇丛和一行颤抖的字母背后。霍屯督人齐声吟唱着把那些字母念了出来："退尔藏在屈斯纳赫特[2]。"

"安静！"修女亚当叫道，"安静，不然的话……"

"这就是王后死的地方了。"路易斯轻声说。

"在哪儿？"

"在屈斯纳赫特啊。"（屈斯——纳赫特哟，弗里格。）

"这电影里根本没有出现过什么王后啊。"弗里格说。

"阿斯特丽德王后[3]啊，你这个木脑袋。"路易斯说这个名字的时候把重音放在第二个音节上，就像维奥蕾特姨妈说的那样。维奥蕾特姨妈，用一个发霉的行李箱装满关于那只从北边飞来嫁给列奥普德国王而结果死掉了的瑞典天鹅的插画和剪报。

当路易斯将目光从弗里格的侧脸重新移到银幕上去的时候，那里有了些变化。在黑灰色画面上出现了粉红的斑点，上上下下都冒着蓝绿色的微光。鞑靼骑兵快马加鞭，呼啸着飞驰过一座结了冰的湖。他们追逐着身披熊皮的一个粗笨大家伙，这人最后倒在了蓝幽幽的冰面上，鼻孔里冒出蒸汽。现在路易斯看出来了，这个大家伙是霍尔斯特。霍尔斯特举起双手，做出警告和防卫的姿势，可是细长眼的骑兵抓住

1 平头盔（Tommy）：德语区在19、20世纪对英国士兵的戏称。平头盔是英国士兵在一战中首次使用。

2 屈斯纳赫特（Küssnacht）：瑞士中部地名。传说中威廉·退尔打败盖斯勒总督的地方。

3 阿斯特丽德王后（Queen Astrid of Belgium）：原本是瑞典公主，后嫁给比利时国王列奥普德三世。他们在屈斯纳赫特遭遇车祸，王后去世。

了他，把他塞进了粗劣亚麻做成的紧身上衣里。霍尔斯特沾满雪花而毫不惊恐的脸充满了整个银幕。他在对路易斯说话，这些话如果不是因为这是个默片路易斯一定听不懂，因为小家伙们又哇啦哇啦地叫起来了。有人闪电般迅速地堆起了木柴要烧火。鞑靼兵的首领让人加热了一把弯刀，将这个烧得发白的金属片举到了霍尔斯特流眼泪的双眼前，那眼睛看上去都快融化了。

“不要！”路易斯叫起来。弗里格往他的肋骨上掐了一下。

在路易斯的号令下，电影陷入了停顿，画面停住了。放映厅的灯亮起来。从后排传来推动椅子的声音和被烟熏过的粗哑嗓音。修女亚当从自己的座位上跳了起来。六个农民走进放映厅，显然喝得半醉了。“电影改修道院了啊！”“今天可甭想。”“你们滚出去，快点喂！”

“赛尔法斯先生，”修女亚当说，“这是个不对外的活动。您请便。”

“嗬啦，嬷嬷。”那农民说。“嗬啦”，就像是在叫他的马。

一个年轻点儿的农民摘下帽子，说：“嬷嬷，我们必须为农民联合会的舞会做准备，要挂灯笼啊啥的……”本还留着哭泣的天使霍尔斯特这最后的画面的灰色银幕，现在也起皱了，空了，死了。小家伙们又开始尖叫。在浑身散发酸味的农民和两个修女之间出现了混乱的争吵，农民们解释说舞会的日期是一年前就定好了的，修女们最后恼火地拍起手来。

在电影院过道里，弗里格说，可惜了，因为那个瞎眼睛的猎人出现后，剧情才刚刚变得刺激起来。难道他没发现，就像往年一样，这是好几个不同电影的段落拼凑起来的吗？这里面的原因，路易斯从来就没想明白过。很可能修女们和学生们能有些什么用黑白色（这次很少见有了颜色）、斑斑点点的光照亮的东西看就已经很高兴了。如果是前后衔接的完整片子，就像电影院“狄安娜”在星期六晚上正常放映的那样，有插入字幕和音乐，有开头、高潮和结局，那对学生来说是有可能造成不可知的危险后果的。学生们就适合在混沌状态中成长，陷入谜团，身边环绕着碎片，让人绞尽脑汁又捉摸不透的镜子碎片。

"那个瞎子，他是沙皇的特派信使，我不说了嘛，这和两年前是同一部电影。"比特贝尔解释说。

"一部烂电影。"荷辛斯认为。

修女克里斯朝他们挥挥手，他们站成了两排。修女问道："你们喜欢这电影吗？"

"喜欢，嬷嬷。"

"要是俄罗斯人抓了你们，你们能放弃哪只眼睛？"

"哪只都不想放弃，嬷嬷。"路易斯说。

"你呢，冬迭南？"

"右眼。"这个马屁精说。

她撅起了克里斯式灵敏的鼻子。"鸡眼嘛！"她得意地叫出来。一片哧哧的笑声。自虐。路易斯想。为修女这些愚蠢而没有伤害力的笑话而笑，肯定是自虐。许多小自虐会造就大爱。我的名字会出现在儿童殉道士纪念册里，在将来某个时候，但是我必须抓紧时间了。我那头发乱蓬蓬的巨人兼保护天使霍尔斯特已经流着眼泪恳求我了，我应该……做什么呢？我应该放弃在一个温暖国家舒舒服服传教的计划。我要在一个冰雪覆盖的地上殉道而死。我要冻死，而狼群会咬掉我的脚趾，我要大声唱起《皇皇圣体》。在晚祷之后，修女克里斯说，这部很有教育意义的电影说明，祖国的自由高于一切。"我们也一定要宣誓，我们要不惜一切代价保卫比利时，我们的国家，它从来没有对任何人做过坏事，正相反，它总是被侵犯、被欺侮、被占领。我们会得到圣约瑟夫，比利时的保护神的援助。在下一个小学期，我们会去狄克布斯湖郊游，随后看看战壕和耶瑟尔纪念碑[1]。"（然后她就会跟我们一五一十地讲个明白，因为她就出生在伊普尔一带，那个被摧毁过很多次又被重建起来的城市。）

"我们现在一起来祈祷吧，尤其要为了至尊的列奥普德国王祷告，

1 耶瑟尔纪念碑：纪念一战中阵亡的弗拉芒士兵的纪念碑。

他必须在这样艰难的年代为很多困难的事儿做决定，虽然这对他来说要求过高。因为他还没有从王后阿斯特丽德遇难这个严峻的考验中恢复过来。”她请求道。

列奥普德国王独自一人坐在壁炉旁，壁炉的火都熄灭了，但他并没有察觉到。他的内廷总监不敢打扰这位哀伤的国王的沉思，但毫不疏忽地盯着这位君王的一举一动。

“晚安，阿斯特丽德。”列奥普德国王喃喃地说，“别了，我美丽的梅梅王后。”[1]

“我们必须坚定地站到我们的国王身边。”冬迭南在学校院子里说。

“是啊，时候已经到了。”荷辛斯说。

“坚定地守住国旗。”登·多汶说。因为他未经请求就坐到了使徒身边，路易斯便说：“比利时的国旗，我爸爸会用它来擦鼻子。”然后挺享受地看着使徒们像被雷打到一样惊慌失色。比特贝尔接着说：“我爸爸会用它来擦屁股。”登·多汶愤懑地走开了。

“我父亲是赞成弗拉芒运动的。”弗里格说，“但他要现在听到你们这么说的话，多半会去找警察，把你们送到牢房里去，就你俩，因为你们侮辱了国旗。”

“我父亲也会这么做的。”荷辛斯说，“除非我很有礼貌地求他放过你们。”

“那为什么他会放过我们呢？”

“因为他是我的好伙计。”

听了这话，使徒们沉默了。荷辛斯的话，他们一句都不相信。另一方面，他那么霍屯督人作风，估计是捏造不出这样的话来的。那么荷辛斯的父亲就是个法利赛人，想着法子哄骗他家儿子。就像我父亲那样，我还相信过他，以为他妻子从楼梯上摔下来了，实际上她却……她却……比坏房子的女主人还坏。

---

1 原文为法语。法国人为了纪念法国王后克劳德，将青梅命名为“Reine-claude”。

“我母亲今年夏天可能会死。”路易斯说，“自从她摔倒之后，她身体里就都坏掉了。尤其是肾。”肾，这是莫娜姑妈和妈妈经常讲到的，堵塞了的肾，肿了的肾。米泽尔没有肾，绝不会有。

“你们听，一只金龟子。”弗里格说。他们走到梨树前面，往上蹦，敲打矮一点儿的树枝。然后路易斯慢慢地溜达到了音乐厅，修女恩格尔正带着无邪的陶瓷脸蛋靠着打开了的窗户站在那儿。

“你觉得电影好看吗，路易斯？”

“好看，当然了。”

“很快就放假了，你高兴吗？”

“高兴，当然了。”

“你今天晚上做过呼求祷告了吗？”

“做过了。”

“为谁做的？”

“为我母亲。”他说。因为这是她期待的答案。

“很好。”她说，然后要走。

“嬷嬷。”

“嗯，路易斯。”

“我爱您。”她吓到了，往左右看了看。

“你对我来说是一只怪异的小鸟。”她随后说。弯下腰看了看整个院子，接着吹起了鸟声哨子。使徒和霍屯督人都整整齐齐排队站好了。窗口中的修女恩格尔就像勇敢卡尔。勇敢卡尔不知什么时候在南锡打完一场仗之后，就摔倒在了结冰的湖面上。当狼群来咬他的时候，他唱起了赞美诗。尽管如此，他还是没有进入殉道士纪念册里。

复活节近了，很快要放假了。

四位使徒——荷辛斯已经离校回家了——按照管家嬷嬷的安排和园工告别，他正在果园里干活儿，周围是刚从圈里放出来四处乱跑的小鸡和猪。

“再见，贝克朗，假期结束再见了。”

“叫我啥？”

“贝克曼斯[1]，抱歉。”

“小混蛋。”贝克朗说。

“这是什么态度啊，贝克朗。”比特贝尔高傲地说。贝克朗把路易斯推到一边，捡起一个被砸出小坑的苹果，一口咬下去。他总是把掉下的水果吃光。

“你们要庆幸你们不是生在德国，你们这些尿裤子的胆小鬼。在那边，孩子们一大早就要拼命读书，下午要帮农民干活。你们估计都得帮忙种土豆，帮忙收黑麦，帮忙清扫猪圈。在德国就是这样的。所以他们会打赢。关于德国人，没人能糊弄我。他们是群流氓，但是他们知道他们想要什么。他们的国家有秩序。人们有工作。比利时人呢，只会学法国人的坏样儿，从来不满意，又是罢工又是领失业救济的。他们日子过得太好了，这就是我的想法。”

然后，他们就得洗手洗脸，梳头发，收拾行李。整个盥洗间充满了卢克斯香皂的气味和莎华炫[2]鞋油的味道。

在蔬菜园里，他们最后一次比赛撒尿。冬迭南和往常一样撒得最远。路易斯落在最后，觉得羞愧极了。这是对他的惩罚，因为他嘲笑了国旗。

修女克里斯站到小家伙们面前，用一把又大又沉的钥匙抚摸过他们的脸。她的另一只手则滑过身上长虱子的一个小伢子留着短平头的脑袋瓜儿。

“注意练字啊，塞涅夫，每天都练。要写漂亮字，就得天天练。”

路易斯点点头。

“还有算数。这是最最重要的。不会算数的话，你在这世界上可寸步难行。算数是以后生活的基础。”她把钥匙齿塞进嘴里。

---

1 贝克曼斯（Baekelmans）：对贝克朗（Baekelandt）的尊称。

2 莎华炫（Ça va seul）：比利时著名鞋油品牌。

“有可能，塞涅夫，毕竟谋事在人，成事在天，有可能我们就见不到了。说不定我们由于政治状况要关掉学校。”她把一直都贴在她身上就像狗贴在圣罗奇受伤的大腿上[1]的那个小家伙推开，“是啊，说不定我们只能关门，如果元首[2]继续发疯的话。”

“但是，他已经发誓不会骚扰比利时了。”

“一个异教徒能靠什么发誓？”

她吮吸着钥匙，然后，用一根湿冷的拇指在路易斯额头上画了个十字。她心里有什么异动，这个修女，她的名字不是无缘无故叫作克里斯，与爪哇人的弯刀同名的吧？

“你偶尔也会想念我们的吧，塞涅夫？”

“是的，嬷嬷，肯定会想的。”

“也会想念我吗？”

“也会想念您。我用我母亲的头发誓。”你不能信任任何人，这是不言而喻的。但你也无法预料到，人，修女，有时候也能是：真诚的。修女克里斯微笑了，都可以看到她上一排不整齐的牙齿。

下午长得让人难以忍受。他们看修女伊梅尔达种剑兰。他们看修女萨普里斯蒂刷刷地走过去，和着一支听不到的歌的节拍。他们看学生们一个接一个地抓起行李箱，欢呼着跑掉了。

这是我们的主，救世主受苦的可怕一周，在这期间不可以纺纱织布，因为会不知不觉织出束缚我们的救世主的绳索来。登·多汶给大家念儿童杂志《乖乖宝》中的笑话，却总是忍不住大笑起来而念不下去。对登·多汶来说，耶稣也已经死在十字架上了。

他们看管家嬷嬷走过来，胸前抬着一幅用沉重金框框起来的巨大的画。他们尾随着她，请求她让他们看看这幅画，这是一张彩色照片。是新教皇的肖像。

---

1 圣罗奇（Saint Roch）是天主教圣徒，传说中救助了很多患黑死病的人，在自己染上黑死病时则得到了一只狗的帮助。他的雕像或画像旁总有一只狗相伴。

2 原文为德语。

“从他的眼睛就可看出来，他是位非常聪明的男士。你们也看到了吧，小伙子们？”他们点点头。说得对。派契利[1]有一张细长的、绷紧的嘴，透过眼镜片显得眼神空洞而霸气十足。和平是正义的志业，这是他的座右铭。

“他想要和平，小伙子们，你们看到了吗？世间所有人的和平，这一点从他脸上就能看到。”

弗里格父亲的汽车在鸣喇叭了。路易斯拉住弗里格。

“怎么了？”

“你要走了。”路易斯说。他陪他走到走廊上。

“你也要走了啊。”

“但你会先走。”

“一个接一个地走呗。”

路易斯为他赐福，就像使徒手册里规定的那样。“以父之名。”虽然在门口站着的修女亚当也许能看到他，但他还是吻了弗里格的脸颊。

“真是疯子。”弗里格说。这样的话，爸爸也会说，针对男人互相亲吻这种可憎的法国人和犹太人的习俗。

“她们也许会关掉寄宿学校的。”

“这可不会让我掉眼泪。”

“不，”路易斯说，“我也不会。”

弗里格还向修女亚当挥了挥手告别，还有梨树，还有白色的旋转木马。但没有我。当然没有。

---

1 派契利（Pacelli）：也即教皇庇护十二世，1939年即位。

第九章
在瓦勒

他又回到了瓦勒的家中，而她，从来没有守在他身边。在这么多星期里都置他于不顾，用修女般的谎言和承诺哄骗了他的她，果真在家。果然如此，她有了大肚子。“妈妈。”他说。而她说：“我的小兔兔。”

尽管在她镶白点的蓝裙子下，装着一个将来会像她和爸爸的小孩，一个按比例将他俩混合起来的东西（所以他也会像路易斯），他还是一把抱住了她的脖子。他嘟哝了几句什么，就连他自己都听不清，他闻到了她卷起的头发的香味，说道：“妈妈。”

“小心哟。”她说。她为了迎接我回家特地穿上了星期日的节日装，这他能看出来。就这件白点蓝裙。只是为了他，她才戴上了蓝瓷耳环。她为了他把嘴唇涂得鲜红。爸爸也为了他给客厅新糊了壁纸，用的是向日葵的图案。在壁炉台上立着一捆新的整年度的杂志《我们的人民觉醒吧！》，旁边是涂着黑色、米色漆的石膏像，冷笑着的驼背弄臣[1]。

路易斯坐在沙发的一角。在对面角落里，在一个腐蚀成深棕色的三腿木架上放着圭多·赫泽拉的半身像。雕像是深绿色的，一个耳垂已经剥落了，但有着真人大小的诗人头却走了形。因为赫泽拉有一个

1 即里戈莱托（Rigoletto），威尔第从法国作家雨果的作品改编的著名歌剧中的人物。

硕大的脑袋，里面装了太多的脑质，结果让他一生都要忍受头痛。墙上满满地挂着钢网格组成的烛台，刻有“弗拉芒语声音美妙，不对它施暴的人都听得到”或“自家灶台赛黄金”之类话的铜板，列昂姑父画的有风车和紫罗兰的水彩画，根特塔楼和布鲁日爱湖的钢笔画。在壁炉上方挂着有扇形锈斑的箭，有奇特的箭头和倒钩；刚果土著人的画像他们留给了教父维莫尔希，妈妈的那位做神父的叔叔，他还一直在开赛的丛林里以勇敢、温和、慈父般的姿态劝黑人部落皈依圣教。

妈妈给路易斯拿来了可可，里面加的糖比在学校多得多。

爸爸还靠在阳台门边站着，打量着他儿子，他这个一度走失了的独子，现在总算又回到了父亲家中。

“路易斯，”爸爸说，“我给你看看我们的新机器。准保你会惊讶得嘴都合不拢。整个西弗兰德都找不到这样的印刷机呢。他们倒是想造出这样的，可他们胆子不够大。这家伙是莱比锡的。”

“至少得让他喝完可可再说。”妈妈说。

爸爸受了委屈，掉转目光，不再看他们，他俩，在他眼前已经结成了同盟的两个人。他用背把带闪闪发光的富铅玻璃窗的阳台门推开了。

“那也好，”他说，“也好。那我就先去菲利克斯那儿。”爸爸每两天去一趟理发师菲利克斯那儿剃胡子。在房门锁锁上了以后，妈妈从她的针线筐里摸出一盒贝尔加[1]香烟来。她给自己点燃了一支，挺享受地吸起来。然后她似乎想起了什么似的，急急忙忙地打开窗户，把烟朝阳台，朝墙上吐过去，那上面东方官员正在鞠躬，女士们戴着平平的宽檐帽坐在小船里弹班卓琴[2]。

妈妈拼命往前挺肚子。或者，是那个孩子在往前推她的下半身？孩子当然能决定妈妈的一举一动了。

---

1 贝尔加（Belga）：比利时的一个著名香烟品牌。
2 班卓琴（Banjo）：美洲黑人的一种乐器。

“那台机器，”妈妈说，“真是场灾难。其实我得说，是那些机器。先生去了趟莱比锡，去看展览的，然后回到家里来，装作什么都没发生的样子。我问他：‘嘿，你做成了几笔生意吗？’‘嗯，嗯，’他说，‘还行。’但从他孩子气的傻笑中我就看出来有啥猫腻了。果然啊，路易斯，你想象得到吗？突然之间整条街都激动起来了。两辆挂着德国车牌号的小汽车开了进来，后面跟着一辆卡车。那卡车的个儿那么大，在我们这条街上它都没法掉头。他们不得不把警察叫来。还有两个德国机械师傅也在。他们要教人这一整套活儿。你猜我都看到了啥？这台机器，路易斯，这是个大怪兽，生来就放不进工坊里去。一个两岁的小孩都能看出来，只有你爸爸当然是看不出来的。他们首先要把侧面的墙拆掉，两个德国机械师傅花我们的钱在德拉帕斯宾馆足足住了两个星期，因为他们必须组装机器。每天在我们家里。他们也在这客厅里吃饭，但是光一个煎肉排还不能让他们满意，不，他们还想要吃香肠，一大早吃早饭的时候就要吃火腿肉。”妈妈急急忙忙地又点上一支香烟。

“它印东西印得好吗，那台新机器？”路易斯问，为了讨好妈妈和不在场的爸爸。

妈妈按照中世纪的风格坐在了橡木桌子的边缘上。就在这样一张桌子旁边，弗拉芒的骑士于1302年做了推翻虚伪的法国王国的计划。[1]只要是法国佬，都是骗子，都要打死！

“后来德国人回家了。”妈妈继续说，“机器装好了。我们得把所有的铅字盒和切割机都搬到别的地方去。我想：他现在对着他的玩具应该开心了，幸福了。突然我听见楼下街上吵得可怕。人们在叫‘噢！啊！’我从窗子往外面一看，我看见了啥？卡车又出现了，这次直接带上了警察。卡车又要在我们街上掉头，又是同一批德国师傅在协调交通。我问自己：‘我现在是看到重影了，还是已经神志不清了？’我跑

1 即前文说的金马刺战役。

到楼下，说：'斯塔夫，这是什么意思啊？给我解释解释。我没看错吧，还是我已经发神经了？还有一台机器要运过来？''是这样，康斯坦泽。'他说。我说：'同一台？'这个傻子笑了起来，说：'当然不是同一台了。前一台正放在工坊里呢。所以街上那一台肯定不是同一台了。'我说：'斯塔夫，要我扇你一耳刮子啊，你肯定清楚我想说啥。你买了一模一样的一台机器？''是啊，'他说，'是一模一样的一台。'我说：'斯塔夫，为什么啊？''康斯坦泽，'他说，'第二台备用啊，万一第一台坏了的话。'"

她等着。她的脸浮在香烟的烟雾中，烟钻入了她的卷发里。所有女人中，她最美。

"你没听懂吗？"她眯起眼睛，深深吸了一口烟，"一台贵得要命的机器，而他手上一份订单都还没有！"

路易斯觉得她和往常一样在夸大其词，对爸爸的态度很不公正。虽然爸爸做事没头没脑不靠谱，但是他在这里也许正统治着一个帝国，而妈妈——这个农民家的女儿、时尚衣架子、家庭主妇、没有独立地位的小贵妇——却毫不知情。

"我看出来了，你站在他那边。你觉得他是对的。"她把香烟按灭在一个路易斯之前从没见过的铜制烟灰缸里。它的形状是一个扁平的贝壳，边上有个纳粹十字标记。

"'你什么都不懂。这样一台机器是用来印报纸的，所以才会这么贵。'他说。我说：'斯塔夫，可是没有人要在你这儿预订印报纸啊。''那又怎么样。'他说，'那我们就自己做份报纸。'他就做了份报纸。就做了一期。第二期他就没钱了。"她又吹出了口烟，吹出了她的怨恨，吹出了她对这个重又找到的迟钝而冥顽不化的儿子的失望。

在工坊里放着爸爸的报纸，一摞摞齐人高：《莱厄河[1]》，四大张，中间插入了大小不一的各种广告，灰色，毫无吸引力，就是个笑

---

1 莱厄河（Leie）：流经法国和比利时地区的一条河。

话。在头版写着“**新鲜食物新能量，鸣谢*SOLO***”。从加粗了的斜体字母***“SOLO”***上方跳出一个侏儒，就像从篱笆墙上跳出来那样，他身下写着：“她丈夫的工作装又变得干净整洁了！只有SOLEIL能战胜油渍”和“以前他活动起来像个机器人。需要别人帮忙才能脱下大衣。今天却活力四射，因为有了克鲁士牌盐”。

工坊里的机器刺刺地响。没有一个穿这灰色长外套的工人注意到了自以为走失了的王子，他结束了在寄宿学校的流放回来了。是不是爸爸发出了口号：别看我儿子的脸，不然你就会瞎掉？凡丹姆，厂里的帮工，按了按路易斯的胳膊肘。

“小伙子，看你长得这样儿！你要继续长下去，都可以做次重量级拳击手了！”

凡丹姆晒黑了的脸，加上伤痕累累的鼻子，总显得严肃。他做过西南弗兰德的拳击冠军。有时候他会飞快地连抽四五次鼻子。或者在路易斯额头正前方闪电般迅速地挥舞下拳击手势。他有一身奶酪和印刷油墨的味道。凡丹姆小子。

“哎，你觉得这家伙咋样？”凡丹姆走到机器旁边问道。

“挺好。”路易斯说。

“挺好？好得不得了！是从德国来的。”

路易斯绕着这安静的怪家伙走了一圈，它的各个部件都闪闪发亮：转轴、吸盘、钩子、齿轮、弹簧、按钮、拉杆、圆缸。

“这台机器每小时能印出最多两万张呢。快啊，超级快。”

“那您就开动它啊。”

“我倒是很乐意啊，路易斯，但我不可以开。只有老板才能开动它。老板的儿子可不行。”（至少得到认可了。虽然只是作为儿子。不过聊胜于无。）

许多纸巨人装在海绿色的包装里。俯身在铅字盒上方的排字工人。积灰的窗户，铁窗格上沾着煤烟。溅着油污和油墨的水泥地板。切割机的大铡刀发出冷冰冰的光。我感受到了一股悠长的哀伤，往后退了几步。

“是啊，她就待在这儿光鲜透亮啊，我们的柯尼希与鲍尔[1]。”凡丹姆语气低沉地说。

三台海德堡印刷机中有一台传动杆正轰隆隆地上下动着，那旁边站着拉斯佩，去年还把路易斯抱到自己怀里，在他那些不该碰的地方挠他痒，一边叫着“哟，咱漂亮的小鸡鸡跑到哪儿去了”的拉斯佩。他一看到路易斯，就朝路易斯吐出了沾满东西的长舌头。凡丹姆看到路易斯转身要跑，就一把拽住他的胳膊，手指顺势掐了进去。

“恋爱的事儿怎么样了啊？”他问道。

路易斯一下子满脸通红。其他人没有听到。

“你现在多大了，路易斯？”

“十一岁……到4月5号，我就十一岁了。”

“这样的事儿不嫌早的哦。想做冠军，就要早努力。”凡丹姆说。路易斯尽可能慢地离开了工坊。凡丹姆是一个满脑子脏想法的霍屯督人。主啊，宽恕他吧，因为他都不知道他说了什么。

在厨房里，一个胡子剃得干干净净、扑了粉的爸爸在说话：“拿着，这是给你的。我从莱比锡展览会带回来的。”他从印着我不认识的尖细字母的发黄报纸中剥出来一个橡胶小人，一个穿着短裤和棕色衬衫的小男孩。爸爸扬扬自得地哼着什么，把小人儿放在了餐具柜上面，又来回摆弄了一下，直到小人儿叉开腿站在那儿，右手臂僵直地高高举起。然后，他又把七零八碎的小玩意拉拉齐整：带有纳粹十字的袖章，棕色的船形帽，别在腰带上的匕首。

“嘿，你觉得怎么样？”

“多谢。”路易斯说。

“多谢谁？”

“多谢爸爸。”

---

1 柯尼希与鲍尔（Koenig und Bauer）：德国历史悠久的印刷机制造厂。

妈妈拿过玩偶小人，路易斯有一片刻还以为她要把它吃了。她将这张明亮的、哧哧笑着的脸放在眼前。“我们先把它放在卧室的柜子里。”

“为什么呀?”

“还是别让人看到为好。”

“为什么?”爸爸现在也问，但是语调比路易斯多了十倍的力量，十倍的威胁感。

“如今这样的局势……”

“但是我不会让任何人看到它的。”路易斯恳求地说，“我会把它放在楼上我的房间里。等我再去寄宿学校的时候，我会把它放到你柜子里的。”

“还是不要了，路易斯。我们不要招惹麻烦，别人就我们和那些德国人说的闲话已经够多了。”

“让他们说好了。”爸爸叫嚷起来，“我们要管别人干什么?”

妈妈漫不经心地捏着小人儿。路易斯吃惊地看着小男孩的腿变得很弯，就像西部片里的牛仔那样。接下来，她也会这么扭捏自己的小孩的，等他毫无抵抗力地低躺在摇篮里的时候。在他自己被送到修道院宿舍里去之前，她用这双粗心大意的、扭来扭去的手都对他干过什么?

四点左右的时候，莫娜姑妈带着葡萄干蛋糕来看他们。她说，她上午卖了三十盒糖、三十公斤咖啡和三十公斤菊苣咖啡。

“我老公不准我这么做。”妈妈说，“他认为不能趁时局乱就捡便宜。”

“可就是这么乱的时局才逼得我们这么做的啊，康斯坦泽!如果不久后买不到咖啡了，谁会是第一个跑来伸手讨的?——你穿上这身好衣服，是要去电影院吗?”

“哦，好啊!”路易斯说。

“不是，”妈妈懒懒地说，“我就是觉得无聊了。我已经整个早上都穿着家常便服四处转了。我当时就想：不，今天我不能再穿肥大的罩裙了。有大肚子又怎么样。我就想再穿上件颜色欢快的衣服。”

"你一天比一天年轻，康斯坦泽。"

路易斯得到许可，往葡萄干蛋糕上抹黄油，倒咖啡。他已经忘了寄宿学校。——我已经忘了寄宿学校。这个母亲，我辛苦劳累的母亲，她不是为了我才穿上有圆点、香喷喷的裙子吗？加上爸爸的这个妹妹——还好她没有立刻大叫说我长得多么快，也没有问我在学校的成绩，她们这两个森林仙女挥舞一下仙棒就让整个寄宿学校都消失了。仙女？只有女孩子才会有的念头。

"那你拿他怎么办呢，康斯坦泽？"（他，就是说我，路易斯，她的孩子。）

"是啊，我该拿他怎么办呢？"

"我可以马上回寄宿学校去。"路易斯说，"如果你想我这样做的话。"

"小傻瓜，"莫娜姑妈说，"你能回瓦勒，回到我们的身边，我们所有人都高兴呢。要是婆妈妈见到你的话，她眼珠都会蹦出来的。因为你都长这么大了。他真是在疯长啊，是不是，康斯坦泽？——婆妈妈今天早上还说：'我们的路易斯，我们最乖的小宝贝儿在哪儿呢？他是我所有的孙辈里我唯一想见到的那个。'"莫娜姑妈说谎的脸没有一点儿皱纹，白得透明，就仿佛她整整一个小学期都在地下室里待着，坐在霉菌和齐人高的闪亮真菌中间。

"你不太爱说话啊，"她说，"看看你这坐着的样子，在你这样的年纪，想想自己都不到二十岁，就该高兴得蹦起来才对呢。到了二十岁你就得去军队了，我的朋友！我们现在要花上一亿两千万了，就为了战争动员。谁来出这笔钱？"

"和平常一样啊，让小个儿男子汉出呗。"妈妈说。她在葡萄干蛋糕上捏来捏去，那上面有路易斯为了她特意抹的厚厚一层黄油。

"真算走运，"莫娜姑妈说，"他们把那个保罗-亨利·斯巴克[1]给撵走了。长成那个样子的人，怎么还能做首相？那张肥脸，一看就知

1 保罗-亨利·斯巴克（Paul-Henri Spaak）：比利时著名政治家，自1938年起出任比利时首相，坚持反战中立，1940年起流亡英国。战后再度出任首相，并曾任联合国大会主席。

道他是个窝囊废！——这样子下去还怎么得了？我们到底会走到哪里去？”

“去电影院。”路易斯说。

“是啊，我们会到哪里去？”妈妈说。

“直接走进战争啊，康斯坦泽。笔直地一路走进去！”莫娜姑妈说。她有一双青蛙大眼，因为她的甲状腺不太好使了，在她丈夫瓦尔德姑父离开她之后。

（“这可真奇怪，”婆妈妈说，“瓦尔德和她本来是天生一对，就像锅和锅盖一样！另一件奇怪的事是，原先是瓦尔德有这样鼓出来的眼睛，像青蛙一样，可他一走，她的眼睛也鼓出来了。”瓦尔德姑父常常打他老婆的。“什么？我的衬衫还没熨好？”——“当然熨好了！”——“是吗？那这个领子怎么回事？它皱得和手风琴一样！”——然后啪一下！打到脑门上了！——“什么！我的鞋子还没擦好？”——“当然擦好了！”——“是吗？就是往上啐了一口，再用袖子擦了擦吧！”又一下，打在下巴上。

莫娜姑妈把一切都忍下来了。“一个肿块，一点瘀青，这有什么呀？我们女人受得了很多苦，我们也必须忍受，看到一管注射器的血就晕倒的都是男人呢！”莫娜姑妈顽固得雷打不动，纯粹是对这个感到绝望了，瓦尔德姑父才最后给了她一记下勾拳，然后带着自己所有的东西和一个聋哑缝纫女工跑掉了。

莫娜姑妈和她女儿希采丽住在帕尔登市场旁边，楼房正面墙铺着蓝白色的闪亮瓷砖，窗子有漆成白色的窗框；在每扇窗玻璃上都有一个深蓝色的花体字字母，合起来就是WARD（瓦尔德）。希采丽上价格不菲的芭蕾舞课。她想去美国，去好莱坞，就等秀兰·邓波儿长大演不了儿童的角色退下来了。希采丽已经能完美地演唱《彩虹之上》[1]和《蟑螂曲》[2]了。在客厅里挂着一张她的照片，列昂姑父亲手给它加了颜

1 1939年美国奇幻歌舞电影《绿野仙踪》中桃乐丝所唱的歌曲。
2 墨西哥的革命歌曲，是于1934年上映的一部美国同名音乐短片的主题曲。

色，那上面她有一张满月脸，圆圆的纽扣眼睛，瘦弱的小身板套在芭蕾舞短裙里。）

下午的时光在流逝，谈话絮絮叨叨，绵绵不绝，谈到了国家部门、农民联合会、共济会、波兰、西班牙、希特勒：那个什么都敢做的男人，不过他又有什么法子呢？法国人、英国人、俄罗斯人，整个世界都欺负到他头上了啊！然后莫娜姑妈发现还有个路易斯呢，于是就问："哎，你现在可以在家里待上一阵了，高不高兴啊？"

"高兴。"

"你去过工坊了吗？"

"去过了。"

"他们都说了啥？说你长高了吧？"

"大部分人连一句问好都没有说。"

"唉，那些工人就这样。"妈妈说。

莫娜姑妈大笑，她喉咙里那个肿块动来动去，就像里面藏了个手指关节大小、活蹦乱跳的小孩儿一样。"你想要怎样呢？想让他们像接待一位公主一样迎接你？"

"才不呢。"他脸红了，站起来，收拾杯子和碟子。

"你要明白，"莫娜姑妈说，"那些男人的心思都在别的地方。他们随时会被抓去当兵或丢掉工作。至于老板的儿子有没有在场，对他们来说算个屁事，实话实说啊。情况和以前不一样了，以前工人们对每个周末给他们付工资的人还很尊敬。现在他们认为，所有人都一样，每个人都是老板。那些工人们想的只有：我怎么才能给老板下个绊子。

"而我们的斯塔夫哟，康斯坦泽，就是不愿面对事实。他是好心，但是好心没好报的。我是他姐姐，我也觉得他挺有能耐。但是这方面，他可是头大蠢牛，实话实说啊。他必须坚持几条原则，其中一条就是，一个人是主子，其他人就都是奴才。我说得对吗，路易斯？——把这话儿记住了。讲原则。

"康斯坦泽，你还记得吧，今年年初玛尔腾斯博士那件事儿？14—

18年，他和德国人合作过，那个玛尔腾斯博士，为什么？为了我们，为了弗拉芒人，为了弗拉芒的原则。现在医学院要聘他做教授。不，自由派说。这不行，他是个卖国贼，必须开除掉他！那些打过仗的老兵也唱起了《布拉班之歌》[1]反对玛尔腾斯做教授。保罗-亨利·斯巴克站到了弗拉芒人一边，因为他要保住自己的首相位子。这个死胖子想要卖了自己的亲娘，那好，没啥大不了，小推车掉进了垃圾堆。结果发生了啥？弗拉芒人坚持了自己的原则，他们朝自由派喊道：'不是玛尔腾斯博士退出医学院，就是我们退出政府！'弗拉芒人说：'那好，朋友们，你们保重了。'瞧啊，保罗-亨利·斯巴克摔到了自己的肥屁股上，收拾行李走人了。"

"这个玛尔腾斯博士的马甲也不干净，"妈妈说，"在他的诊所里好像有……哎，你知道我想说啥……好像有各个地方来的，德国的，法国的，这些有钱女人，她们要在那儿……你知道，我想说啥……"

"我知道你想说啥，康斯坦泽。你不用说出口了。我们阁楼上有老鼠。"

（她指的是我，我这只好奇的老鼠，在妈妈和莫娜姑妈这个充满秘密和暗示的阁楼上，从突然中断的对话里翻翻找找。）

"雷克斯会赢的。"路易斯说。

"你这小子！"莫娜姑妈说，"你怎么会有这样的念头？雷克斯早就不行了，出局了。1936年的时候，那个头发上抹油的帅哥莱昂·德雷勒还能插嘴说上半句话，可是今天的话……他们在1936年里得到了二十一个议会席位现在还剩了多少个？四个！——她们在寄宿学校里就教会了你这个？是真的吗？教你们雷克斯？那些修女们还怎么迷恋帅哥莱昂？"

"不。"路易斯害怕自己因为回家第一天的情绪太浓烈，会大笑起来或哭起来，害怕自己会顺着妈妈鼓起来的肚子滑下去，把脸贴到她

1《布拉班之歌》（*Brabançonne*）：比利时国歌，这里作者有意用了法语。

的大腿上。他看到学校里那些修女们围着德雷勒跳着疯狂放肆的舞，德雷勒缩小了，缩到和最小的小男孩一样高，修女们短裙飞舞地从这叽叽叫着"雷克斯、雷克斯"的小不点头上跳过去。

"雷克斯在弗兰德这里就没有人手。"莫娜姑妈说，"找不到一个领头的，没有一个傻愣刺头会去。他们就有一个头儿，叫什么来着？帮我想想，康斯坦泽，他叫什么名字？那个从14—18年丢了两条腿的参议员。是个正派人，有教养，但是个残废。这么说挺不好，但是弗拉芒人不会相信一个腿都没了的人的。"

"那罗斯福呢？"路易斯说，"他也是坐轮椅的。"

"那不一样，"莫娜姑妈说，"而且美国人只知道一种政治：赚钱。"

"我们也差不多。"妈妈说。

"哎呀，康斯坦泽！"莫娜姑妈叫起来，"你怎么能这么说！我们可是有理想的！"

妈妈微笑着抚摸她裙子下的那个足球。

"他们应该选你做参议员，莫娜。"

"那我真会大干一场的，"莫娜姑妈说，"首先把所有去过西班牙，在那里屠杀教士的家伙都推到墙上去。把外国人和共济会手上的资金都没收，公平地分给每天为自己挣面包的人。"

贴到鼓起的那一大团上去，贴在绷紧了的蓝白裙子上，听听里面游泳的小孩儿晃荡拍水的声音，就像在和弗里格摔跤时听到弗里格肚子里轻轻的咕噜声。

"你盯着什么看呢，路易斯？你在看我的肚子吗？"

"在看你的胸针。"一小片银，上面是一只蹦跳小鹿或跳舞小羊的淡紫色剪影，穿过衣服紧扣在她两块肉峰处的柔软皮肤上。

"那可是她的一个崇拜者送的呢，"莫娜姑妈说，"不过可别告诉你爸。不然他会中风的。"

"莫娜，你真是的！"妈妈有气无力地说道。

"不就是开个玩笑嘛，"莫娜姑妈说，"路易斯，从柜子里把那两块卷饼拿出来。”她咬了一小块，嚼了起来。“老这么一个人待着，就总想找点乐子笑一笑。”

“可是你还有希采丽呢。”妈妈说。

“嗨，她呀！”

“她是个乖女孩呀。”

“有了她，我还是一个单身女人，康斯坦泽。我们听到或读到的都只是那些单身男人的事儿，根本没有什么人想到过女人——但是等天黑了以后，所有活儿都做完了，该扫的扫了，该擦的擦了，衣服也都洗过了，白天变短了的时候……不过算了，我们可不想瞎抱怨。”

“是不想，”妈妈说，然后又苦涩地说了句，“抱怨起来就没完没了了。”

“可有时候还是得给自己的心透透气，康斯坦泽。”

“路易斯，”妈妈换了有力的声调说，“你不是想出去散散步吗？对吧？不过，不要走太远。也不要走到彤杰斯大街上去哦。”

路易斯沿着一排用深棕色砖石砌成的联排小楼走。他恨不得跳起舞来。他上次独自一人走在街上，身边没有他那些穿校服的聒噪同类，也没有穿着随风飘扬的多层衣裳的女巨人们陪伴，是在好几个星期之前了。

路过菲利克斯的理发店时，他走得很快，因为你永远不知道会不会有脸上挂着剃须肥皂水的高嗓门大猴子冲出来和你握手，打听学校宿舍和妈妈的一切可能的私密信息。在宏泰斯，一个纺织厂老板家门口的篱笆边上，他尽可能地跳到高处，往花园里看去。在屋顶平台上躺着一个女人，直接躺在地板砖上。她就戴了一顶草帽，挂了一串珍珠项链，此外一丝不挂。路易斯不敢再跳高了。那个女人是俯卧着的。她没准在他跳到空中的时候很快地抬了一下头呢。她是谁？宏泰斯在刚过去的小学期里结婚了吗？不知道为什么，他就觉得这不可能。爸爸说过，“乔治希·宏泰斯虽然是个自由派，但是他会在正确的位置做个正确的男人。”而妈妈则满含暗示地哧哧笑了，笑声像是山羊咩咩叫。“别和他走得太近，斯塔夫。”——“为什么不可以?”——“我就说一点，乔治希·宏泰斯不会很快结婚，想想我说的话。”——“为什么不会?”——“乔治希·宏泰斯和女人，那是没法配到一起去的。多的我就不说了。我是有可靠消息来源的。”

路易斯想念弗里格了，那位朋友、支持者、圣殿骑士、使徒。手持盾牌的骑士弗里格，现在远离他要在瓦克亨度过整个假期了，那是个不起眼的村子，弗里格的爸爸在村里为小农民的种种事务做公证员。路易斯本来要教会弗里格许多东西，也会向他解释，向他展示，他自己，路易斯只是由于一个可恶的偶然事件才进了修道院学校的，在瓦勒，在他的城市才重新找到了他的天然环境。瓦勒，弗兰德西南部的公主，它的源头——那可是内尔维族[1]修筑的军用大道，弗里格——可以追溯到公元5世纪。瓦勒的骑士当时已经手持中心画有白色半球，四周绕一条白龙的红色盾牌了。白与红，弗里格，是瓦勒体育俱乐部的颜色，那是我的弗洛伦特叔叔做替补守门员的俱乐部。

他穿过了彤杰斯大街，这里住着靠国家福利生活，把所有的钱都花在酗酒上的一群无赖，女人们抱着长满疥疮的孩子坐在门槛上。这条街居然离圣安东尼教堂这么近，真是永恒的羞耻。那些人只要不是受到警察追捕，根本就不会踏进教堂。路易斯忌妒地看着四处飞跑，嗓音成年人般粗哑，耳朵和睫毛里粘着煤灰的男孩儿们，他们正在踢一个用纸和细绳做成的球，一边大声叫嚷着骂人的话。虽然他知道这是重罪，可他还是远远地望着他们，让自己感染他们的罪。他模仿其中一个叫骂的男孩，也边走边在自己身上挠着，受着邪恶细菌的侵害。弗里格，你看到我了吗?路易斯走到了教堂后面，走进了许多殉道孩童的影子里，他们都抵抗住了这样的诱惑，直到受尽折磨而死。他留心注意，趁没有人能看到他，很快地给自己画了画十字。为了保险起见，他又多画了一次十字，在他走过贝斯腾市场上的教堂时，那是他

1 内尔维族（Nervier）：居住在比利时地区的古老部落，属于高卢人。

父母结婚、他自己受洗的教堂。

在格罗特市场，他拐了弯，绕过了“罗通德”酒馆，他的教父这个时间多半在那里打桥牌。

弗里格，来吧。他牵起弗里格的手，拉着他登上了被煤烟熏黑的铁阶梯。他们在拱桥上站住，等待着。可是突然之间，弗里格不见了。没有弗里格在身边，等着看蒸汽火车头呼啸而出的热烟就没有多少意义了。路易斯想：与其一个人待在瓦勒，不如和弗里格一起待在寄宿学校，不过这样的想法也没持续多久。他听任弗里格变淡、消失，将多尼克瑟·怀克街区的所有商店橱窗一路看过去。

从一间旅馆敞开的门里，他听到了熟悉的宛腾和达勒的声音，他们在用又快又刺耳的方言讲一个和丈母娘有关的笑话。他没能听懂笑点，因为一个身穿蓝色工装的毛头小子闯到了他身边，用自行车前轮把他推开，好停住车。这人问他：“是不是宛腾和达勒？”路易斯点点头，继续往前走，将继续噼里啪啦响的掌声抛在了身后。

爸爸特别着迷于宛腾和达勒；他们是“我们大众的声音”，他常常说。真正的宛腾和达勒是源自中世纪的小雕像，立在贝尔弗里德钟楼[1]四个小塔中的一个里面。广播节目《瓦勒有活力！》的这两个将自己称为宛腾和达勒的喜剧演员是和你和我一样的人。

《瓦勒有活力！》播出的时候，所有人都必须安静地赛过老鼠。爸爸往后仰靠在沙发上，一动不动，嘴角微微颤动，已经准备好要笑了。

“年轻人，银行家钱多多[2]说，我听说你想娶我女儿。——是的，没错，先生。——我可以把她交给您，但是她什么嫁妆都不会带给您的，就连指甲缝里那点油水都带不走。您还是想娶她吗？——当然了，先生！——您别妄想了，您得不到我女儿的！——可是为什么呢，先生？——因为我不想让这么个大傻瓜进我家门！”

爸爸笑了。妈妈说：“他们就知道说些这个！”

1 位于比利时布鲁日市中心的一座中世纪钟楼。
2 银行家的名字叫Geldsack，意思为“钱袋子”。此处为揶揄。

“安静，康斯坦泽，”爸爸厉声叫道，“接下来还有呢。”

宛腾是个愣头小子，脑子不灵光。达勒，他老婆，是个莽莽撞撞的害人精。但是有时候宛腾也能要弄一下她。

“真是奇怪呢，宛腾，人怎么会这么犯糊涂？我刚刚读到，哥伦布到达美国时还以为他发现了印度。——哎哟，达勒，我和你结婚的时候还以为我发现了天堂呢。”

“这个还不赖。”妈妈说。

“是啊，”爸爸说，“讲得也在理。俗话怎么说的？傻子傻兮兮，嘴里有真理。”

路易斯在阿尔贝国王[1]那尊毫无光亮的半身像前干脆地敬了个礼。国王头上戴着一顶头盔，与他的眼睛焊接在一起。他掉进了十二米深的峡谷里，这位骑士国王，他曾经是一位那么有热情的登山家。他的宫廷侍从，凡·戴克在山峰脚下等他，可是这位君主再也没能回来。在深夜两点的时候，冉克·德·迪克斯梅德男爵在还绑着国王尸体的绳索上绊了一跤。教父认为，这是某些人干的，在那慕尔城和阿登山地有不少他们的人，那里住着瓦隆人[2]和外国人。在搜索证据的时候，检察官们偷偷隐瞒了不少东西。检察官保护法兰西佬和每个反对教会、反对弗拉芒的人。

索杰的冰激凌车咕隆咕隆地开了过来，拉车小马停住了，嘴里冒白沫。索杰吹着他的小铜喇叭。路易斯身上没带钱，朝那些围着粉色小车吃粉色冰激凌的吵吵闹闹的高中生们骂了两句。这些学生的学生背包因塞了许多书本而鼓鼓囊囊。我很快也会背上这样一个书包了，肯定会嫌它还不够重。本子的封皮是深蓝色的，而寄宿学校里的本子封皮是砖红色。我得回去了，妈妈已经在紧张地咬手指甲了。不，妈妈从来不会那么做。阿尔贝国王在世界大战的战壕泥浆里展现了英雄的勇气，爱好旅游的殿下刚想来一次环游欧洲的长途汽车旅行，战争就爆发

1 阿尔贝国王（Albert I of Belgium）：比利时国王，1909—1934年在位，列奥普德的父亲。
2 瓦隆人（Wallonen）：比利时讲法语的瓦隆大区的居民。

了。他本来想匿名出行，比利时汽车俱乐部的会员卡现在还保留着，上面的名字是列奥波特·德·雷迪公爵。当然不是他说的那些人谋杀了骑士君王。教父说谎。要不然他肯定就是个傻瓜，但是他不是。

淑女步，可怕、陡峭的山峰。近视的国王笔直地挂在绳索上，把自己往上拉，他的眼镜蒙了层雾，他用右手摸索开裂的岩壁，他攥住湿漉漉的山藤。就在这一刻，岩壁裂缝里冒出一个男人，他的脸扭曲得变形，半边都被压坏了，一只眼睛比另一只低，看起来已经瘫掉了。“您挂好了吧，先生？”男人问。——“多谢，我的老兄，我挂得好好的。”“那就好，先生。”男人说。然后从他锁好的士兵外套里抽出一把切面包的刀。“您没认出我来吧，先生？”“没有，我的勇士。”——“可是我和您一起在伊瑟尔河边的战壕里待过。”——“祖国比利时感谢您，我的好伙计。”——“您在1917年10月12日派我到敌方铁丝网后去执行任务。虽然我拼命哀求您，允许我迅速到防空洞里去取我的眼镜，但是您还是命令我立即执行已经下达的任务。您是用法语发出的命令，先生。”——“然后呢，弗拉芒人？”——“然后呢？然后我就从战壕里跳出来，然后和殿下您一样近视的我，直接撞上了手榴弹。先生，这是冤屈，是要得到报复的。”——“做你一心要做的事儿吧，比利时的败类。”国王阿尔贝一世说。“别了，国王败类。”这个脸歪了的人一边说，一边切断了登山绳索，他来不及等到山下发出的沉重的碰撞声，直接像羚羊一样从岩石上跑掉了。

当路易斯穿过让人厌恶的彤杰斯大街时，一个男孩踩着滑板车紧挨着他滑了过去。“斗鸡眼儿。”男孩说，“闪开，斗鸡眼儿。”路易斯坚定地直视前方。我不是斗鸡眼，这不公平，可笑，荒谬。男孩滑远了，轻松随意地用一只灵巧、轻捷的左脚蹬着，另一只脚牢牢地站在木踏板上就像黏住了似的。等我有了小弟弟，他就会想要我的滑板车了，这是避免不了的。

在奥登阿尔茨大道12号房子的窗台上坐着忒杰，穿着足球裤。

“你好。”忒杰说。一个从巴尔干来的十三岁外地人，一个吉卜赛人，不管怎样都不是地道的弗拉芒人。他穿着带椭圆形洞的黄色橡胶鞋，甩着暗棕色的两条腿。

“你好。”路易斯看得到父母家屋子的正墙面了，房门的栅栏窗户映出夕阳。

“你又回来了。”

“是啊。”

“待多久？”

“待到假期结束。”

“你要一起去瓦勒-施塔德吗？”

这可不行。施塔德，紫白条纹紧身衣，那是江湖骗子、小混混和懦夫们聚集的俱乐部。在瓦勒只有一家正经俱乐部，瓦勒体育俱乐部，弗洛伦特叔叔做候补守门员的那家。忒杰是施塔德的追随者，因为他父亲在俱乐部门口卖冰激凌。贝卡走出房子，她是忒杰的妹妹，有吉卜赛人的眼睛，丰满的嘴唇。她长个儿了，但是对于十一岁的年纪来说还是太矮。上一个假期以后，她的动作和她气势汹汹的句子就变得柔韧了些，平滑了些。

“真是奇迹，居然又见到你了。”她说。她穿着和她哥哥一样的橡胶鞋，一条皱巴巴的镶花裙子，以及束着一根有裂纹的白色皮带。

“星期四你和我们一起去看电影吗？”

“如果他妈妈允许他去的话。”忒杰说。

“他用不着跟他妈妈说他要和我们一起去。”她用她棕色的短腿跳来跳去。

“为什么不说？”路易斯说。

“因为，”她一边说，一边和他靠得这么近，他都可以闻到她呼吸里的鲁提牌焦糖味了，“因为你妈妈会皱起鼻子说，小子，我可不要看到你又和这些无赖混到一起去。”

“我妈妈绝对不会这么……”

“无赖，”贝卡说，“我亲耳听她说过。也许她那个时候喝醉了。”

路易斯大笑了起来。他母亲，喝醉！这个矮个子、深色皮肤、三个月之内变成了小妇人的调皮鬼是怎么冒出这个念头来的？他看到夕阳余晖已经在他父母家的大门里闪耀了。

“我得走了。”

“好的，赶紧走。”贝卡用稍稍拖长的声调说，“不然她可要生气了。”

“你说得不对。”他说，已经准备迈步走开了。

“赶紧走，梦到我哦。”她一边说，一边尖声大笑。丽贝卡·可塞恩斯，年末集市上的袖珍版女巫师，小个儿沙漠女郎。

“进屋吧，你这个小魔鬼。”她哥哥说。

“好了，好了，伙计们，再会了。”路易斯用比特贝尔的口气说。

第十章
婆妈妈

教堂大钟从罗马运回来了。妈妈在马桶池背后藏了一颗巧克力蛋，路易斯马上就把它找出来吃掉了，这在学校宿舍里可是绝对办不到的，因为修女们认为，吃太多巧克力对肝脏不好。妈妈还以为，他仍然相信大钟在绿色星期四会飞到罗马，在复活节星期日装满巧克力蛋后飞回来[1]，就像她也觉得他仍然相信送子仙鹤、尼克劳斯圣诞老人和产子花椰菜一样。或者觉得他还相信德国人在14—18年偷了她故乡村子巴斯特赫姆里的教堂大钟好去造炮弹这个童话。

大钟整个上午都在响。在路易斯去买葡萄干蛋糕和小面包的路上，他并没有发现哪个身着节日服装的路人对这让空气颤动而传递耶稣受尽痛苦磨难后复活的喜讯的哐当声表露出敬畏或者惊讶。这个世界一天天变得越来越不基督了，管家嬷嬷总爱这么说，人们已经把灵魂丢掉了，却都一点没有察觉到。

爸爸穿上了他的浅米色西装，说："来吧，小伙儿。"

路易斯必须得跟着去看婆妈妈，爸爸那位身患残疾的母亲。爸爸走得飞快，到了贝斯腾市场才放慢了脚步，在电影院“前进”的门厅

1 复活节前的星期四，为纪念基督最后的晚餐而常有圣餐礼，复活节为每年春分月圆后第一个星期日。西欧有在复活节送彩蛋的习俗。

里停下来，红色青年团定期在这里聚会，唱叛逆的歌，然后摇着旗敲着鼓在茨维凡根姆大街上游行。爸爸颇有兴致地看着这个星期放映的电影的照片。化着刺眼浓妆、只穿内衣的女孩互相搂着，挑逗地看向路易斯。水手们张大着嘴唱歌，都可以看到他们的软腭了。一个穿着晚礼服、身材丰满的金发女郎被一只从浆洗的白色硬袖套里伸出的晒成棕色的手杀死了；刀子插入了她高耸的胸部，她满脸惊恐，她认出了凶手，她的亮金色头发闪闪发光，像是圣徒的光环。

"又是这么一出法国的沃德薇剧[1]。"爸爸说，他的身体离开了挂满邪魔照片的门厅，可他的头还顽固地在那儿转了又转。

"在这些法国电影里从来看不到什么正经东西，"爸爸对婆妈妈说，"要么根本没啥意思，要么就庸俗，*总是爱来爱去的*。政府居然不来管一管！是啊，这都是从法国来的电影，那里可是犹太人布鲁姆[2]掌大权。而我们的首相皮埃罗[3]呢，这个皮埃罗就会走钢丝，还是就着法国音乐的拍子。"

"唉，别说了，斯塔夫，"婆妈妈说，"比起霍勒的蒂尼克[4]人们可不就更想看个漂亮的光身子的法国妞吗？"

"妈，虽然你是我母亲，我也尊敬你，可是这回我必须要反对你两句了。普通老百姓，工人，当然更想看下流玩意儿，但这只是因为他们不知好歹。所以，我们必须让人看些好榜样，免得我们的弗拉芒青少年都被这些法国来的垃圾污秽给毒害了。"

婆妈妈将她沉重臃肿的身子挪到了安乐椅里，朝路易斯微笑，在这一刻路易斯喜欢她超过世界上其他所有人。当他走进屋的时候，她往自己胸口抓了一把，然后在他脸颊上、脖子上吧唧吧唧亲了六七下。

---

1 沃德薇剧（Vaudeville）：盛行于法国19世纪的滑稽歌舞剧，后来被美国吸收并改造为包含多种歌舞杂耍的舞台表演，在20世纪上半叶风行欧美。

2 指列昂·布鲁姆（Léon Blum），法国政治家和作家，社会党人，1936年出任总理，维希政府期间被捕入狱。

3 即休伯特·皮埃罗（Hubert Pierlot），比利时政治家，1939年出任首相。

4 源自比利时弗拉芒语民歌《霍勒的蒂尼克》（*Tineke van Heule*），以比利时西弗拉芒区一个小镇女孩蒂尼克（Tineke）为原型。

“我的小宝贝，我的小伙子。”她叫道。而他也没有反抗她用肉嘟嘟的手臂夹紧他。

她四年前摔坏了髋骨，现在大部分时间都坐在壁炉边的安乐椅里。她那双善良的、水汪汪的、警觉的眼睛，她那皮肉松弛、陷进脖子上数不清的干瘪皱纹中的面颊都让她像一只哈巴狗。在她平平贴着脑袋的粉红色耳朵上挂着丝绸般的单薄白发。

“我听到的这是啥话哟？你也被他们毒害了吗，路易斯？”她边问边哧哧笑了。

“是啊。”路易斯串通好了似的大笑。

“妈，”爸爸说，“你这儿还找得到一块涂了点东西的黄油面包？”

“海伦娜。”婆妈妈吠道。海伦娜姑妈迅速冲进了房间，就好像她早就在楼梯上坐着待命了一样。她往路易斯的屁股上啪地拍了一下。

“好一个漂亮的年轻小伙儿啊！是时候把你带到蒙特卡洛[1]去了。我们要让他变成个真正的舞蹈家。”

“海伦娜，小伙子快要饿死了。”婆妈妈说。路易斯不知道她指的是自己还是爸爸。一只装了腌鲱鱼的大陶碗摆到了桌上。在他母亲随意掠过的目光下，爸爸拼命往前弯下身子，眨眼间就吃掉了三条鲱鱼。母亲喂养孩子。

“看样子，你的康斯坦泽做不出这样的菜吧？”婆妈妈说。

“给她二十年也做不出来。”爸爸说。这个出卖妻子的丈夫。

“妈妈不会用醋来腌的。她会用肉汁来浸鲱鱼，配柠檬汁。”路易斯说。

“为啥不行呢？”婆妈妈说，“这样做有时候也挺好吃的。”

爸爸喝了三杯轻度啤酒。海伦娜姑妈往一个镶心形金属框的椭圆形小镜子里照了照自己，做了个鬼脸，然后转过身来；她用骷髅头式的咧嘴笑露出了一口（对塞涅夫家族来说完整洁白得不自然的）牙齿。

---

1 蒙特卡洛（Montecarlo）：摩纳哥城市，以赌场出名。

“觉得咋样？”她张大着嘴问。

“好极了。”爸爸边说边在碗里挑出最肥的鲱鱼。

“她专门去求过她父亲的。”婆妈妈愤愤不平地说，“第一次是在新年，然后是她生日，然后是复活节。她好声好气地求他。‘求求你了，父亲。’你猜他怎么说？‘谁要能像你今天中午这样子吃牛排，不会有什么坏牙齿！’我只能自己掏腰包给她钱。女孩都不敢走到街上去了。路易斯，一个父亲怎么能对自己女儿说出这样的话来？”

教父这两年以来就没和自己的妻子再说过话。他睡在婆妈妈身边，在紧贴着安乐椅的桌前吃饭，在离她两米外的地方读报纸，同自己的儿子女儿聊天，但从来没有一句话说给他的法定妻子。“弗洛伦特，告诉你母亲，她要给我准备好星期四的衣服。”——“海伦娜，这里是六法郎，交给你母亲去买止痛药。”她就坐在那儿，怒气冲冲地烧饭。一开始，在两年前，她还会有反应。“听着，你这个吹牛皮的，我不是聋子。”或者，“你这个死脑筋，你就不能自己跟我说啊？”但她拿（铁面具上的）冷漠表情一点办法都没有。有一阵她还会叫嚷“抽风鬼”“贱骨头”“蠢牛”，但她后来也沉默了。

“理解理解他吧。”爸爸说。

“要我理解他？对这么个烂人有什么要理解的，他居然对自己20岁就开始掉牙齿的女儿说出那样的话。”

“二十二岁。”海伦娜姑妈说。

“你看看，只要我们说到了他，我就喘不过气来，心跳都加快了。”

“你要减减肥了，”爸爸说，“毛病就在这儿，没啥别的。”

“这可都是水，”婆妈妈说，“剩下的就是皮包骨头了。”

“你还不乖乖吃药。”海伦娜姑妈说这话，就像是远方学校里的一个修女在说游戏场上最小的孩子。

“我干吗要吃那些药呢？我的命反正都在我们的上帝手上。”这个晃荡着的满满当当的水袋说，“要不就在漆特勒手上。”

“是希——特勒，妈妈。”

“你怎么想的，斯塔夫，他们能挡住漆特勒吗？他最近的表现就像个疯子。”

“谁要想阻挡他，趁早吃饱穿好了。记住我的话，妈妈，理想所在，雷打不动。如果一个人或整整一个民族能为自己的信仰牺牲生命，那谁都没法对抗。”

“你看到报纸上那张国王照片了吗？他还在哀悼。他肯定眼睛都快哭瞎了。这样一位国王，遭受了这么多悲痛，还怎么能走进饭店或走上足球场，他只能蹲在自己的王宫里了。”

列奥普德国王的悲伤现在主宰了她那狗一样的眼神。我必须照看好她，路易斯想，她不会活太久了，水袋很快就会爆炸了。

“他很可能来看业余戏剧组的竞赛。”爸爸说，“我们‘莱厄河之子’真是不走运，我们的社团主席刚刚决定这次不参加竞赛了。他认为，由于战争动员，人们不会对严肃戏剧有兴趣。原来我们想在教区礼堂演《我们主的审判》或《我们人民的孩子》。但是我们主席认为，国难当头，我们不能给大家上这样难消化的菜，只能来点小点心，这样就会有许多观众来看，我们就能好好挣一笔钱捐给‘为士兵送包裹行动’了。我们现在为《快乐农夫》跑龙套，是‘布雷德尔[1]之子’要演的戏。这样的轻歌剧最好让大家热身了。漂亮的戏服、好听的歌声、感人的音乐。大家脑子里就会想点别的东西了，时间就会这么舒舒服服地过了。”

“这倒真不赖。”婆妈妈说，不太信服的样子。她和身在远方的修女圣盖洛尔夫一样，遭到侵害，柔弱易碎，但在敌人面前还是坚定不移。我要照看好这两个女人，这是我的使命。爸爸翻看报纸《莱厄河回声》。

“你看看这个。这整版的广告。这都是啥玩意儿。喜尔薇可灵牌发胶、阿司匹林、奇利奥牌番茄、国家彩票。而我这个严肃、独立的印

1 即扬·布雷德尔（Jan Breydel），在金马刺战役中领导布鲁日市民反抗法国的起义领袖之一。

刷商要在一份用最现代化的德国机器印出来的比这清晰漂亮上百倍的报纸上为他们打个广告，他们就会说：‘哦，塞涅夫先生，我们已经在《莱厄河回声》上发过广告了。我们首先是天主教徒，对不对？’——‘那我呢，我就不是天主教徒了？’——‘是，您当然是，塞涅夫先生，但是您更是一位信天主教的弗拉芒主义者。’哪里都只有政治！”爸爸嚷道，“这就是场瘟疫！”

婆妈妈朝路易斯挤挤眼睛。

“别对那些事儿太在意，小伙儿。”她说，“政治呀，那些大人物的乌七八糟呀。还不如看看你能不能经常到这个小地方来，最好每天都来。如果不行的话，吃点李子干，这样你就会觉得轻松了，心里也畅快了。其他的都是瞎扯，白费精力。”

海伦娜姑妈陪着她走下阶梯，走到房门口。

“别忘了，路易斯，我们要一起去‘蒙特卡洛’跳舞的。”她又想在他屁股上拍一下，但他躲开了。在她关上门之前，她又亮出了她的新牙齿。

在坚定地走了几步后，爸爸转过身来。他从上到下打量着这栋房子（他有一次当着修女长的面，把它描述成“我父亲的贵族府邸”），就像是要给它估价，好在他父母死后卖出去似的。或者，他是在墙上装饰里找裂缝，找堵塞屋檐水槽的鸽子，找破碎的窗玻璃。然后，爸爸蹲坐下来，透过地下室厨房的窗户往里看。婆妈妈现在肯定也看到他了，因为她在房门锁上之后还朝街上望了几分钟。现在她看到自己儿子就在眼前，他身后是骑自行车的和半棵梧桐树；她肯定想得到路易斯也在一旁，只因为她最疼爱的孙子根本不想费劲弯下腰，所以才看不到的。

“她在向我们挥手吗？”

“没有。”爸爸说。他凄凉地叹了口气，站起来，说，“是哦，我母亲。”

他们朝市场方向走。不是往家走。不是去妈妈那儿。爸爸给我布下了一个陷阱，他要带我去哪儿？

“我母亲是一个圣徒。”爸爸说。音调很有强迫感，这句话不允许反驳。

路易斯更愿意保留自己的意见。婆妈妈也许是个殉道士，因为她要承受她那魔鬼般的丈夫，我的祖父和施洗教父，给她施加的痛苦，但要说她是圣徒？这真可笑，只有用爸爸对他母亲的盲目的爱才能解释。但有可能不是圣徒也能做成殉道士吗？他要问问修女恩格尔。修女恩格尔会将她大多时候都用来摆弄耶稣受难十字架的几乎透明的手指放到嘴上，食指滑过下唇，说：“这是个好问题，路易斯。”

修女恩格尔也很会布道，她捏紧了的、浮掠而过的手指会在空中画出整片麦田、大海、船。“哦，比利时，宝贵的祖国。即使暴风雨那么狂乱地侵入进来，将船儿都抛到了沙滩上。你还是岿然不动，就像岩石一样。”

“路易斯，你觉得呢，你婆妈妈还能活多久？是个很奇怪的问题，我知道，但我想知道你有什么想法。”

“很久。”路易斯说。

“是啊，可是多久？”

“五年？”

“我不知道。”爸爸说，“其实她根本还没有多老，可是她越来越衰弱了。她有时候会说些特不对劲的话。有时候她看着我，就好像我根本不在那儿似的。——但是，唉，凡人再努力，万事上帝定。”

那婆妈妈嫁给教父，而非另一个男人，也是上帝定的了？当然了。那当时上帝确定没出啥状况？当然了。他有自己的理由，这些大多时候都是谜，凡人是不可以怀疑的，尽管如此……

（“我第一次见到你教父的时候，”婆妈妈讲述道，“他穿着一套肯定是从他父亲那儿拿来的西装，手肘和膝盖处都磨得发亮了。我看到他走过来，对我妹妹说：‘玛尔郭，他要到我们这儿来了，他是为了你来的。’‘不，’她说，‘阿佳特，他是来找你的。’他那个时候还有点儿头发，棕红色鬈发，因为尴尬都贴在脑袋上。他的僵硬衣领和灰色的衬衫前胸对他来说都紧太多了。他忘了从裤子上取下骑自行车用的裤夹。'仁慈的小姐,'他说,'您不认识我,当然也不可能认识我。我谁都不是,但是我认识您。'——'为什么呢,先生?'——'我在圣亚玛迪奥斯学校毕业班的颁奖会上看到过您,您哥哥,我想,当时在……'我说:'我们的奥诺勒吗?'——'是的,'他说,'奥诺勒,我做过他数学和化学的私人教师。那时我常常路过您在奥特里弗兰市长大街的家。'我说,'我们的奥诺勒对您的课很满意!'而玛尔郭,这个傻妞,却说:'是呀,他在数学上进步可大了。'她就想给他难堪,因为奥诺勒留级了。'如果您方便的话,'他说,'我想问问您,仁慈的小姐,我可不可以邀请您,当然只要您不觉得不合适,这样的事儿很难说得准。嗯,我恰好有张多余的歌剧票。'

"路易斯,我的小伙儿,那是我一生中做过的大傻事。多尼采蒂[1]的《爱情魔药》让我走上了绝路。多尼采蒂在死之前大概已经疯了,不过,我比他更疯。

"啊,他当时多有风度啊,你的教父。带着普拉林巧克力、鲜花。我父亲说:'阿佳特,一名教师,哪怕只是私人教师,绝做不了德玛希家的女婿。'但是你怎么做的呢,你自己还是半大的孩子,人情世故一概不懂,受够了家里人和女伙伴们,脑子里想的只是,这就和你在拉辛[2]的剧本里读到的一样啊,在女校里那一幕:'*你总归要恋爱的……*'你还没弄清楚都发生了啥,你就有了孩子,在家里走来走去的是个和老虎一样残暴的男人,又爱吃醋又讨人厌。你想:每个人都有自己的小包袱要背啊。但是,过了几年后你又问自己:到底为了啥?就像拉辛写的那样,不过是在另一个场景里:'*而我呢,我伸出手去想得到亲吻,结果陷入一团乱麻里。*'一个小包袱接着另一个小包袱。就像上个星期,你的好教父有意把尿撒在了便池边上,就是为了逼我和海伦娜把便池擦干净。海伦娜说:'妈妈,可能是前列腺出毛病了。'但是,路

---

1 多尼采蒂(Donizetti):意大利著名歌剧作曲家,后文《爱情魔药》是他的成名作。
2 拉辛(Racine):法国17世纪最伟大的剧作家之一。

易斯，我的小伙儿，我对他再了解不过了，他就是存心那么做的。”）

菲利普斯·凡·艾尔萨斯兰大街上的房子阳台里的氨水味道。厕所门总是开着的。婆妈妈说的便池是一个刷成浅绿色的锈迹斑斑的小便池，冲制出的圆圈里是大部分都已堵塞的下水孔，周围有彩虹颜色。

“但是我从乔希，那个电工那里听说，可以在便池上连一根电线。这样他下一次再那么干的时候肯定有的受了，他永远都不会忘记的。”

“但是婆妈妈，你也说了，他尿到便池外头去了。”

“当然没有都尿出去。只要有一小溜碰到电线就够了……但是好吧，这样的事儿想归想，做还是不会做的。我还是太尊重他了，说到底他是我孩子的父亲。”

海伦娜姑妈发出沙哑的偷笑声。“还说呢，妈妈，你还想惩罚他那个造出孩子的地方来。”

路易斯心里挺受伤，因为婆妈妈居然和一个电工说起了这样的家庭秘密，但又觉得还是也跟着对这事儿笑一笑更好。

“那样他会吓得不行的，”他说，“就好像被电劈了一样。”

“是的吧？”婆妈妈说，表情一下开朗了，“也许我们还是应该试一试。乔希说了，必须把电线的外壳全部刮掉。”

“不行。”路易斯很坚决地说，“不能用邪恶报复邪恶。耶稣没有这么做过，就连犹太人把钉子钉进他的手和脚时都没有做过。”

“好了好了，不过我可不是我们的救世主。”婆妈妈说。然后她就玩起了单人纸牌。在她将一副新牌洗了摆好的时候，听起来就像是远方一匹小马快速地跑在结了冰的铺石路上，不，更像是一个男孩扛着一只纸板箱，骑自行车驶过，纸板咔嗒咔嗒地撞击车轮轮辐。

“在我怀了玛丽-海伦娜的时候，上帝保佑她，他都干了什么好事啊！

“那是深冬时节。我躺在床上，大着肚子。他把莫娜支走了，买了一堆号称很重要的东西，然后把清洁女工也赶回了家，这样我就完全一个人了。这时候他把卧室门拉开，接着是走廊门，二楼走廊门，最后还有大门，所有的门都完全大打开，冰冷的风就从街上吹进了屋子。而我只能穿着睡衣起身，走下了整座楼梯，去关门。我必须手扶着栏杆站稳，才不会连人带肚子往前翻倒。然后还要登上整座楼梯。而这样一个家伙居然也能叫'我孩子的父亲！'好，你现在有啥说的，路易斯！等我们的上帝惩罚他？纯属白日做梦！可是我呢？眼看着我们的玛丽-海伦娜死掉，自己就剩了破烂屁股，再也好不了了。"

最后几句话当然是在亵渎上帝。不过原谅她吧，耶稣，她本意是好的，她只是没找到正确的话来说。路易斯说："总有一天上帝会收拾他的。"

"不要相信那个，我的小伙儿。这世上没有什么公平好讲的。受罪都是我们自找的，但也是亲爱的上帝一手安排的。他有时候就是存心偏袒那些游手好闲的家伙。"

"不是这样的。他为什么要这么做呢？"

她的脸上出现了少女般的调皮表情。她挪了挪自己肿胀的身体，安乐椅像一只小小兔一样吱呀尖叫。

"如果这世上的一切都来自他，你这位亲爱的上帝的话，那他经常就是个不折不扣的混蛋。"

路易斯吓得叫起来："你说出这样的话，是要马上忏悔的。今天就要忏悔！"

"可是我的小伙儿，"她得意地解释道，"我为这个已经在神父那儿忏悔过十几次了，你知道他怎么说的吗？'塞涅夫夫人，您不要翻来覆去地讲这些，在我主眼中，这件事早就被宽恕，被遗忘了。但是如果要我为您效点劳的话，好，那就不如这样，十二遍《主祷文》，十遍《圣母经》。'我说，'神父先生，这可真值啊。'——'现在这事儿就算完了，塞涅夫夫人。'他说。"

当爸爸走到考特区的路上时，陷阱就暴露出来了。他用胳膊肘顶了顶路易斯的上臂。“路易斯，把脚抬高，不要这么拖步子。腰板直起来。我们马上就走到格罗特市场了。快走好了，有点儿规矩。”这是早就预谋好了的，大概三天前就定下来了：他们，两个年轻的塞涅夫，父亲和儿子，作为奴仆和随身侍卫，要向这个时间坐在“罗通德”酒馆里打他每天都打的桥牌的大总督致敬。教父总是会从那里出发，走进另一家他常去的酒馆，“洪宁赫”酒馆，他家挂出了绣有弗拉芒狮子的旗帜。

果然，当路易斯站在格罗特市场的钟楼阴影里，透过镶棕榈叶的窗户玻璃往“罗通德”酒馆里看的时候，他看到了教父。他在这家酒馆的厕所里撒尿，也会撒到便池外面去吗？

塞涅夫父子在呛人的香烟烟雾里跋涉而过。教父盯着手中的牌，另一只戴了印章戒指的手，其手指张开地摆在一张报纸上像是要抓住什么做依靠。他不可能没有注意到自己的儿子和孙子。对他们视而不见，多半是有理由的。他们靠近这张盖着绿桌布，放了三个烟灰缸，围坐着衣冠楚楚的男士的桌子，然后站住不动了。突然，教父甩出了手上的牌，其他三位先生立刻积极地数起牌上点数来。教父将双手伸到空中，就好像在说他输了都是路易斯的错。但他显然很快接受了自己的坏运气，这位“罗通德”总督。他说，“看啊，我们的路易斯。”

“日安，祖父。”

“你肯定想给我朗诵朗诵你的新年贺岁诗吧？”男士们都在偷笑。

“不是。”路易斯平静地说。

“没有新年贺岁诗，就没有新年零花钱！”

“我四个月前已经给你朗诵过了。”

“哎哟，活见鬼！还真是啊。今天倒霉倒得我都忘了季节。”教父敲着身边的凳子，绿色的绒毛坐垫在他敲的那个位置都已经有了一个洞。路易斯坐下来，重新发牌了。爸爸不赞同他父亲的打牌战术，他紧张得发抖，就像是想从教父那只布满棕色斑点的手里夺出有胜算的牌似的。

教父输了，赔了钱。

然后先生们就谈起了阿斯普列蒙特·林登[1]伯爵，这位伯爵又做了农业部长，他在保罗–亨利·斯巴克任首相的时候就做过一次；这个贵族和法兰西佬们懂什么农业？西红柿他只认识法式餐前菜里的那种吧！那些正积极行动起来的德国人呢，一群让人不舒服的同代人，他们工作刻苦，这没错，他们是爱国主义者，比我们比利时这儿强，也没错，但他们可真相信不得，想想看他们是怎么三下两下就把捷克斯洛伐克给吞掉了的。不过我们也不能把什么事儿都看得太过黑暗。张伯伦[2]干得挺不错，他肯定也会得诺贝尔奖的。是干得好，不过没多大用，希特勒还是想抢回但泽[3]的，他还要修一条公路到东普鲁士去呢。他对公路真是狂热喜爱啊，这个希特勒。

可是，我们现在应不应该像我们的国王想要的那样进行战争动员？我们就必须保持中立，这是最爽利的方案。

迈涅尔·戴尔斯，公共救助会会长宣称，希特勒嗓音的振幅据估计是每秒228下，而一个正常人在大发雷霆的时候也达不到每秒200下。

教父挥手驱散香烟的烟雾，像是在赶蚊子。这是个信号。先生们乖乖地又开始打牌。爸爸和路易斯可以离开了，这是教父用类似的漫不经心的一摆手暗示他们的。爸爸邀请他第二天晚上来用餐。路易斯急急忙忙地喝完了剩下的可可，结果呛着了。教父觉得在他的桥牌伙伴前丢脸了，把牌拿到马甲跟前，咳嗽起来，像是要用咳嗽声盖过自己孙子的嘶号声，同时说，“明天？也许吧。我有空的话。有什么吃的？”

“康斯坦泽想做煎小牛肉。”

---

1 阿斯普列蒙特·林登（d’Aspremont Lynden）：比利时著名政治家，1939年至1944年任农业部长。

2 张伯伦（Arthur Neville Chamberlain）：英国政治家，保守党人，1937—1940年出任英国首相，在第二次世界大战前对纳粹德国推行绥靖政策。他的兄长奥斯丁·张伯伦获得诺贝尔和平奖。

3 但泽原属普鲁士王国，一战后成为不受德国控制的自由市，后被纳粹德国侵占，二战后成为波兰领土。

“配胡萝卜。”教父说，“这主意不错。”

在街上，爸爸压低了声音说：“你注意到坐在你教父身边那个一直赢牌的红头发男人了吗？那是提伦忒恩先生。就看他这副身板和他傻兮兮的嘴脸，根本想不到他是个特工。他给英国人做间谍。是啊，这一类人在整个比利时遍地都是。人们谈到德国的第五纵队[1]都很紧张，其实给法国和英国做间谍的人多多了。所以你要记住，路易斯，这全是为了你好，为了你的现在和以后：永远要小心你在和谁说话，三思之后再开口。”

爸爸摘下帽子，用一块红白格子的手帕擦了擦额头，那是我们的民族用了好几百年的经典农民手帕。教父总是带着一块白花手帕，手帕边从他的胸前口袋里窜出来就像是小硬纸片。等用过之后又被揉乱，手帕就会转移到右袖口里去。手帕是用来发信号，发消息，发暗号的。等我长大了，他们就会教我的。在告别的时候用来挥动的手帕当然必须是白的，这样才看得清。摩西在山上向山下的部落挥的就是。爸爸手帕的红白菱格纹的意思是：单纯、心系最穷的人、憎恶法国间谍和其他渣滓。手帕，对爸爸这样的一个商人来说也是助手，甚至可以说是武器。这样的情况，路易斯已经经历过两次，都是在爸爸来寄宿学校的时候。毫无疑问爸爸是经过教父训练的，不过他是个有自己特色的魔术师。第一步：流着汗说：“这儿可真热！”然后，找手帕。第二步：“啊，在这儿啊！”从裤子口袋里抽出手帕来。第三步：从口袋里悄悄地连着手帕掏出十字架念珠来，让它掉在地上。“哎哟，抱歉。”第四步：对自己的虔诚报以尴尬的微笑，拾起玫瑰花环，重又塞进口袋，带着若有所思的目光，就像是和乌木念珠的接触给了他继续生活的新力量。这样的花招，爸爸自己是不可能想出来的。他太容易紧张，太不稳定。不，全盘算计是教父的拿手好戏。

路易斯有意拖着步子走，但是爸爸压根儿就没注意到。

---

1 第五纵队：其概念出自西班牙内战，后用来泛指国内潜藏的敌国间谍。

第十一章
驼　鹿

他们，忒杰和贝卡及路易斯，在黏土矿里玩儿。一个史前时代的巨人有一次发怒，用它的粗暴靴子在黄土里踩出来了这些矿。当时首先出现了赭色的断崖，然后内尔维族来了，取出了黏土，用黏土造出了火炉，用黏土加固了他们的茅屋，后来这群古老的比利时人中有一个想到了把潮湿的黏土块烧成砖，而古老的希腊人用的是大理石；总是这样，比利时人就偏好倒腾砖头啊，火柴盒之类的，其他人却用花岗岩、斑岩和大理石造房子。

他们放风筝，风筝是忒杰在一刻钟之内用他那灵敏的棕色手指做好的。路易斯也常常试着做风筝，但总是不成功。用面粉调出来的糨糊没黏住，报纸变湿了，线不能像在忒杰手中那样紧紧收拢在两支芦苇秆搭成的十字上。

然后他们探索四周邻里，一边唱着歌，贝卡的歌声最响亮。没有人赶他们走。在狭窄的棚屋里——黏土矿的工头在下雨的时候会在这儿打牌——他们发现了空罐头，把它们踢得满小区乱滚。忒杰努力想开动一把电钻，但它已经生锈了或坏掉了，他拿着转起来的电钻在墙上四处戳，但没有打出洞来。贝卡穿上了一件脏兮兮的工作装，把袖子和裤腿都卷得高高的，像查理·卓别林那样走来走去，脚尖夸张地向外转。一个男人出来了，说道："嘿，你们这群猪猡！"贝卡没好气地对他叫道："没看到我们正忙着吗？"

"我看到了。"男人穿着灰色袜子和拖鞋，一件李子蓝的套头衫，一条酒瓶绿的裤子，裤子紧紧绷住他瘦削的下半身。他脖子上挂着一枚圣安东尼的小头像。他波浪状的浓密头发有哪里不太对劲，看上去像是顶被耳朵压住的帽子。这个男人刚刚吃了巧克力，他的嘴唇被涂成了棕色。

"啊，你们这群小猪猡。"他叹着气坐在棚屋门槛上。他目不转睛地看着路易斯。"我认识你。"他说，"别装出不相信的样子。我认识你。"

"有可能。"

"你是不是金马刺节的时候在格罗特市场上耍杂技的那些家伙中的一个？穿白色裤子的？"

"不是。"路易斯边说边躲避他直瞪瞪的霸道目光。贝卡发出沙哑、粗糙的笑声。忒杰把钉子敲进棚屋门。

"不是？那就是另外一个人。但你是好人家的孩子。我一看就看出来了。不像这边这两个吉卜赛人。"

"喂，不要说了，脏塞弗。"贝卡就像个老妇人一样噘起了嘴，一副高傲的样子。

"我比你干净十倍，对不对，忒杰？"忒杰不知疲倦地把钉子敲进木板，摆出了一个心形。

男人摸了摸自己的胸口，自己大腿的内侧。

"又到干事儿的时候了？"贝卡用毫不在意的腔调问。脏塞弗咕噜了几声，突然冒出了被打的狗的眼神。路易斯想起了伯纳德，小家伙中的一个，他在学校院子里总是想靠近大一些的男孩，做出他马上就要讲点很可怕的事儿的样子，但他嘴里总是发不出一点儿声音来，这让修女亚当很恼火，而让修女恩格尔觉得可怜。修女恩格尔就想办法让他说话。伯纳德明显瘦了下来，在一下跑出十步、十二步后，他又一动不动地站定了一刻钟，手足无措地沉默着。路易斯有一次对他说：

“伯纳德，你为什么这么怕羞？”而伯纳德只是对他点点头。“伯纳德，你怕也是脑子有点进水了吧？”伯纳德只是点头，他的忧伤变得更加浓厚了。要是轻轻推他一下，他就会摔倒。路易斯敲敲伯纳德的肩膀。这男孩点点头。他用食指敲敲伯纳德的下巴，碰到了软骨。“别闹了。”伯纳德说。路易斯听了便朝他脚踝踢了一脚。然后伯纳德整天都跟着他，睁着受苦的吉卜赛人眼睛，越来越瘦，白得像纸。后来他父母把他接回家了。据修女伊梅尔达说，他总是躺在床上不起来了。

“你叫什么？”

“路易斯。”

“我就想到会是这样的名字。好人家出来的名字。你去哪家学校上学？”

“您别烦他了。”忒杰说。他举起锤子，在离雕出来的红棕色头发上方两厘米处打开。脏塞弗又摸了摸他绷紧的裤子，站起身来。

“啊，他吃醋了。他就是受不了……”

“十法郎。”忒杰说。他让锤子落了下来，就落在路易斯脚前。

“你还一天比一天贵啊。”脏塞弗做出一个情急之下朝顾客大叫大嚷的卖货老妇的样子，“七法郎，一生丁都不能再多了！要么现在拿，要么永远别想了！”忒杰点点头，脏塞弗走进棚屋，这时候贝卡说了声“走”，拽住路易斯的手腕，拖他和自己一起走开了。

他们用平滑的石块朝一个臭水塘的灰绿色水面打了一会儿水漂，但是石块都没能跳起来。

“那两个人到底在那儿干什么？”

“你觉得呢？”他们在打架，路易斯想，因为时不时能听到一声压抑的叫喊和一阵骂骂咧咧。

“是啊，他们在打架。”贝卡说。他们脱了鞋，踩过黄色的泥浆，那上面漂着大群蚊子就像是小云朵。泥下的地面是软的，脚趾间凉凉的。贝卡说，她父亲马上要去法国了，是去做农忙短工的，他要她照顾好妈妈和忒杰。

打架的人出了棚屋，塞弗头也不抬，直接往大街上走。当他走过覆盆子红的起重机的时候，他拼命砸上面的一个拉杆。忒杰拾起了锤子，塞进衬衫和他裸露的面包屑棕的皮肤之间，说："是时候回家了。"

"可是我们才刚来呢！"在这里，在黏土矿的开阔空地上，比寄宿学校院子大千倍的地方，也有什么东西突然中断了，看不出其中原因。为什么这个下午会被打断呢？

在回去的路上，贝卡对待她哥哥就像是对待空气。直到她突然叫起来："哎，你们对我来说差不多就是蜡烛台。看着我穿这套脏兮兮的工作装走来走去，却一句话都不说。"

她把工作装脱下来，扔到了一个树桩上，它挂在那儿看上去像一个垂头丧气的稻草人。

"这也真是够了！我差一点儿就会穿着这个走回家去见爸爸了。"不过听起来好像并没有出什么大事儿，好像她这么说只是为了打破沉默，从忒杰身上冒出来的蒸汽一样的沉默，好像她是为了赢得时间，为了……贝卡是个修女，修女丽贝卡。

"我还以为你就是想把它拿回家呢，给爸爸。"忒杰说。语气真诚，心不在焉。

"让咱爸穿这件脏东西？你想让咱爸穿那个棚屋里拿来的东西？"贝卡用尖酸的语调叫道，"我们不是都和你一样！"当他们远远看到他们住的街道时，忒杰加快了脚步。"我给你买一本《铁心王子》[1]。"他对妹妹说。一个赎罪品。

"还要一袋酸味绵绵糖。"贝卡马上说，"有各种颜色的。"

"好，好。"忒杰走得更快了，低垂着头。在街边堆着许多硬纸板盒子、金属罐头和酒瓶，但他没有把其中任何一样踢开。

当妈妈看到路易斯鞋子和袜子上的赭色泥壳的时候，她尖叫了起

1《铁心王子》：1937年开始发表的美国漫画系列，讲述亚瑟王与圆桌骑士的故事。

来。“你又和那些无赖混到一起去了。”

“不是这样的。”

“你在撒谎，小朋友，有人看到你了。你看看，现在脸红了吧。你撒谎撒出了个大红脸！”

他必须跪在阳台上，手臂张开，手掌上举着两个年度的《我们的民族觉醒吧！》合订本。当他这么受了一阵罚之后，她慢腾腾地拖着步子走了过来，大肚子往前挺着。他想费点劲站起来，但她却将一个载有黄色和粉色八仙花的花盆放到了他头顶上：“好了。你要敢动一下，就会有得受了，会让你好好吃一顿除尘掸子的。”

她上气不接下气地坐到沙发上。路易斯时不时地感觉到，她的目光落在他脖子上。

爸爸和拉斯佩拖着纸巨人，走过身边。拉斯佩说：“看啊，斯塔夫，一个现代花架哎。”他们站住了，他们之间那一大包稍稍朝下弯曲。爸爸气喘吁吁。“又要给植物浇水了。”他说。拉斯佩嘎嘎地笑，拽动大纸包。爸爸跟着他。路易斯没法继续逼迫自己了。他的手臂在烧，他的脖子在变僵，但这都是最小的痛苦——他感到眼泪正流到下巴上。他努力不发出声响，但他还是发出了一声高声哭泣，就像是那些毛头小子，一个人在床上感到孤独时发出的哭声。他听到沙发嘎吱响，她耸立在了他面前。

“现在你体会到犯错会怎样了吧。”她说。

我肯定是另一个人。我不在这儿。我面前这个怪物，这个披着碎花裙子的鼓胀口袋，上面一张漂亮脸蛋。我不敢去看这张脸，因为我看了肯定会哭得更多。她呢，她呢，她看着的是另一个男孩。拉斯佩对我父亲称“你”[1]，虽然那是他的雇主，他的老板。这是我绝不会允许的。她肚子里的孩子透过肉墙看着我，觉得她看到了自己的哥哥。这里什么都没有。他哥哥，路易斯，在别的地方，在学校宿舍那个熟悉、

1 “你”：用于亲人或者平辈好友之间的称呼。上下级或陌生人之间要用敬语“您”。

安全的围墙里，好几公里之外。

妈妈说个不停，听起来像是道歉。他听得很费力，他的耳朵像是给泪水淹没了。她说，这是教师培训学校里的一种惩罚，她常常无辜地遭到这种判决。“无辜？”他问。

“好啊，”她苦涩地说，“你居然取笑我。那好，那我们就看看，是谁占上风。”

在过了大约半个小时之后，他的手臂开始晃动，开始颤抖。他放下了手臂，但还是顶着摇摇晃晃的石帽子继续跪着，屁股垫在脚后跟上。他往身后叫道：“饶了我吧。我向你求饶了，妈妈。”

她用擦餐具的抹布擦干净他的脸。他坐在桌子边，从《好样的》中剪出图片来，之后他想把它们贴到本子上，给弗里格看。

“这都只是为了你好，我对你的要求就是要你好。”她说，“你难道不明白吗？你不能长成一个不听话的野孩子。”

四点时，他们一起吃茴香面包玛史特。

“它会是个漂亮宝宝。有金色鬈发和蓝眼睛。我经常看到它在我面前。我每天看三四次加利·库珀[1]的照片，看样子真有用。我还应该看张简·哈露[2]的照片，万一它是个女孩儿呢。但我相信这是个男孩儿。你觉得呢？肯定啥意见都没有。总是老样子，回答妈妈一个问题，好像都是过分要求。她们在学校里就是这么教你们的？你根本不高兴多个小弟弟。可我都是为了你才招惹了这么些麻烦的。就为了让你不用一个人长大，就为了你有一个玩伴。”

真为了我的话，你真可以省省这个力气。他勉强把这句话咽了回去。她揉揉自己的肚子，不自觉地，就像那个脏塞弗今天下午做的那样。只希望她别就这样把孩子挤出来了，现在，当着我的面。

“希望它很快就出来。越早越好。有时候我都快撑不住了。”妈妈说。

---

1 加利·库珀（Gary Cooper）：好莱坞著名男星。
2 简·哈露（Jean Harlow）：好莱坞著名女星。

当他们听到屋外卖贝壳的小车哐当哐当响的时候，路易斯被允许去买一桶贝壳。他用拉扯得疼痛的手臂吃力地把桶拖到厨房。“你会是个强壮的小伙儿的。”她说。他被允许切洋葱，她为了让他不流泪，给他嘴里塞了一根火柴，就好像他还有眼泪可以流似的。

彼得·贝诺瓦[1]，有史以来最伟大的弗拉芒作曲家，是在哈勒尔贝克的集市广场边一个鄙陋的小茅屋里来到世间的，他最喜欢吃生贝壳。他有一头狮子鬃毛式长发，一把大胡子长得和他朋友、伟大的诗人伊曼努埃尔·希尔[2]的一样。他们一起坐在一家旧馆的露台上，吸食生贝壳，同时其中一人写诗，另一人唱不朽的旋律。他们没有激起路人的太大反应，不过路人们都满怀敬畏地向他们摘帽示意。

收音机里冲出一个德国人的声音。

“**现在**[3]，”妈妈说，“你听到了吗？他说：现在。在14—18年教我钢琴课的那个德国人也一直说这个。我们练习四手联弹。轮到我的时候，他就会叫：**现在！现在！**我每次都吓一跳，因为这个词听起来怪异。唉，我要是**现在**就能去医院分娩就好了。”

他们玩赛鹅图[4]。夜幕降临。路易斯作弊。妈妈没发觉。

“我看到了和爸爸、教父一起坐车里的那个男人，霍尔斯特。”

“很不错的一个人，”妈妈说，“但是有点奇怪。你觉得他怎样？他长得挺好看的，对不对？以前他还追过我。”

“什么，他跟踪过你？”

她的大笑滴落成小瀑布，就像广播里的一首用颤音唱的歌，咪咪·科尔伯特，爸爸最喜欢的女歌手，在《沙尔勒维尔大钟》唱过这样的花腔女高音。

“怎么会，小傻瓜。他追我，是因为他想跟我好。是时候要给你启

---

1 彼得·贝诺瓦（Peter Benoit）：比利时19世纪著名作曲家，致力于倡导弗拉芒民族音乐。
2 伊曼努埃尔·希尔（Emanuel Hiel）：比利时19世纪弗拉芒语诗人。
3 黑体标记处原文为德语。
4 出自欧洲16世纪的棋盘游戏，参与者掷骰子来决定进格数，起点和终点都是鹅图案。

蒙一下了，我想。你知道，如果一个男孩要和一个女孩好，是什么意思吧？”

“当然了。”我又脸红。

“但这肯定是行不通的。”

“为什么不行？”

“他比我年轻太多。另外，真要那样，我父亲会把我打得鼻青眼肿。”

“这又是为什么呢？”路易斯不耐烦地叫起来。

“别这么吵我。”她把棋盘上的棋子扫进一个盒子里，“霍尔斯特的家族是山林住民，都住在森林里。他们除了森林什么都不知道。这样也好，这样的族类就该留在他们的森林里。”

“不过，他还是坐在了爸爸的汽车里啊。”

“你父亲太好心了。霍尔斯特到我们这里是来送小孩儿的衣服的。他非要爸爸和他一起去郊游，山林住民就这样。你父亲当然想显摆一下，就把他带上了。小孩儿的衣服又丑又过时，我把它们都扔到垃圾桶里去了。我的孩子可不会穿其他人穿旧了的破衣裳。”

“这些衣服是谁的？”

她刚把赛鹅图塞进柜子下层抽屉里，同纸牌、跳子棋放到一起，就很快站起身来，摸着自己的髋部，揉了揉。

“是呵，你这个问题……到底是谁的来着？我还从来没想过。梅尔克之前把它们放在柜子里的吧。不，那样的话我去她家时就该看到过。我会去打听一下的。”

她突然叫了起来：“该死的！我现在知道了。真是难以置信。你知道吗，路易斯，这些衣服多半是冉内特的！不，他们应该不敢这么做……可是，真要命了！她就是这么做了，这就是小冉内特的衣服！”

冉内特是贝赫尼丝姨妈夭折了的小女儿，贝赫尼丝姨妈住在瓦隆区，与一个阿拉伯人结了婚，或者是个埃及人？不论怎样，是一个信伊斯兰教的男人，就是那在半月形标志下威胁过整个欧洲但被卡尔·马特[1]挡住了的宗教。路易斯和妈妈一样非常生气，外婆梅尔克居然想让他未来的弟弟穿那样的女孩儿衣服。上面还有死人气味。

“我还以为，贝赫尼丝姨妈再也不准进梅尔克的家门了，因为她嫁了一个异教徒，放弃了自己的信仰。”

“啊，路易斯，她们早就和解了。你就知道昨天报纸上的旧新闻。”

“在寄宿学校里根本就没有报纸。”路易斯气汹汹地说。

在他快上床之前，他把所有黏土痕迹都洗干净了的鞋子放到熄了火的浅灰色壁炉脚下，同妈妈的格子拖鞋放到一起，这时候爸爸回家了。

“真可怕。”帽子从他头上掉了下来，在他落到沙发上，樱桃红的圆脸上汗珠闪烁的时候。“快给我拿杯啤酒来。”

路易斯跑到厨房里，着急地在洗脸池下面找。“啤酒都喝完了。”他喊道，心里咒骂着他的粗心妈妈，就因为要生小孩了，居然这么忽视爸爸。

“在窗帘后面，你这只瞎猫！”妈妈喊道。这两个人谈的事儿，他听不明白。我错过了最重要的部分：开头！

“谢了。”爸爸咕咚咕咚两口就喝光了杯子里的啤酒，继续说，“我和库尔纳的牙医谈完登广告的事儿，坐上车回家。到了大街边，我看到整条街都着火了。大火冲天。人面前所有的东西都变黑了。空气已经被烟熏黑了，警察想让我穿过去。但街上的人一厘米都不挪动。我疯了一样地按喇叭，警察挥手让我继续往前开，因为他们认出了我。后来他们总算让出位子了，这些看热闹的家伙。但是，在起火的那一边，我看到，康斯坦泽，哈勒尔贝克弯道上的大仓库烧着了。谁看了都要吓哭的，所有漂亮的亚麻都在火里烧。我加了点油，开在人群和大火中间，火焰蹿出来，一直冲进我车里。现在你看看，摸摸，我的半边胡子都没了，整个右边都烤焦了。”

---

1 卡尔·马特（Karl Martell）：加洛林王朝时期法兰克王国的丞相，曾率兵阻挡了信伊斯兰教的倭马亚王朝对欧洲的侵入。

她，女奴隶，张着大嘴听着，站起来，显然没有受她的臃肿身子拖累。爸爸拉起她的手，放到自己脸颊上。

“你摸到了吗？路易斯，过来，你也摸摸看！”

“你好热。”妈妈说。

“不，你没摸出来，这一边的胡楂比另一边的少吗，路易斯？”

“是的。”路易斯说，指尖感到了砂纸。他把手抽开。爸爸又靠着沙发靠枕坐下了。

“火一直烧到你车里了？”妈妈问。

“车胎，右半边车身，都烧黑了。”

“你为什么没有把车窗摇上去？”

“车里热得快让人窒息。这时候是要把车窗摇下来的啊！”

“你真是昏了头。”妈妈说。爸爸直起身来，手撑在沙发靠枕上，眼睛眯成细缝。

“你就笑吧，康斯坦泽。我可是差点把命都丢了。我必须躲开那些迟钝的人群，差一点儿就直接开进着火的仓库里去了。”

她的肚子拂过桌子，弯腰俯向自己的丈夫，不等他请求便抚摸这个吹牛大王毫无损伤的粉红色脸颊。“真难想象，你在起火的仓库里的样子。”看起来爸爸觉得这很好玩，他朝奉承他的这个女人挤了挤眼睛。

“是在哈勒尔贝克大街吗？”路易斯说。

“紧挨着你的大鹿。”

路易斯的大鹿是一座驼鹿青铜像，是为了纪念加拿大阵亡战士竖立起来的。用巨大的朝天铲子做成鹿角的这只动物，在傍晚时分可以以假乱真。一家人在去巴斯特赫姆看望梅尔克的时候，他们都会路过驼鹿像。每次路易斯都会舔湿一只手的拇指，在另一只手的掌心蹭一蹭，第一只手再握成拳头啪一下砸在这只弄湿了的手掌上。

这天夜里，路易斯给了庞大又沉重的驼鹿几马刺，骑着它闯过大火。他母亲穿着有白色煤气火焰做圆点的蓝裙子，张开手臂，在他骑着驼鹿从她身边呼啸而过的时候。同一时刻，驼鹿额上的蓬乱鬃毛沾到了火，火焰在路易斯牢牢攥住的鹿角上方闪烁，然后整只鹿角都烧了起来，驼鹿变软变白，变得像贝克朗的母牛玛丽。它直立起来，路易斯从它侧边摔到了床上，醒来了，发现驼鹿在床单上留下了一大摊口水。

第十二章
弗洛伦特叔叔

这个星期天的午饭由烧牛肉、鸦葱和烧土豆组成。午饭过后，父亲斯塔夫·塞涅夫和儿子路易斯·塞涅夫走进了“格略宁尔”酒馆，早早地赶在了瓦勒体育俱乐部对布鲁日俱乐部的友谊赛开始之前。许多忠实的球迷已经坐在了有镶彩玻璃窗、橡木家具、黄铜水壶、弗拉芒民族党年会照片和哥特花体字牌匾“**古弗拉芒杂烩**”“**独家秘制血肠**”“**勒维松饼**”“**过正直生活**”“**保卫你们自己**”的中世纪大厅里。

看情形，爸爸没有得到平常那样的款待。人们只是跟他草草打了个招呼就继续自顾自地瞎侃了，每天手上拿着一大杯啤酒。这次爸爸还是什么都没察觉出来。他又瞎又聋，我的父亲。他站到柜台边，向店老板诺埃尔详细讲述了他最近在哈勒尔贝克大街上遇到的大火。他用大开大合的手势和自信的嗓音——因为教父这会儿不在“格略宁尔”——讲道，他头上那顶崭新的帽子怎么烧着的，他的手表怎么熔化的，一个前轮怎么在可怕的高温下爆炸的。可是诺埃尔正忙着从啤酒桶里开塞取啤酒，只是随口说：“哟，真有这事儿。哟，如今就是这样子。”

路易斯在家里喝了太多轻度啤酒，现在又喝了太多他父亲慷慨解囊给他买的汽水。他急着要去撒尿，可是又不敢穿过整个大厅走到那扇锁着的橡木门那儿去，那门板上烙着一个骑士的轮廓，每分钟都有“格略宁尔”的顾客往那儿跑，有时候一只手已经按在裤裆上了。

列法艾特先生，文理中学老师，走到柜台边，爸爸面前。他那张凌乱不堪、近乎紫色的脸低下来对着路易斯："这还是那个以前坐在我怀里过的同一个路易斯吗？"

"是的，先生。"路易斯说。（这么说没准能让他高兴一下。）

爸爸对列法艾特先生很尊敬，因为他读了很多书，还是马尔尼克斯·德·派德，那位诗人、钢琴师、最著名的瓦勒之子最要好的朋友。这两人简直形影不离，是连体双生子。

"诺埃尔，给我们的路易斯一杯啤酒，不要太多泡沫！"爸爸想要抗议，但还是半心半意地来了句"只是看在今天星期日的分上"也就作罢了。

路易斯知道怎么做才恰当。他举起杯子，向列法艾特先生致敬道："Santé!"

"祝大家健康！"爸爸喊道。

"祝您健康，列法艾特先生。"别喝太快。别呛到了。又出了一次洋相。偏偏是在这家酒馆用法语致祝酒词。我决不能，决不能再掉以轻心了。都怪比特贝尔。在寄宿学校里，他举起水杯或牛奶就喊"Santé"，而霍屯督人总是笑得稀里哗啦的。我什么时候是因为自己的缘故犯错？要到以后了。

"斯塔夫。"列法艾特先生在他衣服内袋里掏了半天，拉出一张折叠着的薄如蝉翼的纸，用弹钢琴的敏感手指小心翼翼地展开。与一个德国佬，说**现在**那位，弹过四手联弹的妈妈，说，真正的钢琴师不会有这么长、这么细的手指，正相反，有时候他们甚至有粗短的手指，不过无论如何手掌要宽。"斯塔夫，我这里有一份约利斯给我的文件，它会让我们本来就已乌七八糟的世界完全乱套的。"

路易斯想知道，如果他现在这样双腿夹紧，尿在裤子里，会发生什么？会不会有人注意到？这儿其他人不都在忙自己的事儿吗？我马上也会有的忙了。不，他努力去听列法艾特先生讲的故事，好对抗他下身的压力，这压力慢慢要变成痛苦了。约利斯，是那个约利斯·凡·赛维伦，尼民盟[1]的主席。这个政党想要创造理想的王国，所有说尼德兰语的人的王国。从法国境内的弗兰德到佛里斯兰、荷兰、比利时、卢森堡，还有这里那里的一小块地盘："低地国"，大尼德兰国，勃艮第国[2]。

但是现在——按照这份打印得很潦草，带有细微的铅笔字迹的文件的手法——这个党投身在了比利时旗下，结集在了我们的国王和他的王朝背后。约利斯还呼吁党员为一个独立、中立的比利时服务，要成为一个团结的民族，没有阶级斗争，遵守贵族秩序。

"嘿哟，嘿哟。"诺埃尔说。他站着不动，胸前满满一大盘棕色杯子。

"一座和平堡垒。"列法艾特先生接着念道，"但也是秩序和真正文化的堡垒。"

邻近几张桌子边一片寂静。路易斯跑到那扇门前，推它，但为"格略宁尔"里撒尿人弹开那么多次的门却纹丝不动。血涌到了他的头部，他用力摇着门把手，看到一个戴眼镜、长胡子的男人在窃笑，那男人示意他看看旁边那扇门，这时候他才发现自己是站在巧妙烙印出的一幅贵族小姐像面前在拉门把手，他往骑士那边冲去，骑士哐当一声退到一边。

他回来的时候，一个顾客说，尼民盟是没有原则，这得承认，但在政治上一根筋也不总是优点。另一个人认为，比利时这个国家反正是要崩溃的，历史发展就是这样的。这路易斯能理解，他的历史书里讲到了一批灭亡了的帝国，不过大多数情况下这灭亡是要花点儿时间的。又有一个人说，弗拉芒语是唯一的标准。这可是个新词，至少是个新词义，因为路易斯到现在为止只有在卡勒尔·卡艾尔和马塞

1 尼民盟（Verdinaso）：大尼德兰民族士兵联盟，比利时的亲法西斯主义政党，存在于1931—1941年。

2 在1384—1482年，勃艮第公国统治了上述地区构成的低地国家，形成尼德兰区。后被法国与奥地利瓜分。

尔·金特这两只雄鹰之间的自行车比赛时听到过“标准”这个词。

路易斯看看座钟，看到瓦勒对布鲁日的比赛一个钟头之后开始。爸爸没有要走的意思，他还痴痴地追随着列法艾特先生的嘴唇，他正在讲日耳曼民族的命运共同体。

一杯啤酒就能把人喝醉吗？如果在一小时前刚塞满一肚子的烧猪肉、鸦葱、土豆和苹果蛋糕，还会感到遏制不住的饥饿吗？

路易斯眼前模糊了，看到的不是列法艾特青筋暴出的脸，而是一个啤酒伙计的头。这个穿着皮围裙的男人用一根香肠形状的手指在威胁爸爸。这是怎么回事？在两位塞涅夫走进来时，酒馆顾客那种急躁不安的眼神该怎么解释？一种令人谦卑、让人惊恐的好奇，由啤酒伙计现在大声说了出来，这乱吼叫的猴子，报复心又受了刺激的瓦勒体育俱乐部球迷。前一天，弗洛伦特·塞涅夫，爸爸最小的弟弟，从瓦勒体育俱乐部的候补队员板凳上被买走了。施塔德-瓦勒以原定守门员赫尔曼·凡能德被征兵征走了为理由，花了一大笔钱来买他，好让这个转会球员今天就能站在球门柱之间。

“一大笔钱，一大笔钱。”路易斯发现爸爸没有在认真听，而是想争取时间说点什么别的出来。

“据说还有一辆摩托车，一辆印第安[1]！”

“更不要说他背地里还拿了多少了。天知地知我们不知。”

“说你的母语，汉森斯！”

“没有啥说法比这个更好了，维勒梅斯，”爸爸说，“这里的问题和其他情况下一样，都是语言的问题。”

列法艾特先生把眉毛扯得老高，带着一抹嘲讽的微笑打量了一下爸爸。他在喝他的第六杯啤酒了。

“我常常和我弟弟讨论这件事儿。我跟他说，‘弗洛伦特，瓦勒体育俱乐部，如果你好好想想的话，本来就是个花花公子俱乐部。一个

---

1 印第安（Indian）：美国著名摩托车厂，成立于1901年。

好的俱乐部，一个很棒的俱乐部，不过问题不在这里，光讲体育的话是顶呱呱的，但是它……'”

爸爸环顾了一下屋里，没有看路易斯。

“'但是它仇视我们民族。真的，真的。俱乐部董事在家不是都说法语吗？就连在更衣室都说法语？队员的心态不都是快来看我们，我们是最棒的？！他们不都是爸爸的乖宝宝，对普通老百姓就只会皱鼻子？''斯塔夫，'我弟弟说，'这么来看的话，我得承认你说得对。还有一些东西你根本不知道：下一个赛季他们会增加两个前锋，一个来自沙勒洛瓦[1]，一句弗拉芒语都不会；另一个是兰斯俱乐部来的，如假包换的法国人。'”

格略宁尔的顾客们争论起来，所有人同时吵吵嚷嚷。的确，瓦勒体育俱乐部的队员更关心他们整洁的红白紧身衣，而不太关心他们的观众。足球艺术对他们来说比结果更重要。

是不是该支持一家虽然成绩不佳但却属于我们，属于我们民族的球队呢？

爸爸是个能瞬间影响大众意见并将他们引向另一个方向的演讲者。爸爸，他在那边满头大汗，幸福地喜笑颜开，与其他人闲聊着，天生具有丹东或希特勒的禀赋。路易斯的脸因为骄傲而变得滚烫。

“所以，我现在和我们的路易斯去瓦勒-施塔德，去给我弟弟加油。”

他这谎话说得多么轻松自如。他用多么不言而喻的口吻宣告他对自己偏爱的球队的忠心。他多么胆大地进行了一次临时决定的这么大的背叛！路易斯拽拽他父亲的手臂，大声说："时间到了，爸爸。"

“你说得对，小伙儿。”

在街上，路易斯脑袋里一阵空虚感，而肚子里沉甸甸一大团。他问："我们现在真的去施塔德吗？"

“你听到我怎么说的了呀。”

---

1 沙勒洛瓦（Charleroi）：比利时法语区的一座城市。

"他们跟谁比?"

"这我们到那儿就知道了。"爸爸边说，边打了几个嗝，这在贝都因人[1]那儿为了礼貌起见，都要在吃完饭后躲到自己帐篷里才能做的。

"一个奇妙的民族，"爸爸在他们走到城门背后，站在弗洛伦特叔叔的窄肩宽臀背后时说，"有些人也许会说，可怜的民族，但是我要说，这是我的民族。"

弗洛伦特叔叔穿着一件织得挺粗糙的套头衫，戴着一顶米黄色的帽子。他常常去酒馆，四肢张开往球门横梁跳。他的绑腿比他的队员要厚。

"因为他的踝骨敏感。"爸爸说，"这是家传的。敏感的踝骨和消化不良。但其他方面我们是金刚之身，我们塞涅夫家族，对不对，小伙儿?"

在一大拨挤过来的人群中间，他变身为一个无拘无束的聒噪工人。他向四面八方自己不认识的人挥动软弱无力的手。显然他很高兴我在他身边，也许甚至还有点骄傲。不然就不能解释，他和那些戴着帽子，说话有啤酒味儿，嘴角叼着自己卷的香烟的普通人在一起时怎么会时不时地把手臂搁在我肩膀上。施塔德的对手是S. K.瓦勒根姆。

"踢断他的骨头!""你这个瞎炮儿!""往前冲，凡·多尔恩!"

"越位!""点球!"每到球赛气势减弱的时候，一个胖女人就会发出一声尖锐的叫喊，一种非人类的曲调，就好像是捡破烂的在他巡游时遭到了折磨:"到底什么时候能再进一步啊?"

当S. K.瓦勒根姆进攻的时候，只听得到鞋子踢在球上的单调声音。当施塔德-瓦勒有了进球机会的时候，爸爸叫得比其他所有人都更响。

挥着拳头，提着膝盖，甩着鞋，弗洛伦特叔叔更像是在抵挡进球，而不是捕捉球。"塞涅夫，守住门。""塞涅夫，想想我们的孩子!"足球行家表达意见说，施塔德做了笔好买卖。"我也这么想。"爸爸说，

---

1 贝都因人(Bedouin):在阿拉伯半岛过着游牧生活的阿拉伯人。

但还不敢说：守门员是我弟弟。

直到弗洛伦特叔叔在比赛结束后穿着他的格子灯笼裤，头发湿嗒嗒地出现在体育馆酒馆里，而热情高涨的施塔德球迷纷纷敲他肩膀时，爸爸才急急地挤到前面来。弗洛伦特叔叔给了爸爸一支英国烟。爸爸胡乱地吸了一气，却没有吸进去，那个被转的溜溜圆的小棍夹在他的拇指和食指指尖，就像个女孩子夹烟的样子。“弗洛伦特，你必须多往前伸右脚，在你出来的时候。你太多时候是两脚在一条线上了。”

“斯塔夫，你就够格给我擦屁股。”弗洛伦特叔叔说，“我们赢了，还是没赢？那个小球儿进过一次我的球门吗？”

“算你运气好……”爸爸对他周围那些吵吵嚷嚷的醉汉说道，“是我最小的弟弟，要不然……”

“不然怎样？”

“不然我就把你抓到我膝盖上打屁屁。”

“你，斯塔夫？你要用多少个人才抓得到我？”

看热闹的人群互相推推搡搡。路易斯觉得自己就像是爸爸和弗洛伦特叔叔的一个兄弟。弗里格为什么现在不在这儿？或者冬迭南也凑合，实在不行来个多博雷？

一个长着朝天鼻的瘦竹竿说，S. K. 瓦勒根姆原来那个外左前锋，现在在德国边界守高射炮去了，如果他还在的话，弗洛伦特叔叔就一丁点机会都没有。这个外左前锋踢出的球总是能紧贴着地面。

“你也许能把高飞的球扣出去，但是等你迟钝的身子扑到地面，我已经念完十遍《主祷文》了。”

他差点被大家用了私刑，赶紧给大家都买了一杯。他朝路易斯嘟哝了几句，路易斯满脸通红地点点头，手中也塞入了一个冒泡沫的酒杯。

“这可不行！……”爸爸叫了起来，把自己的啤酒放到玻璃桌上，弄出一声讨厌的刺耳声响。“你不会都喝下去了吧？”溢出酒杯的啤酒流到了地上。“哎哟喂！”瓦勒根姆的那位球迷说，“瓦勒这儿就是这样的规矩，别人请喝酒就这么个回应？”弗洛伦特叔叔说：“好了啦，斯塔夫，就让小家伙……”

“绝不可以！”爸爸咆哮道，就像是在足球场上。

“他会先把我的手砍掉的。”路易斯说。周围的人大笑。弗洛伦特叔叔笑得最大声。

“你会让他变成软蛋的。”

“他已经去受过圣餐了。”

“在法国，小孩四岁就已经开始喝葡萄酒了。”

“就是嘛，补养血液呢。”

“不行，再说一次，就不行。”爸爸说，“在法国的人尽管喝酒喝到死，女人、小孩、阴沟里的流浪汉，他们想喝多少就喝多少，越多越好。但在我们弗拉芒这儿……”

“施塔德-瓦勒干倒他们！”有人叫了起来。

“弗拉芒，快完蛋！”另一个人跟着瞎闹。

弗洛伦特叔叔说：“斯塔夫，你就闭上这张臭嘴吧！”

“是他先挑起来的。”爸爸说话的语气像个霍屯督人，然后又说，“走，小伙儿。”小伙儿。从来没有叫得这么温柔过。但这只持续了一小会儿，也就是到女服务员赏脸结账为止。爸爸转身对着自己最小的弟弟和他的崇拜者，用特意备在那儿的小木棍在一个贴了棕色纸片的盒子上戳孔，盒子旁边挂着阿斯特丽德王后的照片。头等奖是一座瓷雕像，臀部挂了一圈金黑色流苏的东方女舞者。爸爸连着十二次都没戳中，只得到了安慰奖，十二块奶油馅的白巧克力。其中六块他在回家路上就吃掉了。路易斯吃了三块。

“现在你自己看到，施塔德是多么庸俗的一个俱乐部了。一群可怜的酒鬼。我们弗拉芒民族比这走得远多了。我这么做是为了我们的弗洛伦特。不然我再也不会去看施塔德-瓦勒的任何异常的比赛了。这支球队没个屁用。”

“那弗洛伦特叔叔呢？”

“也没有多出色。要破贴地射门的话，他太胖了。”

第十三章
罗伯特叔叔

路易斯偷偷溜出了家门。当他站到忒杰和贝卡·可塞恩斯的家门口时，百叶窗是关着的。他不敢按门铃，就在房门前等着。在对面大街上，在鞋匠那儿，一个老头儿在帮一个小女孩戴防毒面具。他把这只圆眼睛和长鼻子动物的金色头发拨到后面去。从斯内拉尔大街传来磨剪子的刺耳声音。路易斯脑海里突然冒出一个想法，这个想法像皱叶卷心菜一样慢慢展开，填满了他的身体内部：贝卡在夜里死了，可塞恩斯一家现在正在送葬途中。

贝卡坐在散发着她那工作装上的机油臭味的厨房里剥豌豆，这时巨大的死亡天使从开着的窗户里飞了进来，小心地收起窸窣响的宽大白翅膀，蹲在窗台上。他格外长的透明手指伸进了豌豆里。天使飞快地把豌豆吃掉了，贝卡都来不及把新的那些剥掉壳。

“别这样啊，霍尔斯特。”贝卡说，“拜托，我母亲可会……”天使从窗台上滑了下来，抖抖肩膀，让华丽的翅膀又展开来，张开了手臂。贝卡把就装着几颗豌豆的金属盆扔到地上，跳起老高，想冲进天使的仁慈的胸怀里去。但在同一时刻，霍尔斯特变得看不见，飞走了；她落到地板上，嘴撞到了一个金属箱的边上，这是从黏土矿的棚屋里拿来的。她的牙齿就像撞瘪了的白色豌豆四处滚。

路易斯急忙跑到咪咪那儿去，那位面包师傅的老婆正双臂交叉，站在店门口。

“一块黑面包和一块白面包？”她问。

“不。”从店里涌来一股好闻的香草味。

“那你要什么？”

“什么都不要。——街上这么空，是不是有葬礼啊？”

“我没听说啊。不过可能是有。”

“但是，如果有葬礼，您肯定会听说的呀。”

“瞧你紧张的。出了啥事吗？”

“可塞恩斯一家都不在家。”

“他们去新年集市了。”

路易斯气得浑身发抖，跑出了茨维弗热姆大街。再也不会了。我再也不会去他们家了。他们是波希米亚人[1]。异乡人。吉卜赛人。他们压根就没跟我提过有新年集市这回事儿。但是爸爸和妈妈也没提过，这怎么可能？贝卡和忒杰现在坐在过山车里欢呼，嘴角上还沾着油饼的糖粒。

他路过“弗兰德利亚”，一座小宫殿，说法语的那群家伙在里面打网球。他将手指插进门栅栏的铁杆中间。头发打了蜡、穿着白裤子的男生用白色的球玩着这个优雅而不可思议的游戏。他们伸展身体，用晒成棕色的手臂击打网球，用法语喊着什么，从水晶杯里舀冰激凌吃的女士们喊着什么。他觉得自己在反对这个无忧无虑、不受责罚、傲慢自恋而游戏人间的世界方面和爸爸同声相应，爸爸认为“弗兰德利亚”是“我们民族敌人的城堡”。等我长大了，我也要穿着白色套装在那里打网球，那门让人憎恨的语言，法语我会比他们说得还好。快了，马上就行了。我在修女恩格尔的法语课上必须好好用功了。

虽然没有父母的陪同，他是不能这么做的，但他还是往婆妈妈家的方向走了。不然我能去哪儿呢？去新年集市？这个新年集市在哪

1 波希米亚人（Bohémien）在法语中原指来自中欧波希米亚地区的流浪民族。后泛指不容于主流社会的流浪汉，19世纪末也用来指处于社会边缘的艺术家群体。

儿？我总不能拦住个路人问吧。他准会说："你大概不是这儿的人吧，我的小朋友？"另外，我口袋里一个法郎都没有。

海伦娜姑妈说，婆妈妈躺在床上。她受了点传染。传染了什么？路易斯有一次听人说好女人会传染别人，但是传染的是什么呢？婆妈妈和这有什么关系呢？哦，她是被传染了感冒！海伦娜姑妈说，不是很严重，很可能婆妈妈根本就没染上感冒，只是用这个做借口。但是这又为了什么呢？海伦娜姑妈不愿意再透露了，把头摆向正在解《标准报》里字谜的罗伯特叔叔。他都没怎么跟路易斯打招呼，只是嘟囔了句什么，牙齿之间还夹着一支铅笔。

罗伯特叔叔比弗洛伦特叔叔大一岁，但看上去比弗洛伦特叔叔老十岁。体重超过了两百斤。

"他就像头肥猪。"爸爸说，"一丁点儿节制都没有。随心所欲，一个劲地吃吃吃，总有一天被自己的肥肉窒息死。"妈妈说，罗伯特叔叔的"松弛"是这么开始的，他的未婚妻在一个夏天夜里消失了，第二天再出现的时候她拒绝解释，只说她是清白的，但罗伯特叔叔气得把房门都从门枢上扯了下来，再也不愿回到他曾经发誓要与之共度余生的这个女人身边了。接下来那几周，他长出了好多痘，现在都能看到痘印，脸颊和脖子上鱼鳞一样的小坑。

所有的窗子都开着。海伦娜姑妈要开始大扫除了。有氨水的味道。或者又是上次那种尿骚味？

"好了。"罗伯特叔叔把报纸往前一推，"你妈妈怎样了？她肚子现在又变大了些吧？我猜是对双胞胎。"

"你懂什么。"海伦娜姑妈说道，并一边将一条围巾绑在头上，就像穆斯林头巾那样。

"从她眼睛就能看出来。"

"她眼睛又怎么了？"

"喏，这样子。"他变身为一个身材臃肿、稍微显得弱智的女人，睁大着斜视的眼睛，将脸颊收紧，这样双下巴就突出来了。就像在

"格略宁尔"里的爸爸一样，教父，那位家长和把一切看在眼里的主宰者的缺席让这个儿子也放肆地表现自己的某种狂妄。猫不在家，长痘的肥老鼠就跳起了舞。

"她自己肯定知道。康斯坦泽年纪也不小了。不过我希望她不要学我们母亲的样子，连生七个。"罗伯特叔叔说，一直还斜着眼睛，"你觉得呢，小家伙？"他说这话时，眼睛又恢复正常状态了，目光落在路易斯身上，就好像他是个成年人。

"这事儿她自己能决定。"海伦娜姑妈鲁莽地说，"而且我们的大哥也要插上一手的。"

"插上一手。不仅仅是手吧。"罗伯特叔叔盯着一大群落到花园里的麻雀看。海伦娜姑妈剥了一根香蕉，其中一半给路易斯，另一半给她这个滚圆肥胖的弟弟。

"生孩子！他们为什么就不能买只狗，一只腊肠犬？或者养一只鹦鹉？如果他们非要在家里养点活东西的话！你怎么想，小家伙？"

一天早晨，罗伯特叔叔起床，为了剃胡须去照镜子，却发现他以前的忧伤所造出的痘痘又都爆发出来了，小坑，小泡，小脓包。就连达米盎神父[1]都帮助不了的麻风病人。这头被印上永久记号的穿着灰色西装的肥猪从此再也去不了银行，也上不了街，只会生了根一样坐在自己的椅子里，继续解字谜。但这样的话，会让婆妈妈太伤心的。不，我们还是仁慈一点，绕过他吧。

婆妈妈有七个孩子，就像彩虹有七种颜色，就像埃及遭受了七重灾难，[2]童话里有七个小矮人一样。第一个是海伦娜，准确地说，是玛丽-海伦娜，因为只活了两天的小孩在亲爱的上帝的登记簿上也是编了号的灵魂。不过，直接把夭折的婴儿的名字安到另一个孩子（这会儿

---

1 达米盎神父（Father Damian）：出生于比利时的天主教神父，被派往麻风病患者聚居的莫洛凯岛传教，帮助当地麻风病人，后因患病去世，被封圣。

2《新约·约翰福音》里提到了七重灾难降临人世，但是埃及遭受的是十灾，记载于《旧约·出埃及记》。

还在摆弄头巾下面落到脖子上的头发的海伦娜姑妈）头上，真是不讲责任，也是对亲爱的上帝的一次冒犯。就好像婆妈妈在对上帝说："你从我手中抢走了一个海伦娜，这可是个坏安排。我要自己弥补损失，我已经准备好了备用的，另一个海伦娜。"——等我有了小孩，我会给他们起完全不一样的名字，我会仔细留心，好让上帝能很好地区分他们。然后他还是能按照他的安排处理他们每一个。

"另一方面，"罗伯特叔叔说，"多子女家庭联合会还是要继续保留啊。我们可不想它破产，不然我们在坐火车时就再也买不到特价票了。你怎么想的，小家伙？"

一架飞机嗡嗡地在房子上空低低地飞过。路易斯跑到花园里，但飞机已经看不见了，只有空气还在振动。罗伯特叔叔堵住了门。他的肚子大得和妈妈一样。

"我们出门去，我和你。我们的海伦娜发了清扫狂。在这些时候，女人们都不靠谱。来，让我们从这儿消失吧。"

"可是，你不用带我回家，罗伯特叔叔。"

"我陪你走一小段。"

海伦娜姑妈举起了扫帚，就像是要用这个把路易斯敲打成骑士似的。[1]她又把扫帚放了下来，嘴唇拉开，露出白色的牙齿。"你什么时候再去哈尔贝克？"

"五天以后。"

"我们还要去跳舞呢。等我能抽出点时间的时候。别以为我忘了。"

罗伯特叔叔走上了去弗格尔市场的路。路易斯决定走在靠房子的这边，不过这是个错误，因为叔叔的庞大身躯因为害怕可能开过身边的汽车而不断地往他身上撞过来。弗洛伦特叔叔骑着自行车过来了。他停下来，单腿撑在地上，没有朝他哥哥看一样，他哥哥赶紧说："我

1 中世纪的一种骑士受封仪式，用剑敲打青年男子肩头，让后者成为骑士团的一员。

们在散步。”

“他不可以去酒馆的，罗伯特。就我自己来说，你可以去，路易斯，但如果你父亲知道了的话，那又会是我的错了。”

“我们是去‘失落草地’。”罗伯特叔叔面对施塔德-瓦勒的新守门员有点犯怵。

“徒步行军一小段，对你来说肯定有好处。”弗洛伦特叔叔踩着两边的脚踏板保持平衡。争先赛的运动员，自行车运动的王子们在玩静立式的时候就是这么站的。还有环法自行车赛的登高运动员，他们的身姿永远地留在了一张报纸照片上，身后是齐天高的积雪山峰。

菲利奇杨·弗伐克戴着帽子。痛苦而扭曲的表情横穿他的脸。他在这一年赢得了环法比赛。弗洛伦特叔叔飞速冲了出去，同时头也不回地喊道："一定要准时来打牌，胖子！"

罗伯特叔叔一言不发地继续慢慢走。路易斯放慢了自己的步子，走到公园，而他叔叔一屁股坐在了一条公园长凳上，大口喘着气。

“我们走了好长一段路，你觉得呢，小家伙？”

一位年纪很大的警察走了过来，对罗伯特叔叔视而不见，抓了抓自己的手枪套，消失在了杜鹃花丛后面。“第二片区的凯尔瑟麦克。他装作不认识我的样子，是因为你在我身边坐着，而他不知道你是谁。一个特别老实的男人，只是如果他喝高了，谁都不能担保能出什么事儿。他总是和我一起去看瓦勒根姆的赛马。穿便衣去的。下了班，他就给别人糊墙。你将来要记着这一点。虽然这不合规定，但在哪儿找粉刷工和裱糊工都不如在警察局里找。警察可以做水电工，消防员可以干电工。你当然要记得关好房门，万一有监督的人来呢……”

在他们对面，在大丽花和玫瑰之间是阿斯特丽德王后的白色纪念碑，闪闪发亮。去年纪念碑揭幕的时候，我们的国王本来要到场的。整个瓦勒的居民蜂拥而至，想要看一眼哀伤的君王，但他的背出了点毛病，代替他出现的是一个将军，一个城堡领主，他传达了国王的诚挚问候。

“你话也不多啊，小家伙。不过我肯定你在寄宿学校是个精通各种门路的机灵鬼。你是不是怕我？”

“不是，罗伯特叔叔。”

“大多数人在我身边都觉得不自在。”他从自己裤子口袋里抽出一大块褐色的干奶酪，咬了起来，“大多数人都觉得我是个游手好闲的混混。他们觉得在银行里工作就是整天没事做混日子。这不对。我们银行雇员做的是实打实的工作。虽然我并不喜欢在那儿工作。我更情愿去做肉店老板。我有旅馆职业学校的毕业证书，别忘了。但你教父说：‘罗伯特，先结婚吧，等你一结婚，我就两肋插刀地支持你开肉店。’但是结婚他妈的要两个人才能结的呀。而我父亲，你教父的婚姻也不是啥好榜样。另外，我到底为什么要结婚呢？我过得挺好，我数着钟点上下班。晚上我听电台广播或去看电影。要不就读我的《李斯特勋爵历险故事集》。[1]”

“爸爸也读这套故事集。”

“这些故事集就是从他那儿拿的。”罗伯特叔叔又把一大块奶酪塞进了细嚼慢咽的腮帮子里。

“结婚。说得倒是轻巧。我们这儿又不是刚果，能给自己买个老婆。”

三个叽叽喳喳说话的护士走了过去。罗伯特叔叔目光追随着她们，然后又紧张兮兮地在自己裤子口袋里找着什么，用一根火柴剔干净了深深嵌进手指甲里的奶酪屑。

“我们在这儿坐着好吗？”

“好，罗伯特叔叔。”

“我有一次看见过两只海鸥。你想想，在离海岸这么远的地方。有一次，”他改变了一下坐姿，大口呼吸了一下，“有一次，就在我们现在坐着的这条凳子上，我们好好地耍了我们头儿一次。他以前在午间

1《李斯特勋爵历险故事集》（*Lord Lister*）：是1908—1910年初次出版的德国畅销故事集，主人公号称“李斯特勋爵”。后被翻译成多种文字，风靡欧美。

休息的时候也总是坐到公园里来，带着肉馅面包，顺带还看看玫瑰花。外汇部的那两个混蛋走了过来，装作没有看到头儿的样子。他们背对着他坐到对面凳子上大声说话，好让他每个字都听得清楚。当时特蕾瑟，头儿的妻子正在玛丽亚医院里等着孩子降生。‘哎，’其中一人说，‘塔弗尼尔又去医院了。’‘为什么？’另一个说。‘塔弗尼尔在医院里干吗？’‘我拜托你，’第一个人说，‘你不会想说你不知道塔弗尼尔每天背着老板去医院看老板老婆吧！’‘可是，’另一人说，‘老板自己难道一点儿都不知道？’‘当然不知道了。’第一个人说，‘塔弗尼尔等到他看到老板乖乖地坐到了书桌前，才会带着新鲜水果和一束紫罗兰去特蕾瑟那儿。’——‘那也就是说，特蕾瑟肚子里的孩子……’‘明摆着的啊，’第一个人说，‘整个银行都知道了。’然后他们就起身走掉了。头儿就像只老虎一样冲进了银行，把塔弗尼尔从柜台上拽下来，咬了他的耳朵。塔弗尼尔还以为头儿发了疯，也许是染上了口蹄疫，赶紧叫嚷着找医生。我们那叫一个笑哦，简直笑得东倒西歪。”罗伯特叔叔陷入了久久的沉默。

“然后呢，然后发生了什么？”

“然后他们就坦白了，那两个家伙。‘头儿，我们只想跟您开个玩笑，找找乐子。’但这事儿一直留在头儿脑海里阴魂不散。从那以后，据说他在家里就变得无法忍耐了。在银行里他再也不和我们说话了。”

罗伯特叔叔摇晃着脑袋，他领子上的一圈脂肪移来移去。他吹着《快乐农夫》的调子，然后说，“而他们居然还想要别人结婚。”

工人们走在回家的路上，急急忙忙，一语不发。等有轨电车。

“嘿，我们在这儿坐着还真不赖？”

“很好，罗伯特叔叔。”

“瞧，要是你现在结了婚，你就必须立刻赶回家里去。你到哪儿去了，路易斯？——你为什么回来这么晚？——你又到那些骚娘们那儿去瞎混了？——脱下鞋子，你要把地板蹭坏了！——不要把雨伞放在沙发上，路易斯！”

罗伯特叔叔边说边一个劲地点头，就像是这话都是另一个人说的似的。然后，他叹着气从凳子上站起来。“来，我们继续走吧！”

他们走过音乐厅后面，在这里星期日会有西南弗兰德的军乐队演奏比赛。他们走过一个长满灌木和异国花草的花园，贝赫尼丝姨妈，母亲兄弟姐妹中的大学者，能说出它们的弗拉芒语和拉丁语名字。他们走到了一架秋千前。

“坐上去。”罗伯特叔叔指着那个颜色剥落的木板说。

“我们得回家了，罗伯特叔叔。”

“别这么孩子气。”罗伯特叔叔弯下腰，让秋千晃起来，又用他宽大的“前爪”抓住了它。路易斯坐下，把两腿抬高。罗伯特叔叔兴奋地呀呀叫着，把他推到肩膀的高度。路易斯朝空中冲去，他的鞋子比他的鼻子还高了，满是树木的世界在摇晃，翻转了五六次。路易斯感到他全身变得冰冷，他内脏里的皱叶卷心菜变软变湿，像有着上百条贪婪而暴虐的触须的水母一样越过他的胸，朝他的嘴扩张。他看到了一片绿色，邮局的屋顶，加了栏杆的音乐厅，大理石王后看了三遍。他一次又一次被高声欢叫的罗伯特叔叔推到可恶的虚空中。他尖叫起来，想要往前摔出去却又不敢，他的手臂因恐惧而经受了一阵抽搐，他身上一会儿热一会儿冰凉，在摇摆晃动中终于忍不住吐了。罗伯特叔叔咒骂着扯住一边的绳索，路易斯便随着木板一跳一跳地来回摆动。他牢牢抓住绳子，然后摔下了秋千，两手受伤。“放了我。”他还想喊，但喉咙里热辣辣地发酸，什么声音都发不出来。他啪唧一下落进沙子里，荡回来的木板砸到了他脖子，他哭起来。他受到这样的极度羞辱，哭得一把鼻涕一把泪，而他的脸在沙子上蹭伤了。他看到灰色西装里那个鼓胀的身影，它不知所措地拽住绳子，对两个推着童车的女士说着什么。

路易斯用袖子擦眼睛、鼻子和嘴，想要振作一下站起来，但他的膝盖又弯了下去，他跌跌撞撞地往旁边走，结果整个趴了下来。

罗伯特叔叔把他拉起来，按着他的肚子。

“嘿，现在安静下来。嘿，小伙儿！安静！”

“这不能怪我，罗伯特叔叔，都是……我的身体……”

“是啊，你还没吃东西，所以才这样。就因为这个。我还特地对我们的海伦娜说过：‘给小家伙几块夹盐卤香肠的黄油面包。’——你不会告诉你爸爸的，对吗？不然他又会怪我了。康斯坦泽会认为我是有意的。可我只想帮你一把，因为是你求我荡秋千的。”

路易斯清了清嗓子，感到了嘴里的酸味。他做了次深呼吸。

“来，回家吧。快一点。”路易斯说。这话听上去像是命令。罗伯特叔叔想牵他的手，但路易斯装出要在裤子上揩掉呕吐物的样子。他们穿过了公园。路易斯吹起了《快乐农夫》的调子。

“还真是吓了我一跳啊！我的神经现在还在乱跳。”罗伯特叔叔说，“现在我算明白为什么有的人要抽烟了。或者喝酒喝个底朝天。”

第十四章
微笑之国

如果爸爸的话可信的话，那么“为士兵送包裹行动”（一项志愿行动倡议，想为看守我们边界的士兵的单调生活带去一点点阳光）正是他本人的发明，就连瓦勒所有街区的店主们对最初设想所做的调整方案，往边界送去有玩具、甜点、棉毛袜和内衣的小包裹这个点子，也是在详细咨询了他之后才产生的。

比如他就给蔻蔻商店出主意，让他们除了送有鲁提牌焦糖、牙膏和鞋油的包裹，再加送点他的印刷厂出产的颇有教益的用品，比如中学练习本，遭受过一次大雨的信纸（但是当我们的士兵，脚在德国边界的泥浆里发臭，眼睛还盯着迟早都要冲入我们国家的怪物们，要给自己的母亲或宝贝写信，会注意到纸上的几块小波纹吗？），1935年和1936年的报纸，《圣徒丽塔的一生》宣传册，最新且唯一的一期《莱厄河》广告页，尤其还有那些长相丑陋但使用便利的笔记本（用来做地址簿和记日记特别方便），每一页顶头用不同的字体写下了一个公司名字并配有一幅素描：一辆摩托车、一个香烟盒、两三罐润滑油、在看不到的脚踝处镶了缎带的女鞋、眼镜、雨伞。

路易斯在工坊里帮忙装包裹、展折边、贴胶带、分类。时不时会走进来一个商人或是工厂主，为自己的“广告”挑选字体，最后都不可避免地挑了最粗、最大的字母。

“先生，您会看到，”爸爸说，“当小伙子们回来度假的时候，就因为他们已经在战壕里读了那么多次我们的小本子，每天眼前都有您公司的大名，他们会带着老婆孩子冲进您店里的。”

在路易斯回寄宿学校前的倒数第三天，在城里剧院有一场盛大的歌剧演出，表演收入将会用于“为士兵送包裹行动”。

妈妈坐在梳妆台的镜子前，笨手笨脚地往她抿紧的嘴上抹口红，就好像她是第一次做这个似的。她舌头滑过嘴唇，在她的高脚杯里抿了一口仙山露酒。她用一支油彩笔把两鬓头发画得更黑，拧紧了眉毛。

“我该穿那件波斯羊毛大衣吗，路易斯？我可以解开纽扣这么披着。”

“你也只能这么披着了。”

“看上去挺丑的，对不对？”她照着镜子，从两侧按着肚子。她是说肚子，还是那个孩子丑？虽然她想听的是否定答案，路易斯还是说：“是啊，挺丑的。”

“那我是该披上波斯羊毛大衣呢，还是不披？”

“穿上的话太热了吧。”

“这没关系。”她的鼻子呈粉红色，闪闪发亮。路易斯摸摸自己的鼻子，别人说他的鼻子和妈妈的一模一样。只有长着鹰钩鼻的男人才能干成大事儿，才能去冒险。当然也有例外。妈妈将他的领带拉紧，把他的耳朵压平在脑门上，打量打量他，又把耳朵放开，耳朵开始颤动，就像在树林里感觉到千米之外的危险的大象的耳朵那样。

窗户下面响起了喇叭声。

“马上好，我的好情郎。”妈妈说。

弗洛伦特叔叔开着一辆雪佛兰送她去剧院。他并不参加舞会。这不对他胃口，他说，一群装作亚洲人的成年人，唱起歌来就像是马上要死或恋爱了似的。妈妈拽住了路易斯的胳膊肘。他勾住妈妈的胳膊，拉她走上大理石台阶。她的另一只手撑在栏杆上。到了台阶顶端，只见身穿深色西服和晚礼服的瓦勒城的男男女女一边聊天一边偷偷打量别人，而妈妈将他坚定的、刚硬的、配铠甲的手臂推开，气汹汹地叫道："别来烦我。"

她脸颊上扑的粉出现了湿湿的斑点。

在她强装出微笑，走入人群的时候，路易斯看到，她暗地里，在脑海中吐出了污秽的咒骂。

在爸爸花了不少力气才预订到的包厢里，她一屁股坐在了沙发椅上。"你会得到剧院里最好的位子，康斯坦泽，哪怕为了这个我得自己花钱。"路易斯伏在包厢阳台的包了红色绒毛的栏杆上。大厅有四分之三的座位坐了人，烟雾蒸腾，就像是所有在场的人都在抽烟斗或在演出开始之前扇起了小火。

妈妈照自己的小化妆镜，往脸上扑粉，是大厅里所有女人中唯一这么做的，就像在一部法国沃德薇剧里那样。贱人。

演出节目单，封面上印着一顶比利时头盔，放在她肚子上。路易斯不该把它拿过来。

鼓掌声响起。一个高个儿男人从沉重幕布的褶子里挣扎出来，欢迎"我们，我们所有为了一个庄严的目的，为了支持我们战场上最高贵的男青年而出席晚会的人，总督先生，'布雷德尔之子'的主席先生，格略宁尔博物馆馆长先生，'莱厄之子'的主席先生；还要欢迎绝对不能忘记的一个人，他虽然本职工作繁忙却不知疲倦，是伟大的莱厄之子，是我们精神财富的守护人，写下多部充满智慧又饱含民族风味的书的作家，这就是我们所有人的玛尔尼克斯·德·普特"。在第五排站起了一个扎着蝴蝶结、一头灰金色鬈发的胖墩墩的小男人，朝大家挥手。

"真是个婆娘样儿。"路易斯旁边一个泛着酸劲的声音说。

"你看看那头发，真是个婆娘样儿。"——"杰拉尔德，控制下情绪！"玛尔尼克斯·德·普特不知疲倦地挥着他那胖乎乎的小手。妈妈愤怒地瞥了两眼这些野蛮人，用节目单扇开他们吐出的可恶烟气。台上那位还说了句"比利时会坚定地抵挡住洪流的"，便鞠着躬急匆匆地走了，就好像是被掌声催下了台。现在红色的幕布开始闪耀，音乐声奏响，逐渐高涨，填满所有小间与角落，淹没了在场的人。

一间典雅的客厅，家具发出金色的光芒。一群穿着晚礼服的人，比之前在门厅里的那些更苗条、更优雅，正在闲聊。一位将军举着杯子，谈论起某家的女儿，说她本可以成为尊荣的军官，只可惜是女儿身。

龙骑士冲进了房间，与刚才谈到的丽莎一起。她成了马术运动员。万岁！她谈起了爱情。不是调情，是爱情。她给古斯塔夫·冯·珀腾施泰因伯爵，“古斯特尔”亮了下场红牌，不过他们依然还是好朋友。

“就现在了。”妈妈说。她把戴着白色花边手套的手放在路易斯赤裸的膝盖上。“就现在了，注意看。”她那像湿漉漉的鹅卵石一样发光的眼睛凝视着在大厅掌声中走上舞台的男人。

他和拿破仑、希特勒、修女克里斯一样矮。他的脸有旧钢琴键的那种淡黄色。抹了发蜡而闪闪发亮，整整齐齐往后梳的头发是硬橡皮质地，他的细长眼睛是深不可测的远东的标志。他脚踏黑色尖皮鞋，滑进了看不见的聚光灯投下的光里。他往大厅里投去痛苦的一瞥，深吸一口气，叉开腿，摆好了姿势。

他叫苏崇王子。他走进了房间，他唱歌，在一个神圣的空间里。他的心剧烈跳动。但这颗心应该平静。他，苏崇王子，教会了他的心沉默。“就算我们中国人的心破碎，又有谁会关心？我们不会让人发觉的。”

路易斯想仔细听好这受苦的中国人的天籁之音，不想漏掉这哀叹的男高音的任何一个音节，但同时又要在妈妈面前隐藏好自己：他胳膊肘撑在膝盖上，身体往前倾，手遮住脸颊、眉毛和灼热的眼睛，正当着王子，他的黄皮肤双胞胎哥哥在舞台上的优雅客厅里振作起来，向他也发出这样的警告，绝不能让别人察觉自己的动静，“时刻都要微笑，不论伤痛多少。毕竟心头如何，对他人无关紧要！”

这时，她走进了房间，那个来自西方的浅薄少女。殿下需要些什么？哦，殿下说，一小杯茶。现在人们知道了，这间客厅是在维也纳的一座宫殿里。“我们聊得妙趣横生，而您现出了百种风情。”他们和着越来越响的提琴声唱道，他们成了一对情侣。

费迪南·利希滕菲尔斯伯爵，陆军上尉，认为欧洲和亚洲是水火不相容。这不会影响我们，苏崇王子和丽莎喊道。可是……其实他们也觉得他们出自不同的世界。“你难道没看到我这陌生的脸？你难道没看到这双陌生的眼睛？”王子说。在四月的一个月夜，他在她脚边放下“苹果花花环”。他们轻吻对方，幕落。

“怎么样？”妈妈说。

路易斯很想说：“真美，是全世界最最美的。”我随时都会涌出小孩子才有的愚蠢泪水。啊，她为什么偏偏现在问我？

“你是不是又觉得不够好了？对不对？你为什么总拉长个脸？你为什么眼神这么迷糊？我到底该拿你怎么办？”她向一位帽子上满是水果的女士打招呼。“说您好。”她悄悄说。路易斯呆呆地看着自己的膝盖和大腿，奇怪它们居然没有被压得通红，但发现他的眼睛拉长成了斜斜的细缝，像一个王子那样朝水果女士看去。

昏暗光线里响起了竖琴、铃铛和鼓的声音。从发出响声的黑暗处浮现出一座东方宫殿，拱窗、壁毯、孔雀。厅里的人都发出了“啊”的一声。莲花开放，王子歌唱；他的妹妹弥，同他并不像，虽然眼角也有同样上翘的线条，她像小鸟儿般“嗞咯、嗞咯、嗞咯、嗞咯、咿”地叫唤。让路易斯大吃一惊的是，当王子和他的丽莎唱起“郎之情，妾之意，合为一”的时候，妈妈也跟着哼唱，而且她又把手放在了路易斯的膝盖上。苏崇王子唱道：“我这一颗心全都付与你，随你来随你去永远不分离。”掌声雷动。太棒了，再来一遍。[1]这可不是好兆头。谁如果唱得这么美妙，这么超凡脱俗，那他就必须相信他唱的。果然，丽莎就说，她想再见到她的故乡，那个对她呼唤“回家吧！回到我身

---

1 原文为意大利语“bravo, da capo”。

边！”的国家。

长着青蛙嘴和莫娜姑妈那种暴突眼的毒龙出现了，左摇右摆。官吏、戴着镶了珍珠的头巾的少女、神甫。现在能看到演出的烟雾从哪儿来的了：是从一个穿着橙色长袍的秃头胖神甫往大厅甩的香炉里冒出来的。第一排的观众在咳嗽。女奴，浓妆的新娘。这些可是瓦勒人从来没见过的。

“啊”“啊”“真美，不是吗？”

“是的，妈妈。”

路易斯看不太明白，在舞台上那一大片喧哗中，到底是谁结了婚。为什么丽莎这么紧张，把张开的手指贴在了心口？音乐也没有提供任何解释。为什么化了东方人妆的小孩子往路上扔罂粟花，让它们像弹子球一样蹦得老高？苏崇王子出现了，他胸前挂了一大堆勋章，就像是赫尔曼·戈林[1]一样。身穿金色和紫罗兰色衣服的男人围住他，用孔雀羽毛给他陷入沉思的脸打扇。啊，现在我明白了。他同时娶了三位公主，丽莎就是为了这个而生气的。但是王子很明智地要求她克制住自己。“在东方是轮不到女人们说话的。”妈妈悄声说。

“你用一个骗人的童话囚禁了我！”丽莎唱道，“你真残忍，残忍得和这国家一样！你尽可打我，你尽可折磨我，我的心你奈何不得！”王子怒气冲冲地敲了一下锣。丽莎被拖走了。王子倒下了。“我都做了什么？我都做了什么？”因为他没有意识到亚洲礼节有多么残酷。我们就是这么无知。无知中犯下罪孽。不论我们想，还是不想。路易斯还从来没有这么撕心裂肺地看清楚寄宿学校里、奥登阿尔茨大道、整个世界上发生的事情。

在门厅里，看戏的人正叽叽喳喳说话，而不是严肃地思考演出的内容。妈妈到门厅里喝了一杯“拿破仑满大林”，橙汁甜烧酒，是开花店的梅赛多先生替她买的，他还打听说路易斯以后想不想做医生。

---

1 赫尔曼·戈林（Hermann Göring）：纳粹德国的一位政军领袖，希特勒亲信，盖世太保首长。

“他的手挺有劲的。”妈妈敷衍道，“这一点还行。”

梅赛多先生说，他从可靠的来源听到，德国军官学的外语比以前还多，其中也有弗拉芒语。“这可是墙上画符了，塞涅夫夫人。《微笑之国》其实德国也在上演。维也纳现在是德国的了。弗兰茨·莱哈尔[1]也是个德国人了，虽然他是在匈牙利的科马尔诺出生的——‘莱厄之子’选了这部剧真的好吗，在我们这个保持中立的地区？”

“我觉得《卢森堡伯爵》[2]更人性化。”有人说。

“既然您这么说，那多半是吧。”妈妈说。

“更有感情。”有人说。

“确实是这么回事。”路易斯不明白，为什么妈妈没骨气地赞同那些胡说八道。或者说，她也许是让她的孩子，那个新孩子，肚子里藏着的那个，感觉到她心地柔和，对周围的人都很顺从？

梅赛多先生说，妈妈在给路易斯买玩具的时候要多留心了，因为他从可靠来源听说，希特勒亲自下令，往纽伦堡出产的著名玩具上喷病菌，再半价卖给走私贩子，贩子们再低价卖到我们的祖国、法国和荷兰。

休息过后，丽莎变得忧伤。女舞者努力要博她开心，但都没有用。她哀叹道，一切都结束了。就连弥，苏崇王子的妹妹，也用同样高亢的调子唱道：“嗞咯、嗞咯、嗞咯、嗞咯、咿！”（路易斯试着不出声地跟着唱，因为他以后一定要在使徒面前唱一唱这个调子。）她也挺不幸，与她那位穿白衣的未婚夫或朋友或同志，剧一开始出现过的古斯特尔，分了手。丽莎想逃跑，跑到维也纳去。苏崇锁上了大门。但亲爱的上帝还是让他心生慈悲，他看出来自己不放她走也不行了，这位黄皮肤的圣徒，他说：“那就走吧，你，这尘世中最贵的珍宝！别了！”然后就剩了他一个人，独自一个人。他这时唱道，他不会为此而哭泣。接着又响起了危险的靡靡之音，颂扬着那个可怕的法则：“时刻都要微

1 弗兰茨·莱哈尔（Franz Lehár）：匈牙利血统的奥地利作曲家，《微笑之国》的作者。
2 莱哈尔的另一部歌剧。

笑，不论伤痛多少。”

又是一阵烟雾，这一次是在表现晨雾。第一排的观众清嗓子、咳嗽。一座花园出现了，里面到处是尖叫的小孩、推小车的苦力、士兵、嘈杂的中国音乐声，嗞咯、嗞咯、嗞咯、咿！花团锦簇的猫叫音乐。妈妈变得烦躁，的确是让人受不了。她扯扯路易斯的袖子。“你看到他了吗？”

“当然咯。”王子穿着黄色外套，那是皇帝赐给他的，他神情木讷。时刻都要微笑。

“不，是那儿。”她往舞台上指。（别这样，妈妈，人们会看到你的。）

“你说的是哪一个呀？”

“最右边那个。”她咔咔地笑起来，我的这位母亲，高兴地和着音乐节拍揉着自己的肚子。“你这个笨蛋！”她又往那个方向指了指。她难道不知道，不可以用手指指别人，整个大厅的人都看着呢。（“简直不能和她一起走到人群里去。”爸爸有次说过。）妈妈用胳膊肘撞他的胸肋，路易斯现在看到了右边一个苦力，肚子晃晃荡荡，被涂成砖红色。（如果在太阳下坐一会儿再到阴影里看红色的东西，就会看到这种红。）那个长了爸爸的鼻子和嘴的男人一边唱一边摇晃着身子，他穿的那条扎脚灯笼裤挂在他肚子下，他的歌声混在一片尖叫声中。“我是田沃门[1]。”一个苦力。一个父亲。半裸着身子，身上涂了颜料。他为什么不在家里这样晃悠？她，在我身旁，挺着大肚子，为他感到骄傲。不管怎样，她微微带点感动地笑起来，笑他，笑他的投入，笑他突然轻盈如羽毛的小跑步子。乔装打扮之后，他就有了勇气，化身为苦力的爸爸。掌声响起。爸爸鞠躬，同那位发出西方人才有的开心大笑的苏崇王子离得不远，这时我们看出来王子是阿尔弗雷德·拉贾瑟，高音歌手兼药房师傅。爸爸在四处找他儿子，但并没有发现他。

---

1 原文是模拟中文发音的字母。

妈妈挥手，但是苦力太兴奋，连他怀孕的妻子也没看到。当观众都往外涌的时候，妈妈坐着没动。

“走吧，妈妈。”人们肯定要问，她出了什么状况，生病了吗，还是现在就要把孩子生出来了，伴随着渐渐远去的寺庙钟声。

“不要。”

路易斯突然明白她要做什么了，这个疯狂的母亲。她要做的，正是他好几年前还是个小毛孩时第一次到这个剧院里来看歌剧《滑稽男爵》时做过的事儿。那时候，当大厅里在一片叫好声和掌声中响起“我们是月亮见过的最风雅的客人”的歌声时，他哭了，因为他感到这个剧马上就完了。当聚光灯上下晃动，开开灭灭了十次之后，终于彻底熄灭。而观众离开大厅时，他还坐在自己的座位上，不愿意走出去，既不理解也不接受，天国亮光里的男神女神，扑着粉，发着颤音，披着闪闪发光的装饰，穿着黑礼服和簌簌响的舞台服的那几位真的就这么扔下他不管了。他又是跳又是跺脚，在他紧紧攥住座位的颤抖手指被拉开的时候。爸爸拎起他的衣领，扯住他的头发，把他拖了出去。

“走吧。我们必须走了。”她往鼻子上扑了扑粉。她朝他眨眨眼睛。女人们是不能眨眼睛的。婆妈妈除外。她毫不拘束地站起来，将白色手套拉拉紧，挽着他手臂很快地走过了空无一人的走道。路易斯看到，她腿那里的裙子都湿透了。他用黄色的细长嘴唇朝她微笑，可她呢，她没有认出那位绝对不让人看出他深不可测的远东内心的王子，*时刻都要微笑*[1]。

在假期最后一天，贝卡·可塞恩斯说，她祖父头一天晚上死了。他已经瞎了很多年，因为他有一次抚摸过一个坏女人，然后又擦了擦眼睛。贝卡在额头上绑了一条黑围巾，就像海盗那样，穿上了她妈妈的鞋子，鞋子太大，但去葬礼就得穿这双鞋子。

贝卡正靠在路易斯的屁股上擦鞋子，弗洛伦特叔叔骑着自行车路

---

1 原文为法语“tourjours sourire”。

过。他刹住了车。

“哦，正亲热嘛，路易斯？”

“这家伙吗？这家伙耳朵背后还没干呢。”贝卡说。

“我要去参军了。国王在召唤我。”弗洛伦特叔叔说。

“没有您，比利时的军队就不完整呀。”贝卡放肆地叫道。

他们三人一起看着对面街上那个每天都要戴上防毒面具的小女孩。她手插在腰间，站在那儿，看上去是在自言自语，因为她那条难看的满是褶子的象鼻子一直在动。弗洛伦特叔叔正要把他的英国香烟的烟蒂按到窗台上，贝卡以闪电般的速度把它夺了过去。她深深地吸了一口，火都快烧到鼻子了。

“你倒是开始得挺早的。”弗洛伦特叔叔说。

“开始什么？”

“开始抽烟。比如说。”

“对神经有好处。”这个吉卜赛女孩说。她在赤裸的脚后跟上按灭了烟蒂。

在假期最后一个晚上，路易斯坐在沙发的一角，读爸爸的一本《李斯特勋爵历险故事集》——《维特斯普恩博士的遗嘱》。妈妈对莫娜姑妈说：“现在你倒是看看，他怎么坐那儿的，我的路易斯。他要么坐那儿，要么四处乱跑，你永远没法知道他在想什么。他的脸上一点儿活力都没有。”

“那个秀兰·邓波儿，真是个机灵鬼。”莫娜姑妈说，“她所有的心情都能从脸上看出来。——但这可能就是学校里的新方法，从小就教会孩子们不要……”

妈妈变得不安。“路易斯，是她们在哈尔贝克教你摆出这样的表情的吗？”

“才没有呢。我的脸就长成这样，就这么简单。”

“我只好说，这样的脸真让我喜欢不起来。”

然后，两个女人谈起了新窗帘，谈起了孩子出生后的日子，谈起了最新的时尚，主要就是多穿苏格兰格子风格，晚上是欧根纱配有大花图案的中国绉纱，谈起了一种弹性材料做成的不带长针的腰带，等孩子生出来以后。妈妈说，如果一切都按部就班顺顺利利，孩子很可能恰好在她父亲的忌辰出生，而梅尔克多半会很高兴的。“只不过，我母亲，永远都不好说的。”她说。

第十五章
一只小袜子

一大早又要分两排出操，又要乖乖听话，又要被霍屯督人包围了。学校院子看上去小了一些，更有棱角了一些，更封闭了一些。修女萨普里斯蒂说：“塞涅夫，闭上嘴”，虽然他一句嘟哝都没有。但是路易斯还是理解她，说到底是她昨天晚上从爸爸那儿接收了他，是啊，就像在荒野西部从灰扑扑的马车上卸下了一件邮包一样。她打着哈欠说：“我还以为您根本不会来了呢，塞涅夫先生。”爸爸友好地轻轻咳了一声，微笑了一下。“嬷嬷，塞涅夫家是遵守王室的礼貌的。他们可能有时候会迟到一点，但总还是及时赶到的。”修女萨普里斯蒂困得要命，打着哈欠点点头，把路易斯带到了卧室。在厨房里，一个去晚了的预备修女还在摆弄锅盆，发出哐当声。霍屯督人已经在打鼾了。有人在很近的地方，是冬迭南吗？在睡梦中嘟哝说：“好哎，好哎，下雪了！”

学校院子里的铺路石夜里淋了雨，还湿湿的。小家伙们那一队不长。他们有时候可以多放几天假。弗里格还没有来。整个假期里我都忘了他。那我现在怎么会这么思念他？要是他独自一个人，要是我独自一个人留在寄宿学校，能过得好吗？

“我在假期里的那些经历啊，真够糟心的！”比特贝尔在他身边说。

“你的也是吗？”

“什么？也是什么？”又要熟悉这样的暗语了，这些内容要靠猜的暗示。

“我的经历也糟心。”冬迭南说，“他们总是笑话我，就好像我是从动物园里出来的一样。就因为我穿的衣服。”

“你在家也穿着这身衣服啊？”路易斯问。脚上穿黑色长袜，裤腿过长的短裤，身上穿领子高高的水手服，头上戴草帽？

“我没别的穿啊。”

路易斯惊讶了。他感激起妈妈来了，她给他免去了这样的麻烦，她让关在监狱里穿统一制服的路易斯到家里就变得不一样，变成了几乎只会玩，几乎幼稚，在普通的事儿上——虽然不是像忒杰在那些脏脏的乱七八糟的事儿上——疯疯闹闹的男孩子。妈妈昨天是因为他要走了才那么悲伤的吧。或者，也可能为了别的？

他今天夜里要给她写封信，用圆滑顺溜的笔，注意所有的逗号、句号和大写。亲爱的母亲，我们为什么总是（还是写：从来都？）分别得这么快（还是写：匆匆？）？如果我下个月能再见到你，连同我的新弟弟（还是写：我的新亲人？），我会亲口对你说，我有多么敬重你的爱护，直到我死都会敬重。**爱你的孩子**（或者：长子？），**路易斯·塞涅夫**。

晚上在食堂，弗里格坐在了他一贯坐着的位子上。他晒黑了，肩膀长宽了，头发梳成了分头。当他看到路易斯的时候，他做了一个表示紧急情况或危险情况的使徒手势——大拇指缓缓横扫过喉咙——可是紧接着又对他眨了眨眼睛。这是个玩笑罢了。

他们吃着抹了乳脂和草莓酱的黑麦面包，与此同时，修女克里斯念教皇庇护十二世的通告。与平常的通告一样：信仰会在对抗物质、对抗物质主义的战斗中胜利，文化和文明将会取胜，那些相信自己高人一等的人其实是否定上帝者。弗里格看上去像是第一次听到或听明白圣父的话，就好像他是个毛头小子。在他和路易斯还属于小家伙的时候，修女克里斯有一天在课上告诉他们有一个比赛，看谁能画出最美的花，并且涂上水彩。至于画哪种花，可以自己选。获胜者将会——你们要镇定，这可是有史以来头一遭——去罗马，去那座永恒之城，旅费由梵蒂冈来出。在那里他会在至圣的房间里得到教皇的亲自接见，还会得到作为礼物的踏板车，上面挂着梵蒂冈的车牌号，这样的车牌不多的。要选哪种花，我已经说过，你们可以自由决定，但大家都知道，圣父最爱的是低调的紫罗兰。不过在他母亲的坟上，他总是放上红玫瑰。路易斯很肯定，他的画是最美的。他几乎把调色盘上所有的颜料都混在了一起，主要是红色和蓝色。当他半眯着眼睛看去的时候——他心儿直跳地希望教皇和他的红衣主教也会这么做——他感觉他都可以这么直接从纸上采下花来了。希望教皇到时候可别接着问，这是什么花儿。修女克里斯依次走过每排板凳。在他的板凳旁边停留得稍微久一点。她什么意见都不透露。（就像现在她也什么意见都不透露，她那老鹰一样的锋利面孔诵读着教皇的通告。一只疯狂的老鹰。希特勒在生日时从全德国人民那里得到的生日礼物就是这样一只。出于对这只高贵而勇敢的鸟儿的赞赏，他当时立刻放它飞到了德国的天空中。）“不错嘛。”修女克里斯在弗里格的板凳旁边说。她要在我俩之间做出取舍。弗里格不可以赢。修女克里斯以折磨人的慢速走向黑板，把它转过去，躲起来写了太多名字，写得也太久了。她要给所有孩子评分吗？她又出现了，将粉笔扔进粉笔盒，在她那件淡蓝色围裙上揩干净右手。“嗯，会是谁得胜呢？”她说。是啊，到底是谁！她猛地一下把黑板转过来。一个用粉笔勾画出的小男人用一只巨大的手和大张开的手指朝大家做出了一个假长鼻子，而丑陋的黑鬼嘴唇里冒出一个云状对话框，里面写着：4月，4月。果然，那天是4月1日，是可以随便捉弄别人的一天。修女克里斯大笑起来。没有人跟着笑。

就这么羊羔般虔诚，就这么可笑地听任这个嬷嬷摆布，弗里格到现在都是这样子。

使徒们的第一次聚会是深夜里在堆着一筐筐要洗的衣服的房间里进行的。

“马利亚万福，冬迭南”“马利亚万福，比特贝尔”“马利亚万福，弗里格”“马利亚万福，塞涅夫”“马利亚万福，荷辛斯”。弗里格穿着一件新睡衣，白色，领子和袖子上有樱桃红的镶边。他拿出了一张照片，是从一本杂志上草草剪下来的。

“真棒。怪不得德国人是世界上最强大的。”一只杉树绿的金属蝗虫，格子图案的嘴，绿松石色的下身。

“多尼尔飞机，时速355公里。”

“能装多少个德国人？”

“六个。他们把它叫作飞铅笔。”

其他使徒沉默地点点头。荷辛斯怀里放着禁书，小心翼翼地带着它们四处走。

“在我家又是一塌糊涂。”比特贝尔说，“我都经历了什么呀。”“我家里有一个被禁止的小雕像。”路易斯立刻说，“下次放完大假，我把它带过来。雕像是一个德国男生，行希特勒礼。这是渎神，因为希特勒认为他就是神。”

他们觉得这是理所当然的事儿。“我还有希特勒的一个贴身保镖的一把匕首呢。”他们的反应激动了些。“是不锈钢做的。”他等了一会，然后绝望地说，“如果仔细看的话，能看到上面还沾着血。”

“那是德国血肠留下的。”荷辛斯说。使徒们扑哧扑哧地笑起来，比特贝尔往荷辛斯肩上敲了三下。“伙计，这真是个好笑话。”

“别这么大声！”路易斯恼火地说，“你们想让修女克里斯听到吗？”

“晚上巡视的是修女伊梅尔达。”噢，这个荷辛斯。他难道不知道，修女克里斯是所有修女中最危险的吗？就算她现在睡在城堡里，头上盖着一个枕头，她还是能接收穿过城堡墙壁传过去的声波。她的鼻子这时就会像小兔子的一样开始颤动。她会悄无声息地靠近过来，突然一下子站到你面前。

“在我家也是乱糟糟的。”冬迭南对比特贝尔说。路易斯，使徒集团的创始人和领袖，说，“荷辛斯，把记事本拿来做笔记。”弗里格本来因为字写得漂亮而被推为公认的福音作者，但他都没有抬眼看一下。本来就不该有假期，假期会把一切都玷污、冲淡、毁灭。路易斯口述道："一个新的时代降临了。当前到场的使徒们将迈出新的一步……"

"在和睦相处的气氛中。"比特贝尔说。

"将在和睦相处的气氛中迈出新的一步，也即……"他费劲地想接下来该说什么。弗里格观察着他的飞机。从远处传来圣约瑟夫雕像前的喷泉淙淙的水声。

"也即，向一个因为坚定不移的信仰而被囚禁的女圣徒，名为圣盖洛尔夫……"荷辛斯起劲地写着。路易斯使足力气说出最后一段："行拜访之礼。"

"这可没那么简单。"比特贝尔说。

"去她的房间吗？"冬迭南怯生生地问道。

"我们爬不上院墙的。"弗里格说，"至少你爬不上去。"

"那你呢，你怎样？"路易斯说。

"我可以。"弗里格漫不经心地说，但他这强势的傲慢劲儿就像一大波海水那样朝路易斯袭来。（去年在布兰肯贝尔赫[1]，就是这么一波急涌的海浪给了他迎脸一击。）

"修女圣盖洛尔夫还不是圣徒。"荷辛斯说。

"说她圣徒只是比喻意义。那就写一个受恩者。"

"可受恩者她也不是啊。"荷辛斯把本子搁在窗台上，从靠得最近的一个洗衣筐里拉出一只袜子，就着它擤了擤鼻涕，把它像手套一样套在自己右手上。反抗示威。他不想继续写了。在假期里都发生了什么？一个顺从的马屁精居然变成了一个造反派，虽然他才刚刚被选作使徒！那个总督是怎么让威廉·退尔下跪的？一个造反派还什么都做得出了啊？我会让你好看的，等着瞧。路易斯捏碎了一只翩翩飞过的

1 布兰肯贝尔赫（Blankenberge）：比利时西弗兰德省的一座海滨城市。

飞蛾。“我想向你们所有人（就好像他在面对一院子的学生讲话似的）提出的计划是这样的……”

荷辛斯从他那么小心翼翼伺候的禁书里抽出了一份折页报纸，摊开来，给弗里格看（又是一次背叛）。弗里格将报纸放在了一个洗衣筐上，让所有人都看得到。一个身上皮肤被剥下一半的男人叉开腿站在那儿，张大着没有肉的嘴在呻吟或叫喊。从他光秃秃的头骨上有圣人光环一样的虚线和小数字放射出来，黄色、橙色和赤红色的一条条肌肉和肌腱都画了出来，肋骨和砍得稀烂的血管交织在一起。

“他那根箫管上的皮肤也被剥掉了。”比特贝尔说。

“倒不如说是他的那筒小号。”荷辛斯说。这当然是他在假期里就已经想好了的。在看到那个带着红血管的没羞的红玩意儿的时候，路易斯牙齿直打战。他觉得全身都起了一阵寒战。他跳了起来，拿起那张报纸，藏到背后。

“不要撕坏了！”荷辛斯叫起来。

“不行。这里禁止看这东西。”

“对啊，”比特贝尔说，“是本禁书嘛。”

“就是因为这个啊。”冬迭南说。

“这不是真正的禁书，”路易斯不是很确定地说，“这本书是脏东西，下流……”

“啊，塞涅夫，你这些蠢话我就当是耳边风了。”弗里格以前从来没有用路易斯的姓来称呼他。

“那上面写了各个神经的全名，弗拉芒语加拉丁语。”荷辛斯朝路易斯走了一步。他会像一只岩羚羊一样跳到我身上来的。

“荷辛斯，你真该为自己感到羞耻。”路易斯说。他把报纸放在窗台上。在背面是一根弯曲的脊梁骨，一条鲱鱼的脊梁骨。路易斯坐在了报纸上。

外面有人绊倒在一只水桶上。

“好了，给我。”弗里格边说边伸出手来，抓住了路易斯睡衣的领口，把他从窗台上拽了下来。就在那些坚定又坚硬的手指关节擦过他的胸口时，路易斯感到似乎有什么让他很舒服的、暖暖的东西潺潺地流过了他的下体，扩散开又收拢了起来。他感到这么恐慌，便听任弗里格不受阻拦地抓过了报纸，交给了荷辛斯。他摸了摸，他的手指在亚麻布底下碰到了一只小袜子，它开始有了独立的生命，一块迟钝的、柔软的碎木片，不，一个关节从体内挤入了他的箫管里，再也不会消失了。它已经牢牢地拴在了他肚子上，是一个脓肿，一种惩罚。终于降临了。他从其他人的眼神中看出来，天使们惩罚了他。他在一阵慌乱中大呼救命，他的手不听他使唤，又往下滑去，下面那个患了麻风病、拱起来的热热的耻辱标志还一直耸立着。肮脏者的天使飘了进来，两只手指戳进了路易斯的眼窝。天使把路易斯举起来，用不可遏制但又死一般静寂的强力把他往门上砸去，门开了，路易斯撞到了楼梯栏杆上，顺着阶梯跑了下去。到了楼下他才停住，但还是平静不下来。他将下体按在冰凉的大理石墙上，要在这一片墙上压碎天使植入他这话儿里的根茎，而这面墙变成了热的水，却没有像摩西面前的红海一样分开。[1]

1《旧约·出埃及记》中，摩西率领以色列人逃出埃及，在红海前用手杖一指，红海中便分出一条道路让他们通过。

第十六章
修士肩章[1]

贝克朗需要帮手，两个熊一样强壮的男孩。修女伊梅尔达理所当然地把比特贝尔挑了出来，她觉得他就是个大傻瓜，本来必须尽快赶出寄宿学校的。再就是路易斯，因为她发现路易斯对这活儿一点兴趣也没有。“那边那个也去。”修女伊梅尔达指着弗里格说。

“开动，前进！”贝克朗哇啦哇啦地叫着。一路上他皱着眉头四处看，看会不会有降落伞落到修道院屋顶上。

三个人必须帮他在一条水沟边拉一张铁丝网。双层厚，斜织网，无铁锈。贝克朗对他这铁丝网大唱赞歌，这是他在贝卡尔特那儿买的，打了很大折扣。最晚在九月，整个修道院都会围上这条铁丝网。修女们完全不知道他花了多少钱。“管家嬷嬷总是一听这个就骂骂咧咧。但如果不保护好自己，要花的钱多了去了，对不对，我说得有道理吧？”

“一辆坦克一下子就能冲破您的铁丝网。”弗里格说，“而且都用不着是德国的坦克。”

“哎哟，体育健将，步兵队也会过来的喂！”

---

1 肩章（Skapulier）：本来指天主教派的一种法衣，无袖，披挂在身上。后演化成挂在胸前的小布囊。

“步兵队。”弗里格带着讽刺腔说。

贝克朗嚼了嚼什么，一口吐出来。“我们是见过残忍事儿的。我们还会见到更多残忍事儿。”

他们在太阳下劳作，喝特雷西送来的冲得很淡的黄油牛奶，听着贝克朗那些耸人听闻的故事。在水沟里一直都有青蛙在呱呱叫。他们汗流浃背。贝克朗对比特贝尔的灵巧和健壮赞不绝口。然后，路易斯在弗里格刚巧没注意时把网拉得太紧。弗里格轻声叫了一下，他的大拇指上去掉了一块肉。“这点小伤你受得住的。”贝克朗查看伤口时说道。弗里格抽出一块脏脏的手帕，缠住拇指。

“我不是有意的。”

“你总是老样子。”弗里格说。

“你这话是什么意思？”

“我们别说这个了。”弗里格又抓起了他的锤子，把U形钉敲进一个篱笆木桩里，就好像他在砸碎米泽尔一样。不，弗里格不相信米泽尔。其实有谁信呢？路易斯看到自己的手帕还比较干净，就用牙齿撕下了两条，绑在弗里格的拇指上。他这事儿做得慢慢悠悠。等绷带束紧了，他把这羽毛一样轻的手抬到自己脸前，看着戴着一截弯指甲从破布条里冒出来的粉红色手指尖，舔了舔它，放进嘴里吮吸。

“别这样。”弗里格没有把手抽回去。

“防止破伤风，”路易斯咕哝道，“铁锈必须弄出来，不然他们会把你的手砍掉的。”

“铁锈！”贝克朗叫道，“真像回事儿呢！这可都是从贝卡尔特买来的锃亮的新铁丝，直接从厂里出来的。”

“他是个挺不赖的护士阿姨哦。”比特贝尔说，“贝克朗，如果您再出了什么和奶牛有关的麻烦，直接来叫我们这位护士阿姨好了。”听了这话，弗里格猛地把手抽了回去。

“我只是为了你才这么做的。”路易斯低声说。

“是啊，是啊。我们都知道这回事儿。”弗里格说。

他们启程回修道院，院墙后面，修女萨普里斯蒂正冲着树枝跳，想摘个梨子，但是白费劲儿（梨子根本还没熟呢）。路上，路易斯唱道："我这一颗心全都付与你！随你来随你去永远不分离。少了你我会像花儿一样枯萎，当它少了阳光亲吻的恩惠。"

"唱歌的护士阿姨。"比特贝尔说。

"这歌来自微笑之国。"

"这个国在哪里？"

"在中国。"

路易斯边说边拽住了弗里格的手，"你这样得去医务室。"

"塞涅夫，你身上好臭。"弗里格说。

"我身上？"路易斯惊呆了，放开了手，那只手疲软地垂了下去。弗里格嗅了嗅，吸了吸气，他的鼻子一张一翕地就像修女克里斯的鼻子在嗅到什么违禁的事儿时那样，就像一只小兔子那样。（小兔子在上帝造它的时候得到了一个微笑，但是一不留心丢掉了。从那以后它就抽着鼻子嗅来嗅去，徒劳地寻找它那被风儿吹跑了的微笑。）"你的脖子有臭味。"——我开始腐烂了。我的脖子闻上去就像战壕里士兵们泡软了的靴子里腐烂的、长霉的脚那么臭。

"是这儿。"弗里格用中指勾起路易斯的开领，"你的修士肩章。"路易斯从脖子上扯下肩章，一块被汗水浸湿了的油乎乎的灰色布块，本来是蓝色的，是路易斯为了纪念处女受孕的马利亚而佩戴的。他没闻出任何味道来。这是个诡计，是弗里格想施加给他的一次考验，意思就是说："只要不是献给我的纪念物，你就不该戴！"路易斯把肩章扔到地上，不敢去踩，而是踢到接骨木树丛后面去了，心里还燃烧着恐惧，我居然什么都敢，甲虫、蜈蚣、毛毛虫会把这个扔弃了的象征物吃掉吧。

"你这样会进地狱的。"

路易斯点点头。做都做了，不可挽回了。但修道院花园里还是一点儿变化都没有。灌木丛还是和之前一样一动不动，天空中没有云飘浮得更快一些。远远的地方有青蛙呱呱叫，小家伙们依旧哭哭闹闹。

“现在给我听好了：你最好不要再碰我的身体。”弗里格说。接着就跑开了，步子迈得挺大，几乎像是在跳，就像几年前的奥林匹克运动会上的黑鬼，那家伙之后居然还有黑鬼式的狂妄，想去和希特勒握手。路易斯去追弗里格，但根本没有半点儿机会能追上他。弗里格跳过了水沟。路易斯跑得上气不接下气，他跳上了自己的那只青铜加拿大驼鹿，冒着热气的这只兽踢得泥块四溅，可还是追不上前面的少年。路易斯绝望地扔出石斧，但弗里格虽然有磨锋利了的斧子插在淌血的头颅上，却还在往前跑，一边还发出叫喊，不是因为痛，而是欢呼胜利。他跑到了草坪上，那里贝克朗正从他的铁网边上抬头看。

在休息时间里，使徒们打牌。荷辛斯赢了，最近经常是他赢。篡位者。这是历史课上学来的一个词。（明年我要学拉丁语了。）路易斯在弗里格的脸上搜寻因为他在接骨木花丛那里犯下的罪而厌恶他的痕迹，但什么都没发现；他只看到，弗里格带着狐狸一样的狡诈全神贯注地打着牌。他为什么不叫小狐狸呢？他的头发和狐狸的毛一样红。不过也有猫的毛是这样的颜色。

一只狐狸红的公猫，像卡拉巴斯的伯爵[1]那样统治国土，穿着靴子，胡须上沾着牛奶地发号施令。弗里格就是我犯下的死罪。他不知道，他都做了什么。那些被爱的人不都是这样吗，妈妈、婆妈妈、圣方济各、贝卡，等等？他们都没发觉，谁在爱他们吗？只有爱的那一个才会注意到每一点动静，感受到每一次呼吸？弗里格总是拿到差牌。

比特贝尔讲到大人们玩的一种牌，名字叫“脱裤子”，就是输了的人必须脱掉裤子。路易斯觉得光想一想都很下流，所以他为此去忏悔了。

“你要说的就这些？”神甫挺不高兴地说，“就是你听到了‘脱裤

---

1 德国浪漫派作家路德维希·苇克（Ludwig Tieck）的童话剧《穿靴子的公猫》中的虚拟人物。公猫帮助男主人公冒充卡拉巴斯的伯爵娶到了公主，让其成为王国统治者。

子’这几个字？还是，你脱掉了自己的裤子？”

“是脱了。”路易斯撒谎说。

“然后呢？做了肮脏的事儿？”

“没，没有，没有。”

“那还有什么？”

“就只脱掉了我的裤子。然后又穿上了。”

“你肯定吗？就这些？其他人都干了什么？”

路易斯头脑发热地想，其他人可能会干些什么。“他们没有注意到这个。”他木木地说。

“写两百遍：我再也不会胡说八道来骚扰我的告解神父了。”等他写完满满好几页之后，修女亚当从他肩头往下看了看，说：“哟，我们的神甫，还是个蛮摩登的男士嘛。”

弗里格把他的牌哗啦一下扔了出去。“一张花色都没有。今天真是手气背。这都怪塞涅夫。他这副牢骚鬼的脸把霉运都招来了。”

“喂，你说话注意点！”路易斯不由自主地说。

“闭嘴。你是犯了死罪的人。你自己很清楚。”

“我又没法今天夜里还去忏悔。”

“但是你可以表示出点悔意了，就现在。”

“那我该做什么呢？用削土豆的刀子剜出眼睛来，就像修女圣盖洛尔夫那样？”

“又在撒谎。”弗里格说，“你就是这样。谎话连着谎话，除了谎话没别的了。你除了谎话什么都不是。什么削土豆的刀子，修女圣盖洛尔夫从没干过那回事儿。这全部都是你……”

“从你的大拇指里吸出来的！”路易斯兴高采烈地说。但是弗里格做出没有听懂话里影射的样子。

“修女圣盖洛尔夫也根本没瞎。”

“打赌吗？”路易斯将手背拍在桌子上。疼哦。

“赌什么？”

“你想赌什么就赌什么，你这个疑心重的托马斯[1]！”

“我从不打赌。”弗里格平静地说。他叔叔在奥斯坦德[2]赌马欠下一大笔债，一辈子都还不掉。

“我们可以去那里查看一下，那样就一清二楚了。”冬迭南说。

“去哪里？”

“呃，去修女圣盖洛尔夫的房间啊。”

“我们绝对进不去的。”荷辛斯说。

“当然进不去。”弗里格声调柔和地说。这个精明、果敢的战略家。“我们首先必须调查好状况，算出最合适我们撤退的时机，等等这些。”

第二天，在忏悔椅上。“神父，我犯了罪，是我的错，但也不全是。一个学生，我不能说出他的名字，他迫使我犯了罪。”

“又让你脱了裤子？”

“不是。”

“跟这个差不多的事儿？”

“不是。是我做了不可以做的事。”

“那到底是什么？”

“神圣的肩章。”

“这个肩章你随时都可以取下来的。”

“我把它丢掉了，丢在一个花丛后面。”

“丢掉了？这可是件圣物！”

“我可以试着找回来！”

“那就去找吧。”

“它已经用得很久很脏了。我可以洗一洗吗？我会小心的。”

“可以。你为什么要这么做？”

“我生气了。一宗重罪。”

“能佩戴肩章是一项特权，你知道的吧？以前只允许修士佩戴

---

1 托马斯（Thomas）：耶稣十二门徒之一，怀疑过耶稣复活。
2 奥斯坦德：比利时西弗兰德的一座城市。

的……”他谈了一会儿俗修士和第三会修士[1]，头上出的汗比忏悔的孩子还多，最后说：“在此，宽恕你的罪[2]。”

这天夜里，矮墩墩的坏脾气天使坐到了路易斯的床上，他的脚边。在阴影里闪着白色微光的天鹅翅膀窸窸窣窣地响。“你大概以为，你又能顺利逃脱了吧，你这伪君子？你的忏悔根本不彻底。因为你主要是害怕受惩罚，这绝不会是彻底的忏悔。所有其他的死罪，最近一段时间累积起来的，你都没有忏悔过的，它们会让你的罪责越来越大，你对此做了什么？你不会妄想着在星期天的时候还去领圣餐吧？”

“我认得你。”路易斯说，“你在我面前假装你还是天使，因为你还有堕落之前的装备。你还假扮成霍尔斯特的样子，给妈妈送去小孩子的衣服，但你真正的名字是巴力西卜[3]。”

翅膀簌簌响，就好像有风吹了进去。接着翅膀扇动起来，接着它们就穿过了薄薄的木板墙消失了，墙后面睡着冬迭南。它们消失，似乎让路易斯醒来了，因为他的手一直放在下体那水一样的暖东西上，拉扯着，揉着，直到他听到天使咯咯的大笑，被吓得坐起来。他从新的肩章上撕下布带，绑在从他身上长出来的小肉枝条上。他一直拉紧这个结，直到自己冒出一声啜泣的尖叫。小树枝缩成了一团。他念了一遍又一遍的《圣母经》做祈祷，最后又睡着了。

1 第三会修士（Terziar）：天主教的一些教派中有别于第一修会修士和第二修会修女的第三类，未发圣愿的修士。
2 原文为拉丁语。
3 巴力西卜（Beelzebub）：《圣经·旧约》中的鬼王，七宗罪中的贪食，最强大的堕落天使。

第十七章
一次侦察

修女伊梅尔达的健康脸蛋在一秒钟之内可以变得通红。有些民族的女性，尤其那些从北方来的，从有峡湾和冰川的地带来的，皮肤都太薄。小家伙们在削土豆皮，擦地板。修女伊梅尔达像只孵蛋母鸡一样大大咧咧地坐在一张挤奶凳上，时不时地用友好的吼叫发布一个命令。使徒们问道，他们能不能帮上点忙。她觉得这是不用说的。“你们待会可以把盆都抬到食堂去。”

“修女伊梅尔达，修女圣盖洛尔夫怎么样了？”

“哎，小伙子们，还能怎样啊。总有一个人比另一个人老得快呗。”

“可是您还年轻，不是吗，修女伊梅尔达？”

“小伙子们，有时候我相信，我真的永远不会老，我的姐妹还有很多年要被我烦。是啊，我比我的姐妹呼吸了更多新鲜空气，我的衣袖都卷得高高的，我也不怕干一整晚的活儿。”

“修女圣盖洛尔夫……”

“她是优雅人家出来的，从来都不知道干活是什么。她就从没学过。到了某个年纪，就会遭报应。”

“她从来没有出过房间，对吗？”

“从来没有过。我们可经历过一些她的事儿呢。不过那很早了，你们都还没来呢。”

“她的房间就是祈祷室左边那间？”

“不，那是管家嬷嬷的房间。她想要看到核桃树。她对核桃可着迷了。因为核桃油对脑子好。至少她这么想。”

“那是第二个房间吗，就是老拉着窗帘那间？”

“那是学习室。不，如果你们真想知道的话，你们这些好奇鬼，就是前面长了紫藤萝的那一间。我每天都为圣盖洛尔夫祈祷。她这整个一生都是敬畏上帝的、做善事的，结果受了这样的惩罚。她非常有钱，这不假，但她一直都敬畏上帝做善事啊。真是，怎么会这样呢？脑子出了问题。然后这部机器的其他部分就废掉了。如果脑子太用力，肯定没好结果。不用脑子也能为我们亲爱的天主服务啊。只要健健康康的，多做祈祷，其他的都不用，耶稣都清楚。”

“她是被关在那里了吗，门上了锁、上了闩？”

“这和你有啥关系，比特贝尔？”

“问一问总可以的吧，修女伊梅尔达。”

“修女圣盖洛尔夫，小伙子们，都是自找的。她从穆斯科伦来，家里有三架钢琴。以前我们还聊过马。她父亲养了一些。当然不是我们院子里的那些农家马。但过了一阵，就没法和她说半句正经话了。在这样的家庭里这样的事儿常有。这多半是遗传的。修女长大人当然在她到我们这里来的时候就已经知道了。但这样家庭里来的人当然是不能赶走的。我真得说，她一直都是敬畏上帝，做善事的，很多年都是。她就自个儿来说总是中规中矩的。但不知什么时候起，她的举动就变得奇怪了。在授圣职典礼上她一下就垮掉了。然后她就自己把自己烧着了。”

“你们的城堡，修女伊梅尔达，从里面看一定又漂亮又干净。”

“因为我们在里面一直努力弃绝罪孽来让自己干净。”

“肯定里面有很多走道、地下室和阁楼，就像在一座明镜宫里那样？”

“你怎么会这么想？里面就是普通的过道和房间啊。”

“话是这么说，”路易斯说，“如果发生了宗教迫害，修女们就得把自己藏起来，因为敌人会剥夺她们教权的，那就得有这样一个有秘密地下室和地下通道的城堡呀，万一……”

“谁会迫害我们呢？”

“是他们那些人。”

“他们暂时还来不了。随别人怎么说德国人，我们的教会在德国日子也不好过，但那些人，德国人总还是管住了他们的。”

“为什么城堡的窗子前面到处都是栏杆呢，修女伊梅尔达？”

“这是为了让外面人进不来，不是为了让里面人出不了城堡。走了，现在去给我搬土豆盆。”

“马上就去，修女伊梅尔达，马上。”

第十八章
一块金跖骨

比特贝尔，身材壮实的使徒，做出人梯的样子，蹲了下来。弗里格赤脚踩在他交叉的手上。他贴在比特贝尔的胸脯上，臀部顶住比特贝尔的肚子，这粗鲁的圣克里斯多福[1]用脸颊和耳朵摩擦着弗里格的大腿，把这少年又往上推了一把。弗里格找着了窗台，把自己拉上去，扒着生锈的排雨槽往上爬了一截，身子一晃，跳进了小阳台。搞定了。下面的使徒等着听一声撕破深夜的叫喊，暗中藏着的修女的突然袭击，打耳光声，呼救声，但什么都没发生。蟋蟀啾啾。从阳台往下，弗里格就像在罗马圣彼得广场的一处华帐下一样，朝他脚下惊叹的信徒做出了赐福的手势。

“快，”冬迭南说，“伙计们，抓紧时间。”虽然他们都约好了，在整个行动中不能发出任何声响。

他们一前一后地走，身子贴着墙壁。比特贝尔打头。然后就是爬上旋转楼梯，直到他们站在受诅咒的城堡的禁门前。蟋蟀啾啾。在卧室里离门最近的夏姆弗列尔的刺耳呼吸声。

“那个呆子去哪儿了？”冬迭南悄声说。在微弱的光线下，他闪着一双漆黑的眼睛。修女亚当的均匀脚步声与她在每个床位前拉动的窗

1 圣克里斯多福（Christophorus）：基督教早期的殉道者，传说他曾将化身孩童的耶稣扛过河。

帘的窸窣声轮番交替，靠近了过来。正和预想的一样。使徒们按照计划牢牢贴紧彼此，拐进了角落里。他们四人静静地互相抱着，在一架用来遮住堆起来的床铺和一座床垫小山的屏风后面蹲下来。路易斯脸旁边的一条铁杆压在了他的脸颊上。荷辛斯蹲着的姿态很不舒服。比特贝尔像个口袋一样压在冬迭南身上。

弗里格没有出现。冬迭南的眼睛睁得大大的，当修女亚当——多半之前已经去过小家伙们那儿了——往城堡门口走去的时候。她现在听到我的心跳了，肯定的。但愿她不要偏偏在弗里格走到城堡大门后的那一刻开门。飘过去的修女服带起了屏风下的灰尘和凉意。我忍不住打了个喷嚏。修女亚当清清嗓子，吐了口痰，不是吐在手帕里，因为紧接着就听到她用鞋子在地板上擦掉什么的声音。然后，她突然有了新主意，走到旋转楼梯那儿，消失在了楼下。让人看不到也听不见的弗里格，你到底在干什么！使徒们从一团交缠状散开来，地板嘎吱响。弗里格在城堡里是陷落了吗？那些无声地嘀嘀咕咕的修女们制住了他，蒙上他的眼睛，绑住他的手脚，等着他的同犯落网？

路易斯想开溜。荷辛斯拉住了他。荷辛斯把自己当作新首领了。在一季度之内：成了头号使徒。

这时候，无声无息，完全出人意料地，墙壁在他们面前打开了，就像耶路撒冷神殿的帘幕在苦难的日子里被撕开一样。路易斯往后一跳，撞到了正发出轻声咒骂的荷辛斯。这他们还真没料到。前面滑落开的，是一扇推门，刷得和墙一样苍白，有史以来就没有打开过。它还在继续打开，声音轻得吓人。弗里格哧哧地笑着在里面招手。城堡在等候他们。

这里的墙比通往食堂的走道还要白。

虽然还有点犹豫，但他们还是冒着亵渎之罪，往前冲了，跟在按照修女伊梅尔达三天前透露给他们的信息向前走的弗里格身后。他们感觉就像是直接走进了那位乡村修女的故事里。弗里格站在了打开的房间门前，第一个走了进去。在这个欧洲和亚洲都战火连绵的时代，在我存在于尘世的时期里，这事儿就这么发生了。我们看到她坐在带旋转花饰的橡木王座上，修女圣盖洛尔夫，早年俗名为乔治娅娜·德·布鲁克勒。在离路易斯一臂远的地方，她坐在她那高贵的马桶椅上熟睡，被粗粗绞结成的白棕色绳索绑着。爱在胃部，爱在灼热的头脑中。在我之前不可以有人触碰她。路易斯从一旁撞了撞弗里格，就像推一个路上的行人。她看上去像婆妈妈，那么苍白，面无血色。脸上皮肤松弛，皱纹纵横。她的头垂得低低的，就好像要让水从耳朵里滴出来。她在睡梦里唱歌，但是歌声只有米泽尔——如果真的有米泽尔的话——才听得到。房间狭窄。使徒们在这里显得太多。虽然所有人都沉默，还是太吵，她的鼾声撞击着逼仄的墙壁。

那她是瞎了，还是没瞎？弗里格用敏感的手指吊起一只眼睛的眼皮。两只眼睛睁开了，暗淡无光，是没有瞳孔的乳白色玻璃球。我赢了。还是因为光线太灰暗，只有眼白有点光闪出来？

修女圣盖洛尔夫微微抽动了一下，醒来了，就好像她受了一下微弱的电击。唾液从她口里流出来。没有血色的手指摸摸索索，她拽住了绳索。

“修女圣盖洛尔夫。”路易斯说。

“是，嬷嬷。”她说。声音干脆、清晰，是最标准的弗拉芒语。“是，嬷嬷。愿天主与你同在。”

“修女圣盖洛尔夫。”荷辛斯说。

不等她那没有牙齿的嘴说出什么，弗里格就把他的食指插了进去。他的拇指——上面还看得到痊愈了的伤口那薄薄白白的皮，像指环一样，那里缠绕过路易斯从自己手帕上撕下来的布条——放在她满是痘痕的脸颊上。

她吮吸这根食指，而弗里格以一个第一次充当侍僧的霍屯督人所持有的不可侵犯的肃穆任她吮吸。这是多么祥和的啜吸。当弗里格轻轻地噗哒一下抽出手指，修女圣盖洛尔夫呻吟了几声，摇了摇头。弗里格退后一步。荷辛斯将两根手指插入了张开着四处搜寻的惨白嘴里。

她啜吸起来，这是一个在食堂里窸窸窣窣喝汤的小家伙发出的声响。

“走开。我也要试一下。”比特贝尔的声音太响了，太陌生了。修女圣盖洛尔夫试着把身体撑起来，绳索闪闪发光，绷紧了，刺啦响。喷吐硫黄毒气的地狱的臭味弥漫在整个小房间里。

荷辛斯把修女圣盖洛尔夫往下按。“嘿，”他友好地说，“嘿。”

冬迭南是负责留在墙边注意整座城堡的动静的，他赶了过来。“我们必须请求她的赐福。”

“真是霍屯督人。”路易斯说，“修女们是不可以赐福别人的。她们没有得到必要的授权。”

“我们什么都做不了，什么都做不了。”修女圣盖洛尔夫说。又回到了彬彬有礼的清晰嗓音。

“这样也好。”比特贝尔说。

“这是真的，嬷嬷。”修女圣盖洛尔夫说。在她狭小的铁床上放着一床白色的钩织被，上面有一个更白的发亮梯形，是走道里的灯泡发出的光。她的床头柜上有一个沾满灰的烟灰缸，上面有罗曼啤酒的字样，里面还有两颗“比克尔”，古老的掷跖骨游戏里的跖骨道具，不是真的骨头，而是铅做的。路易斯偷偷顺手取了一颗，一边就像在看望一个姨妈似的，漫不经心地说，“我们不可以待太久，嬷嬷。”

“主与你同在，嬷嬷。”

她身子往前倾，座椅和臭味一起摇晃。她用赤裸的牙龈吧唧吧唧地吮着想象中的手指。

“我发誓，我们会再来的。”路易斯说。

“现在走吧。”冬迭南在门口低声叫道。

“不要发誓，嬷嬷。他已经发过誓了。他说了：‘起来，拿着你的床，回家。’”然后她又睡过去或昏过去了。使徒们互相推搡，挤出了门口，跑到了冰凉的、有石灰味道的走道上。

当他们第二天在午饭后用“稳靠”牌积木搭起重机的时候，路易斯说：“我们必须做点什么。你们自己也看到了。但是我们接下来几天要好好想想。在想到办法前我们每天夜里都要过去。你们亲眼看到，她被迫要在那个臭小屋里度过她的余生。我们必须帮助我们身边的人。”

“那就是要我每天夜里都爬到墙上去?”弗里格讽刺地问道。

“探访被囚禁的人是一项慈善的功业。”

“也许吧。”冬迭南说，“但是犯不着每天夜里去。”

“放弃善事就等于作恶。”可是他们都专心搭起重机去了。路易斯朝弗里格眨了三下眼睛，这是使徒的信号：跟随我，哪怕穿过刀山火海。

到厨房屋子后面，他说“就这儿”，把拳头伸了出来。“你知道我手上拿了什么吗?”他们肩并肩地坐在一轮退役了、开始慢慢碎裂的车胎上。

“是什么?”

他张开了手指。

“一颗比克尔?”

“你这一生不会有什么出息了。”路易斯说，“绝不会。你就像个瞎子一样在世上乱转悠。你觉得，这就是个比克尔吗，没啥别的了吗?”

弗里格贪婪地望向天空，天上有一架飞机嗡嗡作响。

“要我告诉你，这是怎样的一个比克尔吗?”

“快说吧。”弗里格从车胎上挖下一小块，在上面咬来咬去。

“修女圣盖洛尔夫是出身好人家的。”

“大概就你家那样吧?”

“你到底还想不想听我说了?”

“好了好了。”

“布鲁克勒家是自由派，也就是说是信了共济会的。而她，乔治娅娜……”

“谁是这个乔治娅娜?”

“现在多留点心。修女圣盖洛尔夫的俗名就是乔治娅娜。在她家，别人不喜欢她，因为她是唯一一个虔诚的信徒，偷偷去望弥撒。为了摆脱她，她父亲就强迫她嫁给一个男爵，他叫斯坦尼斯劳思，是波兰人，是个自以为是的大傻瓜。两个人生了个孩子，但这个孩子并没有为他们锻造出爱情，让他们心心相印……”

“锻造？这个孩子后来做了铁匠吗？”

“现在听好了。他压根儿就不是铁匠。这是个漂亮、善良又听话的孩子，就连苍蝇都不会伤害，有时候他会撒个谎，当然时不时也会惹人烦，但除此之外，他是举止得当的典范。只是他还不太会说话，会犯结巴，因为他要花太多时间想他要说什么。”

“就是说和你正相反。”弗里格说。云端上再也听不到什么声响了。

“但是奇怪的是，孩子的父亲，斯坦尼斯劳思男爵，总是对这个男孩很粗暴。他嘲笑他，还打他。”

“为什么呢？”

“为什么？因为他相信，这个男孩不是他生的，而是埃及某个街市上一个卖地毯的男人的。他们去那里旅过一次游。在尼罗河边。而那个孩子……”

“他叫什么？”弗里格飞快地问道。

“盖洛尔夫。我难道没有说过吗？”

“没有。”

“盖洛尔夫，这个可怜的家伙，长了一个鹰钩鼻，皮肤也相当黑。所以男爵才会有这个想法。有一天，或者说，是有一天夜里，他们从一个舞会回到家，斯坦尼斯劳思男爵就开始说起这话了：‘孩子是别人的。是个埃及人的。你看看他的鼻子，他的皮肤。你还想去苏伊士运河那儿度假，你这个婊子！’但他们不知道的是，他们的儿子，也就是小盖洛尔夫，在他床上把这些话都听到了。小家伙受到了挺大打击，生病了。他开始想逃跑的，跑到金字塔去找他真正的生身父亲，但他已经没有跑的力气了。他只是躺在床上，变得越来越虚弱。结果发生了什么？有一天下午起了一场暴风雨，卧室的窗户飞了起来，放在窗台上的巨大仙人掌落了下来，刚好砸在了盖洛尔夫的头上。他母亲正想给他拿一碗肉汤，脸色一下惨白。因为仙人掌所有的刺都刺进了他的脸。‘啊，亲爱的上帝我主。’她叫了起来，想要把刺都拔出来。‘不，妈妈，’小盖洛尔夫说，‘算了吧，只会白费劲的。’他说完就死了。全欧洲都有人来参加葬礼，一列列的贵族。但我这故事说得太快了。在盖洛尔夫下葬的时候，母亲问主教，她的忏悔神父，她能不能将她死去的儿子涂满防腐油膏，保存在她卧室里，在她身边。‘最好还是别这样做，夫人，’主教说，‘如果您每天都见到这个孩子，您会伤心过度的。’‘但是我不想让他躺在冰冷的坑里。’她叫道，‘尤其是不能躺在斯坦尼斯劳思家的家族墓地里，他对我的小宝贝是那么卑劣。’‘夫人，’主教说，‘您最好保留一点您死去儿子的小东西，这样就好了。’‘什么东西呢？’她问，‘一缕鬈发，放进一个小圆盒，然后挂在脖子上？’‘不，’主教说，‘你能手摸到的东西。’‘他的右手臂，他在上床睡觉前总会用手臂圈住我脖子？’可是要带着它出行就不太舒服了。长话短说……”

“是啊，说短点。”

“长话短说，他们不知道，他们该选什么，所以他们就把小孩儿煮熟，去掉皮肤和脂肪，然后妈妈就可以选择骨架上哪一部分是她想保留的，在这些骨头重新放进棺材之前。一整个晚上她就坐在小孩骷髅的一旁，一刻不停地哭。然后她说：‘就那一块，那个关节。它看起来就像一颗比克尔，我们的盖洛尔夫总是很喜欢玩比克尔游戏的。’他们就把这一小块跖骨浇注成了金子，好了，就是这里这颗，我送给你。”

“这是金子？”

“在金子外面他们涂了一层铅，这样就没有哪个侍女会想偷走它了。好好保存它，说不定啥时候你就得去银行用金子换钱呢。”

路易斯像在玩比克尔游戏一样把小跖骨往空中抛了好几下，然后用手背接住，再抛起来，大挥着手抓住，递给弗里格。

“它本来放在她的小床头柜上。现在是你的了。”

“她要找它的。”

“没关系的。她已经慢慢忘了它摆在那儿。她很久都没法把它拿到手上了，这看得出来。上面都积了灰。现在，它不见了，她的忧伤才会被重新激活。她肯定会想到她的孩子，永远永远消失了的孩子。”

“你真是个恶心鬼。”

“对啊，可不就是嘛。”路易斯热烈地回应。

“不只是个恶心鬼。你还是个卑鄙的、肮脏的谎话篓子！”弗里格让跖骨落进了路易斯罩衫衬衣的胸袋里，站起来，走掉了。

在他们详细阅读阿尔巴尼亚国情的地理课上，修女萨普里斯蒂说墨索里尼，基督教所见识过的最坏的异教徒之一，显然已经感受到了上帝的惩罚，因为他常常抽搐，常常会感到奇怪的刺痛，一丁点儿小事都会让他在自己的宫殿里大喊大叫，紧张得来回跳。没有人能这样长久忍耐下去的。

路易斯问自己，爸爸对此会说些什么，因为他给路易斯看过一些照片，照片上那个裸着上身、光头的强大身躯在一群不起眼、没剃胡子的农民中间，帮着收割庄稼。爸爸还说，“看哪，这才是一个知道什么最重要的男人。为了人民，加入人民。你能想象保罗-亨利·斯巴克扛着一把干草叉吗？”墨索里尼，据修女萨普里斯蒂说，是有意在耶稣受难节那天进军阿尔巴尼亚的，就是要让大家看到他想在耶稣上十字架的这一天把阿尔巴尼亚钉上十字架。这个懦夫，他调动了十万大军、一百七十艘军舰和四百架飞机来攻打没有任何防备的一小撮山民。墨索里尼这种人，修女萨普里斯蒂说，高乃依已经做过描述，他有过这样的自言自语：“但愿我们能获知那个灭绝人性的男人的姓名，一只渴求畅饮罗马所有鲜血的老虎。”

完全是胡说八道，路易斯想。因为“领袖”渴求的不是罗马的鲜血，而是蓝黑色的埃塞俄比亚人和阿尔巴尼亚人的鲜血。如果他想在地中海岸边复活尤里乌斯·恺撒的帝国，这又有什么错？他们学过，恺撒是历史上最伟大的男士之一。

弗里格打哈欠，可以看到他的粉红舌头。(你算走运，弗里格，我不是墨索里尼军队里的少尉。要不然我会让你只穿个裤衩就被放逐到埃塞俄比亚的沙漠里去。

“为什么，少尉？”

因为你是这样一个对自己的少尉信口雌黄的人，号称要至死不渝地追随少尉，却没有像少尉现在一如既往地期待的那样，证明自己对少尉的爱慕。更糟糕的是，你还羞辱了自己的上尉。往前进，快！走到沙漠的沙子中去。看仔细了，看你在日落之前找不找得到一块绿洲，你这叛徒！)

墨索里尼傻，修女萨普里斯蒂说，因为他以希特勒为榜样，迫害折磨天主教徒。但希特勒有一个新宗教，不论这个宗教有多么异端，多么受魔鬼所惑。墨索里尼除了这个宗教什么都没有。神圣教皇对这个暴君本来不会有任何一丁点儿阻碍的，连他都要激怒，这不是比傻更傻？“谁攻击教皇，谁就必须死！”修女萨普里斯蒂低声说。

去卧室的路上，弗里格看都不看路易斯一眼。

路易斯睡不着。躺在床上的他就像躺在潮湿地牢的木板床上的基督山伯爵一样，思考怎么才能逃出寄宿学校；他看到自己在去瓦勒的街边敲邪恶小屋的门，或者在瓦勒，在黑乎乎的房子正墙面前拉响门铃，妈妈就躺在那面墙后面。他透过窗子，看到旋转木马亮闪闪的金属杆。他常常坐在木马上面，以前的时候，在安全而温暖的日子里，而在家长探访的时间里，他就在那儿顽固地等着妈妈或爸爸，他们有时候也会来的。还是小毛头的时候，有一次，修女们跟他说妈妈不会来了，但他还是犟脾气地守着，其他孩子的父母就在一旁叽叽喳喳说个不停。后来天黑了，变凉了，我什么都没做错，妈妈。修女们路过的时候起初只是同情地看看他，后来就发火了。“塞涅夫，别这么孩子气！”——“路易斯，她今天不会来的！”——“你还是个一天见不到妈妈就活不下去的小男孩吗？”——“如果你现在不马上跟过来，我就把你扔到煤窖里去！”——“好了好了，就这么待着吧。”修女克里斯最后把他的手从金属杆上掰下来，扯着他的头发把他拖走了。

弗里格把我当空气。他脑子里无非就是德拉哈耶[1]的不带压缩机的V12发动机，波城的跑道有七百个转弯，平均速度八十八公里，机油还是维多尔[2]的最好，稍微按一下启动杆就会有反应，甚至在零下二十度也能启动……

路易斯又缩到被子下面去了。弗里格没有心。每个人的心运转得都不一样。弗里格的完全只是一套机械，气缸，曲轴箱。我的心是一盏长明灯，一有风过就会闪动。心看起来是什么样子的？猫吃心。耶稣指着自己的心，一团火焰。狮心王理查[3]。苏崇王子的心，颤抖，起伏剧烈，可是沉默不语。“我的这颗心全都付与你。”

他知道，他处于半睡半醒的状态，当他走向弗里格的床，透过床帘漏出的缝隙看，只看到被子下面拱起的一长条。他拉开了欧梅尔·多博雷小床前的床帘。长痘痘的胖男孩正握紧拳头睡着。路易斯扯他的头发，多博雷打了个喷嚏醒了，用一个胳膊肘撑起身子。他穿着胸前有绲边和小褶子的睡衣，就像远郊的某些入会修女。

“多博雷，你被发现了。”

“啥？”

“是的，我们看到你系鞋带的时候用了十字交叉。”

“我？”

“为什么，多博雷？”

“因为你也是这么做的啊。”

“只有使徒才允许这么系鞋带！”

“好。”

“作为使徒领袖，我可以宽恕你。请求宽恕吧。”

---

1 德拉哈耶（Delahaye）：法国一家老字号汽车制造厂。

2 维多尔（Veedol）：美国著名机油品牌。

3 即理查德一世（Richard I），中世纪的著名英格兰国王，因为勇猛而得到了“狮心王”的称号。

“宽恕我。”

“你态度不认真。必须真心实意。”

多博雷在床上跪下来，被子滑到了地板上。

“跟屁虫！”路易斯一手抓满了衣服上的褶子，转着拳头转出一个布球，拽，衣料撕裂了，再用劲拽，多博雷隆起的白色胸脯就能看到了。

“你不觉得害臊吗，欧梅尔？”路易斯说。多博雷的妈妈看到修女恩格尔在走道里跪在儿子面前时说出的那句仪式化的句子。胖男孩犹豫地把手伸向衣服上拉开了的口子。路易斯把这只手打到一边。

“让开！”路易斯躺到了这张窄小的、有酣睡气息的床上，头顶正对着一个宪兵的棕褐滤色照片，多博雷的父亲。

“别做这么卑鄙的事儿，路易斯。”

“我在宽恕你，霍屯督人！”路易斯看到，多博雷的粉红色乳头立起来了，就往上揪了一把。就像他趁没人看到的时候，揪维奥蕾特姨妈家的母狗梅尔莎的乳头一样。

“噢！”

“闭上嘴。”他拽得更紧了，捏了捏，然后松开手，“我的惩罚这么轻，不是因为我喜欢你，而是因为我宽容。躺下吧。睡平了，我说。”

路易斯在这乳头上吸了好久。

然后多博雷开始抚摸他的头发。路易斯随他摸，默数到十一，站了起来。

“哎哟，我又看到，你的鞋带是十字交叉系起来的，你这大胖子。”

走道上有穿堂风。他看到了大熊座，七姊妹星。妈妈总是警告他小心穿堂风。他继续看星星，直到眼睛合上，头砸到窗框上。然后他溜回了自己的床，就像热带稀树草原上的狮子，在它就快要咆哮之前。

第十九章
谎话连篇

寄宿学校的女王，修女长，在修女恩格尔的上课时间里，带着自己的随从走进了教室，随从包括教父（他当然没有看我，而是朝另一个方向看）和他最好的朋友，大肚子的坎农尼库斯·凡诺赫。凡诺赫因为写了唤醒弗拉芒青少年的爱国之情的诗歌而世界闻名。他们显然是没有预告一声就来了的，因为修女恩格尔吓坏了，整了整她一直无懈可击的修道服，迅速确认了一下课堂里没有发生什么可耻的罪过，她正在讲解奥地利帝国的统治。她从讲台上走下来，但又被一个有国王气派又平易近人的手势给吓了回去。女执政官和随从们昂首阔步地走向教室后面的区域，就像是走过一个奴仆的客厅。

修女恩格尔带着明显的不快继续上课，人名念得比平时更夸张。在梅尔西·阿尔让多尔[1]大臣之后是梅特涅-温纳堡[2]侯爵。

路易斯不敢四处看，但在教父、他朋友和女院长走过他板凳的短暂瞬间，他还是注意到了教父身上不同寻常之处。平时教父来寄宿学校，走入学生中间——当然总是和一位修女一起，因为一个陌生

---

1 梅尔西·阿尔让多尔（Mercy d'Argenteau）：奥地利18世纪外交官，曾出任法国、比利时和英国特使。

2 梅特涅-温纳堡（Metternich-Winnenburg）：奥地利著名外交大臣，曾主持1814—1815年的维也纳会议。

人，不管他有多高的地位，都不可以在没有修女陪伴的情况下走进教室——都会给人非常有活力，几乎无拘无束的印象。无拘无束？也不是。你还记得吧，去年他和知心好友坎农尼库斯在女院长的客厅里吃午饭的时候还抱怨过牙疼？“我疼得都要跳到墙上去了，修女长嬷嬷，这是上帝的惩罚，我必须忍受，我知道，但还是疼啊。”修女长嬷嬷惊慌失措，想让一个修女去医务室拿阿司匹林来。“阿司匹林，修女长嬷嬷？不，您就别费心了。我有更好的药。见效很快！”他从嘴里取出假牙，放在汤碟旁边。修女长嬷嬷酸酸地笑了笑。就好像刚咬了一口柠檬似的，教父后来说。

可是现在他凹陷的脸上郁郁不乐。

下课的时候，坎农尼库斯有气无力地用一只手背和另一只手心鼓了鼓掌。“好样儿的，嬷嬷，棒极了，我学到了不少东西。”

“小伙儿们，”修女恩格尔边说，边发出一些出奇阴沉的声响，“呜呼呼。”男孩儿们都协调一致，唱起了坎农尼库斯·凡诺赫最著名的歌（爸爸用海绿色的发光纸印刷出来，加上了粉红书皮：《献给我们青少年的歌》）。

“呜呼呼呜呼呼，风在呼啸，哒啦啦哒啦啦，雨滴在敲。”

当这伙人带着漫不经心的微笑走到门口的时候，教父和坎农尼库斯之间出现了分歧，他们互相说悄悄话，坎农尼库斯把手搁在教父的前臂上，恳切地要说服教父什么，可教父恼火地摇着头。是和我有关的事儿。他们想要对我做些什么。

教父本来已经把手放在了门把手上，却又往教室里走了几步，仔仔细细地朝路易斯的方向看了看，可是他近视——这么近视，让全班都笑了。带着滑稽的夸张表情，他探头探脑地说：“我觉得，那儿坐着一个我见过的人。”

路易斯满脸通红，咬了咬自己脸颊内侧。

“是啊，我觉得……那边那位，一头鬈发的那位。您不用脸红。您不是我的一位远房亲戚吗？”

全班学生、坎农尼库斯、修女长，所有人都放声大笑。

"到这儿来。"

路易斯从板凳上转了下来。"啊，现在我看到了，哎哟喂，是一个姓塞涅夫的……"

"这真的无法否认。"坎农尼库斯说。

"说说看，塞涅夫，一只苍蝇和一只蚊子的区别是什么？"

"蚊子可以和苍蝇一样嘤嘤飞，苍蝇不能和蚊子一样嗡嗡叫。"

"非常好。利利索索一个优。"在这位祖辈剪得四四方方的八字胡下面出现了一丝尖锐而险恶的表情。"这还只是热身。现在注意了。西里尔·菲夏弗[1]是在哪里出生的？"

"在阿尔多耶城。"

"很好。日期呢？"

"1900年以前。"

"也没错。但这还不够。再想想。努点力。"

"1880年。"

"是1874年，4月30日。"教父慢悠悠地说，"不过差得不远。"

"很近了。才差六年。"坎农尼库斯说。

教父以前做过老师，只要看看他现在两手背在身后，来回走路的样子就能看出来。他没发现修女恩格尔有多不舒服，因为他把她的工作给抢走了。

"小伙儿，今天早上，我们很早就动身了，坎农尼库斯先生和我。在来这儿的路上，我看到了一场战斗，一场可怕的战斗。打仗的一边是黑人，一边是白人，然后黑人变成了灰色，白人变成了红色。我看到了，我的心在身体里拼命跳，这场战斗就是这么美，我每天都看到，每天肯定都会有这么一场，不管有什么状况出现。"

他从袖子里抽出一块干干净净的手帕，用它擦去额头上的汗。"这

1 西里尔·菲夏弗（Cyriel Verschaeve）：弗拉芒的教士、民族主义者和作家。

是什么战斗？”

全班沉默了。就像结冰了一样。“怎么样？”一场战斗？路易斯看到眼前出现了黑色骑兵，穿白衣的牛仔，扑了白粉的罗马战车驭手。没有人站出来。

“我给点提示。我已经说了：一大早。每天都会发生的。”

“我觉得这道题非常难。”修女恩格尔试着挽救整个班。

“别这么说，嬷嬷。”坎农尼库斯说。但是看得出他也不知道。教父怜悯地摇摇头。“要我透露答案吗？嗯？这场每天都有的战斗，小子，是太阳和黑夜的乌云之间的战斗！”

“是这样啊。”班上学生说，“真是这样，您这么一说的话。”

坎农尼库斯说：“我还以为，是两只麻雀抢一只马粪蛋呢。”班上学生学马嘶叫。这个坎农尼库斯！

教父又瞄准了路易斯，朝他挥挥手，把他带到了走廊上。

“我们虽然这么笑，路易斯，可是在我们内心深处……你懂的吧？”

“是的，我懂。”

“我们要好好儿应付考试……你懂的吧？”

路易斯点点头。教父这是什么意思？他在这儿想做什么，除了卖地图、班级记录簿和文具？教父把路易斯的头夹在瘦骨嶙峋的两只手之间，嘟哝了些什么。清了清嗓子。

“诺拉姑妈在会客室里。”他放开了路易斯，两个手指关节在路易斯脑壳上转了转。不疼，其实只是笨拙的抚摸。路易斯想：他感到我是他的教子了。

“她会给你解释清楚的。”听起来像是一声抽泣，“现在去吧，去会客室。”真的，诺拉姑妈，爸爸最丑的姐姐，就站在那儿，她身边是管家嬷嬷，就像她的女伴似的。诺拉姑妈的朝天鼻和能让人一眼看到里面的鼻孔，她上翻的厚嘴唇，她浅浅的睫毛，这一切都是悲伤的，不受保护的。“路易斯，我的小娃儿，啊，路易斯！”管家嬷嬷去抓她的手，就好像想塞给她一个秘密礼物似的。不久之前，诺拉姑妈还总是把我举起来，四下打转。

“啊，我的小娃儿。”她耸了耸鼻子。

“我们的路易斯是个大男孩了。”管家嬷嬷说。

“路易斯，我的小娃儿，我打开天窗说亮话了。你不会有小弟弟了。”

那就是个小妹妹咯。一个扭扭捏捏的小妞儿。

“事情出了点差错，我们亲爱的上帝决定，还是让你妈妈……”

“妈妈怎么了？”路易斯叫起来。

“她后天回家。”

她出远门了吗？我们亲爱的上帝又决定了什么？

“她还有点儿虚弱，但医生们认为她在家里会恢复得更快。”诺拉姑妈坐下来，完成任务之后的精疲力竭。修女亚当拿着一本账簿站在门口，发出“嗞嗞”声，管家嬷嬷走到她那儿去，她们一起组成了一个圆形的黑色大怪物。管家嬷嬷纤细的食指扫过打开的本子上的那一行行数字。“衣服的费用一定要从这里扣掉。”她压低了嗓音说。

“真可怕。”诺拉姑妈说，“可是世道就是这样的。”

修女们窃窃私语，计算着，数字组成的连祷。

“下一次肯定不会出事了。”诺拉姑妈把眼泪擦掉。

“妈妈伤心吗？”

“还行。”

“她当然伤心了，这是个什么问题啊？”修女亚当说。

“他是那么漂亮。我已经看到他了。那么漂亮的一个小家伙。可是我们亲爱的上帝不想要他。”诺拉姑妈提到亲爱的上帝，是因为她现在坐在一座修道院的会客室里，在修女们和教皇庇护十二世审视的目光笼罩下。

在她两道发黄泛白的眉毛之间挂着大滴大滴的汗珠，也许还有她袖子擦到那儿去的眼泪。是啊，所有那些笨少女中，偏偏是诺拉姑妈被挑选出来传递噩耗。爸爸，那个懦弱的丈夫，派了自己让人生厌的妹妹和自己的父亲来。他为什么不自己来一趟，告诉我这个消息呢？

诺拉姑妈必须在账簿的账单那儿描出一个签字来。她有爸爸那圆溜溜、歪歪斜斜、让人羞愧的笔迹。

“通过布鲁塞尔银行转账，和平常一样？”管家嬷嬷问道。诺拉姑妈像个霍屯督人似的说，“是的，嬷嬷。”

在对面街上的糕点店里，路易斯吃了一块巧克力蛋糕，诺拉姑妈吃了三块法式泡芙。

“我的孩子接受了洗礼吗？”

“为什么是你的孩子？”

“我是想说，妈妈的孩子。”

“你的小弟弟？当然了。”

“谁给他洗礼的？”

“嗯……医院的神父。”

“他出生的时候，神父在一旁吗？”

“在，不，不在。她们给他打了电话。他马上就赶过来了。”

“那他知道孩子要死了吗？”

“他怎么会知道呢？”她不耐烦地咂舌，“别再想这件事儿了。我跟你妈妈也是这么说的。忘了吧。忘得越快越好。这是场小劫难。这就是天命。”

那孩子，胖嘟嘟，满脸皱纹，像坐在马利亚披蓝金色衣服的手臂上高兴地咕哝咕哝叫的小耶稣，长着和他一样睁得大大的陶瓷眼睛，站起身来，打蚊子，看了看爸爸，就开始跺脚。妈妈说：“斯塔夫，我这宝宝有点不对劲。”——“哪儿的话，康斯坦泽。”——“真的，他不活泼。”

“那他就要学会变活泼。”孩子听到这话，转过身去，把小脑袋偏到一边，屏住呼吸，直到他的陶瓷眼睛散了光，流出血来。

“噢，我的刚洗好的干净枕头，”妈妈叫起来，“还有霍尔斯特送来的小衣服，都沾满了血！”可是孩子再也听不到了。我的小弟弟小命呜呼了。

诺拉姑妈看看她的手表，又点了两个泡芙。然后她问："把所有男孩放一起，还是晚上，这到底怎么办得到？他们在卧室里还会一起玩吗？"

"在晚祷之前我们都在食堂玩的。"

"嬷嬷们都去睡觉了，男孩子们会乖乖睡觉还是会捣蛋？"她舔掉手指上的那点儿残留的奶油，又在桌布上揩了揩手。她的脸颊就像她身后放在壁炉台上的那块草莓蛋糕那么红。她把我母亲忘得一干二净。妈妈说，她和列昂姑父，她老公在一起从来没有幸福过。列昂姑父已经上过《新闻快报》[1]了，那时他刚打赢了国际跳棋比赛。

"里面肯定有几个不规矩的男孩子，对不对？他们年纪最大的有多大？十三岁、十四岁吧。有没有人唇上已经长了胡子的？"

"有。"

她想说什么，但没说出口，因为糕点店的老板娘往门口走的时候从他们身边走过。街上传来一辆汽车的嗒嗒声，路易斯觉得是在哪儿听过的。

"列昂姑父怎么样了，诺拉姑姑？"

"你知道他的。他总是一副镇定自若的样子。从来没有大声说过一句话。最主要的，他干的活儿都是不费吹灰之力的。如果他没有国际跳棋的大难题要解决，就躺在沙发上，闭上眼睛，听麻雀叫唤。"

她又看了看表。"他倒是去哪儿了？如果说有什么是我忍受不了的，那就是别人迟到。我六点必须到家，我们的尼克尔不久就要从宗教问答课下课回家了。"

"你在等谁呢？"

她用有穿透力的眼神看看他，有点儿斜视，然后狡诈地大笑。毕竟，她是教父的女儿。

"你转过去看看。"

1《新闻快报》(*Het Laatste Nieuws*)：创建于1888年的荷兰语日报，在比利时弗拉芒语区极为流行。

爸爸摘下帽子，走了过来。

“你没有料到这个，对吧？”诺拉姑妈尖声说道，“我可把你要到了！”

爸爸滑坐到路易斯身旁的椅子上。“你们已经在这儿待了很久了？”

“整整一个小时哦！”诺拉姑妈叫道。爸爸点了一份法式千层酥和一杯咖啡。

“我走不开。市长想要做10×12的开本，却只付6×8的价钱！我平时在哪儿都会拿到折扣的。”他说。

“不管怎样，你现在来了。这是最重要的。”

“他都好了吗？”爸爸问。就好像这个“他”（我！）在另一个房间，在另一个国家似的。

“我还得去取他的行李箱，修女伊梅尔达正在收拾。”

“你又走了回好运。”爸爸对路易斯说，“你可以比其他人先回家。”

他三口就吃完了他的法式千层酥。

“回家？”这不可能。他们在说谎。这是他们奸诈的小游戏中的一个。

“是啊，放假了呀。”

“长假吗？可是长假要两个星期之后才开始。”

“正是。你难道不高兴吗？”

“可是为什么呢？”

“因为……你妈妈……”

“你看看，路易斯，不幸中有万幸。这话对吗？我说得对吗？再来一杯咖啡，斯塔夫？”

“不了。我不用再加咖啡了。我的神经已经被折腾够了。”

“是你自己把自己折腾坏了。”诺拉姑妈说话的口吻就像是他老婆。

爸爸用眉毛和别人几乎察觉不到的微微一点头给了她一个暗号。她拿起自己的包，站了起来。糕点店的入门小铃叮当一声响，之后响声慢慢停息。

"我必须给你解释清楚，路易斯。"爸爸现在说，"就我现在这个状态，神经都被折腾坏了，是没法走进修道院一步的，一步都不行。我要对修女们大张旗鼓地解释一切，你和我同样都清楚，她们不会懂，根本不可能懂，一个真正的家庭如果出了点状况就会怎么样。她们只会没话找话地胡说一通，什么上帝这么决定的，什么我们接受的考验（他拖长了声调说这个词，一边订了一份牛眼蛋糕）会让我们变坚强，七七八八的这些话。我现在真不想听那些。很可能我一忍不住就会变得粗暴，但是我这样的生意人不允许自己那样。"

牛眼蛋糕来了，用果子酱做馅儿的小蛋糕。他切了八分之一下来，递给路易斯。

"你用了一点功吗？"爸爸问，"成绩单带了吗？算术考得怎么样？"

"良。"

"良。"

爸爸嚼蛋糕，吧唧吧唧嘴，等诺拉姑妈来。那另一个孩子，他提都没有提，对面前坐着的这个也一句话也没说。

"我的历史考试考得不怎么好。"

"可你这一门学得挺好啊。"

"是因为修女克里斯没有给我们讲任何弗拉芒的历史。我们要记住的都只是法国的战役，法国的工业发展。可我从来没有学过，也没有念过那些东西。"

路易斯的谎话起的作用比预期的大多了。爸爸立刻坐得笔直，他的疲惫一扫而空。他噔噔地敲着桌布。

"法国的工业！"

"要什么，塞涅夫先生？"糕点店的老板娘说。

"什么什么？"

"哦，我以为您叫我呢。"

"既然您都过来了，女士，那就请给我们两份柏林甜糕。我自己到前面取。"但是爸爸坐着没动，把手掌里的面粉渣搓起来，倒进自己嘴里。“我就知道。法国历史，她们居然教起了这个。从小就给我们的弗拉芒年轻人洗脑。这都怪拿破仑。他第一个在他占领的地方建立了法国文化之家，好给法国做宣传，搞间谍活动。好啊，外乡人波拿巴先生播的种在修道院里开了花。这谁都不会看错的。不过，哎哟，哎哟，会有后戏的！”

“你还得知道……”

“说吧！快，说给我听！”

“在游戏室里，我们以前还有少儿杂志《佐伦州》，弗拉芒语的，现在我们只看得到《米奇报》了。米老鼠的那些故事都是用法语写的。”

“真有这样的事儿！”

（其实我对面前这个轻信的男人都产生了基督徒的怜悯。但我不能忘记，他居然忘了对妈妈遭受的不幸说两句。他半个字都不提。可他以前还对我撒谎说她从楼梯上摔下来。）

“恩格尔嬷嬷。”路易斯说。（如果我想超过他的谎话，我绝不能怜惜任何人。就连最善良、最温柔的那一个都必须拉进泥坑里。）“恩格尔嬷嬷说，打赢金马刺战役的不是弗拉芒人。”

现在，他整个人都目瞪口呆了。他张着嘴坐在那儿，蛋糕渣沾在嘴唇上。

“什么？她为什么这么说？”

“恩格尔嬷嬷说，在弗拉芒这边主要是德国人、弗里斯兰人、荷兰人，甚至还有说法语的埃诺人打的仗。”

“这是诽谤。”爸爸说。

“所以我历史这门课也拿不到好成绩。”

我可以将他耍得像个溜溜球那样转。只要狠心坚持下去就成。路易斯哼起了《微笑之国》里面的“时刻都要微笑”。可是爸爸没有听出来。

屋外街上可以看到诺拉姑妈的身影了。路易斯那太过沉重的行李箱没让她少费劲。她高昂着头，肩膀僵直地往后压，可是她的下半身却摇来晃去。路易斯跑了出去，一蹦一跳地朝她走过去。爸爸喘着气，弓着腰，像个间谍一样跑到自己的车那儿。“快，诺拉，省得别人发现我！”他开车门颇费了点力气，一边紧张地掏车钥匙，一边又努力地把自己藏到车子后面。

三只鸽子落到了管家嬷嬷的房间的窗台上。在城堡二楼，一扇窗户打开了，一只袖子带着挥舞的抹布冒了出来。街上空无一人。

我的长假开始了。弗里格还被关在学校。这是给他的一个教训。他现在在哪儿？很可能在贝克朗那儿，在仓库门前，贝克朗在门上钉了蝙蝠来防风暴和闪电。我今天夜里在瓦勒从我的窗户往外仰视星空的时候，他会坐在窗台上，就像管家嬷嬷窗前的鸽子，不过他的背会倚靠在窗框上。他穿着带樱桃红镶边的白色睡衣，背一直在木头上蹭，然后，他掉了下去，掉进了撒旦的怀抱。

发动机嗡嗡响。阳光照在铺路石上。汽车开动了，咔哧咔哧开过了修道院学校的砖面围墙。当路易斯转过头去回望小尖塔和长青苔的屋顶时，一片云遮住了太阳。上帝不愿意让我看到祂洒在地上的光辉。祂躲到了云朵背后，这样就不用看到我这样一个谎话连篇的骗子了。

第二十章
在巴斯特赫姆

路易斯跳进了热腾腾的雾气里，蹦到弗洛伦特的臂弯中，捶打他。火车冒着蒸汽又开动了，在煤水车里守着煤堆的那个身上沾满煤灰的男人朝站长挥手，站长正站在玫瑰花丛里，挂金丝带的帽子扣在头上，就像是拧上去似的。这位站长接过他们的车票，说："她已经在这儿等你们了，瞧。"在刚放下来的铁栅栏边上站着维奥蕾特姨妈。站长把拇指插到他的灰色宽型吊裤带后面，宽大的灯芯绒裤子被拉高了。

"她已经快把我耳朵磨碎了。'巴克尔斯，火车怎么还没到？'我说：'亲爱的小姐，这里有钟。''可是这个钟慢了。'她叫道。我说：'亲爱的小姐，保持安静！''不会发生车祸吧，要有的话您肯定会知道消息的吧？'我说：'您听好了，我们这儿可不是西班牙，没有人捣乱，让火车出轨。'她说：'可是巴克尔斯，您为什么不把钟调准一点呢？'我说：'如果您想要准时的钟，就自己买一座好了。''我有钟，'她说，'但它坏掉了。'"

弗洛伦特叔叔把路易斯推到栅栏边上，这儿有马车、玩耍的孩子、一个神学院学生和维奥蕾特姨妈。粪便的臭味盖过了蒸汽的味道。维奥蕾特姨妈一脸悲伤。为妈妈的孩子而悲伤。（或者还在为阿斯特丽德王后悲伤，许多年前被自己的丈夫——国王开车送上黄泉路的那位。）

她体重超过一百公斤，比罗伯特叔叔还重一些。

“这个体重本身没什么糟糕的。”妈妈说，“只要比例对。”

“现在她身上肉还紧实，”爸爸说，“可是如果上了年纪……”

“你看看你自己吧。”妈妈说，显出和自己妹妹的团结：她们以前每天晚上可都会来一段四手联弹的。“我认为这和她的甲状腺有关，她的甲状腺整个就不好好工作。”“那也比莫娜好，莫娜工作得又太多了。”

铃声响起了，红白色条纹的栅栏升了起来。维奥蕾特朝他们摇摇晃晃地走过来，把脸颊伸过来打招呼。“你又长个了喂！”她有一个带黑点的小翘鼻子和女教师特有的目光严厉的外凸眼睛。

“小伙子，把我的鞋带系上！”路易斯蹲了下来，在这蚊群嗡嗡乱飞的农村里第一次这么屈辱地卑躬屈膝。他拉紧了皮制的鞋带，合上了按钮，两个鼓出来的脚踝闪闪发亮，现在都齐齐地被困起来，压进了鞋里。

“我还以为，他们把你也征走了呢，弗洛伦特。”

“对，出发去前线！”路易斯说。

“谁如果想把我塞进土黄色军装，那他可是赶鸭子上架了。这颜色可不配我。”

“你是红的，我们都知道。”

“不，我偏好紫罗兰色[1]。”这油嘴滑舌的家伙说。

维奥蕾特姨妈就像是对着班上农家小孩那样竖起了手指，“弗洛伦特，在如今这样的时刻，每个比利时人都要尽职尽责呀！”她特意加重了语气，多半是因为她刚刚路过她的那个学校，紧挨着教堂塔楼的那间看上去挺友善的屋子。既看不到栏杆，也看不到修女。

“一天就一法郎，这职责可尽不到。”弗洛伦特叔叔说。

而弗洛伦特叔叔摸了摸维奥蕾特姨妈摇摆的臀部这回事儿，原因

1 维奥蕾特（Violet）和紫罗兰色（violett）发音相同。

多半也是他们路过了学校；看样子，他像是下一刻就要把她像个巨型娃娃一样抱起来，志得意满地举过学校院子了。“爱情那方面怎样了，维奥蕾特?”“弗洛伦特哟。你现在放规矩点。”他飞快地撩了撩她那可笑的小黑圆帽下的头发，为了防挨巴掌马上闪到一边。

“弗洛伦特，别闹了！我的鬈发啊。”她这番抗议，半心半意，带着点儿风情，同妈妈在这样的情况下的姿态相似。不过其他也就没啥和妈妈相似的了。也不像伯塞茨家最小的那位贝赫尼丝姨妈，就是嫁给比利时的异教徒给家里带来耻辱的那位。就在不久前，我还相信那个异教徒是个伊斯兰教徒。

“你肯定哭得很惨吧，在你妈妈掉了她孩子的时候。你肯定也想要个小弟弟的咯?”

“是的，维奥蕾特姨妈。”他顺从地说。

“我想都不敢想，如果我遇到这样的事儿会怎样。”

爬上了常青藤的农家屋子。被吹歪了的白杨树。在七零八落的草地上成排立着的杨柳。说得好像维奥蕾特姨妈也会生孩子似的。她到底为什么会有意无意地提到这件事儿？总会有个时候，这一点路易斯很肯定，他会洞察秋毫，耳清目明，所有这些只说了半截的话，这些暗示他都能听懂。如果留心注意，机警一点，那他们说笑扯谎时零星流露出的那些谜都能真相大白，细枝末节都能一清二楚。现在还不行。现在他们还会说：“我们的阁楼上有老鼠”，当我走到他们身边，而他们刚巧说到了我不该听的话题的时候，我这只白花花、湿漉漉、紧贴着的精致小耳朵一直尖竖着，长尾巴上尽是鳞片的老鼠，要静悄悄地探寻他们那该死的秘密。

“要我给你扛箱子吗?”

“不，谢谢，维奥蕾特姨妈。”

“让他自己扛吧，维奥蕾特，他可是要长肌肉的。”

弗洛伦特叔叔眨了眨眼睛。还是，只是因为神经紧张眼皮抽了一下？只有一个眼睛的人会怎么眨眼睛呢？比如说彼特·德·柯宁克，布鲁日纺织工的行会师傅，领导他们参加金马刺战役的那个首领。

他们走到了农夫利肯斯家的院子里。茅草屋檐伸出很长，茅草比路易斯上次看到的（去火车站的路上最后一幅巴斯特赫姆的画面，闪烁着金色与琥珀色，宽达一米的黑麦草秆）束紧了不少。利肯斯家的四个孩子在玩一头仔猪，用分叉的树枝戳它那粉红间白色的肚子。最大的那头，伊沃，龇牙笑着喊“嗨哟”，但没有走到篱笆边来。

“往前走，路易斯，”维奥蕾特姨妈说，“就当你没看到他们。”不过，他还是往他们那边瞧了瞧，想看看在波纹板盖成的棚屋中间，在粪堆后面会不会出现“母牛伊维恩”。

和利肯斯家的孩子们交往是明令禁止的，迈进他家院子更是严厉禁止。尽管他们以前每天都会去那儿买牛奶和鸡蛋。但是利肯斯家老爸做了可耻的事情，这样的事情甚至都不能登在邮寄小报《信使报》上。

星期日下午，在村子广场上。正在“皇后棋盘”饭馆的梧桐树下打桥牌的农夫们惊慌失措地呆望着伊维恩·利肯斯，他跌跌撞撞地走过来，倒下了，又挣扎着爬起来，继续摇摇晃晃地往前走，在战争纪念碑的水泥底座旁炸开了，躺倒在一片血泊中，血是从他蓝色亚麻裤的后裆部位涌出来的。他嘟哝着说，一头发情的公牛袭击了他。从此以后，他就只被人叫作“母牛伊维恩”。

“嗨哟，嗨哟。”伊沃·利肯斯还在他们身后喊着，但回答他的只有一只孔雀，孔雀的叫声听起来像是“列奥、列奥、列奥”（疯狂迷恋台球，封我们的扬·贝尔西曼斯为圣人的那位教皇的名字）。

维奥蕾特姨妈的下巴上长了一个紫色的疣子。她穿着丧服摇摇摆摆走路的样子让人想起画家阿尔贝·迪布[1]在《周刊》（使徒们的禁书之一）里画的曲线：有着厚肉垫和粗鼻头的女巨人，长疣子，头发垂绺，随时会用针线筒或雨伞修理自己小矮个的丈夫。路易斯指了指她的下

1 阿尔贝·迪布（Albert Dubot）：法国20世纪著名漫画家。

巴。弗洛伦特叔叔边走边往维奥蕾特姨妈身上蹭，他看了一眼，扑哧笑了出来。看她发觉了，他立刻用手指擤了擤鼻子。

“是剃胡子剃出来的。”他悄悄说。叔侄两人笑出了眼泪，他们的笑声一顿一顿地冒了出来，一直到他们走到“日高点别墅”的花园门口前站住，这是伯塞茨家的房子。房子旁边的小路上长满了各种颜色的大丽花，花上有大蜜蜂嗡嗡飞着。在被称为“车库”的棚屋，路易斯有次被欧梅尔舅舅狠狠打了十二下屁股的小屋前，火鸡黑克托认出了旧日的玩伴，它立刻在沙地上刨了起来，在原地踢踢踏踏，把头摇得肉冠啪啪响。

梅尔克坐在小圆铁炉旁边，脚上套着格子拖鞋，放在了镀镍的圆形底座上，像是要暖脚。一个老习惯了，梅尔克老了。她一下子跳了起来，心神不定地在围裙上擦了擦手。现在路易斯才发觉自己长得有多快了，他几乎和自己的外婆一样高了。

“哟，瞧瞧，我们这都来了谁啊。”她说。没了牙齿，好照料人的梅尔克，小妈妈。“坐下，坐下，倒是坐下啊。”她指着一把安乐椅，上面放着一个苏格兰方格枕头，被维奥蕾特姨妈那巨大的屁股坐得像一个法国煎蛋饼那么扁。带炼乳和榅桲果酱的那种。因为（从他们进屋起就成了个呆孩子，规规矩矩又很安静的）弗洛伦特叔叔对榅桲果酱可是着迷得不得了。在车库屋顶上，阿尔曼德舅舅的鸽子迈着小步子跑来跑去，它们染了可怕的病，传染到人身上的话是治不好的。微小的鸽虱会爬进人的血管里，摧毁人的身体。遭了这样毒手的人会变得唠唠叨叨，心烦气躁，咕咕叫着死掉，肩头直抖。尽管如此，教父还是喜欢吃乳鸽。阿尔曼德舅舅的一只鸽子叫科科，其实应该是给鹦鹉起的名字。

“你也拿了个高分吗？”

“是啊，梅尔克，我在地理课拿了优。”

他们用蓝白色带槽成套杯子喝咖啡，这是阿尔曼德舅舅射箭比赛赢来的，以前的事儿了，那时他还不是个放荡的酒鬼。

“宗教课呢？”

“良。”

“算术课呢？”

“及格。”

“这可差劲咯，”维奥蕾特姨妈说，“差了不少呀。”

“而且算术可是你以后唯一一个用得上的啊，”梅尔克说，“这一门，还有法语和语法。”

“是啊，”弗洛伦特叔叔说，“不然他们就会把你一辈子都当猴儿耍。老师们对算术总是不够用心，对吧，维奥蕾特？”她没回答。他们刚到，她帽子都没摘下，手提包也没放下，就已经走到了餐桌旁的那扇椭圆形小窗子底下。她整个心思都在空空的农村街道上能看到或即将看得到的东西上。梅尔克解释说，梅尔腾斯神父进了挤奶房旁的屋子里，肯定进去了有一个半小时还多。最近一段时间，他们发现他总是在那儿待上挺长时间，那家有一个养着六个孩子的妇人。

维奥蕾特姨妈已经从她母亲身上继承了对教士的无限崇敬，不过在她这由敬畏上帝、教书上课和胡吃海塞组成的敦厚又孤单的人生里，梅尔腾斯神父已经成为一种无节制痴迷的对象，她用变了形的爱情望远镜跟踪他的一举一动。梅尔腾斯神父是她的偶像，是她的施刑人。

在某年某月，妈妈还是个小女孩，被叫作康斯坦希·伯塞茨，与她的姐妹维奥蕾特和贝赫尼丝都是马利克伦修会寄宿学校的俗修生。麻雀从空中落下，奶牛躺在草地上热气腾腾，而毛利斯，莱厄河对岸最古老的一家农民科本诺勒家的长子气喘吁吁、结结巴巴地对维奥蕾特姨妈——她那时候当然还不是我姨妈——说，没有她，他就活不下去。她听着，感觉受了奉承。他以为她应许了他的爱，因为她没有像一头仔猪一样尖叫着跑开，他伸出手臂揽住她，吻了她。到家后，她却害怕起来，不贞的罪孽——因为他把舌头伸进了她嘴里——在她的灵魂里燃烧，她抽抽搭搭地向梅尔克，她母亲告白了，梅尔克立刻披上了自己织的披巾，急急忙忙去了神父家。但她敬为神灵的神父，那个在农民买下一块田之前都要拿着探矿叉在地上走一遍，在开玩笑地抚摸伯塞茨家女孩的头发时手指里会蹿出电流的神父，不在家；梅尔克无奈之下只好给新来的年轻助手梅尔腾斯讲述了她的烦心事儿，而这位说："夫人，这样的事儿在萌芽时期就要灭绝掉"，或者"要连根铲除"，或者"防微杜渐啊！"夜色降临院子，油灯刺嚓响，在闻上去都是面粉味的桌子边，一侧坐着农夫科本诺勒、他老婆和他父母，另一侧坐着梅尔克和觉得自己犯了罪而浑身发抖的维奥蕾特。毛利斯，这个犯人，低垂着眼睛，跪在堆着扫帚和刷子的角落里。助理神父梅尔腾斯坐在两家人中间，抿着樱桃烧酒。女仆露西一个劲地往炉子里捅拨火钩，表达自己的不乐意，把助理神父说话的声音捣碎。她被喊了出去。

"是谁开始的？不，不是说亲吻，我是说，到底是谁先给的暗示？他把手放到哪儿了？具体在哪儿？做给我看。手臂放了多长在这儿？可是要想亲一个人的话，一般不会把手放到这么低吧？你当时有什么感觉，维奥蕾特？放心说吧，我在忏悔椅上经常听到这样的事儿。感到了一股暖意吗？你不记得了。这可奇怪了，其他的你都还记得挺好的嘛。亲了多久？他只是很快地用嘴唇压了一下，就像一个兄长在自己妹妹的命名日给她一个吻那样吗？和那不一样？怎么不一样？坦白说吧。你没有反抗吗？没有把他推开？他还想对你做什么？要记得你是宣过誓要说实话的。"

农夫科本诺勒最小的孩子开始哭闹。跪着的那个被授命把他们带到床上去。

"坦白说吧，现在他听不到你的话了。你用不着害羞了，他不在房间里了。他在亲你的时候把手放到你的脖子上，圈住你的喉咙，就像是要掐住你，要强迫你忍受他的淫荡行为了吗？他那时候还对你说了什么吗？你不记得了？他难道没有说：'我的爱人，我的宝贝，我的阳光'？为什么没有呢？回答我！我们知道还有话没说出来。我们已经习惯我们的羊羔一开始只讲出一半实情了。"

语气单调，不带任何可被证实的威胁，助理神父梅尔腾斯就这么翻来覆去地刨根问底，又拿了一瓶烧酒，然后又一瓶。梅尔克忧心忡忡地点着头，农夫科本诺勒摊开手往桌上拍，慢得折磨人的讯问没完没了，毛利斯完全被吓坏了，张口结舌，而维奥蕾特，唉，维奥蕾特……

助理神父梅尔腾斯说，许多事情还没有弄明白，不过我们首先一定要宽恕，我们必须维护两家的好名声，每家每户不知什么时候都会陷入危机，我们应该用爱的大衣来遮盖这一切。在梅尔克为他披上大衣之后，他说："我宽恕你[1]，我的女儿"，然后消失在了繁星满天而奶牛放屁的深夜里。

"从那一晚以后，"妈妈对参加"为士兵送包裹行动"的那些大气都不敢出地听她讲这故事的女士们说，"我妹妹就变了一个人。她不再弹钢琴，不再唱《薇奥蕾塔》了，她本来唱得出那么美的女高音的，唯一还能让她高兴的就是堆成小山的火腿面包和满盘满盘带肉丁的土豆了。但她不是因为这个变胖的，而是因为那晚的羞耻和惊慌，它们堆积在了她的甲状腺上，从那以后甲状腺就不能好好工作了。而莫娜，我老公的妹妹，正好相反，她的甲状腺工作得太厉害了，结果我们都知道，最好就不去讲了。莫娜现在手上似乎有了一个电工师傅，比他小十岁，是的是的。不，我们的维奥蕾特从那以后只要是和男人有关的，都会害怕。到今天都是这样。在她班上，她从来不打女孩子，只打男孩子。从那个晚上以后，她身子就涨个不停，还对助理神父发起了痴，总去修道院里帮忙。有时候，她当然也发现人们在嘲笑她，有人叫她'气球'或'鲸鱼'，结果她却吞下了更多的黄油面包。我真替她难过。'康斯坦希，'她说，'我到死都不会……'"妈妈在客厅里的声音轻得像一只蝴蝶，"'……见识到一个男人的。'我说，'呆头鹅，你还正是花一样的年纪，有上百个男人巴不得能一亲这样的芳泽

---

1 原文为拉丁语"te absolvo"。

呢。’”“为士兵送包裹行动”的女士们都随声附和。

维奥蕾特姨妈，正当花一样的年纪，站在椭圆窗户前守候着，她的宽背是黑色的，就像某个修女的背那样难以接近。“他在那儿。”她牙齿间发出声音来，“他在往神父家里走。他很着急。是祷告的时间了。不，他并不着急。他拔掉了一把杂草，扔到了篱笆后面。他没带钥匙。啊，不，他还是带了的。”她走到壁炉旁边，摘下了她那笨帽子。

弗洛伦特叔叔说，他不能待太久。

“别啊，再等等，等阿尔曼德回家了再说啊。”梅尔克叫道，“不然他一定不会原谅你的。”她发出了一声哽咽。她将七个孩子带到世上，其中五个存活了下来，而另两个——是对双胞胎，夭折了；刚两岁，咳得脸发青，喉咙越来越紧，只流出了浓痰，然后是空气，然后什么都没有了，连一声哽咽都没有。

“阿尔曼德会很生气的，他平日里几乎都碰不到什么人。”

“是啊，他天天去蹲着的那五六个酒馆里，他真是碰不到什么人啊。”维奥蕾特姨妈说。

“我是说，他能好好儿说说话的人。”

“那好吧，既然是这样的话……”弗洛伦特叔叔说，他面前放了一杯利口力娇酒[1]。他觉得这酒太甜了。他得了一杯啤酒。他又觉得啤酒太淡了。他得了一杯杜松子酒。这酒总算没问题了。

“教皇也想插手政界，告诉各国政府他对局势的看法，但他不能从墨索里尼开始做。《拉特兰条约》[2]禁止他干涉世俗事务。”

“这样倒好了呀，梅尔克。不然的话形势会发展到什么地步啊？”

“那希特勒也应该少打扰德国教会，”维奥蕾特姨妈说，“在德国教

1 利口力娇酒（Elixir d’anvers）：一种饭后甜酒。

2《拉特兰条约》（Patti Lateranensi）：1929年，墨索里尼代表意大利政府与教宗代表达成的协定，规定了梵蒂冈教皇国的独立地位及教皇与意大利王国各自在宗教和世俗政务上的职责和权力。

会里总是坐着一名世俗警官，把信教者的名字都记在一个本子上。”

“那样他们就会成为殉道烈士了。”路易斯说。车库屋顶上有一只鸽子粗暴地啄咬其他鸽子。多半就是那只叫科科的鸽子。

“你这样说可不对，路易斯，不能这样开天主教徒的玩笑。”梅尔克说。

“但我并不是要开他们玩笑啊。”路易斯惊慌地说。

十二头棕色奶牛和一头黑白色的荷兰奶牛慢慢走过村里大街，由两个光脚男孩用树条催赶着。

“英国国王做了次很棒的美国旅行。他和王后被邀请去总统家喝茶。”

“在白宫里吗？”路易斯问。

“有可能。”梅尔克说，“不仅茶是英国运过去的，连水也是。但他们没法用那些水，因为美国人事先检查了一下，在水里发现了小动物。不管怎样，他们就让他们的化学家又用美国的水做出了相似的味道，这样王后就尝不出差别了。她可感动了。”

“这可真有心，真细心。”维奥蕾特姨妈说，“我们比利时人才不会留心个零星半点。水不都是水。我们这儿就会这么说。”

“希特勒上台以后，做了四百三十次演讲。这真还算得上个壮举哦。”

“每次都还讲得不一样。这样的演讲总要讲出点不一样的内容。”

“唉，傻子乐呵呵，讲的大实话。”弗洛伦特叔叔说。

“这个傻子口中的实话，我宁可不听。”梅尔克说。

“是啊，但是看起来他马上就会到这儿来，把他的实话硬塞给我们了。”

“你也听说了那个德国游客的事儿了吗？宪兵要求他出示护照。‘我的护照您可仔细看好了，’他说，‘您还能要求看我的护照，可就这最后一次了，以后就是我们问您要证件看了。’”

“难以置信！”

“显然他们在德国几乎没什么东西吃。他们用一堆化学原料造黄油，一滴牛奶都不用。结果呢：所有人都染上了口蹄疫。”

“他们现在在造的那些防御工事需要的人太多，连柏林餐馆里都没有服务生了。”

“妇女们都必须到农民那儿干活，没法再照顾孩子了。”

“哎哟，那她们又会造出新的小孩了咯。就在麦地里。对吧，维奥蕾特？”

“弗洛伦特，你到底能不能别老动这样的坏脑筋？”

“德国人对我们还有得骚扰的。他们可忍受不了眼睁睁地看我们过安稳日子，私下里说一句。”

“我们从来不会去骚扰别的国家。在我们整个历史中从来没有过。总是别人跑到这里来掀起可恶的战争。”

天空变成了岩石的灰色，带着蓝色的微光。“幽蓝暮色是此刻。”妈妈会这么说。路易斯常常在学校院子里轻声说出“幽蓝暮色是此刻”，当暮色降临，当梨树化为昏暗缠绕的一团物质，庞然的一抹朦胧，里面簇拥着夜兽，还有不为人知的米泽尔。

“现在的时间真是太晚了，我可不想错过最后一班火车。”弗洛伦特叔叔说着这话，一口喝光了他最后那点儿杜松子酒。“对你那位迷人的阿尔曼德说，我等过他了，现在等恼火了。跟他说，他这可真是耍弄了我。”

“这不是他的错。”梅尔克恳求地说，“他不会注意时间。他常常忘了自己在哪儿。”阿尔曼德，家中长子，是让她操尽了心的孩子，是她的掌中宝。（如果妈妈生了小弟弟的话，那我现在也会是她的掌中宝了。）

梅尔克又发出了哽咽声，就像是一匹胡狼，在吞下半腐的斑马尸体上太大一块肉时发出的声音。

维奥蕾特姨妈放下了她手上的编织活儿，摘下了金边眼镜。“问候你妈妈。别忘了，听见了吧！”

弗洛伦特叔叔说，“那好，大家保重。”现在，突然之间，他才特别地、单个地注意到还有个路易斯呢，他摸摸路易斯的头发，就像之前在车站摸维奥蕾特姨妈的头发那样，一边咕哝道，“好了，坏小子。再会了。别埋怨我了啊！”在这一点上他就像教父，那位塞涅夫家的首领若是到了妈妈的长辈这边，在这截然不同的农夫粗人的王国里也会这么几乎有点尴尬地低声嘟哝吧。

在他喝完黄油奶粥之后，路易斯坐到了冷壁炉旁边，看着维奥蕾特姨妈的杂志和剪报，其中写的都是阿斯特丽德王后的生活、她的死和她的葬礼。纸张摸上去湿湿的，闻得出那个贴了蓝色边框标签“阿斯特丽德”的箱子里的樟脑丸的味道。

“大家称她为来自北方的一只天鹅，确实如此。亲爱的上帝想尽快地把她召回去，这是唯一可能的解释。他们的婚姻生活那么幸福，列奥普德和她，那么美好的一对，看哪，她穿着一身白，而他穿着正式的制服。”

“列肯宫里的男仆说，列奥普德国王和阿斯特丽德王后从来不吵架。”梅尔克说。

阿尔曼德舅舅还是一直没出现，梅尔克开始担心了，这时，维奥蕾特姨妈一边咬着葡萄干饼，一边说，“你就该狠狠训他一次，妈。但是你又不敢。他呢，他知道他做什么你都不会跟他计较，他就是利用了这一点。”

“这小青年得结个婚，就这回事。”

“为什么他应该结婚？他在家里被照料得跟卡勒尔王子似的，每天饭菜都给他备好了，就算他像现在这样让饭菜在炉子上风干。手洗的小衣物、大件衣物、他的西装、衬衫前胸，一切都按时洗好了、熨好了，熨好了给谁看啊？给整个村子里在下面干那些勾当的娘儿们看，给那些被他迷得神魂颠倒的年轻姑娘们看。她们还老在我耳边说，‘维奥蕾特，你就不能在你哥哥面前替我说两句好话？为什么阿尔曼德现在对我这么寡淡，我可随着他在我这儿干任何他想干的啊？’”

“维奥蕾特，我求你，在这男孩儿面前……”

“这男孩儿。”路易斯打着哈欠说。他滚热的脸颊搁在小臂上，小臂他搁在壁炉的镍棍上。天色已是令人惬意的灰色，温热、昏暗，米泽尔们悄无声息地从维奥蕾特姨妈和梅尔克的叽叽喳喳的话语声中，从剪报的气味中穿行而过。有人拉了拉他的胳膊，把他举到半空中，有一个嘲讽的粗哑嗓音半是说话半是哼唱：“来吧，我的小宝贝，落进小巢儿，不穿小衬衫，不穿小马甲。”

一个快快活活的阿尔曼德舅舅在吃早饭的时候出现了。他布满皱纹的脸一笑就有很多褶皱，宽宽的上嘴唇让他看上去像赛车手马塞尔·金德[1]，茨维凡根姆的那只黑色雄鹰，尤其像他在一次冲刺之后照的相片，神采奕奕，在筋疲力尽、气喘吁吁的一群软蛋中间尤其显得雄壮。阿尔曼德舅舅不分发缝而往后梳的黑色头发闪耀着发蜡的光泽。他抠着自己一只钙化了的脚趾甲，用他那烟鬼的沙哑嗓音宣布，他过几天要带着路易斯骑摩托车出行。“我们会玩个翻天覆地的。”然后他大肆挠着自己长了灰色鬈毛的胸脯，吃着荷包蛋加熏肉，对视他为神的母亲和妒忌他的妹妹却半句话都没有。他的钴蓝色眼睛罩在黑色睫毛中，这睫毛涂过色，就像是阿尔弗雷德·拉贾瑟，那个扮演苏崇王子的高音歌手。当他跳到摩托车上的时候，他刻意惊扰人地长按喇叭，村民们纷纷咒骂他，手画十字。

下午，拉夫·德·伯克，铁器商人的儿子过来了。路易斯和他就像走钢丝一样在铁轨上平衡着身子走着。拉夫明年起就会去念天主教文理中学，到时候他也会加入“天主教学生行动小组”，他骄傲地说起来，父母店里的金属光泽闪现在他的脸上和手上。

要是在寄宿学校，路易斯肯定会封拉夫为使徒，哪怕就是在拉夫现在这种天真无邪的状态下；他完全没有城府和猜忌，这都是拜他接

1 马塞尔·金德（Marcel Kint）：比利时著名赛车手，从1935—1951年赢得过31场比赛的冠军。

受的农村学校教育所赐。可是拉夫加入弗兰德“天主教学生行动小组”的热切愿望让他有了顾虑。小组的成员，这些耶稣·基督的哨兵，在很多方面和童子军没有差别：他们虽然志向比童子军要高，但这也算不了什么。因为童子军除了搭帐篷、打绳结就没有什么志向了。童子军腰带上总别着一朵法国百合花，要不就是受英国人统治（因为他们的创始人贝登堡[1]的缘故），英国人强加给了他们种种礼仪，教他们喝茶，听任我们在南非集中营的同胞在铁丝网后面饿死，用机关枪撂倒我们在爱尔兰的同宗教友，见鬼去的事事讲公平[2]。

拉夫和路易斯从生锈的铁丝篱笆网下面爬过去，穿过一片草地；奶牛们走近的时候，他们的步子没法走得更快。路易斯的心怦怦跳。这不是危险的公牛，当然不是，不是跳到那个“母牛伊维恩”农夫身上去让这可怜男人沦为笑柄直至老死的发情牲畜，可是牛角和布满血丝的牛眼靠得太近了。“都只是奶牛啊！”路易斯叫道。他庆幸自己已经走到了另一边的铁丝网。

他们走在林荫道上，走过了疗养院，那儿有钱人正披着丝绸睡衣晒日光浴，走过了巴斯特赫姆精英队的足球场。四处散落着灌木丛，树丛之间长着高高的草。拉夫双膝着地跪了下来，路易斯学他的样子也跪下。他们爬过灌木丛，爬进了红砖墙的小宫殿。“别这么快。”拉夫警告说。路易斯真不该穿这一身白衬衣出来，就应该像穿了深灰色套衫的拉夫那样事先考虑好如何伪装。

可惜他们的探险是在大白天，不然他们还能滚上一身泥浆。那样的话就只有他们的眼白会被篝火照出微光来。还有银枪盒和石斧发出的亮光。他们继续往前爬。小宫殿和旁边屋子里都没有任何声响传出来。“该死，他们不在家。”

拉夫站起身来，越过了干涸了的小溪河床，在灌木丛中横冲直撞，

---

1 罗伯特·贝登堡（Robert Baden-Powell）：英国军官，于1907年举办第一次男童露营，被视为童子军的开端。

2 原文为英语“fair play”。

突然向一棵橡树跑去，也不管他身边这个机灵的苏族人[1]。在二楼的彩色玻璃窗里没有伸出温彻斯特[2]长枪指向他们。斜坡上的砾石在路易斯的鞋跟下叽嚓响，他的鹿皮鞋被他忘在帐篷里了。他撞到了还站在橡树后面的拉夫，肩膀上挨了一击，跌到了空地上，毫无防护。离他很近的地方停着一辆跑车，左侧门是打开的。在户外楼梯的台阶上看不到任何血迹。拉夫跟在他的侦察员身后。拉夫刻意表现出漫不经心的样子，手插进裤带里——多半已经把指甲掐进手掌掐出了血，从路易斯身边走过去。路易斯一直走在拉夫的影子里。小宫殿看上去空无一人。路易斯往一个房间里看进去。

椴树散发着清香。拉夫翻垃圾桶，在罐头、咖啡渣、湿报纸、上百个烟蒂里翻来翻去，从中钓出了一条揉皱的、脱线的细长绸布。垃圾桶的盖子突然合上，发出轰然可怕的金属声响，惊飞了一群鸟儿。这声音听上去就像是剑击打在铠甲上，它在位于地窖的厨房里激起了一阵说话声，一个嘎嘎作响、口齿不清的男低音在发着听不清的咒骂，一个尖细的女声在说："啊，亲爱的上帝啊！"有那么一秒钟，拉夫似乎想要闯进房子里去，因为这二愣子朝长满青苔的石台阶迈了一步，牢牢把住了被风雨吹打坏了的门栏杆，但还好他还是跑回了树丛，虽然什么掩护都没有。

房子二楼也听得到杂声，就像是有人在那儿推一个柜子。当这两个可怜兮兮的间谍气喘吁吁地跳进干涸了的水沟里，像女孩子一样哧哧笑起来的时候，他们听到现在已经望不见的房子里传来高亢的进行曲音乐，很快又转成饱满的小号声，这是教父所说的"野兽乐"，是源自美国黑人的音乐。如果我们不抵制它的话，我们的文化就会被它主宰。

路易斯害怕得浑身发抖，但又满心陶醉地透过这扇屈光玻璃窗往里看。看到的那个房间，屋顶挺高，一盏巨大的铜质十二枝繁叶吊灯，

1 苏族人（Sioux）：北美印第安部落。
2 温彻斯特（Winchester）：温彻斯特武器厂制作的霰弹枪。

几把微微泛光的红棕色椅子配绿色椅面，一张有大理石台面的椭圆桌子，一座出自路易某某年代的戴假发男子的半身像，壁炉上有一幅画，画着一个裸体金发女人躺在一张鲜红的床上。缺了两个老头在身旁的苏珊娜[1]。一个玻璃柜里放着闪闪发亮的瓷器。一座古典风格的耶稣受难十字架。这儿显然不是光靠钱显神通。在这样一个房间，如果不放上那幅苏珊娜的画像，足可以住下尊贵的亨德利库斯·拉米罗，布鲁日大主教。为什么我不是一个富有的门徒？我愿意放弃一切，跟随主人，但在那之前，我不是还得先做一个富有的门徒，住在这样的一个房间里吗？拉夫拖着步子在走，时不时地用一根木棍敲打着灌木丛。

“她是在家的，劳拉夫人。但我们明天再来试一试。这一辈子总要见到她本人一次。我们如果运气稍微好点，就能安安静静地好好儿看她，在她坐到露台上的时候。你懂吗？她到她这座乡间别墅来，就是为了呼吸呼吸新鲜空气，为了好好安静一下，没有电话打来，没有顾客上门。她一到这儿，就会把自己关在卧室里。她从不出来散步，大部分时间她就懒懒地坐在阳台上抽烟，或者待在露台的阴影里。但我们不会放弃的，对吗，路易斯？明天我们再去一趟，我们会更加小心的。我们还可以带一副望远镜去。因为如果她看到我们的话，就会把我们赶走或让霍尔斯特揍我们一顿。劳拉夫人有一点儿太看重自己，她总觉得自己多了不起呢。这我们就得问了，凭什么呀？她傲个什么劲儿啊？她出身也挺普通的，就是梅尔海姆的范德金斯特家的女儿。她离家出走的时候，父亲中了风。老头子一生的积蓄都被她卷走了，带到了布鲁塞尔。谢了，父亲，别了哦。问问你的阿尔曼德舅舅。他可能会推个一干二净，但他和她可熟着呢，这个劳拉夫人。整整一个夏天他都为她神魂颠倒，甚至都谈婚论嫁了呢。还好没有真结成婚，不然他可就倒大霉了，我该说什么？会让他走上绝路的。因为你那个阿尔曼德舅舅啊，你看他那笑嘻嘻的脸还真想不到，他太过认真了。

---

1 希伯来传说中受到两个行污未遂的老头诬告的美貌妇人，后来收入被看作伪经的《经外书》。美艳的苏珊娜与两个老头成为西方艺术史中一个重要的绘画题材。

别人也许以为他就是个让人开心的滑稽鬼，但你想他到底为什么总喝那么多酒，总去那些坏女人那儿去？因为他有毛病，这个阿尔曼德。我跟你说，他能及时发现劳拉夫人都会给他招惹些什么，真是再好不过了。那个女人会用她那套迷影术迷瞎了男人们的眼。”

她的迷影术，这个路易斯知道，就是女人们藏在裙子下的东西，是有的男人（像是阿尔曼德？）看了之后就会双手挡住脸，因为他们像遭到闪电刺激一样瞎了眼。

在疗养院的露台上，一个护士一手拎着尿壶，另一只手朝他们挥动。

“女人们分不清善恶的。”拉夫说。他哪儿来的这些自信无疑的哲理？拉夫是弥撒辅助生。他常常遭到他父亲，那个铁器商人，一个留着克拉克·盖博式胡子，常常犯头疼的小个子男人的暴打。只要他头疼，他就打儿子。

他们在林荫道边分开了。路易斯还在原地站了一会儿，打量着一匹脚链边有亚麻状毛发的黄牝马。他试着招引它，但它没有过来。然后，他往远处眺望，透过金合欢花看到拉夫正嗅着和嚼着他从垃圾桶里偷出来的破布。哦，不，绝不能让拉夫加入使徒行列。

维奥蕾特姨妈说，妈妈从阿尔卑斯山打来了电话，她和她的女伴，埃斯科内特夫人正在那儿疗养呢。她看到了瀑布，吃了烤鹿肉，虽然现在还不是狩猎季。

“她还说了什么特别的话吗？”

“她还该说些什么呢，小伙儿？”

“她没有问你过得怎样吗？”

“当然问了呀。我跟她说，我们可喜欢有你在我们这儿了。你又乖又有礼貌。”

“她别的就什么都没说了吗？”

“说些什么呀，路易斯？”维奥蕾特姨妈倔强地问道。

"她难道没有要你代她问候我吗?"

"当然有啊,路易斯,我已经说过了的。"

"不是这样。"

妈妈没有提到他那个被谋杀了的小弟弟。她没有打听行凶的霍尔斯特的情况,那位悄悄把自己沥青黑的翅膀涂成了白色的大天使,他由天国势力指派,要保护路易斯去迎着邪恶的风暴奋勇前进,魔鬼般颤动着拍打翅膀,将妈妈的小宝宝拂入了死亡,这样我就不会流连在小弟弟身边,不会喜欢上他了:倘若他在世,我必定会心生眷恋。现在我就只能全心全意地爱我们亲爱的天主上帝了,这也是我的天职所在,只是太多时候我都忘了这一点。

路易斯帮他婆妈妈剥豆子。同时梅尔克还把她那双灰色的、皱缩的脚泡在一个盆里,里面有用水化开的"萨尔特拉特-罗德尔"富氧泡脚液。路易斯一边偷偷把豆子塞进嘴里,一边试着窥看被梅尔克称为"鸡眼"的那种神秘物体,可是她(因为害羞吗?)很快就把脚卷进了格子毛巾里。路易斯把乳状的水往火鸡黑克托身上泼,但没有泼到。

"她到底还是清醒过来了,我们的康斯坦泽。她真该多这样做,把斯塔夫和他那些有的没的都丢下,就这么出去旅行,不要整天都只是做做饭,给男人洗洗内裤,卷卷袜子……哎,我还真庆幸我不用受这些累。"忌妒的米泽尔蹲在维奥蕾特姨妈的喉咙里。

"她还没有寄明信片来,"梅尔克说,"她平时总是一出去旅游就寄明信片来的。"

"她脑子里想着别的事儿吧。"维奥蕾特姨妈说。

"我们收到过你妈妈寄来的很漂亮的彩色明信片哦,"梅尔克说,"从荷兰寄来的,从卢尔德[1]寄来的,从巴黎寄来的——圣心大教堂、先贤祠——但是那都是很久以前了,是多久以前啊,维奥蕾特?那张有拿破仑骑马像的明信片吧?"

---

1 卢尔德(Lourdes):法国南部小山城。

“是啊，从巴黎寄来的那张。”只和弗拉芒女教师协会一起去过法蒂玛[1]的维奥蕾特姨妈稍稍有点不快了。她从法蒂玛带回了一只普鲁士蓝的瓷公鸡。阿尔曼德舅舅喝得大醉后一把抓住它，带着它咯咯叫着睡到了鸡圈里。“大概十年前吧。”

“唉，我怎么会这么傻！”梅尔克说，“这再清楚不过了。你现在多大了，路易斯？”

“4月满十一岁。”他不情愿地说。

“那就只要这么算一下就好了。再加上九个月。老天，我有时候真是个糊涂婆子。”两个人开始做算术了，梅尔克和维奥蕾特姨妈。姨妈那用来戴戒指的无名指在指尖上点着数，那上面从来没有戴过戒指，永远不会戴上戒指了。

“哎呀，妈妈，”她用尖嗓子叫道，“我现在又想起来了。康斯坦泽是在7月15日寄出来的卡片，因为上面写着，巴黎人为了庆祝他们的七一五在街上跳舞，康斯坦泽也跟着一起跳了，纪念1789年巴士底狱被攻破。斯塔夫后来还闹了很长时间的情绪，因为她和一个突尼斯人跳了舞。”

“那是你妈妈第一次到国外呢。她可兴奋了。简直手舞足蹈不得安宁！‘如果我们要去听歌剧，我该穿什么呢？这都是说不准的事儿啊。或者要去牧羊女游乐园[2]，那是所有年轻夫妇都要去的啊？’那是她一生中最美的一天了。”

“你父亲那时候也挺幸福啊。”维奥蕾特姨妈说，“他们手拉着手，一口一个小甜心，一口一个小天使。但他们还是早早回了家，比大家料想得都早。”

“很可能就是因为太美好了吧。”让妈妈降生到世上的这位说。

妈妈第一次见到爸爸，康斯坦泽·伯塞茨第一次见到斯塔夫·塞

---

1 法蒂玛（Fátima）：葡萄牙中部小城。
2 牧羊女游乐园（Folies Bergère）：巴黎著名的游乐演艺场所。

涅夫，是在从瓦勒开往根特的火车上。背景是有常青藤和玫瑰花丛为之增色的巴斯特赫姆火车站。康斯坦泽是和吉斯莱恩，颜料商的女儿一起上的车，四年后吉斯莱恩死于肝癌，尽管这可怜人儿一滴酒都没沾过，连巧克力都没吃过。

爸爸在上图书印刷技校。而康斯坦泽上的是教育高等学校，因为她父亲，船闸管理员巴希尔·伯塞茨（从苹果树上掉下来而）临危之际在床上还命令说："艾美利呀，要让他们都找到公家饭碗啊，这五个小的。不过贝赫尼丝也许用不着，她多半要进修道院的。另外两个女娃要让她们做老师，假期多，工作清爽。每天都能和孩子多学点什么。"（骨髓都从他脊梁骨里跑出来了，这状况是没法救了的。）

然后就有了缘分天定的那一刻，康斯坦泽和斯塔夫的目光相遇了。康斯坦泽，嘴尖舌快、冒冒失失、四处犯傻的农家女孩，在（为了安全起见专门在火车中部挑选的）车厢里侃侃而谈。这顽皮丫头看到这个长雀斑的男孩怀里有半公斤袋装的鲁提牌焦糖，而他腮帮子鼓鼓地一动一动。好几个星期都是这样，每一次她看了都口水直流。这吃甜食的家伙怎么会没注意到这爱吃甜食的丫头贪婪的目光呢？这样过了好几个星期，有一天爸爸说："你这么古怪地盯着我的焦糖看，是不是想要吃一颗？"从爱神箭筒里射出的第一段话。吉斯莱恩觉得这不合适，但康斯坦泽拿了一颗焦糖，让它溶化在自己嘴里的甜水湖里。他又把皱巴巴的纸袋子递给了她，由于难为情反而表现得闷闷不乐。她这回一下就拿了两颗。到了根特火车站，他们要转乘城里的电车，就分开了。

"再会了，先生。"——"哦，不对，是回头见。"绘图学徒几乎是傲慢地说。第二天，他从一扇被嗞嗞作响的蒸汽笼罩着的窗户里向她招手，给她递上的除了鲁提牌焦糖，还有奶油夹心饼和棒棒糖、杏仁糖和薄荷糖。为了不让他难堪，吉斯莱恩也要一起嚼，一起吮吸糖。又一天是李子酱糕，据说是他妈妈烤的，但他以为我们傻吗？我们能念出斜斜印在带锯齿边的垫纸一角上的蓝色花体字母，梅乐西糕饼房，瓦勒。从巴斯特赫姆到根特有十五公里，在这一段路上康斯坦泽都很驯服，她咬上了钩，在接下来几天里每次都照咬不误。

吉斯莱恩向贝赫尼丝告了状，贝赫尼丝向她父母告了状。努力让自己长出和那位在荷兰流亡，每天早上在自己别墅前砍木柴的威廉二世的上卷髭须一样胡须的巴希尔·伯塞茨，利用自己做船闸管理员的理想战略位置为盟军做间谍，对抗德国皇帝的巴希尔·伯塞茨指示，要这个瓦勒小子到船闸管理室来亮个相，星期日下午四点半。

“这就是那些手头不缺零花钱，养得精致的傲慢公子哥儿中的一个。我看个牙口就知道。”

“他们都以为，一个村里姑娘他们想怎么忽悠都行。”梅尔克说。

“他可是瓦勒人哦。”巴希尔·伯塞茨若有所思地说。烟斗里云雾升腾。

“可不是，”梅尔克说，“还是一个笨到没法在自己城里上学，被瓦勒的所有学校扔出来，只好坐着火车去根特的瓦勒人，一路上还带着大袋大袋的焦糖勾引女孩子。她年纪也小太多了。”

“别这么顽固不化。”巴希尔·伯塞茨说。但梅尔克还是不肯罢休，去向刚刚上任的神父梅尔腾斯讨主意。“伯塞茨夫人，您丈夫说得对，他是想给人留个好印象。还不如让那男孩子到您家里去，好过他和您家女儿放学后到根特那些可疑的小酒馆里瞎逛。我这几天就去瓦勒的教长那儿打听打听，这个男孩家是怎样一户人家，他是不是真心有意。”

康斯坦泽第二天满脸通红，但又刻意装作很轻松地嘟哝着说，如果斯塔夫方便的话，可以在星期日下午去船闸管理室喝个咖啡。

爸爸在他学校那些哐啷作响的印刷机之间是多么兴高采烈地来回跳舞啊！被印刷机油墨弄脏的手拿着的排字盘抖得多么厉害呀！在那个星期日他为他的小鸽子带了一束紫罗兰，给梅尔克带了一捆红玫瑰——他可是瓦勒人，这一点可不能让人忘了。瓦勒靠近法国边界，这也是看得出来的，有那么点儿时髦，追求生活品位，轻佻又爱炫耀，瓦勒人可都是见过世面的，所以得是红玫瑰——给妈妈的父亲带的是一盒荷兰烟，而这位做着邀请的手势说："您坐吧。您会打惠斯特吗？"妈妈的姐妹们刚巧这时候进了客厅，按照礼节向这爱吃甜食的陌生人伸出手。她们发现他非常奇怪，也挺羞涩。她们这么对自己的妹妹说，而她也发现了，恨不得这个开始打惠斯特（在她那狡猾的父母面前定会输得惨不忍睹）的追求者尽快消失。在接下来的两个星期日，他又到家中来了。玫瑰和香烟，送她的是一大束田野鲜花，而这花儿他从来用不着亲自去采，据他说。

她和吉斯莱恩坐在最后一节车厢，但他找到了她们，随身带着普拉林酒心巧克力、方旦小软糖和摩卡棒棒糖。

随后的那个星期日，她在客厅里没有现身。从她和贝赫尼丝一起住的二楼卧室里，她看到他过来了：胸前捧着花，手上拿着公文包，脚上不由分说、不可避免地穿了双尖头皮鞋。他走了过来，走向她，而她正梦想着一个南国的高傲男人，抽带珠母色烟嘴的香烟，朝她滚烫的脸颊吹来烟雾，用提诺·罗西[1]的天鹅绒嗓音唱《玛琳内拉》，将黑礼服肩头靠在门柱上，不可一世而毫无羞愧之色地用含糊的口音说："来我这儿吧，小美人儿。"

手按在门把手上，她听见他问道："康斯坦泽在哪儿？"听见她那肯定在围裙上揩着手的母亲在道歉，听见维奥蕾特格外得意的吵吵嚷嚷，听见贝赫尼丝温和的周旋，最后听到了她那从容自如的父亲说："康斯坦泽今天身子不舒服。""算了吧，父亲，"维奥蕾特说，"别装了，开门见山吧。她就是不想见他。就这样，没别的了。"听到这话，捧花郎勇敢地咽了口水说，可惜了，因为他带了件挺适合她的礼物来。"哦，这倒让人意外了。"梅尔克说。"一件美丽的礼物。"她看不到的追求者说。康斯坦泽将她较小的粉红耳朵，她乱蓬蓬的棕色鬈发贴在了门上，但现在只听得到椅子移动，包装纸刺啦响，然后是好几重惊讶和赞叹的声音。她起了好奇心。她相信那是枚戒指，尽管斯塔夫不

1 提诺·罗西（Tino Rossi）：法国著名歌手，在20世纪30年代风靡法语区。《玛琳内拉》是他的成名作。

是那种会拼命强加给她这类东西的人。

“康斯坦泽！”

“别来烦我！”她冲着漆成米黄色的门喊道。

她母亲上来了，将耳朵贴到门的另一边。

“别来烦我！为什么是我？我身上有什么是别的女人没有的吗？”

“你至少可以道个日安啊。哪怕就一分钟。你太没礼貌了，你这傻村姑！”

“不要！”

“康斯坦泽，非得要我自己上来吗？”她父亲吼道。

“您别难为她了。”带礼物来的这人说，“我现在还是走好了。我这就走。我明白了，非常明白。”

她坐在最前面的车厢里。吉斯莱恩从她的瞭望位置上报告说，斯塔夫马上就要走到火车中部了，没有四下里找她。不过他带了一袋鲁提牌焦糖，差不多是半斤。在最后一个，也就是接下来这个星期日，她又从她和贝赫尼丝的闺房里望见了他，他的步伐坚定，柔弱的脸上是严肃的神色。他手上拿着玫瑰花就像拿着棍子。他一下坐到安乐椅里，说他想最后一次和她谈谈。说他想娶她。说她已经让他的整个人生大为改观。说她对他在世间的后半生施了魔咒。

“我不想见您！”妈妈在楼梯间里喊道。

他从安乐椅里一把扑到地上，抱住生了他之挚爱的女人那长了结疤、患关节炎的膝盖。巴希尔鄙夷地抽了抽鼻子。他恨不得将还有点儿火烬的烟头在跪着这人的稀疏头发里摁灭。“我也没办法。”少年斯塔夫哀求道。在他之前的人生里他就有一次这么哭泣过，那是在瓦勒运动俱乐部预备队对根特田径协会少年组的比赛没有让他上场的时候。

“康斯坦泽。”巴希尔·伯塞茨命令道。

“康斯坦泽，拜托！”梅尔克尖声叫道。

斯塔夫挣扎着站了起来，带着绝望的古怪脸色说：“那就这样吧。”他离开了房子，越过了低矮的荆棘篱笆，沿着河岸斜坡往下走去。十分钟之后，妈妈看着爸爸那带蓝边（圣母马利亚的颜色）的草帽在莱厄河上方飘荡，并没有眨睫毛。在她楼下，家人还目送了这个沉默的男生一段，现在还在窥望他，藏在豆苗细秆后。他蹲在距离翻腾呼啸的闸水约十米的地方，抽出了一把手枪，举起来，看上去就像是要射杀鲈鱼。

贝赫尼丝和维奥蕾特两姐妹喊叫着，踩着楼梯往上跑。“他要枪杀自己了。”

“他的血要为我们而流了。”贝赫尼丝叫道。

“他不会这么做的。”

“要是他就这么做了呢？”

“那他就已经做了。你们听到枪声了吗？”

“康斯坦泽，非得要我自己上来吗？”巴希尔·伯塞茨吼道。

呼天抢地、唉声叹气、埋怨控诉，足足闹腾了一个小时。按照伯塞茨一家人自己的看法，正是在他们持续发出的噪声的压力下，闭紧的门闩才总算被推开。但我知道真相。是霍尔斯特顺着一把梯子从房子背面爬上来，从窗户溜了进去。他嚼着一根草茎，对我那不知所措的妈妈说：你这糟人心、讨人厌的蠢婆娘，你难道就不害臊吗？我都为你害臊。好不容易有这么一次，出现了个喜欢你的人。你就该光着膝盖跪在他面前请求他原谅，对，就你，你这个光读爱情小说、看爱情电影都哭得稀里哗啦的家伙，现在爱情就在这儿，就在你流鼻涕的鼻子跟前了，你却理都不想理，你这个傻娘们！——你为什么不娶我，霍尔斯特，我更情愿和你结婚。我们这个星期就可以去神父那儿，去户籍登记处。——我也巴不得那样啊，康斯坦泽，但是你知道，我这颗宁静但火热的心属于小宫殿的劳拉夫人。——我们一方不会排斥另一方的呀。等我们结婚了，她还是可以继续保留你的心。——不，康斯坦泽，不可以这样。另外，你知道，我说你注定要嫁给这个男人，可不是信口开河。去他身边吧，不然每一秒都可能响起枪声。我的天使耳朵已经听到了枪声，它们是区分不出昨天和明天的。而我会为此报答你，会日日夜夜悄无声息、不知不觉地守护你的第一个，很可能也是唯一一个孩子。他将取名为路易斯或洛德维克，看你喜欢哪个，他绝不会发生什么不测，顶多会摔断一根或两根肋骨，犯一次流感。——你是说真的吗，霍尔斯特？——我发誓，霍尔斯特边说，边将翅膀收紧在庞大身躯上。妈妈听到了圣礼之声，推开了门闩，离开了房间，走到了河闸上，睁大着她那灰得可怕的母羊眼睛，却没发现是她那两个像阿帕契人一样欢呼的妹妹把她拉到那儿的；康斯坦泽·伯塞茨落入了斯塔夫·塞涅夫的怀抱，而此时莱厄河上正开过邮轮“斯凯尔特号”，船上有尖叫的妇人和吹口哨的无赖，朝这对恋人喊出含义下流的祝福。将来会受命对抗所有黑暗君主者，良人路易斯从这一刻起开始萌芽。

“旅行啊，旅行，”维奥蕾特姨妈说，“我也梦想去旅行呵。”

“梦想就是空想，转眼就破。”梅尔克说。

“可梦想是那么美啊。”维奥蕾特姨妈说。

路易斯和拉夫走过足球场，足球场空闲落寞。

一个男人披着一件雨衣，戴着一顶毡帽，张开两腿，孤零零地站在球门中。他进行着想象中的训练赛，拦截看不见的射门。

“日安，莫伦斯先生。”拉夫有礼貌地说。

“巴斯特赫姆精英队！”那男人叫道，就仿佛刚刚丢了个射球似的。“会进乙级联赛的！”拉夫叫道。那男人咧嘴大笑。他长了舌苔的尖舌头挂在下嘴唇上。

“可以这么说。”他边说，边把脚尖戳进了球门前的沙土里，那儿的绿灰色草地有一块已变得光秃秃的了。然后，他温柔地用手滑过一根门柱。

“扬·范德维尔德。”拉夫轻声耳语。

“就在这儿，”男人说，“我在1935年亲眼看到扬·范德维尔德怎么把一记角球变成了一记射门。那个球真踢出了花样，径直从门柱之间飞了进去，其他球员谁都没有碰着它。”

“您还会再买一个英国球员吗，莫伦斯先生？”拉夫提出这个问题时用的是一种极其低三下四的语气，而这是不祥的预兆。

“现在还不是时候，小伙儿。”踮着脚摇来晃去的男人说，“不过，英国踢球的小伙儿们是世界上最好的。”

“您只需要开张支票就能买了呀，莫伦斯先生。”男人用指尖碰碰自己的脚趾，令人惊异的是毡帽还留在头上没动，而指尖已经触及了鞋子边的沙地。拉夫牢牢把住门柱，一直等到男人用力做了十个直立前屈之后站起来。

“这样对您的英语发音也有好处，学这个要坚持不懈地练习才对。”

“哎哟，小伙儿，”男人说，“我麻烦事儿还不够多吗？”

“我们着急要一个左后卫。我认识一个切尔西俱乐部[1]的小子，美梦级的球员。”男人一脸沉迷地说。

“那您还顾虑些什么，干吗不……”

男人长叹一口气，放开了门柱。“再也不会了。”他说。他打量着路易斯，路易斯可满心希望他有机会做左后卫。以后吧。前锋是做不了，我怎么都跑不了那么快的。

“他在上寄宿学校。”拉夫说。

“没多久就会上完了。”路易斯赶紧说。

“在修女们的那家。”拉夫说。

“这倒麻烦了。”男人说，“运动员素质在修女那儿是学不到的。也许能跑步跑个筋疲力尽，还能随便乱踢几脚球，但是运动员素质没戏。”

“英国人呢，”拉夫说，“他们从一开始就会进行素质训练，对吧？”

“从小开始训练。而且，”他用手指往路易斯的方向果断地指了指，“英国人是在工人里找他们的新队员，这是最重要的。因为乖乖仔只会

---

1 切尔西俱乐部（Chelsea Football Club）：创立于1905年的著名英国足球队，参加英格兰足球超级联赛。

让人吃不了兜着走。绝不能找蓝血人[1]。这绝不可以。蓝血人我们就让他们打打高尔夫和板球好了。或者网球。这方面我可熟了。我自己都试过的。”

“这一点没人会反对。”拉夫说，“您上次买的那个球员，给您惹了不少麻烦事儿的那个，不就是个男爵吗?”

“是个伯爵。”男人说。沉迷又卷土重来，为了挣脱出来，他将手撑在身体两侧，让上身转圈。“一个把我逼到了绝路上的伯爵。在根特牢房里待了两个星期，只有水和干面包。如果不是公证员贝伦斯带着他的自由主义派打通关节，一直往上找到了部长，我还会一直待在牢里，坐在一帮谋杀犯和纵火犯中间。搞成这样，就只是因为我一心为巴斯特赫姆精英队着想，为那些遭人剥削的毛头小子们出头。”

“但这个伯爵，他可没有遭人剥削。”拉夫带着谄媚的犹豫说。

“我唯一的错误就是，我太友好了，太轻信别人了，太中意这些野心十足的年轻人了，今天这就是大错特错了。”

他钻研的目光久久地停留在拉夫身上，但他看到的情形并不令他满意。拉夫朝他冷笑，然后扯了扯路易斯的衣袖，要带他走掉。

“好了，莫伦斯先生，再会[2]。”

“要进乙级联赛!”男人在拉夫身后吼道，往空中又虚踢了好几下。

莫伦斯先生住在他母亲家里，从他父亲，那个纺织工厂主那儿继承了百万家财。他一生的大苦闷就在于，在拉夫不愿意透露详情的一段故事——“这些事儿我以后会一五一十讲给你听的”——让他进了监狱之后，再也不能去看训练，也不可以去看他钟爱的球队的比赛了。不过他为俱乐部财务添加的款项，大家还是乐于见到的，董事会开会他也可以去。

劳拉夫人不在。房子一片死寂，空洞得闪亮。

狡诈的拉夫巧妙地从农夫桑腾斯那儿打听到，她在这一周的某

1 指贵族。
2 原文为英语“goodbye”。

一个晚上搭辆出租车到了这儿，陪伴她的是一个位高权重的人物和两个年轻的女伴。当时听得到平常常有的那些噪声，杯子碰撞声，震耳欲聋的跳舞音乐。农夫桑腾斯就着熹微的晨光隔着自家田地看到，霍尔斯特是怎么半拖半抬地把城里来的那位衣着精致的白发先生弄上了出租车。那两位女伴呢？她们大约三个小时后衣冠不整、头发凌乱地出来，由另一辆出租车带走了，同劳拉夫人一起。劳拉夫人是什么样子？她倒看不出什么异常，也许脸色有点儿苍白，但裹着白色大衣的身子挺直。是有灰色貂皮大领的那件？不，是那件白色皮大衣，用某种兔皮做成的。您真的肯定是另一辆出租车接的她？如果是同一辆出租车的话，那么他们所有人就不会走远，兴许就在凡登纳贝尔教授家里，那也是个热衷办聚会的主儿。如果真是这样倒也平常，即使是最有学问、最虔诚、最正派的弗拉芒男人，在对女人们又是剪裁又是缝补了一整天之后，晚上也总得有点儿小乐子。

“另一辆出租车。”拉夫若有所思地说，在路易斯和他回村子的路上，“所以她回到她在布鲁塞尔的公寓里去了。”

“现在霍尔斯特在哪儿呢？”路易斯问道。

“哦，这家伙又到林子里去游荡了，这样他就能在新鲜空气里消散消散劳拉夫人的尊贵客人留在他身上的香烟味儿。每个壶都能找着盖，你肯定听过这句俗话，但我不是特别相信这句话。就拿霍尔斯特这样的人来说，这个天性纯良的小子，从十四岁开始就对劳拉夫人起了痴迷，为她擦鞋，把她捧在掌心，如果有必要，连她的客人都捧起来了——结果又怎样？更何况劳拉夫人是这么火辣的一个女人。”

劳拉夫人，内心那么热情似火，结果她的兔皮大衣都着了火，那是从她的横膈膜蹿出的火苗，金色夹着红色。还冒出了烟，就像是在饱受折磨而朝自己的忏悔神父喊叫的圣女贞德那样。

“她连一天都没法安安静静待在家里。”走到铁路栅栏木前面的拉夫说。

“帕斯卡说了，所有痛苦的源头就是人没法独自一个人对着家中四壁待上二十四小时。”

“帕斯卡·赫拉戴恩吗？”

“不是，是那个哲学家。”修女克里斯讲到过他，讲他的计算器，讲他如何对尘世生活说了永别，讲他如何身染重病，所以他才会对人的痛苦和伟大都有这么好的体会。

“她是这么火辣。”拉夫说，“就连自己的姐妹都被她闹得不得安宁。”路易斯不明白他这话指的是什么。很可能是修女圣盖洛尔夫的那种激烈又顽固的不安宁，她就是因为热血症才被其他修女关起来的嘛。她也让自己的姐妹都不得安宁，用她的虔诚，用她的灵魂的诉求来吵扰她们，折磨她们。

第二十一章
阿尔曼德舅舅

夜里凉起来了，再加上冬天随时都可能降临门前，梅尔克就为欧梅尔舅舅织起了套头衫，他马上就会从阿尔伯特运河上回来了。维奥蕾特姨妈把包装纸折叠、剪碎，做成了图书馆藏书的书皮。她让路易斯给书贴上有淡紫色边的标签，然后她用一支圆钢笔在上面写书号和书名：《阿尔夫斯教友的命运》《修道院清规》《我们如何战胜我们的自私？》《教会新手》。路易斯的舌头沾了胶水，多了黏糊糊的一层。他想往书里瞧一眼，但维奥蕾特姨妈不允许，因为这都是从成人阅读区里拿来的。他认出了爱德华·弗缪伦[1]的《布利艾克阿特一家》，这本书爸爸肯定读过十遍了。弗缪伦，更出名的是他的笔名瓦尔登·欧姆，是爸爸最喜爱的作家之一，因为在他的每一本小说的标题下都写着“源自我们的民族，献给我们的民族”。在他的书里出现了许多忽然就会发疯的农民，把拳头砸在桌子上，让盆盆罐罐都跳了起来，口里还飙出咒骂的粗语。《阿贝伦霍夫的疯人》。

“以后等你辨别能力提高了，想读什么都可以。现在这些书不适合你这个年龄，读了只会损害你的灵魂。”维奥蕾特姨妈说。

---

1 爱德华·弗缪伦（Edward Vermeulen）：笔名为瓦尔登·欧姆（Warden Oom），20世纪上半叶著名的弗拉芒语作家，被视为西弗拉芒地区的民族作家。

“如果你想读点有益处的书，上面多得是，都是欧梅尔舅舅读书时候留下的。历史书和地理书。”梅尔克说。

“我知道欧洲所有国家的首都。”路易斯说，然后一个个念起来了。刚刚说到立陶宛的考那斯和拉脱维亚的里加，阿尔曼德舅舅就摇摇晃晃地走进来了。梅尔克立刻站了起来。“我们正等你吃饭呢。我这就去煎一下肋肉排。”

阿尔曼德舅舅的嘴淌口水，目光呆滞，砰的一下落在了安乐椅里，压得椅子吱呀响。“哦，啦，啦，哦，啦，啦。”他叫唤道，把自己黑油油、平塌塌的头发拂得更平。

“我到底还是回到了家。”他脸上飘过如释重负的表情。他试着解开靴子，但是白费力。路易斯想去帮他，但他还没来得及起身，维奥蕾特就赶紧说：“别往那边看。”梅尔克丁零哐啷操弄着锅盆。阿尔曼德舅舅打起了瞌睡。

“波兰首都华沙，罗马尼亚首都布加勒斯特，匈牙利首都布达佩斯……”

“皮卡迪[1]。”一个睡得迷迷糊糊的声音说。维奥蕾特的图书馆书皮刺啦嚓啦地响。

“皮——卡——第。”阿尔曼德舅舅挣扎着睁开布满血丝的眼睛，用命令的口吻说，“嗨，你这个显摆聪明鬼，皮卡迪的首都叫什么啊？不，先回答我：皮卡迪在哪儿？”

快用一副望远镜浏览欧洲地图，有政治区划的，比例尺1：128百万。右边，蛋黄色是俄罗斯，挪威和比利时、希腊都是粉红色，芬兰、法国和波兰是新鲜燕麦的绿色，酒红色的小点是摩纳哥、安道尔、但泽，还有片微小的莴苣叶：卢森堡。

皮——皮卡迪。

“它根本就不在我们这块大陆上。”路易斯说。阿尔曼德舅舅大笑，

1 皮卡迪（Picardie）：原来位于法国北部的一个大区，历史上也曾经被看作弗兰德的一部分，一战期间是主要战区之一。

就像是阿贝伦霍夫的疯人。这笑声渐渐转变成了呼噜声。

“别管他。”梅尔克端着盘子走过来了。

“根本就不要听他说话。”维奥蕾特姨妈说。

就是现在，就是在这儿都免不了受屈辱。在他拿手好戏的顶峰上，地理能手居然遭到了威胁。德国人在最近几个月里把奥地利（偏红色的土黄）和捷克斯洛伐克（紫罗兰色）分裂成有新首都的新国家了吗？为什么在寄宿学校没有人告诉过我们？还是，我本来早就应该从收音机里捕获到了这个信息，但我却只是跟着“漫游者”[1]的音乐蹦来跳去？我这无可救药的暴怒的盖尔哈德·墨尔卡托[2]。

“根本没有皮卡迪这个地方。”他急于挑战地说。“皮卡迪。”他还嘲讽地重复了一遍。

“是吗？”阿尔曼德舅舅彻底醒了，抽出一支香烟，按在烧红了的灶台上。“要我给你唱唱皮卡迪的国歌吗？”他自负地讥笑说；他在路易斯眼里俨然就是个“雷利埃特”，七百年前的亲法派弗拉芒贵族，用破男中音高唱着称颂皮卡迪玫瑰的歌来嘲笑新萌芽的燕麦田里无知的农家少年。

梅尔克给了她这醉醺醺的爱子当胸一捶。“现在别闹了，街坊们听了会怎么想啊！”

“皮卡——卡第，这个一定会让你脑子清醒起来，你这要聪明的小鬼，你这好出风头的小山尖儿，还是个放肆的啄木鸟儿。”

维奥蕾特姨妈把一叠包好的书按到胸前。欧洲的风光露台[3]。可那一小块五彩片皮卡迪到底在哪儿？老霍屯督人还在窃笑。他在笑我。

“在澳大利亚有考拉、熊猫和袋鼠。”路易斯说。阿尔曼德舅舅举着一块弯得像一个飞镖的肉排骨，正起劲地啃着，他的下巴成了飞镖的装饰。“没错，但是我要知道的不是这个。”

---

1 漫游者（Ramblers）：荷兰爵士乐队，其音乐在二三十年代通过收音机风靡荷兰等地区。

2 盖尔哈德·墨尔卡托（Gerhard Mercator）：16世纪著名地理学家和地图制作家，出生于弗兰德地区。

3 原文“Balkon”兼有“阳台”和“乳房”的意思。

“皮卡迪到底在哪儿呢？”路易斯最终还是恭顺地发问了。

“好好记到耳朵里啊：朝着去幸根纳的方向走，过了磨坊马上拐进右边第一条街，在杨树背后，正对着砖瓦厂。”

“在那儿他们会把他的钱包掏个精光，而他喝个大醉的脑袋壳啥都注意不到。”

维奥蕾特姨妈已经在火速吞下她的第四块肉排。“都是这么小一块哟。”在她下巴的小窝里有枚脂肪钻石在闪闪发亮。

阿尔曼德舅舅，一个年近四十的农业经济专科毕业生，居然这么愚弄他，将可恶的下流酒吧“皮卡迪”和五彩欧洲的那些奥妙神奇、充满希望、名字悦耳的首都放到了同一水平，这让路易斯气得浑身发抖。*时刻都要微笑。*

“我去了小宫殿。”他说。

“哪一座小宫殿？”维奥蕾特姨妈说，就好像她真的不清楚一样。

“就是劳拉夫人住的那座，那个火辣的女人。”

梅尔克的头猛地抬了起来。维奥蕾特姨妈的下嘴唇掉了下来，她七零八落的牙齿看起来就像是萝卜块。

“老天爷呀，”阿尔曼德舅舅叫起来，“一个火辣的女人？”

“这大家都知道呀。”路易斯说。

“老天爷呀，老天爷。”

维奥蕾特姨妈想说点什么。她朝她母亲投去一个绝望的眼神，而她母亲问道：“你到那儿去要干吗？”

“我想对劳拉夫人说声日安。”

阿尔曼德舅舅那张布满规则皱纹，带有油光闪亮的嘴唇，在血管密布的眼白中嵌着绿灰色虹膜的脸，能够召唤并驯服蛇和女人及农场主，但对我却无计可施。维奥蕾特姨妈圆圆的鼻孔里呼哧呼哧地出气。

“那她说了啥？”阿尔曼德舅舅问。

“她不在家。”（真可惜，真可惜。）

“你也没啥好遗憾的。”阿尔曼德舅舅就像在和一个成年人说话，用他的星期日西装外套的袖子擦了擦嘴唇，这是他在“皮卡迪”不会做的，因为在那儿他是出了名的纨绔公子哥儿，是有风度、有样子的一个容克贵族，威廉·凡·古力克[1]，教士兼战士，在1302年的金马刺战役中率领过一批弗拉芒骑士作战。

“她是坐着一辆出租车离开的。”路易斯说。

“让我们换个话题吧。”梅尔克叫道。

后来，等他稍微清醒了一点，阿尔曼德舅舅又来考他：“法国总统是谁？”

“达拉第[2]。”

“错！是留着笨蛋大胡子的勒克莱尔[3]。意大利是谁说了算？”

“墨索里尼。”

“又错。你真是一点都不开窍。那些修女们都教了你什么呀？最高权威还是国王维托里奥·埃玛努埃莱[4]，那个软蛋！西班牙呢？”

“弗朗哥。”

“对了。头号大元帅。一个诡计多端的小子。光看他那张遮在帽子底下的老鼠脸，你都不敢相信他会有啥出息。但他可真会把握时机。他要把所有内战以前寄存在法兰西银行以保障共和国的钱都拿回去。而法国人现在就非得承认他的合法政府不可，那些钱才会流进西班牙唯一一家法律认可的金融机构。你明白吗？那日本呢？”

“平沼骐一郎[5]。”

“没错。你挺熟的嘛。”

“他的地理课成绩是全班第一呢。”梅尔克说。

---

1 威廉·凡·古力克（Willem van Gulik）：13世纪的著名弗拉芒贵族，曾在教会任职，后参加反抗法国国王的弗拉芒起义。

2 即爱德华·达拉第（Édouard Daladier），1933—1940年三度出任法国总理。

3 即菲利普·勒克莱尔·德·奥特克洛克（Philippe Leclerc de Hautecloque），实际上只是法国著名将领。

4 即维克托·埃玛努埃莱三世（Vittorio Emanuele Ⅲ），意大利国王，1900—1946年在位，一战后其实是墨索里尼的傀儡。

5 平沼骐一郎（ひらぬま きいちろう）：日本政治家，曾任首相。

"这对他没有多少好处。如今国界线变得就跟天气一样快。就连我都跟不上。他最好还是开始学德语，因为明天或后天他们就会闯到我们家厨房里来了。'hesp'用德语怎么说，路德维希[1]？"

路易斯恨阿尔曼德舅舅，这个一事无成的败家子，作为农业经济专科毕业生一度受聘于"国家单位"，又因为令人作呕的酗酒恶习被国家赶到了大街上。爸爸说得对，像阿尔曼德·伯塞茨这样的人或像大多数喝酒喝丢了理智的法国人都应该关进劳改营，就像希特勒做的那样，希特勒可是滴酒不沾，是他那警醒民族的楷模。

"'hesp'的德语，我在问你哪。"

"SCHINKEN（火腿）!"

"不对！"阿尔曼德舅舅吼道，"Schweine-Pöter-Fleisch（猪屁股肉）!"

而维奥蕾特姨妈，这个自以为风骚的女人，与他一起大笑起来。就连梅尔克都忍不住微笑了一下。

然后，梅尔克就为她在安乐椅里打鼾的儿子脱下了靴子。"你呢，就上楼去吧，赶紧的。"她对路易斯说，"你那些脏脏的话哦。劳拉夫人，一个火辣的女人——你这些都是从哪儿学到的呀？要么你就是在村里认识了坏朋友，要么你天生就是个坏小子。"

"如今的孩子都不再是孩子了。"维奥蕾特姨妈说。阿尔曼德舅舅的鼾声越来越大、越来越粗。他肯定梦到了藏在酒红色帘幕后的坏女人，当他给她们讲他怎么用他的德语好好地羞了羞他那自以为聪明的外甥时，她们都笑得哗啦啦响。

---

1 路德维希（Ludwig）：路易斯（Louis）对应的德语名字。

第二十二章
一个木匠

妈妈又打电话来了。她又让人给路易斯捎来了多得难以置信的暖心话；她正在静养，会慢慢康复，不过病情还有点儿反复，所以路易斯还得在巴斯特赫姆再待一段时间，不过她知道他在姨妈和外婆身边感觉挺不错。是啊，这是她从阿尔卑斯山的另一边传来的话，现在去于勒，那个木匠那儿去吧，对他说："于勒，我姨妈派我来取小瓶子的。她又犯心绞痛了。"

"可是我根本不认识这个男的啊。"

"他不会吃了你的。"

"如果他没有准备好小瓶子呢？"

"小瓶子他总是会准备得好好的，路易斯。你也够大了。取了那个小瓶子，带给我。不要动想喝喝它的坏脑筋哦，不然你就要带着胃上几个洞在医院里躺两三个月了。如果你遇到了拉夫，你要对他说：'我姨妈不想让你再踏进我家院门一步了。'不要再多加解释。如果他想去劳拉夫人家，他就得一个人承担所有后果。"

木匠家房子的正墙面涌出一股猪圈的味道，但在扩建出来的玻璃侧房——它修得这么马虎，就像是照着多博雷的一张素描画描的样子（寄宿学校的那些纸做的梦想小屋肯定都能在世界上某个角落里找到，只要找的时间足够长）——里，有着新锯下的木头的浓郁气味。路易斯站在门口，眼前是堆成山的薄木片、木工刨台、闪闪发亮的拉锯、排列在墙边的染了灰尘的凿刀。这时他身后传来一声巨大的嘎吱响，就像是一扇没有上好润滑油的大门或一头仔猪发出的声音。有一个身着马车夫的黑色外衣的人，像抵挡风暴那样往前弯着身子从小炉灶房一边走过，消失了；刷成白色、凹凸不平的墙把那个戴了一顶黑色宽檐帽，两只手把一条红白格子的厨房毛巾或破窗帘按在脸上的男人吸进去了。

“日安。”于勒，那个木匠，穿过果园朝路易斯走了过来。他高个子，皮肤是日晒雨淋出的棕色，还有一大把浓密的白胡须。他嚼着烟草，到了厨房里就把木鞋从脚上甩掉。“坐下吧。我们的维奥蕾切[1]还好吗？”

屋里的墙壁也挥发出酸溜溜的猪圈味儿。壁炉上、桌子上、窗台上都摆满了小瓶子、坩埚、曲颈甑，其中大部分看上去都装满了尿。路易斯坐在一只鸟笼旁边，笼子里是一打小白鼠在乱爬，发出的声音和刚才那个佐罗人影发出的挺像，只是轻一些，不那么痛苦。

“嘿，瞧这儿。”于勒低声说，递给路易斯一个沾满灰尘，摸上去湿湿冷冷，显出青苔绿色的小瓶子，瓶塞就是一小块碎布片。“这是给维奥蕾切的。”他用两根手指夹住路易斯的下巴，说，“芹菜。你必须吃好几斤的芹菜，这样你一个月内就能康复了。”

“可是我没有生病啊。”

“你以为你没生病。在我面前你什么都藏不住的。”

“是我姨妈或我舅舅告诉你我生病了吗？”

“他们什么都不需要告诉我。”手指没有放开，一把老虎钳。木匠疯了似的明亮目光锁牢了他，他侵入了我的灵魂，这个巫师。霍尔斯特，支援我。我真不该一个人来的。路易斯把下巴挣脱出来，从一个缠绕着象牙花枝装饰的椭圆形镜子中看到了自己：一个头发因汗湿了

1 对维奥蕾特的昵称。

而黏在一起的男孩，有着塞涅夫的塌鼻子，走了形的细长嘴唇张开着。

“芹菜和大葱，”木匠说，“能吃多少吃多少。拿着这个。”他给了路易斯一个明信片大小的信封，里面塞得都鼓起来了。

“空腹喝一勺茶，要在沸水里煮散。你可以在茶里加一小块方糖，如果你觉得味道太咸的话。每个星期天喝，连喝三个月。然后你就会睡得像一只土拨鼠那样了，你所有的黑暗想法都会消失的。”

小白鼠歪着小脑袋，垂着小耳朵仔细听着。

“这个小瓶子十法郎。药粉我就送你了。”

路易斯结结巴巴地说，“没，没有……我姨妈……没有说要带钱。”

于勒的白胡须尖儿卷到了一起。“维奥蕾切还是老样子。不过我会拿到我的十法郎的。哪怕我要用上鞭子来取。”

在从大乡绅家偷来或从拍卖会上买来的那面象牙镜子旁边，挂着一张教士的深棕色照片；照片下点了盏油灯。“凡·哈埃克牧师。”于勒说，“在瓦勒肯定没有人认识他吧？对不对？可是，将来某个时候肯定会有人建一座教堂，甚至是高级教堂来纪念他的。那一天政府终究会把所有医生和外科医师连带他们的谋杀术都送进牢里去。除了他们，没有谁在比利时造过这么多孽，没有谁要对那么多孩子的死负责，就连犹太人都没有过。”他在引用一篇文章，在朗读他脑子里的一份报纸。“就因为他指出了这些人的罪孽，在传道的时候也从不隐讳，所以他们就让这位哈埃克牧师靠边站了。但是，有一天会有人把他的尸体再挖出来，安葬在一座高级教堂的大理石地板下的。”

仿佛是为了给他助威，他头顶上的楼板上有一只鞋刨了刨。木匠小心地抬头朝被烟熏成了黑棕色的木板看了看。他无声的祈祷得到了聆听。楼上安静下来了。他给自己取了一块新鲜的烟草叶。“如果你忍不住的话，小伙儿，”他一边嚼着，一边慢慢地加重了语气地说，“那就尽管玩你那家伙吧。”

路易斯开始打战。他吓了一跳，木匠带着那股猪饲料的味道弯下了腰，紧贴到他跟前。在他们上方，佐罗正跪在地板上，耳朵也贴在了地板上。

“尽管玩你那家伙，你的小鸽子蛋不会受不了的。你不用害怕，你不会像那些医生说的那样变成一个白癫子的，他们都是受了撒旦和卡西莫拉尔[1]的训练。”

“受了谁的训练？”

“卡西莫拉尔，那条地狱里的狗，自由派分子的头领，率领三十六个魔鬼军团呢。”

路易斯真恨不得把这个装了灵丹妙药的小瓶子和草药粉都扔到木匠头上去或扔到带有羊毛状烟线的油灯里去。如果他现在能抓到他那坏朋友拉夫的手，与他一起跑开有多好。能祛除这一切的那位保护天使哪儿去了？木匠岔开腿，一只手放到装满静听他说话的老鼠的鸟笼上。

“是啊，真没错，你真是康斯坦泽的孩子，一模一样的机灵脸蛋。机灵，但是眼瞎。我跟她说过多少次：‘康斯坦泽，你在欺骗你自己，就看你这么走这么站着的样子。你知道人生的真相在哪儿，可是你就只会沉溺在谎言里。’她听我的话了吗？没有。还有证人在场呢，她就说：‘我才不会听于勒的呢，我宁愿相信《斯诺埃克年鉴》[2]上的建议！’这句话绝不会被遗忘的。它会永远保留下去。她不愿意听我的话，结果你看，就连第二个孩子都得不到！

“我也不想说这些，但她还要经受很多磨难。不是飞速降临的肺结核，不是痔疮或肿瘤，不，她不是自己身上受罪。因为德国人会带着他们的反基督势力过来的。而康斯坦泽没有抵抗他们的意志力。她现在都抵抗不了，虽然这次的考验就是个小把戏。她把整个身心都交付给了那些年轻医生中的一个，那家伙三个星期前才从大学毕业，一边唱着收音机里的破流行乐，一边在她身体里瞎折腾。”

木匠疯了。路易斯根本不想再听下去了，很快地问了句：“德国人

1 卡西莫拉尔（Kaasimolar）：据说是所罗门魔神中的一个，形象是长有鹰翼的犬类。
2《斯诺埃克年鉴》（*Snoeck*）：比利时一本著名杂志。

会来吗？”

“德国人有世界上最好的医生，最好的机械师，最好的工程师。坐着满是火与硫黄的战车的彼列[1]，率领八十个魔鬼军团，现在称自己为戈林[2]元帅。”

这个瞎了眼的狂热分子居然从事着耶稣养父的职业，真是无耻极了。这要是在中世纪，木匠行会会大声讥笑着把他赶出行会会馆。路易斯的目光穿过布满灰尘的窗户，落在了悬挂在仓库门口的三只山鹑身上。它们要在那儿挂上三到四天。“但在德国，还从来没像最近这样出了这么多白喉病，这么多麻疹、腹泻、小儿麻痹症。男人们在地里昏倒。不过报纸上都不会报道这些。”

在于勒头顶上的楼板上，那个偷听的男人挪了一下他的脚踝或膝盖。于勒抬头盯着出声的地方看。“他睡不着觉。”他担心地说。

“可是德国人到底会不会杀进比利时？”

“会的。不管怎样都会。他们非得这么做不可。他们的反基督势力命令他们这样做。白纸黑字写得清清楚楚的。他们一边受着药片和化学品的毒害，一边过来。记住我的话。达拉第和张伯伦不相信。他们最好读一读古书，里面这些事儿都有预告的。而伯塞茨的三姐妹，她们就会嘲笑我，叫我‘江湖骗子’，她们到时候也不得不信，她们还要受受啃树皮的苦的。”

“她们没有嘲笑您！”

“没有才怪！尤其是你的母亲！尽管如此，我已经尽到我的责任了，我在她们来找我，来求我说‘于勒，你是唯一能帮我们的人！’的时候，已经为她们出过点子出过力了。”

“帮她们做什么？”

“以后吧，”木匠说，“以后我会告白天下，这三个我都帮助过。”

1 彼列（Belial）：《圣经》中出现过的恶魔，曾是天使，与基督作对。
2 即赫尔曼·威廉·戈林（Hermann Wilhelm Göring），纳粹德国的重要军事首领，希特勒的亲信，盖世太保首长。

“您现在就告诉我吧。”路易斯命令道。江湖骗子认出了这是来自良人路易斯公爵的冰冷命令，他几乎谦卑地说：“帮她们减轻女性的痛苦。”路易斯扭头看往另一个方向。

“我治好了她们三个。”于勒说，“在我的贝尔塔死了之后，我就向这三个，一个接一个地，求过婚。但这三个人，一个接一个地，嘲笑了我。尤其是你母亲。”

“也包括维奥蕾特姨妈？”路易斯叫道。

“也有她。也包括维奥蕾切。”

他太滑稽了，但也挺神秘。

“你不会和她睡同一张床吧？别笑，你这犟鼻子。除非你是要嘲笑所有在大好年华里一病不起，就因为女人和他们的汗水掺和到了一起血压就越降越低的年轻小伙子们。你以为呢，为什么大多数女人活得都比男人长好多？因为她们从年轻男人的身体里夺走了水分，吸到了自己身体里！”

路易斯突然明白，这个轻声呼号的男人是对的，因为他想起来了（就仿佛于勒头顶的那个男人透过楼板悄悄说给他听），在20年代有一个罗马尼亚的男孩出现在了伯塞茨家，是一个难民救护协会送来的。他在维奥蕾特姨妈身边睡过，维奥蕾特姨妈和梅尔克都曾让人怀疑地嘲讽说，那个男孩在头天夜里就从他的新养母，维奥蕾特姨妈的床上爬了下来，钻到了黑乎乎的房间里的一个角落，在那儿放了个响亮的屁。因为在他那有教养、杀伐严厉的罗马尼亚家庭，家人教他要这么做。当这个孩子回到他的祖国时，他从没有回应过维奥蕾特姨妈写去的十或十二封信，这么来推测，他估计在东边一病不起，永远被姨妈身体散发出的有毒湿气弄得虚弱无力了。维奥蕾特姨妈现在还有一本罗马尼亚语词典，会用罗马尼亚语念《圣母经》。路易斯决定再也不在沙发上维奥蕾特姨妈身边坐太久了。

“贝赫尼丝怎么样了？”

“挺好。”

“挺好。这算个什么回答啊？”

“我都快有一辈子没见过她了。”

“这是三姐妹中我最想娶的一个。但事与愿违啊，她不惜一切代价都要嫁给一个犹太异教徒，就为了刺激我。”他陷入了忧伤的沉默。在他们头顶上响起了穿袜子走路的脚步声。“首先是贝赫尼丝，然后是维奥蕾特，最后是康斯坦泽。康斯坦泽怎么样了？我常常想念她。她好动、闹腾，但挺能搜集蜗牛的。”路易斯深吸了一口气。妈妈和蜗牛。他想让木匠解释一下，想从他这儿知道，他这一句多半是有侮辱性质的话到底是什么意思。这个男人发觉了他的诧异。“她在搜集蜗牛方面可是最敏捷的。”他说，“因为她每找到二十个蜗牛我就付给她两法郎。”他看出来路易斯还在郁闷。“是用来做咳嗽糖浆的。”他的语气是在对个孩子说话。“如果你见到她，告诉她：‘于勒说了，没有人找蜗牛找得像你这么快。’她听了肯定会高兴的。”

老鼠又在笼子里吱吱叫着乱窜。傍晚，路易斯悄悄去铁具店的仓库里看拉夫，他在巴斯特赫姆唯一的朋友，向他打听那个在匆匆逃离时用手巾遮住脸的那个男人。拉夫说：“那肯定是康拉德，他被人从德国赶出来了。”

路易斯吓了一跳。“一个间谍？”

“对。常常有陌生人去于勒那儿。据说他们一起学习世界语。”

“那他们就是第五纵队的人啰？”

“不是，你这个蠢货。他们是在反抗希特勒。”

“可真这样的话，等德国人到了，他们就会被登记下来或根据管制法被射死的！”

“是啊，他们到时候会被拖到墙边。”拉夫说，“不过，现在嘛……”

“没多久了。”

“还有一段时间呢。”

路易斯和他朋友打赌，比利时会放弃中立的，就像报纸上说的那样，而且就在三个月以内。他的赌注是十二颗弹子球：被磨得滚圆，完全听命于他手指的玻璃球，雪花石膏的眼珠子，装在妈妈给他缝制的、带有拧成绳的银色线圈的丝绸袋子里。如果拉夫输了，他就会交给路易斯他从劳拉夫人的垃圾桶里偷出的玩意儿。他们互相拍击了一下手背。

“这儿有人吗？”一个受惊吓的男人声音在喊。拉夫把路易斯推到一个装着带斑点的炒菜锅的架子后面。橡胶皮靴在整个仓库里吱吱响。拉夫的父亲，头疼就揍人的先生挪开了一张桌子就消失了。他下个星期要去军队服役了，拉夫说，炮兵部队预备下士被应征去列日的世界博览会，在那里乔装成罗马人，加入辎重队去护卫战车。在列日还可以看到阿尔及利亚的骑士演“魔幻剧”，一种阿拉伯的骑士剧，他们会穿着随风飘舞的斗篷，怒吼着做出大胆的杂技，同时还有礼炮在空中炸开。这是聪明的一招，把这些法国精英部队[1]的士兵带到比利时的土地上来，这样随后就能征用他们保卫比利时的边界了。

1 阿尔及利亚当时还属于法国。

第二十三章
梅尔克

在回家的路上，路易斯本来恨不得扔掉于勒给他的那个信封；幸好他没这么做，因为木匠由于一个误解——许多中的一个——而弄混了几样东西。这个男人到底有没有本事给顾客提供一个造得牢靠的柜子或一张不会晃动的桌子？碾碎的野草或药草其实是给梅尔克的，用来治愈她的黑暗想法。她带着因痛苦而走形的脸啜饮着熬出的汤药。路易斯没说她可以往里加块方糖。她时不时地念念家用周报《星期日之友》，咕哝道：

“健康堪忧。我家里没有啥事儿是不堪忧的。为了买于勒的小药粉和他自制的药片花了挺大一笔钱。更年期。对男人对女人来说都是紧要关头。要吃药对抗忧郁的念头。届时，疲惫的器官已无法再正常工作。食物残余和身体里自带的毒素都会拖累血液。”（她没戴眼镜，读着《星期日之友》。）

“觉得身心俱疲？克鲁欣牌盐能安抚肝和肾，更能百分百清除垃圾，阴郁情绪一扫而光。一天服用一百二十粒，价格二十二法郎。

“这些家伙撒起谎来真是啊，小伙儿。

“德国人当然会侵入我们可怜的比利时，还会进逼到比利时的国王面前，就像14—18年那样，当年重骑兵在坦克前开道，都用不着在我们九个省问路，因为我们的国王阿尔伯特娶了一个德国女人哪。还好现在那个可怜的傻瓜不在世了，不然他今天就得亲眼看着那个女人怎么给他朝廷上那些宠臣派发恩惠，送他们刻好他们名字的手表和香烟盒子。她一次就买了一打这些东西，因为这样折扣就多，还有王室专享的折上折呢。她当然每天晚上都会打电话给希特勒，‘元首啊，比利时人都是和平又贪图享乐的人，比利时军队弱得很，士兵们都不听军官的话而是嘘他们。您大可安心过来，元首，您只要将这一小块国土加到您的帝国上，就能把北海当作边界了。’

“最开始是腿不对劲了。你想站起来，但是这腿就跟法兰绒做的似的。你朝天空念出应急祷告。但你的大腿还是毫无生机。每条腿上都挂了二十斤重物。是这腿告诉我，要生的是对双胞胎。马尔克和玛丽特。马尔克早一刻钟来到这个世界，这倒没多大区别，但后来我还是高兴他多活了一刻钟。那时候正闹肺结核，尤其是急性的肺结核，毫不留情。我们的欧梅尔出生的时候，巴希尔，我老公，非要再用马尔克这个名字叫他。但我就不愿意了。

“巴希尔要做的，我从来就不愿听。只是到了最后，在他手上攥着十字架念珠，在苹果树事故的那一天，我才明白，我让他这一辈子受尽了苦。我都忌妒他的影子了。‘你今天出门要多久，巴希尔？’‘我回来的时候你就知道了。’他说。‘到底多久，我问你呢！’我因为忌妒而发起火来。‘你想知道到几分几秒吗？’他喊道。我说，‘对，对，对，到几分几秒！’他去给兔子切饲料时，都不能在外待太久，我会算出他需要多少分钟，走过去走回来有多少步，如果比这个时间长，他回来晚了，我根本就不会理会他，还有他的镰刀和三叶草。他就会使劲踢掉木鞋，害得我每次都以为鞋子已经摔碎了。

“后来，他被调到了这儿，来守巴斯特赫姆的水闸，其实他根本就不愿意来的。但是，我背着他写了申请，签了字：巴希尔·伯塞茨，水闸师傅。再要反悔就太晚了，他不能收回申请而得罪自己的上司。为了每个月能多十个法郎，我想了这个法子让我们搬到了巴斯特赫姆，在这儿他谁都不认识，也没人一起打牌。为了每个月能多十个法郎，我让他活得透不过气来了。

“在巴斯特赫姆这儿，我看到他擦靴子擦得越来越久，他喜欢做这个，这是他在军队服役的时候就有的爱好。他擦得格外用力，结果靴子都能当镜子用了。他这时候也能好好想事情，他说，擦鞋的时候能好好想事情。我当然又说：‘你要想的只有我和我们的孩子，没有别的事情好想了！’

“他喜欢吃甜点，所以他和你父亲会这么投机。两个人总是在一起咬些啥。孩子们吃不下的时候，他也会就着棕糖吃黄油牛奶粥，背着我哧溜哧溜吃掉。孩子们总是特地给他留一点儿。在他的葬礼结束后，她们才把自己碟子里的吃了个干净。我想到我那时候还为这个扇她们耳光呢！当时我肯定要么就是哭，要么就是打孩子，我现在哭不出来了，就好像是我承受了比利时所有的哀愁似的。

“我对自己很严厉的。我在家学到的就没有别样。所以我对他也严厉，他又对孩子们严厉，只要有点小事由，他的手掌就要动起来。这我也同意，但要把阿尔曼德除外。我总是偏爱他，因为他是我最大的孩子，就因为这，他现在就成了一事无成、酗酒度日的败家子，在生活中找不到立足的地儿。我对他太好，结果毁了他，这是没法再倒回去的了。巴希尔也预言会这样，他现在可幸福了，直接上了天国嘛，都不用在炼狱里走一遭的。

“我到底为什么忍受不了他会为与我无关的事情开心呢？就连他得到的勋章，我都不乐意看他戴上，那是他在庄稼地里发现了战争结束后正撤退的阿尔萨斯-洛林德国后备军并举报而获得的。他要去老兵聚会，在镜子前看自己的勋章有没有摆好，其他任何一个女人都会为这样一个由尊贵的殿下亲手授予奖励的男人而骄傲，但我却恨不得拔下镜子中那个他的髭须，因为他朝镜中的人微笑，而我却想象成他在朝一个坏女人微笑。怎么会这样，我居然把他这一生都毁掉了，可他都没打过我一个巴掌。他完全可以做到的，他比我重三十公斤呢。也许他就乐意被管制到血液里？他难道不想做村里有名望又重要的先生，当时一个水闸管理员就是这样，而只是要在家做个妻管严，在老婆面前畏畏缩缩？还是说，不过这其实不太可能，他原谅我是因为他爱我一直爱到了坟墓里？”

她把窗台上灯光微弱的小灯拧亮，然后把她的鸡眼又泡进了“萨尔特拉特-罗德尔”泡脚液里。“我们活在艰难的时代。”她说，“维奥蕾特还要靠我，要靠我靠到坟墓里去，这就是我受的惩罚。”

她提起脚趾，脚趾上那该死的邪恶的根子应该脱落了。“幸好我们还有梅尔腾斯神父帮忙。你这一辈子都要记住了，路易斯，政府改了又换，但教会永存，谁要是对抗教会，他就只有死路一条。”

第二十四章
在上帝的空旷自然中

欧梅尔舅舅将戴着闪闪发亮的手表的手伸向空中，把锄头一顿，喊道“希特勒万岁”，行李箱落了地。

“这个疯子。”维奥蕾特姨妈激动地说。

欧梅尔舅舅戴着一副黑色角质边框眼镜，眼镜把他潮湿的棕色眼睛放大得很怪异。“你也会长成你父亲那样的瘦高杆儿咯。”他说。这话可不怀好意，因为爸爸并不高，路易斯是在最近几个星期才发现这一点的；寄宿学校院子里站着的那个仪表堂堂的身形在瓦勒家里，在大街上，在忒杰的父亲或面包房老板娘身边时，缩成了中等身材。

“我们的阿尔曼德在哪儿？”欧梅尔舅舅兴高采烈地叫道。

“他要晚点儿来。”梅尔克说。

“总是这老调子。”维奥蕾特姨妈边说，边帮欧梅尔舅舅脱外套，外套背后有新潮的开口。然后，她从箱子里取出了他的制服，打量了一下，挂到了椅子上。

“希特勒现在是在征服行动中间做个短暂休息。”欧梅尔舅舅开合着女人般饱满的嘴唇说，“他让世界看到了他能做什么，他敢做什么，先这样也够了。他足够聪明，没有继续来硬的。”欧梅尔舅舅说的几乎是标准弗拉芒语，他在代因泽的寄宿学校“我们亲爱的圣母贞女受孕”做过老师。“如果现在有几个德国将军因为自己的军队这么成功就翘尾巴，那希特勒就会一把挡住。因为他首先要关心的，就是在他的民族中每个人都有工作，都有饭吃。不像我们这儿，大臣们都只想着自己的小金库，给自己的政治党羽谋半个官职。”

他拍拍路易斯的大腿。“嘿，你还是修女眼中的大红人吗？”

“我？”

“哎哟，小伙儿，我去年可是去看过你的。她们都围着你团团转，就跟围着马厩里新生的耶稣似的。但是，等等，我看到了啥？你这好小子嘴唇上已经长出胡须了嘛！”

“我？”路易斯的手不自觉地飞快摸了摸上嘴唇。纯粹是胡吹。

“还只是刚有点样子呢，不过它和短裤子可不搭配。维奥蕾特，我们要找条我的灯笼裤，改好了给他穿。”

路易斯怀疑地盯着自己的舅舅，舅舅和他开起玩笑来像是把他当作了同类，尽管一年前还把他当个小男孩在车库里痛揍过。

“你妈妈怎么样了？”

“她的小宝宝死掉了。”大家遵守义务般地沉默了。

欧梅尔舅舅捋了捋头发，将闪闪发亮的手指在紫罗兰间绿色碎花的枕头上揩干净，又坐了上去。“来吧，”他说，“起身，路易斯，到上帝的空旷自然中去！”

“我们七点吃饭。”维奥蕾特姨妈说，“五香羊肉，这样的好东西你在阿尔伯特运河边是吃不到的。”

越过田野。他们在说今年肯定又能赢得环法自行车赛的巴尔塔里[1]。这个男人简直战无不胜。菲利奇杨·弗伐克可以在单独计时赛中赢他，毕竟他去年就比巴尔塔里少用了两分钟。但法国人是多么幼稚啊，你还记得吗，去年玛尼和勒杜克是一起跑到王子公园的，还手挽着手跑过了终点线。

欧梅尔舅舅张开双臂，他的胸脯鼓了起来，他的吊裤带眼看就要

---

1 即吉诺·巴尔塔里（Gino Bartali），意大利著名自行车赛车手，两次赢得环法自行车赛。

啪嗒一下断掉了，他像马一样打响鼻。

“啊，巴斯特赫姆的空气啊，”他说，“和肯彭兰的真他妈不一样！”

一句粗口！我们那些聚集在无人监管的军营，得不到灵魂指引的弗拉芒青年们都道德败坏了，就连欧梅尔舅舅也没有幸免。他去年还扛着绣了“PX”和“**东弗兰德的天主教学生行动小组**”字样的大旗走在纪念圣徒扬·贝尔西曼斯的游行队伍最前面。有这样一张照片放在梅尔克的床头柜上：欧梅尔舅舅穿着古式的扎膝灯笼裤，披着肩带，扎着围巾，高抬膝盖迈着僵硬的阅兵步子。在他身旁的是弥撒助手，他们用天鹅绒枕头托着圣徒扬·贝尔西曼斯的心脏，它本来藏在狮子体内。队伍再往后一点，是在风中受冻的少女们的衣裳和白色翅膀。她们扛着我们迪斯特[1]的尊贵女士的雕像，在这雕像前圣徒每天都要跪好几个小时呢。

“你的保护天使听到你骂人了，欧梅尔舅舅。”

“哎，我想它不会被吓到的。如果我真有这么一个保护天使的话。”

“每个人都有一个啊。就连异教徒都有。只是他们不知道。”

“我最近不太看得到我的保护天使了。你呢？”

“有时候看得到。”路易斯尴尬地说。

“它长什么样儿？”欧梅尔舅舅不动声色地问道，就像是站在他教的一班学生面前。

他们在一条冒出雾气的水沟前站住了。暴风雨马上要来了。“啊哟。”欧梅尔舅舅用沙哑的声音说，俯下身，做出要系紧鞋带的样子。一辆红色的赛车飞驰而过，方向盘前坐着一位金发女士。

她的头发在风中飞舞，她有玛莲·黛德丽[2]的高颧骨。在凝固的一瞬间里，她那带黑眼圈的淡蓝色斜眼睛静静地瞅着路易斯。方向盘上的手套是浅黄色皮革的。她穿着一件驼毛大衣，长毛衣领高高竖起。

血红的嘴唇，嘴角向下拉，做着拒绝的表情或为了专注地看两边

---

1 迪斯特（Diest）：比利时的一座城市。

2 玛莲·黛德丽（Marlene Dietrich）：著名女影星，出生于德国，纳粹掌权后移居美国。

尽是杨柳和银白杨的蜿蜒小路而绷紧。她驱车去她的小宫殿。雨开始下了，大颗大颗冰冷的雨滴。

“现在好好看看。”欧梅尔舅舅说。红色跑车到了林荫道，轰轰响着开跑了，消失在了装饰着旗帜的疗养院背后。

“接下来她还会用醉酒的脑袋撞一棵树的。”欧梅尔舅舅说。

“那样她就能摆脱他们了。”路易斯说。

“摆脱谁？”

“那些男人。”

欧梅尔舅舅把裤腿卷起来，跳过了水沟。“哪些男人？”

“所有想娶她的男人。”

“也没有多少个吧？”

“比如说，阿尔曼德舅舅。”

“你的阿尔曼德舅舅，”欧梅尔舅舅说，“是个浪——漫的灵魂。”

这是什么意思？是说他读脏脏的法国小说。浪/罗——漫[1]的是法语。我们是日耳曼人。上帝就是这么分割世界的。种族各式各样，有一些尤其让他动情，原因只有他自己知道。劳拉夫人唤醒了男人们心中那个浪——漫的灵魂，浪——郎，漫——蛮，蛮汉子的灵魂。

“这种浪漫是好，还是坏？”

“在他这个年纪非常坏。”欧梅尔舅舅说，“她看到我了吗？”

“我想应该没有。”

“你肯定？”

“她也许看到了你，但没有认出你来，不然她就停车了。”

“也许她正有急事，只想尽快回到家。”欧梅尔舅舅加快了步子，弯进一条通往林荫道的小路。

“我们要去她家吗？”

“才不呢。打死也不去。”

---

1 浪漫（romantisch）和罗曼语（romanisch）发音相近。法语属于罗曼语系。

路易斯要费不少力气才能跟得上。

“我估计她又在走私了。她是从荷兰边界过来的，萨斯·范·亨特[1]小镇。她开车开得火急火燎的。要是我车里装了这么多钻石，我也会这么开车。就是这样，她裤子里装满了荷兰的钻石，往家里开。”

肯定挺痛的，裤子里的皮肤都会刮伤的。还是说，她先把那些宝石裹在了擦窗子的抹布或药棉里？很有可能。现在路易斯明白为什么拉夫这么积极地找劳拉夫人的内裤了。他肯定巴望着有块宝石粘在了裤子上。

“她身旁座位上没有坐人吧？”

“没有，欧梅尔舅舅。”

“后座上也没有人？”

“也可能有人面朝下地躺在车里，在她脚边。”

他舅舅又破口骂人了，步子走得更快，就像是在和那些尽说猥亵骂人话的弗拉芒堕落士兵一起在阿尔伯特运河边急行军。路易斯刚想走到椴树下去，因为雨下大了，可欧梅尔舅舅已经跨上了牧场草地，气喘吁吁地从铁丝网下爬过去，跑了起来，一直跑到能看到小宫殿为止。跑车停在一张遮阳篷下。看得到霍尔斯特，他身后的圈里听得到牛羊的咩咩哞哞。

“她在家。”欧梅尔舅舅说。

“她躺在床上听收音机。”霍尔斯特说。他粗壮笨重的身躯走进了小侧房的一间低矮、发霉的房间。霍尔斯特没有剃胡子，毛发像刺一样扎出来。他提了提自己的往下滑的灯芯绒裤子，朝壁炉边的安乐椅指了指，用魁梧的背对着他们，甩掉了脚上的木鞋。这个房间几乎是空的，墙上挂着一个自行车轮胎。一片干枯了的棕榈叶。红色瓷砖上的白砂。一碗牛奶，里面游着一只金紫色的苍蝇。

“俺对自个儿叨叨，”欧梅尔舅舅突然说起了方言，“干啥不去找霍

---

1 萨斯·范·亨特（Sas van Gent）：荷兰小城，邻近比利时边界。

尔斯特，给人家道个日安咧。”

“好。”霍尔斯特说。他给自己和欧梅尔舅舅各倒了一杯杜松子酒。

“就是说，她在听收音机。”

“听三四种语言的广播。”

雨，雨。羊。在这儿，在自己家里，霍尔斯特显得不一样，比在学校宿舍门口的车里显得年轻。他看似在自己房间里并不自在，捅捅火，找拖鞋，与粉刷过的墙壁和窗户保持距离，在樱桃木柜子里找到一个红色瓶子，将里面的液体倒进一个咖啡杯，递给了路易斯。

“拿着，”他说，“你浑身都湿透了，喝这个会好些。”这是一种含有柠檬的、甜辣味的接骨木果汁。

“我有只兔子可以卖给你，如果你想要的话，欧梅尔。二十法郎。”

“新鲜吗？”

“前天刚打的。她不想要。她什么都不吃。”

“她是胃出了毛病？”

“哎哟，她呀！”霍尔斯特叫了句。

他们沉默了。树突然簌簌响。百叶窗砸着墙面。

“她在收音机里听最新的政治局势。”欧梅尔舅舅说。

“您给我母亲带了小孩衣服来。”路易斯说。霍尔斯特用手指点数。“三条宝宝连衫裤、四件宝宝紧身衣、两顶小帽子、一件格纹棉外套。不是‘萨尔玛’[1]的，我看了标牌，是布鲁塞尔的路易斯大道上一家店里买的。王室特供童装。”

“是劳拉夫人挑的吗？”

“她，或者她的一个女仆。”

“但它们看上去不像是新的。”

“她拿着它们玩了几天。”

“如果她总是听收音机的话，”欧梅尔舅舅不耐烦地叫道，“那她肯

1 比利时大众化童装品牌。

定知道那些阴谋诡计。还是说，她听的都是股票行情？”

“那些她也会听。”

“这都是她的那个公证员弄的。”欧梅尔舅舅下了结论，“那个在布鲁塞尔想要单枪匹马打败希特勒的贝伦斯先生，他恨不能今天就带着阿登山猎手杀进德国而不是等到明天。就因为这样的家伙，比利时现在就非得先征兵，然后又解散，一堆麻烦事儿，尽浪费国家的钱。”

一旦提到公证员，霍尔斯特就有了很奇特的反应。他抓起捅火钩挥舞起来，眼睛越来越明亮，攥钩的手指骨节变成了白色。他拿起接骨木果汁瓶子，喝了几口，咳嗽起来。然后，他平静地说，“公证员长，公证员短，我就没听到过她说别的。”

“她还是想嫁给他吗？”

“去问她自己呀，”霍尔斯特说，“问一问又不花钱。”

路易斯的保护天使觉得自己浑身不自在，上帝给他的信号和指示他没有懂。霍尔斯特在天国军队里实在没有得到足够好的训练，担负不好保护天使的职责。

在卧室里，劳拉夫人身着睡裙躺在床上，头发湿着，她在玩弄怀里的钻石。现在反正没有小孩衣服可玩了。

“她有足够多的人可挑啊。”欧梅尔舅舅说，“大臣啦，银行家啦，参议员啦。她只需要抬抬手指，上面就会多一个结婚戒指。只是看谁下手最快。是公证员吗？”

“你知道什么。”霍尔斯特说，“你是存心要惹我发火吧！”

欧梅尔舅舅吓了一跳，举起戴着闪闪发亮的手表的手，做出发誓的样子。

“站起来。”霍尔斯特说。欧梅尔舅舅站起身来。

“拉拉绳子。”霍尔斯特说。欧梅尔舅舅喝光了他杯中的杜松子酒，说：“劳拉·范德金丝特压根不适合你。从脑子里把那些念头都扫出去吧。”

“你先管好自己的事儿。”霍尔斯特声调平淡地说。

路易斯喝光了他杯子里甜丝丝的饮料。雨变小了。霍尔斯特朝路易斯点了很多次头。“给我向你母亲带个好。”

“我会的。”路易斯说，并朝这个巨人眨了眨眼睛，而这痘痕满脸、脸上肤色和浅色姜饼一个样的人还一直在点头，然后拿来了一只眼眶空空的兔子。“答应了就不食言。”他说。

欧梅尔打量着这具死尸，没有伸出手。

“你不喜欢？”霍尔斯特问。

“我倒是喜欢，但我的钱包不喜欢。”

“拿走吧，钱可以记在塞涅夫夫人账上。”

欧梅尔舅舅问也没问就从桌子上拿了份《最新快讯》，将这动物卷了进去。霍尔斯特，杀了这兔子，也杀了妈妈的孩子，我的小弟弟的霍尔斯特，负责保障我灵魂得救的霍尔斯特，还想对我说几句很紧迫、很关键的话，但他放弃了，因为欧梅尔舅舅在场。

“妈妈在瑞士。”路易斯说。

“我可以等。”霍尔斯特说，“我也不是急着要这二十法郎。”

霍尔斯特今晚多半就会给妈妈打电话，对她说：“我遇到了你儿子，康斯坦泽，这男孩子爱你，他想念你，康斯坦泽，你为什么躲在阿尔卑斯山，你为什么更愿意和埃斯科内特夫人那个婆娘在一起，而不是让你儿子陪着你，他的名字叫什么来着，路易斯吗？”

第二十五章
无花果叶

路易斯向梅尔克告了别，但为时过早，因为他还要在自己的行李箱旁等阿尔曼德舅舅在厨房剃好胡须，这时候收音机里曼陀林乐队正在演奏行军曲《我们的奋斗》:“行动起来，战士，列队向前开！”然后，有个教授讲了一个真实事件：来自比利时所辖刚果的一头獾㹢狓[1]在德国人入侵波兰之后就什么食物都拒绝吃了，在它眼里人们能读出难以言状的哀愁。巴黎动物园园长和一群优秀的兽医一起熬了一整夜想给它喂香蕉。但就在天亮前不久，这头獾㹢狓往法国灰色天空里眺望却望不到阳光，之后便一命呜呼了。

“真让人伤心啊。”梅尔克说。

“就因为我要走？”

“也因为这个，路易斯，也因为这个。可那头动物多可怜啊。”

“那今天在巴黎就有獾㹢狓肉排吃了。”阿尔曼德舅舅擦掉了脸上那一团团的泡沫。

虽然梅尔克不准他这么做，可是拉夫还是慢悠悠地走进了院子。

他的动作就像个女孩子。路易斯说：“再等一分钟，阿尔曼德舅舅，求您了。”然后跑到了他这位站在火鸡黑克托身边的朋友面前。“别了，

---

1 獾㹢狓（Okapi）：在非洲扎伊尔森林里发现的一种大型哺乳动物，长颈鹿科偶蹄动物。

黑克托，”路易斯说，“再会，我再也见不到活着的你了。”火鸡咯咯叫，举起翅膀晃动着。

“你知道一个女人和布鲁日城之间有啥区别吗？”拉夫问。

“不知道，你说吧。”

“布鲁日城一年才有一次圣血游行[1]。”拉夫呼哧一下说出来，用软绵绵的手挡在嘴前。黑克托扯破喉咙的尖叫声把他的声音压了下去。

“是啊，是啊。”路易斯说。他并不明白这个谜底。难道说，女人们除了每年基督升天日在布鲁日举行的圣血游行之外，还会去另一个游行——大概在另一个国家吧——而且每年要去好几次吗？他觉得自己就像坐在一个毛玻璃做的四方盒子里，而拉夫从外面把鼻子压扁在玻璃板上，呼哧呼哧地大笑。

“不论别人怎么说我都好，我反正是愿赌服输的。”拉夫说，“今天早上我在收音机里听到，波兰上演了好大一出戏。我们的国王和教皇都在中间调停，但希特勒会为他们操个屁的心。所以，给……”他翻了翻裤兜，塞给路易斯那块带花边的丝绸破布。路易斯把它迅速塞进了大衣口袋。谁都没看到，就连黑克托都没有。“你赢了。德国人要过来了。你看，我是愿赌服输的。”

“大丈夫一言九鼎。”路易斯说。

“这样才好。谁知道我们什么时候再见面呢。好好照看劳拉夫人的无花果叶子[2]。”

“可是，这不会让你事后又伤心吧。”

“哪儿的话，我家里还有两条呢。”拉夫说。他们握了握手，十字军战士路易斯有了斧头，他的胆小封臣把它遗留在了巴斯特赫姆的巢里，奶牛中间。

梅尔克说：“照顾好自己！妈妈要你做什么就做什么，不要还嘴！”

维奥蕾特姨妈摇摇摆摆地一直送到大门口，嘱咐路易斯给梅尔克

---

1 源自中世纪的传统，布鲁日每年五月举行活动，敬奉传说中保存在圣血教堂中的耶稣圣血。

2《圣经》中，亚当、夏娃用无花果叶子遮住性器官。

写封宫殿信好让她高兴高兴。一个谜。又一个谜。一封出自宫殿的信。是说劳拉夫人的宫殿吗，劳拉夫人穿着白衣站在户外楼梯上朝她的新郎，那个公证员微笑的地方？

维奥蕾特姨妈在他脸上读出了他的困惑。“一封漂亮的信，字迹要清楚，上面写你感谢梅尔克的热情款待。这就是一封宫殿信。”这个直到进棺材的时候都只是一个女教师兼图书管理员的姨妈说。

阿尔曼德舅舅把他的头硬塞进一顶飞行员皮帽里，戴上手套，钻进了他从“皮卡迪”酒馆的米赫耶那儿借来的汽车里。他们朝身后房子、大丽花和维奥蕾特姨妈挥挥手，维奥蕾特姨妈鼓胀得快要爆炸了，她为路易斯离开而伤心，刚刚吃下了半公斤带芥末的猪头肉冻。

“抓牢了啊。”阿尔曼德舅舅说，“这车可以开到一小时八十公里呢！”他鸣着喇叭驱车穿过村子。在“皮卡迪”前面时，他放慢了车速，不过百叶窗都关着，放荡之屋没有任何活动迹象传出来。“下一次我把你带上。”阿尔曼德舅舅说，“也该是时候让你认识认识世界了。但不能在星期六或星期日，那个时间是赛马包场。不，还是在星期中选个日子吧。我们会玩得很开心的，我俩。”

在去瓦勒的大街上车开得这么快，阿尔曼德舅舅都快忍不住叫起来。“你觉得将来谁会统治世界？”

“耶稣。”路易斯说。

“什么，你这好心信教的傻瓜蛋。是希特勒？”

“希特勒。”路易斯说。

“正确。这样灾祸还小一点。”路易斯正想着怎么能劝动妈妈给他买一顶飞行员皮帽，他舅舅给他讲起了他们路过的不同酒馆的故事，这都是他的第二个家。讲到了“黄金钟”酒馆里咬了一个顾客结果进了监狱的玛丽-约瑟，因为人咬人可是极其危险的，这是法庭上的先生们都很清楚的，甚至比猪咬人还要危险，我们唾液里脏东西那么多；讲到了“墨卡托”酒馆里的阿德琳娜，一个好心人，不过一旦喝醉了就不行了，会毫不停顿地抱怨自己的丈夫，只剩一条腿的电工师傅的唠叨鬼；讲到了米秋，她长得和自己妹妹科琳娜特别像，两个人可以合伙捉弄顾客，具体细节我就不给你讲了；讲到了棉花糖，一只喝啤酒，每天都要洗干净后涂上科隆香水的山羊。

路易斯得到了一个任务。在哄哄嚷嚷、颠颠抖抖的汽车里，身旁坐着甜蜜香气袭人的弗里格，一个声音伴着疾驰的车轮的节奏低鸣，快而轻：路易斯·塞涅夫，你被选中拯救你舅舅，他是这么招坏女人喜欢，而且这一刻还在唠叨个没完那些他的堕落故事，一边还毫无忧虑地窃笑。在圣母马利亚的帮助下，你将帮他挣脱这名为嗜酒的可怕恶习，这个恶习的根子要像你外婆的鸡眼那样彻头彻尾地清除干净，而这个根子就是劳拉夫人，因为她的灵魂已经烂到最里面了，而正是有了她，男人们才把有害的烧酒灌进肚子里好忘记她，劳拉夫人。

路易斯对这个急速说话的歌唱声报以沉默。他摸着大衣口袋里那块带蕾丝花边的平滑柔和的布料，花边摸上去像是软痂皮。阿尔曼德舅舅把车窗摇了下来，扔掉他的烟蒂。一股带着亚麻味道的风涌入了车里，惹得路易斯直打喷嚏。他伸手掏手帕，小内裤掉在了两个车座之间，路易斯打了三四个喷嚏，这时间阿尔曼德舅舅已经把带香味的这块布料捡了起来。“哎哟，我们捡到的这是啥？这东西怎么会跑这儿来的？啊，我知道了，差点儿都忘了，她上次坐过米赫耶的车。是去扶轮社。小伙儿啊，小伙儿！”路易斯沉默又迷惘地望向蜿蜒流淌的莱厄河、磨坊、粮仓、瓦勒体育俱乐部的足球场。

到了奥登阿尔茨大道的家门口，邻居们都对米赫耶的车惊叹不已，妈妈亲吻她哥哥比亲自己儿子更久、更热烈。她瘦了，肤色被阳光照成了淡淡的粉红。

“抱歉啊，阿尔曼德，”她说，“我挺想生个小外甥让你高兴高兴。而让你，路易斯，添个小弟弟。”

“下一次吧，康斯坦泽。”

“忍受过的痛苦，那么多等待，都白费了。”

爸爸穿着一件浅灰色西装。妈妈把他脖子上的领带扎得更紧。爸爸发出的声音就像他在被绞死一样。他马上要去呼勒参加“慈爱姐妹”周年纪念活动。布鲁日大主教也会去那儿，参加一个学术会议。

“要对着那一群黑袍，你可比我在行。”阿尔曼德舅舅说。

“他路上喝酒了吗？”妈妈在厨房做凝乳面包，切冬葱的时候问。

“没有，妈妈，一滴都没有。”

“你们没有在哪儿停个车吗？别骗我。”

“可能他想过停车吧，不过他抵抗住了诱惑。”

“你说话越来越像你教父了，”她说，“都是这些市政厅腔。”

从客厅里传来了嘻嘻哈哈的笑声，爸爸在用高嗓门唱假声：“霍拉拉嘿哟。”妈妈走到正在号叫着“巴黎，是个金发妞；巴黎，世界的女王”的阿尔曼德舅舅面前。爸爸气喘吁吁，假声高叫着，在房间正中跳舞，妈妈那么细心打好的领带歪到了一边。闪闪发光的脑门上戴上了劳拉·范德金丝特，宫殿女主人和未来的公证员夫人的小裤头。他乱糟糟的红金色鬈发从带花边的裤筒里钻出来，他就像是之前被卷进过撕碎一切的龙卷风里，而现在在熟悉的塞涅夫家那弗拉芒旧式客厅里歇口气的一个矮墩墩的奶奶。

路易斯没有料到的是，妈妈大笑起来。“阿尔曼德哟，你都对我丈夫做了什么？你一到我们这儿，就……”

爸爸从他头上拿下了很薄很薄的什么东西，仔细看了看，把它拉开，这橡胶制品可以被扯得很长。

“你就把它带在裤兜里到处转吗，好兄弟？”

“是啊，好姐妹。我总是随身带着它。就为了逗乐。”

“这可是从巴黎买来的。”爸爸说。

“送你做礼物了，康斯坦泽。”阿尔曼德舅舅乐呵呵地说。

“好，好，谢了。”

“这是一片无花果叶子。”不，路易斯说这话的声音并不大。

他们这天晚上吃了杂烩，尽管还不是吃这个的天气。收音机里在报道那可怜的九个营的波兰士兵，他们既没有补给物资，也没有防空掩护，就在边界上等着已经临经的更多灾难。

第二十六章
修女弗罗斯特

修女恩格尔满怀同情地晃了晃自己的帽子，但这纯粹是障眼法，是为了向盯着看的修女亚当和修女克里斯表示，她是带着怎样天使般的怜悯扮演施刑人的角色的。

“路易斯，”修女恩格尔说，“我必须惩罚你。虽然我也难受。记一次表现不合格，在祈祷室跪一个小时，然后抄写两百遍这行话‘我必须学会谦卑，尤其是在艰难时期’。”

“这不止一行了。”

“抄三百遍。”

“可这就会是三百行的二倍，是六百行了！”

“哟，他还真会算数啊。”修女克里斯说。

“三百五十遍，”修女恩格尔说，“我这样做已经够照顾你了。你到底因为什么迷了心窍？放假回来后，你就不听话了。你就想靠这些没教养的行为出风头。”

路易斯拖着沉重的步子走过两位帮腔的修女身边。修女恩格尔说得对，他就是要反抗一下。就像基督山伯爵在牢中蓄谋反抗一样。就像修女圣盖洛尔夫在城堡中某处的门锁门闩之后威武不屈一样。（不过有谣言说，她此前已经被送进了专为修女而设的林堡医院里。这都是太常见的迷惑手段，是让人一眼看穿的第五纵队把戏；更可能是整个国家的修女集合起来在假期里开了个秘密的紧急会议，决定将她放进一间三乘三米的屋子里，这间屋子是深夜里泥瓦匠匆匆忙忙在城堡墙壁边盖起的一座没有窗户的监狱。这座修道院刚由第三会[1]的几个修女和胡里克·凡·德·胡斯特拉特牧师一起修起来时也有这样的惩罚监狱，教皇尼古拉五世随后就允许修女们穿受赐福和诅咒的制服了。修女集体说："违抗修女长；跪下，修女圣盖洛尔夫，手举荆条；将荆条交给你的修女长；姐妹们，教训她。"）

路易斯又见到了弗里格。弗里格，其实应该叫狐狸哥，或者小狐狸，因为他长了比看上去要软许多的深红色板刷头发、转来转去不安静的猛兽眼睛和湿漉漉的尖嘴巴。弗里格向他伸出手。"啊，你到了呀！"而这是违反使徒所有的欢迎规则的。其他使徒也都在慢慢消散的假期幻境、绿洲式的时光里丢掉了他们联盟的规矩习俗，与普通学生和霍屯督人一样叽叽喳喳说个不停。使徒佩德鲁斯，创立者和守卫者，孤零零地一人站着。

波兰被入侵了。现在怎么办？在遥远的假期沙漠里，在飞旋起来的沙子中，勇敢的铠甲骑兵和持矛骑兵，连同他们的牡骆驼为了保护自己毫无武装的可笑祖国，被训练有素的敌人那无懈可击、出奇灵活的坦克（在坦克炮塔里是：冷酷无情的使徒，藐视死亡的头上戴了有骷髅头标志的贝雷帽）碾压成了碎片。天道如此。

"就因为打仗了，他们才这么不听话。"修女们说。巨大的蝙蝠挂在教堂墙上。

"假期作业……惨不忍睹……"

"他们连写字都写得差了。"

"家长们……没有时间……这么不关心……"

"这样更要让孩子们清醒清醒了。"

"历史就是教训。尤其在今天这样的形势下。"

---

1 教会中有别于第一会（男性修道士）与第二会（修女）的团体。团体成员一般还未得到圣职。

修女长嬷嬷在食堂里等祈祷结束后说："……我不会再容忍这些放肆表现了。从今天晚上开始，我们的院规要执行得更严厉。有意捣乱者不会再在我们这里待到小学期结束，而是立刻被送回家。哪怕这会让我们的寄宿学校当众丢脸。这一点我很清楚。尽管如此，坏小孩一定要被赶出去。"

管家嬷嬷："哪怕这样会让我们在经济上都出血掉肉。"

修女克里斯："我们是一家穷光蛋修道院，我们这个联盟的生存都成问题。虽然这样我们还是……要彻头彻尾地……"

修女萨普里斯蒂："在我们现在这样的年代，我们必须团结，孩子们，拜托了。每个人都要努力。"

管家嬷嬷："采取措施。尤其是在当下这个时候。"

修女萨普里斯蒂："不要听邪恶势力的话，男孩儿们。不要听坏朋友的话，他们以为打起仗来就能无法无天了。"

新来的修女（带布鲁日口音的一个瘦杆子，要么是从更严厉的修道院逃出来的，要么是从布鲁日某家医院赶出来的，要么是得了某种看不出来的麻风病被人从比利时辖刚果送回来了，名叫修女特雷泽，但由于她的冷脸很快就被人叫作修女弗罗斯特[1]）出现在了祈祷室，路易斯在这里跪坐在自己脚后跟上。她从墙壁里走出来，就像是圣特蕾莎[2]从她的圣龛走出来一样。

"跪着，不要坐着。"有声音传来，然后是手将他的肩膀往上提。三天之后，从无声无息的冰冷门外也是突然传来一声："塞涅夫。"

"是，嬷嬷。"

"我都听到什么了？刚刚在学校院子里？就那个词。如果有胆子就再说一遍，当着我的面！"

"哪个词？"

"用来说排泄物的那个词。说出来，塞涅夫。要不然你的不贞洁会

---

1 弗罗斯特（Frost）：亦有"霜冻"的意思。
2 圣特蕾莎（Saint Teresa of Ávila）：西班牙16世纪天主教圣徒。

自己羞愧得不行，就会……”

他闪电一般迅速地想起来了，那个词，完全无邪。他带着谨慎的得意说：“嬷嬷，我刚说的是卡卡[1]。”

“是的，这……”

他立刻打断她。“卡卡是澳大拉西亚地区的一种鹦鹉，嬷嬷。”他想解释说，他这么大声地叫出这个词，是因为冬迭南需要这个词来做《佐能兰》杂志上的填字游戏，可她已经打了他。她衣服上一点褶子都没出现，而她的指关节和戒指已经击中了他的下巴。显然她还想踢他一脚，她已经抬起了支在后侧的腿。他用手挡住脸，等着。

“把手拿开。”

他听从了，说：“是澳大拉西亚地区的一种鸟叫卡卡，全名卡卡杜。就像洛里鸟一样。”

“行了，走吧，你这法利赛[2]佬。”修女弗罗斯特是她在天国的新郎派到罪人中间来的，是为了审判，不是为了传播，或者获取知识。

在那些天里，路易斯踢小家伙的小腿，在游戏室里抢占霍屯督们的积木，深夜里他床上出没的都是淫乱的米泽尔。

“弗里格。”

“又有什么事儿？”

他们在玩捉迷藏，满身大汗地蹲在梨树的树荫里，修女弗罗斯特是不可能藏在这树后面的。她也不会坐在树枝里。

“总有一天……”

“快往下说。”

“总有一天我再也不会怕任何人。”弗里格嘴张开着，舌头是棒棒糖一样的粉红色。

“什么都不会把我毁坏。什么告密人都不会扰乱我的灵魂。”

---

1 卡卡（Kaka）：主要生活在新西兰的一种鹦鹉。弗拉芒语中，“屎”（kak）和该种鹦鹉名发音相同。

2《圣经》中的伪君子。

“你又发疯了？”

“唯一一件……”

“快往下说。”

“我也许还会害怕的事儿，就是我的灵魂里再没有你的位置了。”

“你读了太多傻书。”

“有一天，我会拥有一座大房子，房间很多，我在里面不想看到家长、姨妈、舅舅或修女。十四马也没法把我从这房子里拉出来。我唯一会放进来的，就是你，实在不行，就在深夜里放进来。因为你的灵魂就如同我的。比起我母亲，我更希望有你在身边。你进了我房子，我就会做你的仆人，你可以命令我，可以拿走我的邮票。你可以在我的灵魂里进进出出，就像是进出一个鸽子笼。我会拥有一座塔楼，我会把自己关进去，带着我的小马和大弓，每个想从我这儿把你抢走的人，都不得不相信这一点。他们有可能打败我，当然，但在那之前他们肯定要流血的，这是塞涅夫对你说的，记着我的话。”他知道，他在说傻话，就像是一个骑士在月光下对着一座城堡的城垛和枪眼说话，就像在同样的月光下火鸡黑克托的咯咯叫。这些话像是爸爸在“格略宁尔”酒馆买的廉价巧克力黏在了他的口腔上，在它们从他嘴里涌出之前，源源不断地涌出。

“我们会一起上天堂。如果他们不让你进去，我就会在门口的冷风中等，等到你受尽炼狱中的磨难。我会请求圣母马利亚，让她尽快向你开恩。她会听到我的请求的。”

修女弗罗斯特从梨树后面走了出来，但她在读每日祈祷书，没有看到他们。弗里格的手指甲有一圈黑边，在指甲壳低端也有。他就用这手指甲划过了自己的膝盖骨，上面画了一颗猩红色的星星。

“你还要继续这么装疯卖傻吗？”弗里格问，“给别人去讲你这些蠢话吧。”他说得这么不果断，不能信以为真。

“继续讲吧。”弗里格说。

“不讲了。”

第二天，神甫举起了酒杯和圣饼，路易斯脑海里闪过一个念头，在那只颤抖的手里并没有他的肉体，他的血。他四处环顾了一下，吓得要命，我着魔了，一定要有人从我身上赶走魔鬼。彩色玻璃窗外沙砾旋转飞舞，随时都可能聚集成一道粗粗的，可以毁掉一切的闪电，打中我，就打在这儿，砸进我眉毛之间的皱纹里；助理神父随时都会从老人手里接过酒杯。看哪，神甫的手在颤抖，因为我对信仰的忤逆震撼了整座教堂。如果助理神父手法准的话，他向我投掷的酒杯就会撞到我的牙齿上，酒会晃出来，洒到我脸上。耶稣的血，我也就只能尝尝了，味道和海水一样咸咸的。我会吞下几滴，我会呛到，窒息，受到永恒的鄙弃。

耶稣是存在过的。就连临死前从床上掉下来，带着叛教嘴脸落进夜壶淹死的伏尔泰也不能否认。但是他真的是那个小圆片，那块圣餐饼吗？这难道不是空想出来的？

路易斯像平常那样走在比特贝尔身后，手合拢，头垂下对着圣坛；无处不在的受膏者[1]随时会扔来他的石斧，砸进他汗津津的后颈。或者，他那烧红了的滚烫复仇飞镖，比声音还快，能从下颚和下巴之间刺进来。路易斯就会倒在走在他身后的弗里格脚前，而弗里格，这个好心撒玛利亚人[2]会把他扶起来，小心地放到圣坛台阶上，助理神父的自行车专用鞋旁边。

路易斯继续拖着步子走，祷告，伸出舌头，祷告；我主耶稣对他的动摇和怀疑报以慈悲，他的每个基督教孩子都曾经受过这种怀疑的侵袭（尤其是在他们刚对一个狐狸一样红、狐狸一样狡猾的坏小子表白自己的好感就遭到他的致死侮辱的情况下），哈尔贝克祈祷室里的上帝没有用铸铁火钳拔掉他伸出的舌头。路易斯咂了咂牙齿。“请宽恕我！”“张嘴。”站在神甫身边（准备着在摇摇晃晃的老头倒下的时候替代他，用牢牢抓住过印第安摩托车把手的那双强有力的、毛乎乎的手

1 即被圣膏油涂抹，被上帝指派为弥赛亚者，《圣经·新约》中“基督”就是受膏者之意。
2《圣经》中的典故，遭打劫的犹太人被路过的好心撒玛利亚人救起。

飞快接住飞起来的黄金圣体盒的）助理神父轻声说。圣饼，他的肉身，像一张绵纸一样躺在路易斯的舌头上。路易斯站起身，没有像他身边肥胖的懒家伙冬迭南那样撑在受餐用的长凳上。他朝后走，没有看弗里格。在这混乱的几步中，圣餐饼还压在他牙齿背后的牙龈上，他居然拒绝了保护他免于电击致死的耶稣的好意，把这好意当作微不足道。你不敢在你的圣坛上杀死我，因为你根本就不在场，不然你已经那么做了。他嚼着、咬着、磨碎了饼。一种强烈、狂热的骄傲在他整个身体中膨胀起来，我骄傲得都可以尿裤子了。他把胆怯或根本不在场的耶稣吞了下去。就像那些犹太人，他想，我就像那些犹太人一样要被人在全世界赶来赶去了；曾经存在过，在许多地方依然存在着的耶稣，会派他的天使追赶我。它们尽管来好了。

有人看到了这一切。修女弗罗斯特，有着巴氏合金般长脸的瘦杆子，还有点像自行车赛世界冠军马塞尔·金德，那只收紧了黑色翅膀，紧贴着告解室墙壁站立的黑色雄鹰。她咂了咂舌，朝他挥挥手，他便跟她走。

在图书室门前，修女弗罗斯特站住了。她朝过道里审视地看了一眼，然后把他推进了有霉味的房间，里面装满了包扎在蓝色封皮里的书。像体操课里那样——修女们其实都在城堡里锁了四重锁的门背后做体操吗？——她纵身跳上了桌子，突然就成了个无忧无虑的生物，晃着腿坐在桌子上盖着的波斯地毯上。

“坦白吧。”

“坦白什么？”

“你在教堂里都干了什么？坦白吧。”

“我去领圣餐了啊。”

“同平时都一样吗？没啥特别的？”

“是啊。”一个朱红色的十字架开始在他额头灼烧。

“塞涅夫，我当时就站在离你两米的地方。我不瞎。”

“您什么都知道，那我还有什么非要坦白的？”路易斯说。

愤怒的主立刻就派了他的一个新娘来了。

“我知道的，比你以为的还要多。”

“我坦白。”他说，等待着命运降临。拒绝承认基督。要用什么样的责罚才合适呢？

“是谁干的？”她问。看他没回答，一下子火冒三丈。“是哪个男孩摸了你？”摸？我？

“是冬迭南。”他说。冬迭南，跟别人说话的时候总是靠得特别近，在他跪下之前冲到了他身上。

修女弗罗斯特不再冷冰冰的了，她大口大口地呼吸，把手按在桌毯的紫罗兰色和红色绒毛之间。

“就在两位神职人士的眼皮底下？在教堂里？当着我们亲爱的天主的面？”

路易斯点点头。修女弗罗斯特认真地审问，这是她的天性，或者更准确地说，是她的职守。

“你当时知道我们亲爱的天主在那一刻正看着你吗？”

“他随时随地都在看着我们。”他的回答是按照教义问答的规则来的。她在那许多宽大的黑色褶皱里找出一块手帕，用它擦干净脸。

“到我这儿来。”

她用那瘦骨嶙峋的手拽住他的耳朵。“我叫什么？”

“特雷泽嬷嬷。”

“你们私底下不是这么叫我的。”

“不是。”

“我什么都知道。我知道你们都议论了些我什么。说我没能进入教会是因为我没有嫁妆，说我在这里是被暂时收容的。”她放开了我的耳朵。

“暂时收容？”

“因为在巴伦的修道院解散了，而在哈尔贝克这儿的这家可能需要人手。不然她们是不会接受我的。”

“我没有做违规的事儿。”路易斯说。

她微微一笑，这是个奇迹。这我可要告诉弗里格，他不会相信的。我再也不会给他讲我在梨树下讲过的那些话了。

“冬迭南。”她说着陷入了沉思，“还有谁吗？”

“没有别人了。”

“说谎。你到我这儿来。冬迭南到底都做了什么？他摸了你哪儿？他是怎么做的？很快地弄了一下吗？他的手放在了哪儿？让我看看。做给我看。”

路易斯的手，模仿冬迭南的手，往她臀部推了一把。

“然后呢？”

“然后就没有了。”

“然后就没有了？他在卧室里都对你做了什么？也没有什么别的了吗？”

啊，淫乱行为才是她要找的啊！这是场追查违反第六戒[1]者的狡诈侦查，这是针对淫乱这一重罪的恶心揣测。

“嬷嬷！”

“到我这儿来。”她第三次说。她的嗓音在“来”上发得尤其刺耳，就像是公鸡在使徒佩德鲁斯第三次拒绝耶稣时打鸣那样，[2]而她黑色长袍上石刻一般的起伏和褶皱又一点都没变化，在她抓住他的手腕，把他拖到自己身边的时候。他现在触碰到的物体，并不比其他修女的更粗糙或简陋，这也是可以预料到的，因为她没有给基督献出嫁妆。

修女弗罗斯特将路易斯夹在她的膝盖之间，就像夹在两只巨大的拇指之间，膝盖围住了他的肋骨，然后挤压它们。她的袖子如扇子样打开，她把手放在他的颈背上。他看到两条汗水的小溪在她的额带下渗出来，从眉毛旁边淌下来，那里有鼓起的蓝色小血管分岔，是她冰冷眼睛四周的眼圈颜色。然后，她把他按到了她那嗅得到冰冷、肉豆蔻和浆衣粉的胸脯上。她把我按到她胸部上了，弗里格。她的膝盖松

1 十戒中第六条即“毋行邪淫”。
2 根据《圣经》，佩德鲁斯，即耶稣门徒彼得在鸡鸣以前连续三次否认自己与耶稣的关系。

开了一下，然后又夹紧了。他几乎要被挤碎了。一个奇特的惩罚。膝盖更快地松开合上，然后膝盖一下大张开，就像是她的整套衣袍打了个哈欠。她一直仰面躺着，在她的围巾被推开的喉部有一道红色横杠，看上去像是刚愈合的一道伤疤。她的双腿声音低沉地互相拍击了一下。

当她一只手臂撑着立起身子的时候，她微微斜视了一下。她让自己的十字念珠从手指间滑落，拨弄自己的皮带，拿起基督受难小人像，放到路易斯嘴边。他的嘴唇碰到了耶稣的金属胸部。

"他爱你。"她说，"哪怕你是这样一个罪人。"

"是的，嬷嬷。"

她飞快地嘟起毫无血色的嘴唇，亲吻了她的上帝的荆棘冠和鬈发，从桌子上跳下来，把袍子上的灰尘或绒毛拍掉。她突然着急起来，像个女仆一样为他把住打开的图书室的门，而他则说："卡卡真的是澳大拉西亚地区的一种鹦鹉。"

"你这个法利赛人。"她嘟哝了一句。这一次几乎是喜悦的，真是个奇迹。

一个脸无皱纹、飘起的胡须分开梳成一模一样的两缕的红金发男人讲着拉丁语扒下了路易斯的衣服。他其实说的是阿拉姆语[1]吧？还是加利利[2]语？他穿着一件乳白色的托加长袍[3]，在胸口可以看到一个饱满的心形天鹅绒枕头，里面冒出了金色的小火焰。他起劲地用教会拉丁语宣讲着，非常有讽刺意味的影射，这期间带黄金斑点的荆棘冠滑到一边，结果他头皮上的伤口都炸裂了，两条血流的小溪从他头发里渗出来，从眉毛旁边淌下来，那里有鼓起的蓝色小血管分岔。

"是你吗？"路易斯听到自己在问。

"这和你没有关系。问题是，你是你吗？"这个有着布鲁日口音的男人问。

---

1 阿拉姆语（Aramaic）：隶属于闪含语系闪米特语族。
2 巴勒斯坦地名，根据《圣经》，此地是耶稣基督的故乡。
3 托加长袍（toga）：古罗马市民穿的整段布做成的宽松长袍。

“我是我。”

“那我也是我。”

“会疼吗?”

“当然。”

路易斯趴到了被钻穿了的脚前，亲吻修长而优雅的脚趾，上面有四个小巧的鸡眼。男人从来没有穿过太紧的鞋吧？脚趾朝上翘起。“别挠我痒了。”男人说。这话对他那温柔而有旋律的嗓音来说太严厉了。

起风了，沙和雪在一座城市的大街上飞舞，一座似乎是用路西法[1]牌火柴搭建成的城市。在路西法城，房子是那么轻盈易碎。

“你说自己是有使命在身的。”男人说，“你难道不羞愧吗，你这胆小鬼，你这教会分裂者？你的标志呢，圣迹和法力呢?”

“在那儿。”随着路易斯的招呼，十一个军官走来了，他们戴着五角形扁平帽，他们的长矛指向水平线，那边能看到巨大乌龟一样的坦克和战斗机。

“劣质货。”恼火的声音在很近处响起。

“他们效忠于你，拉比。”

“这不够。”

“主啊，我还能怎么服侍你?”

“做传教士啊，比如说。在我看来，你很适合做那个。”

“主，就凭你这句话。”

路易斯看到路易斯了。他穿着一件天主教学生行动小组的制服，在腋下夹着一杆长矛，是绣了PX字样的旗子的旗杆。他从马上下来，走到巨大的蕨类和长了灰毛的攀缘植物上去。原始森林雾气蒸腾。牙齿磨尖了的黑人看上去像是小椰子，蹲在雾腾腾的低层林木中。路易斯叫唤他们，赐福他们，用他的旗帜拍击他们，封他们为骑士，他们

---

1 路西法（Lucifer）:《圣经》中的晨星，后传为堕落天使或撒旦。

眼中泛出泪光，因为他，这个白种男孩，来到他们这儿是为了将他们拯救出永恒的火刑。路易斯突然独自一人站在了杳无人迹的旷野中，周围是稀树草原、雨林、荒原、丛林、针叶林（他吟诵道），他只听得到巨大的金龟子和蜻蜓的嗡嗡声，鳄鱼牙齿的吱嚓声和白鹦鹉的尖叫声，还有一个同坦克一样大的乌龟发出的低沉、悲伤的哼哼声。

“他们不想听我的，他们跑掉了。”路易斯绝望地叫道，“他们害怕你和我，那些原住民，因为他们都还记得很清楚，墨索里尼是怎么杀死了他们的先辈，烧掉了他们的茅屋的。”

“墨索里尼？”

“这是恩格尔嬷嬷说的。”

“我不认识她。”

“她名叫玛丽–安尔嬷嬷。”

“啊，她呀。我很熟悉她，是个非常严肃的女孩儿。”带着猫一样的呼噜声，男人抽了抽鼻子。他从布鲁日来，着了凉。我得递给他一块手帕。在布鲁日他们管它叫“鼻涕袋手巾”。我们怎么才能迫使异教徒爱上帝呢？我问自己，这会儿我多半是在睡觉了。

“你把法利赛人揍出了庙堂，对吗？”一个五岁的路易斯问。

“对的，法利赛人总是惹麻烦。”他打了个喷嚏，用乳白色的袖子擦干净鼻子，“到我这儿来。”来，来，来，这声音在峰顶覆盖着白雪的绿松石色山峰之间回荡。因为路易斯没有动，男人自己走近了他，咔嚓一下撕碎了自己的托卡长袍。路易斯看到了一个隆起的白色胸部，上面有一个同样白色的乳头，就像是没有血管的一座大理石雕像。

“把你的手指放进伤口里。”

“但是这儿没有伤口啊。”

“因为你不想看到它。因为你就像你的母亲康斯坦泽，她也只看得到她想看到的。”

路易斯几乎睁不开自己的眼睛，但他还是找了又找，看了又看，直瞪瞪地看，直到他在这雪花石膏中发现了一个肉眼几乎看不到的小分叉——是雪花石膏，不是大理石，是雪花石膏——像长腿蜘蛛的八只折弯了的脚。他的食指不自觉地抬高了，是啊，在胸部开了一条裂缝，一个弧形的开口，有了肥厚闪光的雪花石膏嘴唇，向前噘起。我还从没遇到过这样的事儿，他的皮肤会裂开。路易斯的食指钻进了这冰凉、蠕动、起皱的嘴唇里，嘴唇圈住了第一个、第二个指关节，就像是，像是，像是象鼻。像是被一股电流击中，路易斯抽回了手指，他的手指甲还留在里面，撕扯着。呻吟着，我醒来了，事儿发生了，我在哪儿？

在村里大道上已经有一个卖奶人叮叮当当敲着他的铜罐，但当路易斯把窗帘拉开的时候，他已经消失在了拐角处。村里大道一片安宁，毫无动静。虽然天上一丝云都看不到，却像是要下雨的样子。面包房的烟囱冒出了烟。看不见的桶在响。榆树和教堂塔楼，塔楼白天会敲钟报时。酿酒厂的哥特式灰色建筑已经在乳白色玻璃窗里捕捉到了第一道阳光。

路易斯想，他应该感激自己现在还能滞留（不是居住）在这里，在这块受保护的弗兰德小领土上，再怎么临时都好；而这时候在其他地方，反基督徒正发泄着他们杂乱、野蛮、不受拘束、火烧火燎的狂热冲动，在手无寸铁的尸体上跳着摧毁的狂欢舞蹈。

就像我——随着太阳升高，天色变苍白——的手指被吸进了耶稣的身体。而苏崇王子那天真、羞怯的微笑并不能发挥抵抗作用。一点都没用。

“你起得可真早。”冬迭南穿着睡衣站在他身边，扯了扯自己生病的红耳朵。

“你也早啊。”

“我睡不着。”

“因为你有罪。”

“可能是吧。”

“因为你忏悔得不够。”

“你是说真的吗，塞涅夫？”

“因为你知道，你将在永不熄灭的火里受苦。煤气火，二十四个小时，白天黑夜都在你皮肤上烧。”

“真的啊，塞涅夫？”

冬迭南赤裸的脏脚在木地板上倏地走过。他到了窗边，瑟瑟发抖。他肯定起了鸡皮疙瘩，这个霍屯督人。一群敏捷得可怕的米泽尔围着窗子嗡嗡地飞，沙砾一样小的甲虫，打着呼，自己分裂，散播绝望和恐惧，穿过冬迭南生病的耳朵进入了他的大脑。

“安安静静回到床上去吧，”路易斯说，“不会真的这么糟的。只要你表明自己后悔了。”（表明，而不是感受到）“还不算太晚。至于地狱里的火，也许那就只是人们顺口说说的。不，冬迭南，你肯定会进天堂的，进入专为傻瓜们设置的特殊队列。”

“你真这么想吗，塞涅夫？”

“你到时候就能和其他木头脑袋一起笑那些因为傲慢而在地狱之火里受苦的人，笑到东倒西歪了。”

“那是些什么人啊？”

“主要就有一个人。有一个人肯定是逃不掉的。就像已经穿在铁杆上的一只烤火鸡。”

“谁啊？”

“弗里格。”路易斯说。

当他说出这个名字的时候，心中涌起一阵悲伤。这个名字在卧室里萦绕不散，而光线渐渐亮起来，霍屯督人们发出了第一声哀叹。路易斯试着避开这个名字，重新进入刚刚那个雾气弥漫，泥沼潮湿的深夜，那里没有弗里格的位置。“对弗里格来说，他还不如从没出生的好。”他说，但这话说得并不是很坚定，这是维奥蕾特姨妈恼火时的说话声。

小推车在铺石路上咕噜咕噜地走过，教堂钟声响起，整座修道院都醒来了。

第二十七章
惩戒笼

在接下来的几天里，再也看不到修女们像以前那样聚在一起咯咯叫了。她们在过道里窃窃私语，有时候会偷听到一声受了惊吓的喊声。（雅典娜号[1]！）

希特勒在这之前都还是被一堵镶满玻璃瓶碎片的修道院围墙隔在外面，现在从寄宿学校的裂缝里钻了进来。他吼叫，说他是德国第一号士兵，可这有什么错吗？难道他应该说他是德国最后一名士兵？在贝乌哈图夫[2]，处女受孕修道院被三枚炸弹击中了。毛头小子中有一个总是叫它处女监狱。用不明气体填充，带有电火绒的小气球降落在欧洲上空。

顶上带有清晰可见的红十字的救护车遭到射击。不断有带着没用长矛的波兰候补军官在马上被扫射而死。

三十架波兰飞机现在有没有把柏林炸成一片废墟？在法国，每个国民都有义务随身带着防毒面具，在床边都要有，不然就要受罚。如果警报响起，不论你们在哪，都要就地趴下，一毫米都不准挪动，明白了吗，小伙儿子们？天气不会变好了，在莱茵兰，上百公顷的土地

1 雅典娜号（Athenia）：自1923年开始服役的英国邮轮，于1939年9月3日被德国潜艇击沉，是二战期间英国受到的第一次德国潜艇袭击。
2 波兰的一座城市。

被洪水淹没，德国军队怎么可能蹚过这片大泥塘？教皇庇护十二世的第一道通告说，和平协议是公正和正义的标志（这是刚去过罗马的修女克里斯讲的），而波兰，这个烈士之国，将死而复活，意大利（她在那儿的时候，整整一个星期每天都有意大利面送上桌，一种细细的通心粉）是信仰的伟大花园，由使徒们铺设和栽种。

背叛了他们的联盟，在假期里忘掉了他们的规矩的使徒围绕着贝克朗。这男人把修道院领地周围的铁丝网又多加了一重，每天夜里放出他的狗和猪，让它们四处乱窜。在这样威胁临门的时刻，它们也要尽尽自己的职责，因为它们隔着几公里远都能嗅到敌人的味道。

弗里格，这个吹牛大王，让人又爱又恨的"小家伙不要碰我"男生，在贝克朗抱怨坏天气的时候，说着大话。莱茵兰的洪水，他解释说，是上帝的恩赐，因为这样荷兰人就会想到，紧急情况下可以自己制造出更大的洪水来。

贝克朗点点头。"以地绝人策略，就像14—18年那样。"听到这，弗里格这位工程专家来了劲儿："荷兰的部长唯一要做的，就是打个电话：汉子们，关掉水泵。整个国家就会在大水中崩溃。在街上再也开不动重型大炮，在大水坑里连自行车都骑不动。唯一还能从水里探出头来的，就是顶上放着加农炮、机关枪和高射炮的水泥楼房了。敌方的飞机只有在俯冲状态下才能投火烧那些大楼，但这样它们也更容易被自动加农炮打下来。"

"弗里格，他们应该封你做将军。"谄媚的比特贝尔说。

"因为他叫弗里格嘛，所以关于飞机的事儿他都知道。"[1]马屁精荷辛斯说。

"可是如果有飞机在你所在位置的上方那么快地飞过去，你怎么能辨别都是些什么飞机呢？"冬迭南，这个霍屯督人问。

"法国飞机会有蓝白红的国家标志，英国飞机在机身两侧的标志

---

1 弗里格（Vlieghe）这个名字和弗拉芒语中的动词"飞"（vliegen）同源。

中央有个大红点，德国的在机身两侧有一个镶白边的黑色十字架，在方向舵上有一个红色四角形，上面的白色圈里有一个纳粹十字。好了吧。”

“你倒挺精通的嘛。”贝克朗带着怀疑的口气说。

“报纸上都写着呢。”

“要是我可不会炫耀得太多，有人会以为你是间谍的。”

就是这样。他肯定会被当作间谍逮捕的，这个有飞机癖的弗里格。会被戴上手铐。七年监禁。两年之后，等他憔悴得不成样子了，我会带着书和香蕉去看他。

“戈林会在纳粹十字上涂上比利时的颜色，欺骗空防军。”贝克朗说，“这家伙我真不敢相信。”

“就算这样，英国人也不会被吓到。”路易斯说。（爸爸在瓦勒的客厅里一跃而起，赞同我，为我感到骄傲。而弗里格的父亲，弗拉芒民族主义者，反对德国人，他也会觉得我说得对。）

“戈林是在希特勒的命令下学着撒谎骗人的。以前，14—18年，他还是得过很高勋章的正直飞行员。”贝克朗说，“但自从他跟了希特勒以后，那个反基督徒说什么他就做什么。按照希特勒的命令，他每天都去戈培尔那儿上课，学撒谎，学骗人。唉，德国人的这些事儿，还没有谁知道得比我多！”

“他们都是出身粗鲁地方的。”

“墨索里尼，他至少还有点种。”贝克朗说，“他和他的老百姓一起运过草料、建过水坝、排干过沼泽。墨索里尼知道没有人能不劳而获，要想把一个国家捣鼓出点什么，要想把一个国家抓在手里，就要付出汗水，就要有牺牲。但希特勒这个从奥地利跑去的流浪汉，他只知道耍花招，玩弄他的百姓。住山里的人，他给运到平原，住乡下的人，他又塞进矿山里。他不把自己的民族当回事儿，也不把他的牲畜当回事儿。”

下了法语课之后，修女亚当给他们专门讲了讲一些人的野蛮。斯大林就因为据说是中立的，现在居然与天主教的国王和总统相提并论，与我们的列奥普德国王可以平起平坐了。我们的国王才真正从心底里都是中立的，尤其是他在瑞士的屈斯纳赫特失去了他的王后之后。

“尽管如此，希特勒在自称他就是德国的时候，”修女克里斯说，“他肯定也不完全是一派胡言。德国人是都支持他的，其中也有很多天主教徒。”

“但在普鲁士人里没有。”修女弗罗斯特说，“普鲁士人才是说话管用的人。”

“大英圣书公会已经在德国投放了上百公斤《圣经》散页。新教徒互相帮助，逃出国界。我们应该学习他们的榜样。”

而弗里格呢？他在这个时间里兴致勃发，在画画本上画飞机、坦克和加农炮，在擦过很多次的纸上小心翼翼画出均匀的彼此衔接的线条。线条上没有一厘米的水彩颜料，不像路易斯的画，他总是太着急，太有塞涅夫式的急躁。他照着索格罗画的《小国王》[1]总是潦草马虎，而且总是滴了颜料上去。弗里格在安心等着水彩颜料干的时候，讲起了那些船没有得到警告而遭到了鱼雷的攻击。英国的跨洋邮轮“雅典娜号”，比如说。它是在哪儿遇难的呢？赫布里底群岛往西二百英里的地方，一万四千毛登记吨[2]都沉到了海底。“英国的整支船队都要被灭掉了，”他向打着哈欠的前使徒们解释说，“因为德国人做好了准备，每星期牺牲掉二百五十架飞机来摧毁一艘战舰。他们现在一个月就能造出一千架飞机，但英国人造一艘巡洋舰需要三年。结果会怎样，你们自己也算得出。”这个变节者查看着自己画的一条潜艇，把自己五颜六色的吸墨水纸压了上去，又拿起了画笔，他的舌尖露了出来，他画了起来。路易斯在窥探弗里格的同时，穿越了城堡围墙，朝修女长嬷嬷脸上吹气，把她唤醒。塞涅夫？——不，是尼克·卡特尔[3]。我来是要告诉你，一个名叫弗里格的男孩是极其危险的一个阴谋家和间谍，

1 作者为奥托·索格罗（Otto Soglow），祖籍德国的美国漫画家，20世纪30年代初所画的连环画《小国王》是他最著名的作品。
2 船只容积的计量单位，1登记吨相当于2.83立方米。
3 尼克·卡特尔（ Nick Carter）：新西兰自行车赛手，15岁就已经参加比赛。

他想扼杀比利时。——他是为第五纵队做间谍吗，我的孩子？——是给德国和俄罗斯的秘密情报机关。他知道所有关于机器和引擎的事儿，但他一点儿荣誉感都没有。他是撒旦的代理人，撒旦对于爱是完全不感兴趣的。——我知道，他父亲是弗拉芒民族党的秘书，但他不也是在教会理事会里的吗？——都是伪装。修女长大嬷嬷，以圣父和圣子之名。

弗里格毫不动摇地拿着圆规和尺子在休闲活动室里画画，在俄罗斯人进攻轻信了他们的芬兰的那个晚上也不例外。荷辛斯从一颗杉树球果上拔鳞片。比特贝尔睡觉，冬迭南在读一本讲圭多·赫泽拉的生平和作品的书，这是路易斯从教父那儿得到的礼物。（他用红色铅笔画记了其中一句神秘的话："天使[1]的名字是从E开始的，我首先想到。可是不会有天使会变得像你这么悲伤。"）弗里格画了一架梅塞施密特战斗机[2]，同时给多博雷、他的朝臣讲述道，整个德国物资都没什么用，这一点等瑞士人买下梅塞施密特战斗机就会知道了，引擎根本不起作用。最近还有十三架俯冲式轰炸机——是些单翼飞机，多博雷，机身下面挂着五百公斤的炸弹——用五百公里每小时的速度冲进了大雾里，所有的飞机同时在地面上摔个粉碎，在波兰的黏土土地上实实在在砸出了一个大洞。这件事儿报纸当然不会报道，十三个飞行员都被授予了英雄勋章，好安抚他们的母亲。路易斯没法再听这个柔和但自以为是的声音了，他坐到了冬迭南身边，冬迭南受到比特贝尔的传染，头正往下沉。为了将弗里格赶出他的脑海，路易斯读起了赫泽拉的书："不，我的祈祷和眼泪的最亲爱的孩子，这世界上没有人……""不就是这样，不就是这样，我这么坐在这儿，没有吃午饭，什么都没有，而我的弗里格一门心思都只在另一方面。唯一能让我重新幸福的是：你会回来，就你而不是别人，回心转意，仅仅只做我的朋友。"

怎么还会有其他原因，难道不是一个天使，不是保护天使霍尔斯

---

1 弗拉芒语中的天使拼写是"engel"。
2 二战期间德国空军使用的一种机型。

特，而是任意四处飞舞的第三等级信使天使中的一个，是它把这几行字推到了他眼前，这几行字表达了让他痛苦的一切？还是最伟大的弗拉芒头脑所创造的！他斗胆又往下读了一段："……如果我曾经待你不公，那么挺好，我，一个教士，请求你宽恕我。"这里的指示再清楚不过了。如果赫泽拉，这个神圣、奇妙的艺术家，被授予教士职位的天才在这几张带有几小点黄色污渍的泛黄书页上贬低了自己，那么塞涅夫，没有写过什么的小虫，肯定也可以！他半站起身来，想走过去跪下，赞叹那些过分小心画出的画，作为他请求弗里格宽恕的开场白，这时他发现弗里格在看他（看了有一会儿了吗？）（最近几天里从来没有这么看过！），但一边也没停下说话。"然后，"弗里格说，"然后容克就落到了那个油腻腻的姨妈，康斯坦泽身上。"

这可过分到了极点。信使天使原来是彼列。弗里格签下了他的死亡判决书。

"你再说一遍！"路易斯叫起来，整个人跳了起来。

"什么？"（伪善的狐狸脸！）

"就是你刚刚……讲的最后一句话……"

"你耳朵不好使吗，塞涅夫？洗洗耳朵去吧。"

"一个聋子佩德鲁斯。"荷辛斯说。

"重复那句话！马上！"

弗里格做出努力回忆的样子。"我刚说，一架容克斯[1]坠落在了博登湖上。它是在康斯坦茨[2]附近落下去的，三引擎的JU52。德国人管这飞机叫姨妈。"

"之前那句话不是这么讲的！"

"你到底都在说什么啊？"

---

1 容克斯（Junkers）：同名飞机制造商开发的空运飞机，"Junker"与其发音相近，是"年轻地主"的意思。

2 康斯坦茨（Konstanz）：德国南部博登湖旁的城市，与路易斯妈妈的名字"Constance"发音相近。

“这是什么时候的事儿？”路易斯提了个毫无意义的问题。

“上个星期四。”

路易斯又拿起了他的书，文字在他眼前跳起了舞。一个容克（年轻，会打猎）落进（不，落到！）湖里（不仅仅是水，也是泥沼）（像个堕落天使），落进康斯坦泽（梅尔克的女儿，丰满）里。字母流动起来，互相交融，变成双重。尽管如此，脑子积水、脑子极品的赫泽拉还是坚定不移地继续祷告：“……你和我之间发生的一切都出自耶稣的意志，是出自最纯洁的意图，而你却这么对待我？哦，我祈祷……”路易斯啪地合上了书，扔给冬迭南，他并拢膝盖，接住了书。

“你……你……”路易斯结结巴巴地说，看着弗里格，他正吃惊又不在乎地坐在那儿，牙齿横叼着画笔。

“你……马太，征税官[1]……你会落到我母亲脚前的，你会在她的赤脚前请求她宽恕的。”

他将吃惊地低声嘟哝的那个人留在了身后，永远地。

在冰冷的食堂里，这天晚上要为芬兰祈祷。此外，修女克里斯讲述道，德国人现在已经把波兰战场上的坦克和军队调到了我们边界上，他们打出的骗人借口是，他们没法把所有人都安置在齐格菲尔防线[2]，也就是西线上。

我们的国王和荷兰女王在海牙碰面，共同向打战的国家发出了一份感人至深的电报。有可能，孩子们，很快就要轮到我们了。我们必须祷告。我们必须以布鲁塞尔的市长阿多尔夫·马科斯[3]为榜样，他刚刚长眠在了我主怀抱中，是个子小但却勇敢的比利时人的楷模。

在14—18年的战争中，一个德国将军——在占领期间！——想和他握手。这辈子都别想，阿多尔夫·马科斯说。这个德国将军从

1 根据《圣经》，福音书作者之一，圣徒马太曾做征税官。

2 纳粹德国在二战开始前，在自己的西部边境上修筑的防御体系。

3 阿多尔夫·马科斯（Adolf Max）：自1909年起任布鲁塞尔市长直至1939年去世，在一战期间便曾反抗德国的占领。

皮套里掏出了手枪，放在桌子上。而市长随即就淡定地从胸袋里掏出了他的自来水笔，放在了德国武器旁边。他们当时就把他扔进了监狱里，但他从司令官的书桌抽屉里摸出了一个伪造的护照，逃了出去。在14—18年的胜利日，整个市政厅都是鼓掌声和欢呼声，而他径直走到书桌前，将市议员叫到一起，拍着手说："好了，我的先生们，开始工作！"

路易斯朝多博雷做了"嘘"的安静手势，就像个修女似的；他对荷辛斯和冬迭南挥挥手；他朝比特贝尔抬抬眉毛示意。他们都过来了，比特贝尔和他弟弟勒内，勒内尽管才到八岁这个柔嫩的年纪，但却被看作"闪电般机灵"，因为他母亲在厨房里心肌梗死发作的时候，他迅速地给她做了临终涂油礼[1]。他已经重复演示过好几次当时的场景，他是怎么拿来了父亲的机油，然后在她的眼皮、耳朵、鼻子和垂死的嘴唇上画了十字，同时低声念叨："主宽恕你的罪，阿门。"

他们在冷风中碰头，在厨房后面，然后逃到了一间厕所里，紧紧挨着站在黑蓝色石头做的、浸染了浅色污渍、散发着臭味的隔离板之间。

"你们都听好了，你也是，勒内，"路易斯说，"我们在自己胸口上养了一条大毒蛇。我们之中有一个坏比利时人，他向敌人泄露军事秘密。他一直都装扮成使徒的样子，但是现在露出真面目了。"

"真卑鄙。"软蛋多博雷说。

"比卑鄙还过分。"荷辛斯说。

"我们拿他怎么办？"比特贝尔说，"向警察告发他吗？"

"不，"路易斯说，"使徒要自己处理这件事。"

"他是谁？"勒内问，"我认识他吗？"

"最好还是不要大声说出他的名字。"路易斯说。

"我们要狠狠地治治他！"冬迭南说。

---

1 天主教由神父对临终者或病人涂抹橄榄油的仪式，旨在祈求上帝宽恕死者罪孽，让其可升入天堂。

路易斯，使徒佩德鲁斯，中流砥柱，带领他们走进了死一般沉寂的厨房。正要发挥残忍首领作用的他看到刚刚在厕所里还有着通红苹果脸的小勒内激动得脸色惨白，冬迭南结结巴巴地说不出话，矮胖的比特贝尔畏畏缩缩地点着头。他下达了指示，派荷辛斯去门口做警卫，塞给勒内一把切面包的刀，将他藏在铝制大锅后面，将冬迭南安插在门后，要比特贝尔和多博雷藏进洗衣间。他像尤里乌斯·恺撒在即将把贝尔盖人[1]引入埋伏之前在山关上那样深深呼吸了几下。路易斯说："忠诚致死。"只有冬迭南哼唧了什么作为回应。然后路易斯走到了学校院子里。修道院花园里的梧桐树漆黑一片，从音乐厅里有梯形的光落在铺路石上。他找到了弗里格，心里想着：我之后一定要在卷宗里记下这几点，受难者说了什么，他面对惩罚的表现是什么样的。

"弗里格，我要给你看点东西。"他边说，边发觉自己的行为不仅不够谨慎，而且也不符合一个尤里乌斯·恺撒的尊严，因为他一点儿也没有准备好——首领是不会即兴行动的，至多在打斗起了劲时才会。恺撒对一切都计划得无微不至，尤其是他的第一步棋。

"又有什么事儿？"（弗里格最爱说的句子。）

"一点东西。"

"什么东西。"

"一点会把你打翻在地的东西。"（不要把"你"发得太刺耳。）

"那你就得多花点力气了，如果想把我打翻的话。"

路易斯再想不起别的话了。

"那好，"他说，"现在就说最后一句：命令是发誓不泄密。"

他可以不再费什么脑筋了。弗里格已经掉进了他那好奇心造成的蜘蛛网里。他在一小块假想出的木头前跳房子，耸耸肩，假装若无其事地问："去哪儿？"

"跟我来。"

---

1 公元前2世纪在莱茵河下游反抗罗马的高卢人，比利时人将其看作自己的祖先。

真是太轻松了，这只狐狸，手插在裤兜，一步一步地跟在路易斯后面走。在音乐厅投下的光里：擦伤了打了十字绷带的膝盖，一块鼓胀的带污点的象牙盘。路易斯本来还可以拦住他，把他送回去，“这只是个可恶的霍屯督恶作剧，是我那一堆疯点子中的一个”。但光是弗里格好不担心的样子就已经让人忍不住要报复了。至于他侮辱了路易斯和路易斯的母亲，这还在其次。必须要惩罚的，是他的自负、轻信。

在通向傍晚清静的厨房的楼梯口，光线更暗了。你的坟墓，弗里格。扶栏闪闪发亮。路易斯走在前。冬迭南在门后无声地呼吸。我听到了什么。我太阳穴上沉闷的敲击声。

“好了，现在呢？”弗里格做出没有看到在洗衣间的桌子边坐着的多博雷的样子。那家伙不知道出于什么原因穿了件在俗修女的淡蓝色工作装，手上拿着一把叉子，像是马上要把它扎进木头里，而且，就在尤里乌斯·恺撒领导的行动中！居然让门开着！本来精心策划的埋伏，现在成了毫无用处的臭小子们玩的愚蠢的躲猫猫游戏。

“坐下！”

“不。”

路易斯倚在进屋的门上，隔着木板感觉到了胖子冬迭南的肩膀，他平静地说：“弗里格，你到底以为你是谁啊？”

“我？绝对不是你这样一个白日做梦的傻瓜。”

“都是因为你。”路易斯说。他本想继续说：“使徒的神圣联盟才一下子枯萎了，我们的友谊也荒废了……”但是，他顿住了。眼前的这只狐狸起了疑心，在屋外灯光下这双警觉的杏仁眼闪着光，他没有往圈套里走，反而是有了戒备，预感到了威胁。路易斯闻到了弗里格的冰凉衣服上升腾起来的甜酸气味，一种温和、柔软的感觉，某种邪恶之物，流过了他全身。

他身后的门吱呀响，或者是冬迭南的喉咙里发出的声音？路易斯往前走了一步，门被风推开了，冬迭南手上拿着一支捅火钩。

“这里到底在玩什么鬼把戏啊？”弗里格问。

“勒内。”路易斯命令道。现在又满脸通红的小男孩从大锅后面走了出来，两只手向前举着面包刀，就像是举着一个送给马厩里的新生儿[1]的礼物。

多博雷走进厨房，说“是啊是啊”，舔着手上的叉子。

“弗里格，我们现在要吃掉你。”路易斯说。

“我说塞涅夫，”弗里格说，“你到底什么时候才能不这么疯癫癫的了？”

“首先切成块。”勒内说。多博雷将叉子果断地扎进了弗里格左边大腿，但叉子没有插进隆起的肉里。“等一下！”路易斯叫道，“等一下。”弗里格要么是因为痛，要么是因为吃惊，叫了起来。一个在金马刺战役中遭到第一次还有点儿轻率的长矛袭击的法国骑士。

但是，冬迭南不想将战斗留给其他武士，他作为使徒更有资格攻击……

但是，冬迭南想做得更出色，来弥补第一下刺杀的软弱……

但是，勒内无条件地相信临终涂油礼，想用面包刀至少试一试……

但是，比特贝尔，他都不知道跑哪儿去了……

但是，路易斯打了一下勒内的手腕，刀哐啷一声掉到了地板上。就着这同一下跃起的动作，路易斯一把抓住了他三个月来再没有靠得这么近过的弗里格的衣领，往他肚窝里揍了一拳，然后放开了衣领。这有着惊人清秀面容的男孩往后倒在了发亮的厨房桌子上，两腿像修女弗罗斯特那样大张开，他躺在那儿不动了。

“然后呢？”助理神父问，“在你们威胁你们的朋友，说要像食人族一样吃掉他以后呢？”

“然后。”路易斯在这个散发霉味的小杂间说。尽管助理神父威逼他，但他没有泄露同伙的名字。

---

1 指刚出生的耶稣。当时有东方三圣人前来敬献礼物。

"真相。"这个年轻的声音说。而路易斯没有像那个洗手的彼拉多[1]一样回应说："什么是真相？"

"然后我们就没有管他了，尊敬的父。"

"因为你们恢复理智了？"

"是的，是的。就是这样的，尊敬的父。"

助理神父对这些可怜的霍屯督过错报以哼哼的鼻音，要么是反感，要么是厌烦，要么是恼怒。他难道没发觉他面前的这个罪人做了假忏悔？他难道对这个叛教徒心甘情愿地迈开使徒的脚，走到木栏杆这里做忏悔的圣事无动于衷吗？他相信用针对小孩儿犯禁的惩罚措施和例行法则就可以让这件事儿化为乌有吗？

路易斯在那天早上听到消息，他父亲正要赶过来接他出寄宿学校，因为战争阴云眼看着越来越黑暗了，马上会将我们这个小但却宝贵的国家的和平浮沉吹个干净了。所以他估计——为此他很恼火——坐在油腻腻、灰扑扑的网格另一边的主事者，心思更多是在欧洲版图上，而不是人的灵魂里另一场黏稠的心灵内战，这场战争也是黑暗势力在取胜。所以，他急忙地说："不，尊敬的父，我们没有放过他。我和我的同伙还犯了更深的罪。胖子靠着他可怕的体重把叉子戳进了他的心脏，矮墩儿用一个勺子戳受害者的眼窝，结果受害者就晕过去了。矮墩儿就像舀煮过了的土豆一样舀下去，然后把那个器官扔在了身后。"

助理神父站起了身，木头的嘎吱声听上去就像是一只远方的啄木鸟在啄。

"那个因为看到母亲死去而堕落到了骨髓里的小家伙，欢呼着剥下了受害者上身的衣服，用面包刀画十字，就像他死去的母亲原先在切长面包之前都会做的那样，然后，他又在赤裸的、颤抖的胸脯上斜着切下了一条槽儿。"

"一条槽儿？"

---

1 彼拉多（Pilatus）：审判耶稣的罗马巡抚。他后来洗手以示不负处死耶稣的责任。

“一小长条，尊敬的父。在西弗兰德我们管它叫槽儿，抱现。”

“抱现？”

“是抱歉，尊敬的父。小家伙从皮肤和肉上切下了一小长条，然后说要把这一条吃掉，但天性里对邻人的怜悯阻止了他，然后他就跪下来，伤心地哭起来。”路易斯喘气。他说太快了，气也没换就说完了。

“那你呢？你，我的儿，你对这样的罪行又表现出什么态度？”对方声音听起来有力又专注，但也模仿了我讲述时的嘲讽语调。

“我夺下了小家伙的面包刀，刺穿了受害者的邪恶心脏。”

“但是小伙儿，那里已经插了一把叉子，胖子插进去的那把。”

“就在旁边！就在旁边！一个心脏是有足够地方插上刀和叉的。”血的味道穿透了忏悔椅散发出来，是一大桶热气蒸腾的猪血的味儿，用这猪血配上洋葱或葡萄干就能做出血肠来。

助理神父发出了三下轻微的哧溜声，就像是在吸塞进了他牙齿缝里的一根肉丝。

“塞涅夫！”这个名字在整个教堂中厅里回荡。允许这样做吗？告解神父可以这么放肆地暴露告解人吗？我应该大声喊：“是，助理神父约翰纳斯·玛埃斯吗？”

“塞涅夫，”这教士用稍微温和的语气重复道，“你还真是让我看不透啊！你都想糊弄我们些什么呀？你觉得我没有其他事儿可做了，光是来听你这些胡言乱语吗？你到底知不知道你现在在哪儿，你这个鼻涕虫？你这样我可以就地把你开除出学校。”

“我父亲明天或后天反正要接走我了。”

“祝你好运，”这个声音说，“你尽可以继续幻想下去。要是你以后给报纸写文章了，我不会惊讶的。或者写书。但是你到时候可要收敛一点，不能用这么夸张的风格了。你可以学学菲利普·德·皮雷塞恩[1]。宏伟又简练。我会给你一本《皮特·法尔德：一个方济各教徒的

---

1 菲利普·德·皮雷塞恩（Filip de Pillecijn）：20世纪比利时作家，弗拉芒语运动代表。

小说》，精选系列之一。”

“这本我已经读过了。”

这句话似乎惹恼了教士。他换了个坐姿。路易斯听到他的胃咕噜叫，叫声这么近，就好像是他自己的胃发出来似的。教士嘟哝了些让人听不清的话。“我真不想说，一个悔改的罪人要比九十九个……给天堂带去更多喜悦……我不会说：走吧，不用害怕……塞涅夫，为了天堂，你离开吧。”

路易斯走到了圣贝尔纳德岩洞。他筋疲力尽。一棵橡树的树冠血一样的红。寒冷的空气静悄悄，一只鸟儿都没有。

“等一下。”路易斯叫道。勒内的刀掉了下来，冬迭南将捅火钩放在了发抖的弗里格身边，多博雷正压制住了他。路易斯从孩子湿津津的手中夺下了面包刀，抵住了弗里格的下颚。

“别这样做，路易斯，你会直接掉进地狱的。”猛兽一般的小嘴巴带着对死亡的恐惧说。

“说，你很抱歉。”路易斯屏气说。

“我很抱歉。”

“说你就该受罚。”

“我，我说就该受罚。”

“没有‘说’字。”

“没有‘说’字。我就该受罚。”

勒内拽弗里格的睡衣。“对。”多博雷说。正当路易斯将刀背压在弗里格咽喉上的时候，多博雷和冬迭南带着欢呼的窃笑拽下了弗里格的裤子，一直扯落到鞋子上。弄脏了的内裤，勒内也给他脱了下来。路易斯把他伸向下体的手打到一边。

“你们看看，他是怎么躺这儿的。”他说。

“活脱脱一头猪崽子。”勒内兴高采烈地叫道。

“我们应该打他的光屁股。”比特贝尔说。他现在才从洗衣间里出来，手里拿着一块湿淋淋的抹布。

在弗兰德的死刑执行官路易斯洞察一切的眼睛底下，弗里格被迫不及待的几双手翻了个身，带有内裤橡胶带压出的红道道的苍白屁股瓣毫无防备，比弗里格的脸蛋在任何时候都更无辜。这不就是圣洁贞女要求我们做到的卑微，要求我们做到的贫苦？“等一下。”路易斯说。弗里格立刻就用一个手肘把自己撑了起来，这个殉道者绝没有什么忍耐力，他又开始酝酿诡计了。就连勒内都看出来了。这毫不留情的鼻涕虫，他把弗里格推了回去，弗里格的脸便又朝着用旧了的发光木头。

路易斯原谅不了直到现在为止都待在洗衣间的比特贝尔，他和所有人都离得远远的，甚至也许还在期待守护天使或修女干预，而现在却龇牙笑着挥舞抹布。路易斯便说："我们不打他。"他的目光落在了一只被苹果填得半满的手提篮上，他想到了中世纪的惩戒笼，违法者都会被塞进去。他把这篮子连着莱茵特苹果拖到了桌子上。轻声哀求着“别这样，停手”的弗里格被转过来，头和交叉的胳膊朝前。

他的屁股和慌得乱摆的大腿从篮子里漏了出来，路易斯不由得想到一幅画的某个片段，画上每个形体都是一句谚语或成语；他看过一本《维索尔伦现代词典》[1]的插图，不，是教父的一本书，那里面的词条是："篮中公鸡"或"满月也有瑕"，不，"篮子盛月光"。或者类似的什么。

“好嘛，他从篮子里掉出来了。”[2]路易斯说。这恰好是一句古老的谚语，但其他人都没听出来，多半也不知道这句话，只是不知所措地站着。比特贝尔拧干了抹布。勒内问，弗里格是不是整晚上都必须这样待着。

“那我们就得把他拴紧了。”冬迭南说。

“还得堵住嘴。”

---

1 维索尔伦（Verschueren）是弗拉芒语词典专家，编纂了以他名字命名的百科全书词典。
2“让某人从篮子里掉出来”是源自中世纪的谚语。当时少女拒绝坐篮子来幽会的求爱者时会让他掉出去。故这句话可指拒绝某人的求爱。

没脑子、不中用的狗腿子。还有最根本的、不可回避的、规则中确定好了的人事儿要做啊。荷辛斯在夜里透过窗子看进来，然后站到门口，嘴张得大大的。

“呀，这是……”

“这是一个霍屯督人展览。”路易斯说。没有人笑出来。路易斯从裤兜里抽出温暖的铅质跖骨，比克尔，这是他从修女圣盖洛尔夫的床头柜里偷出来的，然后把它往弗里格两瓣屁股之间干燥的开口里塞，直到这个并不高贵的金属再也看不到为止。弗里格抽泣，他那分成两半的白色肉体在抽动，水果篮吱呀直响。

“封上封印了。”路易斯说。同伙们尊敬地看着他。弗里格请求宽恕，但他说的话跌跌绊绊地搅到了一起。

路易斯结结巴巴重复着那些话，在岩洞前。他不敢去看圣洁贞女那受尽风吹雨淋的石头脸；但他最终还是鼓起勇气去看，看到她满脸悲伤。他说了两遍、三遍认罪的话，但是有首歌就像是冰冷、黑暗的厨房里的一首数数歌谣那样一次次地闪过他的脑袋：“一个篮子满又满，羞耻事儿说不完，一个篮子满又满，羞耻事儿说不完。”

路易斯在篱笆墙边上和贝克朗聊天，这位园艺工在篱笆外套上了铁丝网，上面挂着生锈的饭锅、瓶子和金属条，这样如果有德国人在黑暗的掩护下悄悄走近，他们的头盔、机枪和战地炊具就会撞在上面，发出震天巨响。这时候修女弗罗斯特和修女恩格尔急切地朝他挥手。

路易斯走到她们面前，走到了妈妈身边，她在惨淡的日光下把一个行李箱搁在旋转木马的底座旁。她戴着一顶可笑的丝柔帽，上面还有一根雉鸡羽毛。修女弗罗斯特和修女恩格尔盯着他们，看妈妈如何向自己的儿子伸出手。

“我来接你了。”

“我看出来了。”

“我是坐公共汽车来的。”

“是吗？”

“你不想和你的朋友道个别吗？”

“我已经道过别了。”

“我来了，你不高兴吗？”

“高兴，高兴，妈妈。”（你在女人中是有福的。）

修女们和她聊到了教会人士遭受的迫害。在慕尼黑，一个身体脆弱的老神父被关了起来，因为他在布道的时候批评了政府。在德国学校里不许再教宗教课了。德国女人们在她们分娩的医院里必须签署声明，说她们的孩子不受洗。整个教堂里都只准点一支蜡烛。在教皇请求拜访关在监狱中的教士时，他遭到了羞辱。“您就别想进去了，神父，这是红十字会负责的事儿。”他们对他说。虽然他以前在德国做过十年的教皇使节，在那儿一直都挺受欢迎。

弗里格向妈妈伸出手。“您好，塞涅夫夫人。”路易斯拽着他的胳膊肘，把他拉到自己身边。

“我来向你说再会的，路易斯。”

“你真是……好心。”

“你伤害过我，路易斯。”弗里格将手伸进裤兜。有那么备受折磨的一瞬间，路易斯还以为他要拿出那个可恶的跖骨粒来了。但出现在他手上的，是一支象牙质的钢笔杆。平滑的笔身上有一个小洞，里面可以看到巴黎的圣心堂（是大会堂，还是主教教堂来着？），细节清晰，是粉画的颜色。

“这个我送你。好让你知道我原谅了你。”

“多谢。”

“我不明白，你为什么要那么做？”

“我也不明白。”

“但我不生你的气。我不相信你有坏心。”

路易斯为那些像米泽尔一样在他皮肤底下急速窜出来，让他发痒的混乱又残忍的念头感到羞愧。弗里格是从嘴里拿出了那颗铅跖骨吗？有可能吗？如果别人遭到了你的羞辱，他们之后难道还会立刻要求，像那一刻的弗里格那样，在惩戒笼里再待久一点吗？

“我会一直想着你的。”他说，在眼泪流下来之前。他走到了自己母亲身边，从旋转木马下提起了行李箱。

“保重啦！”弗里格在他身后喊道。

他们走过了修女伊梅尔达仔细修剪过的松树，走过了铜质风信鸡，走过了城堡窗台上的花盆。透过荆棘篱笆墙的一个洞，他看到弗里格站在梨树下挥着手，挥着手。

1947年11月

第二部　比利时

时势险恶，广播这么说，报纸这么写。不，什么都没有改观，情况只是越变越糟。

一架飞机，上面坐着两个酩酊大醉而将马斯河[1]当作了莱茵河的德国军官，降落在了我们第13区的自行车中间。军官被人扇耳光一直扇到酒醒，然后遭到审讯：电石灯直射他们的脸，第三等级审讯[2]，与其我受罪，不如你来。

他们回答得挺有礼貌，这俩军官。然后那位德国少校跳了起来，把一小叠他藏在胸口的纸都扔进了熊熊燃烧的火炉里。我们的比利时司令官冲到炉子前，手被严重烧伤，也是第三等级，但还是将德国文件从火焰中抢救了下来。在焦煳一片的纸上，还能看出点什么来呢？德国军队空军2号要袭击比利时、荷兰和法国北部，伞兵会落地抢夺马斯河上的桥，诸如此类，诸如此类。

“什么时候？”

“上面没写。”

广播里吱吱喳喳地发送出坏消息。其中也有一些来自前所未闻的

1 马斯河（Maas）：流经荷兰、比利时和法国的一条河流。
2 第三等级审讯是在20世纪30年代法庭中采用酷刑逼供时的委婉说法。

世界角落。比如加拿大，加拿大不由分说地将自己的军队送进了英国港口，从自己的国库里掏出了五千五百万英镑送给英国人作为战争贷款。可以算算这要是换成比利时法郎得多少钱。

“但是，现在言归正传：德国人为什么要进军我们的国土？他们没有彻底疯掉吧。他们非要把自己已经覆盖了整个法国边界的战线延长好几公里。而且如果我们比利时把物资和士兵都投入前线，支持盟军，那盟军实力就会大大加强了呀。再说了，抱歉，加斯顿，德国人眼下不是和我们有几笔好生意吗？比如说我们会尽快提供给他们的上万辆车皮，那是他们迫不及待想得到的。生意优先啊，伊西多。”

“从战略的角度看，”教父说，“德国人进攻我们，不算不聪明。法国军队现在修建了碉堡和炮弹防御工事，在里面打牌，喝绿茴香酒。德国人必须得割裂他们，分散军力。我们都知道，德国人是擅长闪电战的能手，只要想想波兰就行了。”

“顺便提一句，你们听到德国人动员狗作战了吗？每个养了一只狗的德国人都必须带它去做个专门检查。是啊，在组织策划这方面，他们是有一套的，这群小子。”

“哪儿的话，真是。要组织策划，他们也需要物资啊。德国人的汽油是绝对不够用的。整个柏林都打不到出租车了。”

“但他们会攻打英国的，肯定会。他们印英国钞票已经印了挺长一段时间了。”

时势险恶。收音机买卖除外。还有温莎公爵夫人[1]。在巴黎的吕西安·勒隆[2]的时装展上，她花掉了一笔巨款，主要是为了缠头帽。代夫特青瓷[3]现在非常流行，康斯坦泽！还有一种蓝，叫芬兰蓝，与代夫特差不多，只是多了一点点灰色调。

---

1 温莎公爵夫人：华里丝·辛普森（Wallis Simpson），英国国王爱德华八世的妻子。爱德华为娶她放弃王位，受封温莎公爵。

2 吕西安·勒隆（Lucien Lelong）：法国著名时装设计师。

3 代夫特青瓷（Delft Blue）：以其产地荷兰城市代夫特（Delft）命名的一类陶器。

而芬兰现在完全败落了。上个星期刚庆祝过自己的加冕日的教皇，就为了这个原因才那么情绪失控，据说。

不管怎样，现在这时节，没有汽车是不行的了。

妈妈为爸爸剪了头发，让他在勉为其难去拜访诺维·德·威尔衡斯少校时看上去干净利落些。爸爸紧张极了。路易斯看得出他的紧张迹象，手指来回搓，牙齿间嗤嗤响，训斥妈妈，责怪她惹出这件祸事时声音并不稳定。

“我从来没有觉得我的汽车和摩托车有问题。吉列牌，是个美梦！哈雷摩托，就是颗珍珠！多棒的飞行器啊！我的福特T型车，这个小铁灵[1]从没出过故障！现在呢，我的德卡威一下子就变成了劣质品。丈母娘大人觉得它晃得太厉害，它发出的哐当声太大，坐在里面太冷。我真是一个傻瓜，居然听了她的话！我真是脑子发抽了，居然想让她称心。”

“斯塔夫，安静坐着，不然我会剪到你的耳朵了！”

爸爸变僵了一样呆坐着。那辆德卡威，（妈妈不仅说这车里有冷风，还说，之前他们在一条乡间大路上开过，路上因有萝卜拖车时留下的满地烂泥和黏液，车严重打滑，从那以后车轮胎的路面附着性就差了）爸爸在她的哭求下换成了一辆菲亚特，这车是诺维·德·威尔衡斯少校的儿子瑟尔瑞的。他换车要再添个三千法郎。“我马上就去我妈那儿拿钱，”瑟尔瑞说，“我能开这辆德卡威去图尔奈[2]吗，塞涅夫先生，一路上正好试试车？”

“当然可以啦，瑟尔瑞。”

瑟尔瑞一下冲了出去，神气活现地向站在（式样最简单的）菲亚特旁边的爸爸挥手，再也没有回来。爸爸骂骂咧咧地等了几个小时之后，开车去了菲亚特车厂，因为引擎里听得到轻微的尖刺声。

1 小铁灵（Tin Lizzie）：福特T型车的昵称。
2 图尔奈（Tournai）：比利时南方城市，位于法语区。

“您到我这儿算来对了。”车厂主说，“您把菲亚特好好地搁在那边角落里吧。”

“这是为什么？”

“哎，先生，我这三个月都在等着您付这辆车的第二、第三、第四期的钱款呢。”

爸爸郁闷地呆呆望着前方。妈妈咔嚓咔嚓地动着剪刀。路易斯期待见到那个要诡计的瑟尔瑞。

“就这样了。”妈妈边说，边把围住爸爸头发的毛巾卷了起来。

“就这样了。”爸爸说，“信任别人就是这个下场。就是心太好了呀。”

“心太好？”妈妈叫道，“你想说的是，脑子太蠢了吧。瑟尔瑞早就把德卡威卖掉，把钱送到坏女人那儿去了。”

少校家的房子是一座半圆形小别墅，由带黑缝的黄色石头砌成。“弗兰德的颜色。”爸爸在我们走过行车入口时愤懑地说。屋里一只狗震耳欲聋地狂吠，把他吓了一大跳。

是诺维夫人亲自来开的门，一个让人感觉绷得紧紧的高个女人，长鼻子，脖子干瘪。他们可以在一个有花纹图案的沙发上坐下。爸爸夹紧了膝盖，在他讲述那个让人不快的故事时。

“我知道，我知道，先生。”诺维夫人说话带有法国口音，“我已经三天都没合过眼了。没有合过眼。自从瑟尔瑞跑掉以后。您可以想象，情况有多坏，先生，我们可只有一个孩子。”

“我家也是这样的，夫人。”爸爸边说，边朝路易斯投过去控诉的一瞥。

“好像大家都嗅到瑟尔瑞跑掉了，先生，现在他们从四面八方跑过来站在门口，他们给我打电话或在大街上跟我搭话，或者在萨尔玛店。但我们家瑟尔瑞，他肯定是一时鬼迷心窍才做了坏事的，是一时鬼迷心窍。这笔钱我会很乐意，该怎么说？我会跪着还给您的……”

“或者把我的车还给我。”爸爸说，“只要您把我的车还给我，我们就忘了这整件事儿。”

“啊，车呀！”她翻了翻白眼，一只瘦骨嶙峋的手放在了突出的锁骨上，“他还是个小男孩的时候就对汽车迷得不得了。”她心不在焉地望向花园。

“我们现在该怎么做，夫人？”

“我就直接告诉您吧，先生。目前这会儿……时势险恶，您能理解的……尤其是，我丈夫现在必须去埃本-埃玛尔要塞帮忙指挥要塞防务。您肯定有足够多的爱国心，不是吗？您知道我眼下，在德国人随时会入侵的这个节骨眼上，不能因为一笔小数目的钱就去打搅他。”

她所有的注意力又转移到了花园。一个毛发浓密的年轻士兵正在捣鼓一根橡皮水管。

“当然了，我本来并不想直接去警察局。”爸爸语气生硬地说。

她在自己满是皱纹的脖子的皮肤上张开了戴着戒指的瘦长手指。“但是，先生，我现在听到的都是什么话啊？您真的一点爱国心都没有吗？”

“有的，当然有。”这个在“格略宁尔”大吼着“比利时？这就不是个国家，这是一团糨糊”的男人说。

“那您为什么要为了这点鸡毛蒜皮的小事儿，就用警察来威胁一个正派人家？”

“一辆德卡威不是鸡毛蒜皮，夫人。”

她居高临下地打量了一下爸爸。

“唉，您这样子其实看起来还像个正派人，先生。”

爸爸等着。年轻士兵把滴空了水的花园水管挥来挥去。

“我建议您不要去警察局。”这个高个儿女人说，“您那么做没啥好处。诺维·德·威尔衡斯家族的手可长着呢。”

“夫人，我也是有关系的人。”爸爸说。

“您的关系帮不到您什么。您有哪类关系，我们都知道，先生，那样的关系，说不定这个或那个人在墙头上挨一发枪子儿，就什么都没了。您已经被盯上了，塞涅夫先生。我们知道，在如今这样的年代，比利时可以信任谁，谁都不可以信任。”

“噢，您这个又丑又瘪的瘦杆子！”爸爸满脸通红地跳了起来，“我们要给您这类人好好地上一课。弗拉芒民族会算这笔账的，夫人，我们民族已经被压榨得够久了！我的德卡威我会拿回来的，等我把您的比利时国旗……”

他这句话最后想说什么，只能是个谜了。他脖子里卡住了，把半截话吞了下去。诺维·德·威尔衡斯夫人跑到窗户边，一边挥手，一边像是怕自己会死一样大声呼喊着那个年轻的士兵：“阿尔西纳！阿尔西纳！”

阿尔西纳一路小跑过来，从开着的窗户爬了进来，宽大的扁平足砰一下落在地毯上。他带着暴烈的法国眼神，气喘吁吁地摆好了姿势。

“阿尔西纳，把这个无赖扔出去。马上！”

爸爸鞠了个躬。“无赖这就走，少校夫人。给您致敬了。”

因为英国人想抢占瑞典的铁矿，德国人被逼无奈，入侵了挪威和丹麦。他们以迅雷不及掩耳的速度拿下了这两个国家。德国人的组织才能真是无与伦比。

墨索里尼预告说，他那一边也会有所行动。但要等到春天了。

在波兰，只有德国人才允许穿皮鞋。胜者为王定规矩。要是你赢了，你还会怎么做？

在我们的边界上，法国人心焦地等待时机，一举闯入比利时。据说是要抢在德国人前面。他们已经走到半路上了，那些法国人，扛着旗子和小号，但我们拦住了他们。

“噢，真抱歉，”法国人说，“对不起，我们还以为，是你们的国王列奥普德非要召我们来呢。抱歉了哦。”

真是厚颜无耻的民族。但我们在他们，在这些法国人身上看到的，倒是给我们留下了极深的印象。以前的铁盆铁碗都不见了，他们现在所有人都随身带了一口正儿八经的炒饭锅。他们的帐篷都可以用作雨衣。

我们的政府决定，如果德国人真打过来了，就疏散整个国家，也就是撤走所有的居民。撤到哪儿去？这个问题嘛，政府还要商议研究。

提奥·冯·巴梅尔，每年和爸爸去伊瑟尔塔[1]朝圣的民警，摊开手脚坐在客厅里。

“诺维·德·威尔衡斯这些人的手长着呢。”他说，“再说了，斯塔夫，现在可不是好时机。看这时局，你最好还是收敛点儿，我的朋友。”

“说是这么说，可是这样的冤屈……”爸爸说。

“这事儿会解决的。”凡·巴梅尔说，“我会亲自关照一下这个毛头小子瑟尔瑞的，这个爱装法国佬的公子哥儿。只要他再到这儿露面，我就给他颜色看看。但是你哟，斯塔夫，你一定要多加小心了。区里可有你的档案，手掌这么厚呢。”

“什么样的档案？”妈妈叫了起来。

“康斯坦泽，你忘了你们还让德国人进过家门了吗，就在你们买莱比锡的印刷机的时候？有些人嚼舌头，说机器是戈培尔送给你们好让你们印刷纳粹的宣传资料的。还有人给我们写了封信，说你们的壁炉台上摆着一幅希特勒的画像。要不就是放了一尊雕像？”

“是一个玩偶小人，”路易斯说，“一个希特勒青年团团员的玩偶。”

“对这群人来说，都是一样的，我的小伙儿。说真的，斯塔夫，你已经上了名单了，被算作危害国家安全的坏分子了。”

“真要这样的话，请便吧。”爸爸没好气地说。

“如果真被人抓住你的什么把柄，斯塔夫，我们做民警的就帮不了什么忙了。你就要上军事法庭了，因为我们现在已经是战争状态了。”

“但是我们比利时不还没打仗嘛！”

1 伊瑟尔塔：建立在伊瑟尔（Ijzer）河边的一个纪念碑，用以纪念一战期间牺牲的弗拉芒士兵。1920年开始，成为弗拉芒人定期朝圣的地址，这一朝圣活动也成为弗拉芒独立运动的组成部分。

“战争状态，是从动员参军开始算起的。1899年定下的法律。”

“真要这样的话，请便吧。”

“我们还收到封信，信里写到了贴在你车后面的一张宣传单。一张雷克斯宣传单。你可别忘了，你的德卡威是辆德国车。这样的细节可都会起作用的。”

“人人害我。”爸爸边说，边给提奥·冯·巴梅尔又斟上了一杯杜松子酒，这已经是第五杯了。

德国人输掉了战争。七艘驱逐舰都在纳尔维克港附近沉没了，德国海军的三分之一都没了。这下子他们可就没法弥补了。

首相毕埃罗[1]请求解散自己的政府。就因为国家预算出了问题。但我们的国王不答应。“您怎么能有这样的想法，毕埃罗！现在真不是做这个的时候！”

在芬兰，受伤的士兵大喊大叫地在结冰的冻湖上躺了好几个小时。成群的驼鹿和狼悄悄地靠近过来。在波兰，与路易斯一样大的男生被砍了头，因为他们撕坏了纳粹十字旗。

在灯光璀璨的都城巴黎，坏女人们拿着红色的手电筒，走过了夜色渐浓的街道。

瓦勒的街道挤满了外地人，坐在缓慢前行的汽车里，车顶上都系了木箱和床垫，车里有行李箱、自行车和孩子鼓出来。在这些车中间，有一辆雪佛兰，丝毫看不出里面装了什么家什，车里坐着妈妈的虔诚妹妹——贝赫尼丝姨妈和她老公，费尔蒙·德博雅诺夫姨父。姨父来自保加利亚，在那个国家，当地居民因为喝酸奶、信东正教而变得很老。他们将车开到了奥登阿尔茨大道上这幢住宅的门前。姐妹俩哭哭啼啼，费尔蒙姨父只是闷闷不乐地点了点头。路易斯刚想伸手给他，

1 毕埃罗：休伯特·毕埃罗（Hubert Pierlot），1939—1945年任比利时首相。

他却看向了另一个方向。

贝赫尼丝姨妈的脸比妈妈的要宽，要土气。而且，脸上一点儿化妆的痕迹都没有，因为她老公自从十五岁皈依复临派[1]以后就特别容易忌妒。贝赫尼丝姨妈笑得多，一笑就让人看到她纸一样白的尖牙齿。她老公给人的印象是阴沉。要是他哪一次不由自主地笑了，那笑声听上去就像是公羊的咩咩叫。他说话不多，一个原因是他的声带——还有其他一系列器官——在以灾难收场的一次扁桃体手术中受到了损害。在他即将出院的那个夜里，他醒了过来。在他床边放着一个搪瓷痰盂。傍晚的时候，一个办事马虎的年轻护士把氯水倒进去却忘了倒出来。半醒的费尔蒙姨父口渴得要命，睡得迷迷糊糊的他把这盆儿当作了他童年时代的保加利亚小茅屋里那个饭碗，一口喝了个干净。氯水把他内脏腐蚀了个遍。

他们待了几天，睡在客厅的一张床垫上。他们很着急，要赶在边界关闭之前进入法国。但妈妈求她妹妹留下来，贝赫尼丝起了同情心，就留下来了。

“他们为什么非要离开比利时呢？”路易斯问。

“因为你费尔蒙姨父是犹太人。”爸爸说，“犹太人总是带着他们的钱溜掉。其实应该说，是带着我们的钱溜掉。”

费尔蒙姨父是路易斯亲眼见到的第一个犹太人。在巴斯特赫姆，拉夫曾经指着站在运地毯的卡车边的一个棕色皮肤、神情阴郁的男人，叫道：“看哪，一个犹太人！”但路易斯不太相信他。费尔蒙姨父这厚眼睑、货真价实的鹰钩鼻和湿漉漉的厚嘴唇才更像犹太人。这个犹太人在大家吃晚饭的时候，独自一人固执又毫无防备地坐在炉子边，路易斯便说：“费尔蒙姨父，你的民族受迫害，是不公正的。”

这犹太人大声地擤了擤鼻子。很刺耳的一声，像是粉笔里的一块小石子在黑板上划出的声响。然后，他用沙哑的嗓音说：“我的民族，

1 复临派（Adventism）：美国人威廉·米勒（William Miller）于1831年创办的一个基督教组织，谨遵第七日为安息日，相信基督会第二次降临。

我的民族！希特勒要对犹太人做什么，那是他的事儿！”

“费尔蒙有本比利时护照。”贝赫尼丝姨妈说。

“那他为什么还要跑？”妈妈问。

“因为比利时人和德国人一样小气，康斯坦泽。”这个嗓音沙哑的疑似犹太人说，“所以像我这样的人，就算不是犹太人，到了困难时期，明智的做法就是尽可能离他们远一点。”

“多谢了啊，费尔蒙。”妈妈说。后来，在路易斯悄没声儿地溜进走廊，窥探贝赫尼丝姨妈的手提包时，她在厨房里对爸爸说：“我真不知道该怎么看这个费尔蒙。他可是受过割礼的[1]。”

“这你怎么会知道？”爸爸立刻问道。

“是贝赫尼丝告诉我的。”

“这样的事儿你们也聊？不可理喻。还是在我家里！”

路易斯在包里没有找到什么刺激的玩意儿，偷了二十法郎，踮着脚溜到房门口，重重砸着关了门，然后丁零当啷地走过了走廊，一边还唱着《去蒂珀雷里的路长又长》[2]。当他走进厨房的时候，他父母正在谈论他们想多买点咖啡、糖和煤炭储备起来。

“上帝啊，德国人到底想在我们这儿做什么？”

“造潜艇基地和飞机场。这样就好占领英国。”

“多瑙河还一直冻着呢。”

“法国必须保护自己的心脏地带，也就是巴黎和布鲁塞尔之间这块。所以法国人接下来就会开到我们这儿来，带着坦克、阿尔及利亚骑兵和腐败堕落的坏书。”

“只要我们保持中立，就不会这样。”

“我们的公主玛丽-约瑟在那不勒斯的王宫里剩下了一个孩子。三十一发加农炮啊，康斯坦泽。翁贝尔托王子，那个游手好闲的家伙，

---

1 这里指犹太教的割礼，为出生八天的男婴割去阴茎的包皮。

2《去蒂珀雷里的路长又长》（*It's a long way to Tipperary*）：一战期间在英国士兵中流行的一首歌曲，蒂珀雷里（Tipperary）是爱尔兰地名。

从罗马赶来，却到得太迟。婴儿已经被放进了摇篮里。是个女孩。她已经有两个孩子了。玛利亚·皮亚，五岁就开始为墨索里尼的士兵们织毛巾了。另一个那不勒斯的小公爵，有着外公的温柔眼睛，外公就是我们的阿尔贝尔特国王。"

在吃饭前，贝赫尼丝姨妈和费尔蒙姨父低着头，闭着眼，在桌边坐了至少一分钟。他们是在惦记赤道附近国家里许多挨饿的孩子，贝赫尼丝姨妈解释道；这样你才会意识到一定要好好感谢上帝将你选中，免受苦难。

是他们的虔诚让他们走到了一起。那时候，贝赫尼丝姨妈还热恋着"肉腿子"雷纳，一个胖胖的、总是耍弄她的男教师，他每次约会都迟到，如果他会来的话。有一次，他又放了她鸽子，她绝望而漫无目的地徘徊在世界大都市根特，这时她听到一个声音，传到她心里，要费点劲才能听得懂，就像是从一堆大白胡子里传过来的一样。"穿过大马路，在第二个路口往左拐。"可是她为了那个没露面的"肉腿子"（他有这么个别称，是因为他经常在酒馆里胡侃说，女人最美的地方就是"肉腿子"，在标准弗拉芒语里就是"腱子肉"的意思）还心烦意乱着呢，结果在第二个路口她就往右拐了。她迎头撞上了一幢正面已经摇摇欲坠的房子，红色的火光透过开着的门涌出来，就像是圣坛上的一盏油灯的光，只是更明亮些。她并不惊讶，走了进去，发现自己在毫无装饰的一间房里。这里有四个老妇人、一个邮递员，以及一个有只发肿的蓝眼睛、由自己十一岁的女儿撑着的工人，他们在听一个声音像把剃须刀的教士布道。那教士，费尔蒙·德博雅诺夫，用保加利亚犹太人的目光狠狠压向贝赫尼丝姨妈，同时嘴里在痛斥饮酒吸烟的行径，预告上帝降临，并解释说他这个教派的创立人已经预言了上帝的降临，但错说成了1843年，而他的预告是最终有效的，上帝将于1982年左右降临。

几个星期之后他们就结婚了。贝赫尼丝姨妈把百科全书、地图册和宗教词典都送给了西弗拉芒和东弗拉芒村庄里的名流，而费尔蒙姨父则在车里边祷告边等着。费尔蒙姨父认为比利时人是个粗鲁又肮脏的民族，他妻子没有当着他的面洗干净的杯子、碟子或餐具，他都不会用来喝酒吃饭或用餐。

某个星期六，爸爸给他们带去了煎猪肉肋排。“我就是想看看，他会有什么样的表情。”肋排是妈妈煎的。当香味飘到费尔蒙叔叔待着的客厅里的时候，正在读《死后还有生活吗？》的他立刻就站起来，走进厨房，往锅里投去惊吓的目光，满嘴甩出保加利亚语的咒骂，跑到街上去了。

“你看，他是个犹太人。”爸爸尖声叫唤起来，“他对不洁的动物立刻有了反应。”

爸爸啃下一根肋骨，说：“哪怕他是个基督徒，那他绝对也有犹太人的习惯。”

“再看看这么魁梧的身材，”爸爸说，“犹太人到了三十岁都会变胖。因为他们不运动。有谁听说过什么犹太运动员的？”

“他比你重不了多少，斯塔夫。”

“但是你和他身材不一样啊，父亲。你怎么会看不到！”

“贝赫尼丝不再是原来的那个她了，”妈妈说，“我再没有妹妹了。”

我们的国王列奥普德，比如说，就是个运动员样儿。身材瘦长，虽然他从祖先那儿继承了强壮的骨架。不过，同他握过一次手的提伦忒恩先生，很吃惊地发现他的手掌居然绵软无力。

他也是个耽于梦想的人啊，我们的国王。他真的梦想着过去，梦想着他的家族历史。对于一个国王来说，这也适当，他能从历史中吸取经验，然后用到现实中啊。尽管世界一直在改变，没有什么是可信赖的了。但如果他不做梦，我们的这位尊贵殿下，而只是四下里听一听的话。那好，他会听到什么呢？首先是施巴克和德·曼，他们会在他耳边说：我们要避开我们周围的邻国陷入的这场乱局，我们应该彻彻底底、完完全全走我们自己的比利时的道路。瓦隆人当然会反对。按照这些人的想法，我们必须立刻请我们的所谓盟友来做一次长期访问。不，我们的国王一直在问自己："我的职责是什么？我的骑士爸爸面对这样的情形会做什么样的决定？"而卡佩勒公爵，他的秘书，则说："殿下，首先，最重要的是保全王室。"

不然他还该说些什么呢？虽然……

路易斯和忒杰，还有贝卡坐在电影院里。刚刚开始放正片前的短片，是"帕特与帕塔兄"[1]的（演矮胖子的叫哈洛尔德·麦德森，演瘦高个的叫卡尔·申斯特朗姆）。两个喜剧演员在一眼望不到边的麦田里一顿一顿地讨论，他们什么时候，在哪儿，怎么样惩罚一个曾经侮辱过他们的人最好，这时候一个喝得醉醺醺的年轻士兵跳到了银幕前，在那儿摇来晃去，不停跺脚。他晃着一个啤酒瓶，用沙哑的嗓音咆哮道："你们这群乡巴佬，你们别以为，我每天就为了赚这一法郎，为了这一瓶啤酒的钱，心甘情愿被人射掉屌蛋儿！"在放映厅的一片吵嚷声中，门房大叔塔拉拉过来撵他，在他屁股上踢了几脚，赶走了他。

路易斯看到，贝卡脸色惨白，啃着大拇指，擦着眼睛。

"你生病了吗？"他问。她点点头。

"她认为战争随时会爆发。"忒杰说。他对自己的处境很是担忧。

第二天，就着晨曦，我们总参谋部所有人都没预料到的十架狡诈的滑翔机，载着八十名德国伞兵，除了天使翅膀的挥舞声没出一点儿声响，悄悄飞越了埃本-埃玛尔要塞[2]。德国人抢占了要塞。在滚滚浓烟、隆隆巨响和熊熊火光中，诺维·德·威尔衡斯少校失去了右腿，有些士兵失去了生命。

该来的还是来了，终于。"终于到了。"路易斯在自己卧室的镜子前低声说。

---

1 帕特与帕塔兄（Pat and Patachon）：默片时代的丹麦著名双人喜剧组合。

2 埃本-埃玛尔要塞（Fort Eben-Emael）：位于荷兰与比利时边界的防御工事，原本用来抵御德国军队的入侵。

在古德里安[1]的坦克冲进国土的第一天，当比利时空军在短短几个小时内从一百七十一架飞机减少到九十一架之际，当路易斯坐在收音机旁，受着一阵荒唐的、满怀期待而莫名兴奋的寒意侵袭时，就在这第一天里，（自从拿破仑时代就等着这一天到来的）法国人闯进了我们的国家。

他们在瓦勒地区停下，并不急着奔向鲁汶附近的戴勒河，他们预备在那儿建一个防守点；而比利时人这会儿正用他们那没上好油的步枪抵抗着匈奴人。

法国人，脑袋上斜扣着头盔，散发着大蒜和绿茴香酒的臭味，对弗拉芒的孤儿寡母下手，门也不敲地冲进我们的住宅，搜寻烧酒和女人，是的，与中世纪那时候一模一样。冯内尔·德·卢兰西将军眼尖，发现我们那些吓坏了的候补士兵半身军装半身民装地混在难民里，他就下令将逃兵重新分配进各连队。*武力解决！*[2]我们的法国命令！

真不讲理。他以为他是谁啊？他以为他在哪儿啊？

“斯塔夫，我现在透露给你的，是我本该守口如瓶的。如果这让我上司知道了，我准保三下五除二，直接进牢里去。你是一刻都不能耽搁了。”提奥·冯·巴梅尔说，手上举着一杯杜松子酒，“你必须立刻溜出这座城市，斯塔夫！”

“你不是认真的吧？我没有汽车啊。瑟尔瑞把我的车开跑了！”

“无所谓了。尽快从这儿逃走。不然我们就得来抓你了。新的头头，国家安全局都发疯了。昨天他们抓了一个农夫，就因为他在自家田里烧了点纸。现在他躺在牢房里，嘴里一颗牙都没了。他们还逮捕了一个大学生，在他给‘*卡杜姆婴儿乳液*’的广告画上的小宝宝加上眼镜的时候。”

---

1 古德里安：即海因茨·威廉·古德里安（Heinz Wilhelm Guderian），德国著名陆军将领，闪电战创始人。
2 原文为拉丁语。

“加眼镜？”

“他们认为这是给伞兵或第五纵队的间谍发出的暗号。如果我们不抓你，有可能东杰斯大街那群混蛋就会来骚扰你。昨天他们把一名教士的长袍扒了下来，因为他们想看看长袍下面是不是藏了一件德国军装。

“你也在名单上，斯塔夫。就像所有那些预订了四卷本《弗兰德史》的人一样。”

“可是他该去哪儿呢？”妈妈尖叫道。

“去法国，如果还来得及的话。”

“这是往狮子嘴里跳啊。”爸爸惊恐地说。

“是往公鸡嘴里跳。”路易斯说，“法国人是公鸡。狮子是弗兰德和英国的标志。”

爸爸心神不宁地看了看自己这个咬文嚼字的孩子。窗外看得到穿着破烂军装的黑人，他们把步枪当长矛竖起来，跳着《漫步兰贝斯》[1]的舞步。戴着滑稽的碗状头盔的托米[2]们给他们示范怎么跳。其他非洲散兵都在罗曼-皮尔森啤酒箱后面修筑防御工事，对抗逼近的德国机动车队。

“路易斯，我的儿啊，我非走不可了。

“康斯坦泽，我的妻啊，也许我们再也见不到了。不过我相信我们还是会重聚的。”

妈妈抚摸着爸爸哭湿了的脸颊。爸爸穿着一件带肩章的绿色雨衣，就像是在某个东方国度里做战地记者的加里·库柏[3]一样。

“要是我的车还在，我就会带上你的，路易斯，可是瑟尔瑞……”

路易斯打断他：“不然还有谁能照顾妈妈呢。”

1《漫步兰贝斯》（*The Lambeth Walk*）：歌曲名，出自英国1930年的一部音乐剧，该剧后来改编成电影。

2 托米（Tommy）：对英国兵的戏称。

3 加里·库柏（Gary Cooper）：美国著名影星，曾在1935年的一部电影里出演在孟加拉历险的英国军官。

"你说得对。你是个勇敢的小伙儿。"爸爸往闪闪发亮的红色消防车的方向走了几步，那是忒杰的父亲租的，或者买的，或者偷的。忒杰的父亲说过："塞涅夫先生，战争就是战争。别为这事儿太伤脑筋了。消防队反正车太多。油也都加得满满的。"

贝卡抱了抱她父亲，随后他就抽抽嗒嗒地爬到方向盘背后去了。

爸爸说："我不想走的，康斯坦泽，你懂的。但荷兰女王威廉敏娜[1]也离开了她的国家。"当爸爸坐到忒杰的父亲旁边，一脸无助，尴尬地微笑，挥手告别的时候，路易斯看到，在挡风玻璃前面，在他的逃亡父亲够得到的地方放着双份的"黄金海岸"奶油巧克力和一大盒鲁提牌焦糖。

所有人都在挥手。消防车启动得很费劲，这让邻居们都笑开了。"他还不熟练。"贝卡闷闷不乐地说，目不转睛地看着方向盘后面那个敦实的吉卜赛老父。

"好吧，希望这两人在路上能多少容忍下对方。"面包店老板娘说。在红色的庞然大物响着喇叭开走的时候，路易斯抓住了他母亲的手臂。

"跟我走吧！"他用一个男人的口气说道。

德国人从飞机里扔下了穿着军装的假人。我们的士兵那英雄般的抵抗为此停滞了好几个小时。我们的军队必须撤回到伊瑟尔河边，就像14—18年那样吗？他们倒是想这么做，可是陆军地图在哪儿呢？

所有德国士兵都学会了游泳。他们就像水老鼠一样游过了我们的运河和自然河道，背包和机关枪都滴水不沾。

比利时军人只能后退了。至少要带上你们的弹药啊！可是怎么带，玛利亚？我们没有卡车啊！那就把它们都烧掉！对着麻雀射击！春日的天空被浓烟染黑。

各部委和行政机关官员用的轿车都被行李和孩子塞得满满当当。

---

1 威廉敏娜（Wilhelmina）：在二战期间带领荷兰王室流亡英国，支持荷兰本土的抵抗运动。

我们的大马路，原本铺得格外好，至少让乡间自行车跑一跑毫无问题，现在却承受不住这股车流了。骑马的炮兵、运输队、自行车队挤在一群难民中间赶路。因为要以步速前行，发动机都热得冒烟。司机昏昏欲睡，马儿都打响鼻。所有人都觉得，再没有人会在半夜里出行了。在黑暗里，无论什么东西一活动就会遭到枪击。谁要是到路边拉个屎，就会死。

负重过多的桥垮掉了。塞尔泰森·德·布朗夏安特司令被夹在了钢梁之间，呼出了最后一口香烟，嘴里叼着烟斗，一裤子的粪便。

越过登德尔河。越过默莱贝克河。越过玛尔伯斯贝克河。后退！

空荡荡的村子里孩子们来回游荡，爬到被遗弃的汽车里，里面还有血滴出来。

在巴斯特赫姆，梅尔克、维奥蕾特姨妈和欧梅尔舅舅都蹲在凉凉的地窖里，而我们的军队在英勇御敌。可惜这些士兵不能藏进为了防御目的而修建的防弹掩体里，因为钥匙找不到了。我们的军队站在混凝土墙前面，铁丝网的后面。我们的加农炮很棒，只不过如果总用它们发射，用不了多久它们就会堵上。

马奇诺防线还毫发无伤，而德国人已经从正中间穿过比利时，径直冲向我们军队囤积在弗兰德，由阿登高地轻步兵守护的弹药库。那些步兵假扮成女人，等在农庄小楼的二楼，机关枪架在窗台上。

乡间大道上，阿拉伯马踢踢踏踏地拖着老旧的推车，车上抽着普雷尔[1]牌香烟的托米们都快坐到彼此的怀里了。

敌人在月光中乘着橡皮艇逼近，占领了一座墓园。逼近了我们心爱的瓦勒。

可是莱厄河，“我心中的约旦河”，就像圭多·赫泽拉在一首诗里所称的，对敌人发起了反抗。她的水位低下去，她让植物滋长蔓延，她被船舱板堵住。

---

1 普雷尔（Players）：英国香烟品牌。

我们的军队在彼此联络方面遇到了困难。谁能预料到，有朝一日要用上这么多电话线呢？

传送救命的战术计划急件的是从林堡[1]来的毛头小子，听不懂西弗拉芒语，摸不清路，啃着萨拉米香肠在田野里四窜。

路易斯不该外出，可是他还是悄悄溜了出来。在大胡子彼得·贝诺瓦[2]写出不朽音乐的那座小城哈勒尔贝克附近，侦察热气球在空中飘浮，伴着炮火的管风琴音乐起起伏伏。

路易斯半蹲着走，伸出食指，喊道："砰！"一个气球爆炸了，带着燃烧的火焰落在了呻吟的德国人头上。

瓦勒宣告开放城门。警官们进入各个城区，向市民发布通告。你们都保持冷静，乡亲们！可是我们的步兵受到无耻电台的煽动，还想要继续战斗。现在怎么办呢？瓦勒的居民没法逃了，因为法国边境已经被坏心肠的法国边关官员阻断了；他们索要一份不知啥时候要在陌生城市由某个幽灵盖过章的文件。瓦勒市民嘘这些不懂民情的比利时军官。"一群无赖！如果你们想死，就行行好，死别处去！上百列德国重型炮兵队正瞄准我们，瞄准我们的钟楼，我们的酒馆，我们的住房！"

瓦勒市民拒绝离开他们的住宅，他们也不想别人炸掉自己的桥。女人们用一把扫帚柄扛着白色的男式衬衫走来走去。

军官们无计可施。怎么办，罗伯特？您设想一下看看，我的上校，德国人一贯又胆小又狡诈，他们要挤进涌到这儿的人群里，那我们就没法朝他们射击了啊！没准儿会射到一个有六个孩子的瓦勒企业家，还是保罗-亨利·斯巴克的一个中学同学，老朋友。还是别了，哈斯同！

在还没长高的绿色庄稼里燃起了炮火。听得出是比利时的半自动步枪，每分钟十发子弹。（德国人的机关枪，每分钟五百四十发。）然后是房子着火，走廊里着火，地下室里着火，每面墙都传来轰隆噼啪

1 林堡（Limburg）：比利时东北部省区，与荷兰交界，也属于弗兰德。
2 彼得·贝诺瓦（Peter Benoit）：比利时的弗拉芒人，19世纪著名作曲家。

声，玻璃碎片四溅，爆炸四起。“路易斯，留在这儿，路易斯，别扔下我一个人。”妈妈叫道。可是他还是跑上楼梯，看到了阳光下火海中的街道。他贴在伯塞茨家族的房子墙上。一架飞机直直地朝他俯冲下来。路易斯抬起头，想看清楚一点，这实在是大忌，因为飞机上的射击手看到一块亮斑，就将机上大炮瞄准了过来。路易斯向他发出了挑战，甚至是恳求。伯塞茨家房子的窗户玻璃炸碎了，临街面的一块砖头直接落到路易斯在最后一瞬间缩回的头旁边，碎了一地。飞行员又将飞机拉高了。无所不能却转瞬即逝的生命化为贯穿路易斯身体的一阵战栗。他精神恍惚地收集了扭曲的、温热的榴霰弹碎片。他用一块炸成锯齿的弹片坚定地刮破了自己的脸颊，感受到了激烈的痛楚、快感。他大叫着冲进房子里，跑到地下室，那儿她母亲正将挂着十字架念珠的手指从脸上拿下来。她看到他。她尖叫起来。她将路易斯搂进怀里，又推开一点点，检查流血的刮痕。“还好，真的还好，你这调皮的小子。”她用颤抖的声音说道，“伤口很快就会好的。用冷水洗干净。马上去洗。”

“我不敢上去。”他说。她又把他按在自己的温暖身体上，然后舔他的脸颊，把血吞了下去。她眼中饱含泪水，眼泪突然滚落下来，就像小孩子落泪时的样子。

德国人来了。瓦勒市民被迫摊开手臂，扛着被子从他们眼前走过。但我们的步兵没有放弃。为什么没有？为了让英国的胆小鬼们能够越过运河回到他们的傻子丘吉尔身边去。英国人号称他们只是溜开一小会儿，就像夜里做贼那样，马上就会有鲜嫩的加拿大军队来接替他们了。对你家外婆去说这些鬼话吧，托米！

漫飞的传单分割了瓦勒上方的天空。上面用法语和英语告诉我们，我们最好乖乖投降，局势已经无可挽回了，我们的政府都坐飞机跑掉了。

我们的国王逃走了吗？不，不，勒内，我们的国王是立于正确位置的正确男人，他的位置就在我们这儿。他的宣言就是：“军官们，士兵们，不论发生了什么，我的命运与你们同在。我们所行之事，正义而纯洁。”

我们的国王甚至还给另一位王室，英国的乔治，送去了一封信：“亲爱的乔治，你和我一样很明白，一个国王是不该像我那些我在这里不会说出姓名的部长那样，弃自己的子民于不顾的。”

丘吉尔等到他所有的托米在上万燃烧弹的烈火中安全登了船，才庄重宣布：“好，很棒，没事儿了，告诉比利时人，说我们安全到家了，他们现在可以把我们留下的脏东西扫进簸箕了。”

国王乔治寄了封回信：“亲爱的列奥普德，别孩子气了，来伦敦吧，在这儿你什么都不会缺。”

“不，殿下。”我们的殿下说。

荷兰投降了！

邮政储汇局关门了！

面粉都不够做面包的了。没良心的往里掺了土豆粉！

停在瓦勒火车站一条旁轨上的军医列车里，有上百伤兵在号叫。一个嫩生生的医学院大学生颤抖着跑来跑去，耳朵里都是“水，妈妈，水”的喊叫声。那儿随时都会爆发霍乱疫情。

足足有四天，弗洛伦特叔叔靠着贩卖他从遗留的车上卸下的汽车轮胎挣得盆满钵满。然后，比利时投降了。在瓦勒出现的第一批德国人是在根策大道上露面的，骑着怪异的、不舒服的、高高的荷兰自行车。

我们军队的旗帜大部分都被烧掉了。剩下的藏在圣安德里斯的本笃会修道院里。修道院院长涅菲·德·墨菲尼斯长老庄重地接过它们，转交给了梅于斯·达亨德奥尔长老，达亨德奥尔长老会像守护圣骨一样守护它们。第十八先锋队的旗帜被剪碎了；军官们把碎片藏在了衬衣下，有的藏了狮子图案，有的藏了有刺绣和绲边的边角。

忒杰、贝卡和路易斯，他们的父亲都在荒芜的法国田地里四处游荡，而他们现在可以公开交往了。他们走过“萨尔玛”商场，从彤杰斯大街来的流氓都在欢呼，急急忙忙拖走收音机、皮大衣、裙子、切面包机。三人刚想从打破了的橱窗玻璃爬进去，有一队德国人戴着吓人的头盔，穿着绿色的飞行员大衣，赶走了所有人。战争就这么结束了。

妈妈再也不收拾桌子了，再也不把被子拉扯平整了，听任花椰菜煮煳。

“要我整理床吗，妈妈？”

“我到底要说多少次？别来烦我了。”

在瓦勒的大街上，在修整房子的人的惊恐目光中，德国军队朝着英国方向进发。风雨中被晒黑的兴高采烈的年轻士兵排着整齐的方阵，迈着统一的行军步，整齐划一地挥舞手臂，用两声部唱“艾丽卡”，那不是一个女孩儿，而是一朵花儿的名字。在坦克炮塔上坐着身穿油乎乎黑大衣的骑士，帽子上有个骷髅头在闪光。

戴头盔和太阳眼镜的摩托车手，胸前挂着金属奖章。

“没人能抵抗得了这个民族。”罗伯特叔叔说，“因为他们有圣火。我们没有。我们从来都没有过。就拿电台广播来说吧。我们说的是：‘亲爱的听众，我们现在为你们播报新闻！’他们说的是：‘国防军总司令部’……光是这个词‘国防军’（Wehrmacht），就是在说：要用所有的力量来防御[1]。”

“我们现在都得学德语了吗？”婆妈妈问，“我可是太老学不会了。法语倒还能勉强对付一下。”

“猪屁股肉（Schweine-Pöter-Fleisch），”路易斯说，“就是火腿肉。”

“尤其是格位变化[2]很难的。”海伦娜姑妈说。

“我们也只有顺从了。”婆妈妈说。

“我们总是只能顺从别人。在我们的整个历史里我们就没做过别的！”

---

1 德语中的国防军就是由防御［Wehr（en）］和力量（Macht）两个词合成的。
2 德语中名词和代词有不同的格位，名词前面的冠词会有相应变化。

“是啊，但我们第一次落在了日耳曼族人[1]手里。与我们同根的，与我们是一家人。”

“这对我们有什么好处呢？如果有人要来和我们做‘一家人’，我就知道这葫芦里卖的什么药了。”

“希特勒会尽量让弗拉芒族的战俘比瓦隆区的更早回到家。他对我们的处境看得清楚又明白。他知道我们几百年来受尽了压榨。”

“希特勒由戈林陪着去了阿尔多耶、兰赫马尔克、伊普尔[2]，那些他在14—18年驻扎过的农庄。他问一个他当年结识过的农妇：‘夫人，有什么我能为您效劳的？’

“‘啊，希特勒先生，我侄子在你们的战俘营里，但我们急着要他来收割庄稼。您能帮他说句好话吗？’‘可是女士哦，’他说，‘如果只有这个请求，那很好办！’他立刻用德语发布了这样一道命令，事儿就了了。这还不够我们叫一声‘希特勒万岁’的吗？”

妈妈恰恰在今天犯了偏头痛，不论路易斯怎么催促，她都不愿意在这可怕的第一天陪他去神学院。

路易斯在这个星期里已经去过那栋归布鲁日大主教所有的带塔楼建筑好多次了。国王列奥普德一世，教父跟他讲过，出席了第一届最佳毕业生的颁奖仪式。这个学院培养了国家政要、科学家、诗人和大工业家。“要想着我们的姓氏，路易斯。”

他走在几十个高中生当中，其他人和他一样背着书包，与他不一样的是，他们大胆放肆，紧贴着教士身边跑过去。通往他的教室的长长走廊比寄宿学校里的要更明亮、更宽、更脏（这样更容易观察学生），一个高个子秃头教士在这里等他。教士戴了一副有沉沉镜框的眼镜，背后那双湿漉漉的黑暗眼睛看到，路易斯恨不得马上逃跑，就像他这种年龄会做的那样，沿着莱厄河跑回妈妈身边。这双眼睛在他身

---

1 弗拉芒人与德国人都属于日耳曼族。
2 均为比利时西弗兰德地区的地名。

上看到了罪孽。

“跟我来。”路易斯跟在这件剪裁不错、样子优雅、熨烫得一丝不苟的长袍旁边，“我朋友塞涅夫的孙子比其他学生有更多的责任。不是吗？”

“是的，阁下。”

“我不会有意亏待你，但也不会偏袒你。不是吗？”

教士在一个巨大的基督受难十字架前站住了。他用被眼镜放大了不少的漆黑瞳孔打量着路易斯。

“他叫德·鲁内。”路易斯在黄昏的霞光中给婆妈妈讲道，他刚唱着歌蹦蹦跳跳地回了家，因为第一天过得出人意料的好；学校院子里叽叽喳喳闹的那一群人接受他做他们中的一员，没有人发觉他是从一个落后的修女寄宿学校来的。

“德·鲁内，德·鲁内，这个姓我挺熟的。他肯定是布鲁日那边那一支的族人。我会到玛尔郭姨妈那儿去打听打听的。”

“但是我们都叫他塌塌‘蛋头’。就是鸡蛋脑袋的简称。”（我们！）

她听他背了一遍拉丁语变格。然后，他吃了三大块鱼冻。在回家的路上，他看到消防队员用木棍和钩子把什么东西拽到了莱厄河的岸边，看上去是个鼓鼓的麻袋。是个死了的士兵，脸已经成了布满红洞的一个软塌塌的白球。浮肿的双手没有手指，在水里划动。在鼓胀得尤其厉害的肚子上绑了一圈绳索。根据一个邮递员（他显然把傍晚这一趟投递忘在脑后了）的手法，这是一个逃兵，既害怕德国人又害怕自己的比利时军官，就自杀了。“只要看看绳子就知道了！他首先把自己绑了一圈，系上了一大块混凝土，然后还把手关节绑在一起，害怕绳子会被混凝土拉扯掉，怕自己会开始游泳求生。他绝对是不想这样的事儿发生的。他一定是害怕得发了疯，才会这么狠。既然都要自杀了，还是这样好，用个好方法。”

三个星期之后，一个陌生人用一把钥匙打开了家里的大门。妈妈有点儿不确定地站在灯泡烧坏了的走廊里，然后拥抱了这男人，拉着他进了屋子。厨房里出现了一个消瘦了、变年轻了、晒红了的爸爸，他带了西瓜和香水来。他握着路易斯的手，一点都不想再放开。

路易斯猜想这对被战争厄运分离了这么久的人想单独享受他们的重逢，所以他走到了大街上，忒杰的父亲，爸爸的忠实旅伴，正在那儿靠着一辆柠檬黄色的小敞篷车哭。贝卡抱住他的腰，伴着邻居的唠叨声喊着："爹呀，爹！"

路易斯爬进了小敞篷车。他挺想踩个油门，围着街区转一圈，但是可塞恩斯还一直黏在车身上，高兴得像在诉苦。（就像是《约翰福音》中"现在我的欢乐满足了"其实也是悲伤的、不完整的。从来不会有什么得到满足，去哄骗别人吧，亚当嬷嬷。）

"我们经历过的那些事儿，简直没法描述，二十五年都说不完。

"从正中间穿过火线，离坦克只有五厘米的距离。

"在营地里，到处是虱子、跳蚤，更不用说别的了。

"要我说，简直落进了法国的臭粪坑里。别的我也不说了。

"法国人，就因为我们国家投降了，会朝我们扔石头。他们讥笑我们的国王。可他们自己手上拿着一只酒瓶就认了㞞。"

要我们给他们干活儿！我说了："抱歉，我们可不是奴隶劳工。"

我们能活着回到我们的街上来，这就是个信号，说明上帝是存在的。

我们没有被杀掉，这是个奇迹。

比利时这个国家真是什么都干得出来。居然和法国人合作。毫无顾忌。一个像约利斯·凡·赛维伦这样的正派人儿，他们就关了起来，交给了法国混蛋。你看到了，路易斯，只要觉得有必要，我们这个体面的比利时就会毫不犹豫地干掉我们弗拉芒人。比利时不是个国家，是种状态。但是凡·赛维伦的血也会流到他们头上的！

"别再想这些了，斯塔夫。"海伦娜姨妈说。妈妈还是有点儿迷惑，吃惊地看着这个用抱怨填满整个厨房的陌生人。接着，就像他似乎忘记了什么似的，他问道："学校里咋样？给我说说！"

"好极了，爸爸。"（假如没有蛋头的话，他真能在最隐秘的角落里发现罪孽，厕所里、卧室里、树丛后、回家路上。）

那些在学校院门口互相砸书包、大声喧哗的男孩在叫路易斯，但蛋头拦住了他。他那像镜子一样光滑的脑袋反射着太阳光。他把自己的扣带扯高了些。

"你坐到那儿去。"蛋头在弥漫着粉笔灰和盐味的教室空气里说。

"不是，是那儿。"蛋头指着莫里斯·德·波特的板凳。他知道，莫里斯是路易斯最好的朋友。

"你肯定已经发觉，我在上课时或在课间长休时会时不时地观察你。"

"是的，阁下。"

"你觉得我为什么要这么做呢？"

答案是这么容易猜到，路易斯反而犹豫了，但他还是说："因为您向我爷爷保证过……"

"不对。"蛋头说。他的脸颊、下巴，与他头盖骨一样光滑。他压根就不长胡子吗，还是每隔一小时就剃一次胡子？门口的吵闹声消失了，一艘船突突地响着开过莱厄河的水面，穿过了许多绑在水泥块上埋在泥浆里的胀鼓鼓的尸体。蛋头的长袍，妈妈肯定知道这是什么料子，对一个老师来说太精致了些。衣领是象牙白，不沾任何小污渍。做听写练习的时候，他有时候会用一小根银签把指甲边的死皮剔掉。他怎么不继续往下说呢？

"我看到的事儿，路易斯，可是我不乐意看到的。当然了，你挺努力，也非常有天分。你的天分倒不会给我们添什么麻烦。不，让我担心的，是你的灵魂。"（操心一下你自己没有胡子的灵魂！）

"你和你班上同学相处得好吗？"

"挺好，我们相处得挺好，阁下。"

“你和谁相处得最好？”

“和莫里斯。”

“我已经猜到了。那第二好的呢？”

“马特莱艾尔。”

“不是西蒙斯吗？”

“倒也是。好吧，那就先是西蒙斯再是马特莱艾尔。”

“对，我印象里也是这样的。这我倒不惊讶。你够滑头的，会让那些比你听话的男孩子都喜欢你。是啊，是啊。你还真做得到。谢谢，你可以走了。哦，对了，还有件事儿。你知道，你马上就要参加基金会选拔优等生的考试了。如果我是你，我一定会好好准备的。不会因为你祖父坐在评委席里就掉以轻心。你有什么想法吗？不要以为我是你的敌人，路易斯。我真的不是。我怎么会是呢？你相信我吗？”

“当然相信，阁下。”

“当然，他说。根本就没啥理所当然的。你为什么要相信我？我又不是像圣父那样从不犯错。”

“他从不犯错，因为他是从王座上往下讲话的啊！”路易斯说。这个教士到底想做什么，足足七个危险修女顺滑地结合成了一整个？是要给我下个圈套，把我弄糊涂。

“好，路易斯。1870年的宗教大会。好极了。”

“庇护九世！”

“哈尔贝克的修女给你上的好基础课，太棒了！说实在的，那是次有趣的宗教大会。就我们两人说说，庇护教皇整个胜券在握。五百三十三票赞成，两票反对。事该如此。当然可以怀疑圣父的负责能力，在某些圈子里也确实有人这么怀疑过。别忘了，路易斯，他那个时候已经八十多岁了，他的身体状况也不是最佳，他年少的时候犯过癫痫，落下了毛病。尽管如此，路易斯，那是怎样一种坚强不屈，怎样一种机智巧妙啊！你不觉得吗？”

他转动着刻有自己家族徽章的那枚淡金色的硕大的印章戒指，徽章是能够用一道不可见的灼热的光射击蚊子、学生和士兵的。

一个穿着浅灰色大褂的学校仆役用脚踢开了门，两只手各提着一只水桶，他赶紧抱歉。

“没事的，没关系，您尽管进来，克伦斯。这里没什么见不得光的！不，我们已经结束讨论了！您安心继续干活吧。我们这就走。”

蛋头把路易斯推到门口。走廊上，他步子匆忙地走掉了，这难以捉摸的男人，数学老师说，他是一个伟大的学者，但不是个老师。

路易斯坐在桌前做讨厌的化学作业，爸爸丁零当啷地洗着碗碟，而妈妈在几个小时之前就已经回到房里，躺到床上，唱起了《风儿给我唱了首歌》了。

“现在她又开始了。”爸爸边说，边将洗碗布叠得整整齐齐。

“她又开始做什么了？”

“我要能知道就好了。今天还不到月圆呢。”

路易斯发现他母亲坐在床沿，穿着睡裙，膝盖上搁着一件毛刺刺、亮闪闪的皮毛大衣。

她的嗓音听起来比《哈巴涅拉舞》中的扎拉·蕾安达[1]要颤抖，要尖细。

“街上都会有人听到你唱歌了。”路易斯说。

“那又怎么样？这有什么要紧吗？”

“不要紧。”他坐在一把低矮的沙发椅中，仿佛是坐在从内衣内裤、睡衣和毛巾里耸立出的孤岛上。他小心翼翼地把脚放在这一堆绸、缎、棉料的衣物旁边。

“我作业做完了。”他撒谎说。

“我也做完了。”她呼哧呼哧地说。她手上的剪刀在动，刀刃反射着阳光。“他在做什么？”

---

1 扎拉·蕾安达（Zarah Leander）：瑞典女影星，在1937年的德国电影《哈巴涅拉舞》中担任女主演。电影的主题曲就是《风儿给我唱了首歌》。

“他在洗碗。”

她想了想。她的肩上和脖子上都有深红色的斑点，就像是用冲淡的红墨水点上去的。

整张床上散落着一撮撮的黑色皮毛，是从某头不知名的黑色动物身上扯下的。妈妈继续剪皮毛大衣的袖子。

“你为什么要这么做，妈妈？”

“只有大衣都剪成碎片，我才会心安。我要把剪碎了的皮毛塞进一个口袋，带到圣安娜桥上去，顺着贝尔弗里德钟楼的阶梯走上去。到时候，瓦勒这儿的所有人都会见到他们有生以来见过的第一场黑雪了。”

一阵低沉的咯咯的笑声，接着又变成了呼哧呼哧声。

“这是马鬃毛。”妈妈说，“是一匹马驹身上的，马驹可能是淡黄色的，这些毛的黑色都是染出来的。”

“教父要是知道了会说些什么啊？”

“既然是别人送的礼物，当然可以想怎么弄就怎么弄。他把这匹马驹送给了莫娜姑妈。莫娜可是他深爱着的情人。”

“谁送的？教父吗？”

“我们别谈这些了。”她从衣领上剪下来一个三角形。

接着，她从地板上一堆小三角里捡起来一个，往衣柜的镜子里看了看，把那撮黑毛贴在自己的下体上。她猛地笑起来，笑得快接不上气。路易斯移开了目光，他脚前是报纸《民族与国家》的头版。丘吉尔站在冒着黑烟和火焰的伦敦圣保罗大教堂前，噘起的嘴上叼着一支雪茄，光头上戴着一个桂冠花环，手上正拨着一把里拉琴。“一个新尼禄。”[1]漫画下面写着。

街上有德国军人列队走过。踏地有声的靴子，响亮的、年轻的嗓音。妈妈走到窗前，将窗帘拉开了几厘米，注视着窗外。三文鱼红的内裤紧绷在两瓣屁股上。

1 尼禄为古罗马著名暴君，自诩为诗人，多次登台演出。前文的里拉琴（lyra）是诗人的标志。

“小心，别让他们看到屋里的光！”

“看到的话就让他们把我关进牢房里去吧！”她放下了窗帘。

“你疯了！”

“我是疯了，不过不是为你疯的！”

“我知道。”她被这愤懑的语气吓到了，带着她那温暖、柔软的味道走到他面前来，“不是这样的，孩子，我刚才只是说说而已。”她大概是想摸摸他的脸颊吧，但她的动作太猛了些，她大拇指下的肉球砸到了他脸上。

“哎哟！”她叫了起来，“痛不痛？不痛的，对不对？我不是有意的。啊，我什么事儿都会做错！”她在衣柜镜子前检查自己的脖子、自己的肩膀，用手按在现在颜色已经变深的一块斑点上。“你看啊，看这里！”

他们两人在镜子里看上去就像是《电影世界》[1]上的一张照片：一个头发蓬乱的女明星，双乳间一道沟；一个穿短裤的小男孩违反禁令留在她身边，闯进她卧室里捣乱，现在全身都像发烧了一样热，又舒服又觉得负罪。

“快点下楼去。”

“为什么？”路易斯问。

“去看看你父亲在干什么。”

“我还能在这儿再待会儿吧？”

“不行。”她缓慢地说，大概心里是不情愿的。

路易斯朝贝卡扔小石子，贝卡正要跳到一间残破房屋的破墙后面去。他扔中了她，她的呼号和让他害怕的苏族人式的得意大叫响彻街道。她说她的小兔肋骨断了一根，他要像牛仔片里戴着高礼帽、永远醉醺醺的医生那样给她听诊，她就会说：“别碰我的身体。”之后，他们就跑到了军营厨房，从德国人那里得到了一碗汤。

1《电影世界》（*Cinémonde*）：法国著名电影杂志。

贝卡的父亲写信来了。他在巴伐利亚待得很好，棚屋是弗拉芒式的，菜肴也是，他每个星期都可以往家里寄三十马克呢。他想要发蜡、两块阳光牌肥皂、一串祷告念珠和那种因为不用缝而被称为“单身汉纽扣”的裤子纽扣。

爸爸的店日子不好过，瓦勒人很少找别人印刷，纸又变得越来越短缺。每订五十公斤纸都得申请，至于申请的结果，凶多吉少。

“我倒是想帮你，斯塔夫，你知道我的为人的。但是，如果你给不了一张弗拉芒民族党的党员证或德—弗合作社的社员证之类的话，我要给了你纸，我就惹祸上身了。”

“可是我总是跑在最前面的，紧紧贴着弗拉芒的狮子，站在最前排，有照片为证。我可以给你看。而且我从来没有错过一次伊瑟尔塔楼朝圣！”

“就要一张党员证，斯塔夫。”

“那我就只能啃干面包了吗？我可是为了弗兰德和宪兵队拼过命的啊。”

“那你为什么不入党，我可真弄不明白了，你可是百分之一百五十的弗拉芒人。”

爸爸骂骂咧咧地说着毫无用处的诅咒，冲出了办公室。但教父丝毫不愿意妥协。如果爸爸要加入这样一个组织，教父就会抽手撤资，“然后把一大包欠债的票据搁到桌子上”。

“可是，父亲，这样的态度放到以前，打仗以前，是挺对的，要不然我们就会在比利时政府和天主教会学校那儿惹麻烦。但是，今天弗兰德正在崛起，我为什么就不能加入他们？”

“斯塔夫，大丈夫一言九鼎。你发过誓的，那时候，在我借给你十万块的时候。我自己也向大主教发了誓，我的孩子不会加入任何一个反比利时组织。”

“我可以杀了他。”爸爸在家里说，接着又说，“我有这个权利。从法律来说，这是正当防卫，因为他会让我和我的家人饿死的。”

“杀谁？教父吗？”路易斯问。

“布鲁日的大主教。这样一个家伙居然是我们的远房亲戚！这样一个家伙还编了名册，记下谁加入了什么组织。这些人都得小心，不能说德国秘密警察或斯大林的国家政治保安局的坏话。他们也好不到哪儿去。”

“我们必须尊重和敬爱我们的教会首领，听他们的话，支持他们履行自己的教会职责。”

“路易斯，好好儿念你的课本去，别瞎插嘴。”

“可是我念的就是第七课，爸爸。”

“你说啥？”

“就在宗教问答手册上。”

爸爸痛苦地看了一眼，开始读《飘》，但妈妈从他手上一把夺下了这本小说。“这书我正在读呢。”他开始读第四遍斯泰因·斯特略福斯[1]的《弗拉克斯之乡》。为了驱逐奥登阿尔茨大道上这座房子里贫穷与饥饿至死的幽灵，大家决定，妈妈还是该去工作。在校长先生的推荐下，她在艾尔拉工厂里找到了份活儿，做厂长劳森吉尔先生的秘书。一个月后她就说起了流利的德语。随时随地。她变苗条了，妆化得格外出挑，但是再也不扑哧扑哧笑了。

黑卫队的男人们坐在“格略宁尔”酒馆里打牌。马尔尼克斯·德·派德和他朋友列法艾特蹲在将酒馆与内室隔开的一排棕榈树后面。两个人的脸都是通红通红的。马尔尼克斯·德·派德的蝴蝶结歪到了一边，额前的浓密鬈发黏成一串一串的。“惠泽[2]。”他咕哝了句。

“惠泽。”爸爸回应了句。

---

1 斯泰因·斯特略福斯（Stijn Streuvels）：比利时20世纪重要自然主义作家的笔名。下文中的《弗拉克斯之乡》是他最畅销的作品。

2 惠泽（Houzee）：这是在纳粹时代流行于亲纳粹弗拉芒人之间的一句问候语，字面意思是“爱大海”。

“要杯威士忌吗，斯塔夫？”

“不用了，谢谢。两杯果汁，诺埃尔！”

“波尔姆斯[1]博士，”马尔尼克斯·德·派德说，“我曾经有幸在选举的时候选过他，1928年，那时候他还蹲在比利时的牢房里。他不会忘记对他尽忠的诗人的。今晚，斯塔夫，我要为他的健康干杯，但是绝不能用果汁。”

“诺埃尔，来杯赫佐[2]酒！”爸爸喊道，“如果是要向波尔姆斯致敬的话，那就得……”

“波尔姆斯博士没辜负我，他提议让我参加一个负责给14—18年被捕的激进分子[3]赔偿的委员会。我要算出为了弗兰德受过苦的那些男人应该拿到多少赔偿金。我不会退缩的，我会主持正义。”

“我不知道这是不是个好主意。”列法艾特说。他是教父的一个宿敌。教父记恨他，因为列法艾特打自己的老婆列娥。据婆妈妈说，教父有一次假装和列娥去了蓝色海岸，列娥的姐姐在那儿有栋别墅，冬天的时候没人住。

“为什么不好，你这叛徒？”派德嚷了起来。

“我们为什么非得在大庭广众之下，把这些激进分子和我们现在都期盼的整个弗拉芒民族的发展连在一起？非要把他们和我们的大变局连在一块儿？”

“变局？是胜局！”德·派德大叫道。玩牌的黑卫队里有人用大嗓门压过了他：“嘿，安静点儿！”他的领座，肩章上挂着两条银绶带的那位，说道：“派德，你最好还是回家去乖乖地写诗，有啥写啥，瞎跑啥酒馆呀。”

大家都爆笑如雷。德·派德带着高傲的眼神，将一片棕榈丛拨开，

1 波尔姆斯：奥古斯特·波尔姆斯（August Borms），比利时著名政治家，一生为弗兰德斯独立奔走，两次世界大战中都与德国占领军合作过，战后被处死。

2 赫佐（Geuze）：比利时啤酒品牌。

3 指一战期间在比利时呼吁弗兰德斯独立的人士。

丛林里出现了一个汗津津的红色小侏儒，他威胁地竖起了食指："我不会容忍任何人在这间屋子里对激进主义出言不敬的。弗拉芒的激进主义者奠定了基石……"他的话沉没在了嘲讽的大笑和吵嚷声中。马尔尼克斯·德·派德将粘满一绺绺湿鬈发的额头垂到了搁在桌上的手臂上。"我的民族啊，我的民族啊。"他用哽咽的嗓音说。

"马尔尼克斯，"爸爸说，"我们上次提到了你在瓦尼赫姆的演讲，还提到了叙利尔·费夏福[1]，如果没记错的话，还说你需要海报、节目单和传单。我正好现在这几天都有空，反正我的印刷机都已经是赤字运营了。所以，我想，我们说不定可以很快地聊几句……我还带来了几份草图，这是我做的粗样！"诗人抬起了他那张刁钻老妇脸。"粗样？在哪儿？我要最完美的成稿，用美的标杆衡量过的！"

"你是想说，用你自己的那根杆儿[2]量过的吧！"黑卫队里那个领头的叫道。

蛋头把一包面包干塞进路易斯手里。"拿着，斋戒对我来说没你那么难熬。我已经习惯了。这对我来说也是一项比较小的修行。"

"谢谢，阁下。"路易斯嚼碎了一块面包干，脆而碎的泡沫一下子融化在了嘴里。

"我还以为，你拿到面包，第一个想到的会是和你最好的朋友德·波特分享呢。"

"您指责得对，阁下。我真的没有想到。"

"这倒没什么。但我原来觉得你特别中意他。"

"莫里斯还是个孩子。"

"也许正因为这样，你才应该多宠爱他一点儿。"他的眼睛在黑色角质眼镜背后显得是平常的两倍大。尽管如此，他似乎还是没有看到

1 叙利尔·费夏福（Cyriel Verschaeve）：比利时的教士，支持弗拉芒独立运动，在二战中曾与德国占领军合作。
2 经典标准（Kanon）和加农炮（Kanone）发音相近，后者又被用来暗指男性的性器官。

我。或者，他是倒过来看我的？教父有次说过："如果切下蝾螈的一只眼睛，从眼睛到大脑的神经就会断掉，再把眼睛倒过来安进去，神经又会重新长好，但是这只动物看所有的东西都会是倒过来的了。"路易斯倒是挺想学会倒立的，就像以前弗里格那样又快又轻巧。

"你为什么笑？"蛋头问。

"没什么。对不起。"

"唉，尽管笑吧。"蛋头说，语气不同寻常的温柔，"就像圣哲罗姆[1]这样严肃的人也会常常没由头地微笑。所以，我相信，上帝有时候也会这么微笑。因为如果他是我们心中那片不可见的黑暗，他肯定也是我们心中的光。所以，有时候也就是我们的喜乐。"毫无提防地，他身上又出现一股倦态，就像他在拉丁课和宗教课上偶尔会表现出的那样，一种翅膀低垂的疲软，肯定是因为他斋戒、祈祷、忏悔太多的缘故。

"我对你观察得越多，越仔细，我就越难看到我自己。这让我很难继续追随基督而谦卑地爱自己。"

蛋头又像平常那样突然低声嘀咕起来。他走过了互相扭打的男孩子们身边，小心翼翼地擦着那些长在学校院子铺路石之间的方格地里的树苗走，它们还很嫩小。

有传闻说，蛋头的母亲在垂死之际一次次地叫喊："蛋头，蛋头，你在哪儿？"可是正常状况下，她本该对他儿子说："埃瓦利斯特，埃瓦利斯特，你在哪儿？"

婆妈妈抱怨说面包都是黏糊糊的，土豆都是光溜溜的。可是，她说，教父和他朋友在纺织厂老板宏泰斯家就这么办起了宴席，席上不仅大家都吃得东倒西歪，而且在吃完焦糖甜点，喝完香槟酒之后，婆娘们都爬进了男人怀里。

---

1 圣哲罗姆（St. Jerome）：早期基督教拉丁教父，圣经学者。

海伦娜姑妈兴致挺高，因为摇摆舞俱乐部弗兰利达星期六、星期日又可以跳舞了。“她到底觉得这些黑鬼跳的舞哪里好啦？她受的教育可不是这样的。”爸爸说。弗洛伦特叔叔用手比画出一个大漏斗，模仿吹萨克斯管的样子。

“你到底什么时候才能变个成年人？”爸爸怒气冲冲地朝着他弟弟说。

“下个星期。”（因为到时候他回不来梅工作，与列昂姑父一起去，列昂姑父当然也会带上他的国际跳棋和颜料盒。）

“你真的想去吗，弗洛伦特？”妈妈说，“我也可以想办法让你到艾尔拉上班的。”

“不用，康斯坦泽。如果我反正要挣自己的面包，那我就索性出门看看这个世界。”

“而且他还学得到一门手艺。钳工或铣工，这样的手艺以后都用得上。”海伦娜姑妈说。

列昂姑父在诺拉姑妈背后眨眨眼睛。“我们也就摆脱了我们这些婆娘。尝尝别的汤，对我们有好处。不能每天都喝韭菜汤吧。他们承诺我们了，会有高工资，权利和德国同事都一样，有机会去运动，去消遣。他们说的消遣是啥意思呢？大概就是说，做个年轻小伙儿该会的东西，他们都会提供吧。”

“但愿你能健健康康地回来就好了。”诺拉姑妈说。

“定时会有医生来检查的。”弗洛伦特叔叔说，“这是招工海报上写的。”

莫娜姑妈叹了口气。“如果不是要带着希采丽去上舞蹈课，我也会立刻跟你们过去了。去做打字员。德国男人都那么有魅力，有风度。他们知道该怎么对待一位女士。”

路易斯和他的朋友莫里斯·德·波特（拉丁文和数学都是班上第一名），就是被蛋头阴险地附带鄙视了一下的莫里斯，一起按响了马尔尼克斯·德·派德——补偿委员会成员家的门铃。路易斯还随身带了一份传单的校样。传单顶端用斜体八号隆多字体带引号写着："我窒息于我的辽阔，无限让我陷落。叙利尔·费夏福。"传单中间用带加粗线的拉宽希达尔戈字体写着："**弗兰德，现状与往昔**。"这下面又用艾格蒙特字体写着："**诗人兼剧作家M. 德·派德先生的演讲**。"底端则用斜体十二号隆多字体写着："免费入场。格略宁尔大厅，瓦尼赫姆。"日期爸爸忘了写。

诗人踏着露出脚后跟的红皮拖鞋拖拖拉拉地走上前来，束紧了捆成一团的睡袍腰带，理了理头发。

饭厅里挂满了长胡子、戴眼镜的老男人的肖像画，他们看起来都长得差不多，保养得挺好，眉毛浓密，眼神若有所思。路易斯认出了恩内斯特·克莱斯[1]。当然还有斯泰因·斯特略福斯，爸爸的工坊里也挂了他的画像。（爸爸有个秘密，他会模仿《弗拉克斯之乡》书里那个喜怒无常、脾气暴躁的农夫弗穆伦，那个饱受人生风雨泥沙冲击而屹立不倒，本乡傲气十足的铁石人物。）

"这些都是弗拉芒的杰出栋梁啊，不是吗，德·派德先生？"

"谁告诉你的？"诗人将一只陶烟斗塞进了吧唧吧唧响的湿嘴唇之间，"幸好我还有赞赏别人的天分。这个国家太缺少赞赏了。真是典型的小国小家子气。所以费夏福的书名才这么不同凡响：赞赏伟大艺术品的时刻。"

他的小腿肚上没长毛，奶酪一般白，脚踝周围的皮肤是红偏紫。他把校样拿到眼皮底下。

"做得棒极了。你父亲是个有天分的艺术家，是我们伟大印刷师的继承人，可惜他的前辈在艰苦的西班牙占领时期都跑去了荷兰。"

"里面有印刷错误吗？"

"哪儿的话……说真的，我没发现半点错误。"

---

1 恩内斯特·克莱斯（Ernest Claes）：比利时20世纪重要的弗拉芒语作家。

“但是您演讲的日期还……”

“该死，当然了，哎哟喂，我们差点儿都……哎哟喂……”

他坐到了桌子边，桌布上到处都是烫出的洞。他就像刚跑完了五百米一样气喘吁吁。莫里斯从来都是默不作声的，现在他也不出声，但已经受到了触动。

“你们坐下吧，坐下吧。”

“我们不会打扰到您吧？”

“年轻人，我整晚都在创作。可以让自己休息一小会儿了。不过……休息……怎么可能呢……人类的宿命不就是‘无休无息’？”还好他并不期待别人回答他。他将一大团呛人的烟吹到了莫里斯脸上。

“我还真想好好款待一下你们，给你们念一下我正在写的这个剧本中的第三幕。这部剧非常仔细地描述了农民起义首领尼古拉斯·赞尼金[1]的故事。列法艾特博士，一位精通14世纪历史的专家，肯定我说，我没有对历史真相做任何的歪曲，可惜啊，小伙儿们，我筋疲力尽了。不过我很清楚，你们，弗兰德的年轻一代，了解了我对我们历史的观点后会很有收获。你们还读书吗，我是说，除了学校里要求你们读的书以外？”

两个人都乖乖地点了点头。莫里斯在椅子上不安地滑来滑去，很可能是要上厕所了。路易斯突然也尿急起来。

“记得提醒我，待会儿把我的《诗和驳诗》送给你们。里面有几句六音步诗，你们肯定会喜欢的。可惜我的出版社‘德·柯赫’无耻地扔下我不管了，据说是纸源紧张。不然我会让你们成为我的剧本《笛卡尔之死》的第一读者，这是部五幕剧，我以日耳曼思想为出发点，好好清算了罗曼系的伪理性，这种伪理性借助法国对我们国家的强势影响大大削弱了我们的民族，说过分点，是扼杀了我们的民族。”

他一口气都不歇就大声吼道：“玛——丽——亚！”

---

1 尼古拉斯·赞尼金（Nicolaas Zannekin）：在1323—1328年间的弗兰德农民起义中起到了领导作用。

一个骨瘦如柴的人儿，一个穿着咔嚓响的白色围裙的百岁老孤儿出现了，用恨意十足的眼神看着路易斯。

“玛丽亚，给两个年轻小伙儿倒上杯波尔图葡萄酒！其实他们的年纪还不够喝这个，不过我们要尽早教会他们自由不羁地享受人生啊。谁知道明天会怎样呢，对吧，我的先生们？”她倒上了酒。波尔图葡萄酒温热，甜得腻人。

“怎么样？”

“有点太暖和了。”莫里斯说。

德·派德抿了一口。“见鬼，你还真说对了。玛丽亚，马上把酒瓶放到地窖里去。不，还是算了。我们地窖里还有多少瓶？”

“四瓶。”

“这屋里有人背着我啊……”她啪地一下把门砸着关了，动静大得墙上那些弗拉芒栋梁都抖了抖。

“她偷喝的。”马尔尼克斯·德·派德悄悄说，“我倒随她去，只要不是喝这种波尔图葡萄酒。本来有人送过我十二瓶的，就在我在宏泰斯先生家办了场音乐会之后。”

“我祖父跟我讲过那场音乐会，”路易斯说，“他可感动了。”

“是啊，我们的塞涅夫对德彪西可是情有独钟。”

德·派德给自己斟了酒，一口气喝光。

“我朋友，安特卫普的荷兰王室剧院的约利斯·迪尔斯，他当然是第一个读到《笛卡尔之死》的读者，他向我表示了热烈的祝贺。”

“这个剧本真是有五幕咯？”路易斯问。因为他得找点什么说，尤其在有莫里斯这个闷葫芦在场时。

德·派德慢慢地点了点头。他直接拿着酒瓶喝。“我看出来了，小伙儿，你在想，这是不是太古典主义了？我要这么来回答你：是的，这就是古典主义，实验剧的时代已经过去了，现在重建时代开场了，不仅仅要重建我们的集体，还要重建这种集体的形式。而我对这个还是能说上两句话的，因为我是冒险者阵营的，我们拓宽了语言的界限，追随的是我的故友保罗·凡·奥斯特泰因[1]的足迹。而这让我有幸，既没有被伊凡李斯特·保文神父的选集《南与北》，也没有被尤里安·凯珀斯的《金门》收录。其一，我明白，我们的好心神父显然不太喜欢我有点儿天马行空式自由挥洒的思绪和行文；其二，我只能说，我不属于那个聋哑大军的行列，如果你懂我指的是什么的话。”

他又从那个大肚子酒瓶里猛喝了一大口。

聋哑大军？这我只能……我能问谁呢？路易斯注意到平时什么都知道的莫里斯也一筹莫展。“我的剧本《笛卡尔之死》不是用亚历山大诗体写成的，不，别担心，我不会走到费夏福的地盘上去。这里也不是满满的灵魂渴望，虽然出自灵魂的渴望是许多艺术品的根基、主题和动力。不，这部戏，在某种程度上，你们现在要吃惊了，几乎是部古典主义喜剧。”

莫里斯做出吃惊的样子。“讲笛卡尔的喜剧？”

德·派德高兴地哼哼起来，奶酪白的两条腿互相压来压去。“是的，是的！我不需要对你们讲述笛卡尔的生平，这个你们的老师在学校里肯定已经讲得很详细了，但是我要给你们展示他生命中最后几个月的诡异状况：他在走过可怕的歧途之后，遭到一大帮教会坏蛋迫害而逃到克里斯蒂娜女王那里避难。”

玛丽亚把门撞开一条缝，说：“厕所堵住了。”

“又堵了！”派德叫了起来，“可是玛丽亚，你到底干了什么好事？”

“我？”这个颤巍巍的、身着孤儿制服的老天使牙齿直打战。

“是啊，就是你，不然还有谁？”

玛丽亚笑不露齿地拉开了脸。“都是阿玛迪奥斯干的！”

“别撒谎！你怎么敢栽脏给我儿子！”

她还在冷笑。“那就是夫人干的。”

这个可能性让德·派德陷入了思考。他扯了扯自己的睡袍，拉长

1 保罗·凡·奥斯特泰因（Paul van Ostaijen）：比利时20世纪初现代派作家，三十二岁时英年早逝。

盖住膝盖。

“以前就是这样的。”玛丽亚幸灾乐祸地煽风点火，“去年，夫人，您知道的，让厕所堵上了，您知道的。”

“玛丽亚，别再用这些女人家的事儿来烦我们了。我求你了！想办法解决一下，用……”

“我会用刷子试一试的。”玛丽亚说。

“瑞典女王，”德·派德说，“不仅仅有引人注目的精神力量，而且还有一种奇特的个性。那些婆娘的品行，呃，魅力，常常被我们可以直接叫作男性品格的东西给压下去了。她就像我们男人一样倾向于探索人类精神或身体能力的界限。比如说：她早上四点就冒着刺骨的寒冷起来骑马外出了。

“而笛卡尔呢，你们知道，他其实叫杜·佩隆，就像去年死掉的那个荷兰散文家，他剖析事物的怀疑主义和过分的巴黎至上主义给我们弗拉芒人带来了很大损害。笛卡尔当然是浪漫的，比他浪漫的没处儿找的，你们去仔细看看弗兰斯·哈尔斯[1]的肖像画就知道了。又有肝病，脸色橄榄色，乌黑色，所以完全受不了北方的冰冷气候。这个对穿堂风都会敏感的男人写信，在高寒的北方从早到晚顶着冷风，瑟瑟发抖，冻得发青……”德·派德把睡袍的领口拉上，就像是要勒死自己一样，开始高耸着肩膀发抖，然后又放开，晃着一条没毛的白白的腿。“克里斯蒂娜女王，我们的女维京人，却不为所动。她要求笛卡尔每天天一亮就坐上马，同她一边出游一边解释物质和意识这两种不同东西之间的关系到底是怎样的。他当时怎么能拒绝呢，说到底她才是女王……”

“不。”莫里斯说。路易斯从没见过他激动成这样。

“不！”德·派德像在“格略宁尔”酒馆里那样大喊。波尔图酒瓶空了。他用食指刮刮酒杯，放到口里舔干净。

---

1 弗兰斯·哈尔斯（Frans Hals）：17世纪荷兰著名肖像画家。

“他死了，这是第五幕的情节。观众会看到这个可怜的人最后起草的是什么，不是数学或哲学的小册子，而是诗体芭蕾剧，押韵的，《和平的胜利》。各种各样的林中仙会跳着舞出现在舞台上。那些没法看懂我写的微妙的历史细节的观众，他们的注意力会被开心地转移开。但是这时候，在一个角落里，笛卡尔吐出鲜血，承认他有着罗曼起源的造作理智说到底不过是贫瘠，是僵化的优雅……”

“他还以为天空是液态的。”莫里斯·德·波特说，“太阳和恒星都是液态的，不然它们就不可能存在，他相信。”

“这是他相信过的，没错。”德·派德不快地说，“正是这种思维上的混乱，被克里斯蒂娜女王的生命力，被她最本真的血流给破坏了。从哈尔斯的肖像画来判断，我们可以猜想，莱纳·杜·佩隆·笛卡尔先生没准是个犹太人。不过我还是不强调这一点了，现在还不到时候。”

路易斯和贝卡忘了他们在黏土矿里一起玩过的游戏了，或者他们已经长大了，不想那么玩了。他们四处晃荡，扔石子，不过不会扔太远，因为在他们这个满是礁石和壕沟的褐色天堂里有德国工程师穿着橡胶靴，拿着丈量的工具走来走去。贝卡很想念她哥哥；他投奔了住在罗斯勒[1]的祖父母，那是一个遥不可及的城市，里面住着皮肤橄榄色的织毯匠人和做刷子的师傅，他们被称为埃及人。

一天，脏塞弗出现在了棚屋门口，两只手都缠了脏脏的绷带。

“我坐在‘帕特里亚’里，没打任何坏主意，就读着报纸，这时候黑卫队的人走了进来，一个个都醉醺醺的。他们刚搞了个什么庆祝活动，唱着歌。突然有一个人，他们都叫他帮头儿，朝我走了过来，说：‘我们进来的时候你为什么不和我们打招呼？’我说：‘惠泽，同志们……’一边举高了手臂。‘这样打招呼不合规定，’他说，‘首先你要站起来，再把手臂伸直。’我说：‘伸直？但你们的元首是这么做的！’

1 罗斯勒：比利时西弗兰德省的一座城市。

往后弯了一下。‘起来，站起来！’他说道。我说：‘伙计，见鬼去吧。’他们就扑上来抓住了我。我被迫把手摆到了桌子上，他们用橡皮棍把我的手打坏了。”

“开始化脓了。”贝卡说。

“我的朋友说，我应该去找警察。但警察局那帮家伙认识我的。我可没留下啥好记录。你哥哥怎么样了？”

“他在我们奶奶家。”

“那儿的伙食够他吃的吗？”

“他就为了这个才去那儿的。”

“我其实也能照料他的。他要留在我这儿，什么都不会缺。”

“您可以照料路易斯。”贝卡意味深长地说，这个像恶狗一样危险的小巫婆。

“还是别了！”路易斯叫道。

在小水塘的绿色皮肤上方，成群的蜻蜓扇动有纹路的翅膀，以金属色的身体跳舞，阳光照得它们身上闪闪发亮。

“你长成了结实的壮小子了呀。”脏塞弗说。路易斯耸了耸肩。这个邋遢鬼不会真用我来代替忒杰吧。

“你在耶稣会学校都学些什么？”

“拉丁语和希腊语。”

“你不会是想做神父吧？”

“就他？”贝卡轻蔑地说，这话却让路易斯高兴。

“我要成为叙利尔·费夏福或圭多·赫泽拉那样的作家。”

“但这两个也都是神父啊。”

这下他可出了个大纰漏。“您操心好自己的事儿吧。”路易斯气冲冲地说。

“我们可以聊聊这个嘛。你的未来可是挺重要的。如果有人在你这个年纪关心一下我的未来的话，一切都会不一样的。你想写什么呢？写农村生活之类的吗？”

"不，要写点像杰克·伦敦[1]那样的。"

"要做作家的话，"脏塞弗说，"你连汤里的盐都挣不出来。你看看弗林克先生就知道了。"

弗林克先生是一个糟老头，齐肩的几绺黄白头发上戴着一顶黑色宽边呢帽；他研究弗拉芒语研究得眼睛都快瞎了。他常常拄着白色拐杖走过菲利普·凡·阿尔萨斯大街。孩子们吵吵嚷嚷地跟在他身后，戳着他邋遢的黑色大衣喊："零狮子！零狮子！"因为他在瓦勒电台里呼吁将旗子上、徽章上或书上的弗兰德狮子图案叫作"零狮"[2]，因为这头动物在这里非公非母，只是个概念，是中性的。

"弗林克先生做了那么久作家得到了啥？就一枚城市奖章，没了。"脏塞弗用他手上的脏布条抹了把脸。

"那又怎么样？"路易斯叫道。（重要的是，我有朝一日能成为弗拉芒杰出栋梁之一，被画下来，用深棕色，放在最末尾，因为我是最年轻的。嘴上叼着烟斗，头微微斜着，一只手指深深按进右脸颊，眼神忧郁。也许嘴唇上还要留两撇胡子。不，一把大胡子。）

脏塞弗说："我多少还是懂那些黑卫队的家伙的。我听说，他们喝得烂醉，是因为他们肝肠寸断，他们的头儿斯塔夫·德·克莱尔克[3]因为肝癌多半要不久于人世了。"

看到了他在家门口和贝卡告别，妈妈问道："这女孩一直黏着我们的路易斯嘛！是不是有点儿什么情况了呀，路易斯？"

"别闹了，妈妈。"

"是啊，别闹了，康斯坦泽。"

妈妈这几天情绪不错，她常常挺晚才回家，因为她要和劳森吉尔

1 杰克·伦敦（Jack London）：美国20世纪著名现实主义作家。

2 原文中直接将中性冠词加在了原本阳性的名词狮子前。中文里没有这样的冠词，勉为其难，用"零"来指超越雌雄的名词。

3 斯塔夫·德·克莱尔克（Staf de Clercq）：比利时的弗拉芒政治家，弗拉芒民族党的创始人之一，二战期间与纳粹合作。

先生，还有他的同事在集市旁的“金王冠”餐馆吃饭，同时还要讨论卷宗里的问题：很典型的德国做法。妈妈还总是在一句弗拉芒语中加入“ZWEIFELLOS”（毫无疑问）、“WUNDERBAR”（好极了）这类词，偶尔也用上“ÄHNLICH”（类似的）。[1]

“尽情享用吧，康斯坦泽。”诺拉姑妈说，“人生在世，就年轻一次。”

“他们说起话来不出一点差错，”妈妈说，“你简直没法想象。塞涅夫夫人长，塞涅夫夫人[2]短的。”

“什么？他们没有叫你康斯坦泽吗？”爸爸说。

“几乎没有。”妈妈承认道。

蛋头说起了卢克莱修[3]，与他同时代的神学家都把他贬成一条“死狗”。圣哲罗姆对他的评价要有些不一样。据他说，卢克莱修服了春药之后发疯死了。

学生们顺从地大笑起来。

“微偏运动”[4]，蛋头不耐烦地用棱角方正的字体在黑板上写下这个词。“微偏运动”。路易斯努力集中注意力去听，但教室里太热了。他觉得蛋头这整节课都是为了他一个人在讲。那双有时候扩大成两倍的眼睛，在眼镜片后面漂游在透明的油里，在跟踪他。“微偏运动”，始终存在、微乎其微的偏离。比如身体的移动。这样他们就摆脱了他们的命运。谁会对这个感兴趣？注意听！卢克莱修是怎么说的：“……如果没有发生碰撞，或者没有对身体造成击打……”他是在说我的身体？我必须被击打，就因为我要用我的身体造成碰撞吗？

我相信，蛋头准备好了一篇演讲，要在一班子奴隶般听话的实验

---

1 此句中出现的三个外文词均为德语。
2 这两处的“夫人”，原文都用了德语“Frau”。
3 卢克莱修（Lukrez）：罗马共和国末期的诗人和哲学家。
4 微偏运动（Clinamen）：卢克莱修提出的概念，原子运动因为发生了微偏而脱离了原定轨道，带来了宇宙的变化。

兔子面前演练，这些兔子都会接受他这些听不懂的唠叨。这是他下一次要在抽烟斗的博学神甫面前展示的演讲。

“所以我们也许可以推论，大多数世界观都有着审美的本质，当然它们并不愿意承认这一点。”就在最后一个音节结束处，铃声准时响起。

“你刚才做梦去了吧。”蛋头在学校院子里说。

“男孩们听不懂您的课。”

“男孩们？”

“我也听不懂。对我们这个年龄来说，没法懂。”

“在你的年龄，以前的学生都已经能说流利的希腊语和拉丁语了。”

“以前，以前。”路易斯说。几个同学隔着一段距离盯着他俩看——尤其是看我，这个得到垂青的宠臣。

“Plus est en vous.”蛋头说。

“您想要的就一个：让我加入耶稣会。”

“我不是想要。我是希望。”

“尽管这样，您还是不幸福。”（就像对着一个霍屯督人，在不持枪的修女们守卫的一座堡垒中。）

“我不会为这一点纠结。不过如果你对我主赐给你的可能性多一点尊重，也许我会幸福一些。”

“比其他人更多点尊重？”

“路易斯，你为什么不愿意学习这些？难道你更情愿，就像现在有人喜欢宣称的那样，听任本性的安排，屈从于每一次冲动？难道你愿意毫无抵抗地接受强霸、权欲、毁灭，这一切夸耀本性和战争的东西？”

“是谁在宣称这些？”

“我们新一任掌权者。”蛋头说，“他们赞美血。他们要退回到黑暗的、滴血的过去。你没发觉吗？”

“那我该怎么反抗呢？禁欲？”

“不要说得这么轻蔑，路易斯。在和我说话的时候不要这样。”

学校院子突然陷入了骚乱。有人发出刺耳的尖叫，有猪叫的十倍那么响；震人心肺的呼叫，痛苦的哀号。学生和几个教士在跑，拥到一棵小树前。莫里斯·德·波特在玩追击游戏的时候被一块石板的边绊倒了，一头砸到了用来保护小树苗的铁栏杆的一个尖角上。这个心形的尖角刺进了他的左眼。莫里斯半躺半倚在那儿，头插进了铁杆，手臂紧紧拽住围栏，脸变得煞白煞白，让人认不出来了。眼睛掉出来了吗？还在他脸上吗？莫里斯被挤挤撞撞、像在战争开始时受到轰炸一样大喊大叫的学生和教士掰开，抬走了。几个五年级学生像一群猎犬一样扑向了之前追赶莫里斯的胖子福德克斯。

路易斯和他的同班同学一起列队走过了放在灵床上的蜡白尸体，尸体上盖了一个黑色的眼罩，张大的鼻孔里塞了棉花团。

“拉起他的手，路易斯。”莫里斯的妈妈说，“你不用害怕。他可是你的朋友。”

路易斯想象着这只手，冰凉的橡胶，从里往外散发出寒气；他想象这样的接触会传染什么；他想象这被杀死的脆弱海盗，这说过星星也是液态的透明嘴唇会朝他吐出死亡的气息。

莫里斯的妈妈一只手肘撑在棺材边上。“他看起来像不像只是睡着了啊，路易斯？”她嘴角边有口红的痕迹。刚刚涂过的，虽然她知道她的孩子再也看不到了。除非今天晚上就是最后的审判。我必须哀悼。把棺材钉上吧！他贴满《雄鹰》杂志上的飞行员照片的小本子去哪儿了？他的脸上还有一抹嘲讽的微笑，没有人发现吗？为什么没有人赶走他脖子上的苍蝇？因为他反正感觉不到了。可如果他正从天上往下看着呢？

“他肯定是在天上看着。”蛋头几天之后在祈祷室里说；在他身后，在多尔夫·泽布洛克画的壁画上，挂在十字架上的一个肌肉发达的耶稣又一次跌落下来。泽布洛克在瓦勒是个名人，他去布鲁塞尔开过画展，他设计的讣告和出生公告一直卖到了美国——新潮，但很受欢迎。

“不过你不必从字面上来理解。”蛋头急忙补了句，因为他感到路易斯这会儿正显得执拗、乖僻、易受刺激，“你也可以这么来想，有人死后就成了进入宇宙、进入原则本身的上百亿思想与情感的一部分，而这并不排除某种意识的存在。不过，这样的事情对你当然只是耳边风。路易斯，你太脚落实地了。”

“现在落进实地的，应该是莫里斯才对。”路易斯没有忍住，狂笑起来，然后吃了多年来的第一记耳光。他的耳朵里嗡嗡响，他的眼眶里一下子都是泪水。他在泪眼模糊中看到，蛋头做了个半是保护半是抵御的手势。

“我已经好几个星期都处在罪孽深重、该死的状态了。”路易斯说。

“我不想听这些话。”

“但是您必须听！您是灵魂牧师！”

“你还想来一巴掌是吧？”

路易斯摇了摇他那弯曲的、活络的食指。放马过来呀。就像男孩们在学校院子里摆开架势要立刻打一大架一样。

“放规矩点，路易斯·塞涅夫。你是站在圣坛前。”

“我已经好几个星期都不再相信上帝了。”（因为否则的话，你将会成为他的代言人，他的令人不快乐的信使！）“昨天我才刚把圣饼都吐到手上，捏成一个球，然后踩了上去。”

“你撒谎。”

“是，我撒谎。”路易斯绵软地说。（因为有一种恶，叫上帝。他手上有死亡天使，就像带走莫里斯，把他插在铁杆尖端上，现在又四处飞着、狂流着口水寻找新的、新鲜的孩子的那位。还有穿靴子、戴头盔、晒黑了的天使，坐在坦克和俯冲轰炸机里，肆意杀戮而不用对谁有所亏欠。）

“跪下。”蛋头命令道，他指向一把祈祷椅，“对我主耶稣念一遍感恩悼词，感恩你还活着。”他站在路易斯身后，把手放在他脖颈上。“你。”路易斯听到他说。“你！”他想站起来，但这只冷冷的手把他又按下了。"你，善良美好的你，你的造物者造出的一个拟像，你想要投身给邪恶，是出于一种叛逆心，我比其他任何人都更懂你的叛逆。"

（德国科学家发明了一种致命的光线，能够穿透所有东西，比如说砖石和我房间墙壁上的泥灰。在我柔弱的背后站着的这个男人，他的角质眼镜也能发射这种光线，时时刻刻都把我钉得死死的。）

"您是不洁的。和我一样。"路易斯朝祈祷室里大喊。

手指掐进了他的颈部。在飞船里被冷酷明，那个和蛋头一样光头，身穿与蛋头一样黑制服的坏蛋被牢牢钉住了！路易斯变成飞侠哥顿[1]，转过身来，看到了惊慌失措的男人，眼镜歪歪地挂在肉嘟嘟的鼻子上。

"闪一边去吧，山里海里，善你个鬼。"路易斯边说，边跑过基督受难的现代之路，跑向打开的门放出的光亮。闪——山——善，这是押头韵的，而头韵"是音调赖以立足的踏脚石"。圭多·赫泽拉如是说。世人之牧，诗人之父。

罗伯特叔叔在多尼克泽街区的屠夫施宾内尔那儿学了一阵儿，现在已经会了屠夫手艺的不少花样。他的酥皮馅儿饼吃起来还有点苦，肝加太多了，不过他的猪头肉冻就……

婆妈妈说，路易斯应该带着家庭作业去。"你要是能坐在这边炉火边上，同我时不时说上两句话，我就满意到不行了。"

在他和列昂姑父约好一起出发去埃森（要不是不来梅？）的那天，弗洛伦特叔叔并没有出现在火车站上。列昂姑父大发雷霆，都不想一个人上火车了，但看到的人都可以做证，诺拉姑妈差不多是把这渣滓货硬塞进了火车，在军乐队奏起爱国歌曲的时候。

其他目击证人偷偷说，莫娜姑妈至少三次被人看到和一个年纪轻轻的德国二等兵坐在"米可朗琪罗"咖啡馆里，那个兵为她脱大衣、穿大衣，就像个十足的吃软饭小白脸。

---

1 飞侠哥顿（Flash Gordon）：美国1936年上映的同名科幻电影中的主人公。前文提到的冷酷明是该片中的反派角色。

“床上有小白脸总比床上放着自己暖好的砖头好。”

“哎哟，你这发了疯的母鸡。”妈妈笑道，但她的笑声戛然而止。

教父声称，据可靠消息说，接下来在东边会有战事。虽然他很难想象希特勒会攻打斯大林，就像提伦忒恩先生预言的那样，因为“互不侵犯条约，可不是心血来潮随便签一签的”。

爸爸被带到了会客室里。这里的墙都铺了一层有条纹的棕色厚纸，冒充仿古皮革。爸爸向校长大人伸出了手，聆听审判词。他的儿子脾气太倔，危害了受他影响的其他学生的道德操守。学校向来以忍耐与宽容为旗号，当然对塞涅夫家老先生也怀有极大的敬意，但是如果在尽可能短的时间里看不到本质性的改变，包括公开道歉的话，学校将采取措施，甚至也许是极为严厉的措施。学校虽然在某些方面非常进步，但也必须尊重更高秩序的整套规则。

蛋头双手交叉，站在壁炉前面，身旁就是法政大牧师荷尔蒙普勒茨，是他在1814年让耶稣会士于1773年（神圣的日期！）被迫解散后关闭了四十年的学校重新焕发生机。

“秩序，”爸爸说，“再好也不过守秩序了。我会想办法让路易斯这会儿就做到您要求他做的。我们是用基督教信仰教育他的，他会懂的。如果不懂，我就打他个鼻青眼肿！”

在这演给外人看的愤怒背后，路易斯感觉到他在乞求。一只狒狒就是这么乞求一根香蕉的。

“我们从小就很注意，大人！过日子都按基督教的规矩。您肯定不会认为，我们送他进哈尔贝克的圣约瑟学校，是为了让他学些邪门歪道的吧？”

“你有什么想说的，路易斯？”校长问。这是个戴了副金夹鼻眼镜的办公室职员。

“校长大人给你提问呢，答话呀。”爸爸吼道，“我们没有教过你，要敬重教士大人们吗？”

"你们教的是，只有弗拉芒独立派的教士才要敬重。"

爸爸摸了摸脑门，想降下那里奔腾而起的怒火。他带着乞求的神色转向蛋头，而蛋头一声不吭，双手并拢，手指围成一个教堂尖顶。

"好了，好了，尊敬的先生们对你再了解不过了，路易斯。他们知道你有时候会耍耍怪异的幽默。这都是从他母亲那儿继承的，诸位先生。他母亲有时候开的那些怪异的玩笑，我也都不太懂。"

"你最好去领一下复活节圣餐。"路易斯虔诚地说。

"复活节……复活节圣餐？"爸爸哼唧道。

"你今年还没有领过复活节圣餐呢。"

"我？我？我没有领复活节圣餐……我愿意就地毙命，尊敬的先生，如果我真的没有……"

"你在哪里领的复活节圣餐呢，爸爸？"

"在法国。"爸爸叫道，"我特意搭车去了里尔，因为我想听着法语领复活节圣餐。"

这听上去有点太诡异了。两个教士狐疑地交换了眼色。

"是的，我知道，从一个立场坚定的弗拉芒人嘴里听到这样的话，很怪异。但当时有人告诉我，在里尔有个教士，多明我会的，他布道很有一套，简直就是拉科代尔[1]再世，如果你们听过拉科代尔这个名字的话……"

"我们听过他的名字。"校长故作镇定地说。

"您说的是拉梅内[2]的朋友，革命之后在马赛被选入制宪国民议会的那位？"蛋头问。

"不是，"爸爸说，"我是说那个多明我会修士。"

"这两个是同一个人。"路易斯说。他感受到了角质眼镜背后那让人恶心的怜惜。

---

1 拉科代尔（Lacordaire）：19世纪法国著名传道士、神学家，传奇式的演说家，在革命后的法国复兴了多明我会。

2 拉梅内（Lamennais）：19世纪法国天主教教士、哲学家，法国复辟时代重要思想家。

“现在都无所谓了。”爸爸说，“不管怎样，他布道很精彩，我就像到了九霄云外，我从教堂出来就像重获了新生。我觉得像是飘浮在空中。”

但厄运临头，塞涅夫的谎言像一只蝴蝶一样被戳穿，张贴在了仿造的科尔多瓦皮革上；校长语气生硬地说，这件事儿他们还得再商议。路易斯这期间禁止来校。要多久？他们会通知他的。

“我主与你们同在。”校长说。蛋头送了路易斯一本书，圣伯纳德[1]的《沉思篇》，要求路易斯写个内容总结出来。

在回家的路上，爸爸一语不发地慢慢沿着一排排房子走，整个世界的重量都压在他身上了似的。在家里，他跌坐在沙发里，仍然还没有从震惊中回过神来。

“康斯坦泽，从今天开始不要再做鸡蛋炒肥肉了。从今天开始每个法郎都要掰着用了。这都是你儿子干的好事。以后再想要学校里的印刷订单，都只能是竹篮打水了。从今天开始这家里只有白水就面包了。”

“但是还可以配果子酱。”妈妈说，“我今天刚刚得了一杯，青梅酱，是一个年轻同事给的，他爸是牙医。他们都舍了血本来讨好我，让我替他们说好话。因为他们知道，我会决定他们是不是被送到德国去。”

“他们所有人都必须去德国啊，在他们培训结束后。”

“可以想办法拖延的。如果能和劳森吉尔博士搞好关系的话。但他们首先得过我这一关。”

“让我尝尝这个果酱。”爸爸说。（其实他是在恳求：谁必须先过你这一关？我进来的时候，你为什么从来不把你那扑过香粉、美得销魂的脸抬起来看我？）“这是青梅？”他吧唧着嘴说，“怎么味道更像是小李子？”

---

1 圣伯纳德（Bernard of Clairvaux）：中世纪修道院院长，熙笃会领袖，神秘主义之父。

弗洛伦特叔叔为什么没有出现在那个大祸降临的下午？那天下午，诺拉姑妈那么无情地把自己丈夫送去了受许之地，之后却又因为后悔，因为要防止自己精神崩溃，就和两个同样到车站送丈夫的哭哭啼啼的妇人一起去了最近的酒馆，在那儿喝了两小杯可怜兮兮的低浓度杜松子酒后就已经醉得出门崴了脚。诺拉姑妈威胁地指着这个懦夫说："这都是你的错，弗洛伦特。你看！"她抬起了腿，"这脚伤好不了了。我感觉得到。我骨头里太缺钙了。"

"我真的没办法改变。"

"我连行李都给他收拾好了。"婆妈妈说，"他的剃须刀啥的，他的睡衣，他的内衣内裤，他的工作证，他的护照，他的口琴……"

"我做不到。"

"他是不想抛下我一个人。"婆妈妈尖声说道。她把自己裹在两三条黑色手织围巾里，就好像屋外是在下雪，而不是热气蒸腾。

"我就是做不到。这些日子我脑子里只有一个想法在转：这不行，我没法去那儿工作。"

"但对我家列昂来说，已经够好的了！"

"诺拉，你的列昂习惯了给一个老板干活，一天拼命干八个小时，剩下的时间就下下国际象棋，画画水彩画。这些我都做不到。"

"这些你做不到，靠我的钱过日子，你倒做得出。"婆妈妈说，"他今晚至少干掉了一公斤土豆。"

"那你怎么不说说路易斯？"弗洛伦特叔叔叫道。除了海伦娜姑妈，没有人能做出这么好吃的烤土豆。棕色的外壳，烤到刚好没焦的地步。加上洋葱酱。路易斯发觉自己的肚子已经蠢蠢欲动了。

"这小子还要长个儿呢！"婆妈妈喊道。

"那我就该缩个儿了？"

"他不想和他的小心肝分离吧。"婆妈妈咧嘴笑，就像是在品尝塞在她牙齿之间的一条出自白菜汤的丁香花干，满屋子里都还留有这汤的气味。

诺拉姑妈冷笑道："她反正也不会留在他身边。还是那个理发店里的冉诺吗？"

"别拿冉诺说事儿。"

"我碰到过她，与瑟尔瑞·德·威尔衡斯在一起。他们看上去可也不是兄妹关系呢。"

"在哪儿？"

"在公园里。我还在心里寻思：那边那两个人，他们肯定刚认识没多久。看起来像是刚谈起恋爱的样子。"

"冉诺真是傻到家了。"弗洛伦特叔叔说，"我想我还是去法国好了。他们修大西洋壁垒[1]的时候还是需要卡车司机的。我要做司机的话，至少能挣到……"

"弗洛伦特！"

"啥，妈妈？"

"现在不要再胡说八道了！你到底有什么打算？"婆妈妈惊恐又严厉地叫道。

"我？"

"对啊，不然还有谁？"

"从诺曼底那儿很容易到英国去。"

女人们一下子死一样的沉寂。婆妈妈将脖子上一条围巾的角伸进了嘴里。弗洛伦特叔叔紧盯着路易斯看，一截香烟在他嘴唇间一上一下地跳。

"噢，你这家伙，真见鬼啊。"诺拉姑妈结结巴巴地说。婆妈妈画了几个十字。

"路易斯，你一定要发誓，你不会对任何人，绝对不会对任何人……"

"我发誓，弗洛伦特叔叔。"

1 二战期间，纳粹为防止盟军登陆欧洲，从挪威到法国与西班牙边界修筑的军事设施。

“但海里都挤满了潜艇啊，”婆妈妈说，“还有驱逐舰。”她会说这个词，因为她和路易斯时不时地玩一玩沉船的游戏，就在他的算术练习本有格子的页面上。

“这我本该想到的。”诺拉姑妈说，“首先让我的列昂头脑发昏去了德国，而这时候，又和其他所有懦夫一样……”

“但是等到德国人跑到英国去了，他们就会枪毙你的！”

“妈，他们到不了英国的。”

“你行啊，是希特勒打电话告诉你的吧？”

“除非他立刻就出兵，倒是可以……”

“可是你到德国去到底想干吗呢？”诺拉姑妈问。

“他就是想离开家。”婆妈妈泪光闪闪，“去德国，还是去英国，对他来说都无所谓的，只要他能离开我就好。而我呢，我连行李都给他收拾好了！”

“他没有理想。”路易斯说。

“你说得对，路易斯。”诺拉姑妈说，“他根本就不知道，理想是个什么东西。”

“我整整一年都没法再合眼了。”婆妈妈叫道。

路易斯把这些话讲给妈妈听，妈妈吓了一大跳。“我们以后再也见不到他了。他这是给自己签了死亡判决书啊。我们必须想办法瞒住，不让你爸知道。他会到KOMMANDANTUR（司令部）那儿告发弗洛伦特的，他做得出的。”

爸爸三天之后还是知道了。他弟弟和另外四个瓦勒体育俱乐部的足球运动员一起消失了。“他从来就是亲英派，抽英国烟，听那些爱爱爱老虎油的英国流行歌。我不想再在我家听到他的名字。我原来就一直说，瓦勒体育俱乐部是不值得尊敬的一个俱乐部。”

德国人没有像他们在奥登阿尔茨大街上行军时用二声部唱的那样进军英国，而是朝另一个方向，朝南斯拉夫去了，接着又进军俄罗斯，就在路易斯穿上生平第一条灯笼裤——深蓝色，带绿斑点——的那一天。

“希特勒肯定心上一块石头落了地，他扼住了俄罗斯的咽喉。”爸爸说，“同斯大林签的那个条约，那是他的违心之举，那时候他束手束脚没办法。但现在形势都明朗了。现在就要动真格的了。这就和我的情况一样：一个男人如果不能为了自己的理想而活，哪怕有一时一刻没做到，都会遭到报应，都会胃溃疡。”

“我是你的理想吗？”妈妈欢快地说，“这我可是第一次听你说。”

“傻瓜。”爸爸说，停了一会儿后，用苦涩的音调又说，“英国人这下高兴了。每次都是一样。整个世界历史都是证据。英国人就是会用别人来堵枪口。现在是俄罗斯人替他们从火里取栗子。用不了多久，美国人也会被拖下水了。”

“这世界最美丽的探戈，”妈妈说，“是我在你怀里跳的那个。”[1]

“丘吉尔今晚可以喝杯双份威士忌了。”爸爸闷闷不乐地说。

那个高个子的光头教士，穿着他的优雅教袍，就像一只黑色的秃鹫一样降落在了塞涅夫家的米黄色厨房里。他什么都不想喝。他时间也不多。

“我妻子不在家。”爸爸说，“她要晚点才回来，这一阵她加班很多。因为俄罗斯的缘故，生产线都是用十足马力在运行呢。”

“那我要不也走好了。”路易斯说，但还坐着没动。他希望蛋头看到了放在窗台上的圣伯纳德的书。（我每天都读的，阁下，但我还没有时间写内容总结。）

“我是骑自行车来的，虽然用链子拴了，但是……”

“哦，应该不会有人有那个胆子的，他们知道我……”

“既然是这样……”

“那我就尽快去……”

---

1 楷体部分原文为法语。

“就是辆自行车而已。不过现在这世道……”

“我马上就能知道是谁干的，都是彤杰斯大街那帮……”

（他那双冰冷的鱼——哦，不，是青蛙眼睛，邪恶的宝石。）

“抽根烟，阁下？”

“不，谢谢。”

“哎呀，您别客气。我那连襟会整箱整箱给我送这烟的。（阿尔曼德舅舅是搜查私藏香烟那个部门的监督员，周围农民的礼物成堆成堆地收。）”

“不，谢谢。”

“那您替校长大人捎点儿好了。”

“不，不。你要知道我为什么来，塞涅夫先生。有风声吹到我耳朵里，说您妻子在艾尔拉工厂很受好评。真的，真的，确实是这样。我也就开门见山吧，虽然一个耶稣会教士一般不会这么做。我的问题是，您妻子能不能……用她这么强大的影响力……帮个忙。是一个朋友。她能不能推荐一下他？是我的一个远房侄子。如果有必要，我可以从资金上提供一点……”

“千万别提这个，”爸爸说，“帮忙的事儿理所当然啊，我们会照应好的，不用费一个法郎。我们在这个世界上就是要相互帮助的嘛。”

“那这件事儿可不可以在尽可能短的时间里？因为我朋友，我侄子已经被征调做工了，下个星期就要走。要去莱比锡。”

“阁下，肯定没问题的。”

“他很勤快的。”

“您都推荐他了呀，阁下！您不用担心。这事儿会解决好的。”

最后，蛋头看了看路易斯，这双邪恶的眼睛里有了谦卑的神色。“哦，对了，我来这儿的真正原因是，路易斯明天早上可以再到学校里来了。”

“太好了。”爸爸说。

“你扔桃子，我还李子。”路易斯说。

“太好了。以前过节一笔勾销，我们从头开始，就当什么都没发生过，对吧，阁下？”

“对。”蛋头说。（庙堂里的生意人）

“你也这样想？”路易斯说。

“JAWOHL（是的）。”蛋头说。在白炽灯的可怜光线下，路易斯第一次看到他是那么疲惫、那么颓丧，被无可测量的浩大力量所裹挟，渐渐崩溃。他的肩膀下垂，剃得光滑的脸颊下陷。我会照应他的。

“根本合不了眼，”婆妈妈说，“一分钟都合不上。顶多凌晨快起床的时候才能闭上半个小时。我居然还得经受这些。可经受的还不止这个呢，真不是，还要担惊受怕，因为知道还有更糟糕的在后头。我是两条腿都入土了的人啊，至少脚趾头肯定已经进去了。现在我也就能盼一件事儿了：哀愁过度，一头栽进棺材里。说到底还是坟墓说了算。只希望他们不会烧掉我，现在挺时兴搞这个。但你会阻止他们这么对待我的，对吗，小伙儿？现在就会把人迅速清除干净，尸体一烧，一了百了，最后把一簸箕的灰扔进垃圾桶。你要向我保证，小心提防，不要让这样的事儿发生，好吗？我可不是这么教育大的。而且我妹妹已经预定好了墓碑，不是大理石的，那样太夸张了，死了的人，不该这么讲排场，活的时候有的是时间做排场。钱都已经付了，都是我妹妹出的，泽赫尔塞姆来的玛尔郭姨妈。无休无止的星期六弥撒，杂七杂八一堆事儿，我到了墓里真得给你寄份赎罪券。可是我居然还得这样担惊受怕，这是我做梦都想不到的，本来啥事儿都折腾不着我了，至少我不会再折腾自己了。这都是那个希勒特的错，不，我还是性子太急，又把话说过头了。我都这把年纪了，不能把过错都推到别人头上了。这样的坏事儿，我们自己都有份儿的，就是这样，当然也会有人干脆说，这都是我们亲爱的上帝的错。‘妈，’海伦娜说，‘你得多吃一点，你会缺少蛋白质的，我现在拽你到体重秤上你自己看看。你还掉头发，至少吃一点儿小牛肝啊！’莫娜呢，平时总是一副铁石心肠，现在也说：‘妈，你照照镜子看，你下巴下面的皮松弛得都像只火鸡了。’海伦娜生我的气，因为我把我的食品券都送给了莫娜，好让她给小希采丽买吃的。诺拉生我的气，因为我把我的戒指和胸针给了福克，集市上的那个珠宝商。但我不能让我们的弗洛伦特空手上路啊。他要去英国这事儿已经够糟的了，还要让他在那儿饿死不成？‘我们对那些珠宝也有权力的，’莫娜说，‘应该公平分配！’我说：‘你说啥？要公平分配啥？要分你父亲送我的那些劣质钻石吗，它们都没苍蝇屎那么大？’‘不，’她说，‘要分的是胸针，不是因为它们值多少钱，是因为它们有感情价值，它们应该传给自己家里人的！’我说：‘你又说啥啊？胸针是你父亲在我想离开他的时候送给我的，那时候我发现他和爱丽丝有一腿，就是那个想换到国立学校教书的公立学校老师，这个蜡烛台子还以为别人是真爱呢。’‘那枚小圆盒呢？’她说。我说：‘哪枚小圆盒？你尽管拿去好了！’‘可是现在都给了集市上的福克了呀。’她说。‘那好，你去换回来好了，钱我给你。’‘算了吧，’她说，‘我不过就是记挂那枚小圆盒，我还以为那是你和父亲的爱情信物，里面不是贴了张父亲的婴儿照吗？’我说：‘可是莫娜哦，你这傻瓜蛋，那个婴儿根本不是你父亲！’‘但是我原来以为是。’她说。我说：‘你也该去看看眼科医生了。那是我们的升了天的玛丽-海伦娜的婴儿照。不，不是我的孩子，不是那个升天了的玛丽-海伦娜。是我妹妹玛丽-海伦娜，上帝保佑她。’人们总是说：‘孩子比啥都重要，大家也总是最宠爱最大的和最小的那个’，但我相信，我最喜欢的是我妹妹，至少她是最让我伤心难过的。她在学校里学得不太好，我们的玛丽-海伦娜，有点像我们的罗伯特，他在学校里也不出色。我们的母亲就想：‘这孩子总得学点什么来谋生啊。说不定我们可以让她学会做个裁缝。’她就把她送到了克里斯蒂安森家去，他们会教女孩们缝纫。学校是在一家农庄，女学生都被安置在楼上的小房间里。玛丽-海伦娜在那儿感觉挺好的。那儿有一个女孩，叫索朗尔，她不说弗拉芒语，父亲是小提琴手，总是和他的乐团往国外跑，她父母多半离异了，我猜。反正母亲一下子就没了音讯。这女孩儿总是很悲伤。克里斯蒂安森夫人就说：‘玛丽-海伦娜，你法语说得好，就请多带着索朗尔一点，别让她一个人待着。我感觉她都快抑郁坏了。’这个索朗尔晚上睡不着。她听到朝外的墙壁上窗格子在起风的时候啪啦响，她就尖叫着爬上我们的玛丽-海伦娜的床，因为她害怕得睡不着觉。我们的玛丽-海伦娜一个星期以后回到家，对我们的母亲说，‘妈，’她说，‘你和克里斯蒂安森夫人说一句吧，我自己不敢，别让索朗尔晚上再挤到我床上了，她出汗出得这么多，每天晚上身上都是湿津津的。我不敢这么说，但我感到恶心。我自己也会变得湿湿的。’长话短说，一桩事儿连着另一桩。他们让人检查了索朗尔的身体，哎哟，小伙儿，你猜怎么着？是肺结核。他们又检查了一下玛丽-海伦娜，唉，她也染上了肺结核。但是马尔滕斯博士，我们的医生，一个普通的家庭医生，但是个正直的男人，在刚果待过很长时间，他说：‘肺结核？这不可能。您想到哪里去了？不会的。您看看，我们的玛丽-海伦娜身强力壮的，她有多重？可能有六十八公斤吧，您看哪，脸颊这么红，不折不扣的一个Demarchie，而Demarchies是不会得肺结核的。您肯定是弄错了！’神甫助手对我们的母亲说，他说话直结巴：‘夫人，事……事情很简……简单，这个女……女孩子就是吃……吃得太……太差了，您……您告诉克里斯蒂安……安森，他们每……每天早上要给……给她吃肥肉和鸡……鸡蛋。’我们的母亲当然就去说了。克里斯蒂安森夫妇都有点挂不住脸了。但是，你猜怎么着？玛丽-海伦娜还是没有好转，我们的母亲把她留在家里，喂她吃肥肉加鸡蛋，上好的红肉。时不时还加一杯勃艮第红酒，造血用。但这些都不管用，她还是一直发烧，两条腿直晃，有一天她说：‘妈，我要去望弥撒，我要去忏悔！’但这只是因为她一整天都待在家里。她想呼吸点新鲜空气，这也可以理解，对不对？她还真就走到了‘岔路口’饭店，到了那儿她一步都挪不动了，她走了进去，对霍尔腾泽说：‘霍尔腾泽，你能给我一杯汽水喝吗？我口渴死了。但不要告诉我父亲，因为我说我是去望弥撒的，我身上没有钱！’霍尔腾泽说：‘哎哟，孩子，你父亲来打牌的时候，我会把汽水记到他账上的，他根本就不会注意到的！’玛丽-海伦娜回了家。我母亲说：‘玛丽-海伦娜，你出了这么多汗呀！’但她立刻就进了自己的房间，那时候她和阿丽安娜住同一间房间。然后我们就再没听到她出过声。我们的母亲过了一会儿对我说：‘阿佳特，叫你妹妹来。’我就叫：‘玛丽-海伦娜，马上过来，你的汤已经上桌了。过来喝汤了。’她没回答。我到楼上找她，我看到了啥？她躺在床上，她的衣服散落在地上，可她一直都很注意收拾，不会乱放东西的。

等一下，这事儿就像在我跟前一样啊。等一会儿，小伙子，我的手帕在哪里？

这事儿都过去多久了啊。再

等一下。

我说：‘妈，你得自己来一下了。’我们的母亲，她也没聪明到哪儿去。她是老派人。她只管叫：‘懒妮子，你别仗着自己生了点小病，你就可以，

你就

你就’

啊，小伙儿啊，我们的母亲此后半辈子想起这个就哭，

比我现在哭得厉害多了，厉害多了——

我们的母亲还真的去打她，往两边脸上甩耳光，整只手上去的，还一边喊：‘把你的衣服都拾起来。’她还真的就那么做了，玛丽-海伦娜，我们天主的这头小绵羊，她把自己的衣服整整齐齐叠在了椅子上

等一会儿

然后她又爬到了床上，我们的母亲这会儿心疼了，她又上楼来，来送汤。但是玛丽-海伦娜做不到啊。她把喝下去的又都全部吐出来，吐到了小鸭绒被上。马尔滕斯博士说：‘现在这情况真不是我乐意看到的。’可是病情已经无可挽回了。玛丽-海伦娜其实是太强壮了。就因为她这么强壮，病毒就在大脑里待着不动了。她开始看到天花板上有

东西出现了。‘看那儿，阿佳特，你没看到吗，一个老头，背老弯了！’我没看到，她就很恼火。‘给我扫灰的掸子，快啊！’她叫道，‘快啊！’她用掸子指向天花板。在地板上，在有大理石花纹的巴拉塔地毯上她看见了狮子和龙，还有驼背老头。‘可是，阿佳特，说不定是你不想看见吧？’她要我去拿透明的描图纸，她要把纸放到驼背老头和动物身上，把它们描下来。接着她就完全疯了，她狠狠挠所有人，包括我。马尔滕斯博士说：‘我们必须去布鲁塞尔找个专科医生来了。’但我们没有找到专科医生，她就死了。我们的母亲把我们刚从慈善兄弟会学校逃出来的盖拉尔德接回家，对他说：‘你好好看看你妹妹，以后在学校里要更刻苦。’他朝她俯下身，想最后亲她一下，但被我们的霍诺热一把拉住，踹开了。那个胖墩墩的大块头，现在做了少校了，怪不得比利时的军队在五月十号一败涂地。霍诺热扑到了亡者的床上，扑到尸体上，大叫大嚷：‘原谅我，原谅我。’因为他向她表白了，这个肥胖的蠢货。我们后来找到了那些信，在她柜子里，他写给她的。‘别了，我走了，但我的心会记住你的眼，你的亲吻。’我对他说：‘这都是什么意思啊，你这呆子。’‘咳，’他说，‘那是一首流行歌的歌词啊，是她求我写的。’我说：‘是嘛？那其他字条呢，我会一直爱你，哪怕天塌到地上来，还有这个，只有你是我在这大地上的光？你给自己妹妹写这个，你这个肥猪霍诺仔！’

“‘我是在离开的时候才写的啊。’他说。我说：‘离开？’‘是啊，’他说，‘她不喜欢我离开太久。’我说：‘什么时候？’‘咳，’他说，‘就是我去肉店或去面包房买东西的时候。’她说：‘给我写点什么吧，这样我就能在你离开的时候读一读了……’”

在“格略宁尔”酒馆，有人举杯庆祝十字军东征，庆祝打败卡尔梅克人[1]的闪电战。

---

1 卡尔梅克人（Kalmucks）：生活在西伯利亚南部，伏加尔河下游的蒙古部族，二战期间参与苏德战争。

在“罗通德”酒馆，煤炭商人桑腾斯先生在桥牌桌上说，“十字军东征？我看未必。西方是受到了威胁，这话不错，但还有其他的异教徒势力呢。”

“桑腾斯先生，隔墙有耳哦。”教父漫不经心地来了句。提伦忒恩先生整理好了桌上的牌，研究了一番，然后呆呆地看着冰冻的北方原野。“拿破仑，拿破仑[1]。”他说。“拜托，提伦忒恩先生，不要这么大声。”教父说。

然后大家也谈到了一个独立的弗拉芒国家。弗拉芒民族党党员反对，他们想要实现大尼德兰（就仿佛荷兰人都迫不及待要一下子和所有天主教徒统一了似的）。弗拉芒团结党党员反对，他们想要实现勃艮第帝国。德国弗拉芒工人联合会会员反对，他们想让我们并入大德意志帝国，这个帝国马上要变成大欧洲帝国了，然后很快会变成千年世界帝国。到底是谁想要一个独立的弗拉芒国家呢？至少有一个人是想要的：在理发师菲利克斯那儿理发的爸爸。

“我们被人奴役，被人折磨了好几百年，总算有机会摆脱他们了。但一定要有个意志坚定的领导人才成，他要知道到底走哪条路。不要像之前的比利时，六年里换了十二届政府，还没有一届是真正按程序被国会罢免的。说真的，每次都是一样愚蠢的套路：‘哈，你们这些自由派，你们都结成了共谋，那好，那我们就直接辞职。’或者，‘啊哈，你们这些社会党人，你们都在玩贿选，那我们就不跟你们玩了。’结果轰隆一下，这届政府又垮台了。他们只有一件事儿达成了一致，就是给自己的小伙伴找位子。你现在坐了这把椅子，我就去坐另一把，就好像在玩听音乐抢位子似的。”

“啊，那我们这些人该怎么办呢？”理发师菲利克斯说，边给教父脸上涂肥皂水。

“我们需要一只强硬的手。还得是一只有智慧的手，一只能体察民

---

1 拿破仑于1812年入侵俄罗斯，将士伤亡惨重而归。

情的手。”爸爸说。

“对一个人来说，这可是好几只手了。”一个计着数儿的人说。

“斯塔夫，弗兰德的首领，这样一个位子还挺适合你的哦。”一个滑稽鬼说。

“那他做的第一件事儿就是向布鲁塞尔宣战。”一个军师说。

“布鲁塞尔本来就一直是弗拉芒的！”

“可是这话，你要用法语跟城里那些人解释才行。”一个现实派说。

“我会用拳头让他们学会弗拉芒语的。”爸爸哼哼道。

“斯塔夫，别瞎扯了。”理发师菲利克斯说。爸爸无助地看着自己父亲那张堆着雪白泡沫、僵硬而满是皱纹的脸。

妈妈给路易斯带来了一套劳森吉尔博士、她的老板送的礼物。是一支自来水笔，用一支活动的小针尖做笔芯。爸爸查看这套文具。

“他们制造这支笔的工艺真是棒哟！从这个成品上看不出来，但制作的时候是采用气体动力学的。这可是工程师们费尽心思想出来的，不是那些蠢工程师。一支自来水笔，自动来水的笔[1]。德国人，他们既是工程师又是诗人。”

“你觉得这个怎么样，路易斯？你还一句话都没说呢。”

“可是我不认识这个男人啊，妈妈。他为什么会送我礼物呢？”

“没什么为什么。”

“因为你是他的秘书的儿子。”爸爸说，“这有什么好奇怪的吗？”

“我可以转告他说，你得到礼物很开心吗？”

“可以，妈妈。当然了。”

“对劳森吉尔说，路易斯趴了下来，拍着手掌，狗一样地叫：多谢了。”

“斯塔夫，别闹了。”

1 德语原文为“Tintenkuli”，是墨水和苦力两个词合成的。

“你应该请他晚上来我们家喝一杯。”爸爸沉思着说。

“但是我们家什么都没有啊。”

“那我就在‘弗拉芒之家’宾馆里拿一瓶来。他最喜欢喝什么？烧酒？”

“库瓦西耶[1]。”

“好，要不就星期五晚上？”

“星期五晚上不行。那个时间他要去市政厅地窖出席招待军工生产总监的晚宴。”

“那就星期日。”

“他不喜欢到比利时人的家里做客，斯塔夫。”

“我们不是比利时人，康斯坦泽，我们是弗拉芒人，是日耳曼兄弟部族的。”

“他不想冒昧打扰的。我觉得。”

“可是我们欢迎他来啊！你想想，我要是他的话，背井离乡在这儿，肯定会乐意来的。”

“我相信，他不想来的，免得有邻居说闲话之类的。”

“唉，战争这不是个好事儿。”爸爸说，“一片好心都会被战争糟蹋掉。”

初看起来，蛋头对待路易斯，就像对待其他学生一样，不过他在谋划些什么，在预备仁慈的致命一击，而且就在这一刻，在他穿着长袍挺直了背走来走去的时候。他的视线还短暂地落在了十字架上受难基督流着血的石膏脚上，很可能他正在以此为理由来反驳那些声称在各各他山[2]上没有用钉子，因为在十字架上行刑时会用绳索绑住罪犯手脚的人。

班上笼罩着冷漠而昏沉的气氛，因为学生们很快就看穿了，这不是他们要留心在意，记下所学内容的那种课，蛋头从来不会问他们问

1 库瓦西耶（Courvoisien）：法国知名白兰地酒。
2 各各他山（Golgatha）：《圣经》中记载，耶稣被钉在各各他山上的十字架上。

题。这就是场深入无人之地的探险，探险者，站得笔直的蛋头发出单调的喃喃低语，完全就是擦着他们头顶说出布道词，既不期待有人提问，也不想听到有人插话。他说出的那些东西，没有一个人能懂，都是些彼此没有关联的意见，指向一个和任何可以想到的教学计划都离得无比遥远的领域。

蛋头已经为此受到了上一级的谴责，但显然还是没法放弃这样神志迷糊的念叨。路易斯拒绝听这些，但他觉得这都是单单为他一个人施行的。

蛋头站在了窗户的十字梃前。在左下方的角落里，在脏兮兮的玻璃窗后面，可怜的小树的枝干和叶芽在风中飘动，树干是看不到的。铁护栏也看不到，莫里斯·德·波特就是无助地挂在那儿，被行了十字架的刑。“只有一个上帝能够拯救我们。”蛋头说。这话听起来像是他一大堆唠叨得出的最后结论，但每句话听起来都像是总结句，就好像他每句话都会说得接不上气，要像打水球那样停下来大口吸气。“我们必须准备好迎接他，在思想中、在诗中准备好。这样我们也许很快就能见证他的降临，听候他的差遣。”然后他（就像最近几个星期经常做的那样）用犹太名称来称呼上帝，不是耶和华，那是一个误读，一个谬解，应该是雅威。这个可怕的发音在弗拉芒语里就是“呀！喂！”，土气又粗鲁。蛋头将一束矿物质地的煤黑色目光直直地投向了我，如果用诗来称呼，那可以说是红宝石的闪光了吧。因为他凭着无耻的冒险精神，大胆闯出了这个积灰的学生笼子，把他的朋友、侄子、身边人兼豪门宠儿托付给了妈妈照料。这样的信任挺古怪的，他最近到底怎么了？

“听候他的差遣，哪怕他离我们而去，任我们堕落。”

教士长袍下面的支架似乎变得脆弱不堪。他虽然还是像一名军官那样身体僵直，但是动作却变得缓慢、小心翼翼，像个梦游者。他没睡足觉。

“怎么抵达他？只有通过人。在这样艰难的时代，这一点怎么强调都不为过。我自己最近才深切体会到了，只有人可以给他一个名字，而且是人群中被压得最低的那些人。因为艾克哈特大师在说‘他显灵，是为了所有人能称他的名’的时候忘了这一点。他要么就是忘了，要么就是想象不到人会变成怎样的兽类，所有人，因为今天所有人都有罪，所有人。”

（教父不经意地说道：“蛋头，学校里隔墙有耳的。”）“我们只能在沙漠里期望着他，然后他就会走近我们，因为沙漠会成倍扩大，尽管我们周围的主导维度看上去已经是期望的维度，是其中一个维度，在这个维度里占据统治地位的是野兽般的乌合之众，是把自己抬高成理论的平庸。”（以上帝的名义，别再说下去了，闭嘴吧。嘘。教父的嘘声从远处传来。）

蛋头的这些梦呓般的话就和他修过指甲的手指一样，拂过路易斯的脸颊，抚摸他耳朵边的绒毛，教士站着睡着了，而这絮絮叨叨的轻柔唱诵还在从他嘴中流出来，秋天的阳光变得暖和，苍蝇围着路易斯昏昏欲睡的额头飞舞，是那种发出彩光的大苍蝇，因为弗里格也在其中。

当德国军队走过莱厄大街，迈过格略特市场的时候，路易斯费劲地找回了起初那种激动的心情，那是掺杂了恐惧和兴奋的情绪，目睹他们——所有人都是同样的年龄，所有人都有着同样的古铜色脸（其实还是男孩子呢，比他稍微大一点）——就这样走进了瓦勒城。“就像刀子劈过了黄油。”忒杰说。现在他们看上去是受过训练的男人了，穿的都是合身的制服了。对比利时的突袭和入侵都已经完成了。因为他们眼前没有敌人相对，他们那些蠢蠢欲动、跃跃欲试的粗野劲头都消散了。路易斯觉得多少受了这些一身阵地灰的普通男人们的蒙骗。就好像他们之前在动荡喧闹的五月，枪射个不停，大声吼叫着不停地冲进来的样子，就是一出歌剧中的场景，还配有军乐队指挥和骷髅头军帽。现在骷髅头天使都被派去了冰天雪地，要把那些被不信神的委员会煽动起来的俄罗斯鞑靼农民赶尽杀绝。

钉了中世纪大钉子的市政厅橡木大门，上面挂了一面狮子旗和两面纳粹十字旗，门上又镶了一扇小门。

要么现在，要么永不行动。那就现在吧。

路易斯拉开了小门，在门后院子里看到了刻有“**胜利与太阳**”的鲁内文[1]和“**弗兰德纳粹青年团**”的德国哥特体文字的招牌。他登上了几个世纪以来被僧侣、战士和议员大人们踏过的蓝色花岗岩台阶，朝着某个声音的方向走去，那声音听上去像是他自己怦怦心跳的不规则回声，像是有人用拳头砸在装了软垫的墙上。

一个脸上长雀斑、穿蓝色衬衣、戴黑色领带的男生坐在一张堆着杂志和传单的桌子边上，头上是穿着铁铠甲的元首照片。他说：“弗兰德万岁！”——“弗兰德万岁！”路易斯也说，然后说出了他在镜子前练习了好几天的句子，“路易斯·塞涅夫，报名参加弗兰德纳粹青年团。”这男生抱起长毛的双臂，打量着这个新人，站起来，把自己短裤的裤腿往下拉了拉，消失了。在桌子上摆着：《高歌的小旗子》《为了民族的价值而斗争》《大尼德兰的未来》。我迈出了第一步。之前没有向任何人寻求过帮助、支持或建议。这还不能说明我的信仰吗？

“这不会是真的吧？瞧瞧谁到我们这儿来了！”一个友好的粗壮青年，穿着黑色马裤、靴子和黄卡其外套的走到近前来了，他那张肤色白皙的圆脸路易斯觉得挺熟悉，很可能是因为他看起来像电影《俯冲轰炸机》中的卡尔·拉达茨[2]。这是路易斯在上学路上时不时会注意到的年轻男人，穿着亮灰色三件套西装，站在吾圣母大街上的热内瓦鞋店里。

“在下热内瓦。小分队队长。你不是印刷厂塞涅夫家最小的孩子吗？”

“我是他们唯一的孩子。”

“是你祖父让你来的？”

---

1 鲁内文（Runen）：古日耳曼族使用的符号文字，在2—14世纪大量用于石刻碑文。
2 卡尔·拉达茨（Carl Raddatz）：1941年纳粹主拍的一部战争宣传片中的男主角。

“不是。我自己想来报名的，队长。”

“那你祖父……”

“他和我报名一点关系都没有。”路易斯莽撞地说。（第一时间表明我的立场。）这个口气让雀斑男生有点反感。一个霍屯督人。

“你叫什么？”

“姓塞涅夫，叫路易斯。”（我已经按照规定报了名的呀！）

“好吧，真够见鬼的。”队长把手插在腰间，撒开腿站好姿势。与周刊上的墨索里尼不无相似之处。他用放慢了的拳击手法往路易斯的肚子上打了一拳。并不痛，他及时收住了力道。

“你在看到我的手朝你过来的时候，就必须立刻收紧腹肌。”

“我没看到你的手过来。”

“当然看不到的。”热内瓦说。

在一间带罗曼式拱顶，满是灰尘的小厅里，路易斯在明信片上看到过这间厅，穿着体操服的五个男生趴着一字腿坐在地板上，双手交叉垫在脖子后面，将脸压到两腿之间。他们气喘吁吁地大声数着数，刚刚数到二十三；其中一个名叫海恒多恩，在中学里上二年级，他几乎撑不住了，没法挺到五十，只是喘着气坐着，呆呆地目视前方。

热内瓦给大家介绍了路易斯。男生中有两个试着压碎他的手。海恒多恩说："塞涅夫，谁想得到你会来啊？”接着他们都蹲下来，听队长说话。队长——很可能要逐步完成铁一样的工作计划，他一直在看手表——做了一通关于鲁内文的演讲，要识别这些符号的意义，我们落后的学校系统只会起到阻碍作用。其实这些居然要由一个小队长来解释，是有点让人费解的。每个孩子都知道呀，鲁内是从哥特语中的“废弃物”（runa）这个词变来的，以前都是斯堪的纳维亚人用的，为了与他们的神沟通。队长称它们是“抵达他们本质核心的文字”。这样说倒也可以。队长不停地翻开一本灰色小书查看，然后说，奥丁神[1]在

1 奥丁神：北欧神话中的主神，也是发明鲁内文的诗歌之神。

山上经历了誓死奋战和死后重生之后，下了山，说："我举起了鲁内文，这些树枝，里面写了命运的符号。懂了吗，博斯曼斯？"

博斯曼斯是一个外表瘦弱可怜的男生，肯定是彤杰斯大街那边来的，他惊吓地点点头。

"那就用你自己的话再讲一遍。如果你成了一名冲锋队员，你要怎么向毛头小子们讲这个故事。就拿塞涅夫开个头。"

博斯曼斯用充满仇恨的老鼠般的眼神看着路易斯。"奥丁有两只乌鸦，它们什么都会告诉奥丁。他还有一匹八条腿的马，两匹狼。他只有一只眼睛。他的脸大多数时候别人是看不到的，因为藏在一顶宽檐帽下面。"

"博斯曼斯，我们不是在这儿听笑话的。要讲的是鲁内文！"队长吼道。"懂了吗？"

"这样啊。好吧，奥丁，他懂鲁内文。"

"当然了！"

"因为他在一棵树上挂了九天，什么都没有吃，什么都没有喝。"

"还被一支长矛弄伤了。"海恒多恩说。

"讲鲁内文，海恒多恩！"

"奥丁，"博斯曼斯有气无力地说，"他，呃，将鲁内文，呃，就是命运的，呃，符号，呃，写进了我们的根……"

"我们的根，"队长说，"博斯曼斯，人是植物吗？"大家笑了。路易斯也笑了。热内瓦，这个头儿，真是个同志。他叹了口气。

"我们现在练练击剑吧，队长？"身材强壮的男生中有一个问道。

"曼斯菲尔德，首先得学理论。而且这里是我发布命令。"

"是，队长。"

热内瓦看了看手表，然后又看了看他的灰色小书。"科特赖克[1]宣言里是怎么写的？其实这个问题本来只会问冲锋队员的。但是我现在

1 科特赖克：比利时西弗兰德省的一座城市。

倒要问问你们。”

没有人知道答案。路易斯从来没有听过。是1302年的那些胜利者于金马刺战役之后在科特赖克发表了什么宣言吗？某种对独立领地的宣告？

“一个民族，一种青年！”热内瓦喊道，“我们建设的共同体是容不下寄生虫的。我们只认识我们的民族生活这套齿轮机械里的够格零件。所有等级偏见和所有党派政治都必须毫——不——留——情地消灭掉。这就是我们的青年领袖，埃德加·列赫姆布列说的，而我就站在离他一米远的地方。还有问题吗？”

因为别人都不说话，而不回答队长又是对他不敬，并且他又想从一开始就给人留下一个不会受人惊吓的男子汉、够格的成员的印象，路易斯就开口说：“在学校里有的人说，弗兰德纳粹青年团是反对天主教的。对这样的传闻，我要怎么回应呢？”

“这是谁说的？有的人是什么意思？”热内瓦的圆脸变成了粉红色。

“老师说的。”

“哪个老师？说出名字来！”

“是啊，说出名字来！”曼斯菲尔德说，就好像他马上要去爬学校的碉堡，霉烂的牙齿间含着希特勒青年的匕首。

海恒多恩说：“你就公开说了吧，路易斯。我也知道那些名字。”

“埃瓦利斯特·德·鲁内·德·盖霍夫。”路易斯低声嘟哝道。

热内瓦在他的指导书背后写了下来：“德·鲁内，德·盖霍夫，还有谁？”

“这是同一个人。”海恒多恩说，“他有两个姓。”

“哦，是个贵族。得让人给他好好上一课了。”

“你想要做什么？”路易斯说，然后马上加了句，“队长？”

“你的学校，到了某个时候就要关掉了。我们会把它变成一座弗兰德纳粹青年团的堡垒。搞政治的天主教主义要斩草除根。”

“我们要向校长汇报，对吧，塞涅夫！”（他在这里有个大嘴巴，海恒多恩，这个牛皮大王。）

“他知道的。”热内瓦说，然后又用威胁的语气重复道，“他知道的。”他念了起来：“‘谁如果没有认识到，他的生命和他的民族的生命都是注定要为了最高的精神进入特定轨道，他就不是国家社会主义者。我们承认我们民族的基督教品质。我们努力保持这个品质，我们会为此全力以赴。’我没法表达得比这更好了。我们是什么，同志们？是庸俗的、无意义的物质主义的产品吗？”

“不是。”海恒多恩积极地回应。

“左右我们的就只是盲目的本能吗？”

“不是。”路易斯说。

“还是一种铸造我们的意志的本能？”

没有人回答。

“希腊人是怎么说的？”

没有人知道。路易斯在想，找到了“agape”[1]这个词，这是蛋头说过的一个词，他向蛋头恳求更多的光、帮助和知识，但只有这个可恶的“agape”冒了出来，挥之不去。他要明年才会学希腊语呢。热内瓦说：“他们说这是场战斗，一切的一切，从头开始，一切的一切都是战斗。达尔文又是怎么说的？”

“他说了很多东西。”曼斯菲尔德说。

“他说生存就是为了生存而战斗。明白了吗？对我们，对弗兰德的纳粹青年来说，活在这个世界的目的，不是像懦夫一样逃离战斗！这不是和丸子汤一样清楚吗？对不对？但这场战斗要得到升华，升华成什么？”

“升华成超人[2]。”博斯曼斯大着胆子说道。

“不，博斯曼斯，是升华成人类的天才。”

---

1 希腊语中用来表示神对世人的慈悲之爱或世人对神的敬爱，是最高层次的一种爱。

2 超人（Übermensch）：德国哲学家尼采提出的概念，是人追求的高于人的目标。后被纳粹盗用。

“但上个星期，队长，你还说是超人。”

“博斯曼斯，那是上个星期。懂了吗？长话短说，我们是动物吗，同志们？”

“不是。”博斯曼斯喊道。

“不是。一定要有人来显示人所有的力量和伟大。”

“那就是我们。”博斯曼斯说。

“没错。”热内瓦在他的皮包里翻来找去。在找香烟吗？当然不是。他掏出了一个铜制的牙签，开始剔牙。“而道德，这是强力施加给我们的习惯。你们明白吗？善和恶，一切都来自同一个源头。明白吗？如果你是神父，塞涅夫，那你会把你的生命献给你所谓的上帝，如果你一定要维护正义，就像大多数人偶尔做的那样，如果你对生命说‘感谢’，这后面都是强力在决定。明白吗？”

“明白。”路易斯说。这话说得对。“但是在学校里……”他刚开了个头。

“你的学校，”热内瓦说，他从嘴里拿出了牙签，打了个响嗝，“这就是我的回答。”

大家都笑了。他们在笑路易斯。接着，热内瓦又一下子变回同志，变回了善解人意的朋友，常常藏在钢铁般严酷的首领背后的那个朋友。

“你是个思想家。”他说，“这对你没啥坏处。想吧，想吧，只要你愿意。但你不能只想，你也要做一个思想的战士，一个盗贼，一个思想的摧毁者。明白吗？”

“明白。”路易斯积极地回应说。

也是在这个星期，路易斯从爸爸挂在走廊衣帽架上的外套口袋的钱包里偷了钱。他付钱买了制服、绿色衬衣、黑色灯芯绒裤、橙色领带、带帽盔革带的黑帽子、带肩带的腰带、面包袋和有三角形标志的皮带扣。在海恒多恩的房间里，他擦干净皮带扣，穿戴好，洗了脸，梳了头发。当他第一次穿过瓦勒大街的时候，整座城市都知道了。实科中学的那些心怀忌妒的男生都呆呆地站着，瞪着他看。小女生们朝他微笑。一个二等兵向他打招呼的时候行“希特勒万岁”礼，腊肠犬朝他狂吠，钟楼上的狮子旗在风中飘扬。但这套装备还远说不上完整，还缺少希特勒青年的匕首，缺少勋章或体育奖章。他身边的海恒多恩什么都没察觉到，这个霍屯督人。

在市政厅里，在他们的厅里，热内瓦坐着，读《雄鹰报》，嘴角上叼着一根香烟。他在看到这个新的毛头小子时，脸上的表情显露出了极大的惊诧；路易斯正扬扬得意，热内瓦却一边笑一边骂了起来。博斯曼斯正一个人用木剑练习击剑，也跟着大笑起来。离路易斯几步远，手指着路易斯哧哧笑的海恒多恩也大笑起来。现在路易斯也看出来了，现在才看到：他忘了穿上绑带靴子了，老天啊，他怎么会犯这样的错？他脚上还穿着镜面一样光亮的可笑的尖头低帮鞋，是海伦娜姑妈从弗洛伦特叔叔的柜子里拿出来的，就在她——不顾婆妈妈的哀怨反对——搬进弗洛伦特叔叔的房间的时候。

“我可早就好好儿给你讲解过的。”海恒多恩说，这个人渣。

“你什么都没给我讲。”路易斯喊道。

“真是个交际舞男呀。”热内瓦用造作的假声说。路易斯从博斯曼斯手上一把夺下木剑，刺向海恒多恩，这家伙本来可以让他不出这个丑的。热内瓦，不愧是胸前口袋别着希特勒青年优秀勋章的，像猫一样一跃而起，取下了挂在墙上阿尔布莱希特·罗登巴赫[1]画像两侧的佩剑中的一把，往上一击，把路易斯手上这把可怜的剑打飞了出去。海恒多恩低下头去。木剑啪嗒一下掉在了地上。路易斯想要拾起它，但屁股上被踢了一脚，脸上挨了一巴掌。热内瓦拽住了他的新领带，拉住他。“没有我的命令，击剑课就不能中断，明白吗？”

“明白，队长。”

他必须连做三十个俯卧撑。

---

1 阿尔布莱希特·罗登巴赫（Albrecht Rodenbach）：19世纪弗拉芒作家，弗拉芒语文学复兴的代表，弗拉芒运动的象征。

其他人在用慢动作练习刺和劈的时候，看都不看他一眼。

他把自己撑起来，又落下去，直到下巴几乎碰到地面，没法做到二十个；他的胳膊痛得不行，颤抖个不停，他大口大口地呼吸，满是灰尘的房间开始旋转。他小腿肚上一阵抽搐，无法停止。路易斯一下子趴倒了。

“三十个。”热内瓦说，“明白吗？”

路易斯又重新做了起来。寄宿学校连同那些狡诈的修女可没训练他这个。教父也没有。谁都没有。他们应该从小就教会我遵守钢铁般的纪律。我会成为你们所有人中最强硬的，我的胳膊会像钢绞索一样，我的头就是个钢盔，我的灵魂会用石棉外套压住自己的火焰。他的躯干再也没法抬起一厘米了。踢我吧，用你那符合规矩的靴子四下践踏我吧，我脸面都丢光了。

“你可以下星期到我们店里来拿一双靴子，”热内瓦说，在房里就剩他俩的时候，“别人在场的时候，我不能这么对你说。还有，你的头发，不能留成这样子。”在放路易斯回家之前，热内瓦把他头发剪到和火柴棍一样短，这样才合适。是用一个同志的温柔手指剪的。

路易斯穿着带圆贴皮、硬硬的新皮靴（他答应了妒意大发的海恒多恩，偶尔也会给他穿一穿的），张着腿站岗，手上拿着三角旗。“弗兰德里亚”俱乐部，原先是亲英、亲法的网球俱乐部，现在里面要开个庆祝会，向在东线战场上获得勋章的党卫军坦克部上尉葛茨·冯·贝尔利辛根[1]致敬。会场是在一座公园里，这里有上百种不同的黄色绿色，有莫里斯·德·波特肯定能叫出名字的树。弗里格肯定知道车品牌的那些汽车，塞满了军官，全部嚓嚓响着停在了露天台阶跟前。所有的军官都蹦蹦跳跳地上台阶，他们一代一代都是这么学的。婆妈妈的哥哥霍诺热，那个少校，真该从他们这儿学点样子。比利时

---

1 葛茨·冯·贝尔利辛根（Götz von Berlichingen）：这个人名源自法兰克一个帝国骑士，也是歌德的著名戏剧作品的标题和剧中主人公的名字。

人就是不会蹦，好几代人了都不会。热内瓦在房子里张罗着自助餐。任务没有什么高下之分，只要它们能保障流程万无一失。路易斯想知道，什么时候能见到杰夫·冯·德·维勒[1]，他是不是真的不愧有“杰夫·白兰地”这个称号，是不是和阿尔曼德舅舅一样从外表上就能看出来。杰夫·冯·德·维勒是与热纳瓦家私交很好的一个朋友，队长宣称。他有私人卫队，五十个穿着黑色银色衣服的男人，可以随身带火器的那种。什么时候他才能得到有利的时机，向爸爸透露自己加入了弗兰德纳粹青年团？要等到爸爸发现钱被偷了的时候？不管怎样要在下个月之前，因为下个月整个分队都要坐上托特组织[2]的大巴，去科隆参加德意志弗拉芒文化日的活动了。

脑力劳动和手工劳动之间的桥梁。在科隆，维斯·摩恩斯[3]会讲话，无与伦比的弗拉芒头脑，在比利时的监狱里写出了激荡人心的《狱中书》，路易斯曾经一个人，流着感动的泪水，在镜子前大声朗读过那本书的。艺术啊，要将美寻找。我们有太长时间都相信生活的秘密要去黑暗的地方，去让人仇恨的东西中寻找。我们只能理解为美的那些，却从生活最初的源泉里流出，这源泉是根本，也是危险，明白吗？可正是这样，它才会迷惑人，让人神魂颠倒。它是一束最纯洁的神圣火焰，明白吗？是会把人烧焦的太阳，难怪日轮会成为德意志民族的象征，现在也成为弗拉芒民族的一部分标志。叙利尔·费夏福说：我们的艰难时代要求有迅速、完备、果断的行动！好，天才般的教士，我加入了，我站在这里，将我的职责付诸行动。

这么思考着（路易斯无声地对自己说），这么思索着人类的处境与自然（他低声说），我，哨兵塞涅夫，在梦里，“在重重时代迷雾之后，

1 杰夫·凡·德·维勒（Jef van de Wiele）：弗拉芒独立运动中的重要人物，在比利时被纳粹占领期间加入党卫军，积极拥护“大日耳曼族”构想。

2 托特组织（Organisation Todt）：二战期间纳粹德国为发动组织劳动力和各项基础设施建设而建立的组织。

3 维斯·摩恩斯（Wies Moens）：弗拉芒作家，弗拉芒独立运动的积极分子，在比利时被纳粹占领期间曾为纳粹在弗拉芒语电台承担宣传工作。

看见一个伟大的民族正从这气势磅礴、狂澜汹涌的战斗中昂扬崛起”。

一切的一切，莫非如此。

那边那些是什么树，莫里斯，是橡树吗？一片阔叶林小又小，才一百年不算老，染上金色模样俏。三个拗字韵呢。是夏日橡，还是冬青橡？莫里斯，我想你。你要在的话，那一天肯定不愿意跟我一起去，就是我鼓起所有勇气走进市政厅那天。

突然，路易斯透过灌木丛看到了他母亲。她穿着一套他从来没见她穿过的优雅的米色套装。她也和他一样，是在别处换的衣服？在艾尔拉工厂里？她用一把闪闪发光的金属勺子舀了榛果冰激凌放进嘴里，她转着舌头舔掉一半这个绿甜品，同时把这把发光的勺子送到了一个男人的嘴唇边，一个四十多岁、短头发、长鼻子、穿着白色短袖衬衫的男人。这个男人用牙齿夹住勺子，妈妈大笑，试着拔出这把让男人变成长嘴鹭鸶的金属短棍。

哨兵手中的旗杆一动不动，有“蓝脚鲣鸟”[1]脚上那种蓝色小三角的旗面也没有飘扬。可是这哨兵，负责放哨守卫的他却陷入了惶恐。我母亲在这儿要做什么？我怎样才能逃走？如果我要撒尿了怎么办？我偏偏现在尿急了。当海恒多恩托着一个装满糕点的银盘，就像学校宿舍里的修女在冬天日出以前举着一铲子灼热冒烟的煤块那样走过来的时候，路易斯大声叫唤道：“嘘，嘘，哎。”

海恒多恩走近了，说：“现在不行。我给我们留了六块。再等一会儿。”

“什么？”

“我这儿的修女泡芙[2]。餐后每个人都可以拿三块吃。”

“海恒多恩，我们能不能换一下岗？”

“你疯了吗？”

“我不是很舒服。”

---

1 蓝脚鲣鸟（Sula nebouxii）：生活在太平洋岛屿上的热带海鸟，脚蹼为粉蓝色。

2 修女泡芙（Nonnenfurz）：一种法国甜点。

海恒多恩消失了。路易斯默默地乞求他母亲：走吧，不要看到我，拜托了，这不公平，我没法走开，我不可以藏起来，因为我要听命令，必须听命令，不要废话，所以你能看到我，但这样的情况不能发生啊。

屋里唱了起来："我的心上人哦就要是水手，汹涌猛烈哟就像那海浪。可是他的心哦只能忠于我，要是变心哟两人就分散。"

汹涌猛烈。我一下子全身冰冷。我要拉肚子了。因为穿白色短袖衬衫的那个男人站起来了。妈妈也站起来了。路易斯尽可能把脸转向一边。一个侧脸朝人的哨兵，他在遥远海洋的另一边偶然发现了危险情况。他看到了博斯曼斯，肚子前扛着一只对他来说太大的步兵鼓。看到这一幕的哨兵，肚子里肠子在咕噜咕噜叫。

脚步声近了，伴着一只小狗的汪汪声和砾石的刮擦声。"可是他的亲吻哟，每一个都像是海浪，海浪，海浪。"妈妈和远处的士兵们一起唱，那是从东线战场上回来的伤员，所以他们有权利唱这样的歌。那男人比爸爸高，爸爸是一米七五的个头。在他又长又细的鼻尖上有一处擦痕。他有一颗金牙。他的细长眼睛斜着，在剃光了的两鬓边上有两只少女一样的耳朵。他的裤子白得一尘不染，不过就在右边膝盖处有一个棕红色的污渍，是一个小孩手掌的大小和形状。他用缓慢而有点嘲讽的口气问道："出了什么事儿，康斯坦茨（康斯坦泽）？"

这位康斯坦泽，这位坚定忠贞者[1]，用响亮的嗓声与他说着轻快的德语，哦，不，是在和一只脏兮兮的小白狗说德语，这只小狗在舔路易斯的靴子。

现在妈妈站在了他面前，就像站在安特卫普动物园的一个笼子前（她答应过我下次我们一起去那里的）。她温柔的大眼睛。她颤动着的、画成心形的鲜红嘴唇。

路易斯的睫毛上挂了汗珠。他不敢把袖子抬到脸边，他的手贴在

---

1 康斯坦泽（Konstanze）这个名字来源于"Konstant"，就是"坚持、保持一致"的意思。

臀部一动不动。这个哨兵是个正在融化滴水的雪人。

“噢。”妈妈说，然后又问道：“告诉我，小伙子，你叫什么名字？”

“路易斯。”

“他叫路易斯。和我儿子一样。”

“是这样啊。”这个男人说。

“你不热吗，穿着这么厚的袜子？”

“不热。”（不热，夫人。不热，妈妈，妈妈。）

“你穿了这么结实的靴子啊，在我看还都是新的呢。它们不挤脚吧？一点都不？你的脚看上去可不小哦。”

“弗兰德万岁！”路易斯尖刻地说道。

“万岁！继续加油，小伙儿。”妈妈的香水飘到了他脸上，她把他带皮扣的领带拉紧，直到下垂的两端达到了同一高度。“你这个坏小子。”她低声说，然后就再也不转过来看他了。她那袜子的接缝线立得直直的。小狗攀着男人白而宽的裤腿往上跳。“再会。”那男人最后还道了个别。

当路易斯闷闷不乐地回到了家里，已经想好了所有他要第一时间说出口的解释的话，妈妈却一句话也没提。直到她为他切开涂了层糖浆的小萝卜时，她才给他使了个眼色。爸爸兴致很好，因为妈妈兴致也很好。

她走到路易斯的房间，没有像平常那样仔细地敲敲门，自从他请求她进屋敲门以后她一向都会敲的。（“你说得对，你不再是小孩儿了。”她严肃地点点头说。）她坐到了他床上。他吓了一跳。她那沾着小拖鞋的粉红色绒球的腿在离他的毛巾只有十厘米远的地方晃荡，毛巾上的精液还没完全干。

“今天下午天气可真好，我老板就说：‘我怎么这么蠢，还待在这间小房子里，运输的大部分工作都做完了，我们昨天就把货物都送走了。我现在去打会儿网球，你也一起去吗？’——你这个坏小子，你加入希特勒青年团多久了？”

“这个不是希特勒青年团。”

“哦，不是吗？”

“不是。这是弗兰德纳粹青年团。”

“不就是一回事嘛。”

这个女人怎么能这么笨！“首先他们的旗帜就不一样，人人都有画了纳粹十字的袖章，写了‘鲜血与荣耀’的皮带扣，一枚鲁内文的胜利符号……”

“你为什么不告诉我们？”

“我想先拿到我的运动奖章。”

“你觉得他怎么样？”

“谁？”

“亨尼。”

“亨尼？”

“对。一开始我也忍不住要笑。但在德国，亨尼也可以是男生的名字。”

“他个子高。”

“就这样？”

“是的。”

她把手上的烟蒂摁灭在仙人掌火盆的底座上。“我已经听说了。和你就没法好好说话。你又开始耍性子了。我现在又做错什么了吗？”

她的目光越过他的肩头落到了他的本子上，他在那上面画了丘吉尔、罗斯福和斯大林的漫画。

“你真让人伤神，”她说，“我们做个约定吧。你不告诉你父亲，我去过‘弗兰德里亚’，他最近很容易受刺激发火。我也不会告诉他你买了这套制服和这双新靴子。同意不同意？我们能团结起来吗？——对不对？这身行头真的挺适合你。我几乎都认不出你来了。我还在想，上帝啊，多么壮实的一个小伙儿在这儿放哨啊！”

“别瞎说了。”

“这都是真的，我发誓。”

“用你儿子的脑袋发誓吗？”

“小伙儿，别老给自己找没趣。你和你父亲真是一模一样。”

“谢了，妈妈。”

“不用谢，我的儿子。”

工坊里有股酸酸的味道，闻上去是新品种的油墨。爸爸用一块油乎乎的黑抹布清洗机器。他爱海德堡。爱它胜过爱有许多金属肌腱的滚筒印刷机，这印刷机沾满灰尘，灰不溜秋，像个生了病的巨人，等待好时光来临。

帮工凡丹姆在平台印刷机上印一张吊唁卡。亡故者的家属选了多尔夫·泽布洛克的一幅素描画，这位艺术家在20年代就已经证明过他与民族的紧密结合，他改造了无意义的现代派艺术，以适合我们民族的艺术口味，让我们之中最没有艺术感觉的人也能对它感兴趣。

马尔尼克斯·德·派德把他称作西弗兰德的特洛普[1]。多尔夫·泽布洛克住在卡奴尼克·范德佩尔大街的一座现代房子里，里面有大片大片的室内植物，一个女人和六个孩子；他没有得到他应得的声誉，因为他和瓦勒其他市民一样在我们中间过着平常日子。一个艺术家必须得是过世了，或者住在某个遥远的地方才成。一个鲁本斯或阿尔诺·布列克[2]是不会让人看到挽着手提篮，带着三个哭喊吵闹的孩子买东西的。

凡丹姆埋头干活，没有抬头看；他正郁闷着，因为他在茨威孚赫姆大街上创立的拳击协会“基德·凡丹姆俱乐部”，才六个月就已经濒临破产了，但正是当前这时候，运动与比赛不仅有益健康，还能团

1 特洛普：扬·特洛普（Jan Toorop），19世纪末20世纪初的荷兰—印度尼西亚画家，风格多变。

2 阿尔诺·布列克（Arno Breker）：德国20世纪著名雕塑家，加入过纳粹，为纳粹政府创作了大量古典风格的雕塑，服务于纳粹的政治宣传。当时被称为德国最重要的雕塑家。

结大家，让大家忘记烦恼。不过这也不是新鲜事儿了，大部分人，尤其是瓦勒人都不想团结。必须有人教会他们，逼迫他们，紧急关头还要用上拳击的硬手腕。像个魔术师一样手指灵活地从压盘和上色滚筒抽出吊唁卡的凡丹姆，多半把钉在木柱上的黑斑的受难基督看作缺乏训练的次中量级举重运动员。多尔夫·泽布洛克早就不会把救世主画得满身都是鼓胀得不像凡人的夸张肌肉了，爸爸在一个月前为运动会——热内瓦队长在运动会上不用太费劲就能成为击剑冠军的——印的海报上，那掷铁饼者就是那样满身肌肉。而且耶稣是站在一块脚踏板上的，这个多尔夫·泽布洛克画得很好，因为一个男人要是扛上这样的重量——耶稣有多重？——肯定会被压垮的，他会往前栽倒，倒在两个只画出侧面的弯腰哀悼的女人身上。（这两个女人看上去和画家特别像，可以以假乱真；不仅像他，也像1452年死在弗拉芒旗帜旁边的科恩内利斯·施尼塞斯，他直到剩最后一口气都在捍卫这面旗帜；还像罗登巴赫笔下的胡德伦[1]，《弗拉芒之狮》里的玛赫特尔德，[2]尤其像泽布洛克的妻子米莉亚姆。）在这幅画下面是泽布洛克自己设计的与众不同的哥特体文字："他因为我们的罪受摧残，我们因为他的鞭痕而得救。"可是画上看不到鞭痕。

"知道我听说了什么好事吗？"爸爸说，"说你加入了弗兰德纳粹青年团？这么大的事儿你都不告诉我？非得让我从陌生人口里听到？"

"从谁那儿听到的？"

"提奥·冯·巴梅尔。"

"他又不是陌生人。"

"我知道，你这么做就是要让我难堪。别狡辩了。我一直往你这个笨脑袋里灌输这个道理：我们发过誓，不会加入任何组织，红十字会除外。现在你是在逼我坐七八个小时的火车，去布鲁日向大主教解释，

---

1 胡德伦（Gudrun）：罗登巴赫同名诗体剧的同名主人公。

2《弗拉芒之狮》是19世纪著名弗拉芒语作家享德里克·康西安斯（Hendrik Conscience）讲述金马刺战役的经典小说，玛赫特尔德（Machteld）是书中弗拉芒伯爵的女儿。

你是因为耍犟脾气或干脆是犯了傻，才会穿着一件制服四处乱跑的。我还是不要向主教阁下透露说，你是为了出我的丑才这么做的好了。”

“出丑？在谁面前？”

“在我们弗拉芒民族党的那些同志面前啊！奈森斯，那个区总长，已经问过我二十次了：为什么你家路易斯没有加入那些‘蓝脚掌小分队’？我每次都对他说我不想强迫你。”

“‘蓝脚掌小分队’就是弗兰德纳粹青年团的一部分啊！”

“我们塞涅夫家不得入党入团。不然主教就会撤手不支持我的父亲！”爸爸绝望的哀叹挺像阿拉伯国家葬礼上那些女人的哀怨，玛丽卡·略可主演的《你好，雅尼娜》[1]的剧前短片就有这样的情景。

“斯塔夫，让他星期四到我的俱乐部去。我会好好调教他的。打三轮空拳，他就不会再这么瞎闹腾了。”

爸爸继续擦印刷机的滑床。

“还嫌我最近麻烦不够多是吧。”

贝卡·可塞恩斯说，他们再也没有听到任何有关他们的父亲还健在的音讯从巴伐利亚传来，他们的母亲开始担心了，因为他没有再寄钱和食品来。他可别是开小差跑掉了呀。“他脾气有点倔，不愿让人指挥来指挥去的。”

路易斯凭空看去，看到贝卡十年、二十年后的样子，胖乎乎、贫血，一个吉卜赛人样貌的女工。他不再对她动情了。她把一张包橙子的纸的四个角卷着灰色的尖，再用纸包住一个桌球。当这个看不见的桌球滚动起来的时候，在皱巴巴的皮肤下是一只没头没腿的乌龟在动。

路易斯读一本讲皮杰·贝尔[2]在霍屯督的无聊历险的书。当桌球滚动得太起劲，掉落了它的外皮，现在这外皮看起来像婆妈妈椅子周围

1 1939年上映的德国歌舞剧，玛丽卡·略可（Marika Rökk）是剧中女主角。

2 皮杰·贝尔（Pietje Bell）：荷兰作家克里斯·冯·阿布库德（Chris van Abkoude）于1914—1936年间出版的一系列小说的主人公。

散落的洗到破烂的手巾，贝卡就会弯下腰，从柜子下面拾起这张皮。在她脱线的内裤边和大腿内侧都有血迹。路易斯叫了起来，但马上又镇定下来。

“怎么了？”

“你弄疼自己了吗？”

“我？没有啊。”

“那你那里怎么了？”

“哪里啊？”

“就在那儿，那一块。”

“哎哟，你呀，”贝卡温柔地说，“这是大游行。”

冲着他诧异的脸，她又说：“是流血大游行啦。”

每年在布鲁日举行的圣洁流血大游行，大家穿着古老服装，有骑士、行会、军旗和神龛的环城游行？

“别往那儿看了。”她一边说，一边把青黑色的头发往后甩。

在遥远的巴斯特赫姆，拉夫曾经说过——黄昏时光，疗养院周围雾霭飘浮，松散的句子碎片，我没有仔细听——当劳拉夫人流血的时候，周围农庄的狗都会发疯，拉扯自己的锁链。我还以为是她在削土豆的时候不小心割破了手指。

路易斯不明白，为什么贝卡·可塞恩斯没有立刻跑去她母亲或医生那儿。他一整天都在纠结这件事儿。现在他真的不再爱她了，因为这种奇怪的吉卜赛疾病。他也有点明白阿尔布莱希特·罗登巴赫写的话了，这个纯洁的少年，他的纪念碑立在鲁瑟拉勒[1]的小广场上，上有冲天飞起的海鸥，他写道：“那些柔软的南方女人的灵魂，我一概都不想了解。”

欧梅尔舅舅瘦了不少。他的脸有时候会摆出一个痛苦的表情，就

---

1 鲁瑟拉勒（Roeselare）：比利时西弗兰德省的一座城市。

像是突然犯了剧烈的牙痛。他带来了两只书包、上好的黄油、两瓶从木匠于勒那儿拿来的酒、一块山羊肉、血肠。他带来了巴斯特赫姆那儿人的问候，但不包括阿尔曼德舅舅。因为他发现阿尔曼德舅舅真是个十足的混蛋。

“你从来都和阿尔曼德处不好。”妈妈说。

“我知道他是兄弟几个里你最偏爱的那个，康斯坦泽，但他做的那些好事儿，比杀人还坏。”

阿尔曼德舅舅背着他哥哥去勾搭特雷泽，欧梅尔的未婚妻。她和他去过，欧梅尔舅舅掰着手指头数，“皮卡迪”“可可里柯”“皮帕泼”，还有“斯旺家”“米兰多”。她甚至还陪他一起去审查那些农民。

“你可不能生她的气啊，她也就是想去农民那儿捞点油水，她自己手头也不宽裕，这个特雷泽。”

“可是她什么都从我这儿拿啊，白面包、马肉排！”

“那阿尔曼德自己怎么说的？”

“还说呢。他知道这些事儿让我很难受。每天吃早饭的时候，他还用那张虚伪的脸朝我奸笑。我现在就去加入弗拉芒卫队。但之前我要朝他屁股上狠狠踢一脚。”

他激动地浑身颤抖，喝了很多杯麦芽咖啡。他和阿尔曼德舅舅一样头发往后梳，留着尖角状的发际线，但没有涂那么多发油。

“她为什么要那么做？”他绝望地叫道。

吃晚饭的时候他平静了下来。妈妈和他谈起了往日的旧时光，谈到了用“三石磨”牌的麦片做出的粥，谈到了他们那个在广播里放“训鸽者讯息”时要求大家保持绝对安静的父亲。

“基耶夫兰，多云，等待。佩里沃，无风，等待。”妈妈说。

山羊肉好吃，血肠是个奇迹。“所有的都要吃完啊。”妈妈喊道。

“山羊肉。”爸爸说，然后开始大笑。

“很久以前的事儿了。”他扑哧扑哧地笑着说，“我永远都忘不了，每次在我吃山羊肉的时候……”他咝咝地抽着气说，“那是……那是……听起来挺糟的，但我从来没有像那时候笑得那么过瘾。那时候我和可塞恩斯一起在路上，在法国。”

“可塞恩斯从他在巴伐利亚的工作岗位上溜掉了。”路易斯说。

但是，爸爸没有反应。没进眼，没进脑。可塞恩斯深夜里弯腰偷偷沿着德国的铁路路堤跑，身后有秘密警察在追。他沾湿了食指，举在风里，继续往前跑，他那流血的女儿贝卡让他牵肠挂肚。

爸爸撒开手脚坐着，深吸了一口气：“听好了。在24号，晚上九点，我们从军营里逃了出来。一开始可塞恩斯还不敢。我说：‘我们不能让法国人牵着鼻子随便使唤吧？’因为法国人开始要我们敲石头给他们挖粪坑了。我对自己说：这可不行。就算是最高检察官甘斯霍夫·冯·德尔·梅尔施也不能动我一根毫毛，就像他动不了约利斯·冯·赛维伦一根毫毛一样。”

“可是你又没被警察抓走。”妈妈说，“甘斯霍夫·冯·德尔·梅尔施又没有让人抓你。”

“康斯坦泽，我也许不在他的名单上，但假若他真有了我的名字和地址，他会依据紧急状态法枪毙我的，这只嗜血的猎狗。再说了，”爸爸恼火地说，“我当时是在军营里啊，对不对？”

“这些和山羊肉有什么关系？”欧梅尔舅舅心不在焉地问道。

“听好了啊！我们跑到弗尔内[1]的时候，我看到圣尼古拉斯教堂前面停着一辆小敞篷车，带脚踏板油门的那种。我说：‘可塞恩斯，这是我们的了。’可塞恩斯一开始不敢。我说：‘可塞恩斯，我们受了他们那么多的折磨，现在是时候为自己着想了！’好，我们就这样开车到了波佩林赫镇，我们在那儿找到了一个农家的粮仓过夜，不过不可以在那儿抽烟。好，我们睡觉了，可塞恩斯和我。我说：‘可塞恩斯，别闹了！’‘什么别闹了？’他问。我说：‘别再敲了！’——‘我哪有敲啊？’他说。结果我们看到了啥？你们猜！

---

1 弗尔内（Veurne）：比利时西弗兰德省的一座小城。

“一只山羊正对着我们的小敞篷车跳啊，撞啊，顶啊，压啊的，还不是只公羊，不，是只母山羊！好吧，天也慢慢亮了。我说：‘我们也可以继续往前开了。’我们就把这只山羊系在了墙边。大概开了十公里，我们迎来了壮丽的日出。你们知道那个地方的，那风景就像一个梦，我们从农夫那里得到了肥肉加鸡蛋。可塞恩斯说：‘斯塔夫，昨天一晚我都没合上眼，这么好的天气也没有人催着我们回家，让我们在这边的麦田里打个小盹吧。’好，我们就躺下了，闭上了眼睛，打起了呼噜。突然我说：‘可塞恩斯，别再敲呀敲的了。’为什么呢，你们猜？又是那只山羊。它真的一路都跟着我们呢，真的，它迷上了我们的小敞篷车，又站在那儿跳啊，顶啊，用前蹄踢个不停。‘这是天主的信号，’可塞恩斯说，他本来压根就不是个虔诚的信徒，‘这是亚伯拉罕的那只羊[1]啊。’他就拽住山羊的两只角，对视它那双水汪汪的凸眼睛。

“‘噢，你这发骚的母羊，’他说，‘我看到了什么？你是想和我们这个好箱子干一场吗？’然后猛一下手，他切断了它的喉管。然后我们就在野外烤出了最好的烤肉，又嫩又软，就好像我们是在野营一样。”

“你们还真不着急回家啊。”妈妈说。

“可是当时就是那样的情况啊，康斯坦泽……”

“还是什么都别说了。”

欧梅尔舅舅无动于衷，陷入沉思，手持明晃晃的烟蒂坐着。后来，爸爸去参加新的业余表演团（其实是弗兰德最古老的“修辞家协会”的一个新版本：“上帝的羊群”，信奉的格言是“虔信而惠人”）了——他很可能会在《马戏团爱情》这部戏中出演主角，一个嗜酒的老小丑——路易斯也做完了家庭作业，走进厨房。欧梅尔舅舅倒在妈妈怀里，刚哭过。妈妈抚摸他往各个方向炸开的头发。欧梅尔舅舅想站起来，但是妈妈紧紧搂住了他。“没事儿了啊，”她说，“路易斯，回到楼上去。”

---

1 根据《创世记》的说法，亚伯拉罕找到一只公羊，用它代替自己的儿子献祭给耶和华。

他在通往楼道的门背后偷听。欧梅尔舅舅又哭起来。

“她怎么能做那样的事儿，背着我？”

“这就是人生啊。”妈妈说。但是自己并不相信。

蛋头就像个老头那样脱下了他的白麻圣职外袍，被他叫到更衣室里来的路易斯还没来得及接，袍子就被他随手扔到了缎面无袖圣衣上。金线的光泽和缎面的鲜红色都被镶白边的亚麻布压得黯淡了些。有人——在忏悔椅上？——告密说，路易斯转入了“新教团”。

“如果善和恶都是一回事，”蛋头疲惫地说，“就像你的首领宣称的那样，（首领？我们不是罗马人，也不是强盗！）如果恶，就因为它是生命力的象征，就应该让它优先，压过弱者，如果，如果……”

他把手指弹得咔嚓响，路易斯递给他祈祷书。“如果不人道的品质是人类能完成的功业的原料和养料，那么，那么……”

他们迈着一致的步伐走向橡木门，门上最近出现了一个不是很明显的刮痕，一个歪歪扭扭的浅色十字。是有人在这里发泄自己的怒火吗？说不定是蛋头自己？

“如果一个不安的良心就等于是一场疾病，那我在其中就听到了敌人的声音。”

“我不是您的敌人。”

蛋头眼睛周围有蓝色的边。他下巴上的酒窝里第一次出现了白色的胡子茬儿，让人震惊的、可怜兮兮的、没有收拾掉的一小块。他的鞋子也是第一次有了灰尘。

“不是吗？”

“不是！”路易斯喊道，他一下子站不住了，膝盖突然就弯折了，他的手也失去了控制。他跪了下来，很快地靠在教士一尘不染的长袍的膝盖处，用自己的袖子把教士的鞋尖擦了个干净。

蛋头粗暴又快速地拽住他的衣领，把他拎了起来。

“如果你再这么做的话……”

"怎样?"

蛋头把他推开，长袍飘拂地逃走了。独自一人在冰冷的香灰气味中远去。我为什么要那么做？因为没有别的人看到？我想对他说，他必须注意照料自己，不要为了别人，为了我斋戒太多，忏悔太多；他必须小心了，因为暗中传闻说他像第一批基督徒一样在一个粮仓里为英国的飞行员做了一场弥撒，那些飞行员落到了莫塞尔的一块牧场上，假扮成农夫，想偷袭"黑卫队"。

路易斯穿上了圣职外袍。蛋头剃须水的味道压过了寒冷的香灰味。没有镜子。他解开了裤腰。这一个星期里每一次望弥撒的时候，你，埃瓦利斯特·德·鲁内·德·盖霍夫，都会把我的痕迹、我的印记穿在你身上。

碰脚趾，屈膝，转动肩膀，转动大腿，举臂到头顶，用虚拟的流星棒伐木，双腿交叉，仰卧模拟划船，俯卧撑，直到眼睛中闪出红色来。这之后，路易斯和海恒多恩穿着制服去了海恒多恩家。这座城市现在已经对路易斯的这身装扮见怪不怪了，街上本来也没什么人。在彤杰斯大街，几乎所有男人和半大小子都去了德国，就剩一个帽子拉低到眉毛的老头在人行道正中间放下了他的椅子。路易斯在他前面站住。海恒多恩刚围着这老头绕了一个弯，马上又折了回来。

"嘿!"

"什么，嘿?"老头说。

"把椅子挪开。马上!"路易斯叫道。

"街道是大家的。"

"就是啊。所以人行道必须给所有人用，不能独占。"

老头低声嘟哝着，唉声叹气地把椅子拖到了自己小屋的墙边。路易斯从刀鞘里抽出了希特勒青年团的匕首，正对着他脏兮兮的、布满皱纹的喉部。

"走了，路易斯，走了。"海恒多恩在他身后说。

"说'我的盾，我的战友'。马上！"路易斯呵斥道。他希望这老头能说出西班牙的、法国的或吉卜赛人的、黑人的口音来，但是老头毫不费力、字正腔圆地说出了这句布鲁日起义的历史口号。路易斯摆了个从热内瓦那儿偷学来的熟练而夸张的挥舞手势，将匕首插了回去。

"我还在你父亲那儿印过我们家嘉斯通的婚礼广告呢，"老头说，"你尽管去问问他。嘉斯通·凡·雷默特勒。还印过名片，打仗之前。"

"你家小老爷的一个顾客嘛。"海恒多恩嘲笑说。

"我绝对，绝对不想再在街上看到这把椅子了。"路易斯愤愤地说。

这个下午，刚刚还和冰封雪冻的俄罗斯农民猎场中闪耀的弗拉芒军团一样放出胜利和崇高的光芒，这会儿又跌入深井。到了车站路堤前，路易斯想走回彤杰斯大街，往那老头的小棚屋里扔一块砖头，但是海恒多恩劝住了他。他们要做表率，不能对弗拉芒民族中最弱的这一批人再落井下石了。到了他家，进了他房间，路易斯向他们的总队长莱因哈特·特里斯坦·奥伊根讨主意，奥伊根的肖像挂在墙上，挨着格奥尔格·柯尔柏[1]的《亚松塔》[2]复制像。"最弱的人，最弱的人，"总队长嘟哝着，"谁会在意这个。"

"我的看法是，蛋头在鼓动这些最弱的人对抗我们。"

"是嘛，是嘛。"这个男人冷漠地说着，拨弄着他的铁十字架勋章，那是他驾着一架梅塞施密特110战斗机在英国和法国上空飞了九十七次后荣获的。

"我的看法是，蛋头把我们军队的信息发送到俄罗斯去了，送到了边界之外，我是说，送到了敌人的边界内，送到了另一边，送给了蒙古人。而且他还嘲笑我。"

"用毒蛇的舌发出的放肆嘲笑？"

"是的！"

---

1 奥尔格·柯尔柏（Georg Kolb）：德国著名现代雕塑家，成名于20世纪20年代，在纳粹时代也得到重视，但没有和纳粹合作过。
2《亚松塔》是柯尔柏于1921年创作的一幅作品，为一位少女的全身像。

希特勒都认为，这个男人坐在飞机里的时间太久，太危险了，但是他就是忍不住要去飞。他需要危险来刺激自己的神经，在坐镇波西米亚和摩拉维亚的碉堡里他总是待不住。他的长脸（两只靠得很近的苍白斜眼，精致的长鼻子，袖子上别着雄鹰、骷髅头加交叉骨、橡树叶）在说："'我的盾，我的战友'，我演奏舒曼、舒伯特和舒默尔的诙谐曲子，我有竖七横八大胡子，我只管数着数儿射枪子，而你，你，你，就是个鼠头鼠脑哈巴狗子。书呆子！你是命里有数，注定要去给他鞋子？"

"是的，总队长。"

"该死的。"妈妈说。这几天她总说这个词，双手撑在腰间。就像是那里有孩子在动。

爸爸又把事儿搞砸了。他弟弟罗伯特给他带了一堆说不出是啥东西的东西。"极品美味中的极品。"爸爸带着它回到家的时候喊道。是一堆下水，从一头猪身体里掏出的团块杂碎。他又是烤，又是蒸，又是煮，又是炖的，人造黄油用得太少，洋葱加得太多。"该死的。"妈妈怒气冲冲地叫着，每十分钟跑一趟厕所。

她揉着自己的腰、自己的胃。"我马上就要去司令部了，"她叫道，"可我不能一到了那儿就去上厕所吧。都是因为你这些恶心的贱肉。哎呦。噢，上帝啊，我又得跑厕所了。"

"真奇怪。"爸爸在她身后喊道，"路易斯和我都没啥反应啊。这些恶心的贱肉我们吃得比你多多了。"

"你就等着看今天晚上吧。"妈妈喊道。她从厕所回来的时候，脸色煞白。她往自己耳朵底下涂了点香水。"我从现在起要斋戒两天了。"

"这个主意不赖啊。"爸爸说，"对你的身子有好处。把脏东西都清除干净。"

"啊哈，"妈妈叫道，"你承认这些都是脏东西了。"

"什么？"

“罗伯特给你送来的这些东西，只会让我们吃了拉肚子。”

“这些东西？喂，小妞儿，这可是极品美味中的极品！你不也这么觉得吗，路易斯？”

“那你就是想说，”妈妈尖着嗓子说，“脏东西都是我自己的，是从我身体里出来的，我身子里就不干净？”

“哎哟，康斯坦泽，你现在怎么又冒出这样的念头了啊？”

她跑出了房间。

“我们少吃一点，”爸爸边想边说，“这倒真不坏。布鲁日来的德·利勒医生这话儿说了好几年了：吃生食，吃五谷杂粮，不吃或只吃很少的肉。”

就在这一刻，屋外响起了索杰的冰激凌车的喇叭声。爸爸跳了出去。他们挨着车吃味道寡淡的冰激凌。小马儿整个事件都在打哈欠。它的肋骨都可以数的出来了。

“索杰，不是我说，你这冰激凌里加的水也太多了吧。”

“这是新潮流，斯塔夫。”索杰说，“意大利风格的。”

兑了水做成的香草冰激凌、榛子冰激凌和巧克力冰激凌，还是出自一辈子都对我们奉若君王的索杰之手。这世道还要乱成什么样子啊？

我们，也就是说所有对西方和它的过去、它的文化有点感觉的人，都往俄罗斯进发，一往直前地越过俄罗斯，就像穿过草原出产的黄油。在弗拉芒军团经过的时候，俄罗斯的农民和市民高兴得手舞足蹈。也就是几个月的工夫，那些人就会一败涂地。

芬兰人已经炮轰喀琅施塔得[1]了，城如其名，喀琅施塔得就是保卫列宁格勒港口通道的一个要塞。他们都已经冲到了卡里奥卡和科诺卡拉背后。冲到了哪儿，阿尔诺？我刚说了呀：卡里奥卡和科诺卡拉。

---

1 喀琅施塔得（Kronenstadt）：俄罗斯的一个港口城市，坐落于芬兰湾口的科特林岛上，是军事要塞。名字按德语有“王冠之城”的意思。

而布良斯克[1]，我们已经拿下了。在南边这儿，这是铁木辛哥[2]试图发动反攻的地方。再往南一点，在这里，顺着我的手指在地图上看，在基辅，俄罗斯各大城市之母，他们可结结实实地挨了一顿教训，这些乌克兰人。

俄罗斯人没有什么好空军，所以才会这样。天气糟糕的时候他们就不能起飞。他们的飞行员里只有百分之二十五学到了不管天气怎样都能飞行的本事。从这一点就看得出，他们都上了什么样的航空学校！而且俄罗斯士兵都巴不得不进攻就好，阿克。这是曼纳海姆[3]元帅说的。俄罗斯士兵其实就适合到后线，在城门前挖战壕的防守型士兵。他们唯一的优势就是，人数够多。对他们来说也够糟糕的，质量压根不算回事儿。

让人分外恼火的是，瓦隆军团现在的战果已经超过了弗拉芒军团。为什么呢，雨果？因为他们的比利时专职军官更多，这可是能培养出更多领导人才的领导人才。而弗拉芒人里就找不到列昂·德黑勒[4]这样从普通士兵干起，最后没准能做到将军的类型。如果你要问我的话，他做将军不会是在一个司令部的书房里，而是会在各个地方的最前线，在最靠前的位置，同他的弟兄们在一起。

戴尔斯，新的荷兰语老师，长得像个美国人，虽然课上严禁吸烟，但他还是时不时地把那支红色的陶制烟斗塞在嘴里，一只烟雾缭绕、散发臭味、不通畅的工人烟斗。他以他那种活泼欢快的姿态走进了教室，坐在第一排布莱宁可的板凳上。许多年前，曾经有个寄宿生正是从这个板凳上往黑板上扔了一个墨水瓶，因为他在之前的夜里突然不

---

1 布良斯克（Brjansk）：俄罗斯城市，在莫斯科西南。
2 铁木辛哥（Timoschenko）：苏联元帅。
3 曼纳海姆：卡尔·古斯塔夫·埃米尔·曼纳海姆（Carl Gustaf Emil Mannerheim），芬兰总统、男爵、军人，在二战期间担任国防军总司令。
4 列昂·德黑勒（Léon Degrelle）：比利时将领，瓦隆区领袖，在二战中参加了纳粹的党卫军武装师。

再相信耶稣的存在，而且根本没法消除这种怀疑。他在第二天早上的第一节课上到半截的时候发出了一声刺耳得不像人发出的叫声，扔出了那个墨水瓶，然后就昏过去了。

戴尔斯用陶制烟斗的长柄敲敲自己的牙齿，给作文《城市里的春天》打分。贝腾斯得了二十分中的十八分。罗伯特·斯梅金斯，也是路易斯的对手，拿了十六分。路易斯不明白。这是戴尔斯第一次给作文打分。他没有听他的前任“细长耳朵”说过，路易斯·塞涅夫在写作文方面可是“同侪居首”的？戴尔斯一本接一本地把作文举到眼前和烟斗前，念出分数，然后再把本子放到身旁摇摇晃晃的一堆本子上。

最后一本了，他把本子举起来驱散了烟斗冒出的烟雾，就像一位在一个过热的剧院里坐到最后一幕的中国宫廷妇人一样矜持又卖弄风情。这就是路易斯那本带深蓝色封皮的。戴尔斯往窗外院子看了一眼，那儿正有人在打造一个讲台。“有一篇作文，”他对着那些木匠说，“我没有打分……”（因为它不适用任何标准，它的价值没法用分数来衡量，因为我不能把它和其他人写的枯燥又听话的作文，包括贝腾斯的放在一起比较。）“……因为就算打个零分，对我来说也会是某种认可。不，我还是不做任何评价，让这件赝品陷入遗忘好了。”

他转过身，把烟斗指向路易斯：“小塞涅夫先生以为，他可以把我当傻子耍，还是用这么明显的方式。我不知道，让我反感的到底是他的懒惰，还是他狂妄的愚蠢。”

路易斯站了起来。就像在一间空房间一样，他听见了罗伯特·斯梅金斯在嘲讽他。

“塞涅夫，坐下吧。我没有什么要补充的了，你有吗？”

“没有，没有。”

戴尔斯手一挥，准确地将本子扔进了他讲台旁边的字纸篓里。路易斯紧紧攥住了自己的板凳。

“塞涅夫，你真当你的老师是个啥都不懂的乡巴佬，你以为他不会一眼就看出来哪句话是抄的别人的，看不出来整篇作文都是抄来的，你这个傻瓜蛋？”

戴尔斯身上散发出一种盲目的、理所当然的无所不能的气概。到底怎么回事？是罗伯特·斯梅金斯偷偷在他作文本里放进了另一篇作文，或者一堆句子，偷用了他的笔迹，而不是他自己花了两个晚上，首先急匆匆地用铅笔打草稿，然后用工整的钢笔写下的那篇，那篇讲的是从他家到公园的一次有观察的散步，他尤其写到了灌木丛、邮差、女仆和日出。那些句子、那些段落、那些词语都在他脑海里倏然掠过。对啦，有一句，他犹豫了一下。没错，是有一句，同他从刚刚读过的“凤凰丛书”系列中的《火红花朵之歌》里读到的一句很像，那一句话将日子描述成好比鲜花开放。

“塞涅夫，我说过，你可以坐下了。”

“您说得对，戴尔斯先生。”

老师脸上灿烂的微笑。弗雷德·阿斯泰尔[1]的微笑，在他和金杰·罗杰斯翩翩起舞时就那么笑。票价一法郎，星期四下午，第二次世界大战爆发前。

“您说得很对，戴尔斯先生。我是逐字逐句抄袭了别人的。”

“一整篇作文都是抄的？没有因为偷懒漏掉了几个形容词？”

“没有，戴尔斯先生。所有的词句都直接从一本书上抄下来的。”路易斯落到了自己的板凳上，一个被人揭穿的作弊者，一个奸猾的大骗子。日子像朵玫瑰一样开放。

“对这件事我就说最后一句话，塞涅夫。免得以后再有任何误解。我怀疑，你觉得你可以这么放肆地作弊，就是因为我恰巧和你父亲有同样的政治立场。你可给我牢牢记在脑袋壳里，你这爱竞技的家伙：我在这里只是一个不带任何立场偏好的教师，没有其他任何身份。”

罗伯特·斯梅金斯鼓起掌来。其他人也跟着鼓掌。戴尔斯——他太平滑、太年轻、太活泼，没法让人取什么外号——用他的烟斗挥散

---

1 弗雷德·阿斯泰尔（Fred Astaire）：美国20世纪著名电影演员、舞蹈演员和歌手。他和下文中提到的金杰·罗杰斯（Ginger Rogers）在30年代合作出演了许多经典歌舞剧。

了掌声。路易斯放弃了用尽全力把钢笔杆戳到戴尔斯屁股上的做法。

那个扔墨水瓶的寄宿生被两个警卫和两个老师架出了教室。他们把他抬到医务室里的时候，他猛地从昏迷中醒来，变成了一个狼人，对陪伴他的那几个人又抓又咬。他们合力把他赶到了地下室，那儿的窗户那时候还没有刷成蓝色来遮光，也没有配备小沙袋来防止人打碎玻璃。后来，这个寄宿生被鲁瑟拉勒的一个小学校接收了。他在那里也因为娘们一样的发疯撒泼而遭到开除。一天夜里，他溜回了我们学校，在他的屈辱开始的地方，带着魔鬼般的微笑在教士更衣室的橡木门上刻下了那个十字。

爸爸在用萝卜做布丁，用叉子把一堆糊糊压平，再加上鸡蛋、面粉和牛奶。“再放到炉子里烤一个小时，然后你就会把你的十个手指头舔个遍了。”

教父不喜欢看到他儿子在他孙子面前干女人干的活儿，尤其是这个孙子还带了一个糟糕的分数回家。烤炉烫得通红，教父的脸也是。

“分数这么差。”他说，“你可没给我们争光啊。”

“我也是这么跟他说的。”爸爸马上说。

“拉丁语我是全班第二。”

“那这一门呢？数学！这算个什么分数？”

“德语我是班上最好的。在母语的语文这一门也是！”

“母语，母语。”爸爸舔着碟子边，转了转，咽口水，接着舔，穿着背心和吊裤带的一头光溜溜的怪异动物。

“上帝在上，你到底会变成什么样的人啊？”教父叹了口气。

教父更愿在妈妈不在家的时候来看我们。“我不知道为什么，我总有个印象，康斯坦泽不太想让我看到。”

“这都是你自个儿想的，父亲。”

“我知道我在说什么，斯塔夫。倒不是我对她有什么意见，你知道的，康斯坦泽直到现在都是我尊敬的一个儿媳，但是最近一段时间里……”

“最近一段时间里怎么了，父亲？”

“我也不知道。”这个法利赛人说。

“你尽管说出来吧，父亲。路易斯，回你的房间学习去。”

“不，不用把小伙儿赶走。其实就是我最近一段时间里看到康斯坦泽总是没啥来由地大笑，至少按照我的判断都是没啥来由的。”

“你更愿意看到我妈妈哭吗？”

教父咧嘴笑了笑。“这我得表扬一下，一个为自己的母亲挺身而出的孩子。很好，路易斯。不过，路易斯，路易斯……”教父品尝了一会儿这个名字，然后吐了出来，“这个名字我从来就不太喜欢。”

“我们给他取的是康斯坦泽的教父的名字，父亲。”

“可这也是法国国王圣路易[1]们的名字！”

“法国，法国。”爸爸查看烤炉里的布丁。

“你也可以叫自己洛德怀克，或者就叫洛德。”

（洛德！听起来像什么样子。绝不！）

“这么叫当然更有弗拉芒味儿了。”爸爸说。

“而且和塞涅夫这个姓也很搭。”教父说，接着又阴险地顺口说道，“比如说，假设你，我今天话就说这儿了，假设你要参加弗兰德纳粹青年团的话，路易斯，我认为，他们就要坚持管你叫洛德。”

教父在桌子边敲了敲烟斗头部，烟灰落在了妈妈的地板上。“当然这个例子没啥意义，你绝不会参加这样一个组织的，对不对，路易斯？”

“在基辅，”爸爸叫道，“有二十个师的军队被包围了。基辅啊，它比莫斯科更像是俄罗斯的首都啊！”他手忙脚乱地找报纸。“五万人被俘虏，三百二十辆坦克、六百架大炮都落到我们手上了。”

“落到谁手上，斯塔夫？”

“我是想说……”

---

1 按法语发音，路易斯（Louis）即路易。法国波旁王朝多位国王都以路易为名。

“你想说的总是这么多，斯塔夫。”教父又叹了口气，点燃了烟斗，“莫娜也跟我讲了，说康斯坦泽经常买新衣服。”

“她自己省了点钱。”受到折磨的这位从皮肤里都感觉不好了的丈夫说。他又很快走到烤炉那儿，从里面正散发出一股甜丝丝的诱人香味。

“她工作总是加班咯？”

“是的，父亲。”爸爸冲着香味说。

妈妈在哭。她完全没法平静下来。她的肩膀抽动。她的嘴噘得像个孩子，她双眼通红。早上的时候，劳森吉尔先生正带着他的小狗比比在公园里散步，一条猛犬巨无霸跑了过来，猝不及防地袭击了劳森吉尔的小狗。没人来得及阻止，这条恶狗一下子就把小比比撕开了，它的肠子都摔落在石子路上。“他立刻就搭车去了医院，”妈妈抹着鼻子说，“可是比比多半已经没救了。”

“那条巨无霸是谁的呢？”

“这才是糟糕的地方啊。恶狗是宏泰斯先生的。他整个人都吓得不行了。他只能承认说他的大狗很长一段时间以来都神经有问题。”

“你当时在场啊，妈妈？”路易斯是知道答案的。她当然在场了。拉夫，他那个让人摸不透的巴斯特赫姆的朋友会说：当然了。不论她去哪儿，她一流血，四处的狗都会变疯的。

“当然了！”妈妈抽泣着说，“比比是那么聪明的动物，那么温顺。它还拿过奖的呢。最佳外表奖和驯化最成功奖。它就像个孩子一样听话。你尽可以把肉排放在它面前，它没得到命令的话碰都不会碰一下，哪怕它嘴里口水都流出来了。”

“那你的劳森吉尔先生呢？”

妈妈没有注意到这话里的鄙视语气。“他脸色一下子变得惨白。又是悲苦又是愤怒。我觉得他想立刻打爆这条脑子不正常的狗的头，但是他不能那么做，因为这条恶狗是宏泰斯先生的。宏泰斯毕竟是他的战友，而且这事儿也怪不了他呀。”

“他是在瓦勒买的这只得过奖的狗吗？”

“怎么会！这狗是他从家里带来的。还是他第一任妻子送的礼物！”

“什么？他结过婚？”

“没有。”

“你刚刚说到了他的第一任妻子！”

“我是想说，同亨尼分居的那个女人，斯塔夫！”

“什么？他和他的妻子分居了？我以前根本没听你说过嘛。”

“我是想说：现在和他分开生活的那个女人。她住在不来梅港而亨尼住在这儿啊。那他们就是异地分居了。唉，斯塔夫，你都把我搞糊涂了！”她穿着新鞋跑到楼上去了。

“肉排。”爸爸陷入沉思，“配刺山柑花。”

蛋头和往常一样站在了窗口，尽管他总是努力不去靠近窗户；他沿着一排排板凳走，按螺旋线在板凳之间穿行，可是每次还是又回到了窗边，望向院子，期待着在那里看到某些事，某个人，在找他的人或者要给他带消息的人。（一个公证人的信使，告诉他那个垂垂老矣的贵族鲁内·德·盖霍夫终于死掉了，他这做教士的儿子获得了百万遗产，那蛋头就会欢呼着脱掉教士袍，穿着他的缎面短裤跳起舞来了。）

“你们之中有些人会耸耸肩，觉得这样的说法是过时了的，不现代的，但不是有很多证据表明魔鬼是存在的吗？有没有可能，人类正日益陷入魔鬼力量的掌控之中吗？人类是不是有可能患上了魔鬼造成的疾病？所以，我们必须同情那些病人，为他们尽慈善的功业，照料病人？”

教士袍在他的骨架周围飘扬，他从窗户那儿逃离开，脸色灰白地跌坐进自己的椅子里，在他枯瘦的手指上转动着印章戒指。

“这是迫害妄想吗，把魔鬼想成某个我们在大街上遇到的人，就在下一个街角，偶然撞上的，穿着制服的人？人以不可忽视的方式所做的恶，会具有某种形态吗？”让人听不懂的喃喃自语。跺脚声。他这样和自己说话说得越来越多了，大多数时候都是用问句的形式。最后，他无声地发问着，用粉笔在黑板上画了一个六边形的星星，然后就像是刚刚发现了它，就像是别人画出了这个星星，紧张地用袖子（用他自己的袖子！）又擦掉了。

“这样难免会让人斗胆地想，一定是有某个特别的上帝，它居然，它居然，它居然不会阻止这样的行径……不是吗？这样人在绝望中会渴求不详的解决办法……不是吗？”

唉，他为什么说了上百遍，却还没说清楚他要说的？是什么阻碍了他？

“然后人就会在信仰之外寻找……不，人会用另一种信仰来取代对耶稣的信仰……”

这话好理解一些了，更像是教士用语了。之前说的什么不详的解决办法，很可能指的是纳粹吧。另一种信仰，就是对新秩序，我穿着制服所代表的新秩序的信仰。他是怕我会告发他吗？可我不是费尽心思和力气要讨好他？如果他是数学老师，我会拼命苦读到脑袋冒烟，就为了能博得他一丝一毫的认可。他为什么迈着这么费力的步子走向窗户，就像是他鞋子加了鞋垫，或是脚上长了鸡眼？

下课后，路易斯说：“您刚才说的是我。”

“如果你想这么看的话。”

“您认为，我在受魔鬼摆布。”

“谁不是呢？”

“您认为我把自己献给了邪恶势力。”

（现在我就可以看出在他的眼中哪种邪恶更邪恶了，是作为异教徒跟在不属于上帝的一面旗子后往前开进，还是那些平庸的邪恶行为，比如热衷于阅读《扬·豪特凯特》，列入禁书名单的赫尔拉德·瓦尔夏普[1]的书。）

---

1 赫尔拉德·瓦尔夏普（Gerard Walschap）：比利时20世纪著名的弗拉芒语作家。

“您认为，我会自愿做邪恶的事！那好吧，如果真是这样，那也是上帝要把我造成这样的，不用废话了！”

“不，他造成你，既有恶也有善。”

“为什么？”

“如果你身上只有善，那么决心向善，就不会是一桩功业了。”

蛋头掏出了雪白的手帕，擦了擦他的眼镜，黑色的瞳孔是《信号》杂志的彩页上那些珊瑚虫的瞳孔。耶稣会士都得到了训练，能看穿有罪之人。

“波德莱尔说过……”

“不要。”路易斯说。（不！不要又在名人名言的垃圾桶里翻来翻去，那都是过去那些爱丢警句的聒噪鬼们留下来的。）

“好吧，”路易斯说，“他说了什么？”

“他说，世界上只有三个职业值得尊敬，教士、士兵和诗人。”

“我不想做教士。”

“你当然不想。我就是这个好榜样嘛。”这是句嘲讽，但是听上去像是妈妈在为了比比而抽泣。路易斯看到，这个教士振作了一下，戴上了眼镜，就像戴上了面具。

“要做就做士兵。”路易斯说。

蛋头疲惫地点了点头。

在游泳池满是氯气的空气里，博斯曼斯气喘吁吁地仰面划着水，海恒多恩游着他固定的那几个来回，热内瓦一边在跳板上拉伸一边留心看着他的队伍里剩下的那几个。三个家伙。塞涅夫坐在泳池边。一个德国人的脑袋在水面上晃来晃去，因为这样的金发，这样被日光晒黑的皮肤，这样多的肌肉，不会是弗拉芒人。就连每次出战前都要行“惠泽”礼，在奥斯坦德的赌场做门房的拳击冠军伽罗·赛耶斯都比不上。热内瓦滑进了水里，没溅出一点儿水花。海豚。体育奖章。

突然，从一个隔间里传出了无所顾忌的、响亮的男低音，唱的是《去吧，摩西》[1]。整座游泳池——在这个受人青睐的时段满是我们的同志——都受到了惊吓。是一名被暗藏的敌人藏起来的英国飞行员现在狂傲得发疯，一心要求死吗？路易斯认出了这个声音，半人高的门一下子晃荡开了，脏塞弗从隔间里走了出来，穿着绷紧了的橙色泳裤，裤子里一大团晃呀晃的。他叉开腿站在那儿，双手叉腰。路易斯立刻一个鱼跃跳进了氯化水里，透过湿漉漉的眼睫毛看着脏塞弗做了个徒手倒立，又长又弯的脚趾抵在土黄色的粗灰泥墙上。

"脏塞弗？这个人在游泳池里干吗？"爸爸问。

"唱歌。"

"他有许可证吗？有证儿吗？"

"不知道。"

路易斯试着模仿脏塞弗和路易斯·阿姆斯特朗[2]唱《去吧，摩西》，可是他的音调远不够沙哑，太高，弄得喉咙里痒痒的，让他忍不住咳嗽起来。

他的父亲不出所料地说："学黑鬼的样儿，这就是我们今天的文化。"

父亲又对提奥·冯·巴梅尔说："唱摩西！不仅学个黑鬼，还要学他歌唱一个犹太人！这实在太过分了。"

冯·巴梅尔说："脏塞弗还会被逮进去的。你记着我说的话。"

弗兰德纳粹青年团瓦勒和伊德赫姆小分队的第一次大巴郊游是去维勒贝克，弗拉芒阿登山脉中风景如画的山村，被很多人讴歌过，比如写诗写到最后一刻，得肺结核死掉的艾丽丝·纳雯[3]，比如有着颓废的弗拉芒头脑、厚实的混血嘴唇和下垂的嘴角的卡罗尔·冯·德·乌

---

1 黑人的宗教歌曲，最早流行于美国黑奴中，描述了摩西跟随上帝的故事。
2 路易斯·阿姆斯特朗（Louis Armstrong）：20世纪最著名的黑人爵士乐音乐家。
3 艾丽丝·纳雯（Alice Nahon）：20世纪初比利时诗人。

斯泰纳[1]（“秋日烟霭蒸腾，花园中若有回音”），这位诗人据教父说曾经喝得酩酊大醉去大学上课，衣服上还有刚刚酒宴的留痕。胖滚滚的司机——乐子不能少哦——把一条青年团女团员的橙色围巾当作头巾缠在了头上，他正后方的一个靠窗位子上坐着一个深色头发的女孩，她和贝克有那么一点像，但是看上去要正经些，更有规矩的市民样子，更乖。她是车上唯一一个没有穿制服的，只穿了一条裙子，布料像是绸子，绣了秋天颜色的花儿。她一直都在往窗外看，但不是在看那些不断替换的乡野风景，柔和的山丘、森林、延伸到地平线的田野。她一定是在想念她在破晓时悄悄离开的富庶之家的居所，家中她母亲正患着险恶的疾病，临危在床；她想让她那位在命运面前显出了勇气与尊严的父亲单独和妻子在一起，这样他就可以不受女儿在场的干扰而仔细听听妻子的临终遗言，这些遗言不是说给一个孩子听的。现在，她又沉浸在了一个独生女常有的，往往模糊不清，这会儿却格外具体的哀愁中。路易斯多想坐到她身旁，牵她的手，安慰她，比如说，毫不结巴地低声告诉她：“是挺可怕的，但是世间万物都是一样啊，都在变化，都会消失。”这话能在古尔布兰森[2]或者约翰·科尼特尔[3]的书中读到，在杰克·伦敦那儿不太可能读到。但那样他就会把她从灵魂的冥思中拉出来。也许他可以在她下车的时候往她手上塞一张小纸条：你的样子让我心动。你有我很少（从未？）见过（目睹过？）的容貌，那么高贵？高雅？忠贞？不，是真挚。

女孩儿在挖鼻孔，某个因为哀伤过重而忘了自己身处何地的人就会这么做。

在维勒贝克市里中学的体育馆里，他们受到了校长，热内瓦的一个叔叔的致辞欢迎。他很高兴看到弗拉芒青年都团结在了弗兰德纳粹

---

1 卡罗尔·冯·德·乌斯泰纳（Karel van de Woestijne）：19世纪末20世纪初比利时杰出的弗拉芒语诗人。
2 古尔布兰森（Gulbranssen）：挪威20世纪小说家。
3 约翰·科尼特尔（John Knittel）：瑞士20世纪作家。

青年团这个已经联合了弗拉芒青年普遍联盟、少女团、少年纳粹团、雷克斯青年团、弗拉芒青年团、弗拉芒民族艺术学院，还有好多其他党团的组织下。然后，一个戴眼镜的、感冒了的、四十多岁的男人，别伦博士，用生动而又有父亲威严的德语讲述了以民族原则为标准的欧洲新秩序。站在路易斯身边的博斯曼斯很难跟上德语的演讲，因为费力而张开了嘴。演讲中说道，低地语[1]与德语是出自同一个根源，符合所有日耳曼族成员的最高民族利益的新日耳曼秩序已经包含了这一责任：不要在语言学和文学上将德语和低地语看作矛盾对立，而是从历史构成和未来塑造的角度将两者看作和谐统一。要毫无保留地坚决认可与大德意志兄弟民族的合作。

“我们要往东边进军。”这是我们祖辈的歌，这也将永远是天地正道。

然后他们就跳起了民族舞蹈《面棉花》，一种四对舞，然后是一支手帕舞，这时候一个头发淡黄色、戴着一副圆眼镜、胖乎乎的女孩朝路易斯贴了过来。

“我在鲁瑟拉勒见过你。”她说。

“有可能。”（我从没去过鲁瑟拉勒，那是忒杰、埃及人和阿尔布莱希特·罗登巴赫的城市。）

“在纽福市场上。你那时候一直盯着我看。”

“对啊，我还记得很清楚呢。”

“我那时候穿了条什么样的裙子？”

“蓝色的。”

“浅蓝色的，对了。”跳啊跳。汗水。跳。跳。她的辫子在脑袋两边飞，在抽打空气。摇啊摇。啪啪。

“你民族舞跳得还不久，对吧？”

“我正在学。”路易斯说。

---

1 低地语（Dietsch）：比利时和荷兰这两个低地国家中的方言，接近德语中的德国西部方言（低地德语）。

“你有天赋。我一眼就看出来了。”

“谢谢。”

她靠着他坐在一个露天剧场的平整石头上。一个坡，一个舞台，在山丘里挖出来的，舞台背后密密的杉树就像是格林童话里的插画，轻柔的水彩画，那是列昂姑父怎么都画不出来的。

他们喝奥登那德的黑啤酒，吃热内瓦分发的奶酪面包。路易斯突然认出了这个剧院。那时候他是四岁还是五岁，他父亲在熙熙攘攘的人群里把他举高，放在了一块平滑的石头上，石头四周长着湿湿的草。妈妈把他放在怀里，给他戴了一顶黄黑条纹的针织帽。铁匠斯梅杰·斯密站在一片磷火闪闪的杉树前，挥着一把黄金剑，刺向法国暴君沙第隆的闪亮盔甲，沙第隆用法语尖声求饶。路易斯也尖声叫起来，又被安抚下来。过了好一会儿他又尖叫起来，沙第隆，因为外套上别了一朵百合花所以可以认出是法国人，举起斧子砍了斯梅杰·斯密的母亲。她脖子上出现了一道血红色，她用满是血光的手抗争。尖叫。跺脚。妈妈安抚他。不够。绝对不够。绝对不能再这样了。

“这是本地产的奶酪。”这个名叫希尔德的女孩儿说，她和自己的兄弟都吹双簧管，她还会读纸牌算命，打背包是她那一圈儿中最快的。

“一圈儿？”

“圈儿，小分队，小旗团，小区和大区。”她朗诵道。

博斯曼斯在绕圈儿，收集吃剩的面包和面包屑。他的腮帮鼓鼓的，下巴嚼呀嚼地坐到了他们身边，给了希尔德一小块奶酪。

“嗯，嗯，”她哼哼道，“这是本地产的奶酪。”

“你喜欢的话，我这就给你再拿点儿来。”博斯曼斯一副调情的样子。

“真的吗？那可真贴心。”

“小事儿一桩。”

“还加一个黄油面包。”

“加两个。”博斯曼斯说，这个征服者。

“我有个姑妈，”路易斯说，“我的诺拉姑妈总爱捣乱。我父母刚刚结婚那会儿，她有一次往他们床上塞进了赫尔弗牌的臭奶酪[1]。”

“我可不好赫尔弗奶酪，”希尔德说，“吃了以后一整天嘴里呼出的都是那股臭味儿。”

“吃卡门贝尔[2]奶酪也一样。”博斯曼斯，这个玩乐公子哥儿。

“哦，是吗？”希尔德像鸽子一样咯咯地笑。

“是啊，吃了卡门贝尔，一定要赶紧嚼颗咖啡豆。”

“用麦芽咖啡也行吗？”两个小情人叽叽咕咕。路易斯走到了舞台边上，热内瓦正在那儿给大家倒果汁汽水。

“博斯曼斯恋爱了。”路易斯用轻蔑的语气对海恒多恩说。

“不赖呀，那小妞儿。”海恒多恩说，“小屁股绷得紧紧的。”

“是啊，可长着一张大饼脸。”

“你都可以在上面铺一条毛巾了。”

那个没穿制服，长得像贝卡的女孩坐在阴影里。她的绣花裙子被屈膝弯起的双腿撑住了。她咬黄油面包的时候，她的脸每次都会扭曲成一副怪样儿。

“那边那个，”路易斯说，“倒对我口味。”

海恒多恩径直走到了女孩面前。路易斯羞愧得浑身发烫，看着海恒多恩跟她搭话，手指着自己。

这事儿我要打报告。必须把海恒多恩开除出我们分队，因为他违反了同志情谊的基本规则。

另外，小分队队长，你难道没有看到，海恒多恩已经喝了两瓶奥登那德啤酒，而不是按照正常分配的每人一瓶。还有，小分队队长，海恒多恩的父亲走私肥肉和黄油，儿子也和我们民族最坏的敌人之间私通。海恒多恩伸出手，把女孩拉起来，女孩不可思议地乖乖跟着他来到了路易斯面前。

---

1 赫尔弗（Herve）是比利时的一座小城，当地出产的奶酪散发臭味。
2 卡门贝尔（Camembert）：产自法国诺曼底的奶酪。

“就是他。”海恒多恩说。女孩和路易斯差不多一样高。

“我听说，你有要紧的话儿要对我说。”她嘴里边嚼边说。

“哦……是啊，这儿美极了，森林里空气清新……这块地方……就是出产这种奶酪的地方……”她不可置信地盯着路易斯的腹部，盯着有海鸥围着三角标志飞舞的那块闪亮的腰带扣。今天早上用亮铜油拼命擦过的。希尔德从热内瓦那边的长队里走了出来，递给他一瓶果汁汽水。（滚开，肥婆！）一声口哨响起，所有人都集合到一起。

“下一次你有什么话儿要说的时候，”这个有着灰蓝色眼睛的女孩说，“先好好想清楚再说。”她迈着和她的纤弱身体不太相称的田径员般的大步子，走到剧院后半部去了。

“她可真够自以为是的。”希尔德说。

“她为什么没穿制服？”

“她？”希尔德微微一笑，“她不是我们组织的人。她和她父亲一起来的，就这么回事儿。”

热内瓦在吼，大家都凑了过去，总队长出现了，男孩儿们和小伙儿们围成了好几圈。在圈子正中走出了一个穿着棕色灯芯绒上衣和法兰绒裤子的男人。他的红头发没有洗过，油腻腻的鬈发黏在脑门上。他恼怒的目光往左往右扫视，等到连一点呼吸声都听不到的时候，伸了伸下巴，目光投向远方的小绵羊云朵，像在寻找什么，手臂张开然后又交叉起来。

“有人说……”他恶狠狠地开了个头，清了清喉咙，用尖利的嗓音喊道，“有人说，弗拉芒败了——绝不会！瓦隆人吹嘘说他们赢了——绝不会！我们要这么说，我们要这么发誓，只要我们坚守阵地，我们……”

鸟儿在回应。奶牛哞哞叫。他的喊叫压过了它们，他在号叫，他在咆哮，他将抽搐的手指向着天际线伸开，那里有圭多·赫泽拉（既是教士又是诗人，兼具了三个受人尊敬的职业中的两个）熊熊燃烧的韵脚在震醒直到今天还受着奴役的民族。这个男人擦去了汗水，把自己的鬈发压平，精疲力竭地鞠了鞠躬。

“他还真会做演讲啊。”博斯曼斯说。

“他自己都陶醉了呢。”希尔德说。

“我起了一阵鸡皮疙瘩。”一个小女孩说。她指着她干瘦的胳膊，就在橙色的鲁内文忠诚标志旁边。

“那你真该听听他怎么演说叙利尔·费夏福的海鸥那首诗的，‘在琐细无可留存之处……’”

“如果我不是总得去为文艺团工作，我就会去他的夜校听他讲演说艺术。”

“真不敢相信这个人和在广播电台里演达勒的那个是同一个！”

“宛腾和达勒？他就是那个达勒？”

“对啊，药房师傅佩林克嘛。”

长得像高雅版贝克的那个女孩走到药房师傅面前，挽住他的胳膊，把他带走了，就像带走一个病人。

接下来他们要去拜访黑尔腾·哈伦斯，他的作品有时候会印在《我们的民族》杂志彩页上。我们最著名的风景画家之一，热内瓦说。就像在小国家都会发生的一样，这位画家也是在国外比在我们这儿更受认可，他自己的族人不支持他，但是他经受住了自己的命运考验，过着隐居的生活，完全信赖自己的艺术。

他们唱着歌爬上了一座小山，山上有山间旅店“佩尔杜”，是艺术家开在这森林里清澈的弗拉芒空气中的。

总队长允许他们再喝一杯啤酒，但不能是奥登那德牌的了（假如店主给他们喝的话，因为之前的小瓶子是维勒贝克的酿酒师傅捐给他们的，一个货真价实的热心支持者）。

黑尔腾·哈伦斯是个矮个子男人，有点儿修道士的风范，搓着手在桌子之间来回走。他那几乎光秃秃的、坑坑洼洼的脑袋上这儿那儿长出黄色的软毛。镍制眼镜背后一双狡猾的眼睛。他那啃得光光的手指甲上还有颜料的痕迹，他嘴里来回咬着一只弯曲的烟斗。

他们被允许六人一组地参观他的画室。哈伦斯隔着一扇大窗户——这窗户可以放进来对一个画家来说尤其重要的北边光线——指向屋外起伏的山峦。两副画架上沾满了不计其数的颜料斑点。哈伦斯手上拿着调色板摆出姿态，在希尔德给他和她的小分队女队长拍合影的时候。"照片你可要给我寄一张哦，小妹。"

"那是当然，师傅。"女队长说。

"当然，当然，大家全都是这么一口答应的。"

画看起来都差不多，大部分都是一片雪景，有树枝和日落时分的艳红色天空。在马尔尼克斯·德·派德家的客厅里也挂了这么一幅。

"怎么样，你们喜欢吗？说实话，你们不用装样子。"

"挺美的。"海恒多恩说。

"这我自己也知道。"画家咕哝道，"可是你们感觉到了什么，你们有什么体会，在看到我的画的时候？是有人在《根特新闻报》上写的那种静穆的感动，还是一种美学上的激动？——他们就这么傻站着，张口结舌，鼻孔大开！拜托，这就是弗兰德的青年一代？"

"这是因为我们青年人还不习惯……"女队长开始说。

"那我们的青年一代就必须学会说出自己的想法！"哈伦斯喊道。

"好了，有什么想法？吐出来啊。是不是我的画不够现代，不合你们的品味？但是现代，亲爱的伙计们，所谓的现代败坏了我们的生活，我妻子的、我孩子的，还有我的生活！现代都给我们带来了什么？只有追赶时髦的愚蠢行为！一个比另一个更可笑！这就是当下的人类形象吗？"

他抓起了搁在他的调色板旁边的放大镜，塞进路易斯的手里。

"快啊！用这个看啊！看这儿！现在倒是看一眼啊，该死的！"

路易斯发抖，对准放大镜，看那些小树枝，在胡乱的雪团里那些小树的微小分杈。

"这都是手艺，不是吗？而那个瞎胡闹的什么佩尔梅克[1]，他都做了

---

1 佩尔梅克：康斯坦特·佩尔梅克（Constant Permeke），比利时20世纪重要画家、雕塑家，被认为是弗拉芒表现主义画派的领军人物。

什么，居然还得到了神父施杜博的夸奖？他都做了什么？他就拿了把刷子和一桶，我就明白说了吧，一桶屎，涂到了画布上，然后说：‘我的女士们、先生们，这就是表现主义，这就是我看到的世界！’我，哈伦斯，要说：‘如果这就是你看到的世界，佩尔梅克，那你就得立刻去看眼医，然后直接去做心理治疗！’”

大家应和地哧哧偷笑。

“或者那个弗里茨·冯·德·贝尔歇[1]，那个往画布上涂出一堆怪物，比毕加索还要糟糕，什么猿人啦，丛林里的黑鬼啦，眼睛鼻子都七零八落的巨人啦。在他给《前进》报画画的时候，他又做了什么？他画得整整齐齐，让人一看就清楚是些红色领袖，因为他在大街上被人搭讪，被人劝服了，改唱《国际歌》了。然后他又变了回来，用污水和唾沫给有钱的犹太人画些没手没脚的骗人家伙。或者那个把脸都画得像光屁股的古斯特·德·斯梅特[2]。”

他一手压在希尔德滚圆的手臂上。“到这儿来。我给你透露一个秘密。平时我可绝不会这么做的。厨子不会让人进厨房。好吧，哈伦斯会。看吧。你看到那个小月亮了吗？你看得出来，它是怎么画出来的吗，笔触这么细腻？怎么样，这月亮是怎么画出来的？”

他的一只手放在她的臀部，另一只手在一大堆颜料管、画笔、抹布、报纸、调漆颜料小瓶、松节油罐头中翻来找去，然后将一根火柴举到她戴着圆眼镜的圆脸蛋前。

“在这儿。就这么简单。用一根火柴画的！用一根火柴让一个月亮，一个天体发光。你觉得惊讶了吧？用最简单的工具能做出最了不起的事儿。当然了，一定要懂得自己这门手艺！”

他看了看自己的手表。“下一批。”他说。在他们往门口走的时候

1 弗里茨·冯·德·贝尔歇（Frits van den Berghe）：比利时20世纪画家，通常被归于表现主义与超现实主义流派。

2 古斯特·德·斯梅特（Gust de Smet）：比利时20世纪画家，他与前两者并列为表现主义流派代表画家。

又说："当你们回到家里，伙计们，尽管对你们的父母说，你们在哈伦斯这里看到了什么。如果他们感兴趣观赏黑尔腾·哈伦斯的原作，带签字带证书的那种，他们可以随时到'佩尔杜'来，安安静静喝一小杯，好好看会儿我的画。至于买的画，就是另一回事儿了。那他们就得抓紧时间了，哈伦斯的好作品，连颜料都还没干透呢，就有人从我手上拿走了。是的，他们一定得抓紧了，哈伦斯可干不了多久这个活计了，他心脏不太好了。他经历的事儿太多了。好了，男孩女孩们，再会，惠泽！"

"惠泽，大师，是弗拉芒民族党的人才说的。"

"啊，上帝，说得也对。你们是什么组织来着？弗兰德纳粹青年团。对了，就是这个没错了！那要说万岁，对不对？"

"弗兰德万岁。"博斯曼斯说。

"对。没错。那好，弗兰德万岁。"

在一个和一座教堂一样大的粮仓里，他们躺在稻草中过夜。女孩们都被安排在村里的学校里。落了场夏天的雨。路易斯睡不着。现在药房师傅正带着他那深色头发的妙曼女儿在田野上驰骋，在他们上空是一轮用削尖了的火柴勾勒出的月亮。她落进了一个水沟里，大腿张得很开，她洁白如花的肚子上下起伏。她站起来，又往后摔下去三四次，像是在慢镜头中一样，每一次她的膝盖都向两边偏。粮仓融化了，变成了一座带露天剧院的森林。路易斯的呼吸制造了一股潮湿的暖气。趴着躺了一会儿之后，他转了个身，对着熟睡的博斯曼斯，拉起对方的手，搁在了自己的下体上。他将冰冷的手指弯曲包住那个硬挺挺的玩意儿，几乎都要奔泻而出了。就在这时，他把手推开了。"别碰我的身体，你这混蛋。"他对那个打着鼾的家伙说，然后气鼓鼓地驱赶走了药房师傅女儿的那副画面：她在来维勒贝克路上坐在汽车司机后面，大大的眼睛似乎正从窗户的镜面中与他对视，里面盛满了比利时的所有哀愁。他透过粮仓大门的腐烂木板之间的一条缝隙看着星星，它们并不在我们以为它们所处的位置，因为光在抵达我们之前，有时候会发生奇特的弯曲。

莫娜姑妈给诺拉姑妈倒了杯麦芽咖啡；她们在阳台上等妈妈，因为想和她一起进城去。路易斯坐在厨房里，所以她们没有谈论妈妈。

莫娜姑妈渐渐胖起来了。“因为爱情，”她说，“几家欢乐几家愁。我知道这个时节不是好时候，战火纷飞的，可是我也没办法啊。我和我的二等兵在一起很快乐，我们就像肥肉和鸡蛋一样般配。我已经忘了所有这些糟糕事儿，炸弹啊，炮火啊啥的。乌里说：‘啊，我最亲爱的，我们还能奢望些什么？’而且他那么用心，诺拉！他会把女人供在高台上，同所有德国人一样。他们一旦奔赴战场，就总想着有朝一日要回家，回到一个女人那儿。这个女人对他们来说就是家的象征。这和比利时人可完全不一样。我真的已经在九重天上了，诺拉。”

“只要这份感情能维持……”

“我无所谓。能维持多久，只有我们的主上帝知道！”

“你总是有好运气。”

“可是诺拉，你不会忌妒自己的亲姐姐吧？”

“我没有忌妒！”

“那是悲伤？”

“有一点儿。”

“有时候我也会大着胆子提到结婚的事儿，说我想和他一起去瓦痕堡认识一下他的父母，但是他不愿意。我说：‘可是乌里，要真正了解一个男人，就得认识他的母亲。’‘不，’他说，‘以后吧，等战争结束了以后。’”

“那可就要等上一段时间了，又是两线作战，又是高加索[1]。”

“是啊。”沉默。咖啡杯被挪来挪去。她们在压低声音说话吗？她们在做手势？她们是在指着厨房暗示里面有个告密者？

1 二战爆发后，德国先在西边以闪电战进攻英、法、比、荷、卢等国，没有攻下英国；在1941年6月开始进攻苏联，所以是在东西两条战线上作战。高加索代指苏联。

“可是莫娜，你不会真的有结婚的意思吧？”

“为什么不会有？他以后会有一笔靠谱的收入的，他可是桥梁和街道建筑工程师。”

“他说说而已吧。然后就会去做他的军官。”

“不！他不想做军官的。”

“不由得他想不想做啊。他们都会被迫做军官的。”

“你真觉得是这样？”

“你问问他好了。”

“我不敢问。”

“他真的能找到好工作？”

“他父亲是瓦痕堡的市长，那可不是个小窝儿。”

路易斯试着把注意力集中到自己的家庭作业上。人体中有体细胞和生殖细胞，体细胞不会遗传给下一代。因此是必死的。拉马克对此有相反观点，他认为后天习得的特征是可以遗传的。

“但是我还是有些担忧的，诺拉。如果他现在知道了我是离过婚的，那该怎么办？因为我骗他说，我丈夫在1940年5月牺牲了，手上还拿着机关枪。他也对这个死负有一点点责任，他是德国人嘛。还好他挺相信的。”

“是个虔诚的信徒咯。”

“什么呀，我是说，他比较容易相信别人的话。德国人就是这样。出了口的誓言，他们就觉得是神圣的。”

“他不去望弥撒吗？”

“不。他是新教徒。”

“哎哟喂，这可不能说给我们父亲听。”

“不，我不会放弃他的。首先他给希采丽付舞蹈课的学费，还总想让她叫他爸爸。不，最好还是让他相信我是个*寡妇*。”

“一个啥？”

“一个*寡妇*。这个词听起来有点傻，*寡妇*，但是这指的不就是我嘛，一个没有老公的女人。虽然户籍所那儿不是这么登记的。一个寡妇，还是个快活的寡妇。”

“唉，莫娜，你真是疯了。你总是有好运气。而我呢，我天生就是倒霉的命。就像我这个天生的哮喘。”

路易斯站在银行大楼的壁龛里，用这个带凹槽的花岗岩楼面做掩护。在街道另一边，时不时有一个女人走进药房。

佩林克穿着白大褂在柜台后面走来走去，递出来小瓶子、小罐子，若有所思地点着红头发的严肃的头，称着粉剂。我可以直接作为顾客走进去，要一点膏药或阿司匹林，但是如果她恰好在这一刻从镶了乳化玻璃的门走进来——你好啊，西蒙娜，你这段时间怎么样啊，如果我可以这么不害臊、不谦虚、不礼貌地问你的话？——嘿，你怎么知道我的名字的？——我进行了侦查，打听了消息，盘问了邻居。——这样啊。

圆滚滚的希尔德用充满仇恨的声音说，西蒙娜·佩林克太养尊处优了，所以不会参加运动，而且她的脚太大，读书写字都很吃力。

——买阿司匹林，给我母亲，佩林克先生。——或者说佩林克博士？药房师傅都学过医学的。——嘿，西蒙娜，顺便说一句，西蒙娜，你有没有兴趣明天和我一起去看伊尔泽·维尔纳[1]演的《酬军演唱会》？当然要先得到佩林克博士的同意！

下定了决心后，路易斯做出非常匆忙的样子走进了药房，买阿司匹林。店主几乎没有注意到他。路易斯犹豫了，装作对去头发屑药剂感兴趣的样子，仔细研究药品牌子，然后小心翼翼地把响铃的门在身后关上了；西蒙娜和另一个男孩外出了，一个读书写字都很费力，但却狂热又老到地向她献殷勤的男孩。

他用自己的希特勒青年刀在房屋当街面刮出白色的刀痕。到了家

1 伊尔泽·维尔纳（Ilse Werner）：德荷混血的歌唱家和演员。她成名于德意志第三帝国时期，《酬军演唱会》是她的代表作，是二战期间最受欢迎的纳粹宣传电影之一。

里，爸爸把他的《民族与国家》扔到桌上，作势要站起来。

“你以为是妈妈回来了吧？”

“不，”爸爸说，“她要……”

“晚点才回。她要加班。”

“她要去参加一个会议。她没法开溜。”《民族与国家》很不被爱惜地落在桌子上，下面露出一本《里斯特男爵》[1]小说的泛白、庸俗的封面颜色。

“你饿了吗？我干吗要问呢，你有什么时候不叫饿的。”

爸爸烤了两条鲱鱼。光是香味就已经让路易斯口水直流了。他嚼碎了鱼刺。还是饿。他掏出了《里斯特男爵》这本小说。封面上一个戴了面具、穿着晚礼服的男人正从一列行驶中的火车上跳出来，跳进浅绿色的迷雾里。

“你明天去望弥撒吗，路易斯？”

“当然去。”

路易斯每天早上天还没亮的时候就出发。油灯、缥缈的歌声、神龛里的上帝、尖叫的风琴、老年妇人、圣饼中的上帝、香烟、街区里其他冻得发抖的中学生，以及舌尖上的上帝。

“弥撒结束的时候，他们就已经开始工作了吗，对面艾尔拉厂子里？”

“这要看弥撒什么时候完。有时候人们已经站到门口了。”

“什么人？”

“工人。白领职员会晚一点到。比如妈妈。八点半到。”

“那些老板呢？”

“什么老板？”

“厂长啊！”爸爸不耐烦地说。

“我怎么知道他们什么时候来？”

1《里斯特男爵》（*Lord Lister*）：源自德国20世纪初的系列通俗犯罪小说，非常流行。二三十年代有荷兰作家续写这个系列，流行于低地国家。

“你从没见过他们吗，一大早，劳森吉尔和其他厂长？”

“我没注意过。”

“你从来就注意不到什么。”

在他的《里斯特男爵》旁边，爸爸摆好了一盒方糖和一杯水。盒子已经空了四分之三。

“他们当然会迟到。怎么可能不会？晚上都是在狂欢、酗酒，早上才没法爬下床呢。虽然他们都是安插在责任重大的位子上，就因为他们有专业知识。现在倒是可以提意见说，厂里都只有备用零件需要修理了。但是梅塞施密特[1]的每一个备用零件都很重要。如果老板们不能履行他们的职责，整个战争就会灰飞烟灭。”

他喝水，含了一口水在嘴里，又塞进去一块方糖，吮吸起来。

“你认识过他们了，那些厂长？”

“妈妈的老板吗？”

“对。那个劳森吉尔先生和另一个妈妈有时会提到的科尼格博士。你已经见过他们了吧？”

“我？还没见过啊。”

“我原来以为，以为你已经见过他们了，就在他们在格罗特市场上一起吃蛋糕的时候，三个人一起。”

“没有见过。”路易斯执拗地说。

半个小时以后爸爸再也忍不住了。“跟我来。”他戴上了礼帽。在“前进”电影院，《酬军演唱会》已经下架了。他们看了另一场伊尔泽·维尔纳演的电影。当一个穿着南德连衣裙的小女孩不幸陷入一场战役，在险峻的山区里孤零零地对着巨大的云朵哭喊着妈妈的时候，爸爸气冲冲地咬着自己的指关节。他们前一排坐着的穿黑外套的水手和船员也都被打动了，安静得像小老鼠一样。某一天，他们也会随人带老鼠地沉下去，远离他们的妈妈，沉到冰冷的水里去。

---

1 梅塞施密特（Messerschmitt）：著名德国飞机制造商，二战期间为纳粹德国制造了大量出色的战斗机。

在“格略宁尔”酒馆，马尔尼克斯·德·派德的两个金发儿子，阿玛迪奥斯[1]和亚里士多德怯生生地手拉着手。他们喝醉了的父亲躺在绿色的丝绒沙发上，头上是一幅真人大小、颜色逼真的肖像画，画的是亲卫队下级突击队队长托伦纳勒，画像周围绕着一条黑色布带，与德·派德脖子上围着的灰色丝绸围巾构成了悲悼的呼应。托伦纳勒到死都在坚守自己的职责，没有任何废话，这简直是一记耳光打在比利时温吞淡漠的脸上，是狠狠一拳砸在整个弗拉芒群体身上。因为如果莫斯科赢了，西方就会陷落。而我们这位充满激情的戴眼镜律师就是无法眼睁睁看到我们的宗教、我们的文化、我们的经济遭受威胁。为了故乡、为了家、为了圣坛献身。他们必须用甘油炸药炸开冻土，才能放下棺材，在伯德贝雷斯杰[2]的东正教小教堂的阴影下。就连伦敦的广播电台似乎也展示了公平竞争的原则，将他的牺牲描述为坚守信念之死。

“欧洲、欧洲，它根本就不存在！”马尔尼克斯·德·派德说。

“马尔尼克斯，”爸爸说（他平常在诗人清醒的时候都是用尊称，称呼他的姓），“马尔尼克斯，你喝得太高了。”

“斯塔夫·塞涅夫，欧洲从来就是，以后也都会是，胡乱扔到一起的一堆国家，这些国家首先想的就是为了自己的民族特产打仗，捍卫自己的意大利面，自己的淡色艾尔啤酒[3]，自己的歌德。”

“可是在许多人心目中大欧洲还是存在的。”一个教师说。

“当然了，”德·派德说，“查理大帝那儿有一个，拿破仑也有一个，那是多么让人明了的一个玩意儿啊，一眼看得清楚，一下就管得住。可是关键是，今天这群东西，今天这群东西……诺埃尔，再来一杯苏格兰威士忌！”

“你可超过今天的量了啊。”列法艾特说。

---

1 莫扎特的名。
2 俄罗斯村庄名。俄罗斯有多个村庄都是这个名字。
3 一种啤酒种类，其中淡色麦芽成分很高。在英、法、爱尔兰都有酿造。

“再要两杯榨柠檬水给我的后生小子们！”

“多加点糖。”亚里士多德高声叫唤道。

“这些小市民，什么都喜欢整出个大东西来！大根特、大安特卫普、大低地国、大尼德兰。而且这也不是啥新鲜玩意儿了，我的先生们。你们回忆一下——你们之中的老先生回想起来的——那些个小丑，什么皮埃尔·诺索姆博[1]啊、卡尔东·德·维亚尔[2]啊，还有其他别的不？他们在14—18年的战争期间都想打造一个大比利时，加上荷兰的林堡和卢森堡大——又一个大！——大公国。还有谁来着？那个光名字就够绝的，实际上是本地特产如假包换的，钢铁托拉斯的那个巴班松，你们知道吧，他满脑子都以为自己就是《布拉班特之歌》[3]呢！除了这些还有谁？啊，对了，当时做战争部部长的德·布洛克威尔[4]！就在我们的步兵、我们国家的鲜花在战壕里遭人屠杀的时候，这些先生们却在巴黎一家深宫秘宅里由一群荡妇陪着喝唐培里侬香槟，挖空心思捣鼓他们的大比利时！按照这些贵族爷们的痴心妄想，1917年巴勒斯坦和它的圣地要接受这个大比利时的监管。以我们勇敢的十字军东征将领，布永的戈弗雷[5]和拿斧子的鲍德温的名义。不对，是鲍德温二世[6]吧？”

“鲍德温一世和鲍德温二世。”路易斯说，“带斧子的鲍德温是弗兰德伯爵，没有参加过十字军东征。”

---

1 皮埃尔·诺索姆博（Pierre Nothomb）：比利时作家与右翼政治家，一度亲近法西斯。他在一战期间推动了民族主义色彩浓厚的大比利时运动。

2 卡尔东·德·维亚尔（Carton de Wiart）：比利时政治家，一战期间任司法大臣，后曾出任首相。

3《布拉班特之歌》（*La Brabançonne*）：比利时国歌，歌名源自神圣罗马帝国成员布拉班特公国。

4 德·布洛克威尔（De Broqueville）：比利时政治家，一战期间任战争部部长，但是随政府流亡法国，曾两次出任首相。

5 布永的戈弗雷（Gottfried von Bouillon）：下洛林公爵、布永伯爵、第一次十字军东征的将领。

6 鲍德温二世是参加过第一次十字军东征和占领耶路撒冷的弗兰德伯爵。带斧子的鲍德温是他的儿子。鲍德温一世是参加过第四次十字军东征的弗兰德伯爵，占领君士坦丁堡后称帝，后被保加利亚国王打败，囚禁于阿德里安堡。

“那君士坦丁堡的皇帝鲍德温又是谁，他不是被保加利亚人砍了头，头盖骨还被他们横着劈开了？”

金发的双胞胎惊叫起来。

马尔尼克斯·德·派德放肆地继续往下说：“保加利亚人接着还往里面倒葡萄酒，生吃了他的脑子？”

“安静，孩子们！”诺埃尔，这家酒馆的老板说。

“那就是鲍德温一世。”路易斯说，“在阿德里安堡遇害。”

“我还以为他就是带斧子的鲍德温呢，因为他头上插过斧头嘛……”

“不，带斧子的鲍德温有这个绰号是因为他竭尽全力维护正义和秩序。”路易斯说。

“用葡萄酒焖烧脑袋瓜儿，味道肯定不会差。”一个土地测量员说，“不过生吃的话，不，这可不对我胃口。”

“把圣地交给比利时人，这真是个不错的主意。”宏泰斯先生说。

“还偏偏是比利时人。”爸爸轻蔑地说。

“要给犹太人就不太妙了。”

“比利时差一点儿就得到了呢，那块圣地。”马尔尼克斯·德·派德说，“说到底，重要的大人物可都为了这个拼了把老命呢。”

“红衣主教默西尔[1]。”列法艾特说。

“红衣主教么谢儿[2]。”爸爸说。

“他为了这事儿专门到巴黎去投奔克列孟梭[3]呢。”

“去那头老虎那儿！”爸爸说。

“克列孟梭对这个想法还真有点儿兴趣。”

“那为什么后来一点儿成果都没有？”一个养花匠问道。德·派德

---

1 默西尔（Mercier）：比利时梅赫伦市的红衣主教，在一战期间领导比利时人民反抗德国入侵，他反对弗兰德独立运动，坚持要求比利时使用法语。

2 默西尔（Mercier）和法语中的“感谢”（Merci）发音相近，父亲在这里讽刺拥护法语特权的主教。

3 克列孟梭（Clemenceau）：法国政治家、新闻记者、第三共和国总理，人称“法兰西之虎”，在一战期间是坚定的主战派，一战后代表法国参加巴黎和会，签订《凡尔赛和约》。

半醉半醒地摇着头。“不知道啊。”他咕哝道。

“因为克列孟梭最后没有当选总统。”列法艾特说，“他完全就是赌气，回到了自己的农庄里，再也不关心政事了。”

“大比利时的计划也就泡汤了！”爸爸得意地叫道，“我一直就说嘛，比利时不是个国家，就是个状态。”

“尽管如此，这也是个不错的理念。”宏泰斯先生说，“比利时本可以做点好生意的。”

“我们本来可以组织去巴勒斯坦的度假旅游的。”

“是啊，孩子多的家庭去还可以半价。”

“诺埃尔，刚才点的，再来一份。”

“在圣地的阳光下，喝一杯上好的绿茴香酒。”

“是啊，人总是要梦想一下天堂的。”

“天堂。”马尔尼克斯·德·派德头重脚轻地说，“出现时间太短了。按照佛罗伦萨的‘至高诗人’[1]的算法，天堂出现不会超过六小时。”

大家一致认为，这确实太短了。

“你怎么了，斯塔夫？你看上去脸色好白。”宏泰斯先生问道。

“他肚子里有带虫，因为他吃了太多猪肉杂碎。”

“是的，都是他弟弟罗伯特带给他的。”

“别管我，”爸爸说，“我也不知道我是怎么了。”

在俄罗斯，在米乌斯河和伊尔门湖畔的冬季防线之后，士兵们排着刺猬型防御阵形冻死。而在“格略宁尔”酒馆，大家挤在砰砰直响的小圆铁炉周围，诺埃尔慷慨地往炉子里加了煤球。

一身军灰色的人往屋内投来艳羡的目光。阿玛迪奥斯和亚里士多德一动不动。下午的时光在流逝。逸闻趣事，淡啤酒与荤段子交错（在瓦勒人们管这叫“黑色学校”）。德·派德啰里啰唆、颠三倒四地讲起了英国大学问家拉斯金[2]的趣事，这个拉斯金写了好几本关于希腊雕塑

1 原文为意大利语，至高诗人指但丁。

2 拉斯金：约翰·拉斯金（John Ruskin），19世纪下半叶英国著名文艺批评家。

的厚厚的书，到了新婚之夜，这个当然还是童子身的家伙才第一次看到裸体的女人，他的女人。“这个女人，肯定的嘛，下体上就会有毛啊，不然还能怎样？这个文化历史学家约翰·拉斯金呢，在他的图书馆里，在那些有希腊艺术复制品的书里，就从来没有见过这样的，希腊人觉得把那儿剃得光光的才是最清爽最美的嘛。所以拉斯金就往那里看啊看啊，然后像条小猎犬一样哧溜跑出了卧室。他再也没在那儿睡过觉，没有睡在他老婆身边，虽然人家是个受人尊敬的淑女，形态也好看。在他整个不幸的一生中，拉斯金都不敢告诉任何人，他都快为这个得神经病了，因为他总以为和一个怪胎结了婚，一种长毛的猿人。”

“真是无奇不有啊！”

“这是什么鬼文化历史学家啊！”

“傻愣子一个。”

“我有一个办公室主任，”宏泰斯先生说，“他会把自己和他老婆那儿都剃得光光的。”

“那可真是个活儿，还要不断地做。”

“是啊，不然新长的楂儿可扎人了。”

“要是再互相摩擦摩擦的话……”

“我的先生们，”列法艾特说，“这里还有孩子呢！”路易斯感到寒冷的怒气在往上涌。但列法艾特指的是派德的那对双胞胎。

“有啥呀，我的小伙儿们可都是了解生活的，对不对？”

“对，爸爸。”阿玛迪奥斯和亚里士多德异口同声地说。

“亚里斯还真是雅利安种[1]，眼睛这么蓝。”

“你们以为我为什么要给他们取这样的名字？希腊与日耳曼尼亚的结合，这可是荷尔德林[2]的梦想。”

路易斯希望，西蒙娜现在能路过这里，能隔着窗户边儿盆花发

---

1 亚里斯（Aris）是亚里士多德（Aristoteles）的简称，和雅利安（Arisch）谐音。

2 荷尔德林：弗里德里希·荷尔德林（Friedrich Hölderlin），德国18世纪末19世纪初的著名诗人，憧憬古典时代和德意志精神的结合。

现他，看到他作为和其他大人平起平坐的聊天者——至少从外面看起来是这样，如果她能把鼻子压在窗玻璃上看的话——朝马尔尼克斯·德·派德的威士忌酒杯举起了自己的汽水，要和这个相片出现在费旭伦大辞典上的诗人碰杯。她肯定会敬畏得浑身发痒，直到腹股沟，那里一定长了毛发，深褐色或者漆黑。如果一枚英国炸弹落下来，西蒙娜就会被冲到一米高的地方，再被甩到一个战壕里。一股火焰龙卷风只会烧掉她的裙子和内衣内裤，那时候他就可以看到那个地方了，那块长毛的三角；这之后"格略宁尔"酒馆尽管倒塌，瓦砾尽管埋葬他的目光。

路易斯脚下是厨房，那儿一片寂静。有时候爸爸会悄悄从工坊里溜出来，逮他个正着。上个星期他撞到了阳台门后面小老鼠般安静的爸爸，就像个豹子一样埋伏着随时会跳出来。跳向谁？跳向什么？

路易斯在楼道里仔细听。房外大街上有三四个邻居在聊食品市场，她们的木鞋跟敲击着、刮擦着地面。工坊里传来机器的隆隆响和嗤嗤声。（上万份传单正在印刷，上面画着一排冒烟的、半毁了的房子，一位把自己受伤的孩子按在胸口的母亲，还有一行冒出火焰的哥特体花字：**"丘吉尔，你这个恶棍，你为什么这么残害我们？"**）

在他父母的卧室有股浑浊的酸味。当他落到他们床上，他的温暖脸颊依偎在冰凉的浅橙色披风里，灰尘在惨淡的冬日阳光里旋飞起来。他的食指抠进了披风的一道裂缝里。他躺在妈妈这边。以前，在假期里，从学校宿舍回来，他晚上都会听到父母压低了声音，静悄悄地、安宁地和对方说些听不清的话。他们有时候可以让门开着，让他知道他们都在。他们的闲谈让他有安全感，这样深夜里的米泽尔就不能把他怎样了。半夜时分，间或听得到一声轻轻的呻吟、尖叫，是爸爸从灵魂最深处发出的叹息。最近一段时间，他们在床上不再和对方说话了。爸爸早就躺下睡着了，而她还在楼下消磨时间，可以听到她在划火柴，窸窸窣窣地翻杂志。有时候，在他扭着脸努力去听的时候，他觉得他听到了她在拨弄自己的香烟，或者她肚子里咕咕作响。

路易斯往梳妆台上的镜子里看，那桌上放了咪咪牌润肤膏、一管“秋日玫瑰”和托卡依牌香粉。他身体几乎不知不觉地发生了变化（两个都很必要：不知不觉和变化）。间谍。塞涅夫之豹。靠得很近了，她的毛孔、她的鼻子、她的怒气冲冲的小嘴。变化？算了吧，你这做梦的家伙。我没看到有什么不一样，有什么很特别。尽管我经历的是一个男人，哦，好吧，一个很年轻的男人能遭受到的最糟糕的事情。

如果我告诉海恒多恩，他会爆发大笑的，就像两天前那样。现在总算有惩罚降到了我头上。难道我不仅不纯洁——我用我的淫欲破坏了第六条戒律[1]，有时候一天两次——而且还是受到诅咒必得如此？难道我现在成了人们所称的“大地上受诅咒之人”中的一个？

房子前的那些女邻居们开始尖叫，她们的木鞋脚跟吱嘎吱嘎响，显然是瓦勒的空袭警报响了，因为有轰炸机的隆隆声猛不及防地传来，在拉特堡一带有高射炮的哒哒响声。路易斯用食指按在发鬓，只要过上让人永难忘记的一秒，这一些就会结束。他脸上找不到任何该隐的标记[2]，没有儒勒·凡尔纳[3]和杰克·伦敦描写的那种在一个潜水艇船长或一个淘金者脸上能看到的命运标记。尽管如此我还是遭受了命运的打击，每个弗兰德纳粹青年团的男孩儿都知道了，都发出了复仇女神般的爆笑。

也许妈妈已经知道了。简直无法忍受。她当然知道的，但是却从不提起，甚至不会对自己说起这件事，她只是在内心深处为自己的独子羞愧得哭泣。

两天前。

击剑。唱《凯姆兰德》[4]，两声部。理论课。谈到了在我们之中流传的犹太—美国恶俗音乐，它在败坏我们的音乐品味，而我们从中世纪

---

1 此处当为十戒中第七戒，不可奸淫。第六戒是不可杀人。
2《圣经·旧约》中该隐杀死了自己的弟弟亚伯，上帝在他身上做了标记，即定罪的标记。
3 儒勒·凡尔纳（Jules Verne）：法国19世纪晚期著名作家，现代科幻小说开创人。
4 一首具有民歌风格，歌颂弗兰德凯姆兰德地区风光的歌。

以来就是在最原初的自然音韵中找到我们音乐的和谐之美的。体操，拳击。然后就是那个受诅咒的时刻。淋浴的时候。已经好几个星期都没有热水了。冰冷的水滴滴下来，然后突然猛地落下一大股凉水。我们必须对自己进行艰苦锻炼。于是我就离开了贴了方形瓷砖、留了疙疙瘩瘩的水泥缝、不那么冷的墙，走到了鞭打人的冰冷水柱正中间。与我们那些涂着绵羊油，坚守在冬日防线上、哈尔科夫、弗亚斯马、奥廖尔、什利谢利堡这些城市前的小伙子相比，这又算得了什么？在西伯利亚瀑布下擦肥皂。这时候博斯曼斯走了进来，把浴巾挂在墙上的钩子上，瞪大了眼睛，指着路易斯的下体，像个女孩儿一样用手蒙住了嘴，咯咯直笑。为什么啊？这个患了肺结核、瘦条条的博斯曼斯拽住了路易斯的胳膊，出人意料地猛一推，把他推到了门口。他们小分队的其他七个男孩正站在那儿，这会儿都注视着他了。

“你们看哪，”博斯曼斯尖叫着说，“看他的小把儿！”他拉开了路易斯想要遮盖住在永恒的冰风中皱缩起来的软条儿的手。

“是裁判员嘴里的小哨儿吧。”

“是条蚯蚓。”

“是根火柴。”

“用这个的话，你可没法伺候任何女孩啊，塞涅夫。”

“队长，过来看啊！”

热内瓦大张着腿走了过来，湿湿的登山鞋像是嵌进了水泥地面。他说，这很自然。其他人哧哧地笑。“我的话，”热内瓦说，“冲澡的时候也会这样。有时候我要费半天劲才找得到它呢。”

复仇女神哄堂大笑。队长讲的，就是个闵希豪森男爵[1]的谎言，所以他们才会乐得东倒西歪的。（我逃进了自己的湿衣服里，跑过了整个瓦勒，一路打着寒战。）

“现在都闹够了吧，这小伙儿对这个也没办法的。”热内瓦还说

---

1 闵希豪森男爵（Baron von Münchhausen）：原本是德国18世纪的一个贵族，后来成为讽刺小说人物，以吹嘘自己虚构的荒诞冒险经历出名，是“吹牛大王”的代称。

了句。

这是蛋头所受的诅咒。所有教士受到的诅咒。所以他们才不结婚。就因为他们一出生，那个把儿就成了小不点的样儿。所以教士们才把自己残缺的、减损了的躯体献给上帝。脏塞弗是因为这个才受人咒骂吧，他在大战之前，在比利时还可以公开庆祝狂欢节的时候，把自己装扮成了西班牙舞女。我们和犹太人[1]一样都是有耻辱印记的种族，在那个地方受了折损，下面那个地方。

路易斯在镜子里没发现什么新东西。如果我穿着制服这么大摇大摆地走在城里，我就和脏塞弗一样了。

他戴上了妈妈的缟玛瑙耳环，在和爸爸一样的嘴唇上涂上了口红。在香水味儿四溢的衣柜里，他在带胶木乳头的粉红色橡皮注水器旁边看到了被剪得千疮百孔的那件皮毛大衣，它像一只闪闪发光的长毛动物躺在角落里。他穿上了这件大衣。在镜子前蹲了十分钟，硬硬的皮毛在他活动头部的时候会刮擦脖子。他左右晃着头，一个张开了不规则的红艳艳嘴巴的男孩，不仅受了诅咒，而且还是个大笨蛋。

早上，望了弥撒之后，他在去学校的路上停下，站在了银行大楼的壁龛里。由于地面结冰变滑，骑自行车的人们都低着头，骑得非常慢。

塞涅夫，你这个笨蛋，你在这里做什么？

天哪，塞涅夫，我也没别的办法。

为什么？你就不能放弃吗？

不。我必须见到她。

你见不到她的。她还在睡觉呢。

我不管。那我至少要看看她睡觉的那个房间的窗户。

你都不知道是哪扇窗户。

那边那扇。我看到过那里亮灯，在她父亲穿着那件傻白大褂站在

---

1 犹太民族有给男孩施割礼的习俗。

店里的时候，有一道光在遮光的纸的边沿射出来。

如果那是她父亲的房间呢？

不会。他从来不会点灯。佩林克家的都抠门，出了名的。

太阳升了起来，他饿了。他沿着茨威格赫姆大街走，不再和吹毛求疵、捣蛋烦人的另一个塞涅夫说话了。在贝斯滕市场的高地上聚集了一堆人。他们吵吵嚷嚷，喋喋不休，手指着高处。一个伞兵在夜里撞到了阿克曼磨坊的外墙上，一条暗红色的胳膊和一块卡其色的肚子还挂在那儿，破碎的衣服、皮革和金属，还有肉块都串在一截排水管上。围观者的嘴里冒出白色的雾气。

“真活该。什么样的人有什么样的报应。”

“这就是给他们的一个教训。”

“怎么把剩下的搞走呢？光用梯子可够不着。”

“可能要叫消防队来。”

“那些东西会自己掉下来的吧？”

“看上去像是一个年轻小子。”

“可能是个黑鬼吧。”

“不论怎样肯定是个美国人，看那浅卡其色的料子。”

“你倒是挺懂的啊？”

“我？不，不，我什么都不懂。我就是这么说说。”

“他肯定什么都没感觉到。”

“肯定有感觉的。他一定发现了自己的降落伞没打开。”

“最多也就半分钟。”

“半分钟也可以很长的。”

“米莉亚姆，他本来要飞到你的窗户那儿去的。”

“格奥尔格娜，别说了。我根本想都不敢想！”

“今天晚上最好把你的窗户关紧，米莉亚姆。”

“我都要你别说了。我会梦见这么一个家伙从窗户撞进我房间的。”

“直接撞到你床上吧，米莉亚姆。”

路易斯走过公园的时候，突然之间所有树木都散发出一股强烈的刺鼻味道。他感觉自己是在蹚过这阵几乎可以用手抓到的气味。是空气，不过就是空气，他想，这时候他的膝盖不听话了，他带着一种放纵的慵懒感倒了下来。他越陷越深，深到不可思议，红色棉花组成的一席大被子在他上方展开，他遭到了温柔的消灭。他的耳朵落在了天鹅绒的荨麻上，一棵巨大的煮熟了的花菜上，他的脸落在了马的鬃毛做成的一副柔软而滑动的料子上，这料子变得柔软，滑动起来。他听到阿斯特丽德王后穿着木鞋跟的鞋子走近了，她弯腰向他俯身下来。

他被路人带回了家。他听到他们说到了什么维他命之类的。妈妈坐到了他身旁，紧挨着这个毫无抵抗力，全身无力地躺在自己床上的塞涅夫。她说："你可真把我吓坏了，我还以为你出事故了呢。不过没啥严重的，就是身体太虚弱了，没啥严重的，这样的事儿经常有的。"他用尽全身力气，拉过她的手，亲了亲黑色网格手套里喷了香水的干燥皮肤。他是格略宁尔的金马刺战役中的一个骑士，以为自己被敌人的箭射中，吓得昏倒，但是摆脱了自己的恐惧幻象之后，他看到战友高叫着："惠泽！所有瓦隆人，所有那些骗子，把他们都杀死！"并且，又挣扎着要重上战场了。我也要这样。他从被子里伸出腿来，站了起来。"你瞧瞧？"妈妈说，"我不是说了吗？没啥严重的。谢天谢地。不过你脖子上这些红斑是怎么回事？看起来像是血液中毒。像我以前从染了色的皮毛大衣上感染的那种。"

他再也不去望弥撒了。数学老师把他开除出了教室。他的兴趣寡淡，同爸爸一个样儿。"两个牢骚鬼，"妈妈说，"而我就得使出九牛二虎之力，才能让我们家过得舒服一点儿。"

"你也是在说我吗？"路易斯叫道。

"我说的也是你。"

风暴来得越来越频繁。他们就着蜡烛的光坐着，开不了收音机，吃番茄酱拌的白豆。妈妈讲到了比比二号，劳森吉尔博士买的新狗，一条腊肠犬，每天必须跑两公里才能保持健康。

“他就不能自己去遛狗吗？”爸爸问。

“我必须按他要求的做，他是我老板。他也没有时间牵着狗绳四处走。”

“那他一整天都干什么？工作别人都给他做完了。”

“但他要对他在莱比锡的上级负责。”

“他的时间都花在读法国报纸了吧。”爸爸说。

“你怎么知道的？”

“我怎么知道的和你没关系。我只是说，他早上第一件事儿就是读报纸。我知道。最先读的是法国报纸。”

“不对。”路易斯说，“他是吃两块吐司面包来开始新的一天的。”

“是吗？”妈妈脸上好几个星期来第一次出现了嘲讽的微笑。

“你怎么知道的？”爸爸叫道。

“我什么都知道。”

“是吗？真的吗？什么都知道？”妈妈把他的碟子装得满满的，差点溢出来。

“吐司面包和三杯茶。”

“茶！”爸爸惊恐地说，“和英国人一样！”

“然后抽一支烟。再然后读关于世界新闻的最重要的报纸。国内和国际政治。”

“我也想这么做，”爸爸说，“如果我有时间的话。”

“十点的时候会有人送信来。但妈妈事先已经把信分好了类。她整理出了所有必须由他亲自阅读的信。”

“你该不会是我们办公室的一只苍蝇吧？”

“再然后呢？”爸爸问。

“他读信。中间有很多是求助信。要决定谁是有必要去帮助的，可不容易。谷子里面总是掺了不少糠。”

我的父母都盯着我的嘴唇看。尤其是妈妈。

“其中有一封信是普通农民写的，他们担心自己的儿子：拜托您了，劳森吉尔先生，他们跟我们说，我们的威廉下一次要随征军车列去德国，可他是非常好的一名焊接工，而且干活儿非常卖力的。您问一问塞涅夫夫人就知道了。”

妈妈发出了一声呜咽的声音，将一根新香烟接在抽到只剩尾巴的香烟上。

“或者，劳森吉尔先生，我们的盖拉尔德被机器弄断了一根手指。这该谁来赔钱？”

“别装模作样地说德语了。这么耍聪明没用。”爸爸说，“只有亲英派才会这么做。”

“继续，路易斯，继续。”妈妈两眼放光地说。

“然后他又和求助人的村子里的牧师打电话，了解信里的事儿是不是属实，那家人在教区里有没有好声誉，大家都知道的，在战争年代，人心都会变坏，变狡诈。然后，十一点，他有会谈时间，接待工厂师傅们。午饭他是在塞涅夫夫人的陪同下吃的，一个鸡蛋，有鱼有肉，有低浓度啤酒，如果司令官不反对，还会有半瓶波多尔红酒。然后车子开来了，他就去瓦隆区法语居民的堡垒了，去‘弗兰德里亚’俱乐部打他喜爱的网球了。虽然他有着无人可比的灵活，但他还是时不时地屈膝摔倒，弄脏了自己的网球裤。不过他关节活络得很，可以把一只脚弯到脖子上。这之后，他就会舔一个路过的女士的冰激凌，不对，他还不会……”

“这话什么意思，不对，他还不会？”

“让他往下说，斯塔夫！”

“我刚忘了说，在他舔冰激凌之前，要先去冲个澡清洗清洗。不会太冷。绝不能太冷。”

蜡烛火光闪动。路易斯吃了几颗冷豆子。他没兴趣继续编下去了，但妈妈还在柔和的光影交错里兴奋地等着。

“他打完了网球。”爸爸说。

"接着他又坐车回办公室。他坐在司机旁边，因为他是一个平易近人的老板。而且他一定要先和塞涅夫夫人开两句玩笑再开始工作。在吃晚饭之前，他会玩一轮单人纸牌游戏。晚饭总是先上一道汤。然后在他的居所就会架好桥牌桌，比利时金融界的大人物们都会来做客。他很少能去打猎，这让他觉得遗憾，因为在他的家乡，他从来不会错过机会，套上打猎的靴子，同猎人们一起去偷袭猎物，有时候也会在路边一间小茅屋里喝杯咖啡。"

"你刚才还说他喝的是茶！"爸爸得意地叫起来。

"打猎的时候他喝咖啡，直接从灶火上煮沸了的锅里取了喝，同时还和茅屋里住的人闲聊。当然保持着必要的距离。"

妈妈收拾桌子。"现在够了。"

"他读书挺多的吧？"爸爸问。

"现在都不读了。他以前读得够多了，他自己说的。"

"够多了。是啊，够多了。"妈妈说。

"听你这么说，他是个有趣的男人。"爸爸说。

路易斯很恼火，海恒多恩从来没有在学校院子里打听过他为什么不再参加弗兰德纳粹青年团的集会。小分队里也没有人到他家来和他谈话。他们也许把他当作了一只逃离沉船的老鼠，就在欧洲，在伏尔加河上流，在北非奋战，而财阀们越来越多地轰炸巴黎、柏林和瓦勒的时候。

他又按时去望弥撒了，几乎每天都会在他嘴上领受宽恕的上帝（必须相信这个上帝，不然就会立刻被吊死在最近的木梁上）。一天早上，他在望弥撒时，透过更衣室半开的门在不到一秒的时间里看到了一个衣衫褴褛、没刮胡子的矮个子年轻人。他一只手臂做着激动的手势，用哀求的音调，向着一个人说话，那人正是蛋头。毫无疑问就是他，这个戴着笨重眼镜架的高个儿教士居然会在这个时间点，站在离他的学校五公里之外的圣罗胡斯教堂的更衣室里，真是让人费解，简直匪夷所思。

“我今天早上在圣罗胡斯教堂看到您了。”路易斯在课间长时间休息的时候说。

“我？不。这不可能。”

“我认出您了。”

“你把另一个光头教士当作我了。”

“您在撒谎，阁下。”

“没有。好吧，我有。”路易斯的导师兼敌人兼首领兼精神上的父亲成了一个面色苍白的男人，下嘴唇耷拉下来，像一个画了嘴唇站在镜子前的男孩。

“我会跟你解释的，路易斯。但现在不行。我请你，以耶稣基督的名义请求你，忘了曾经在那里看到过我。我求你不要透露给任何人。”

（他在那里做了什么，离圣坛就十步远的地方？在更衣室里？在做黑弥撒[1]吗？）

“我能信任你的吧，路易斯？”

“我发誓不告密，阁下。”

“我会为此奖励你的。”

“不用，阁下。”他们之间第一次是路易斯扔下另一个人，离开了。

“这男孩儿会变成他自己的影子的，康斯坦泽。你看看他，白得像花菜一样。他吃得太不够了，康斯坦泽，这话儿我一定得说出来了。”

“他吃起饭来就像个粮仓里的脱粒机。”

“可是吃的是啥啊？修女泡芙！”

“不，吃的肉。在学校里他还有牛奶、维他命和军用饼干吃。”

“要不他就是吃了那么多肉长了带虫？”

“我们罗伯特的肉是常常有点发酸。谁都不能说，罗伯特特别照顾

1 黑弥撒：模仿正规弥撒祭拜魔鬼的邪教仪式。

自家人。”

“我觉得他是有心事。你有心事吗，路易斯，我的小伙子？”

“我没有啊，怎么了，婆妈妈？”路易斯说。

“我认为他是恋爱了。”

“海伦娜哟，你脑子里想的都是这个。不，他骨头里有什么不对劲，康斯坦泽。”

“他是在长身体呢。”

“是啊，你看看他的手、他的脚。他要长成个瘦竹竿了。”

“是啊，唰唰地往天上射呢。”

“你既然说到射了，菲尼斯的市长被射死了。”

“菲尼斯，这个地方在哪儿？”

“他们射中了他的肝脏。救都没法救了。”

“是瓦隆区的人干的，他们静悄悄地溜到我们这边来了。在瓦隆区，他们随心所欲地杀人放火。那儿挤满了外国人和各色分子。”

“他们拿了莫斯科的钱，要帮助俄罗斯前线减轻压力。”

“还有我们的莫娜的乌里。他现在要被派到，派到哪儿去了？派到索马里。她从早哭到晚。希采丽就放在怀里。对孩子来说这可不是什么好事儿。”

“尽早知道恋爱的痛苦是怎么回事儿，也许更好吧。”妈妈说。

婆妈妈几乎要笑得背过气去了。“康斯坦泽哟！看你这话说的！就像在墓地里或在法庭上！”她平静下来，扯了扯自己的披肩，“恋爱的痛苦虽然让人难受，但这是人生的盐啊。”

“我更想要一个盐腌鲱鱼。”海伦娜姑妈说。

在艾尔拉前线修理厂门前站岗的那个农夫长相的守卫并不是弗拉芒卫队[1]的队员，而是穿着空军的深灰色制服。在路易斯走进大门的时

1 纳粹德国政府在1941年春设立的辅助守卫队，听命于德国军队的指挥官。

候，他是有意朝另一个方向望去的吗？很有可能，不，妈妈肯定已经通知了这个大老粗他要来的。这男人的步枪毫无疑问是没有子弹的玩具。真正的步枪不会在这里，在这个有几栋小塔楼、工人的联排宿舍、带小花园的小别墅的不起眼的瓦勒开火的。欧洲的命运是在别的地方决定的。

穿着灰色工作服的年轻男人俯身在嗡嗡叫、隆隆响的机器上。这一次妈妈解说得很好，他很快就找到了通道和左边第三扇挂有“劳森吉尔博士”牌子的门。

“请进。”他听到了妈妈欢快的声音。她从打字机后面跳了起来，走到他面前，用同样旋风般的动作整了整自己的头发，按灭了香烟头，伸出了手，就像是她要像对一个陌生来访者一样和路易斯握手，但只是摸了摸他的脸颊。（她在扮演母亲的样子，好让一个嘴唇之间含着回形针、坐在小一点的书桌后面的白发瘦女士能看到。）

办公室里灯火通明，通过大窗户可以观察对面房子里的钳工。明亮的家具，大部分身体都藏在一棵棕榈树下的元首的照片，一份配有阿尔卑斯山全景图的挂历，钢做的抽屉柜，上面放了几十盆仙人掌。她的天堂，让她乐不思家的地方。那个干瘦的女士抓起一份传单消失了。

“你想喝杯咖啡吗？”

“不了，谢谢。”

“这可不是麦芽咖啡哦。”

“不用。”

“你不会和我闹别扭，对吗？”

“不，妈妈。”

“这是真正的咖啡豆磨出的咖啡。我只能取两三勺，这咖啡是锁在保险箱里的。当然我也会偷偷拿一点儿送到厨房里的亚宁娜那儿去。要和这儿所有人都搞好关系。”

她坐在窗台上。在她身旁，在窗户框里，从后面花园里出现了那个高个子男人，他在“弗兰德里亚”对路易斯说过再见。他两手背在身后，正在自言自语，或是在朝着天空做新教徒的德语祷告。他一直站着，用手掌边敲打臀部，轻轻地敲到膝盖，然后又伸展开去。他对着一条有湿湿的黑鼻子的棕色腊肠犬说了些什么，这小狗正在一片灌木丛下面嗅来嗅去。男人朝妈妈挥手。

从近处看，他皮肤粗糙，脸上是一副探究别人的、显得有点自负的表情。

“*希特勒万岁*。”路易斯说。

妈妈说，这是她儿子。带点儿歉意，同时又显得骄傲。

“这样啊。”男人说，然后用流利的弗拉芒语说，“你好啊，身体好吗？”

“谢谢，挺好的。”

“好吧。”男人说。他用德语表示，路易斯和妈妈惊人的相像，真的，真的，尤其是嘴。让路易斯感到放松的是，他发现劳森吉尔丝毫不记得，在“弗兰德里亚”门口的石子路上扛旗的哨兵和站他面前这个有礼貌的、微笑得过分殷勤的儿子是同一个人。也许就因为这个，他们才没有把劳森吉尔送到真正的战场上去：太瞎了，太笨了，没有记性。尽管如此他还是拿到了博士。很可能都是靠死记硬背的。然后又把所有学过的都忘掉了。打打网球还行，边打还边摔跤，在“低地少女团”洗过并熨过的干干净净的裤子上留下砖红色的污渍。

“好吧。”劳森吉尔把妈妈书桌上半满的烟灰缸在灰色的金属垃圾桶上倒空。他问，在希特勒青年团里过得怎么样。还是看出来了。路易斯被气得语无伦次，因为他又一次低估了一个成年人——我的傲慢让我自己瞎了眼，多留心一点吧，你这笨蛋！——路易斯说，他不知道。在弗兰德没有希特勒青年团。虽然大家都在说应该建一个，某个时候，最近。

“好吧。”他完全不在乎。路易斯继续说，而且他也不再属于任何青年组织了。妈妈插话了，说她预见到了，从一开始就感觉到了路易斯在任何组织里都坚持不下来的，他实在太我行我素了。

“啊，”劳森吉尔说，“这样的话，怎么能发展出健康的男性品德呢？”路易斯没有给出任何表情；绝不能表现出我听懂了这个轻佻的笑话。

“那些必要的成人仪式，对领袖们的信任又怎么培养呢？”

“亨尼。”妈妈说。博士便沉默是金了。他有着宽得非比寻常的手关节，上面有金色的卷毛，比比二号正在舔它们。

“他会自己做到的。”他说，就好像路易斯根本不在场一样。然后他起身去欢迎一位身穿着磨损了的西服的苗条男青年了，这青年不敲门就走了进来，可能是因为他只有一条胳膊。他把唯一一只手伸向路易斯，看上去比在圣罗胡斯教堂的更衣室里激动地向蛋头说话的那一天放松一些、自信一些。比比二号开始用很低的音调嘟哝，耳朵半张开。劳森吉尔说，东克斯先生能过来，实在是很友好。

“只要一刻钟的时间。”妈妈对路易斯说，递给东克斯一份几乎空无一物的文件夹。

“十分钟。”东克斯带着东弗拉芒口音说，唯一的那条胳膊友好地牵着路易斯走了。劳森吉尔眨了眨眼睛。

在墙上挂着公告和标语的一间会谈室里，东克斯说：“坐下吧。别拘束。我不会咬人的。”

一张海报以精简而严苛的多尔夫·泽布洛克式线条展示了一个身体正向前倾的党卫军成员，他左边的袖子上有“弗兰德军团”的字样，他的机关枪正指向一个看不大清的蓬头散发、浑身发臭（因为他裹着臭鼬皮）、没了牙齿、深色眼睛的亚洲游击队员。士兵的头盔上方飘舞着一面旗子，举旗子的是一个紧咬着下巴肌肉的来自中世纪的男人，大概是“捣蛋鬼提尔[1]”，那个弗兰德精神的代表人物吧。东克斯的手指滑过了文件夹中两页纸上打的很潦草的两行字，赞同地点点头。“我

1 捣蛋鬼提尔（Till Eulenspiegel）：14世纪流传于德意志境内的一个爱恶作剧的虚构人物，出现在许多低地国家的故事集中。

明白了，我明白了。”

“我没有犯错误。”路易斯说。

“当然没有。我们不是来谈错误的。”

小房间的窗户安了栅栏，门只有一扇；这是给不听话的工人或被捕获的偷袭者安排的小单间。

“主要的症状是头晕，对不对？”

“不是，”路易斯犹犹豫豫地说，“其实不是。”

“但你母亲是这么说的。”

“头晕只有过一次。是因为树发出的味道。”

“是啊，是啊。”

“一种硫黄的味道。”

“我明白了，我明白了。这没有什么可担心的。你夜里和平时的遗精当然也不用担心。你是个大男孩了，差不多快成男人了。我们在这儿就是男人对男人了。”

假若路易斯把自己的剑带了过来而不是落在床头柜上了，他一定会挥起剑来，让这个独臂男人跪到桌子底下，然后飞快地在办公室职员和工人之间跑出去，越过门前那个穿着灰制服、一脸惊讶的农夫，沿着铁轨跑到冰冷的田地里去。

“你不用因为梦见了女孩子，身体还有了反应而害羞。好了。让我来看看。”他站了起来，路易斯也跟着站了起来，颤抖着，就仿佛雨水簌簌地浸透了他的骨头。

“脱下裤子。”

路易斯惊慌失措。他感到他那低等人种[1]的下嘴唇耷拉了下来。

“现在吗？”

“对啊，现在。”

路易斯不可置信地解下了自己的吊裤带。

---

1 这是纳粹德国对所谓低于雅利安民族的种族的称呼。

"你知道的，我们这么做只不过是为了安抚你母亲，让她不要太为你担心。"

他满脸通红，气鼓鼓地猛一下拉下了裤子和内裤。哦，她要怎么才能对这件事儿忏悔啊，康斯坦泽·塞涅夫-伯塞茨，她织出了这张告密和出卖的黏人蜘蛛网，因为这是不用质疑的了，她一定背着路易斯和海恒多恩或博斯曼斯或热内瓦取得了联系。热内瓦，就是他。他许诺了妈妈给她鞋子，没有标签的那种，他面不改色地做了这桩黑色交易，极度隐秘。"看一看，看一看。"独臂男人边说边拉，把包皮褪下去，摸了摸，按了按睾丸，然后拍了拍路易斯的肩膀。

"没问题。一切都非常好。很符合标准。我不知道你妈妈在哪儿看出了毛病。只是要再洗干净一点，年轻小伙儿。注意点清洁就行了。"路易斯听不到他接下来讲的话了，他太阳穴上血脉律动的声响太大了。

"哦，这可够快的。"妈妈说。路易斯不敢看她，这个让人鄙视的美貌女人，那么不自觉地欺侮了他，还用她甜美而奉承的微笑继续欺侮他。

"一点儿问题都没有。"东克斯边说，边把软塌塌的文件夹还给了她。

路易斯坐在妈妈的书桌椅子上，就这么置身于陌生人包括她母亲之中了，他们现在用法语交谈（劳森吉尔的辅音发音比另外两个的都拖得长，说得重）。在走廊上有个德国人在打电话，他说了十二次"遵命"，两次"遵命，区总队大人"，与这边随处都是开玩笑的影射、段子和笑话的法语一比，显得卑顺又粗糙。该死的，他们好像当我根本听不懂他们在说什么似的！"冒犯一下婚姻……（谁在冒犯？他，路易斯？）这些生育啊工作啊节俭啊……浪费精力……"就这么毫无顾忌——而妈妈是其中最重要的同谋，我在说什么呀？她是团伙头目才对——他们谈论着他的罪孽，而这罪孽，他原来总以为，是他自己一个人的私事。而在这里，在这俏皮的闲侃中，他的罪孽被摆到了妈妈的书桌上，在文件夹、烟灰缸、钢笔杆、电话机、地图、咖啡杯中间。路易斯衣服都汗湿了，脸上发痒，听到捣蛋鬼提尔在说，这必须要用血来复仇，弗兰德军团的士兵从咬紧的牙齿缝里挤出了“复仇”这个词。“遵命。”路易斯像打电话的那个男人一样说道。他想要消灭她，这个让人崇拜的女人，与她的同谋一起说着调情的法语，在一个透明闪亮的玻璃盒子里打转，头发里盘着大蟒蛇。

路易斯朝她微笑。时刻都要微笑。

他首先用铅笔和尺子围着相片勾出了一个手指宽的框架，然后用墨水把框架涂成了黑色。因为他用的钝毛粗毛笔，是爸爸在战争之前用来给他自己装订的《我们的民族》年度合订本的火红色页边刷上一层金色的，所以哀悼的黑色里面就撒满了金色的小点。他觉得这样挺合适的。

“不行，”海德里希[1]说，“必须是银色和黑色的，这才是政治士兵的颜色。”“闭嘴。”路易斯说。“而且你真是很晚才想到哀悼我啊。晚了几个月！不过我还是能理解的，对你们弗拉芒人来说，还是要先纪念莱蒙德·托伦纳勒的。所以你才好几个月都让我这么干挂着。”“托伦纳勒属于我父亲的阵营，他拥护‘低地国’，大尼德兰。弗拉芒人优先。”“在战场上，战神才不会区分等级和名字呢。死了我们都一样。说是这么说，托伦纳勒也只是个下等突击队队长。”“他是在战场上死去的，您不是。”“小心，你都刷到墙纸上去了。稍微留点神啊，我拜托你。你可是在为一个英雄做事。”“好，总督。”

接下来，这位已故的帝国总督就沉默了。两个戴着童子军口哨——或者是裁判口哨？不会的——的男人，受过英国政府的培训，刚从苏格兰派过来，在布拉格的一个郊区埋藏了一枚手榴弹，在自己

1 海德里希：莱因哈德·海德里希（Reinhard Heydrich），纳粹高级军官，党卫军重要成员，纳粹大屠杀设计者之一，曾任摩拉维亚与波西米亚总督。1942年6月在捷克被人暗杀。希特勒称其是有钢铁之心的男人。

大衣里藏了一把机关枪。这位天才的行政长官、击剑手、小提琴手和总督用手枪瞄准了他们，手榴弹爆炸了，他穿过烟尘射向他那些怯懦地躲到一辆电车背后的随从。他脾脏破裂倒下了，一个星期之后死掉了，这个有着钢铁心的男人。

“复仇，”死了的总督说，“如果你找到了杀我的凶手，我会奖赏你父母一百万克朗。那样你们人生第一次变得衣食无忧了。”“闭嘴。”路易斯轻声说。

在黄昏时分，还远没到宵禁时刻，那之后就只有士兵——或者苦力、墨水苦力、有证件的——可以在街上走了。路易斯在大衣下藏着一块砖头，走向热内瓦的鞋店，但是看到一幅金属帘挂在窗户前。他没有别的办法，只好按了门铃然后就跑掉了，砖头碎成了上千块。

只做了按门铃小鬼。多可笑！

第二天他要为第十一中学守门，因为亨德里克的母亲上吊死了。在她的遗书中写道：“没有人爱我和伯列罗。”伯列罗是她的暹罗猫，她用一把锻工锤把它砸了个粉碎。

这所学校大获全胜，技术学校被包围了，被挡了回去，被打得落花流水。三比零。这时候突然有一个木匠学徒工二愣子，每个人都看得出他越位了，他却一脚把球踢到了高空中。路易斯看到那个球就像个从飞机上掉下来的西瓜一样朝他砸过来，他张开双臂站住了，就像他第一次摆脱了所有可以辨认出的空间，看到了一个圆球，一个受了风吹雨打的皮革做的圆形物体（周长大约七十厘米，重量近半公斤）。它靠得越近，就显得越不真实，越陌生，不像是这个世界上的，不可触摸，而他自己，路易斯也几乎不存在却又存在，离开球门八米。就像是要拥抱一个陌生人，他想要朝这个神秘的物体飞过去，它却落在了他前面一米的地面，接着他还是那么触不可及地，跳回了自己的空间里，最后以一个完美得让路易斯一直目瞪口呆的弧线越过他的头顶进了球网。

接着他感到了一阵惊恐，球员和数十个观众爆发出疯狂的呼喊声。

神父兰德赫姆，希腊语老师兼裁判，原则上是要保持中立的，他在跑到中场线之前喊道："你到底在做什么啊，塞涅夫？"他看起来像是要扇路易斯一个耳光。"我们刚才三比零领先，所以我就想让场上有点儿活力。"路易斯说。没多久，在一次踢球的时候他的鞋子飞了——其实应该说是有大扁平足的亨德里克的鞋子——和球一起飞到了空中，一片嘲讽的欢呼声。这是怎样的一天啊！但还没完。在换衣服的时候，路易斯发现他在裤子里拉屎了。复仇。

提奥·冯·巴梅尔带来了一瓶杜松子酒，是他的一个熟人酿的。他请妈妈转交给劳森吉尔博士。"他知道为什么。跟他说，他不用害怕，尽管喝好了，这不是会弄瞎人眼睛的甲醇。""还有你，斯塔夫，你说话应该小心点。德国人可不乐意听你到处扯着嗓子喊，说你在给情报局干活。"

"我没有到处扯着嗓子喊。"爸爸叫道。

"我们有证人。你在理发师菲利克斯那儿说过这话。"

"我？我顶多说过：我作为弗拉芒民族党的一员，我认为……"

"但你不是弗拉芒民族党的成员啊。"

"唉，就这么说说嘛。"

"斯塔夫，收敛点。这对大家来说都是最安全的。"

"如今啊连自己的意见都说不得了。"

教父唯一允许爸爸做的一件事，而主教辖区也都没有人反对，就是：他报名做了急救队志愿者。一等到警报那最后一点儿动物般的号叫停息下去，他就参加了急救行动。因为他不想接触无辜的瓦勒市民被炸弹炸到后留出的鲜血，所以他就——戴着袖章，举着一根白色的导盲棒——指挥起了交通。他朝人群大喊大叫，人群就像卖鱼婆娘一样破口骂回来："弗民盟混蛋！"然后，爸爸就用他在舞台上扮演朝廷大臣、蒂罗尔农民或法庭陪审员而大获成功的戏剧化表情指向了星星，星星之间飞着死亡碉堡，他喊道："那些是弗民盟混蛋吗？"没脑子的群众听了想了想，就朝着布满凶手的天空送去了咒骂。

他大多时候都是到了清晨才回家，到家就坐到了自己的椅子上。每次他都说："现在我才知道警察多么不容易。"

这天早上妈妈可以睡个懒觉了，因为昨晚他们在宏泰斯先生家庆祝了科尼格博士的生日。路易斯倒上了浅棕色的麦芽咖啡。夜里帮人清理废墟的爸爸呼吸沉重。

路易斯一边竖起耳朵捕捉妈妈卧室里的可能声响，一边说："你做这些到底是为了帮助别人，还是因为如果不做这些，你会觉得时间过得太慢，只能在这儿焦躁不安地瞎转悠，等妈妈回家？我相信，她这么一直待到凌晨才回家，你一定很不开心，对不对？我没法为了这件事对她生气，她有点散心的娱乐也挺好。她运气好，她那么做你也没怎么抵抗。"

"抵抗。"爸爸说，"抵抗，这个词可说不得。也别说出'地下'或'白卫队'[1]这些词。"

"为什么说不得？屋子里又没有其他人。"

"有没有人都不行。隔墙有耳。"

"好吧。那我就说反对好了。她找点消遣也正常。她毕竟要辛苦工作。我去过那儿，看到他们让她一直忙个不停，又是账单，又是公函的。她在所有人那儿都有好名声。他们甚至叫她'艾尔拉工厂的圣母'，因为她会在医务室医治受伤的铣工和焊接工。不，唯一在那儿吊儿郎当的是国人自己。我亲眼看到的。而是因为这些都是假德国人，他们都健康得不得了，但没有像真正的士兵一样上前线去；他们肯定是因为什么原因才被送到了后方。按照我的观点，当然我也可能弄错，他们不具备必要的道德，前线的指挥官没法信任这群小子。我在那儿的时候，他们互相说法语。你自己说说看：会有人这么做吗，在打仗

1 1940年在安特卫普成立的比利时反纳粹地下抵抗组织，以"白卫队"自称，是表明与号称"黑卫队"的纳粹党卫军的对立。

的时候说我们宿敌的语言？”

“法语？”

“对啊。因为他们说了些见不得光的事。”（这就是他的那些里斯特男爵小说里用的语言啊，是他最了解不过的！）“因为他们这样就能毫无风险地说出他们觉得重要的所有话了。但我听得很明白，他们说了什么。都是些不太正经的事儿。不，我相信，这都是养在德意志帝国胸口的毒蛇。他们在用这些非日耳曼的俏皮话毁坏他们军队的严肃努力。他们不操心飞机上的裂口和破洞，也不关心螺旋桨上的裂缝，就会起劲地用法语聊什么浪漫爱情。这会让不知情的飞行员丧命，带来巨大的损失——更换一架梅塞施密特战斗机，这可是几十万法郎的事儿。”

“浪漫爱情？”爸爸正如所料地追问道。

“诸如此类的。”

“他们还用法语说了别的什么吗？”

“我还是下一次告诉你吧。你现在最好去睡觉。”

“不，不要。”

“要的。你都这么累了，听了那些会做出错误判断的。他们可能只是在玩小孩子的把戏，我们外人听也听不明白的。”

“什么把戏？”爸爸神情恍惚地问。

“听好了。就我作为毫无偏见的听众所观察到的来看，我断定，在工厂里需要负责的职位上都是一些不称职的人。”

“说话别绕弯子。”

“爸爸，那些德国人压根没有一点儿大西洋思想——先别说这个了。他们还和说法语的医生有往来，那些医生只会用财阀的原则败坏工人的道德，他们还和毫无用处的教士来往，那些教士在课上从来不强调民族性，只会继续宣扬犹太基督信仰的空洞原则，让我们的民族都停留在无知的僵化状态。（蛋头、蛋头，原谅我吧，我也不知道我在做什么！）

“就在我们的青年每天都有人做出最昂贵的牺牲的时候——想想街

角那家煤炭商家里两个被米格飞机[1]击中的儿子——在我们所有人都必须紧密团结来捍卫我们弗拉芒人的特性的时候，在那边那么重要的地方却发生着一些本该毫无顾忌地清除掉的事情，就像个烂苹果一样要除掉。”

“谁该去清除呢？”

“不是你。当然不是。我也不行。但你的话绝没有可能。因为你被蒙蔽了。你就是不愿意看到，你妻子在艾尔拉的办公室里……”

“继续说下去。”

“她在那里成了自己的一腔热情的牺牲品和奴隶。”（他是不是做得太过分了？他父亲越来越困，但还继续听着。）“你比我了解她。你知道她是什么样儿的。你容忍她这么做，这是你的事儿。但是以后可不要对我说：‘我儿子知道内幕，但不愿意像男人对男人那样对我坦白地说出来。’”

路易斯越说越快，因为他觉得他听到母亲赤脚下地的声音，刚刚起床的她踩得地板嘎吱响。

“为什么她不能操心一下她的家务？有这么多妇女既有工作，工作完了又努力一丝不苟地操持家庭生活。而她就只是站那儿哧哧笑，在这个劳森吉尔用法语取笑大部弗兰德的女人，说她们‘下蛋多又听话’的时候（提伦忒恩先生在“帕特里亚”打桥牌的时候路易斯听他这么说过德国女人）。下蛋鸡，他用这样的话来嘲笑我们民族的规范、榜样和基本价值。妈妈居然能忍得下来，我真的没法理解！这让我感到恐惧。”

爸爸注意到最后几句话是直接从《钻石谋杀》，刚刚出版的里斯特男爵小说里引用过来的吗？爸爸耸了耸肩。他的眼睛几乎都闭上了。他揉了揉头顶，他的头被倒塌房屋的烟尘弄得黑乎乎的。

“这就是场游戏吧。但是我确实听到了劳森吉尔说：‘我要你’。”

---

1 苏联军队的战斗机。

“对谁说的？”

“我要你，康斯坦泽，有了你，无悔选择。”路易斯骄傲而惊奇地发现，自己押起韵来出口成章。

“什么叫‘无悔选择’？”

“就是直到死亡将我们分离之类的。”

“我要杀了她。”爸爸说。可是，当妈妈十一点半下楼来的时候，他已经累得没法行凶了。他在他的椅子上睡着了，背靠着墙纸，张大着嘴打呼噜，边睡还边拍打那些四处嗡嗡乱飞的米泽尔，他那受到我的宣传部攻击的大脑皮层里繁衍出了这些米泽尔。妈妈拔了拔自己的眉毛。她用一个闻起来有佩林克药房味道的棉花球轻轻地擦着她眼皮上两弯细小毛发组成的弧线。

路易斯之所以这么快就明白，这个味道让他想起了什么，是因为药房师傅正好在广播里又演起了那个喜怒无常的，对笨笨的宛腾破口大骂的达勒。

罗伯特叔叔那张慵懒脸在全神贯注听广播的时候显得更加圆胖了。

“宛腾，你知道，怎么才能把五十个瓦勒人塞进一个兔子窝里？”“不知道哇，达勒。”“往里面扔一袋炸薯条就行！”罗伯特叔叔腰上的一圈肥肉直颤。“哦，不！这样的想法真亏他想得出！”

莫尼克，跟他订了婚的瘦女人（每个锅都找得着个锅盖配）擦干了眼泪：“炸薯条！”她边说边大口吸着空气，“这样的想法真亏他想得出！”

莫尼克出身于一个殷实的农民家庭，但这家人反对她和罗伯特叔叔交往，当然只是为了能不出嫁妆，但这事儿会搞定的。很快，莫尼克家里那二十头母牛和五十头猪就会有几头走上进罗伯特叔叔肉店的路，就只等着他有自己的店了。因为现在这个情形可不能再继续对付下去了，就这么一丁点大的房子。他请求教父贷给他一笔钱，但教父最近一段时间脾气特别暴躁，一个劲儿讲他们所处的这个时代多么危险。而且，教父已经好几个月没在“罗通德”酒馆里露面了，因为他觉得那儿有太多“黑人”进出了；他现在只在“帕特里亚”酒馆里打桥牌。根据罗伯特叔叔的观点，教父感觉到风向变了。

“他向来就是个风信铁公鸡[1]。”妈妈挖苦道。因为教父已经不在奥登阿尔茨大街上露面了。

“宛腾，我现在给你讲一件弗拉芒的糗事啊！”“好啊，但是小心点哦，伙计，我可是弗拉芒人。”“没关系，宛腾，那我就给你讲三遍！”罗伯特叔叔和莫尼克又落进对方怀抱里去了。

“这没啥好笑的啊。”爸爸说，“现在可不是讥笑弗拉芒人的时候。”

“可是他讲得多逗啊，”莫尼卡说，“那我就给你讲三遍，他说！我们至少还笑得出来，这就算是幸运的了，对不对，康斯坦泽？”罗伯特叔叔偷偷往灶上的锅里看了一眼。“我就说呢。这儿有豆子汤的味道。想想看啊，我们以前买豆子都只花几个子儿，可如今啊……”

妈妈穿上了大衣。“你真的不要跟我一起去？”

“不想去。”爸爸说。

“我去听罗伯特·施托尔茨[2]的音乐会。”妈妈对她弟弟和他的瘦削的未婚妻说，“他亲自来做指挥。听别人说，他动了胃部手术之后有很长一段时间都不会出来指挥了。这次是个难得的机会，可以见到他本人。”

“就我对我们的斯塔夫的了解，”罗伯特叔叔说，“他到了那儿也只会打瞌睡。我也是这样。大提琴小提琴响十个拍子，我就耐不住了。而你呢，就你吃光的这些豆子看啊，你都可以在那儿演奏音乐了，斯塔夫。一个小豆子出一个小音调。”

莫尼克哧哧地笑得停不下来。罗伯特叔叔也跟着大笑。他们的婚事就在眼前了，继续这么放声大笑伴着真挚的偷笑。

爸爸不愿意一起去听音乐会的原因，一个小时之后就揭晓了：门

---

1 西欧国家多在屋顶用公鸡形状的小铁旗来指示风向。

2 罗伯特·施托尔茨（Robert Stolz）：奥地利著名音乐家、作曲家、指挥家。成名于20世纪20年代，反对纳粹，二战期间流亡美国。

铃响了响，拉斯佩走了进来。路易斯几乎认不出他来了。这个面相平庸、老抓自己裤裆、被爸爸赶出工坊的男人坐在客厅里，爸爸在罗伯特叔叔和他的莫尼卡走了之后刚把这里的壁炉点燃。拉斯佩现在是个头发灰白、面容坚硬、棱角分明的男人了，这张脸经受了高原上的暴风雪的吹打。他穿着一件对他来说太宽大的格子西装正装，脚上是士兵的靴子。他的军装让人洗了，熨了，他说，因为第二天他要去丰德尼瑟，要在那儿参加一个上个月面朝东边倒下的战友的遗体告别仪式。他一整个下午都试着从战友那儿搞到一张“齐格弗里德之死”[1]的唱片，因为在丰德尼瑟那个落后的垃圾场，他们在军营里肯定是没有这样的唱片的。而他能为自己去世的战友做的也就是这件事儿了。英雄的死亡赞歌。

“我直接看到了地狱里的样子啊，斯塔夫。”拉斯佩说。

爸爸给他倒上了安卫妙药[2]酒，这是他库存里最后一瓶了。

“我一直都在对自己说：‘皮特·拉斯佩，你在家里了。’可是没用，我还留在那里。”

拉斯佩笨拙地转着一支香烟，那是从凹凸不平的铁皮罐头里抽出烟草做成的。一只手插在切断了的毛手套里，三只深蓝色的手指从里面伸出来。

“可我想到那些民主党人，他们就只会在这儿四处转悠，在风中举着小旗子，就着风向做生意。”

“我好几次差点儿就报名去前线了，”爸爸说，“可我左边的肾……”

“我说的不是你，斯塔夫，这你很清楚。”

拉斯佩把白烟深深地吸进了肺里。不像妈妈，妈妈都是在嘴前小口小口地乱吸。拉斯佩直接吞下了浓浓的白色烟雾。

“我们弗拉芒人如果做不到所有人都团结起来直面死亡，就永远都

---

1 这是瓦格纳的英雄史诗歌剧《尼伯龙根的指环》中的一幕。齐格弗里德是日耳曼英雄。
2 安卫妙药（Elixir d’Anvers）：出产于比利时安特卫普的一种草药酒。

成不了大事。只要我们还听任这种窒息人的不愿冒险、胆小怕事、自私自利的体系占上风，我们就什么都做不成。关键是每个人都要认识到这一点。只要做到这一点，其他都没用。要认识到我们弗拉芒人不能只看着我们的德国兄弟去战斗。我现在说他们是兄弟，真就是脱口而出了。开始的时候还真不一样。我刚进军队的前几个月，我常常哭啊，斯塔夫，我老实告诉你。你见识过那种集合吗，在训练的时候，在一个德国士官的眼皮下？只要你的枪管上有一点儿灰尘，你就立刻被关进禁闭室了。他们会整垮你，斯塔夫。你要觉得你是个人物，你是有身价的，他们就会整你整到你变成另外一个人，一个百分之百会投入战争的人。”

拉斯佩用他变形了的左手去抓金黄色的瓶子。“在那儿，在我们那儿，你所有的小花招都可以丢掉了。要么你就是个能出生入死的同志，要么你就是个废物，是个尿裤子的货色，只求保住小命。只不过，这样的话小命迟早都保不住。”

“那边伙食怎么样？”爸爸问道。

“我们没有什么吃的。除了虱子。如果供给车有那么两天不来的话……”

“那会怎么样？”路易斯问。

他这问题提得太迫不及待了，拉斯佩朝他咧嘴笑了笑。“路易斯，我的小伙儿，如果你没有理想，没有你可以奋不顾身去追求的理想，你夜里都闭不上眼睛，就有这么可怕。我们在那儿快被冻死，我们被炸到空中，我们必须把活生生的人打得稀巴烂，可是我们有自己的理想。我们真有可能就这么废掉了，我们不会眼瞎到看不清这个。可是元首需要我们，我们需要他。”

路易斯感到自己眼睛发烫。“我也想一起去。”

“你先学好你的功课。”爸爸说。

“是啊。”拉斯佩疲惫地说，“你们所有留在比利时这儿的人都应该这么做，学好你们的功课。你们都还以为你们要靠耍手段、耍诡计、要聪明来搞定这个世界。也没错，用那些花招是能得到你们想要的。对你们来说这一点没错。对我们来说已经不是了。我们是睁着眼睛，朝着一个目标前进。”

过了好长一段时间之后，妙药酒瓶早就喝空了，两只苍蝇在里面嗡嗡叫。爸爸已经很明显地看了好几次钟，屋子里还反复地隆隆响着刻赤[1]、沃罗涅日[2]、第聂伯罗[3]这些刚硬如铁的名字，而路易斯则一直在想代数。这时候爸爸说："如果说有谁要好好学一课，那就是那些贪图利益的混蛋。你为了一个统一的欧洲，为了历史拼个头破血流，他们在这儿把自己的血族兄弟踢进粪坑，自己却平安无事。”

“你这话是有针对的吧，斯塔夫？”

“是针对一些人的。”

“我现在明白了不少啊。”东线战士话里的讽刺没有逃过他的前老板的耳朵。

“是针对一些人的，多的我现在没法说。”

“那就什么都别说了，斯塔夫。”

“针对的那些人，他们的任务是要负责保障家乡前线的，如果说还做不到加固的话……”

“他们做了什么？偷运了一些肥肉？砍掉了一些小树？”

拉斯佩看着火渐渐熄灭的壁炉，爸爸一小时前就不再加柴等着它灭了。如果拉斯佩是穿着军装来的，还别着自己的勋章的话，爸爸肯定会从地下室那一小堆柴火里多拿一点儿上来。

“我们最好还是坐到厨房里去，”爸爸说，“我可以给你拿一块油炸面包。还是说你现在不饿？”

“我一直都饿着。已经习惯了。”

“空着肚子打战要更好，”路易斯对他父亲说，“因为肚子上有可能

1 克里米亚城市，二战时苏德的主要战场之一。
2 俄罗斯的重要城市。
3 乌克兰大城市。

被射中。”

拉斯佩把套着士兵靴子的脚放在椅子上，说：“我连我母亲都没能见一面。我昨天到的瓦痕特伦，都没人告诉我是几点。倒不是我觉得他们应该好好迎接我才对，我理解他们。我是个浪子[1]，是个理想主义者，可那又怎样呢。我母亲去了她姐姐艾米莉亚在维西特的家。我站在了一扇锁了的门前。我当然可以翻墙进到院子里，有必要的话也可以砸碎一扇窗玻璃，一开始我也是想这么做的来着，脑子已经不清醒了，因为我想隔了这么久之后再穿一次我的西装正装了，系上一条彩色领带。但是，我又想：为了谁呢？为了什么呢？

“如果我当时进了瓦痕特伦的一家酒馆，很可能我就会把光想着走私挣钱的那些逃避责任的家伙的头砸碎在墙上。结果我去了一个战友在瓦勒赫姆的家，但他父母开始为他哭了起来，这我实在忍受不了。这时我就想到：我去看看斯塔夫好了，我这一辈子在海德堡印刷机上受尽了他的嘲笑，也许我在他那儿能混到一片油炸面包。我喜欢这个味道，斯塔夫。”他把那块面包像珍宝一样放在了厨房桌子的防水桌布上。“但我不是真喜欢。”他鞋跟上的钉子敲打了一下地板。他的头几乎要碰到顶灯了。爸爸也站了起来。

“有什么是我能为你做的吗，斯塔夫……”

“是有几个德国官……”爸爸说。

“艾尔拉工厂的。艾尔拉工厂的厂长们！”路易斯叫道。

“他们怎么了？”拉斯佩问道。

“他们从被征去当兵的小伙子的爸妈那里拿了许多钱。他们收了大把大把的礼物，有时候是整块的火腿肠，那些爸妈希望他们出面阻止那些小伙儿被运到德国去。路易斯可以为我做证。”

“你是想说，这些先生破坏了生产？”

“破坏说得有点过了。”爸爸认为。

---

1 这里用了圣经《新约》中的典故。浪子是离家出走又回家认错的儿子。

“他们是在破坏，”路易斯说，“而且是在一个教士和一名医生的影响下做的，那个医生是半吊子法国佬。他们还受到了‘白卫队’的压力。”

“这一点我们当然还证明不了。”爸爸赶紧说，“此外他们都是些高个子怪兽。”

“高个子怪兽。”拉斯佩重复道，“我们上个月还刚刚把一个亲卫队高级首领给弄矮了。我们所有人一起。矮到都看不见了。他的名字不会再在军事汇报里出现了。”

他用冻坏了的残手戳了戳路易斯的锁骨。“学好你的功课。”他说。

“你去哪儿？你睡哪儿？”

“斯塔夫哟，斯塔夫。弗拉芒军团会照顾好自己的。我要是半个小时之内没有吃上龙虾或者火鸡，那才叫奇了怪呢，哪怕是要把‘斯旺家’宾馆的厨房弄个底朝天。”

爸爸回到了厨房。虽然天这么冷，可他还是把窗户打开了一条缝，好驱散拉斯佩的香烟味和死亡、荣誉与忠诚的气味。“你见到了一个英雄。”他说，“你一辈子都要记得。”他咬了咬英雄留下来的半块油炸面包。“假如没有你的话，我也会考虑去那边，到克里米亚岛上去，到奥廖尔[1]去，到第聂伯罗去……但是做纳粹汽车军团的司机。这样可以看到更多的田野、湖泊、山峰，各种各样的民族……”

路易斯被低声吵架的声音惊醒了，还有爸爸的拳头砸在枕头上的声响。听上去并不像以前那样，那时候他在床上哭，爸爸这个可怕的吃人怪物，就会冲进房间对他吼道：“你现在还想不想睡觉了？”然后用伐木工人挥斧头的手势有节奏地在枕头上，紧挨着他目瞪口呆的脑袋，敲击六次。他们用压低了的声音说话，爸爸更像是哀怨的语气，而妈妈则是挑战的。路易斯知道她与之对应的表情，那是一种宁静而

1 俄罗斯城市。

执着的胜利表情。有时候他觉得这种表情也会在他脸上浮现，像一朵小云。

后来他又醒了一次。拉斯佩将一根蓝黑色的石头一样硬的手指插进了他的耳朵里，对着他的另一只耳朵低声说，他在学校里喝的鲜牛奶让他染上了口蹄疫，而他，拉斯佩就是为了他偷偷带回了乌克兰产的黄油。路易斯被吓得从床上跳了起来。他把僵硬的遮光纸板推到一边，深灰色的屋顶下面冒出一股越来越亮的黄色雾气，有什么东西沙沙响，爸爸咕噜噜的呼吸声，两只隔得很远的狗向彼此发出信号。西蒙娜正睡着，梦见了一个年轻有才华的小提琴手。

路易斯在厨房里舔着妙药酒瓶子的边沿。就剩了一点点淡淡的糖浆般的甜腻感。

他又溜回到了床上，几乎立刻就坐在了学校院子里那架开始吱呀吱呀大声响着旋转的白色木马上。路易斯朝穿着奇形怪状的熊皮大衣的霍屯督人、走私犯和蒙古人挥手，接着摔了下来，因为一个修女拦住了他，他躺在院子里起伏不平的石子上，两边是慢慢滚动的弹子球。来，一个沙哑的声音说，张嘴。一个还没成熟，又硬又酸的梨子从梨树上被取下来，塞进了他嘴里。他一块块吞了下去，然后是梨核、梨把儿。但刚才载着他绕着圈飘浮的，根本不是修道院学校里的旋转木马，而是放大了一百倍的玩具，上面有刷成耀眼颜色的铁皮飞机，斜斜地挂在细钢绳上嗡嗡绕圈。飞机翅膀上有锈洞在蔓延，螺旋桨在融化。路易斯因为紧张而爆发出毫无来由的大笑。“跳！”他从这个越变越大的嘎吱响的磨坊脱离了出来，他的降落伞铺展开来变成了一张鼓起来的、闪闪发光的、明亮的床，他在这床上越陷越深，但没有碰到坚实的床板。他在陷落的时候听到：*来*。就在他正前方，降落伞的一个褶子膨胀起来，变成了一个化着妆的琥珀色的胸部，从同样颜色的军装上衣下鼓起来。这衣服的纽扣都崩掉了，不过还是包裹住了这么一个没有头没有腿的躯干，上面布满了勋章。路易斯认出了铁十字勋章、棕榈叶勋章、橡树叶勋章、立功勋章。乳头是最柔软的橡皮奶头，有甜味和杏仁乳的香味。路易斯认出来了——他到底是怎么认出来的，他的记忆都是打哪儿来的？这是帝国元帅赫尔曼·威廉·戈林的胸部，是一个肥胖的农妇（但是贞女受孕[1]）的胸部，被塞进了这个越来越光亮，最终变得雪白雪白的军衣里。来，原罪的奴隶，人类，帝国元帅说，带着他的双下巴弯下身来，直到他帽子上编织着的缎带碰到了路易斯的头。

学校后面的牧场上响起了机关枪的哒哒声。操练。吼叫出的号令，欢呼声。

学生们时不时地写点东西。非得写点什么的时候才写，绝不多写。只是为了造成他们在听蛋头讲课的印象。很快，大家都在私下里传，他就会被送到一个疗养院里去做教士了。他的喃喃自语已经没法再说成是上课了。今天的题目，原罪，又是特地为路易斯一个人准备的：人不可怀疑原罪的存在，尽管有时候很难接受这一点：我们都遭受了一种代代相传的、吞噬道德的疾病的侵袭。亚当和夏娃尝了一次禁果，便把它传染给了每一个从那以后出生的人。

可是现在出现了一个难题。禁果呀蛇呀之类的故事是在基督出生前九百年形成的。那时候以色列王国的北部正受着叙利亚人的威胁。而以色列的果核内部也正受着一条蠕虫的威胁，这就是当时还很盛行的巴力[2]神繁育庆典。明白了吗？为了用一个图像化的宣传故事来控制住以色列民众，这样的故事就广泛流传起来。因为蛇的故事是民众很容易理解的，蛇本来就是迦南地区农民宗教的象征。——“明白了吗？”

前排凳子上的几个学生心不在焉地点点头。

“好，可是我们接下来，”蛋头嘟囔着，避免去看路易斯，“又该拿圣保罗怎么办呢？他在写给罗马人的信中宣称，原罪是由一个人带到世间的，这个人他指的就是亚当。我们又怎么来看待圣奥古斯丁，他

1 这是《圣经》中的典故，圣母玛利亚贞女受孕，生下了耶稣。
2 巴力（Baal）：犹太教之前迦南的主神，丰饶之神。

说，尘世间所有的苦难，根源都在哪一个行为中？”

是啊，我们接下来该怎么办？下课铃响起了。学生们都在往外涌的时候，蛋头在自己的教士长袍的褶子里翻了翻，飞快地将一张小纸条，不，是几张食物券塞到路易斯手上。

“这是给你的。不要给其他任何人，明白了吗？”

“我最亲爱的宝贝路易斯，你很可能已经想过很多次，我的贝卡最近在哪里了。但是亲爱的，我之前没法给你写信，因为我住在艾莉齐亚舅妈在海边波德罗的家里，我家还发生了挺可怕的事情。我爸爸，这最可怜的家伙，在德国犯傻，与他的德国老板吵了起来，结果他被不由分说、毫不留情地扔进了一个德国的牢房里，没人知道在哪儿。可能要关上好几年，因为他当时手里有把刀。但是他身上一直都会带着刀，因为很趁手啊。你知道的，路易斯。我现在忍不住要停笔哭一哭了，等等，啊，最最亲爱的路易斯，我知道，你把我放在心里，可是你就是不说出来，我也说不出来，所以我就写信给你了，因为我们也许这辈子都见不到了，因为我的艾莉齐亚舅妈说了只要打战我就必须留在这里，但是我想离开这儿，也许会去德国找我父亲，因为没有人知道他到底关在哪里。这儿的艾莉齐亚舅妈说，之所以这样是因为他说了什么反对政府或反对元首的话，虽然是违心的，但我认为这是因为我父亲长得像吉卜赛人或埃及人，这就和长得像犹太人差不多，德国人不想让这样长相的人在工厂里工作，与其他工人一起。我这些天、这些夜里都很伤心，但是将来有一天，我们会幸福地在一起的。你也可以看看其他的女人，只要你继续把我放在心里。最亲爱的路易斯，我现在得照顾迈特勒·拉淮隆的孩子了，都是些小混蛋，不过我可以挣钱，艾莉齐亚舅妈说了每个法郎都能补贴我的生活费。直到生命的尽头我都会对你忠诚的。你最亲爱的贝卡·可塞恩斯，写自海边的波尔多镇阿尔森·胡赛因街3号。我哥的心一直没给我传来任何讯息。他肯定是留在了至圣救主会的修道院里。天天要擦走廊的地板。

修道院是在肯波兰。你最亲爱的妈妈，塞涅夫夫人怎么样了？她还在生我们的气吗？

给你非常非常多的吻。还有我的忠诚”

小分队队长热内瓦现在也戴上了射击手徽章，胖子海恒多恩这期间上了文理高中，贫血的博斯曼斯——他们所有人都把路易斯当作空气。他们都摆足了姿态，这是个隆重的时刻，尽管如此，他们中也该有一个人可以朝这位昔日的队友短暂地瞥一眼，这老队友身边站着自己的父亲，还有马尔尼克斯·德·派德、列法艾特博士、宏泰斯先生之类的名人呢。

博斯曼斯肯定哭了，在一个长得像蛤蟆的肥胖男青年戴着笨重的眼镜，用响亮的嗓音朗诵“现在他们落地，如种子进了沙砾，期盼丰收吧，哦，祖国”的时候。现在博斯曼斯很可能在等待一个合适的时机，好擦干净他泪湿的脸。

上午，正当布鲁塞尔举行盛大的葬礼哀悼他们民族的首领，死于肝癌的斯塔夫·德·克莱尔克的时候，路易斯却在大逆不道地听广播台放的音乐，姜果·莱茵哈尔特[1]演奏的吉他，配上斯坦·布伦德斯[2]的乐团伴奏，《摇摆乐41号》。妈妈拒绝去参加瓦勒的葬礼仪式。

“我到那里去干什么呢？”

“你应该向我们的首领致以最后的敬意。”爸爸说，“他这一辈子可都他妈的是为了我们鞠躬尽瘁，为了我们。”

“也许是为了你吧。可不是为我。”

“你怎么敢说这样的话，康斯坦泽？”

“你认都不认识他。你从来都没见过他。”

---

1 姜果·莱茵哈尔特（Django Reinhardt）：出生于比利时的法国爵士乐吉他手与作曲家，20世纪最伟大的音乐家之一。

2 斯坦·布伦德斯（Stan Brenders）：比利时爵士乐钢琴师与乐队领队，创立了比利时第一个爵士乐广播乐团。

“我？你说什么？1937年的时候我们在去伊泽尔塔朝圣的路上和比利时的宪兵队交手，是我在最后关头把他从马上拽下来的！”

妈妈皱起了鼻子，用别针将她从一条衬裙上剪下来的黑色布料别到路易斯的袖子上。

在城市剧院的入口处，路易斯往日的战友下巴往前伸，膝盖整齐地抬起，列队走过了众多的长旗和三角旗。药方师傅佩林克和他的女儿两人都穿着哀悼服，站到了爸爸身边，说，人们用最最愚蠢的理由阻止他念诗。“结果选了一个没有嗓音的男人去念。您听得懂他念的吗，塞涅夫先生？他把所有的辅音都吞掉了啊。”

“这我没法做出判断。”爸爸说，“那首诗我都背得下来。”

“这样的嗓音里一点儿活力都没有。”

他们并排走到了格罗特市场边的街道中间。在贝尔弗里德钟楼上，狮子旗降了半旗。佩林克说，失去斯塔夫·德·克莱尔克是场灾难。“因为我们现在会有谁来做首领？但愿不会是艾里亚斯博士吧。我们不需要学者，我们需要一个干实事的人。”（干事，敢杀，敢死[1]）“我们被德弗工人联合会[2]给蒙骗了！统一的比利时又复兴了，我们所有人，作为比利时人，都要被德国吞并了，马上就会有一个直接的合并！”

西蒙娜一直低着头，悲哀的目光落在街面铺的石子上。

“不，塞涅夫先生，我们必须提高警惕，留心看着那个为他执行遗嘱的人。”

“那份遗嘱没有什么特别的。”爸爸认为，“它倒是显示了这个人是怎么度过一生的。毫无私心。上万法郎都留给了他的教子。他为他妻子买了墓地，是为了让她以后能在克斯特墓园里伴着他长眠。有上百个弥撒在为他祈福升天。”

“我是说他的政治遗嘱，塞涅夫先生。”

---

1 原文中并列了词形相近的Tat（实事）、Täter（凶手）、Töter（杀人者）。
2 1936年由弗拉芒学者和德国学者建立的准纳粹文化机构，初衷是研究弗拉芒文化与德意志文化的共同之处。

“哦，抱歉。”

路易斯慢慢地走，西蒙娜一直在他身边走。

“我好久都没见过你了。”

“我也好久没见过你了。”他说，“你想要见到我吗？”

“为什么不呢？”

“那儿的音乐让人印象深刻。贝多芬总是让人印象深刻。”

“我觉得它有点儿沉重。”

“但这样很配葬礼。”

“我不是特别喜欢古典乐。”

“我也不是特别喜欢，一般情况下。”

“你没有穿制服。”

“我们意见有分歧。”（这话说得郑重其事，神秘莫测。）

“你这样更让我喜欢。穿着灯芯绒裤子的样子。”

“我也是。我是说，你这样比穿着‘低地少女团’的土气制服更让我喜欢。”

“制服我穿不合身。”

他们前面是她父亲和她父亲的后背。他们自己的背影让哀悼的瓦勒城羡慕。他听到自己在唱：“我能要一张你的照片吗？”

“现在别开玩笑了，正经一点儿！”

应着她拒绝的，几乎是害怕的目光，他接着唱道：“希望是张小照片，下面写着誓言：我永远属于你，不会变。”

“这是鲁·班迪和‘漫游者’的歌。[1]”

“是的。这首歌正好表达了我……”

“表达了什么？”

“我对你的感觉。”

“现在不是说这个的时候。”她说，并加快了步子，追上了她那位

1 鲁·班迪（Lou Bandy）是两次世界大战之间最受欢迎的荷兰歌手。“漫游者”（The Ramblers）是荷兰的一个爵士乐乐队，以广播台音乐演出风靡一时。

正在描述斯大林格勒各个郊区的父亲。在一个街角咖啡馆里，阿玛迪奥斯和亚里士多德坐在秋日的阳光里乖乖地等他们的父亲。他们一看到他，就冲着他跑了过来。德·派德说："斯塔夫，你能不能帮我给这两个捣蛋鬼付下钱？我穿黑西装的时候一着急，忘了把钱放进口袋了。我们去'格略宁尔'吧，那儿我们才觉得自在。"

在路上他说："斯塔夫，你和盖世太保[1]关系好。能不能帮我个忙，看在我们是老同志的分上？"

"当然了，马尔尼克斯。你知道的，要我帮什么忙你都可以尽管提。"

"我听到了风声，说这个圈子里有人陷害我，诬告我。甚至有人要刻意抹黑我。就因为我只喝威士忌。"

"哎哟，别这样，马尔尼克斯。"佩林克说。

"可是我有什么办法，我的嘴就只好威士忌这一口！"

"喝一杯威士忌犯了哪门子王法了？"佩林克高声叫道，就好像他是站在讲台上。德·派德的双胞胎儿子牵着西蒙娜的手蹦蹦跳跳。

"我觉得，他们觉得，威士忌……"爸爸开了个头。

"……是敌人喝的酒！"佩林克轻蔑地接过去说，"这些人怎么能这么狭隘啊！我，比如说，之前都没法在剧院里上台演出，就因为街区文化委员会认为，大家会从我的声音里认出我就是达勒，会笑场。就好像我只有一个声音似的。该死的，就好像我没在戏剧节上演过查理三世似的！"

"如果我当真就靠着喝威士忌能支援英国经济，那我还能理解这种想法。"派德说，"可是我能搞到的威士忌，大部分可都是在我们自个儿这儿酿造的。请你给你的德国朋友们说清楚，斯塔夫。"

当他们走过圭多·赫泽拉的半身像时，他讲述道："前一段时间，我试着喝了喝加拿大的威士忌，从紧急迫降的一架加拿大飞机上偷下来的。说实在的，真不对我胃口，里面那个玉米呀麦芽呀，真不行。

---

1 盖世太保（Gestapo）：纳粹德国的秘密警察。

我还是更喜欢要一瓶正儿八经的苏格兰威士忌，不会让我头脑发昏，嘴巴乱说，牙齿打架，肠子咕噜噜，苏格兰威士忌才会让我的血管通畅。”

所有人现在都挤在了“格略宁尔”酒馆门口，里面传来哀悼的进行曲。

“斯塔夫，你帮我往我的档案里瞄一眼，我至少要知道盖世太保给我安了什么罪名。如果有可能的话，帮我再说说好话。我真的不想受人骚扰。我现在正在写部作品，它肯定会大获成功。”

“《笛卡尔之死》怎么样了，德·派德先生？”路易斯这么问是想给西蒙娜留个好印象。

德·派德的圆鼓鼓的、女性化的脸显出了困惑的表情。他认不出路易斯了。“笛卡尔？你怎么会想到他的，小伙儿？那又不是我的专长。不，我要写的是个彻彻底底的喜剧。”

“不过不会是法国的沃德薇剧吧？”爸爸问。

“就算我想写，我也压根不会写沃德薇剧呀。不，这部剧基本上会是一部又风趣又轻松但又紧凑的剧。表面上秀丽，但是下面有骨架，是死亡做底子。就像普塞尔[1]的康塔塔《柔声慢举》一样，配笛子和低音提琴，如果你懂我意思的话。”

“你说得对。”爸爸说，“可以庄重，但是不能晦涩。对于普通人而言，我是说。”他的心情突然阴沉下来，他不想进“格略宁尔”了。“不，说真的，马尔尼克斯，在这样的日子里，在参加了这样的仪式以后，我一杯酒都喝不下。”

“我得回家了。”路易斯说。

“我还不用回家。”西蒙娜说。

“我会来看你的。在你觉得合适的时候。”

“为啥不呢？”她说。他伸出了手，但她已经转过身，推着亚里士

1 普塞尔：亨利·普塞尔（Henry Purcell），巴洛克时期的英国作曲家。

多德和阿玛迪奥斯往前走，进了酒馆。透过富铅玻璃窗可以看到派德肥胖的身子落在一张板凳上，框在窗户框里，看起来就像是专为弗拉芒聪明头脑而设的一座世俗庙宇。

爸爸像一个老头儿一样缓慢地往家里迈步子。

“他们会给斯塔夫·德·克莱尔克树一座纪念碑吗？”

“弗拉芒民族党没这个钱。”

“如果就在他家门口放一块纪念牌呢？”

“那就会是羞耻。只放块纪念牌的话。这可是一个献出了自己生命的人。弗拉芒民族真是不知感恩。”

他的思绪不知跑到哪儿去了。他们走过了“弗兰德里亚”，这个网球场已经被人遗弃，空荡荡的。

“你懂你母亲的心思吗？对这么一位伟大的去世者，她连起码的礼貌都没有？她心肠真硬。我这一辈子，她都任我受尽风吹雨淋。她这一辈子呢，让她稍微表现出一点好感，她都嫌过分。她不知道一个男人需要什么。想想看，我都付出了多少啊，钱，礼物，这些给多少我都不觉得多，我这么卑躬屈膝对她，我换来了什么？除了冷淡，什么都没有。这都是因为她在自己家里就没得到过温情。她是完完全全被惯坏了！梅尔克从来没有教过她要怎么和一个男人打交道。你知道吗，我们刚结婚的时候去熟人家里做客，她从来不愿意在人家家里上厕所。千真万确，就像我现在在你身边走这么真实，她就一直忍着！”

他停住了脚步。“就像我现在站在这儿这么真实。你不相信我，对不对？你自己去问她！我还可以给你再多讲一些，你已经够大了。我们去维卡家做客，他正好周年纪念。其实是个招待的酒席。而她整整一个下午都憋着不去上厕所。结果等我们回到家里的时候，她就根本上不了厕所了，她的膀胱都被堵住了。医生只能带着导管来治她。怎么了？你脸色变得这么苍白……”

“路易斯，你能不能来接下我？这里情况实在太糟糕太糟糕了。艾莉齐亚舅妈说了，她哥哥，我爸爸最好留在德国牢房里再也找不到。因为他以前，在他们小时候就是个废物，什么都做不了。她今天晚上把这话说了出来，因为她生我的气，因为我打了拉菲隆先生的一个孩子一耳光，可是他就该打，那个贾斯通·拉菲隆。他有意让自己的盘子掉到地上，然后说是我干的。如果你不来接我，我就自己跑掉。如果有必要的话，我会躺到一列火车前面去。我最亲爱的，我最亲爱的，我最亲爱的，你还想着你的贝卡·可塞恩斯吗？坐轻轨电车到图尔奈[1]，然后再坐开往沙勒罗瓦的慢车，第四站就是海边的波德罗了，然后再到火车站对面的酒馆‘多丽纸花’去问。”

下雪了。在从学校回家的路上，路易斯看到可塞恩斯家门口有两个德国士兵。矮一点的那个一只靴子踩在门槛上，显然刚刚按过门铃。另一个，宽得超乎寻常的上身顶着一个小脑袋和长脖子，像个街头小青年那样靠着房子的墙，吹着《别为了爱情哭泣》的小调。矮个的德国人看到路易斯了，就转过身对着他，叫道："嘿，看看谁来了哟？"

是脏塞弗。路易斯想拔腿就跑，因为谁如果像去狂欢节一样穿上德国士兵的制服，他就有被枪毙的风险。谁如果被人发现和这样一个骗人捣鬼的家伙在一起，就可能按照日内瓦公约被认定成同谋。或者按照其他什么公约。

"这是路易斯。"脏塞弗对另一个同样不经允许就乔装成德国兵的男人说。尽管如此，路易斯还是挺骄傲的，脏塞弗居然还记得他的名字。

"他们不在家吗？"

"贝卡在她舅妈家，在瓦隆区。忒杰在一家修道院里。"

"在一家修道院里？"脏塞弗放声大笑。天在下雪。在好几年前曾经铺张地堆满了小蛋糕、蓬松香脆的小面包、巧克力蛋糕、奶油卷、修女泡芙、发面小蛋糕和斯派库饼干的面包房橱窗里，现在立着一棵

1 比利时法语区的一座城市。

矮个儿棕榈树。塞弗的军装看上去就像是量身定做的一样，不过这就是个伪装，是狂欢节的戏服。

“我还想把忒杰介绍给奥迪尔呢，我跟他提过忒杰好多次，现在他倒蹲在一家修道院里去了。那好吧，谢了。下一次吧，奥迪尔。走吧，我们去‘悦乐伯爵’酒馆吧。”这道指令也把路易斯包括在内了。

路易斯还从没去过“悦乐伯爵”，因为爸爸说那里的空气里还留着简妮的爷爷的气味，整个瓦勒都知道，他是死于黄热病的，而那位如今已升了天的德菲尔德医生居然没有去民众健康管理局报告这件事儿。这个酒馆还真的闻起来有一股害热病的老头子的味道。

奥迪尔把帽子摘下来的时候，他的头显得更小了。如果可以选的话，还是圭多·赫泽拉患水肿的大脑袋更好。他们喝亨斯腾啤酒，因为脏塞弗在阿盖拉[1]，在苏尔特[2]的海湾常常梦到这种啤酒，他俩就是忍受不了那儿的酷热而逃回来的。“多少度来着？奥迪尔，奥迪尔，蒙哥马利[3]有多少度来着？”

“他就是一个少将的温度嘛。”奥迪尔用少年的嗓音说。

脏塞弗又要了一轮酒。路易斯很清楚，他是不会付钱的。简妮也察觉到了，但是她当然不敢张开遗传了热病的那张嘴。奥迪尔其实更想要一瓶矿泉水。

“这个小子真的不懂给自己找乐子。”脏塞弗说，“不管你信不信，自从我们到了家乡，他就一个劲儿说要回去。沙漠，沙漠，那就是唯一让他感兴趣的东西。”

“你们看到外国人的军团了吗，在北非？”

“奥迪尔，我们看到外国人的军团了吗？”

奥迪尔点点头。

---

1 阿盖拉（El Agheila）：利比亚地名，二战北非战场中的一个重要军事要塞。
2 苏尔特（Syrte）：利比亚的一座城市。
3 蒙哥马利（Montgomery）：英国元帅，二战中的军事指挥，在北非战场对抗德国司令隆美尔。

“大多时候只看到了他们的头。”脏塞弗说，“突尼斯人把头当足球踢。”

简妮问，她可不可以也喝一杯。她可以。

“我们什么没见识过啊。”脏塞弗说，“在的黎波里[1]。两架轰炸机，足够了。一切东西都飞上了天，整座海港、鱼雷艇、货轮，我们的船就像个女黑鬼一样跳起了舞。”

“一个狂欢节上的女黑鬼。”路易斯说。酒精冲上了他的头，这是一种舒服的感觉，一会儿清醒，一会儿晕。

“狂欢节，多长时间没过过了呀！”脏塞弗不再是那个在黏土坑边畏畏缩缩地四处乱晃的男人了。就像在拉斯佩身上一样，士兵的深渊、军队的训练、战火的洗礼都让他发生了蜕变。我也会变成这样一个坚定自信、皮肤被晒黑的男人吗？

“塞弗，你总是会把日子过快活。”简妮说。

“夫人，”奥迪尔说，“像约瑟夫[2]这样的人，不会有第二个了。”

“是啊，伙计们，如果我什么事儿都往心里去的话，那我现在早就埋在沙子里了。”脏塞弗说。

“但他是能经得住事儿的，夫人。”奥迪尔说这话时就像是个操心的家庭主妇。他手腕上戴了两块金表，表盘朝里（这样在拿机关枪的时候不用把手转过去），右手臂上挂了一条宽大的银链子。

“你爱一个人，是爱他的弱点。”简妮说。

“什么样的弱点？”

“好了，别装了，塞弗，承认吧，你就是个游手好闲的混蛋。”

“说得千真万确，夫人。”

“闭嘴，奥迪尔！不然我们就要说说你的弱点了！不过我们最好不要开这个头。简妮，再来一轮酒。这里虽然不热，当时我干得都快成仙人掌了。那也是我们见识过的，对不对，奥迪尔，那些仙人掌？”

---

1 的黎波里（Tripolis）：利比亚首都。
2 约瑟夫是塞弗的全名。

“见得太多了。”

“我们常常说，那里的仙人掌放在我们在奥斯坦德[1]家的客厅里挺好的。可是要拖这么一个东西在身边！不过，非洲军团的人还真把它们寄回家里去了，用专门的大箱子。至于它们到不到得了家乡，那就是另一个问题了。真能到的话我会吃惊的。”

“还会恼火的。”奥迪尔说。

“但是，你们两个人不是就在非洲军团吗？”

“说什么呢，路易斯。”奥迪尔说。

“他们又没有戴热带头盔。”简妮说。天在下雪。

“我们最美好的时光是在希腊度过的。”奥迪尔说，他把出奇尖翘的宽肩膀往后压，仿佛披着古罗马外袍，走在爱奥尼亚式柱子[2]之间。在兼有酒红色和酒黑色的海上，亚里士多德坐在一艘三列桨座战船上。

“他在那儿签过假支票。”脏塞弗说。

“这样的事儿我们可不爱听。”简妮说。

“开出了十八万法郎呢。”脏塞弗柔声说。

“我是为我俩干的。”

“我的小蝴蝶。”脏塞弗说。

他们在希腊飞速收拾起自己的衣物，脱下了托特组织的制服，首先去了埃及，然后去了突尼斯。这样的流浪生活现在都还能在他们身上看出痕迹来。两个人随时都可以想出一副全新的假面具来，戴上帽子，穿上制服，系上皮带，就能摇身一变，变成动物园管理员或电车售货员。但战地警察也可能随时出现在“悦乐伯爵”酒馆里。他们的手枪上了子弹吗？下午四时四十分天色就开始变暗了。第一批艾尔拉工厂的工人已经从妈妈看守的笼子里走了出来，进了酒馆，听他们说话。

路易斯心里冒出了个主意，把这两位轻浮油滑又会变化的圣武士[3]

1 奥斯坦德（Ostende）：比利时西弗兰德省的一座城市。
2 古希腊三种古典建筑柱式之一，纤细秀美。
3 圣武士（Paladin）：原指中世纪跟随查理大帝东征西战的十二勇士。

带回家里去，让他父母吓一跳。但是，当一个年轻的艾尔拉工人给他买了杯啤酒，跟他说他母亲像朵鲜花一样绽放的时候，他就把这想法忘掉了；这话透着侮辱、嘲弄和揶揄的口气，不过也可能是和解的、巴结的、讨好的。啤酒咕嘟嘟地进了他的五脏六腑，各个末端都涌上了深深的睡意，在他身体里散布开来。帘布的长毛绒越来越近，把他温柔地包裹起来，脏塞弗的声音这会儿也变得更尖厉、更挑衅了。他费了很大劲才能听得到，就像是隔了一层雪似的。

"……我就轻信地和一个中尉一起动身了，就那之前我们还被英国皇家空军扔了炸弹。我正在给中尉做饭，因为我的上司不太爱吃罐头食品。我赶紧往外冲，腰上还系着围裙呢。中尉就站在外面，说：'快过来，上我的摩托车。'我紧紧抓住他，风驰电掣地开进了大沙漠。突然，虽然连棵棕榈树都见不着，他停了车，说：'快，把你的钱给我，所有的钱。'我给了他，他一溜烟跑了，再也不见了。我对自己说：'塞弗，这回你算栽了。'我一连三个星期都不敢回去。我这期间的经历，简直没法对人说。奥迪尔说：'讲一讲嘛，那儿的异族部落都对你做了什么。'我说：'小伙儿，我说不出口，但是相信我，我常常对着自己的围裙大哭……'"

"……他们这方面毫不留情的。如果一个党卫军碰了另一个的身体，哪怕对方都穿着衣服，或者如果他亲了一下对方，那就肯定会挨枪子的……"

"……我们就自力更生了，我的奥迪尔和我，就在离市场不远的地方……"

"你不会想开家酒馆吧？"简妮试探地问，又问了问她可不可以一起喝一杯。"当然了。"路易斯说。

"不，开间卖布料和窗帘的店。"

"在瓦勒这儿？"

"你想哪儿去了，姑娘。开在奥斯坦德。在海边。在水手出没的地方。"

“上……上一吃，我……我见到你的斯候，”路易斯说，“你……你是在游泳池里，还唱……唱了《去吧，摩西》。”[1]

脏塞弗立刻又唱了起来。艾尔拉工厂的工人都鼓起掌来。

“再来一首，再来一首。”

简妮叫道：“停下，你这傻瓜，马上就会有德国人过来了。我这个星期已经去过一次司令部了。”

奥迪尔说：“臭婆娘，约瑟夫想唱多大声，就能唱多大声。”

“摇摇摆摆快下来，亲爱的双轮马车。[2]”

“臭婆娘，没有人能堵住我们的嘴！”

“好！”艾尔拉的男人们叫道。

“噢，大河兄。”[3]伴着路易斯在街上走了好长一段时间，直到他回到家门口，看到白皑皑一片被雪覆盖着的正墙面。

妈妈在楼下走廊里咳嗽。烟抽得太多了。她用沙哑的嗓音解释说，她只是去散了个步。“我现在连这个都不能做了吗，我是不是连呼吸都不可以了？”

“你为什么今天晚上一点鲱鱼都不想吃？”爸爸叫道，“说话呀。”

“次次都是鲱鱼。”

“啊，对你来说鲱鱼大概已经不够好了！必须给你上‘斯旺家’酒店的法国牛排才行了！”

“我不饿。”

“你就是不想自己嘴里有鲱鱼的味道！”爸爸吼道。

在路易斯的房间里，灯亮了。她重重地落到了他的床上。她穿着低开口的裙子，上面嵌着闪光的黑色小片，看上去浑身发热。她鲜红

---

1 此处是模仿路易斯说话结巴含混的样子。

2 一首美国黑人的灵乐歌曲，歌词原文为英语。

3 出自20世纪二三十年代著名音乐剧《演出船》里的一首歌，是美国黑人歌咏密西西比河的。歌词原文为英语。

色的嘴一开一合，就像是在唱一首远方的歌。

她落在了路易斯的脚上，但是他不疼。

“他疯了，完全是疯了。”她说。那个疯子就穿着件衬衣冲进了房间，吼道：“说啊，告诉你儿子啊，你和那个占领军给我戴了绿帽子！”

“他不是占领军，他是个正直的男人。”

“你听听，她承认了！”

“我只承认，他对我来说有魅力，体贴。”

“我就没有魅力，不体贴了？”

“不，你没有。”

爸爸手指着她，他的律师袍的黑色宽衣袖飘舞，他的白领巾高举，整个法庭屏住呼吸，一个高中生的床成了被告席。而被告，化着浓妆，打了个嗝。

“她还要抵赖。她宁肯咬断舌头，也不肯说出事实和事实的全部。但是你浑身都是真相的臭味，康斯坦泽！”

妈妈靠在床柱上，床柱吱呀地响。她往前倒下去，躺在了路易斯身边，用胳膊抱住了他的脖子。真相的臭味是酒味，还有丽莰香粉的味道。他透过丝绸裙子感觉到了她的体温。

这个既不是父亲也不是丈夫的男人摇撼着床柱，就像要把这个女人和这个男孩倒出来一样。然后，他面红耳赤地站在灯下，灯光为他的稀疏金发添加了圣徒的白金光环。

“康斯坦泽，看着我的眼睛……”

“不。”（倔强少女妈妈。）

“看着我的眼睛，我说！”

她把头蹭在路易斯的脖子上，鼻子里发出短促的喘息声，就像草原上的马在傍晚的雾霭升起时做的那样。

“我做不到，斯塔夫。”

“从床上下来。小伙儿需要睡觉。”

她一只眼睛睁得大大的，有血丝，精美的睫毛涂黑了，就像是仰卧在这片草地上翻来滚去的小马驹的眼睛。

“我会给你点颜色看看的，康斯坦泽，你就等着受罪吧。”

“那我就等着你给我颜色看啦。”她笑得扑哧扑哧的，马蹄踩踏在暗淡的草上。她到底想做什么？让他杀了她？她为什么带着这么卑鄙的笑，想要受罪，她又怎么受这个罪呢？为什么爸爸现在发出了这一声沙哑的喊叫，拽住她的头发，把她拔起来，同时又嗷嗷地叫，因为膝盖撞着了铁床边沿？

在她延续的嘲讽笑声中，脸已经因为痛苦而走形的爸爸把妈妈从路易斯身边拖开，踢了她一脚，撞了她一下。父母卧室的门被甩关上了，爸爸骂骂咧咧地走下了楼梯，从她床上传来迷迷糊糊、哼哼唧唧的歌唱声。

爸爸坐在客厅的沙发里，咬着拳头大的一块布丁面包，这肯定是他从工坊的秘密储藏柜里飞速取出来的。

“被你们这么一闹，我没法睡觉了。”路易斯说，“你和我下象棋吧。”

“我现在没有这个心情。”

“别再多想了。”

“我这一辈子，”爸爸一边说，一边嚼着咽着，然后又咬下一块，“……我这一辈子，从我们结婚那天开始……”

“都是因为我的小弟弟的死。”路易斯说。

“好啊，你也站到她那边了。”布丁面包吃完了以后，他挨个舔自己的手指尖，“她不愿意承认，但她也根本用不着承认。艾尔拉工厂里大家都知道，整个瓦勒的人也都知道！别人都看到他们了！听到他们的情话了！你知道，他怎么叫你妈吗？”

“不知道。”（不是：谁？）

“小弗兰，我的小弗兰。简直不要脸！”

“我的小兰花？”

“不是，说的是你妈！他的弗拉芒女人！简直不要脸！”

他走进了厨房，我像只小狗儿一样跟着他，他拿起了装方糖的红色纸盒，在水龙头下接了一杯水，刚想开始吮。路易斯说："我们不能做点焦糖糖果吗？"

"这主意不赖。"

糖溶化在了锅里，咕嘟嘟地变成了深棕色。爸爸尝了尝。"再加一小滴醋。"他将冒着蒸气的黏稠状的一大块浇在了蓝色的水池底面上。等到这块糊糊有了浅一点的颜色，渐渐变硬的时候，爸爸用他的一双黑缝纵横的印刷工的手把它卷成了一根香肠，再把它切成大小一样的弯曲小块。他俩贪婪地吃着这些太烫又太酸的美味。

爸爸在读一本卡尔·迈[1]写的书。闹钟嘀嗒响，咬碎甜酸糖块时有咔嚓声，屋外街上皮靴踩地啪啪响，楼上卧室里时不时传来哼唱声的碎片，不知道什么时候哼唱就停了。老沙特汉德和他的结拜兄弟温彤[2]在北美草原上逡巡，银步枪让苏族人和吉奥瓦人[3]不敢靠近，一把印第安战斧在空中呼啸而过，公牛群冲过来，踏过了婚外情，用漫天尘雾将他淹没。

蛋头有时候一整天都不在学校露面；数学老师解释说，他去他那个贵族家庭里休养了。（我们在这个新时代不都是贵族了吗？劳动也让人高贵啊；现在民族身份变得这么重要，大家都流行追查自己的祖先，而诺拉姑妈也拿出一张满是树根、分支、枝杈的族谱树素描来，证明塞涅夫家在17世纪就已经出现在了韦弗尔海姆[4]，参见当地城市档案馆。我们只要有点儿运气，关键是只要有时间，就能查到行会记录册里的记录。）

路易斯在这个星期一进学校的时候，蛋头缺了两颗门牙。在大家

---

1 卡尔·迈（Karl May）：德国19世纪末20世纪初的著名小说家，尤其擅长写东方历险故事。他的作品流行于多个国家。

2 老沙特汉德（Old Shatterhand）和温彤（Winnetou）都是卡尔·迈小说中的人物。

3 苏族人和吉奥瓦人是印第安部族。

4 比利时西弗兰德省的一座城市。

埋头自习的时间里，伴着轻微的刮擦声、咳嗽声和纸张的沙沙声，蛋头坐在这个冰凉大厅里自己的宝座上，读着一本名为《厌工症》的书，随后把书给路易斯，让他带给他的父母。路易斯不顾寒冷，坐在圣母教堂的小公园里；书包放在膝盖上，书放在书包上，他翻看起来。

一份对纽约两千个公共青少年教育机构进行的科学调查表明，寄宿在那里的学生大部分不是简单的懒惰厌学，而是患上了一种天生的缺陷，一种病态的倾向。我，摩天大楼和妈妈的孩子，也不是有意要厌学的。这厌学是由两个因素导致的：遗传和环境。啊哈，族谱图可派上用场了！而汉瑟尔曼博士，苏黎世的治疗教育所所长的经验是，主要成因要在不良环境的影响中去找。出身贵族而现在外形越来越鄙陋，说话越来越细碎烦人的蛋头的环境当然不会有这样的影响咯！

这本书根本不是为路易斯的父母准备的，蛋头知道得很他妈清楚，不论爸爸还是妈妈都不会去读这本书。我这个懒孩子倒是应该在这本书里嗅一嗅，好好研究一下我的病态倾向。我的自我，听从蛋头的命令做出了诊断，要像一只受过不随地大小便训练的小猫一样，把鼻子伸进我的厌学和罪孽这个小水坑里去。

“如果这个懒孩子可以在一段时间里享受之前错过的良好行为（比如，创造性的游戏之类的），那么他就会对那些促成这类行为的人产生信赖、尊重和某种好感。”明白了，蛋头博士！之前错过的良好行为——我完全不知道有哪些。

按照您的观点，错过了的还能重新享受。明白了，明白了，就像您的博士同行，和您一个鼻孔出气的脱裤子博士也会说出口的那样。

可是，可是。

他不敢把这本书一把扔进树丛里去。你知道吗，塞涅夫？——知道什么呀，塞涅夫？——啊，塞涅夫，我心情是这么的怪异。

在某种程度上，我对蛋头的堕落（或者迷失）负有部分责任。他选择了我，这个懒孩子。他给了我没有解读出的信号。他为什么越来越频繁地说，人的尊严受到了威胁，遭到了践踏？他为什么和毕业班的三四个男生——总是那几个——结成了帮派？他们有时候会躲到体育馆里去。我有一次凑巧路过，撞着了他们，他们就把我赶了出来，还一副高傲样子，好像是我身上发臭一样。我想贝卡了。我想教她读书写字。我想吃巧克力想得要命。一定要禁止在维他命里加入巧克力的味道，这只会让人更思念巧克力。我思念西蒙娜，但是我不能穿着弗洛伦特叔叔（他现在在英国，那个元首不知道因为什么原因暂时放过了的国家）这件难看的格子衬衫去她那儿。我也不想去罗伯特叔叔那儿，虽然我在那儿可以得到碎肉，因为我要是去了肯定就得听他疯了一样地念叨他的莫尼克，只要福德克斯牧师的贷款能搞定他就会娶的那个莫尼克。我也不想去诺拉姑妈那儿，她会用手指敲我，问我恋爱谈得怎么样了。复仇日，原罪日。[1]在任何时代，死都是一种出路。心情怪异极了。心情，母亲[2]。不久前她的手提包里多了一卷二十法郎的纸币。她什么都不会察觉到的。

他下定了决心，走进了“格略尔宁”酒馆，说：“诺埃尔，给我一杯你的淡啤酒。不要太多泡沫。”

斯大林格勒。

埃塞俄比亚向德国宣战了。巴西也是。

在警局最高层得有点变动了，因为那里有少校和司令官不履行自己的职责，比丘吉尔还亲英，会竭尽全力让那些搞破坏的毫发无损地溜掉。

斯大林格勒。

弗拉芒民族党的足球队给人感觉不是很行啊。政治和体育还是不能混为一谈。

斯大林格勒。

在我们瓦勒的大街上，有时候在一天正中都能听到伦敦的电台广

1 原文为拉丁语。这是中世纪一首关于末日审判的颂歌的第一句，天主教教会常用这首歌作为丧礼弥撒上的献歌。

2 原文中两个词相近。

播。我就不说在哪儿了。每个人都该知道，他肩上有什么样的责任。不过如果你知道他们通过广播煽动彤杰斯大街上那群流氓来捣毁我们的油菜田，就因为这些油据说是给军队用的，你也会热血沸腾的。

还有——这回是列法艾特博士，他酒精含量越高就越会变成有日耳曼语言天赋的博士——还有，“我经过仔细研究，用我的分析完成了证明神的存在这项传统功业之后……”

“好吧，可是哪个神啊？”

“亚里士多德说的那个。”

“亚里士多德！”马尔尼克斯·德·派德感叹道，“他哭了，这小伙儿。我把他搂在怀里，对他说：‘亚里斯，我的小熊，爸爸必须挣钞票，需要安静，不然就写不出喜剧来了！’——‘你说的这些话，就是喜剧了呀。’他说。我这小天使。‘我不想去修女那儿。’我说：‘亚里斯，爸爸和妈妈不能好好照看你。但是在哈尔贝克的学校宿舍，你会得到新鲜的鸡蛋，刚做好的新鲜黄油，直接从他们那儿的奶牛取来的。’”

“好吧，可是哪个神啊？”

“抽象的神，在我说话的时候，你们倒是仔细听啊，真要命。就是那个推动万物而本身不动的第一个存在。”

“诺埃尔，你现在也动一动，给我们再来同一份。”

“同一份可不行，你们都已经喝到肚子里去了。”诺埃尔这话一天说了十遍。

“伊玛努埃尔。”列法艾特叫道，他喝了两杯淡色艾尔啤酒就醉，但可以连着两天两夜都保持同一剂量。

“上帝与我们同在！”

“伊玛努埃尔·康德……”

“我头晕……”

“和一个农夫说……”

“农夫，那些榨干了我们的农夫，不过没有了他们，我们也活不下去。”

“他说：农夫，让我们假设一下，存在一个上帝，伟大的良知。”

“良知个啥，凉菜吧。”

“这并不是说，农夫，灵魂就是不死的。这个农夫嚼着一颗李子说……”

“咦，他嚼的是谁的李子？”

“那为什么有上帝呢？”

“列法艾特，你喝醉了。”

“这很简单。我们本质的核心不过就是我们为了始终做人，实现不朽所做的努力。”

“你真是一针见血，我的朋友。”马尔尼克斯·德·派德说，“追求不死。国王阿尔伯特对我说过这话。德·派德，我的朋友，在您王侯般的不羁中我感觉到了一个对死亡报以微笑的人的驱动弹簧——他说的是‘ressort’[1]。在您的谈话中，亲爱的，我听到了我在14—18年在战壕里唱过的歌的旋律，‘来吧，宝贝，来吧，宝贝，来吧！’我说：‘我感谢您，先生。’我说这话是认真的。”

“康德把这个符合‘种植动物[2]’的上帝……”

“啊，动物都能种出来吗？”

“改头换面，这回改成了良知的上帝。”

“还有凉菜的上帝！”

“……改成了道德秩序的创立者。”

“啊，他也赞成新秩序？”

“对。一个不朽的后空翻。他用心重新造出了他的头脑所抛弃的东西。”

“国王阿尔伯特。”常常作为西弗拉芒语文学之王而得到宫廷款待的马尔尼克斯·德·派德说。“国王阿尔伯特，”他说，“是这么近视，

---

1 法语中的“弹簧”。

2 喝醉了的列法艾特把“zoon politikon”（古希腊语“政治动物”）说成了“zoon polipkon”，后者听起来像是“polypen”（珊瑚虫），这里采用类似的谐音“种植动物”。

这么笨拙，他在官方宴席上从不会吃任何东西，就是害怕用勺子或叉子的时候出乱子。他被人描述成有‘骑士风度’，被人说成‘天生贵族’，因为他的君主脑袋总是这么庄严地摆正立好，可这其实都是因为他能看到的范围不超过二十厘米远。如果他在这么一场晚宴之后，只和他的王后还有几个可靠的仆人回到家里，他就会扑到家传萨克森-科堡瓷制成的御用汤罐上，不用勺子不用纸巾，欢快幸福地啜饮一公升的洋葱汤。不过最高的享受是铁路给他带去的。在最不可能的时刻，只要他王冠下面那颗王头有了这个念头，他就会坐上王室列车开往，比如说，日内瓦。这时候整个国际铁路线和行程表都必须迅速改动、调换、配合。国王殿下戴着他的瑞士表，把专门为他用特大号印出来的花体时刻表放在夹鼻眼镜前，出发了。他一直这么坐着，坐了很久，因为在他身下的王室红的天鹅绒座位里安装了一个撑条。这样，阿尔伯特一世在车开到四十二公里的时候就可以亲手拉动紧急刹车，而城堡主人，我是说，列车的司机长就要来觐见。君王说：‘你这个蠢货，按照专为我设计的计时器，你迟到了一分又多少多少秒！’子爵颤抖着结结巴巴地说，是因为轮子太热，是高架桥的缘故，是不可测原因，是时间概念的问题，总而言之，他绝对没有责任。‘什么？我作为一国之君，总是要承担责任，包括对我可能犯的错误……’”

“派德，我的朋友，一个国王是不会这么说话的。这样说的都是大臣。”

“派德，继续往下讲。”

“大家翻查了旧版行车时刻表。工程师和秘书喘着气制定出新的表格。前进，登山运动员国王说道。火车头又发出了胜利的蒸汽信号。这样一直到后面的车站。一直到新的会议开始，到时候会拿出那本羊皮纸法典。法典里是计划好了的，大家所期盼的，让人绝望地飞速消逝的，以及像欧洲铁路交通一样遭到破坏然后又被修复的时间。在日内瓦，国王洗了个淋浴，这期间火车掉了个头。火车费尽力气，历尽艰辛，开回了布鲁塞尔，我们国家的这只不详的惹祸苹果。这位骑士国王精疲力竭，但却分外满意，挺直了身板，比平时更从容悠闲地走进了自己的宫殿。宫中，他的妻子正在一个按民主多样法则拼合起来的四重奏里拉小提琴，其他三位男性成员每人口袋里都有一个平整的、印了她名字花押的黄金烟盒。”

“诺埃尔，给我们的马尔尼克斯来杯威士忌！”

“因为实证主义会把事实简化为碎片，简化为事实的骨干。”

“有一段时间没有炸弹袭击了。”

“有的。在埃特尔贝克[1]。”

“莫里斯·舍瓦里耶尔[2]，不顾任何波折，继续为法国的灵魂，法国的精神代言的那个，他说他获得的一切都归功于他母亲。是啊，他母亲可是不折不扣的弗拉芒人。”

“如果人是目的，而不是工具，那么……”

“*慢慢来，列法艾特，一个好人总是要慢慢来。*”目光呆滞的马尔尼克斯·德·派德说着说着就睡着了。他那摇摇摆摆的弗拉芒脑袋找呀找，找到了列法艾特的肩膀，而这一位正带着明显的不快把酒杯送到自己嘴边。德·派德的鼾声变成了越来越咄咄逼人的轰鸣，几个小时之后就在瓦勒城上空散播开了，像浓烟一样厚。炸弹的任务是摧毁车站。为了这个目的，敌人在英国考文特花园[3]里画了一个四方形，里面的一切都要被夷为平地。这个方形的西南边是哈尔贝克的修道院，那里塔楼爆裂，白色的旋转木马飞到空中，落到屋檐水槽上，一个真正的*后空翻*，三个修女和七个孩子丧命，其中有亚里士多德·德·派德，那个小天使。

修道院有一半都消失了，另一半面目全非。这边这里是学校院子，都是洞，都是弹坑，一颗可怕的、发臭的陨石像巧克力圆蛋糕一样炸

1 位于比利时首都区的一座城市。
2 莫里斯·舍瓦里耶尔（Maurice Chevalier）：法国演员、歌手，1929年后到美国，出演了多部好莱坞电影。
3 考文特花园（Covent Garden）：位于英国伦敦西区。

裂了，一架散了架的钢琴填满了没有熟的小梨子。村里的居民带着尖头十字镐在凹凸不平，看起来像炸弹壳一样的牛奶壶之间又是挖又是刨的。

“伊娃·玛利亚嬷嬷和玛利亚·安格嬷嬷在小教堂里，在做一个特殊的祷告。我还冲着她们骂道：‘嬷嬷们，现在最要紧的是，为了我们亲爱的天主上帝活下去！’但她们就是不听我的！”管家嬷嬷跌落在一大块水泥块上，水泥块的一个侧面是一层大理石。“我们受难圣母的雕像还没有倒。如果我这会儿不是太悲痛了，我可能会说这是个神迹。”

教父给自己画十字。爸爸马上也跟着他做。

“躲在酒窖里的男生们都得救了。我数了的。”

管家嬷嬷就像是受难圣母，闪闪发光，在油里浸过的珍珠从她血红的眼眶滚下来。

“天主真残忍。”

“那圣盖洛尔夫嬷嬷呢？”路易斯问。

“一点刮伤都没有。”

“伊梅尔达嬷嬷呢？”

“在阿弗尔海姆她哥哥那儿。”

贝克朗扛着他的尖头十字镐走了过来，用粗硬的语气告诉他们，接下来几个星期会有泥瓦工过来。“不过这一次这些墙要修两倍厚，而且要用钢筋水泥。”

“贝克曼斯，您没看到我们正忙着吗？”

“看到了，管家嬷嬷，但是在哈尔贝克有太多人看到修道院坏了都乐坏了呢。我们必须让他们看看，我们不会低头认输的！要钢筋水泥，我说了！”

教父把他马甲两侧的衣角都往下拉直，摸了摸脑门，问起了下葬的细节。他想走了。而什么都看在眼里的管家嬷嬷，往已经不复存在的会客室的方向走。“这真不公平，塞涅夫先生。”

“我们只能祷告，嬷嬷。”教父说，头垂下来，就好像他已经开始做合适的祷告了似的。

“我们能为您做什么吗，嬷嬷，不论什么都好？”爸爸问。

“我也不知道有什么可做的。”

“只要是您需要的，嬷嬷。”

“我们如果当时可以爬到阁楼上，躲到那里的大梁下面去的话……阁楼还没塌……或者应该躲到贝克曼斯的牛圈里。但是谁会预料到这一切啊？我所有的文件，我管理的所有材料，我一生的光阴，都没了。”

“丘吉尔。”爸爸说，“都怪丘吉尔！”

“路易斯，我的小伙子，给耶稣献上你的心，早一次，晚一次。”

“好的，管家嬷嬷。”

爸爸和教父走进了聚会厅，那里安放着修女亚当和修女恩格尔的灵床。路易斯不能一起去，因为他反正认不出她们来的。他努力找，找到了梨树所在的位置，站在了那儿。我是头猪，因为我恨不得在这场毁灭当中蹦起来，跳起舞来，放声大笑，这场毁灭是炸到空中的城堡。

就像是一大坨猪油。就像是以修女样貌出现的一个巨型娃娃，是谁在年末集市的打靶摊子上赢回来，用自行车充气筒吹起来，放在了客厅里。修女圣盖洛尔夫就这么怪异地坐在壁炉旁边，与婆妈妈隔着一米半的距离。她的泛着蓝色的眼镜，有一只腿儿插入帽子下面插得比另一只更深。她的嘴角上有一道干了的米粥线，一直挂到衣领上。海伦娜姑妈像对一个小孩子那样对她说，路易斯在这儿，塞涅夫先生的孙子。可是她没有反应。

“她很有教养。”婆妈妈说，坐在圣盖洛尔夫身边的她显得苗条多了。似乎是为了显示她没修女那么笨重、那么迟钝，她在安乐椅里动了动身子，几乎要摇晃起来了。

“她很顺从，我们说什么，她都会听的。”

“她做的，不就是竖着耳朵听嘛。”海伦娜姑妈说。

“‘这是一项慈善的功业。’他说，”婆妈妈嘟哝道，“我就问：‘是要做什么啊，这项慈善的功业？’但是他已经消失了。去他的情人那儿了。或者说去情人中的某一个那儿了。或者是去莫娜那儿了。关于这个功业啥的，我已经想破了脑袋。我一开始以为，他说的是‘收留无家可归的人’，但是现在我认为，他指的是‘照料病人’。她毕竟更多的是个病人，而不是无家可归的人，对不对？只要修道院重新修好，她就有家可归了呀，还是个比以前更漂亮的家呢。”

“也不是啥难办的事儿，只要国家出钱。”

“海伦娜，大部分钱都是鲁瑟拉勒银行出的，这家银行又是在主教管辖下的。”

修女圣盖洛尔夫看上去就像是他们当年在寄宿学校那么狂热崇拜过的怪物修女的一个强壮的妹妹。

“是啊，我们是要为她吃苦。但我们喜欢她。我们每两天都会从头到脚洗一洗她。”

“我们？”海伦娜姑妈尖声说道。

“就这么一说啦。罗伯特总是会给她最好的零食。”

“猪肝肉。”修女圣盖洛尔夫说。

“还有煎肋肉排。”婆妈妈边说，边朝她这位身处困境而刚刚开口说话的修女投去骄傲的目光，“但她哪会懂这些门道啊。修道院只会让修女都傻傻的。我明白，她们要专心虔诚，但她们做得也太夸张了。比如说，她们都不知道我们的国王去年又结婚了。”

“和一个公主结的。”修女圣盖洛尔夫说。

“那她叫什么？你看看，这个她就记不起来了。”

修女往各个房间角落里投去寻求的目光。

“莉莉安娜公主。”婆妈妈大喊道。

修女圣盖洛尔夫从修女袍的褶子里抽出了自己的十字架念珠，饱含喜乐、痛苦和荣耀的秘密的黑色宝石一上一下地动。

“他就把这样的好事儿推到了我们头上。一项慈善的功业，他说。事先都不问我一句。就为了他能在修道院里扮演撒玛利亚人[1]。”

“母亲，你乐得现在有个人儿陪在你身边了吧，说实话吧。”

“你就只会偏袒你父亲，和莫娜一样。但她挺有教养的。我想教她打单人纸牌，但她学不会。要不就是她觉得浪费时间，因为她打牌的时候就不能读每日祈祷书或转念珠祷告了。”

“可是婆妈妈，她读不了书啊。”

“为什么读不了？”

“她眼睛是瞎的啊。”

“噢，这个骗子！那她一直都是在装，装作能读书的样子！”

“我做过手术了。”修女圣盖洛尔夫说，“我得到了一个亡故者的眼睛。”

“什么？这事儿您居然都不跟我们说？”

在好长一阵催促、冰雹一样降下的问题和惊讶的呼喊之后，修女圣盖洛尔夫讲述说，她父亲死的时候，她哭得太厉害，结果眼睛就瞎了。但经过多年的虔信禁欲修行，我主耶稣把她先父的眼睛赐给了她，她用这双眼睛不能看得很多，但已经足够了。“上帝给我动了手术。”

路易斯穿过了弥漫在洗衣房里的阴沟臭味，走到厕所里，取出了西蒙娜的照片。

（“给，这是给你的。你在唱鲁·班迪的歌的时候，为我要过的。”

“这上面的你很好看。”

“我把腿以下的都剪掉了。我穿的鞋子丑。”

“你真人比照片漂亮得多。”

“大家都这么说。”

“我是说真的。”

“你不可以让任何人看到这张照片。我的发型也不对。我当时没有

---

1 撒玛利亚人（Samariter）：在基督教文化中指乐善好施的人。出自《圣经 · 新约》的典故，一个犹太人遭劫受伤，只有一个撒玛利亚人照料和帮助他。

洗头发。”）

他把照片贴在自己嘴唇上。爱一个人要爱他的弱点。

路易斯回来的时候，帽子下那张历经风雨剥蚀、苍白憔悴的脸冲着他呼哧呼哧地响，像只猫儿一样。她就是这么笑的。

“你出去的时候，她可沮丧了。”婆妈妈说，“你现在得在我们身边待一会儿了。”

这只脾气倔强的猫安静了下来，说了一段她背下来的话：“谁如果说，逃避尘世是种病态，说我们是太丑太傻太疯找不到男人的，那他就错了。”然后，她歪一歪脑袋，将一只手指戳进帽子下面眼镜腿儿旁边，猛烈地摇。

“她有耳鸣。我说：‘嬷嬷，这都是炸弹炸的。’‘不，’她说，‘这是我们的上帝，他在打口哨叫我。’”

“吹口哨。”路易斯说。婆妈妈认出了自己老公钻牛角尖的劲儿，当路易斯固执地解释说：“打口哨是荷兰南方话。”

“她血压太高了。”海伦娜姑妈说，“她不能吃有盐的饭菜。”

“那他就错了。”修女圣盖洛尔夫重复道，“我们的使命不是在尘世上。”

“好了，好了，这个尘世有什么不对的吗，圣盖洛尔夫嬷嬷？”婆妈妈叫道。

“什么都不对。”修女说。

“关于这个尘世，您都知道些什么，圣盖洛尔夫嬷嬷？”

“我倒想在进修道院之前多看看这个尘世。梵蒂冈、阿西西[1]之类的。可是太晚了。耶稣已经用倒钩取走了我。要么全有，要么全无。耶稣不想要剩了一半的。”

“她还从来没有一口气说出这么多话来。”海伦娜姑妈低声说，“这都是因为你在这儿。”

---

1 阿西西：意大利翁布里亚大区的一个城市，方济各会创始人的诞生地。

这个在空袭中失去了神力，重新复活，被炸醒成了凡人的修女，她认出路易斯来了吗？认出他是从她床头柜上偷走了珍宝的那个贼吗？弗里格躺在桌子上，屁股惨白，殉道而死。

“灾祸都是出自你们这些女人。尤其是母亲。因为她们不是孩子，却为了自己的孩子而必须做孩子。”

“您说得轻巧。”婆妈妈说，“您要做的不过就是想念您的耶稣，您的黄油面包都送到了您手上，还经常配上阿登山火腿。”

“喜欢您，不容易。”无动于衷的声音说，“不过不喜欢您，也不容易。”

婆妈妈把颤抖的下巴往前伸，就像几天前的新闻周报上，卡雷尔·赛斯在拳击台上站在古斯塔夫·洛特面前的样子。“您听好了，您在这儿可不再是在您的修道院里了！”

“在修道院，我对您不会比对其他任何人多一点喜欢，因为那里不允许出现超出一般的友谊。”

“这个啊，路易斯，就是我现在起每天要受的惩罚了。”婆妈妈心满意足地往后靠，“好了，开始吧，再为我们做点祷告，好让我们不用在地狱之火里炖得太久。”

“只要，”修女圣盖洛尔夫边说，边灵巧地一甩，把念珠抛到空中，然后又接住了落下来的沥青般黑的雨滴，“只要您给我讲讲那个公主的事儿。”

“哪个公主？”

“莉莉安娜。”

“那我能得到多少次《圣母经》？”

“一串念珠这么多。”

“那就是五乘十。一共是多少？”

路易斯没有听，答案也没说出口。因为海伦娜姑妈就在这一刻说：“大好的日子就是这么过的呀。”

在两个有着同样肥胖弯曲的肩膀的受损女战神之间停战了，因为婆妈妈开始讲起来了。海伦娜姑妈在费心思地解字谜，但没做对。“古典时代的比利时部族”肯定是叫“尼尔微”，而不是她歪歪扭扭写出的“高卢人”。

莉莉安娜，西弗兰德省省长的女儿，在三兵守卫的白金汉宫里觐见了英国国王。她在维也纳的化装舞会上跳舞，元首就是从维也纳来的。没多久她在滑雪的时候摔断了一条腿。修女圣盖洛尔夫不知道什么是滑雪。海伦娜姑妈给她解释了一下，但她不相信人真的可以滑雪。“您的耶稣都能在水上走呢。”婆妈妈说，然后又接着往下编。我们的国王第一次是在尼乌波尔特[1]见到莉莉安娜的。那就像是一道闪电击中，她的心跳到了嗓子眼，三年以后还在怦怦直跳呢。这时候皮埃罗首相在我们的国王投降以后卑鄙地攻击了他，而莉莉安娜气得差点儿心脏病发作。她是这么渴望这位鳏夫国王——而莉莉安娜只要脑子里有了什么念头，她就会奋不顾身去实现——她就给国王的母亲写了一封信。

“伊丽莎白殿下，您在宫廷里有没有活儿可以交给我？”一桩事儿又牵出另一桩事儿，一次在拉肯[2]的两人早餐，一次茶会[3]——“一次什么？”海伦娜姑妈没有兴趣解释这个满是异国风味的词——一次坐着敞篷梅赛德斯去克诺克[4]的郊游。终于，凡·罗伊红衣主教让人在圣尼古拉斯日之后第二天，在比利时所有教堂的布道坛上宣读道，他感到荣幸和欣喜，三个月前在拉肯宫殿的小教堂里为两位新人成婚，莉莉安娜从此以后就叫蕾西公主[5]了。不过如果他们生了孩子的话，这个孩子绝对不可以坐上王位的。在教士们宣读了这些之后，过了几个小时，日本人就袭击了美国人。在哪儿？在珍珠港，神秘不可测的远东。

1 尼乌波尔特：比利时西弗兰德省的一座城市。
2 拉肯：比利时布鲁塞尔的一个区，王宫所在地。
3 原文为英语。
4 克诺克：比利时西弗兰德省的一座海滨城市。
5 这里是对国王配偶授予的封号，正确译法为“王妃”。但是因为王妃和公主在西方语言中都是“Princess”，而上下文中应该是用“公主”来调侃，所以保留为“公主”。

“是啊，一桩事儿牵出另一桩事儿。现在您可以好好地转您的念珠了。”

工坊里，淡黄色的太阳按照隐晦的颜色法则为刷成普鲁士蓝的窗户玻璃添加了一种绿色的微光。路易斯在做一个严厉禁止的事儿。他让还没印上任何东西，贵得吓人的白色四开页纸穿过了脚踏印刷机的滚轴。因为他先把纸揉皱又展平了，所以颜色就分布得不均匀，最后出来的纸上就有了神经和血管，露出不祥迹象的云、蝾螈、地精，以及逃跑的母亲。在门铃响起，他听到爸爸从阳台拖拖沓沓走过来的时候，路易斯像毛克林[1]一样敏捷灵巧，像温内彤一样悄无声响，像萨比[2]一样如猫般矫健，跳到了几捆用麻绳绑好的纸垛背后。

“嘿，居然又见到你了。”爸爸说，“我还以为你已经逃到西班牙去了。”

“时势严酷啊，斯塔夫。”这是提奥·冯·巴梅尔情绪低落的声音。

他们站在压板印刷机旁边。阳台那边有广播电台在大嚷，标准列日足球队现在二比零领先。

“斯塔夫，我们是发过誓的同志。可是现在你他妈地干了什么好事儿？”

“斯塔夫，你这次是捅了马蜂窝啊，我明白告诉你。”

“斯塔夫，这可是甘油炸药！”

“我什么都不知道。”爸爸说。

“你怎么会不知道？你自己的伙计，皮特-拉斐尔·拉斯佩，住在瓦赫特伦夜莺街61号的那个，告发了你。”

“我什么都不知道。”

1 毛克林（Mowgli）：英国探险小说家鲁德亚德·吉卜林（Rudyard Kipling）的小说《丛林故事》（*The Jungle Book*）中的主角，在丛林中长大的印度男孩。

2 萨比：萨比·达斯塔吉尔（Sabu Dastagir），印度演员，在1942年的电影《丛林故事》中扮演毛克林。

“你的拉斯佩，我真希望他两个蛋儿都挂在俄罗斯的刺刀上，他交出了好大一堆材料。”

“我完全不明白。我要找他谈一谈。”

“可是他早就回到北顿涅茨河边，回到冯·曼施坦因[1]带领的志愿军队伍里去了！整个艾尔拉工厂的管理层都陷进去了！斯塔夫，我的上帝啊，你怎么能这么做！”

“我向天发誓我不知道你在说什么。我第一次听到这件事儿。”

“在扬杰·皮隆出事的时候你也说什么都不知道。”

从纸垛里散发出的令人麻痹的纸香，还有油墨和机油的香味。几乎和妈妈的洗甲水的味道一样好闻。扬杰·皮隆的事儿都怪妈妈。过失犯罪。扬杰·皮隆是流氓扎堆的彤杰斯大街上的一个居民，但是勤奋有礼貌。他父亲在西班牙打过仗，但扬杰和政治半点关系都没有。“哦，不，塞涅夫夫人，您怎么会这么想我啊？我会努力做到最好的，塞涅夫夫人。您不会听到任何人埋怨我的。”他作为艾尔拉工厂的钳工，竭尽全力工作，事事争先讨好，为妈妈开门，直到八个星期后他被送往莱比锡艾尔拉总部，成了每个月被送走的一百个可怜人中的一个。他走进办公室，让艾尔拉工厂的圣母为他包扎被压伤的拇指。他问：“塞涅夫夫人，现在是怎么一回事儿？我看到我的名字在运送名单上。”

妈妈看了看名单。“是的，扬杰，你是在上面。现在你要干吗？”“可是，塞涅夫夫人，您都不知道消息吗？”妈妈检查了一下发肿和变紫的大拇指。“我就知道这个：扬杰，你是有意把自己弄伤的。”“可是夫人，您和科尔斯肯斯夫人谈过的呀。”“对面的科尔斯肯斯夫人？哦，对了，你既然提起来了，她有时候会问到你。我就说，你已经尽力做到最好了。”“这就完了？”扬杰绝望地叫道。后来妈妈才知道，科尔斯肯斯夫人是从律师弗林克——臭名昭著的共济会成员，零狮

1 冯·曼施坦因：埃里希·冯·曼施坦因（Erich von Manstein），纳粹德国国防军著名指挥官，在东线指挥过围攻列宁格勒的军队。

语言教师弗林克的硬心肠独生子，可耻地看着自己父亲堕落的那个律师——那里得到了任务，到妈妈这儿旁敲侧击地打听，扬杰·皮隆有没有可能撤出名单。因为扬杰·皮隆情急之下，跑到了自认为是亲英律师那儿求助。弗林克说他和妈妈很熟，在这样的情况下可以说上话。妈妈常常会收钱做这样的事儿。他要扬杰·皮隆给他两千法郎。从这笔钱里他会为自己的差事扣下百分之十，剩下的都会转交给塞涅夫夫人。妈妈心慌意乱地把这一切都告诉了劳森吉尔。劳森吉尔像沃坦[1]神一样大发雷霆，吼叫道，艾尔拉工厂和军队的面子都丢光了。这件事儿被闹到了法庭上，优雅的先生，身上喷了香水的时髦骑士穿着军装迈步进了法庭。"万岁，万岁，万岁。"妈妈也叫"万岁"。对面的科尔斯肯斯夫人也喊"万岁"，但她接着就止不住地狂笑起来，差点儿被赶了出去。妈妈听着一长串控告词，四下里张望，看到律师弗林克在给她发暗号，脸扭曲着，红色的胡子有几束都白了。看上去就像是白发老人把紫甘蓝弄到了身上。她被叫到了证人席，她说出了事实，爸爸那么珍视的全部事实。她四下望了望，看到弗林克瘫倒在座椅上，那么可怜，忍不住都流下了眼泪。她说："我很抱歉，先生，对不住了，我必须说出事实来。"劳森吉尔也因为忧伤而面容憔悴，在他看到他的小弗兰抽泣的时候。总而言之，扬杰·皮隆和律师弗林克被判了刑，一个判了三年监禁，一个六个月。律师提出上诉。由于高耸入天的大堆案宗，也多亏了他在司法部门里的共济会同伙，离上诉日期还会有很长一段时间。扬杰·皮隆决定去坐牢，现在就和破坏分子、怠工分子与谋杀犯蹲在一起。妈妈每个星期都会说，她会尽快去看望他。

"现在的情况已经不是最开始的黄金时期了。"提奥·冯·巴梅尔在压板印刷机旁边说，"斯塔夫，你这样胡闹选的时机真是再差不过了。以前和法肯豪森[2]老头还能谈一谈。我们会知道有啥要应付的。什

---

1 沃坦（Wotan）：也即奥丁，北欧神话中的主神。

2 法肯豪森：亚历山大·冯·法肯豪森（Alexander von Falkenhausen），纳粹德国将军，于1940—1944年担任比利时军事管制政府首脑。

么事儿也都还有改变的机会，当然是要在他的指示下。”

爸爸显然是在转切割机的轮子，就好像他一分钟都不能耽误似的。路易斯大张着嘴呼吸着。

“他就是个中国人，冯·法肯豪森。他在中国待过很多年，在蒋介石身边。他不是个瞎胡闹的滑稽鬼，是个严肃的基督徒，总是担待下属，但是他们想要让他靠边站。因为他们调查过了，他把所有针对共济会成员的法令都扔进了字纸篓里。”

“啊，那他也是共济会的？”

“当然了。”

“他们真是无处不在。”爸爸愤愤不平地说。

“而且贵族这会儿也不受人爱戴了。单片眼镜[1]和信纸上的小皇冠，这样的时代都结束了。这样也许更好，所有这些名字有‘冯’或‘祖’的[2]先生们都和那些半吊子法国佬暧昧不清，互相勾搭，狼狈为奸。对这些坏小子来说没有什么战争，也没有什么国界。他们都是黏在一起的，巨额的钱，蓝色的血[3]。不过我还是得说，老头儿是公正的。对黑市贸易，他都会睁只眼闭只眼，只要涉及的都是小百姓。我们管这叫灰市。他盯着的更多的是倒卖金属的。”

路易斯刚刚小腿抽搐了一阵，在离他一手掌远的地方，一排红蚂蚁正急急忙忙地爬过来，与同样笔直的另一支队伍走的路正好交叉。为了十来张皱巴巴的糖果纸，双方来往穿插得很起劲，可那纸上一点灰尘都没有。偷吃的爸爸，这个自私鬼。

“拉斯佩肯定是没日没夜地搜集齐了这一大堆材料。或者说他是有帮手的？会是谁呢，斯塔夫？”

“不会是我。”

“你觉得会不会是宏泰斯？”

---

1 单片眼镜在19世纪末到20世纪上半叶的英国和德国是上流社会的身份象征。
2 冯（Von）和祖（Zu）都是德语区贵族姓氏前的标志性连词。
3 蓝色的血是指贵族的高贵血统。

“绝不可能。他才不会这么弄脏自己的手。”

“他要告你腐败，斯塔夫，你这个笨蛋！里面提到了四年计划的采购部。容克劳斯现在就要拿到这些材料了！”

“容克劳斯！”爸爸叫道，然后问，“是谁？”

冯·巴梅尔的声音听起来慢下了一点点，低沉了一点点，多了点愤怒。“伙计啊，如果你不知道容克劳斯是谁，那你最好就不要掺和到我们里面来了。”

没有任何声响作为预兆，一堆纸垛突然就被推开了。冯·巴梅尔以让人害怕的机警跳过来，手上拿着淑女款手枪，目光似鳕鱼一样僵直灰暗，大叉着腿站到了路易斯上方。他抬起脚来，好像要踩碎路易斯。

“你在这里做什么？”爸爸叫道。

“他为英国情报局偷偷侦察我们，”冯·巴梅尔冷笑着说，“要不就是为法国安全委员会。”

“我睡着了。”

“他总是睡在工坊里吗？”

“从来没有过。”

“我根本没有听到你们说的话。”路易斯说。冯·巴梅尔退到一边。路易斯挣扎着爬起来。

“我不知道，我该拿这个小子怎么办。他根本不用心上学。他也不做运动。他整天就只会瞎转悠，读些书。”

“如果这是我儿子，我可不会犹豫这么久。”

“学校校长说了，他们好几年都没遇到过这样的学生了。头一年还是班上数一数二的优等生，下一年就成了最差的一个。”

“也许要让他换换脑子了。在假期里。你为什么没给他报名参加儿童下乡？[1]”

“我已经想过好几次了。”爸爸说，他之前还从没听过这个把儿童

1 1940年，由于德国城市屡受空袭，希特勒下令组织12—14岁的儿童到相对安全的乡村里去，住进集中营，接受集体教育。

吓傻的乡下词。

十一点在圣母教堂举行的星期日弥撒会，昔日是瓦勒市民群集，女士们展示她们最新样式的帽子、裙子和鞋子供人羡慕的场所，而现在却失去了魅力。因为为弥撒演奏管风琴，常常无所顾忌地在庄重的音调里糅入一点轻快的圆舞曲旋律的马尔尼克斯·德·派德被替换成了一个音乐教师，他会严格演出巴赫的音乐，美倒也是美的，比如一场赞美诗序曲或前奏曲，但大家还是怀念意外的惊喜。

在哈尔贝克修道院遇难的那个夜里，阿玛迪奥斯几年来第一次尿床了，后来那几天他都不想吃饭，不想喝水。然后就跑掉了；直到一个星期以后才有人找到他，在离他父母家好几公里远的地方。他躺在地上，脸埋进了一个满是泥泞的水坑里，一堆田鼠从他肚子下急急忙忙地跑出来。

一直都盼着列昂姑父回来的诺拉姑妈怒不可遏。她老公在德国肯定勾搭上了一个情人，因为他回家以后都没正眼瞧过自己的老婆和患甲状腺病的女儿。他逗了一会儿小兔子瓦伦丁，然后就去了他的纸牌俱乐部。

诺拉姑妈带来了香烟纸盒一样大的一块蛋糕，是她特意为列昂姑父烤的。蛋糕硬得都像块石头了，但爸爸觉得有营养。

“这也是因为你都不收拾自己，诺拉。至少没有收拾成一个男人想看的样子。”莫娜姑妈说。于是，在芭蕾舞学校里也学化妆的希采丽便指导妈妈和莫娜姑妈给诺拉姑妈打扮了一整个下午。她的眉毛去了毛。脸涂上了面霜。头发上了颜色，烫了，卷了，做出了鬈发。指甲打过油。手肘用浮石打光滑。眼部上了妆，耳朵上了耳环，胸部被系紧垫高。最后，这位哀愁满腹的女人总算收拾齐整了，在突然变出的杏仁眼里盛满不切实际的希望，去找她的列昂了。“我们很快就能见分晓了，如果这都没用，唉，那她就要慢慢考虑离婚了。”

“但她哪里还找得到有这么好收入，还有双份粮食券的男人呢？”

修女圣盖洛尔夫，一开始带着贪婪的欲望吞下别人放在她面前的所有东西，甚至还会把盘子舔个干净，现在斋戒了一段时间，不再请求婆妈妈讲故事了。她的座椅移到了阳台前的角落，据婆妈妈说，是因为这样她就可以看到花园，别人也更容易走到大衣柜前面去；据海伦娜说，是因为她母亲再也不想看到这个心不在焉的斋戒者了。修女背对着厨房大声祷告。婆妈妈看着她的背大声讲故事。

“噢，让人崇拜的心灵啊，你在这段时间里受了多少苦啊，你承受的是世间最残忍的苦难，就像整个人类上百万上千万的罪孽那么深重的苦难。”

“……他就把自己的西装上衣往墙角里一扔，当然他之前已经把钱取出来了。先生不像其他人有钱包，对他来说钱包太平凡，太小市民了。先生说，他的上衣要再拿去洗。海伦娜洗得不够干净。只有莫娜，他唯一的心头肉，才懂得好好洗衣服。但他不能让他的宝贝莫娜干这样的活儿啊，她的小胖手会弄脏的。好吧，我从墙角里捡起了上衣。就这么让它丢在地上怎么行，简直让人看不下去，有可能会有客人来的嘛，这谁都预料不到的。这时候我闻到了什么味道，就说：‘这不是香水，不是丽茨香粉，不是古龙水，也不是剃须水。’你猜猜看。是玫瑰的香味，不是牡丹，不是巴克月季，不，是那种花骨朵儿很小的，不就是蔷薇花[1]吗？我又接着嗅了嗅，发现香味是从纽扣孔里出来的。那他就是在纽扣孔里插了一枝玫瑰，不知道是哪个耶利哥玫瑰[2]送他的，一直走到了家门口，然后赶紧把它扔到了排水沟里……”

“……噢，赞颂不完的爱，哦，受人爱戴者，你以无边无际的爱，

---

1 牡丹、月季、蔷薇花在西方语言里同为“Rose”。

2 耶利哥玫瑰：也称含生草，是一种草本植物。俄罗斯作家蒲宁写过名为《耶利哥玫瑰》的爱情小说。此处应是影射情人。

爱着你的天父，这份爱让你的心灵充满无边无际的福乐，但在目睹亵渎你父那无可言说之善的无尽罪孽时，它又将你的心灵撕碎……”

“……他走进了招待宴会的屋子里。他这晚还要做一个关于刚果人情风俗的报告，可他都能知道些什么刚果风俗啊？顶多知道他的开赛河[1]股票有没有涨，他已经在这上面吃了不少亏，他做侄子的传教士给他的建议也不管用。话说回来，他走进来了，校长说：‘塞涅夫先生，我们今晚很高兴迎接您的一个老熟人。’‘我的老熟人？’他问。是谁这么出乎意料地站在那儿呢？他的情人。对，从库克拉勒来的，在橡胶工厂做……做什么来着？秘书？这大家都懂的，经理秘书嘛，我也不用多说什么了。你知道那个懦夫当时做了什么吗？他假装没有看到她，没有认出她，整个就不认得她。他说：‘抱歉，您弄错了。我不认识这个人。’就像彼得在巴勒斯坦的院子里做的那样[2]。因为他看到在鲁瑟拉勒银行任职的一个教会成员在，而这位先生可千万不能知道他有什么婚外情之类的丑闻。而那女人呢，她一下子脸色大变，脸红得就像夕阳一样，这在公共场合是多大的一个羞辱啊。这可怜的姑娘之前肯定四处大肆宣扬说：‘今天晚上要做刚果演讲的那个名望很高的先生，我认识。还不只是认识，他是我的情人。我们之间的关系得保密，因为他老婆还在。’她抓起了手提包，别人告诉我说，她想用手提包砸他的光头，但这时候科尔斯肯斯夫人插了进来，拦住了她。这个可怜人就跑掉了。这么一个小甜心。真让人难过啊，虽然是他的情人……”

“……你的心在见到其他这么多灵魂时会哭泣，而他们却因你的苦难而得到拯救，进入永恒。哪怕仅仅一个灵魂得救，都足以让你的爱

1 开赛河：非洲中部刚果河的支流。
2《圣经·新约》中，耶稣被押送至大祭司家中受审，门徒西蒙·彼得在院中等候。有人来问他是不是耶稣门徒，他接连三次否认。

得到足够的补偿，因为你的心满溢出对人类的善……”

在突尼斯前线的战争行动显示出了我方形势一步步好转的迹象。是啊，是啊，多亏了玛利亚。

在高加索东部，我们的军队按照机动作战原则一步步从敌方撤退。

安静，我们知道的已经多得过分了！

尽管拼命抵抗，但斯大林格勒的护卫者还是不能阻止敌人从西面猛攻，所以他们被迫将自己的战线往后挪了几公里。这听起来可大事不妙了啊，费尔南！

“甜心啊，赐我恩典吧，让我越来越爱你。”

按照罗伯特叔叔的说法，他让爸爸给婆妈妈带的那一公斤猪肉肉末（冒着生命危险带来的哦，因为这肉越是会在山河破碎的西西里和下露水的俄罗斯散发熏烤的味儿，德国人和检察官们就越是纠缠不休。如果要安心做自己屠夫这份活儿，少不了要经常用小包裹打点这家或那家）是一顶一的好货。邻居们，“弗兰德里亚”里好吹毛求疵的军官，当然首先是他自己和他老婆莫尼克都吃过，没发现有什么不对劲。

按照诺拉姑妈的说法，肉末经常掺进去了廉价的肥肉。“我也不是说，你会这么做，罗伯特。我只是说，集市上有这样的肉末。”另外她还说，妈妈和莫娜涂到她脸上的，不是柏姿面霜[1]，因为她的皮肤涂了以后就肿起来了。听到这话，希采丽这只刁蛤蟆就说：“我还以为那是列昂姨父让她肿起来的呢。”啪的一下，她脸上就挨了一记耳光，也不算真的耳光，因为她母亲对她总像是捧在手上怕碎了的生鸡蛋。说起来，美国人在北非显然是靠着蛋白粉过活的。“这世道到底会变成啥样

1 柏姿面霜（Crème de Payot）：法国著名护肤品，该品牌创立于1937年。

儿啊？很快人都只能靠粉啊药片啊的活了，不，我还是宁愿吃猪肉肉末。”婆妈妈说。

按照爸爸的说法，他没想把肉末一次全发给家里所有人的。他认为，如果三天后再给这些贪吃的家伙们拿出半公斤肉末，大家一定会高兴的。这半公斤——纯粹是为了大家好——他藏在了自己的工坊里。“也要考虑长久一点嘛，我亲爱的家人们！”

“为什么藏在工坊里？不藏在地下室？”妈妈问。

“因为地下室里有老鼠。也因为不这样的话，那边那个（他没刮过胡子的粉红色双下巴指向了路易斯）就已经把剩下半公斤肉末搞到手了。”

“那这半公斤肉末现在在哪儿呢？”

“里面已经长蛆了，我只能扔掉了。”

“几条蛆，这有什么关系啊，斯塔夫？”

“一条兔子都会挂上个两三天才吃。”

“黑人连大象肉都会埋起来。”

“想想带蛆的罗克弗尔干酪，再没什么比这个美味了。”

“那可都是蛋白质啊，我们都还嫌蛋白质不够呢。”

“在斯大林格勒，他们要有这样的肉末都会跳起探戈来。”

“我试了的。”爸爸说，“那些肉有种怪味。”

“这就是你的不对了，斯塔夫，”教父说，“我们都得改变我们对食物的态度。以前认为不适合吃到肚子里的，今天完全可能被证明是很有营养的。”

婆妈妈在他背后吐了吐舌头。

“你只要想想那位升天了的费尔蒙，那个保加利亚人。我们每个人连吃十几个蜗牛配香菜、黄油的时候，他就会皱鼻子。”

“升天了？”妈妈问，“你怎么知道的？”

“啊，康斯坦泽，再没有谁看到过他了呀。”

修女圣盖洛尔夫最近面朝墙坐着，向神圣的甜心做祷告的角落现在空了，只放了一个衣帽架。

海伦娜姑妈那天早上是第一个起床的。她打开收音机听《睡得可好？》节目，大多时候听到的都是曼陀铃音乐，然后又读了《妇女王国》，看怎么自制肥皂；她更多的是在和自己说话，而不是和那个一动不动的人说话，在她说“现在我们把昨天的汤热一下”的时候。接着她从石地板上看出修女圣盖洛尔夫拉肚子了，然后又看到她肤色都变青了，怀里都是吐出来的肉末。

“可是她是怎么能拿到肉末的呢？我可把它放在了架子最高一层，还放在了达米盎神父的照片背后。”

“有的人如果饿了，什么事儿都做得到。”

“有的人可以让自己的孩子饿死，却把留给自己的焦糖藏在他们的工坊里。”路易斯说。

“你马上就能得到一块。”爸爸有气无力地说。

“可惜了，双倍的可惜，她两天前还说过，她现在想放弃斋戒，因为我们的天主上帝不会有意让我们亏待自己的。”

莫娜姑妈、诺拉姑妈、罗伯特叔叔和路易斯跟在棺材后面走。女人们继续擦窗户，骑自行车的人吹口哨，铁路上的工人在大声吵架。瓦勒城无动于衷。没有公爵像在路易十四下葬的时候那样高呼：“叫啊，青蛙，现在太阳已经落下了！”爸爸本来倒是想印一个合适的讣告，但是不知道她的个人信息，因为她身边没有任何身份证件。

“就这么孤苦伶仃地进了坟墓。”婆妈妈一边说着，一边在她那有着缠蛇样式的银拉链的小钱包里翻来找去。她往路易斯手里塞了一张二十法郎的钞票。“去面包房老板娘那儿，用这张钞票买点修女泡芙。我们也就只能用这个来纪念纪念她了。”

所有的人都默默吃着这又软又轻，在舌头上溶化的膨化糕点。路易斯舔掉了袋子里最后一点儿泡芙屑，结果有乳白色的颗粒钻入了他的鼻孔。“可以尝得出来，蛋清来自那些用鱼下脚料喂的母鸡。”爸爸说。“现在这都无所谓了。”婆妈妈说。

“你尽管可以向我坦白，康斯坦泽，我不会发火的，我向你保证，我会保持冷静，我不会大发雷霆。但我以上帝的名义请你告诉我。是在哪儿发生的第一次，我根本不想知道细节，但到底是在哪儿？我明白，你不先说，这事儿也是不好说。但是你至少要告诉我，是在哪儿吧？”

爸爸吼了起来：“他做了什么？”

床垫的弹簧吱呀响，妈妈翻了个身。

“求你了，康斯坦泽，我们可是同志啊。”

“当然了，去伊瑟尔塔朝圣的时候结成的同志。”妈妈用沙哑的声音说。

那只迷宫里的老鼠，提奥·冯·巴梅尔，那个虚伪的五十岁男人说到做到。儿童下乡扩大组织要将这个叛逆的小塞涅夫送往梅克伦堡[1]州里湖泊众多的施特伦瑙。那里等着他的是体育运动和民族舞，手工课和戏剧班，大自然中的生活和反复操练。爸爸肯定签了一份声明，说路易斯没有患任何特别的疾病。让路易斯恼火的是，他母亲居然这么麻利又着急地在一周前就给他收拾好了行李箱。

“我要去远东了。”

“德国不是远东。”西蒙娜说，“远东是中国人住的地方。”

“就是，你看看地图，它可在我们国家往东很远的地方。”

“我要拿回我的照片。”

“送了就不能再要了。”

“如果你非要留着不可的话，那就算了。我要进去了。要去熬糖浆了。”

“咳嗽糖浆？”

“不是，是强身健体用的。是我父亲的一个药方。”

---

1 梅克伦堡（Mecklenburg）：德国东北部的一个州。

“你会想我吗？”

“什么时候？”

“今天晚上。”

“会的。”

“真的吗？”

“入睡之前我都会想想我在白天经历的事儿。”

“我会有很长一段时间看不到你了。”

“四个星期过得很快的。你的头发太长了。”

“我会剪短的。”

“去菲利克斯理发师那儿。”

“不，我母亲会给我剪。”路易斯说着，感到了羞愧。西蒙娜的衬衣几乎是透明的，他能够看到胸罩。路易斯在西蒙娜的脸颊上亲了一下。

“好了。好了。”她说。她的伤感正合他的心意，虽然大部分事物都会让她哀伤。他拉过她的手，挠了挠手掌背，因为海恒多恩说过，女人们觉得这样的举动分外诱人，无法抵抗。她没有反应。药房的门铃响起来就像是梅克伦堡别墅里有钱人家招呼他们的仆人领班的铃声一样，然后人们发现这个领班是乔装打扮的里斯特男爵，他那钢铁般坚定的目光让女人们都无法抵抗。

第六日。这里多么寂静啊。深夜里，我有时听得到马蹄踏地的声音。这里有大片萝卜地，在目力所及范围内。常常有雾。这里的人说的是一种听起来有时候就像是弗拉芒语的方言。他们说“侃”，不说“讲”。大部分男人走路都驼背，就像他们总在地上找什么一样。我寄住的这家男人叫古斯塔夫·菲尔布歇[1]。但是，他不太会读书。他太矮了，参不了军。他常常把一根铁杆插进地里，然后观察杆尖儿。他在

1 菲尔布歇（Vierbücher）：这个姓在德语里是“四本书”的意思。

找石油吗？他老婆叫艾玛，就像桂灵的老婆一样，与帝国元帅一样胖。她经常推我，要我赶紧。但她也不说要赶紧做什么。雨下得很多。如果我表现好的话，艾玛说，我就可以将慕尼黑的党卫军瓷器制造厂出产的跳舞女郎瓷人儿带回去给我母亲做礼物。他们这儿的炉子挺奇怪的，上面铺了瓷砖，砌死在房间的一个角落里。他们睡觉的时候睡在一个塞满了羽毛的大布袋子（？）下面，真是热得不行。还有很多奇形怪状、颜色诡异的昆虫在房间里嗡嗡地飞来飞去。莫里斯要在这儿的话，肯定会开心的，他就能好好儿研究一下那些虫子了。我夜里经常哭，但我已经学会控制自己了。

第七日。我每天夜里都会醒来，因为古斯塔夫一晚上会有五六次费力地往一个锡罐里撒尿，一边还长吁短叹地呻吟。昨天，艾玛说我一点都不感恩。因为我不喜欢粉红色的汤，按照小包上的描述，这汤是用草莓做成的。

第八日。古斯塔夫和艾玛把我带到了市政厅，希特勒青年团里年纪最小的要在那儿学习齐声朗诵，用线锯干活，造木飞机。我今天晚上朗诵了圭多·赫泽拉的诗《豉虫》:“哦，这活泼泼、闹哄哄的戏水将士，小鞘壳儿上黑漆漆。”我第二次朗诵的时候，说的是:“哦，这活脱脱、臭烘烘的嬉皮教士，小教袍儿下坏兮兮。”没有人发现里面的差别。后来是庆祝夏至日的篝火晚会。这样的活动没有被禁止。因为这里没有盟军的飞机飞到头上来。

第十二日。我帮艾玛做家务，帮古斯塔夫喂牲畜。不过就算没有事儿做了，艾玛织毛衣了，古斯塔夫在炉子旁边睡觉了，她也不让我读《痴人志》(十册本)。她说，我得庆幸我不是德国男孩，不然我会有的受的。

第十五日。艾玛说，我脏得像个犹太人。我就像犹太人那样换衣服不勤快。我感觉古斯塔夫每天都会缩小一点点，很快就没法看到桌子以上了。

第十六日。我教会了希特勒青年团一首牛仔流行歌“老伙计，哟嘿哟嘿喂”。他们都以为这是一首弗拉芒民歌。

第十八日。我在这片平原地上发现了一片树林。明天我要进去看看。

第十九日。这是个怎样的故事啊。我得把它写下来，以后一看就会笑起来。我往远处的那片树林里走去。走了很多个小时。简直像是海市蜃楼。我试着径直往前走。我爬过了荆棘丛，蹚过了小溪。好几个小时。然后我就累了，倒在一片玉米地里睡着了。大概一个小时以后我又上路了，但不知什么时候我就没法再往前了，因为地面慢慢变成沼泽了。我坐在了一座小岛上。蚊子、蜻蜓和牛虻都来叮我。还有一帮子（？）水老鼠往我这儿游了过来。我沿我之前走的原路返回。在我躺下休息的玉米地那儿，突然有三个农夫朝我飞跑了过来。我听不懂他们的喊叫，他们的话听上去不像是德语。我只听懂了一个词：跳伞的。我才这么大呢！他们中有一个人扛着一把镰刀，就像死神。他们把我带到了一个农庄。最年轻的那个，他瘸了一条腿，大概是个什么警察，叫作恩斯特。他把我带回了家（回了家，原文如此！）禁止我再离开村子。

第二十二日。这些日子好长好长啊。我找到了长庚星、昴星团和大熊座、小熊座。当然还有银河。侏儒古斯塔夫总是看着我的手指，在我画丘吉尔、罗斯福和斯大林的素描漫画，再给他们涂上彩色的时候。他觉得我能做这样的事情很不可思议。

第二十三日。又有新鲜事儿了！我听到电台广播在放：“风儿给我唱了首歌”，然后我对艾玛说：扎拉·蕾安达有条木头做的假腿。她吓得尖叫着跑到街上去，把村里的人叫到了屋子里来。其中两个人是瘸腿，另一个人，我觉得，只剩了半边肺。而至少有一百五十公斤重的那个区队长也来了。所有人都大吵大嚷，互相吼叫，想要严刑拷打我。区队长，他同时也是儿童下乡组织里的工头，一把抓住我的衬衣领子，把它扯坏了。他开始盘问我。比如说，他想知道我的父亲是干什么的，居然把我教成了这个样子。我回答说，我父亲在我的祖国是给盖世太保干活的。这对他触动挺大。如果爸爸知道的话，会骄傲得爆炸。他们又纠缠了一会儿，然后就撤了。而最妙的是什么呢？艾玛对我从来没有这么友好过。她甚至烤了油炸果酱包，但太黏糊了。古斯塔夫狼吞虎咽地吃了个干净。

第二十六日。古斯塔夫和艾玛说，他们为我的离开感到多么遗憾。他们都已经习惯我了。“就像个儿子一样。”他们说。我回应说，我从来就没法做个好儿子，在我自己父母那儿也一样。艾玛开始哭。所以我就对她叫了一声“妈咪”。古斯塔夫说：那我呢？我就也对他叫了声“爸比”。明天他们会送给我那个跳舞女郎瓷人儿，古斯塔夫会用自行车载我去火车站。别了，施特伦瑙。

路易斯睡眼惺忪地站在火车窗户边，窗户是不让打开的，哪怕要向在远处等候的幸福父母挥手也不行，因为在最后一刻，烧红了的小颗煤炭可能会飞到眼睛里。然后，他在踏板上被滚滚浓烟裹着，听从命令一样挥舞着纳粹十字小旗，进了安特卫普火车站。熟悉的乡音，用安特卫普的弗拉芒语发出的呼喊和尖叫袭来。他看到了妈妈，就像她承诺的那样站在站台上。她多矮啊，我今天晚上要在我的笔记本里记下来，她都没有超过她身边那位弗拉芒哨兵的肩膀。她把头发染成了暗红色。

妈妈试着把他举起来，狂热地吻他的脸、脖子，把他按到胸前。他手中的小旗掉了，但没有人注意到。虽然这没法用自然规律来解释，但妈妈看起来和爸爸的妹妹诺拉挺像。她没有化妆，脸颊上显出了粉红色的斑点，就像是她往剪碎了的皮毛大衣上蹭过脸。她身上有什么东西变得不一样了，她蹦蹦跳跳，哼着歌，朗声大笑，挽着那个笨笨高高的年轻男子的手臂，这男人带着羞涩的微笑提着路易斯的行李箱。

在去瓦勒的火车上，他们有好几个小时都在黑暗的田野间穿行，受着塞满人的车厢的浓烟，听着打牌的人的唠叨和咒骂，这吵嚷声只有在警察走过车厢的时候才会小一点。

“奥斯卡真是好心，跟着我一起来接你，小心照应着我，省得我忙中出错，丢了车票，等错了车。他这活儿干得真不错。”

笨高个儿尴尬地嘟哝说，这都是他应该做的。

火车在一片油菜地的正中间停了下来。唯一的光来自点燃的火柴和打牌的那伙人空洞的脸上点点微光。远方有探照灯投下的圆锥光斑。一个紧挨着路易斯坐着的老头一直在打嗝，停不下来，显然是得了什么病。骂骂咧咧的男人们摇晃着手电筒，检查冒着烟、哧哧作响的车厢底盘。远处农庄里有链子拴着的狗在吠。突然之间，看不见的树冠传来了好一阵窸窸窣窣的声音。这里是比利时，在远得没法测量的远方是几乎不再存在的梅克伦堡，一个平整而无人触碰过的星球，这里那里有一个残疾人在萝卜地里游荡。比利时却近在咫尺，挤满了咩咩叫、臭烘烘、战战兢兢的人。路易斯在蒙雾的窗户玻璃上画出了丘吉尔的脸，三个半圆是三重下巴，一个小圆代表朝天鼻，然后是叼着雪茄的下垂嘴唇，一侧有留根头发的高额头，最后是领结。

妈妈第三次问道，饭菜怎么样，他在那儿睡得好不好。他是不是把脏衣物都带回来了，那两双鞋，睡衣。当地的人怎么样。有没有因为战败而灰心丧气。

“他们有一次追杀了我，拿着一把镰刀。”

“不会吧，有这种事！”但她没有接着问为什么，什么时候，到底是怎样的。

几个男人和女人被人请下了火车。他们必须把自己的行李箱和用绳子捆着的包裹放到铁路路堤上。这些走私犯中有一个人刚嘀咕了几句，一个宪兵就走到他面前，捏住他的鼻子，越夹越紧。路易斯看到，这个男人眼里有泪水夺眶而出。

火车猛地一下开动了，路易斯旁边的老头沙哑又急促地讲着笑话。

“就因为我有你……”妈妈朝着窗户玻璃说。

“假若我没有你，我的儿，我会知道……”

“我本来已经准备好了巧克力的，瑞士核桃牛奶巧克力，我想在火车站上送给你。它们在桌上刚放了十分钟，就被他带走了，消失了。”

“梅尔克的牙都拔光了。欧梅尔舅舅失去了理智。他们把他送进了圣文森特修道院。”

“我觉得你好像是离开了好几年似的。”

这都还只是引子。她一定发生了什么事儿，坐在我对面这个猛抽烟、没化妆的女人。她很适合坐在这混乱的火车里，这火车正离和煎饼一样平的、雾蒙蒙的帝国越来越远，帝国里朗诵团声音嘹亮，瘸腿人都恪守规矩与秩序，只有我破坏了秩序。我们现在肯定是到了瓦勒赫姆高地了，教父的那些情人中有一个就住在这儿，那个被莫娜姑妈殴打过的女教师。我现在为什么会想到这个？因为这是一桩婚外情，就像坐我对面的妈妈正经历着的一样。一旦家里过不下去了，就会到婚外找情人嘛。

“他做到了，你父亲。他真给了我点颜色看。”

路易斯发出一声“嘘”，就好像她是个小孩子。

“给了我们点颜色看。他现在可以给自己鼓掌叫好了，可以拍着胸脯趾高气扬了，恭喜他了！”

“安静，嘘！”

“没事的。这些话，尽管让奥斯卡听到好了。”奥斯卡装作睡着了的样子，似乎根本不想听到这些怒气冲冲的词语洪流，这洪流就像之前老头的那些无聊笑话一样匆匆奔流出她口中，在她抵达那座充满她的哀愁，夜空中尽是她的失落的该死小城之前。

“他是和他那个哪儿都要插上自己脏手的伙计提奥一起干的好事。他们有什么可指责亨尼的？什么都没有！可他还是得听他们瞎扯，受他们审问。他这样一个档次的男人，被法肯豪森亲自任命就职，虽然最严格的军医认定他因为有慢性胃黏膜炎而被无法服役。拜托啊！这样一个道德高尚的人，会收别人钱，设法让那些富家公子哥儿避免被送到德国去？他会说出反对自己政府的话？他在‘斯旺家’饭馆到底说了什么了？他却不否认这些罪名，虽然我拼命哀求他说：‘亲爱的，

否认吧，说你这一生从来没说过那些话。’

“‘小弗兰，’他说，‘我在我自己的民众前可没法不说实话！没有这种特权！’”

“他要被迫承认什么呀，妈妈？”路易斯问。

“他要承认，他说过‘全面胜利就是他自己的毁灭’。可这不是他自己说的，是一个德国大学者，你肯定认识他，你整天都蹲那儿看书的。”

“好了，后来呢？”

“说他惹人注意，因为他在公开场合喝太多香槟了。（香槟，香槟，妈妈以前还是孩子的时候，现在，现在，在14—18年的年代里，坐在钢琴前。）可是他根本喝不了香槟，因为他胃不好。就算他大桶大桶喝香槟，那也是用自己的钱，从他家人那里继承来的钱。”

“他已经不在瓦勒了？”

她在脸上揉了揉，火车开得慢一些了。

“有能力参战了。”她用疲软的音调说。

“他现在在哪儿？”

“在一个高射炮炮兵连。但我不会告诉你在哪儿。他要给我写信的。但是我不会告诉你，写到哪个地址。你干得出来的，你会告诉你父亲的。”

“我吗，妈妈？”

爸爸眨着眼睛走下了楼梯，睡衣外面罩了一件比利时军队的套头衫。“你到了呀。”

“我们吵醒你了吗，爸爸？”

“你想哪儿去了。我当然是在等你啊。我刚读了一会儿西里尔·菲夏弗的剧本《犹大[1]》。我有可能要出演犹太公会的一名成员，所以我必须先把整个剧本从头到尾读一遍。读起来还真不轻松！”

---

1 犹大是《圣经》中的人物，曾经是耶稣的十二门徒之一，受犹太公会三十银币贿赂而出卖耶稣。

妈妈打哈欠。“明天别太早了，路易斯。”

“他不用去上学了吗？”爸爸用几乎听不到的声音念叨道。妈妈脱下自己的大衣，倒在了沙发上，那里放着几叠被子和一只印有口红痕迹的枕头。她扔掉了自己的鞋子，把一条被子拉到头上。“关灯。”她用刻意压低的声音叫道。爸爸说：“跟我来。”在厨房里，他说：“嘿，在那儿过得怎么样？你在那里生活得好不好？明天上午安安静静地讲给我听吧。不过别太早了。”

提伦忒恩先生和著名的亲英分子一起被抓了，因为某个大蠢货在黑暗里往一个二等兵背上插进了一把杀猪刀。而这样的人还号称自己是“白卫队”成员呢。

埃里克，一个保险代理人的儿子，海伦娜姑妈的崇拜者，直接或间接地参与了这样的事情，这我们本来就不该感到奇怪。他每天都会听伦敦的电台，他散布消息说，鲁尔区的产煤量下降，这样军工业产品当然也会减少。德国国债已经接近两千五百亿，也就是说它的债务在短短几个月内已经和所有国家财产一样多了。他倒是会计算，这个愣头小子，但他不敢向教父这个大家长提亲，说他要娶海伦娜。自从他有一次进我们家门的时候——那时候房子的门高得很，整个瓦勒都看得到——伸出两只手指做了胜利手势而遭到教父一顿臭骂之后，他就害怕这位老先生了。“我只是开个玩笑，塞涅夫先生！”——“什么！这有什么好玩好笑的，你这个笨蛋。”教父说，气得连他那宝贵的弗拉芒语都忘了说出口。

埃里克还声称，弗洛伦特叔叔通过伦敦电台发送了一个编成密码的信息。“好好听着，我机缘凑巧地听到了啥。‘砰砰砰砰。花儿用汉岩洞里的一个信号问候。’这里面的意思再简单不过了：一个信号，英文里是‘sign’，问候的拉丁语是‘ave’，连起来是‘sign-ave’，塞涅夫[1]的意思啊。而花儿呢，也是拉丁语‘Flor’。汉岩洞是阿登山里的。

---

1 塞涅夫（Seynaeve）：与“sign-ave”谐音。

汉，听上去就像是法语里的‘ent’，和‘Flor’连起来就是‘Florent’，弗洛伦特啊。”

“可是孩子们啊，”婆妈妈说，“我的心脏哦！”

“他能在三分钟之内解开所有的字谜。”海伦娜姑妈说。

“还有所有的藏头诗。”

“但弗洛伦特想跟我们说什么呢？”婆妈妈说，“他用电台给我们发信息。这肯定得花好大一笔钱呀。”

“说他还活着，妈妈。这还不够吗？”

“够了够了。”她说，“不过，这些什么拉丁语，听起来不像是我们的弗洛伦特会懂的。”

“可能是BBC的一个军官为他发送的信息，妈妈。”

婆妈妈轻声哭起来，“哪怕不是我们的弗洛伦特亲自发的，我还是很高兴。”

“为了她，我连最后一件衬衣都愿意脱下来交出来，”爸爸说，“可是我得到了什么回报？被当面浇了一头冷水。这真让人心痛啊，相信我，儿子。我没有一分钟能安静下来。我绞尽了脑汁，就想让她恢复正常，恢复健康，像个正儿八经的妻子，像个正儿八经的母亲的样子。突然一下子，我就明白了。也许你也知道了，我们不会在城市剧院上演《犹大》了，因为导演先生拉加沙·阿尔弗雷德认为，我们的人没法朗诵诗句，瓦勒的普通老百姓根本听不懂这出戏，《犹大》。其实我们都知道，这位先生自己已经吓得把屎拉在了喷了香水的礼服裤子里。就因为现在风向似乎变得不利于日耳曼人了。所以他不想再在自己的剧院里恭维黑教士和德高望重的弗拉芒人。那也就算了。我对剧团说：‘我们为什么不演赫尔曼·海耶曼斯[1]的《心存希望有光亮》呢？演这个

---

1 赫尔曼·海耶曼斯（Herman Heijermans）：荷兰19世纪末著名作家、剧作家。

一定不会差。我刚刚又读了一遍剧本，简直太棒了。虽然这剧是荷兰人的，但是我们弗拉芒也有船员啊。只要让我在里面演个渔夫的角色，我都心满意足了。’然后我突然想到：为什么不让妈妈也参加演出呢，演渔夫的妻子。她可以演忧郁，也可以演妩媚动人的样子。我和剧团的人提了这话，差不多所有人都同意了，就一个不同意。这个人是谁呢？你妈妈。我说：‘演戏对你有好处的，你可以成为另一个人，也会产生不同寻常的想法。’

“‘见你的鬼去吧。’她说。但接下来就出事了！司令部派来了一个人，这家伙说：‘如果不是我们恰巧认得您的话，塞涅夫先生，您现在已经进了牢房了。’这又是为什么呢？那个海耶曼斯是个犹太人！可是谁会想得到呢？海耶曼斯这样一个漂亮的弗拉芒名字，听起来和在斯德哥尔摩获得诺贝尔奖的海门斯[1]差不多。”

“是什么奖？”

“化学吧，好像是和新陈代谢有点关系？接着又发现，这个犹太人和所有犹太人一样，有另一个名字，叫萨缪尔，全名是萨缪尔·法尔科兰德[2]。真是的！但最妙的还在后头呢。当我告诉你妈妈，我陷入了怎样一个倒霉境地的时候，她笑得快要摔倒了。她就像个疯子一样足足笑了一刻钟，就因为我差点被抓进监狱里去了。

“我现在已经想了好长一段时间了。按照我的看法，你妈妈是进入更年期了。其实还有点太早，老实说，但是我找不出别的解释了。”

蛋头问：“那边怎么样？”他想说的是：在敌人国家那边。他看上去越来越不像个老师了，裹在飘扬起伏的教士长袍里，瘦得像富高神父[3]，在一个沙漠里饱经坎坷，疲惫绝望。

---

1 海门斯：柯奈尔·海门斯（Corneille Heymans），比利时医学家，因发现了颈动脉窦和主动脉弓调节呼吸的作用，于1938年获得诺贝尔生理或医学奖。

2 萨缪尔·法尔科兰德（Samuel Falkland）：海耶曼斯写作时用的笔名。

3 富高神父（Pater de Foucauld）：法国天主教神父，在阿尔及利亚撒哈拉沙漠地区传教，1916年殉教。

“他们在那边也不好过吧，那些老百姓？弗拉芒的男生们都住在哪儿呢？我以为他们都会住在帐篷里，只有不到十岁的小孩子才会寄住在别人家里？村里的人都怎么样？”

“和我们这儿一样。”路易斯说。

“你就不能再多说一点儿？”

“不能。”

“比如说，他们是不是都挺卑顺？比比利时人更卑顺，对吧？很好。他们是不是更没有理性，更不宽容，更狂妄？对吧？很好。你寄宿的那家农民，他崇拜希特勒吗？”

“他向希特勒祈祷来着。”

“就说嘛。”

“元首总是少不了的，尊敬的先生。”

“是。总是这种模仿的渴望。渴望一个元首的爱抚与拥抱。人们就是想崇拜，想得到传奇的鼓舞，想被某个赐福的神话鼓动。你明白吗？因为在这样的催眠下，现实也就脱落了，恐惧也被麻痹了。现在去吧。”

这天下午，蛋头在课上讲到了那些出于自己的职责感而认为有必要推翻政府的罗马人。他们是多么的绝望，又是多么的固执。他们为了能谋杀暴君，必须贬低暴君，说他连做人的资格都没有。只有我听出来他讲的是希特勒。至少在我这个班上。那些总是挤在一起坐着的毕业班男生们，他们一听就能发觉。他们是蛋头的贴身护卫，在他们面前他就会打破自己的缄默克制，在他们面前他就能兜售自己关于欧洲旧精神、关于普罗米修斯冲动的唠叨话。如果谁有个好出身，或者和蛋头一样出身贵族，就更容易相信一个代表了更高者的上帝，那个上帝悬浮在人间的经济社会状况之外，是意志，是力量，还是别的什么来着？哦，对了，还是美。学校里正在发生些什么，就是现在，在我度过了北德假期之后。我很清晰地感受到了。而这些变动的中心就是蛋头，他既憔悴又莽撞。

蛋头丝毫不减脆弱疲惫的风度，说："代我向你亲爱的母亲致以最衷心的问候。"

亲爱的母亲向……投去心领神会的目光。

妈妈以怪异的方式看向……

路易斯的母亲迎上了药房师傅佩林克意味深长的目光，佩林克想为他自己制造的造血强体的圣马丁糖浆印标签和折页传单。隆德泽尔的法政牧师已经处理过名字的问题了。圣马丁可以印在标签上，而且是印出他作为年轻士兵用剑将自己的大衣劈开，将一半递给在寒风中瑟瑟发抖的穷苦老人的那一刻。难道忙着弄网目和铅板的爸爸没有看到，药房师给了妈妈一个像亲吻一样的眼神，而妈妈询问地，不，是哀求地回看了他吗？

"在德国过得怎么样啊，路易斯？肯定很棒，对不对？"

"对，佩林克先生。奇怪的是……"

"这想法我原来就有。我们会觉得奇怪，他们居然像一个人似的跟随着元首。他们是大国，所以考虑事情时格局也大。我们比利时人或者弗拉芒人由于国家小，思考问题起来就只会小里小气，因为我们没啥分量，随时都能用小扫帚和小簸箕给扫走。所以那些国际大问题，我们就只能当作一粒盐[1]咯。一粒当然也不够。可是我们的世界观都被这粒盐给败坏了。"

妈妈皱起了她刚长出的乱糟糟的眉毛。"斯塔夫，你就不想给佩林克先生看看路易斯带回来的那个跳舞小人儿？"

"我还以为你不喜欢那个瓷人儿呢。你都不愿意把它放在客厅里……"

---

1 一粒盐（Cum grano salis）：拉丁语谚语，指对某件事或某句话不能按字面理解，不能太过认真。

“我就想听听佩林克先生对这个瓷人儿有什么意见。”

“那好吧。您跟我到工坊里去吧，佩林克先生。”

“不，斯塔夫，去把瓷人儿拿过来。他还得喝他的咖啡呢。”

爸爸离开房间以后，妈妈把食指贴在嘴唇上，摸了摸路易斯的头发，走到了药房师傅面前。药房师傅赶紧递给她一个装了粉红色药丸的棕色小瓶子。“别说话，路易斯，别说话。”这个药剂师说。随后他觉得跳舞女郎瓷人儿太偏青春风格[1]了。“这样的风格今天可就落伍了，虽然这玩意儿在这个样式里也算做得不赖了。在艺术方面，我们也不能停留在昨天的时髦里，不求进取啊。不过我们还是要从过去学东西的。重要的是，我们要保留自己的特色。所以我不太赞同‘德弗工人联合会’：他们用他们那种泛日耳曼的异教，只会瓦解掉我们的弗拉芒灵魂。”

坐在路易斯房间里的，是修女伊梅尔达。虽然本来应该是她的脸的地方，出现的是一个浮石一样没有特定形状的大瘤子，但他还是从农妇一样的胸部和粪堆般的臭味中认出了她。她张开膝盖，从她衣服的黑色波涛之间郑重地抽出了一只剥了皮的兔子，要不就是只剥了皮的猫。可惜他看不太清那个头盖骨。她抚摸着溅满血滴的赤裸尸体，那上面还有一把把的毛，瞳孔不是细长形的，而是圆圆的，像粉红色的药丸。

警笛声、高射炮声和爸爸的呼喊声唤醒了他。爸爸这个警觉的守夜人，还一直在叫他，虽然他知道路易斯怎么都不会跟着他和妈妈跑进挤满了颤抖着祈祷的邻居的防空地下室里的。

当他透过阁楼窗户往外看的时候，他的目光刚好捕捉到了妈妈的碎花晨服。她在逃到防空地下室之前，有没有稍稍等过我？等了一刻钟？她有没有在家里四下看过？

---

1 青春风格（Jugendstil）：德国盛行于20世纪初的一种装饰风格，大多采用植物枝蔓图案和人体曲线。

城市四处起火，煤炭的浓烟升腾，轰鸣炸响不断。路易斯尽可能大声地喊出英国电台的砰砰砰声。射灯的光、爆炸的流星、火山熔岩席卷了瓦勒，圣罗胡斯塔楼摇晃、倒塌。从父母家这可怜房子的阁楼上的瞭望塔里，未来的暴君看到了一小块欧洲覆灭，他的身体充满了强有力的欢呼，强烈得无以复加。复仇。

当狂潮，他身体里的和空中的，渐渐退却，火焰那放肆吞噬的声响与直冲云霄的哀号交织在一起，他踮着脚——虽然这已毫无必要——走到了妈妈床边的小床头柜前。在城中大火的火光中，他在她的鳄鱼皮包里翻了又翻，翻出了一本在过去两星期的每一天都画了叉的日历，一把缠有一卷红头发的梳子，一盒珍珠母粉盒，软管，一小瓶几乎用光了的芳慕淡香水，一支眼霜，一支唇膏，几根火柴，六支揉皱了的香烟，一块在他抽出来的时候沙沙响的手帕，发卡，安全别针，一张瓦勒赫姆"金绵羊"宾馆的两人共进早餐的发票，慕尼黑寄来的没写字的一张风景明信片，来自什且青[1]的一张明信片，上面画了一个把一只手臂撑在膝盖上，坐在一个下身是条龙的女人前面陷入沉思的希腊英雄。这明信片上写地址的那一面用几乎是印刷体的圆形字母写着妈妈的名字，没有街道名，没有城市名，也没有邮票。在妈妈名字旁边是被泪水弄糊，几乎辨认不出的单词："暂且决定"，"草率"，署名是"你的亨尼"。署名旁边是草草画出的一个小房子的轮廓。装了粉红色药丸的小瓶子没有在皮包里，他的指甲划过一层灰尘。

"这是镇定药。"妈妈说，"我身体不对劲儿，如果不服这些药，我会爬到墙上去。我希望你以后永远不要遇到这样的事儿，不会因为另一个人不在身边而亢奋激动。但就我对你的了解，你永远不会撞上这样的事儿。你哦，你就像一条鳗鱼，四下里都能转来转去。你这样是

1 什且青（Stettin）：波兰城市名。

对的。最好我也能这样生到世上来。但是伯塞茨的血脉是没人能对抗的。所以我们的欧梅尔也过得很惨。

“要考取护士执业证书，得花多久时间？两三年？还是他们不会查得这么认真？莫娜说，医院里的培训差不多就四个月，之后整个战争期间都要担负护士的职责。这样的话肯定就是没有证书啦。最糟糕的是，做护士就不能抽烟。不过，我还是要去红十字会报名。但我要提条件的，不能让他们把我塞到随便哪个要命的妇产科医院里去。不，我要去俄罗斯。那里肯定很美，现在也正好刚到夏天。如果你想知道得更清楚，好吧，我就是想去找他。他被派遣驻扎到顿河边上去了。但我不会告诉你在哪儿的。因为他是在最前线战斗，他就是这样的人。你很难想象他会躲懒坐在挪威的书桌后面。不，路易斯，我不会说出来他在哪儿的。你不用帮我。我已经够老的了，我会自己买一张精确的地图，一路问过去。你会偶尔想念一下你的母亲吗，想着她在那边天寒地冻地四处奔波，从一列冰冷的火车换到另一列里去？”

“那边马上就是夏天了。”

“可是夏天短。夏天在那里很短的。”

但她并没有离开，因为她太懒惰、太胆小、太迟缓，没法风雨无阻地去追随自己的梦中情人。因为她没有离开又过得不开心，她就把这些都怪罪到她唯一的儿子身上。“看在上帝的分上，你到底会变成什么样的人啊？你没有目标。你不做家庭作业。你对俄罗斯的战争局势不感兴趣。你没有朋友来我们家做客。我从来没有听到你像你这个年龄的其他男孩子那样谈论女孩子……”

“我们的路易斯发育得晚。”诺拉姑妈说，“不过，等着瞧哟，等着瞧，这样一个晚发育的男孩一旦发育起来，那就拦也拦不住了。”

“看看维克多·雨果吧，”埃里克，与海伦娜正式订了婚的未婚夫说，“他在二十五岁结婚的时候，还没人碰过呢。从那以后他就不会让身边任何女人清闲了，到了八十岁都是呢。”

“我们的路易斯？他才不会被那些婆娘牵着鼻子跑呢，对不对，小伙子？”莫娜姑妈说，她还真是遇到了奇迹中的奇迹：她之前的那个乌利，现在躺在开罗的一个阵地医院里，朝思暮想的就一个：她。所以还是有真正的忠诚的。

“路易斯绝不会变成一个好色鬼的。”海伦娜姑妈说。

“现在还看不出来哦。”妈妈说。

“维克多·雨果每天早上都要吃两个甜橙，连着皮一起。他死的时候，他们在他书桌的一个秘密抽屉里找到了一个笔记本，本上写了所有他染指过的女仆的名字，还有他给的小费的数目。”

“要死了埃里克！”

“在我看来，路易斯多半是泰斯·赫罗赫尔斯那样的类型。”

“就是从教皇国来的那家做紧身胸衣的赫罗赫尔斯吗？”

“不是的，莫娜。我说的是赫拉尔德·瓦尔夏普写的《一心向善的男人》那本书里的泰斯，我借给你看过的。”

“对哦，谢谢。你说过，这本书口味重了些。我倒是习惯了更重口的。可能有几处味道是比较浓烈吧，但也没那么有嚼头。倒不是说它写得不好。故事还是蛮贴近生活的，但这里面更多的是人们的普通情感。”

（如果和一个女孩子已经长吻了六次，给她解开了两次胸罩，是不是就已经可以把她当作固定的女朋友了呢？上一次，我掀起了西蒙娜的裙子，但是她一下打在了我的手上。不过那时候正是满月。）

“你对什么都没兴趣。你也不能就这么读书过一辈子啊。你到底想干什么？你的成绩单差得没谱，可是你根本不笨。你总得在生活里找个支撑点，可以让你努力靠近，让你牢牢抓住。你一定要找到这个点。不然什么都会变得没意义，每天每天都是坐吃等死。真的就没有什么是你能费工夫去做的吗？你画画画得那么好，为什么不继续学下去呢？”

“就像列昂姑父那样吗，妈妈？我要拿他作为榜样吗？”

"列昂画的水彩画漂亮极了，它们会流传下去的，等他死了很久以后还会挂在别人家里的。这就是艺术。"

"如果所有人的家都被烧了呢，都变成一片废墟了呢？"

"所有人？"

"对。那列昂姑父的整个艺术又能怎么样呢？"

"这绝不会发生的。不可能。人不会愚蠢到这个地步的。他们是会扔炸弹，但都是有节制、有目标的。"

依然屹立没倒的几栋房屋里，有一栋是多尔夫·泽布洛克的。那是瓦勒城里最时髦的一栋，是大师自己设计的，根特的伯爵城堡的一个缩小版，带有一圈蛋黄色釉彩的砖城垛。不过当然也拥有当代生活的舒适配置，比如一个洗浴间和两个厕所。有六个孩子就是需要这样，只不过这房子要取暖就难了。

一个金发、斜眼的小男孩，六个孩子中的一个，在新哥特式的门打开的时候，堵住了入口。他怀疑地看着路易斯的书包，里面塞满了彩色铅笔和爸爸工坊出产的规格、颜色各异的纸张。"你事先登记过吗？是吗？几点？多久？不能超过半个小时。阿爸还要和我们一起去田里采土豆呢。"

在宽大得可以放下全副武装的击剑骑士的旋转楼梯旁边，挂着上百张黑白版画，显示着那种享誉国内外的朦朦胧胧、条纹纵横的风格。多尔夫·泽布洛克，这一切的创造者，披着一件棕色的僧侣长袍，正坐在一张巨大的作画台旁边工作。他剪成短平寸的淡金色头发，毛孔粗大的红色朝天鼻，留着痘痕的皮肤，都是弗拉芒脑袋才会有的，这不容置疑。他在手腕上戴了一只挺宽的铜手镯，上面有阿拉伯饰物，在画画的时候肯定会妨碍他。房间收拾得格外干净整洁，闻起来有医院的味道。在古典风的耶稣受难十字架上，被钉着的那位怜悯地俯视着路易斯，几乎和多尔夫·泽布洛克本人一样，这一位打量着路易斯，就像是要牢牢记住他脸上让人哀叹的神情，想用自己的短短一瞥勾勒出、描画出这些可怜的比例。

让他刚刚忙乎了一阵的这张墨迹未干的钢笔素描，画的是一个诺曼底人，正高举着战斧逼近另一个诺曼底人的身体；战服飘扬，天上流云飞逝。

“你看到了那边的仙人掌吗？好，坐下来，画它。你尽可以按你的想法来画。只要不画成毕加索那样就行，哈哈。”路易斯也笑了。“不会的，不会的。”他说。

这棵仙人掌有三个肉柱，刺周围挂着灰色的毛线，花盆是红陶做的。还有什么？我要注意，要把所有不是仙人掌的东西都从我的脑袋里赶出去，要有大师观察世界那样的绝对专注。路易斯试着以多尔夫·泽布洛克之前注视他的那种方式来看这棵仙人掌，用自己的目光把它吸进去，让目光转化成一幅内心里的画。在他把自己的绘画工具铺开的时候，他也一刻不停地盯着仙人掌。

等他把这植物和花盆的轮廓勾出来了，大师说：“你的仙人掌的轮廓在这张纸上显得太大了，这样的布局不好，你没发现吗？”路易斯急急忙忙地又把画下的素描擦掉。大师继续涂抹黑亮亮的诺曼底人衣服。路易斯用他的8B康缇铅笔[1]添加阴影。

“要画，我说了，不要擦。线条，年轻人，线条。”

橡皮擦。现在慢慢有了仙人掌的样子，而且是摆在他面前的仙人掌的样子，尤其是在路易斯稍稍眯起眼睛看的时候，在博物馆里常常会看到看画的人就这么眯眼睛。不过花盆的颜色不是他面前这盆的，因为他没有这种红色的铅笔。

“不对，不对。”多尔夫·泽布洛克嘴里横叼着一支毛笔说，“头几次不要加颜色。”他拿过这张纸，揉成一团，准确无误地扔进了耶稣受难像下面的字纸篓里。

过了一刻钟，出现了一棵新的黑白仙人掌。一根根刺带着斜影，

1 素描常用的彩色炭笔，以发明它的法国人尼克拉斯–雅克·康缇（Nicolas-Jacques Conté）命名。

一束束毛线，桌上投下了齐柏林飞艇形状的光斑，刺的周围有小光环。路易斯身子往后一靠。

“他看着是好的。”[1]泽布洛克说。

“还是有点太暗了，不过我可以去掉的。”

“你要去掉什么？”

“那些太暗的部分。”

泽布洛克点燃了一只烟斗。“没用的。”他说话语气倒不是不友好，“你画了太多细节了，这儿，这些小圆圈，这些尖角。线条啊，小伙子，线条。”

“我不该画出细节来吗？”

“只有对线条有好处才要画！”（当然了！就像他自己的素描，木刻，彩玻璃画上那些僵硬、拖长的黑线条。）

“我其实也能按您的风格画的，泽布洛克先生。”

“小伙子，我的线条可是我四十年来一天不停地练出来的，就连星期天都在画，像头公牛一样累死累活的。而你就这么走过来，满心以为……”

路易斯拿出了一张新纸，但那个斜视的小男孩这时候走进了房间。“阿爸，天都黑了。你答应过……”

“就一分钟，戈特弗里德。”

“一分钟也不行！现在马上走！答应过的事儿！”小孩儿摊开了手掌拍在自己脸颊上，就好像要压下爆发的怒火。

“那好吧……”泽布洛克叹了口气，“这次收四十五法郎。”路易斯付了钱。妈妈预想的是三十法郎。而且是整整一小时的价。

戈特弗里德从路易斯的角度看了一下仙人掌，这个涂抹出的带刺的玩意儿还没有烟消云散。

“又是毕加索，阿爸。”

---

1 这是在引用《圣经·创世记》中上帝创造万物之后的那一句：“神看着是好的。”

大师按了按自己的红色朝天鼻。“他还得学习。”他注意到了路易斯的大惑不解，用烟斗头擦了擦纸上的仙人掌。

“如果你从细节入手，就会得到这样一个结果。你盲目地盯着那些细枝末节，结果丢掉了最本质的东西。”

“最本质的是什么？”路易斯叫道，“如果所有细节都画对了，本质不就会自动出现吗？”

“哎哟，小伙儿。”这满脸痘印的僧人叹气道。

“又是毕加索，对吧，阿爸？”

“最先引起你注意的是什么？什么是你一定会立刻画下来的？啊，好好想想，仔细看看这棵植物，这些刺。在这棵仙人掌上，在所有的仙人掌上，刺都是怎么排列的？”路易斯开始朦朦胧胧地懂了些什么，但他就是想不清楚。有魔怪气质的大师抽着自己的烟斗。

“他不知道，阿爸。”

“你难道没看出来，刺的分布都是很规律的，这里这根刺和那边那根刺之间的距离总是相等的，这里面有一个模式吗？”

“一个模式。”戈特弗里德重复道。泽布洛克将长袍掀到头顶上，长袍下面是一件蓝色工装，他开始解工装的扣子。

噢，我无知、无能、幼稚、短视，简直愚蠢透顶！这个密码图向其他所有人解开了他那可笑的、一眼能看穿的秘密，就只对我这样一个不开窍的脑袋保持了沉默！这些小方块构成的完美、和谐的游戏！上帝创造了均衡！而我却只复制出了毛线团。

“非常感谢，泽布洛克先生。”路易斯怒气冲冲地跑下了旋转楼梯，走出去的时候没有关上房子大门。他没有看出刺之间的关联，这没错。不知道出于什么原因，这个证明他无法把握事物的基础，不对，事物的结构的证据让他感到万分沮丧。在回家的路上他一直在咒骂。其他人能立刻在这乱七八糟、四分五裂的物体、事实和现象中辨认出一种理性的关联，只有他做不到，哪怕他努力去找。但他没法努力，因为他不知道怎么去努力。只看得到显而易见的那些，表面上的那些，多了的他就感受不到了，多么屈辱！他的仙人掌永远不会成为仙人掌，而只是一个怪异的、涂抹出来的、不存在的肿块，是脏塞弗和他的朋友奥迪尔（那个人的名字其实应该是奥迪勒，不过这也是他事后才想起来的）那么痴迷的北非仙人掌中的一棵，是自己虚构出的空中楼阁式的幻象，海市蜃楼里的沙子城堡。而他为这个付出了四十五法郎！连半个小时都不到！在圣罗胡斯教堂的废墟旁边，他想起来他忘了拿装着彩色铅笔的书包了。但他绝不，绝不会回到那座时髦的公爵宫殿里去了，那儿他刚被人劈头浇了真相的冷水。

他回到家的时候，凡丹姆——曾经繁荣过的塞涅夫印刷工坊如今就落到了他肩上——正要离开。走廊上还闻得到那个伙计用来洗手的松节油的味道。没有人在家。凡丹姆旷工了。

因为他前一天还看到了他父亲脸上鼓起可疑的一个大包，所以路易斯就跑到工坊里去找糖果。在爸爸的小办公室里，他在账单和银行对账单之间找到了新鲜蛋糕的碎屑。他在装碎纸的麻袋、带浸油抹布的大纸箱后面找，努力想象爸爸做过的行为，午饭过后他在办公室里打了个瞌睡。爸爸从切割机那儿走过来，走过积满灰尘的一台旋转印刷机的残骸，走进了办公室。他是在什么时候、在哪里从他那永不枯竭的库存里取出了甜腻腻的太妃巧克力饼干，带核桃和土耳其蜂蜜的？围着水槽安装的一个摇摇晃晃的小柜子里，放了小心叠好的塞恩·格雷[1]和约翰·科尼特尔的书，它们不该属于这儿的，完全放错了地方。果然，路易斯成功地从柜子里掏出了两根刚吃掉一点点的甜脆卷、半条微苦的巧克力和拳头大小的一袋糖果。他心里在大声欢呼，而“沙漠之狐”埃尔文·隆美尔[2]向他发出了陆军元帅的致敬。路易斯掰下了一小块巧克力，顺走了四颗糖果和一根甜脆卷，刚想要带着这

1 塞恩·格雷（Zane Grey）：美国通俗作家，在20世纪初写了大量美国西部冒险故事，其中不少改编为好莱坞电影。

2 埃尔文·隆美尔（Erwin Rommel）：德国纳粹的陆军元帅、著名军事家，在北非战场上战功显赫，号称“沙漠之狐”。

些在托布鲁克[1]取得的战利品逃往昔兰尼加[2]东北部去，却在整整齐齐的这一叠书背后发现了卷起来的杂志。1924年3月的《电影杂志》和《开怀一笑》,《滑稽报》和一小册邋里邋遢的《一个荡妇的历险》，爸爸收藏的不正经书籍。这个“*荡妇*”半裸着身子，戴着一顶橙色夏日帽，穿着灰色长袜和无比高的高跟鞋。她在每一页上都在欺凌一个穿着白色细条纹三件套西装的肥胖、秃顶的笨蛋，有一页她不穿底裤地坐在一架秋千上也不忘欺负他。在一张画上，她骑在这个男人身上就像在骑马，男人显然已经神志不清了，香烟都从嘴里飞出去了。在其他的画里，她露着紧俏的屁股高傲地走着，大多时候都受到一个光头律师或工业家从硬袖口里伸出的贪婪的手的纠缠。不知什么时候，这个梦幻般的女人就直直地盯着路易斯了，她慵懒又挑逗地抬起眉毛，鼓励他，低声对他说，他应该继续朝着塞满起皱纸卷的麻袋做无意义的、刺激的、只想释放自己的、美妙而柔和的摩擦运动。她发出了一声吸烟者才有的沙哑的大笑，在他射了出来，倚着鼓胀、粗糙的麻袋慢慢滑落的时候。

爸爸将手表，一个技术奇迹，举到水槽上方的电灯灯光下，路易斯正在水槽里洗刷锅碗瓢盆。“这手表还会显示日期，在赛跑的时候可以用它让时间停止，甚至还能戴着它游泳，不过最好暂时还是别那么做了，以防万一。怎么样，你有什么要说的？”

“谢谢，爸爸。”

“就这些？”

“我衷心地感谢你，爸爸。”

“这听起来还差不多。”

这手表是在德国拘留所里汗流浃背的提伦忒恩先生托他母亲交给爸爸的。那位老妇人已经过了八十五岁了，身子还一直挺结实，因为

1 托布鲁克（Tobruk）：利比亚东北部港口城市。
2 昔兰尼加（Kyrenaika）：利比亚东北部地区名。

她每天早上都吃一勺啤酒酵母。提伦忒恩先生希望爸爸会替他说话，好让他在破坏分子受刑的时候最后一个被绑到致命的木架上去。这种期盼支持的信任让爸爸为难了。到现在为止，他在邻居中间，在理发师菲利克斯那儿从来没有否认过他是盖世太保同伙的传说；正相反，每当别人提起来，他都只是心不在焉地点点头，说："是啊，是啊，我们有挺多可说的，但我们不准说出来。"这样一来更让人感到他身后那个可怕的组织和他必须严格遵守不然就会招致严厉体罚的保密原则。

"其实我应该在你十八岁的时候再送你手表的。你还根本不配得到它。现在还不行。你的成绩。你的表现。你的粗心。你就这么把书包给弄丢了！就像你妈妈丢钥匙一样！别以为我会给你买一个新书包。你可以用一个纸盒子来运你的书和本子。我那时候都没有用过皮革做的书包。"

"这只表原来的主人马上就要被处死了。"路易斯告诉西蒙娜，"我不能告诉你他是谁。但他在牢房里最后的话是：这只陪伴我走了最后几秒的表，帮我送给我在'Rotonde'的牌友路易斯。"

"我祖父也有一只这样的表。"

"这是不是很感人，这个老头在生命最后一刻还想着我？就像苏格拉底在饮下毒药前说，他还……呃，他还欠人一只鸡。"他们站在一处屋檐下。路易斯将自己那宽大的、男子汉的、虽然还没长毛的手腕伸到滂沱大雨中。水噼里啪啦地砸在这个装饰品上。

"你干吗这么做？"

"这只表是防水的。"

她把他的手从自己屁股上推开。

"就在雨滴密集射下的那一刻，手表肯定就会停下来。时间。它的时间就结束了。但那些事物却并不忠诚。"

"你为什么说这些话？"她突然用尖刻的语调问道。

"什么话？"

"说什么事物不忠诚。这和我有关系吗？"

“当然没有关系了，西蒙娜。”

“你听到了传闻？”

“什么传闻？”

“关于我的？关于我和冉克·冯·德·松佩尔的传闻？”

“没听到。”

“你听到了的。你不过就是不敢当面问我。”

冯·德·松佩尔是一个木材商人的独生儿子，那商人经常来参加宏泰斯先生的那些让女人们狂饮香槟的节庆活动。路易斯记得他最近在药房里看到过冯·德·松佩尔。

在黄昏的暮色中，头发、眉毛和眼睫毛都被雨水打湿的西蒙娜看上去楚楚可怜。他多想站在她身边，为她抵御一个名叫冯·德·松佩尔的人的侵袭。直到永远，直到永远。

“我也没办法。你们两个我都喜欢。”西蒙娜说。他恨不得把她的湿头发统统连根拔起。

“我和我妈妈谈过这件事。她觉得很奇特，但也正常。”

“到底是什么呀？奇特还是正常？”他费了很大力气才说出口。

“我喜欢你，是把你当作了我的家人。我从小就想要有个弟弟，你去问我妈妈好了。另外，你也太小了。”

“那他呢？”（爸爸躺在婚床上，真可怜，低等人。）

“他更加……”

“更加什么？”

“他更加像个男人。这不是你的错，路易斯，但是你不知道一个女孩子想要什么。”

“可是你从来都不愿意告诉我你想要什么。”

“这些女孩子是不用说出来的。一个男人肯定能感觉到。”

“有多久了？”

“还不久。一两个月吧。但是你我也是喜欢的。”

“谢了。”

这沾满雨滴的脸，离开了他，转交给了另一个人，还偏偏是那个乡巴佬冯·德·松佩尔。他饮下了这杯苦水，接受了这个现实。复仇，他啜泣着说。

“冉克摸我的时候，他会把手指放到这里面……”这个浪荡少女抚摸着自己的左边乳房，“让我一下子觉得天旋地转，觉得我马上要从自己身体里飞出去了。而你呢……你看……”不可思议的事情发生了。她用她湿漉漉的手拉过他的手，按在了那个柔软、丰满的位置上。他没有感觉到胸罩，发现自己的牙齿在打战。“你看，它不会挺起来，我的小花苞。它不会变硬。而他一碰就会硬，就在那一秒里。”（要是我能用我的死囚手表让时间停止就好了！）他猛地把手抽了回来，结果手撞到了墙上，食指的指甲都裂开了。

“你不高兴了。我早就想到了，你就不会用体育竞技的精神来看待这事儿。”

“我会的，我会的，当然了。”（他站在球门口，足球从高空砸向他，就像一颗缓慢的、完整的陨石。他伸手去抓，球到达了地面，然后又蹦起来，飞过了他哀求的双手。）

“我们沿着莱厄河散步，冉克说：‘我们是不是到草地上去躺一会儿？’他是这么暖，我们就躺到了草地上。他又说：‘你这个胸针真漂亮。’他就把胸针拿到了手里，然后摸了摸我的脖子，然后我就感到，我要和他一起度过以后的人生，直到永远。”

“骚货！”她没有听到，或者听成了“超过”。

雨小了。

“他总会让我笑起来。可是在你身边我从来不觉得要笑。”

但是这都得怪她啊。她总是带着忧郁的神情，就像那是她口里的气味。而他也传染了这份忧郁，既是因为爱，也是因为要变得更像她一点，所以他也在没来由的沉默忧伤里翻来滚去。我真不该这么迷失在她身上。

“他都做了什么能逗你笑出来？”

“滑稽的傻事儿。”

“这就让你忍不住笑了？”

“他还会讲笑话。”

“什么样的笑话？笑话我会讲好几百个呢。”

“你一个笑话都没有给我讲过。你总是在讲苏格拉底或圭多·赫泽拉。倒是挺有意义的，可是不怎么有趣。”她扑哧笑出了声，“就在昨天还有一桩。”

“他做了什么滑稽的傻事儿？”（用他的爪子在她裙子下摸来摸去，直到她笑为止。）

“没有。她是给我讲了一个特逗的笑话。”

“什么样的一个笑话？”

“我说：‘哎，冉克，在法赛那涅德国巡逻队枪毙了两个男人，真够残忍的。’‘你听过法赛那涅的牧师的笑话吗？’他问。我说，‘没有，冉克。’‘在法赛那涅有一个农夫，’他说，‘他已经结婚十二年了，但是一直没有孩子。有一天他出人意料地从田里回到家，结果在卧室里他看到了什么？他的妻子两腿抬得高高地，腿中间是法赛那涅的牧师的脑袋。他立刻就跑到了外面街上，大声喊道：乡亲们，乡亲们，都过来看一看啊。怪不得我没有孩子，我刚造出孩子，法赛那涅的牧师就过来把他们吃掉了！’”她的笑声飞扬，最后又化为了一声叹息。从路易斯亲吻过的嘴唇中，从他想象中总是纯洁，总裹着莫名忧愁的脸上，溜出了这样恶心的胡说八道，一个巴比伦妓女的污言秽语。

“你是没法被这样的笑话逗笑的，这我也早就猜到了。”

“你父亲知道吗？”

“我和冉克？知道，他可以来我们家做客。”

“不是，他知不知道这些黄色笑话？”

“呀，呀，不知道。不然他会打死我的。他总装作好像我才十岁一样。”

路易斯看了看手表，秒针停了。他想起来，他在听她讲故事的时候总是在旋那个旋钮，一点抗拒力都没感觉到。他陷入可耻的激动里，太想把她的背叛，她这低贱、让人反感、与他无关的享乐给旋掉了。但他这么做，只是自己终结了死囚手表的时间！提伦忒恩先生叫着“比利时万岁！”，他的身体抽动了一下，往前栽下去。士兵们往枪里加子弹，时间走动的咔嚓声带着金属质感。

在“格略宁尔”酒馆里，爸爸和路易斯手推脚搡，总算挤到了吧台前，诺埃尔在那儿忙得都没有和他们打招呼。在厕所门附近，马尔尼克斯·德·派德坐在盆栽植物后面，或者正在那儿嗅这植物。等到忙乎劲儿过了，诺埃尔说：“其实大家还以为，都这样的状态了，他就不该再跑到人群里来，最好就是把自己关在自家店里，只要还有必要就继续哀悼，不过另一方面……”

爸爸一直背对着酩酊大醉地哀悼着的德·派德。

“我一句话都没法从他嘴里掏出来。”诺埃尔说，“我必须一个劲儿对客人解释说，这不是因为他不懂礼貌，他就是回答不出别人问的问题。”

“他一直都保持沉默？”

“是的。他也不看你，他的目光总是一下子就穿透了你。”

“那他怎么点的威士忌呢？”

“他就把杯子举起来。”

德·派德缩成了一团，以前总是像女人那样高耸的头发现在都平平地黏在了他的脑袋上。他的手指在一个带有彼得·贝诺瓦肖像的烟灰缸里捣弄。

“只要我能看得着他，我就感到安心。”诺埃尔说，“只要他还在我这个屋檐下，我就会留心照看他。但如果他想走出去扑到一条轻轨车的铁路上去的话……”

“是啊，那也就……”爸爸说。

“列法艾特先生呢，他那个最好的朋友？”

“他肠道出了点毛病。”

“那谁给冯·马尔尼克斯的狂饮买单呢？”爸爸问。

“我不想在这事儿上花心思。”诺埃尔说。

“反正你已经从我们这儿挣够了钱了。”一个武装党卫军军人说。

“那倒没有，我会把账单寄给宏泰斯的。”

“在我休假的第一个晚上，第一天，”那党卫军说，“我走到他那儿去，就是他现在那个角落，我说：‘嘿，派德，你老兄过得怎么样了？’我假装什么都不知道的样子，你们懂的吧？有时候装装傻也有好处的。结果呢，真要命，他往我头上倒了一杯矿泉水。如果那是艾尔淡啤酒的话，他现在已经躺在医院里了。我们的分队长只要看到一点点污渍，就会像一头海牛一样咆哮。我老婆还不在家……我都看到我自己在拼命洗制服的样儿了。”

“有时候他会睡着。”诺埃尔说，“我也就索性让他躺在那儿。”

“我们都得眼睁睁地看着这么一个正直的弗拉芒人垮掉。”爸爸说，“英国人就没少造过孽，可是这一件……他真的一直都没开过口吗？”诺埃尔想了想。“我最后一次听到他说话，是列法艾特在瞎侃斯大林格勒的时候他插了句嘴。你也知道列法艾特是个什么样的人。派德突然就说了句：‘言辞是思想的外衣。’这句话我倒是记下来了。”

“那这就意味着：他再也没有思想了。我没法相信。”爸爸说。

“言辞没用，行动才管用。”党卫军说。广播里正播放一个特别新闻，第六军陷入危机中。这不是什么新消息了。

“我在这儿手拿着酒杯虚度时光，而我的同志却在那边……”党卫军说。

“有谁拦着你了吗？从这儿去火车站走路只要十分钟。”诺埃尔没好气地说，这气势汹汹的样子以前从来没在他身上见过。

在巴斯特赫姆，一队孩子穿着大都嫌短的蓝色罩衫走着，每人都用一只手抓住一根绳子，绳子牢牢地攥在一个脸色红扑扑的友好修女手上。脸上灰暗起皱的孩子们摇来晃去，手脚乱动，一个劲儿互相推搡。其中一个朝路易斯吐舌头，另一个额头上有一块黑斑，是一个从没洗掉过的圣灰星期三的十字标记[1]。

一只鹭紧贴着一队棕红色母牛迈步。路易斯觉得自己看到了农夫伊维恩·利肯斯溜到一幅洗得褪了色的帘子后面去。在他的院子里竖着一架没人看管的反坦克大炮。然后又走过了大丽花环绕的“日高点别墅”。

路易斯一头涂了发蜡而硬邦邦的头发，额前就留了一绺下来，被梅尔克说成是傻子样儿。“就像二十年前那些女人的发型，就和那谁一个样儿，你们知道我说的是谁，她的名字我最好还是不提了……”

“是啊，最好别提。”

“说出来吧。无非就是冷饭再炒一遍嘛。”阿尔曼德舅舅说。

“如果只是冷饭倒也好了。”维奥蕾特姨妈说。

“是啊，冷的可不只是那些陈年旧谷子。”梅尔克说。

“安格丽柯也就比我大三岁。”阿尔曼德说。这个穿着灰色法兰绒西装的傲慢检察官，周围地区所有的农民都害怕他，因为他很少接受面包或黄油或违法私自屠宰所出产的肉。梅尔克给他介绍了一个寡妇安格丽柯，现在却对她格外恼火。在一来二去、咕咕哝哝、七嘴八舌的商讨过程中，没有人告诉过梅尔克，安格丽柯每天都偷偷喝一升杜松子酒，不然就会患头痛。另外，安格丽柯和她家人还在年龄上撒了谎。结果，梅尔克最喜爱的儿子身上就此缠上了一个老酒徒，比以前更勤快地往“皮卡迪”跑，而他老婆独自一个人嘟嘟哝哝地哼着：“哦，我摇摆，萨嗖，萨嗖。[2]”

“如果你想逮着农夫，你就得比他们更滑头。这样才能抓住他们的

1 圣灰星期三是基督教教会年历的大斋期起始日，在复活节前四十日。按照天主教的习俗，教会会将祝圣过的棕树枝烧成灰，涂在教徒额头上，作为悔改的标记。

2 出自《我摇摆》。是瑞士歌手约翰·赫斯创作于1938年的法语歌曲，流行一时。其中“萨嗖”（zazou）是个拟声词，成为二战期间青年爵士乐迷的代名词。

狐狸尾巴，看穿他们的骗人把戏，挖出他们私吞的财物，发现他们的私人屠宰。要公正，就得做个流氓。我有事没事地往酒馆里跑，就是要打探风声啊，知道农夫们都在搞什么名堂。一喝高了，他们就什么都说出来了。”

“是呀，这样你就可以力挽狂澜，维持公正了哦。”维奥蕾特姨妈说。

“你这样可就不公平了。”阿尔曼德舅舅说，“你可是最没资格抱怨的那个。我不是给你带了硫酸铜，让你可以用在花园里，还给你带了沙丁鱼、白面包和蜂蜜吗？”

“是啊，因为你现在在度蜜月嘛。”她给她哥哥送去一个妩媚的微笑。

维奥蕾特姨妈比以前活泼多了。穿着一身鼠灰色的她看上去也收拾齐整多了。

“蜂蜜？白面包？”路易斯刚说出口，就得到了两片蜂蜜白面包。他本想慢慢地、虔敬地咀嚼，可还是风卷残云地一咽而下了。

“我走了。”阿尔曼德舅舅拴好了身上的自行车挂带。

“替我问候安格丽柯。”

“我会的，妈妈。”

“不过，你现在是不是不回家？”

“你就别费心思猜了，妈妈。”他小心地敲了敲她那瘦弱的背。他骑车离开。她走到窗边，目送他远去，开始咳嗽，咳得停不下来。“这小子真让我放不下心啊。那些人会想办法用打谷机把他从车上揍下来的。”

“他这样子不是要回家的。”维奥蕾特姨妈说。

“是啊。我倒是庆幸他总算是结了婚，不会再围着我的裙子边转了。我本来以为，那姑娘是好人家出身，是有教养的！她那银铃般的嗓子唱起歌来那么好听，古诺[1]的《圣母颂》之类的经典歌曲。但是只要她酒精虫儿上了脑，在她嘴里就只听得到摇摆舞、爵士乐和夏

1 古诺：夏尔·弗朗索瓦·古诺（Charles-François Gounod），法国19世纪作曲家。

尔·德内[1]的香颂了。话说回来，这个酗酒的习惯也不能怪她。这是家里的遗传。她母亲老家是鲁贝[2]，午饭也要喝红酒，晚饭也要喝红酒，不吃饭的时候当然也喝。——她很快就发觉，她嫁的是怎样一个小伙子了，这个安格丽柯。他们刚在自己家里过了两天，还在蜜月期间呢，他就把一把坐便椅拿回家了，装了便壶的一把大皮椅。这是他在拍卖场花了六十法郎拍下来的。'阿尔曼德哟，'安格丽柯说，'我们可是说好了不会太快要孩子的，现在这局势这么糟糕！'——'谁说了这是给孩子用的，'他说，'这是给我自己用的！'——'你干吗要用这个？'——'等我以后老了的时候就要用到了呀！'"梅尔克笑得又咳了起来，清了清喉咙，砸了砸她罩在黑绸裙子下的干瘦膝盖。路易斯不敢去敲她的背。他走到花园里，惊讶地看到二楼铺了瓷砖的阳台上有一个浅金色头发、穿黄褐色泳裤的年轻男人正在往自己瘦骨嶙峋的苍白肩膀上抹一种油油的东西。路易斯立刻躲到了棚屋后面。那青年往前趴下来，用手撑在地上，身子慢慢往下沉。路易斯悄悄沿着棚屋后墙和煤屋墙根，走到了厨房里。

"那是盖拉尔德。"梅尔克说，"是世界上最善良的军官。他父母都是萨克森州维尔道的老师，他们用法语给我写信，感谢我们把他照顾得这么好。村里当然会有些忌妒鬼，他们以为我们这样是有好处的，以为我们会拿到钱，要不就是多拿几份配给的食物。谣言四处飞。我们那可怜的欧梅尔一开始不也是这样。他们背地里嚼了多少舌根讲他！如今也就慢慢消停了。"

"欧梅尔舅舅到底怎么样了啊？"

"路易斯，我只有一颗心哦，这颗心都已经碎成好几块了。"

"他就不能偶尔回趟家吗？"

"在他现在待的那地方，他过得还不赖。"她草草地回应了一句。

---

1 夏尔·德内（Charles Trenet）：法国20世纪民歌之王，二三十年代以香颂（Chanson）风靡欧洲。

2 鲁贝（Roubaix）：法国北部城市。

盖拉尔德披上了一件草绿色的睡袍。他说，路易斯是一个友好的男孩子。从近处看，他有一张严厉的细长嘴。他还有长耳垂，按照修女萨普里斯蒂的说法，那是魔鬼的标志。

梅尔克说，维奥蕾特小姐七点回家。盖拉尔德对此并不在意，他顺着厨房墙壁站起身来，又在阳台上操练起来。“维奥蕾特被盖拉尔德迷得神魂颠倒的，”梅尔克起劲地说道，她的眼睛就像咖啡豆一样闪闪发光，“可他呢，他总是彬彬有礼的，德国人不一般都这样嘛。他当然对她不感兴趣。看身材就知道了呀。你觉得呢，路易斯，从男人的眼光来看？”

梅尔克就是这么个尖酸的婆娘，所以餐桌边的路易斯在维奥蕾特姨妈气喘吁吁地坐到椅子上问起盖拉尔德的时候说，她明显瘦了，他一下子就发现了。

“是啊，她掉膘掉得厉害，只剩皮包骨了呢。”梅尔克讥讽地说。

“你真这么觉得吗？是不是？其实我也这么想的。”维奥蕾特姨妈说，“我还想，要不要冒险到体育馆里的体重秤上去称一下呢？这都是神经出的毛病。就因为梅尔腾斯神父那个操蛋的家伙，老折磨我们。”

维奥蕾特姨妈这种叛逆的、鲁莽的快乐当然是和屋子里某个金发军官有关的。“操蛋”这样的词她以前肯定是绝对说不出口的。

“梅尔腾斯神父现在公开反对我们，路易斯。反对梅尔克，但更主要的是反对我。”

“这都得怪你自己，维奥蕾特。当着自由妇女联盟的费尔怀克女士的面，你都敢去拥抱一个德国人。”

“妈，我已经成年了。而且这是完全礼节性的一个拥抱，就像兄妹之间那样。而且梅尔腾斯神父在煽动教区的人来反对我们的时候，都是在反对我们弗拉芒的民族意志。我给教区总牧师详详细细地讲过了，不过他当然会维护自己的下属。

“他在我的班上上宗教课的时候，路易斯，我要是忍不住咳嗽了，他就会说，我这么做是为了背着他让学生们都注意到，他说错了什么话。他在教堂里布道的时候，他说，我就会脸上露出冷笑，让他没法集中注意力。他要是再不停止对我的这些折磨，我就和盖拉尔德一起去找根特的司令部。”

“司令部才不会管这些呢，维奥蕾特姨妈。”

“是吗，你真这么觉得？如果我跟他们讲他在听伦敦电台，他们也不会管吗？如果我告诉他们他想把小男孩们都训练成童子军呢？他总是反对弗兰德独立的思想。在打仗前很久就是这样的！菲利克斯·贝尔特，一个带着五个孩子的农夫，就在1936年被他夺走了房子院子——院子是属于主教的——就因为菲利克斯扛过狮子旗[1]。他还想把霍德里斯先生，弗拉芒老兵的秘书整到活不下去，他去部委里说，霍德里斯是尼民盟[2]的成员。伯伦斯先生，就因为他在金马刺节上弹钢琴给歌手们伴奏过……”

“你不该这么激动，维奥蕾特姨妈。”

“他抢走了我的礼拜会会员证！”她叫道。

“维奥蕾特，你根本就不再去礼拜会了呀。”

维奥蕾特姨妈喝下了四碗掺苹果干的黄油牛奶汤。

“是他把我赶出了合唱团，赶出了礼拜会，赶出了第三会。他在分发圣餐的时候，看到我，眼睛就像是红肿了一样。最糟糕的哦，路易斯，是他陷害我，说我和费尔蒙姨夫手挽着手在集市上走来走去。”

“他是在谁那儿陷害你的呢？”

“他是在红十字会集会的时候，假装漫不经心地说出口的，当时有许多弗拉芒独立分子在场的。”

“咦，你当然可以和你妹妹的丈夫手挽着手走路了。”

“但和一个犹太人就不行了！你要明白，或者你还是弄不明白呀。最糟的是，根本就没这回事儿！完全是反过来的，梅尔克能证明。她和我都使出了浑身力气要阻止我们的贝赫尼丝嫁给一个犹太人。梅尔

1 弗拉芒地区的旗帜。
2 尼民盟（Verdinaso）：成立于1931年的法西斯组织，致力于弗兰德与荷兰的合并。

克在他们坚持要结婚的时候，还拒绝签字了呢。我们所有人，这家里所有人好说歹说，又是威逼又是劝说她头脑清醒一点，就想让贝赫尼丝离开那个犹太人。她连着好几年都不准进娘家家门呢。”

“她一步都不能踏进来。”梅尔克说。

“可她为什么又来了呢？因为艾利克斯·莫伦斯先生，那个在巴斯特赫姆的更衣室里骚扰过我们可怜的欧梅尔，结果挨了一巴掌的男人，到处散播谣言……”

“莫伦斯先生为什么要骚扰欧梅尔舅舅呢？”

“维奥蕾特。”梅尔克说了声，然后很快地咳了咳。

“因为他……呃……是和钱有关吧，我猜。”（她猜？她在撒谎！）“不管怎样，他到处散播谣言，说贝赫尼丝和费尔蒙在法律上已经是离婚了的，他亲眼看到贝赫尼丝在凌晨三点的时候和另一个男人从‘可可里柯’酒馆里出来，喝得醉醺醺的。为了彻底灭绝这样的流言……”维奥蕾特姨妈举起了肥嘟嘟的手指，声音高涨起来，就像是要让最后一排的男生都听到，“……为了让我们不受这样的侮辱，我们觉得还是让她再回家比较稳妥。完全是因为这个，我才决定陪我的妹妹和她的法定丈夫去一下公共场合，去一下集市。可怎么会手挽着手呢？拜托啊！还是和这个费尔蒙，我们家这颗老鼠屎！”

“还别说，”梅尔克说，“我有时候想到他随时会突然出现在我们面前，都还感到害怕呢。”

“或者那些德国人会抓住他，我们所有人都会因为他那些反德宣传被带到司令部受审问。”

“你们可以把他藏起来。藏在阁楼上或者地下室里。”路易斯说。

“就像条狗一样！”梅尔克叫道。

“那该怎么应付盖拉尔德呢？”维奥蕾特叫得比她还响，“他能嗅到方圆一公里以内的犹太人。他会掐死他的！”

梅尔克织着毛衣。在这样一个夜晚，远处有村里的孩子在欢呼，有火车呼啸而过，将花园里灌满烟灰和蒸汽，而水果树就像脱离了树根一样飘浮在这烟雾里。火星飞溅，如樱桃一样红。梅尔克咳嗽，维奥蕾特姨妈吧唧吧唧地啃着一个猪肘子。

因为小房间里没有窗帘，路易斯被第一缕阳光照醒了。他光着脚走过湿漉漉的草地，就像远古的神在大地上感受自己的力量。

可是，他才迈了十几个舞步，就觉得冷了。而且那些微小的动物有可能会进驻他的脚趾间，蔓延，产卵；卵里会爬出幼虫，一路开拓，穿透层层组织，最后到脊髓里安营扎寨。他穿过聚集上百万米泽尔的原野，跑回了家，飞速用餐巾布擦干了脚。

阿尔曼德舅舅的蜜月里留下的蜂蜜已经用完了，那些贪吃的女人们也没有留下半点儿白面包屑。路易斯把黏糊糊的灰面包放在手掌之间搓，搓成了一根香肠，填满了自己整张嘴。温热的面包缓慢地滑进他的喉咙里。在厨房用来剃胡须的镜子里，他看到了一张和面粉一样白，耳垂却红彤彤的脸。公鸡打鸣了。今天他要去看拉夫。假如他们年纪还大一点，假如没有战争，他们可能会一起去打猎。号称去追捕野兽，但首先去的是外面那些牧场，放火，砰，射进了奶牛们圆滚滚的棕红色肚子。一个农夫骂骂咧咧地冲了过来。颗粒最粗糙的谷子砸到了他那黑生意农夫的脸上，头炸得四分五裂。明年我看起来就是十八岁的样子了，那我就可以加入弗拉芒军团了。

路易斯从维奥蕾特姨妈的手提包（她的挎包）里偷出了六枚五法郎硬币，像里戈莱托那样弓着背，溜回了自己的房间，很快又睡着了。

梅尔克的怀里放着一份圣文森特修道院的账单。“欧梅尔真是花掉了一笔巨款哟。”她沮丧地说，“我还能从哪里凑出这份钱啊？主要是，我觉得，就算花了这么一大笔钱也不管用。倒不是说我不愿意给欧梅尔出这笔钱，但他怎么着也好不起来呀。我们敬爱的天主上帝用疾病击垮了他。他在那里只吃得到白豆子。我们是可以给钱给到山穷水尽。他还掉头发。这个年纪就掉头发了。他一遍又一遍地向上天祷告。他一整天都把头夹在膝盖之间。看护员说，他自己感觉到，这对他的血液循环有好处。我给他带去了一本特别棒的书。乔泽夫·克里克[1]写的《拉尔纳宫殿的骑士》，但他不想读，因为如果中世纪的一个年轻贵族小姐骑着马出现在书里的话，会让他产生一些奇怪的念头，他说。他请僧人们一到晚上就绑住他的双手，但他们说他们根本不会这么做，因为如果其他人看到的话，所有人就都会要求把自己绑上。”

维奥蕾特姨妈望弥撒要迟到了，但她还是烤了一个鸭蛋，同时查看了一下账单。

“阿尔曼德也得支援一点儿啊，”她说，“至少付一下洗衣服的钱。”

“他不愿意付。”

“他必须付，妈。哪怕是作为基督徒，就他自己对哥哥做过的事儿表达一下忏悔。”

“他没有对哥哥做过什么坏事。这都是偶然。这种病从小就埋在欧梅尔身体里了。这是从他祖父那儿继承来的，他祖父也不是能让人安生的家伙。”

“哎哟哎哟，”维奥蕾特姨妈叫了起来，一边还摇晃着烤锅，“弥撒已经开始了！”

他们听到了歌声，听上去是《皇皇圣体》，是教堂司事瑟勒曼斯在唱，这司事有个绰号叫“山羊”，因为他唱起歌来就像是一头受虐待、挨饿、没挤过奶的山羊发出的咩咩叫。他们看到司事跟在街上一头逃跑出来的母牛身后，唱着《圣经·诗篇》来安抚它。这是一头黑白相间，也就是说是荷兰的奶牛。在印度，牛都是圣牛。假如可以宰杀它们的话，就没有印度人会饿死了。非洲的游牧部落更狡猾，他们切开牛的血管，抽取血液，做成血饼，再用黏土把血管封好。为了研究奶牛的反刍系统和消化系统，人们在它肚子上切了一个正方形的小口子，

1 乔泽夫·克里克（Jef Crick）：比利时20世纪初作家。

嵌进去一个云母玻璃窗，就像烤炉上的那个一样，这样就可以科学地观察被吞下去的草发生了什么样的变化。

路易斯打了个喷嚏，掏出了手帕，他偷的银币叮叮当当落到了地板上。罪责感席卷了他的脸庞，蒙在上面就像一块浸满了血的毛巾。其中一枚还一直在绕着圈儿滚动。

“这都是我自己省出来的。”路易斯赶紧说。

“这是我挎包里的。”维奥蕾特姨妈用冰冷的语气说，“我今天早上一看就发现了。你当我是傻子吗？跪下！”

“你就这么感谢我们做过的一切？”梅尔克叫道。

“到角落里去，跪下！”肥胖的女教师说。路易斯把额头抵在壁纸上。

“让人忧心的事儿正是一桩接一桩呀。”梅尔克咳嗽道。

“你就庆幸你不是我儿子吧！”想想维奥蕾特姨妈竟会有个孩子，或者他就是这个孩子，路易斯心底深处又忍不住失声大笑。她那受过训练的教育人员目光一下子就察觉到了，狠狠地扇了他一耳光。“猪猡！”她叫着，拾起了钱币，在桌子下还找了找，然后才叹着气站起来。

“比利时的哀愁哦，就是你了。”梅尔克边说，边发出粗哑的吸气漱口声。然后，路易斯用他那大大的招风耳听到维奥蕾特姨妈在轻声咒骂。“真是造孽啊，这该死的肮脏家伙，他在我的挎包里倒腾来倒腾去，还闻了我的照片和信。”

（她的挎包！他内心禁不住又要呼哧呼哧地偷笑起来了，因为在哈尔贝克另一个女人统治的居所，在那个遥远、单调、被埋葬、散发霉味的年代，弗里格曾经在他身旁说过：“你在她的挎包里倒腾来倒腾去。”他指的却是女人两腿之间那个血肉毛发构成的皮包。）

他的脸发烫。希望拉夫不要偏偏这时候突然冒出来。

一个小时之后他才被准许离开墙角，要给穿着泳裤在花园里坐着打牌的盖拉尔德和其他三个男人端啤酒去。“谢谢，小伙儿。衷心感谢。”

当维奥蕾特姨妈从学校里回来的时候，她问那些军官，他们想不想来点儿烈酒。只要她能穿着泳装给他们上酒，一个大胖子说，他背上尽是灰色的卷毛。“那咋行啊，乌尔里希。”她说着，脸红了。当她提着杜松子酒过来的时候，换上了一件短袖衬衫。浮肿的下臂肉直晃，在她做出行膝礼的样子的时候。盖拉尔德随意地把手放在她的臀部。维奥蕾特姨妈突然就站住不动了，僵硬得像石头，拼命往篱笆那儿看去，就好像可怕的梅尔腾斯神父正蹲在密密的树叶后面一样。然后这四个拜日教[1]教徒们唱起了一首歌，歌中有“她把忠诚的誓言打破，我的小戒指断成了两截”。肥胖的乌尔里希举着望远镜朝英国的方向望去。

是不是战争的烽烟带来了一片米泽尔式的细菌云，降落在了巴斯特赫姆村子和它的居民头上？

就像维奥蕾特姨妈突然变成了一个满嘴爆着让人难以置信的粗口，喜欢扇人耳光的人；阿尔曼德舅舅从一个吊儿郎当的家伙变成了一个公平地剥削农庄主的官儿；而欧梅尔舅舅就成了一个光头蠢货，整天都挂着牛铃铛在巴斯特赫姆的小巷里转悠，朝村民们大吼：“去望弥撒啊，拜托了。”看到这情况，梅尔腾斯神父亲自叫来了当地宪兵，结果这个因为失恋而像个烂西红柿一样瘫作一团的流氓就到了那些价格高昂得可怕的仁慈的圣文森特修士那儿。在那儿他时不时地跳到他的病友身上，“就像一头牛跳到其他牛身上”，阿尔曼德舅舅说，拉夫·德·伯克不是也变了吗，变成了什么？变成了一个舞蹈演员。他在根特上芭蕾课。

他们一起走在林荫道上，拉夫走起来蹦蹦跳跳的，这让路易斯觉得，说好听点，有点夸张。

“当我站在芭蕾扶栏旁边的时候，我就成了另一个人，我轻得连二十公斤都不到了。”拉夫的手臂半伸开地举起在身前，脚趾尖互相碰

1 拜日教：传说古日耳曼族有崇拜日神的传统，19世纪末以来在德国也流行裸体拜日的风尚。

一碰，抬起了一条腿，往后甩，打开了手臂。“阿拉贝斯克！”他叫道，“阿桑木勒！”[1]脚砰地落在了草地上。他在农夫们面前展示这些舞步，从他们这儿拿钱去付根特的芭蕾舞学费。十分钟二十法郎。“布雷[2]！”农夫们都乐此不疲，大多时候都是在田里某个农妇看不到的地方。教堂司事齐格也付了钱。

“如果按齐格的要求来，我就非得跳上一整个下午了。他连眼珠子都要掉出脑袋来了。”

于勒·凡东克在他的刨台上忙着修整一个椭圆形的窗框。他显然没有认出路易斯来。

“你俩就没啥别的好做了吗，就只会来干扰这些要给自己挣黄油面包的人了吗？”

“嘿，于勒，你真是个滑稽鬼！”拉夫朝空中扔了一把木屑，就像是要用一大块碎屑来修磨指甲，他转动着一台机器的轮子。这台机器看起来像爸爸工坊里用来做测试版的手动印刷机。有印刷机的油污，有抹布。就是没有铅字。

“手拿开！”于勒抱怨道。

“你今天是肝脏上有虱子爬是吧，于勒？平时你简直就是友好的化身。还是因为我今天把路易斯带来了，你就不对劲儿了？”

于勒咧嘴笑。可以看到他那鲜红的牙龈。“现在他们突然不把我们当空气了，这些城市来的公子哥们！就因为他们肚子咕咕叫得厉害。我说的是对呢，还是对呢？[3]现在他们都往农夫铺子里跑。不过不是为了我们的漂亮眼睛。我说的是对呢，还是对呢？”

“他在家吗？”拉夫问。

于勒盯着路易斯看，两根长得像发黄的长胡须一样的眉毛下面是

1 阿拉贝斯克（Arabesque）和阿桑木勒（Assemblé）都是芭蕾基本舞步。前者是迎风展翅状，后者是单起双落跳。

2 布雷（Bourrée）：芭蕾舞中连接而细碎的舞步。

3 故意调侃，意思是“反正我都对”。

狂野又无趣的眼睛。“你……你会遇到事儿的。”

“为什么？”

“你自己不知道吗？”

“不知道。”

“你多半不相信，他们对你，都会是特殊对待，年轻的先生。你会遇着些事儿的，就像所有那些异教徒一样，因为他们走错了道。”

拉夫从一堆沾灰的工具里抽出了一把钳子，用它夹住了路易斯的袖子。

“他在吗？”他又问了一遍。

“往外看看呀！”于勒语气激烈地叫道，“天黑了吗？”

“还没。”

“那他也就还在！”

“他在睡觉吗？”

“他没法睡觉的，这样的世道让他受的苦太重了。”

“就像拿撒勒的基督。”拉夫庄重地用钳子画了一个十字。

“他对着自己的书坐着。”于勒又用金刚砂磨起了那块青嫩、纯净的木头，“他几乎每天都会问到你。”

“哦，哦。”拉夫弯曲、浓密的睫毛颤动了几下。

“别太久。”于勒说。

他们沿着摇摇晃晃的楼梯走上了粮仓的隔层。拉夫重重地敲了敲门，三短两长。一股醋的味道迎面飘来，随后门才打开，一个男人在门里伸出手臂。路易斯想要逃走，但是拉夫已经预见到了，牢牢拽住了他的胳膊，就像用了于勒的钳子那样。这男人穿着一件黑色毛外套，像佐罗。他头上围了一条红绸布，半是头巾，半是女人的围巾。右耳露在外面，有刻印，皮肤皲裂。他的脸，一张象牙色的面具，用一条橡皮筋固定住，闪闪发光。一张以橱窗式微笑造型示人的完美的粉红色小嘴露出了一条黑暗的缝儿，里面发出咻咻的吸气声。在拱起的光洁额头上有两条画上去的优雅线条，表示眉毛。在眼缝里闪现着带发光的红色眼眶的黑色眼睛。这男人站得笔直。他的赤脚和他的手一样长又白，手搁在了拉夫的肩上。“我最亲爱的，”他粗哑的嗓音说，“我最亲爱的。”

“宝贝儿。”拉夫说。他享受着路易斯的困惑。他一定会把路易斯推到这个黑人身上，路易斯已经后退了一步，但现在这个男人叫出了他的姓和名。这是一种邀请。（我是在一场历史剧的排演现场吧，琦琦·拉加西先生下一刻就要唱起珠玉四溅的咏叹调。这个戴面具的拉尔纳宫殿骑士在最后一幕会现身为拉夫的梦中王子。他最亲爱的，最亲爱的。）

“我是康拉德。”

到了房间里，这男人先是坐在一条挤奶小凳上，但立刻又站了起来，将小凳子让给路易斯，自己则靠在一个小圆铁炉与一个架子之间刷白了的墙壁上。那架子上摆满了石头、沙漠玫瑰石、装满闪光粉末的玻璃器皿，最最神奇的是，上面还有一排木制字母，古老的希塔尔戈字体。这里有醋、药和稻草的味道。

“你的姑/姨妈[1]还好吗？”

“挺好的。”路易斯说。

“但你有姑妈和姨妈呀，你怎么知道我说的是哪一个？”

“我猜是维奥蕾特姨妈。”

“我对维奥蕾特不感兴趣，确切地说，虽然我对她有兴趣，但她的事儿我知道得都差不多了。不，我想听你，我最亲爱的，告诉我，有没有贝赫尼丝姨妈的新消息。”

他在挑衅我。“我最亲爱的”。他是来自一个不论合不合适都会这么称呼别人，甚至是陌生人的地方吗？这双颊光滑的不真实的脸，与布满红痘的脖子完全脱节，它发生了变动。男人走到装了栅栏的窗户边，往外瞥了一眼，然后俯身倚在正在敲桌子的拉夫身上，那桌子上有石头、化石、书、画了表格的纸、账单、一张星座图、一双钩织黑色手套和四支褪色咬坏的铅笔。

---

1 这里的称谓既可以指姑妈，也可以指姨妈。

“我们都猜贝赫尼丝是在法国，在没有被占领的地区。我们也没有她的消息。”

“她男人呢？”

“也没有他的消息。”

“真是个奇特的女人，贝赫尼丝·伯塞茨。我认识她的时候，那会儿还根本没有你，她是敬畏上帝、清心寡欲的典范。”

拉夫拿了一个棱角锋利但不规整的棕色石块放在手上，在手指间转。“如果你猜得到这是什么，路易斯，我的朋友，那你就是个聪明小子。那我们就可以考虑让你加入上帝选民俱乐部了。”

“一块石头，沙漠里的化石。”

拉夫叫道，这是一块风干了的粪便。康拉德那种看不出性别、没有人触碰、不能让人触碰的面具点了点头；头巾朝后滑了下去，一片有铁锈色斑块的粉红头皮露了出来。康拉德显然不知什么时候受过烫伤。他扭捏地把头巾扯回去。

“不过路易斯说得也对。这东西以前是排泄物。现在是化石了。”

“康拉德特别迷恋粪便。他往自己身上涂山羊粪。”

路易斯忍不住大笑起来。“涂小粪块吗？”

“掺上燕麦、蜂蜜醋、黄油和核桃油。”

“他还敢喝下去吧？”

“配上白酒。治黄疸病很有效。”

房间里充满了米泽尔黑暗的哼哼嗡嗡声。

“康拉德有一颗真的钻石。他死了，我就会拿到这颗钻石。他在他的遗嘱里写了的。遗嘱放在公证人贝伦斯那儿。”

“我们亲爱的朋友……”（一开口就是“亲爱的”、“最亲爱的”。康拉德是犹太人吗？犹太人彼此之间也总有这种让人反感的亲昵。）“总是受这种贪婪的驱使。不过在我离世之后，拉斐尔[1]就会被这颗钻石改

---

1 拉斐尔是拉夫这个名字的全称。

变。那时候他就不会受魔鬼侵害了。"

"也不会受毒蘑菇侵害了。"拉夫说，"还有烂贝壳。"

"他的弱点会转变成长项。他的病态情欲会自动消失。"

"就你还敢提什么病态的情欲。"

"我只对你有这样的情欲，我的爱。"

"我们有一次在天黑的时候看到了梅尔腾斯神父，他正要去给铁路巡道工施临终涂油礼。康拉德吓得要死。他呛到了，像发了疯的牛跑过了田野，挂在了一片钢丝网篱笆上。"

从窗户往外可以看到村子，看到像哈尔贝克休息室里的多米诺骨牌一样互相倚靠的房屋。我也得写下我的遗嘱，能多快就多快。会有人在我的棺材周围点上十三根大蜡烛吗？这是个不幸的数字！

"怎么了，我的天使？"

"没什么。"路易斯说。

"不用想到死。别害怕。我不会传染的。"

"至少你的身体不会传染。"拉夫欢快地说。

"你们家里的条顿人[1]怎么样了？"

"挺好的，我想。"

"他们在你们的阳台上抛头露脸。这对维奥蕾特和她母亲来说，可不是明智的做法。"

"她们也改变不了什么。"

"维奥蕾特难道没有挑逗他们，要他们脱光了，朝拜太阳吗？"

"没有，完全没有。阳台地板坏了，漏雨。德国人自己提出要修。他们用他们的喷灯把洞封上了，因为那天闷热得不得了，他们就脱掉了衣服，好干活儿。之后几天也都脱了衣服。"

"因为他们是拜日教徒嘛。"康拉德透过水平线的细缝，语气尖刻地说，"所以他们会被一个黑太阳灭绝的。"

---

1 条顿人是古日耳曼人的一个分支。

米泽尔们嗡嗡叫着靠近了。“为什么？”

“他们像阿兹克特人[1]一样犯了罪。头上顶着太阳标志旗，他们跨过了一片片尸体。”听上去还押着韵。

拉夫和路易斯走过了粮仓，那上面挂着有吉卜赛人头像的通缉令。贝卡的父亲不在其中。盖拉尔德，粮仓的看管员，说：“哎哟，看哪，两个浪荡哥儿！”

（一个星期之前，路易斯在粮仓后面田里拔过萝卜。说好是拔二十个，但是他多拔了五个。他走进粮仓，想去厨房洗萝卜，没有遇到任何人。但在那个从来没人用过的卧室里，他听到一个刺耳的男人声音：“整个欧洲都成了屠宰场，盖拉尔德。民族大迁徙，最后都进了屠宰场。上帝是不存在的。我们只能一直望着河流和波浪，不然我们在整个旅程中就只有放声大哭了，盖拉尔德。”

门一下子弹开了，盖拉尔德看到路易斯的时候，显然吓了一跳。

“噢，”他说，“噢。”在他身后坐着一个眼睛深凹的船员。“噢，”盖拉尔德说，“快回家去。我这儿有客人，是我表兄。”表兄，呵呵。）

拉夫紧贴着水边走，贴近一片翠绿色的河面，里面有小气泡冒出来；下面躺着尸体，死于1940年5月的，死于14—18年的，死于八十年战争“西班牙怒火”[2]中的，农奴的，短工的。拉夫挥舞着手臂，单腿独立，用猴子般的优雅跳着。布雷！如果他落到莱厄河里，那我就得跳下去吗？跳到这绿油油、黏糊糊的液体里去？

他们继续往前走。远处有一艘运货的驳船，带来欧洲的讯息。

“你那个戴面具的朋友和尤里斯在印违禁品。”

“有可能。”

“他们从哪里搞到的纸？”（爸爸可是每天都在抱怨纸张紧缺啊。）

---

1 阿兹克特人：北美洲南部墨西哥人数最多的一支印第安人。阿兹克特文明是存在于14—16世纪的古墨西哥文明，在西班牙人侵下毁灭。

2“西班牙怒火”：1568—1648年，尼德兰联邦反抗西班牙帝国的战争。

“不知道。”

但拉夫忍不住要炫耀一下，要装作他是最危险的阴谋的核心人物。“他们是从齐格，那个教堂司事那儿搞到纸的。”

“那齐格又是从哪儿搞到纸的呢？”

“从梅尔腾斯神父那儿。”

“那他呢？从主教那儿吗？”

拉夫耸耸肩。

“你为什么要对我说这些？你朋友……（我情愿死也不想说出他的名字）他为什么要对我这个陌生人，这个有可能去盖世太保那儿告密的人说，德国人会被灭绝呢？”

拉夫用拇指和中指把自己的眼睑往下拉，另一只手的食指把鼻尖往上压。他那位躲在光滑假皮下的朋友就是这副模样。

“最亲爱的，你对他来说不是个陌生人。”

霍尔斯特大叉着腿站在院门口。他身后是松树，上百岁的橡树，长满野草的灰色草地。他穿了件棕色的灯芯绒西装，脚上是木鞋。

“你没穿制服。”拉夫说。

“我在休假。”霍尔斯特说。

“你可以稍微操心一下你的草地。”

“我正准备弄呢。”霍尔斯特带着歉意说，就像是在对一个军官说话。

“你得放一群兔子上去。”

“那我就得没日没夜地蹲在我的草地上了。就眼下村里这状况，别人穿在身上的内裤他们都偷得走。”

“你休多长的假？”

“这和你没啥关系。”

“你最近休假挺多的啊。”

“这不关任何人的事儿。你到底为什么想打听个究竟啊？”

“没什么，就是觉得有点儿奇怪。”

霍尔斯特在他们身后关上了门，偷偷望了望草地和田野，“白卫队”和他们的人民委员正埋伏在那儿的草垛背后，机关枪的扳机已经扣动。

当我还是使徒的时候，霍尔斯特在我眼里就是个巨人，尽管他最多也就是一米八高，比党卫军最低身高要求高一点点；但在修道院的围墙前面，他看上去几乎有两米高；这个霍尔斯特却不再是我在学校宿舍那张味道难闻的窄床上召唤来的天使，对着那个天使我能沉默不语地唠唠叨叨祈祷个没完：来带走我吧，天使，你要完成使命，做我那暴君教父的奴仆；来带走我吧，我会成为你的随从；解救我吧，我会扛着你的箱子穿过泰迦、埃尔格、拉诺，[1]穿过字谜游戏中出现的所有沙漠和平原。

在厨房里——贴着四方形白色瓷砖的墙壁，刷成暗绿色的柜子，黄铜水龙头，堆满碗碟的水池——挂着两条火腿。

拉夫没法把目光移开。今天夜里他肯定会破门而入的。他们喝苦涩的菊苣咖啡。霍尔斯特有点笨拙地说："路易斯，听我说。好好听我说。转告你的教父，我给他写过两回信了。但可能他都没有收到。告诉他，我知道他不乐意看到我这么做，但我还是加入了弗拉芒卫队，原因我都写在了信里面。但我很清楚，这么做是不聪明的。"

"是的，因为他们最近也朝你们射枪了。"

"这是谁说的？"

"我自己听到的。"

"从哪儿听到的？"

"从铁路上的一个弗拉芒卫兵那儿。"

"他的名字？哪个分队的？"

"其他人管他叫奥斯卡。"

"他就在公共场合里这么说？这是违抗命令的。"

在堆满了瓷器的那个最大的厨房柜子里，在抹布上摆着一双满是

1 泰迦（Taiga）是突厥语，意为北方松叶林；埃尔格（Erg）在阿拉伯语中指大片沙漠；拉诺（Llano）是西班牙语，指平原。

灰尘、软塌塌的黑色靴子。有人很久之前放在那儿然后就忘掉了。落魄的遗物。

“你还是在‘库克和戈塔尔斯’军营里吗？”拉夫问。

“这和你没关系。”霍尔斯特机械地说，并从柜子里拿出一瓶松叶绿的液体，摇了摇，里面那些黑色的细树枝、草秆和绒絮都旋转起来。等所有东西都沉到瓶底，他就倒出酒来。味道又甜又苦，很冲。

“对你教父说……”

“对他说，霍尔斯特是个叛国贼，好了，够了。”拉夫说。

“我也很无奈。”

“每个人都要对他自己的行动负责，霍尔斯特，好了，够了！”

“嘿，伙计，你有什么资格说我！”霍尔斯特说。

“算了吧，霍尔斯特，你加入他们是因为劳拉夫人求你这么做的，不就这样吗？”

“绝对没有！”

“如果她没有求过你，那你也会说服自己说，她本来要求你的。或者至少她就想看到你这么做。你满心以为，她更喜欢看到你穿上棕色制服，拿着一把有刺刀的枪，头上还戴着那个可笑的荷兰头盔，而不是一个总假装自己是看守人的傻农夫。”

霍尔斯特呆呆地看着蓝色的地板砖。“嘿，伙计，你有什么资格说我。”他把瓶子推给拉夫。拉夫喝了一口。

“你给你的草地洒水了吗？”拉夫问，“没有？不过看上去是洒了水的。真的没有？没有用那些杀马铃薯瓢虫的药水？”

“大概四个星期以前有一架英国飞机飞过这儿。”霍尔斯特说，“可能是它洒了点什么。看起来他们用他们那些脏东西杀掉了鸭子。”

在*无情美淑女*[1]的迷宫里。在霍尔斯特的宽背后，他们走过了二楼那条酸洗过的、安装得不是很牢实的宽走道。拉夫挥动着手臂，模仿

---

1 英国诗人济慈于1819年曾写过以此为标题的一首诗。

蝙蝠的样子。一扇刚粉刷过的鸽子蛋白色的门。从锁紧的天花板上涌出一股像是温室里的味道，就好像屋瓦下生长着一片丛林。

是她的房间？这个空间让路易斯想起城里中学那个曾经上演过挥旗仪式的体育馆，一样是蜂蜜黄的过道地板，带长插销的高双叶窗，光秃秃的墙壁和涂漆的门是娇柔女性的米色。

在壁炉边上格外突兀地放着一张行军铁床，上面一个灰色枕头，枕头上是一只丝绸女鞋。是的，她平时都睡这儿，霍尔斯特说。床边是发怒的巨人烧过后紧缩成一团的一件蓝色制服、一个面包袋、绑腿、两条皱巴巴的手帕。还有一张彩色照片放在一个铝制相框里，照片中能看到两个头戴白色大宽檐帽的年轻女子手挽手。

“这是她妹妹吗？”拉夫问，“贝娅特丽克丝？”

“手拿开！”

“好吧。那这个就是贝娅特丽克丝。”拉夫说着，把照片放回原位，“你知道吧，路易斯，贝娅特丽克丝是党卫军分队长赫波尔的情妇。现在她在巴黎自己家里，圣安德烈艺术大街24号，对不对，霍尔斯特？要没有她这位亲爱的妹妹贝娅特丽克丝，劳拉夫人哪怕有再多关系，也都已经卷起铺盖滚出路易斯大道了。因为她有时候做得过了头，对不对，霍尔斯特？”

“你等着，会有一天，”霍尔斯特慢腾腾地说，“你会发现你知道的太多了。”

“但是我知道发生了啥，对不对，霍尔斯特？”拉夫爆发出一阵孩子气的、骄傲的大笑。他坐在咯吱叫的行军床上，把手插进绿色的丝绸女鞋里，动了动被狗咬破的鞋尖。

“她没有做过头。她只是心情不好。别人对她做了奇怪的事情。”

“你这才说了真话嘛，霍尔斯特。”

“她太轻信别人了。”

“我们，我们都这样，霍尔斯特。”

“她本来运气挺好的，生意挺红火，她的女孩儿们也都勤奋，不惹麻烦。顾客付钱也总是挺爽快。庆贺的香槟酒川流不息。莫里茨每天都开着他的梅赛德斯来。但是突然一下……唉，小伙儿们，这战争啊，这战争啊。”

“现在莫里茨在哪儿呢？”

“他在士兵的天国里了。”

“这我完全不知道。”

“他葬在了自己家的花园里。在黑森林里一个镇上。元首特批的。他们在他死后追封他为党卫军突击队高级将领。列日的有轨电车也算作战场了。他的通讯兵，他们也给他补升了职。劳拉夫人是有预感的，我们在列日的最后一个星期，她都不想让莫里茨晚上出门。我现在还看得到她站在那儿，拽住他的一个纽扣。但是他没有听她的。他当然不会听她的，他那时刚从别尔哥罗德[1]回来，大腿上两个洞。那一天她不停地走来走去，一杯接一杯地喝香槟。‘我不知道我是怎么回事，身上直发痒。是因为神经出的问题吗？毫无缘由啊。是莫里茨有了个新情人？从列日到布鲁塞尔要走多久，在这样的天气？’门铃响了。她的脸像死人一样的白。‘别开门，’她说，‘拜托。不，就说我不在家。不，还是我去吧。’她面前出现的是当地军医，他带来了莫里茨和通讯兵的消息，说他们想去一个水果节，‘白卫队’肯定得到了消息，知道他把梅赛德斯留在了车库里，自己从部队出来去坐有轨电车。‘我知道，’她说，脸煞白煞白的，‘他经常坐电车的，他喜欢走到比利时人中间去，他觉得他们的样子都跟画儿一样好看，但他现在在哪儿？他怎么没一起来？’‘您没明白我的意思，劳拉夫人，他们被人袭击了，有轨电车炸飞了，四个列日人和司机也都死了，加上莫里茨和卢怀恩，他的通讯兵。’这时候她开始喊叫，假牙都从嘴里掉出来了，嘴就再没合上过。她哭喊个不停，直到军医给她打了一针才安静下来。两天以后干洗店的女孩儿拿着莫里茨的外出制服站在门前。幸好我立刻就把

1 别尔哥罗德：位于俄罗斯西部乌克兰边境的城市。

制服收走了，她根本就不知道。他妻子在黑森林里托付了他的战友，让他们过来把他留在劳拉夫人这儿的所有东西，首饰、衣服、行李箱、香烟盒、书都收了回去。因为她精神太恍惚了，就听任他们拿走了一切，包括内衣裤和袜子。她能保留的他的遗物，就都在那儿了。”

“哪儿？”

拉夫拉开了沉重衣柜的门。一件军灰色制服，熨得干净整齐，一丝不苟，挂在那儿就像个优雅的稻草人。因为制服上面还挂着那顶有三根绶带、一枚银橡树叶的军帽，在裤腿下放着一双擦得锃亮的黑色低帮鞋，所以看上去就像是英国人在房间里散播了一种粉碎一切的秘密射线，织物都毫发无损，而制服里那个男人却消失了。一件带长长的领尖饰扣的白色衬衫，一条扎得紧紧的黑色领带，外衣领子上带三条杠的橡树叶勋章，骑士十字勋章，运动奖章，别在一颗瓷纽扣上的纳粹十字，这一切都烘托着不在场的男人莫里茨的在场。拉夫甩手给了这些衣裤一拳，它们摇摆起来，带鹰徽的腰带落到了衣柜木底板上。

霍尔斯特掐住了拉夫的喉咙。“伙计，你这是大不敬！”拉夫弹跳着挣脱开去。

“你别太嚣张了，霍尔斯特！”

霍尔斯特眼睛湿润了，他的眼睛在流汗。“是啊，你说得对。可是……我从来都劝不动你，康拉德我也劝不了。你俩总是把我当傻瓜。”

“因为你就是个傻瓜！”拉夫叫了起来，“你就是犯傻，你傻到跟在劳拉夫人后面跑，那个贱货！”他走出了房间，路易斯跟着他，霍尔斯特也跟了出来。

在厨房里，拉夫从那个松绿色瓶子喝了一口，然后说，霍尔斯特一定要多到人群里走动，在这里孤零零地为劳拉夫人愁眉苦脸，不是一个男人的样子。

“我有时候回去‘皮卡迪’。”

“那里的娘儿们你还是忘了的好。”拉夫说，“再说了，搞那事儿，你又能得到些什么？”路易斯竖起耳朵听。“搞那事儿”不是让大多数人都心驰神往，朝思暮想的吗？那事儿不就是巨大忧愁的根源，但时不时不也会带来点乐子吗？

“大概你才是什么都得不到吧。”霍尔斯特说。

“没错。”拉夫说。

“不是所有人都在跳舞中找快活的。”霍尔斯特说。

在回家路上，拉夫沉默不语。快到梅尔克家门口了，他才说：“现在你自己也看到了，女人们会带来什么样的灾祸。虽然他说劳拉夫人又哭又喊，但我一个字都不相信。劳拉夫人是不会哭哭啼啼的。绝不会。哪怕用鞭子抽打，她也不会哭。”

他们听到黑克托，那只火鸡在叫。拉夫说——路易斯从他嘴里听出了康拉德那拖长了的学究气的腔调——“如果你搞那事儿搞得筋疲力尽干不下去的时候，路易斯，那你就想象一下黑克托，想想它是怎么连着三次把喉囊吹鼓的，那样你就又有劲儿干了。”

路易斯觉得这个聒噪个不停的大嘴巴蠢得厉害，但还是很骄傲能被当作搞那事儿的一分子。

“我会想着它的，到了必要的时候。”他说。

拉夫从他口袋里掏出一本带蓝色外套和烫金字样的书。“给，送你的。”书的标题是《丑陋的女公爵玛格丽特·茅尔塔夏》，作者是路易斯从来没听说过的，叫列昂·福伊希特旺格[1]。“希望能和你好好相处，但多半不会被你这么善待，不过不会因此而生你气的伙伴拉夫送你的一个小礼物。”

这本书，他是从厨房里偷出来的。“霍尔斯特反正也不会读这一类的书。”

“谢了。”

拉夫米黄色的手紧紧握住他的手。“我现在要去农夫利肯斯家了。

---

1 列昂·福伊希特旺格（Lion Feuchtwanger）：德国20世纪上半叶著名犹太作家。

一刻钟的大劈叉。给我写明信片哦。”他就这么走掉了，路易斯的这位领路人，带他见过身体烧焦的戴面具的魔术师，见过带白色大宽檐帽的女士的人。他想追上拉夫，要他“别走”，但冷漠的高傲魔鬼（他那天夜里在自己的小本子里这么写道）阻止了他；路易斯·塞涅夫不会请求任何人做任何事。

傍晚时分——他和梅尔克、维奥蕾特姨妈与让娜·热内瑟，一个患动脉硬化，所以一直吃大蒜，心情开朗的女邻居打惠斯特牌——他试着用他在拉夫那里偷学来的毫不刻意、婆婆妈妈、东拉西扯的盘问技巧打听劳拉夫人的事儿。女人们玩牌玩得太投入了，都没有大肆嚼舌头。但路易斯至少打听了出来，劳拉夫人在布鲁塞尔的路易萨大街上经营着一座淫乱的房子，整个国家的好事之徒都去那儿挥霍金钱，那些德国军官、黑市贩子和亲英派工业家；劳拉夫人可是百万富婆；霍尔斯特，她的仆人或守护人就是因为她和她那些不正经的嗜好身败名裂。

“有一点是绝对没错的。”兴致很好的让娜·热内瑟说，“她比我们所有人想的都要老。”

“她当然会保养咯。”梅尔克说。

维奥蕾特姨妈，在煤油灯下显得绿油油、胖滚滚，说：“她每天都往脸上涂痔疮膏，那玩意儿可以缩紧皮肤。”路易斯不在的时候，她们多半也是这么诋毁妈妈的。妈妈就像劳拉夫人一样被一个德国战士遗弃了，也会在没有别人看到的时候从冻结的喉咙里发出绝望的喊叫。

“我听说，她安了假牙。”路易斯说。

“这我倒不奇怪。”梅尔克说。

“她从头到脚都是假的嘛。”维奥蕾特姨妈说。

虽然要冒生命危险，因为他房间里没有窗帘，但他还是点着了一根蜡烛，读这本丑陋女公爵的书。每个名词前面福伊希特旺格都用了很多形容词。接着这些字母在他眼前模糊起来，经历了一次非常短但剧烈的罪孽之后，他睡着了；劳拉夫人幽灵般的脸从大帽子下看着他，她大张着嘴，满是情爱的呼唤，路易斯喃喃地说：“等一下，你这坏女人，等一下。”“来啊。”她边说，边红得像火鸡黑克托的肉髯。她没觉察到，在她的肩头上簌簌飘落着军灰色雪花，那是剪碎了的制服。有轨电车的铃铛在响。不，是祭坛的铃铛在响，在我和弗里格领受圣餐的时候。

“我们可以去看电影，但没有什么靠谱片儿看。”爸爸说，“《为德国策马奔腾》，韦力·比尔格尔[1]演的，当然也还算有点意思。电影讲的是一个为自己国家的荣誉而骑马送信的男人的故事。它告诉我们，不管在什么行当，都可以做个有用的人。但是我对马提不起兴趣。在‘前进’电影院，他们在放映《扬森家族斗皮特斯家族》[2]，说的都是安特卫普方言，那我们一句话都听不懂啊。”

“在‘卡米欧’有……”路易斯话刚开了个头。

“路易斯，拜托别说！”

“《爱之星》。”

“是啊，一部法国沃德薇剧。法国人就没有哪部电影里没有这些没完没了的情情爱爱和穿内衣上场的女人。

“瓦勒的弗拉芒人居然会容忍这样的玩意儿出现在他们的城镇，真是耻辱。在战前，我们看到这样颓废的电影都会一起往银幕上砸墨水瓶，那是多么严肃的年代啊。”

路易斯决定这几天就去“卡米欧”看下午场电影。关键是，这部电影是颓废的哦。就像美国犹太人和财阀那样颓废：他们去那些筹集军火费的宴会，一个个肥头大耳鹰钩鼻，抽着雪茄，手拿着大把大把的美元钞票，扔给只用邮票大小的美国国旗遮住摇摆震动的下体的跳舞女郎，扔给在一片泥沼中或装满银色小鱼的水池里摔跤、踢打、无

1 韦力·比尔格尔（Willy Birgel）：德国著名男演员。这部电影具有浓厚的纳粹意识形态宣传意味。比尔格尔因为出演该电影在二战后一度被盟军禁演。

2《扬森家族斗皮特斯家族》（*Janssens tegen Peeters*）：1939年初次上映的比利时电影。

耻地打着滚，身上每条褶子、皱纹、缝隙都肥厚舒展的女人，扔给一队黑色长袜和吊袜带都嵌进了乳白色肥腿的舞女。这一班放荡的牲畜数目还在不断增加，她们伴着萨克斯风的音乐甩开腿，那音乐的节奏嘭嘭直跳，就像路易斯的太阳穴上和内裤里挺直得让人难受的小棒儿里的动脉血管一样。

“要不去看《白马骑士》[1]，”爸爸继续说，“不过这部电影对我来说其实也没啥意思。是一八几几年的古典年代的故事。这也许对我教父来说还行，他喜欢古典的东西，但我不会再带他去电影院了。他整个过程都让人心烦，因为他就是不会看电影。连最简单的情节都看不懂。电影上要是出现了一个女人，他根本记不住她是主人公的妻子、女儿，还是母亲。‘她干吗要哭啊？’他问，‘两分钟之前她还在笑啊！’但很多伟大人物都是这样的。在他们擅长的领域之外，他们就是些大孩子。他们对所有东西都要找一找背后有什么。我们这些人从来不觉得有什么问题的东西，他们会想得复杂一千倍。算了，我想我还是去‘格略宁尔’参加聚会吧。你呢，你最好弄弄你的拉丁语或数学。”

这天晚上，在“卡米欧”，吉内特·勒克莱尔[2]，一个刘海几乎齐眉的童颜女子穿着黑丝袜和内衣裤在银幕上站了好几分钟。一个留着刺猬短平头的工人在安慰她，手摸着她的黑毛绲边衬裙里的臀部。路易斯也跟着摸，摸着自己的身体。警察们在巴黎的地铁里没完没了地跟踪飞贼们的时候，尖利的法国嗓音在闪着白光的小石子所覆盖的墙上回响的时候，路易斯从他这楼座第一排往后看，虽然那儿比银幕上的亮白和黑暗要模糊，但他还是清清楚楚地看到了他父亲那头发稀少的粉红头顶。父亲一动不动地坐在那儿，帽子放在膝盖上；只有手在动，机械地从一个小袋子里取出糖塞进看不见的嘴里。

电影快结束的时候，那两个哀哀切切的法国人还在磨磨叽叽地缓

---

1 这是根据德国小说家西奥多·施笃姆（Theodor Storm）的一部同名小说改编的电影，小说发表于1888年，说的是北德海边的一个鬼故事。

2 吉内特·勒克莱尔（Ginette Leclerc）：法国电影女演员，1933年开始拍电影。

慢和解，路易斯就已经跑回家了。

“今晚怎么样啊?”他问父亲。

“什么怎么样?”

“聚会怎么样?”

“哦，还不又是弗拉芒民族党和德国弗拉芒工人联合会之间扯皮。他们怎么可能做到意见统一呢？每个人都只维护自己的利益，没有人愿意退让。这就是弗兰德的厄运，那么些年号称民主的吵吵嚷嚷就得了这么个遗产。”

学校院子里骚动异常。蛋头站在其他教师之间做着手势，路易斯想:“现在终于到这一步了，他已经突破了界限，发疯了。这我早就预料到了。”但他接着又看到，两个毕业班男生被带走了。四个戴帽子（其中一顶毡帽路易斯很熟悉）的男人攥着他们的胳膊。他们低着头，嘴里嚼着口香糖，从激动的、叽叽呱呱讲个不停的学生们身边走过，走向大门。

“索伊斯特是有犹太血统吧?”

“他们在课桌里藏了无线电发射机。”

“要不就是他们被送去德国做工。我就总觉得柯讷看上去年纪已经大了。”

“他们有的受了。盖世太保可是开不得玩笑的。”

“想做英雄，好啊，不过事发了要受罚的时候，就别抱怨。”

“他们的口袋里被人搜出了粉笔。现在在查这些粉笔是不是用来在墙上画锤子镰刀的那些。”

“最好他们再惹点事儿，这样学校就会关门了，嘿哈!”

“那我们毕业考试怎么办，你这个笨蛋!”

提奥·冯·巴梅尔把着车门，男生们被推进车里。冯·巴梅尔自己坐在了副驾驶座上。

蛋头脸色灰白。罪责压在了瘦削低垂的肩膀上，掏空了脸颊。

“阁下。”

“别来烦我。”教士哼哼道，“滚吧。”

发柠檬口味的维他命药片了。路易斯一个接一个地吮了个遍。饥饿还在噬咬人。

在宗教课上，蛋头如此疲弱，他的解说里居然没有掺入一句之前听到过的论辩语调和说辞。听上去模模糊糊的像是在奥斯坦德。他这个灵魂牧人，变成了一个渔夫，不过不是照管我当时做使徒佩德鲁斯那样的灵魂，而是白鲑鱼、大西洋鲱鱼、西鲱鱼、酸腌鳐鱼的灵魂。路易斯嘴里流口水了。

“如果你爱教会，你就必须放弃，这是白纸黑字写下来了的。放弃，不是为了教会，而是通过教会放弃。”

“那就放弃啊，金盆洗手啊。你那些废话，我反正早就放弃不听了。”坐在路易斯身边的伯纳多说。

路易斯凝视前方，看蛋头怎么长袍飘扬地跑过走道，像一只展开翅膀的蝙蝠，在地下室里找到一只金盆，洗手。

“我首先是个教士。我怎么被挑选成为教士的，这是圣恩的谜。就像某些世俗职务的授予一样，这是无法用理智来解释的。有些世俗的任命也会落到你们头上，你们这些男孩，在某一天，就像今天一样的一天，会变成男人，为此承受磨难。想想看哦，小伙子们，上帝有时候会以无法参透的方式，将那些执着地追求正义和真理因而得到他宠爱的人，交出来，交给……

“（说出来啊，勇敢点，大喊出来！）

“……那些黑暗的力量。

“（懦夫！要说出名字！职位！）”

当那几个男生在院子里被捕的时候，蛋头往他们走掉的方向画了一个祝福的十字。路易斯看不到他们有什么反应，看不出这是不是一个盟军的暗号，因为他赶紧躲到了化学教师的背后，他害怕戴着毡帽的无所不见的提奥·冯·巴梅尔会发现他。

“所以，小伙儿们，我们比往常要更捏住鼻子——不仅仅是因为我们自己的倦怠和懒惰发臭，也因为我们这样才能埋葬我们的死者，欧洲心脏里的死者。”（类似的话，水闸看守房里那位眼窝深陷的水手也说过。）

坠落到瓦勒的天使霍尔斯特现在又表现出了怎样的一副模样啊！疯傻、难看、让人心碎。就像十字军从自己朝思暮想作诗歌颂的贵妇那里得到了一条往往是绿色的小围巾，在他们把土耳其人驱赶出圣地的那么多年里都随身携带，从来不洗一样，霍尔斯特也穿着劳拉夫人的一件粉红色滑雪衫，这多半是他本来要送去清洗的那件。在他的弗拉芒卫队制服的蓝色裤子下面露出一双自行车赛手鞋，看上去小太多了。

他坐在熄了火的壁炉旁边，怀里是一个小包裹。路易斯说，他父母不在家。

“我有的是时间。你就接着做你的家庭作业吧。”霍尔斯特读了一会儿《民族与国家》，然后把这报纸扔到了壁炉上，目光僵直地发呆。

他们玩马尼拉[1]。路易斯输了六法郎。

“不过你每次拿到的牌都挺差的。”霍尔斯特大度地说，“这倒让我想起来了，你上一次在我那儿的时候，是不是不小心拿走了一本关于女公爵的历史书？”

路易斯的脸一下子变得通红。霍尔斯特发觉了。“嘿，那本书你尽可以留着，我不需要了。我只想告诉你：如果有人问起来，你是从谁那里拿的这本书，你绝不能说是我给你的。”

“当然咯。”

“不然我可会倒大霉的。”

“我什么都不会说的。”

---

1 马尼拉：一种法国纸牌游戏。

“你读完了吗？”

“还没有。快了。”

“你知道，你要怎么做吗？把你的名字写进去，写在最前面。如果有人问，你就说，你是在街上找到的，在一个垃圾桶里。”

他指了指《民族与国家》的封面页。“瞧这儿，你仔细看看。”一个瘦得不成样子的雅利安人穿着黑色的制服对一群胆战心惊的大鼻子侏儒拳打脚踢，犹太星[1]像蝴蝶一样四处乱飞。

“这真糟糕。”霍尔斯特说。

“是啊。犯傻。蠢。”

“画得非常糟糕。”霍尔斯特说，“肩章没有画对，你都看不出这位同志是什么军衔。”

他把小包裹递给路易斯。“这是给你母亲的。别忘了告诉她，说这是劳拉夫人的，劳拉夫人向她问好。”

“谢谢。”

“刺激吗，那本历史小说？”

“很刺激。写得很好。”

“你还想要更多这样的书吗？”

“想要。很想要。都是福伊希特旺格的吗？”

“也有别的作家写的。说不定我还能弄到一些来。友情价。但绝对、绝对不能让任何人知道。我这么干可是提着脑袋的。”

他穿了一件粗呢雨衣。这也是被炸到空中的莫里茨留下的一件遗物吗？

小包裹里是一根瘦猪肉馅做成的又长又软的香肠。路易斯在《民族与国家》里读瓦隆军团的消息，他们在切尔卡瑟[2]冲出了包围，那儿差点儿就成了第二个斯大林格勒。同时他吃着香肠。爸爸和妈妈都没出现。他一杯接一杯地喝水。香肠吃到一半的时候，劳拉夫人的这份

1 纳粹德国时期，犹太人必须佩戴大卫星出门，表明自己的犹太人身份。
2 切尔卡瑟（Tscherkassy）：乌克兰中部城市。

礼物看上去突然显得这么可怜，他只好将这让人反感的半截也吞下了肚子。包裹的纸他扔到了爸爸的切割机后面。

妈妈回家的时候，她没有向路易斯打听爸爸，也没有问学校或家庭作业怎么样了。她坐在刚刚在霍尔斯特的水泥体重下下陷了的编织座椅上，但却没有发觉。她呆呆地看着路易斯身边的椅子，上面坐着他的小弟弟，这么多年来一直随着他一起长大，从不会哭，从不会（也不会毫无声息地）抱怨、从不会吃东西（连香肠和黏黏的面包都不吃）的一个干净、温顺的乖孩子。

不论是索伊斯特还是柯讷，都再没出现在校园里。两个在某一天就成了男人的男生。如果索伊斯特真的有犹太血统，那为什么之前没有人发现呢？

怎么才能看得出来呢？路易斯能比较快地猜到，谁是从哪个地区来的，而且不单单是从他说的话听出来的。比如说，阿尔斯特[1]的人都是死性不改的悲观主义者，阴险又多疑；奥斯坦德来的都是见过世面的，立刻就会把你叫作他们的朋友，在他们掏空你的口袋的时候，因为他们从小就学会了哄骗游客，不过你又没法生他们的气，因为他们总是乐呵呵的；代因泽[2]的居民都是大老粗，但是热情，自己讲笑话的时候笑得最大声；这儿的人呢，瓦勒人爱虚荣、果断、神经质，因为我们离法国近；还有——圣母教堂的单调钟声响了起来，风减轻了这声响。莫娜姑妈在烤土豆。不是用外皮几乎烤焦的那些粉粉的熟土豆，而是生土豆，因为要保留维他命。

“这大钟让我心烦，路易斯，它真会让我发疯的。这就像是一场庄严的葬礼，钟声响起的时候。”

希采丽在桌上摆餐具。“在工人那儿，钟肯定不会响这么久。”

“路易斯，爪子别碰土豆。”莫娜姑妈叫道，“你可以耐心等到它们

1 阿尔斯特（Aalst）：比利时东弗兰德省的一座城市。
2 代因泽（Dainze）：比利时东弗兰德省的一座城市。

好好儿放到你盘子里再吃。”

索伊斯特和柯讷所参加的那个志愿军队伍的其他人，为了报复这两个人的被捕，爬进了圣母教堂的塔楼里；他们中有一个人之前送了教堂司事一支浸有美国毒药的复写铅笔，因为他们打听到这个司事有把铅笔塞进嘴里的习惯。

大钟为他们的朋友，因为里通外敌罪而坐在牢房里的英雄唱响了挽歌。路易斯将浇了汽油的一个布包塞到一辆悠悠闲闲开过他身边的马克三号坦克，点燃了它。德国人大喊亲娘的垂死呼号响彻了街道，而教父（站在药房对面的银行大楼的壁龛里）惊慌失措地看着一片火焰。

但是，后来晚上的时候妈妈说，葬礼是给奥迪尔，脏塞弗的那个小脑袋朋友举行的；盟军在萨莱诺[1]登陆，而奥迪尔本来在那里保护如今又对德国宣战了——永远可耻——的通心粉佬们，然后阵亡了。“在这个苏醒了的，但又堕落了的世界，没有朋友，没有盟友。”路易斯在他的本子里写道。然后又把“苏醒了的”改成了“奇特的”。

爸爸和路易斯坐在火车里，周围都是大声喧哗的穿制服的。爸爸在最后一刻命令路易斯脱下了白袜子，因为这会惹麻烦。布鲁塞尔今天整个都落到了弗拉芒人手上，而像亲英派那样穿白袜子，在这样一个日子里就是挑衅。“但这只是网球袜啊！”“都一样。”爸爸吼道，就好像他知道他们是被驱逐的劳森吉尔留下来的一样。“你要留心照看好这些袜子哦。”妈妈悄悄对他说过。

“哈，今天布鲁塞尔的那些吃青蛙的家伙[2]只有一个胆敢挂出比利时的三色旗，你猜会发生什么。我们的人到时候可就拦不住了。他们只要看到一枚比利时勋章，都会让布鲁塞尔变成灰烬，包括法院，还有其他七七八八的。他们会感受到我们的势力的！”

“我们的势力？你不属于任何势力啊。”

---

1 萨莱诺（Salerno）：意大利北部港口城市。
2 吃青蛙的家伙是对法国人或说法语的比利时人的轻蔑称呼。

“不是非得属于一个组织才能感觉到自己是个弗拉芒人。你的想法难道就不能稍微开阔一点吗？如果你想一直这么跟我唱反调的话，那最后就在布鲁塞尔南站下车。你自己一个人也找得到回家的路。你带了护照吗？”

“我带了身份证。护照是出国的人才要用到的。”

爸爸再也不说一句话。穿短裤，拿着卷起来的大旗和三角旗的男孩子走过了车厢，引发了他的忧伤，关于我，这个被赶出他们队伍的我，他的这个独生子，独来独往的懒散鬼，感受不到一个集体里才可能出现的激情饱满而无处不在的生命之火，只能这样凋谢的我。

在布鲁塞尔的小萨布隆高地开始的环游队伍，路易斯和他父亲可以在最后一段加入，远离了鼓手、笛子手和穿制服的人，跟在穿星期日礼服的先生们挤挤挨挨的行列后面。周围的市民不对爸爸的胃口，他们看上去像是国会议员在开大会，他叽叽咕咕地发着牢骚。他包了金属薄片的鞋后跟在大街路面上咔嚓直响。他不知道大家唱的歌的歌词，他哼出的“啦啦啦”融入了一片震天响的歌声里。

一个小时以后，爸爸累了，被太阳晒伤了。他用打了结的手帕遮住了自己的脑袋，就像是橙子上盖了张薄纸；橙子滚动的时候，就是一只没有脚的白色螃蟹在房间里跑。

“大家都在看你呢，爸爸。”

“那我就该活活被烧死吗？”

“很快就会有‘黑卫队’的人过来，以为你是在取笑他们，把你头上的手帕扯掉的！”

爸爸立刻就把手帕收了起来。他又走到人行道上，走进了布鲁塞尔人之间，举起手臂行奥林匹克礼[1]。最后一排队伍已经变瘦了，人们拖拖拉拉地走着，就像是走在一口棺材后面一样。

现在爸爸才发现，他忘了带他的食品券。用路易斯的，他们刚能

---

1 传说出自古罗马帝国的敬礼方式，曾在最早的国际奥林匹克运动会中使用。行礼者举右臂，右手前伸。这与纳粹德国时代的希特勒敬礼极为相似。

买两个涂果酱的大号三明治。“你看看，我们多么英国化，三明治。”但是，他的愠怒更像是演出来的，他太累了。

“我饿得快要死掉了。”路易斯说。

“你吃得也太多了。比利时人还从来没有像今天这样从身体到灵魂都这么健康，虽然他们还得勒紧裤带。有些民族只吃黏土，还觉得好吃。不过……我们可以去贝斯滕市场，他们在那儿卖不用券的马血肠。可是贝斯滕市场在哪儿呢？”

“我们可以问问别人。”

“问一个吃青蛙的比利时人吗？”

在一个有数以百计的不同花草的小花园，就是死去了的独眼莫里斯·德·波特会弯腰寻找野薄荷和铙钹花或白头翁草的地方，他们坐在了一条板凳上。路易斯像头猞猁一样留心在意，好在爸爸从口袋里拿出核桃巧克力条偷吃的时候能逮他个正着。少数几个路过的比利时人说法语。

“是该清理清理比利时的时候了。从中世纪以来，比利时就属于我们弗拉芒人。在侯爵扬一世、二世[1]等君王的时候就是。”

“侯爵们说的都是法语，爸爸。”

“这是谁说的？他们在学校里就是这么教你们的？我这个星期才刚刚读过历史书！书里讲的就是沃林恩之战[2]和在一次比武中掉下马的扬一世。你对我们自己的历史知道得太少了，小伙子！根本没有人说过他们说法语。修建了狮子商行的扬二世在给工人发号施令的时候也是用的法语吗？”

“扬二世说的是英语。”

“别瞎胡扯了！你这是摆明了要惹我发火啊。”

---

1 侯爵扬一世（Herzog Jan Ⅰ）和侯爵扬二世（Herzog Jan Ⅱ）是在13、14世纪统治比利时地区的君主。

2 沃林恩（Worringen）位于今天的德国科隆。1288年在此地的战役结束了林堡继承权之争，扬二世随后获得对林堡的统治权。

“他是在英国长大的。他的岳父是英国的国王。”

“我不会再跟你说话了。”爸爸说，接着却又说，“我们可以扭断一只鸽子的脖子，用干树枝在这儿生一堆火，就像我和可赛恩斯横穿法国的那些美好日子里做过的那样。”

圣灵之鸟[1]们嘴里衔着橄榄枝坐在安格丽特宾馆的屋顶和屋檐上。

“有什么能阻挡我们吗？去吧，去吧。就假装我们是住在宾馆里的，我们顺着扶梯爬，爬到屋顶上去……”

“啊，最好还是不要了。我曾经爬过凡岩洞[2]里的礁石，就因为你母亲在1936年非要我去爬不可……再说了，那些鸽子太经常吃毒饲料了，都是想吃它们的布鲁塞尔人喂的，所以它们都免疫了。身上到处都是砒霜。哪怕在锅里煮上整整一个晚上，你只要咬上一口就完蛋了，你就会浑身脓肿……”

“黑卫队”的人唱着歌，骑着自行车路过。黄昏降临，天边一道粉红色的霞光将大教堂的剪影化为一座深蓝色的清真寺。昏昏入睡的爸爸继续走着，用礼帽扇干自己冒汗的脸。

“来吧。梳梳头发。时候到了。要记着，不论你现在遇到什么事儿，一定要守口如瓶，对谁都不许说，不然就会惹祸上身的。”

他们越接近路易萨大街，爸爸的脚步就越不稳，他在骑自行车的人和满满的有轨电车之间就走动得越紧张。

“朝前看，快，一直往前。”他从牙齿缝里说出来，在他们走过一座富人豪宅的时候，豪宅门口停着德国军队卡车和一辆装甲坦克车。爸爸还一直看着这房子，而他们已经走到了下一个路口。爸爸突然开始跑，一边跑还一边牢牢拽住自己的礼帽。他拐进了一条小街。在一扇窄门前，他气喘吁吁地停了下来，整了整路易斯的领带，打量了一下他。“从现在起，你就要遵守保密的规矩了。”

一个“黑卫队”成员打开了门，看了看自己的手表。

---

1 在基督教的图像隐喻中，鸽子用来象征圣灵。

2 凡岩洞（Grotte van Han）：比利时南部的著名岩洞。

"您来太早了。"

"霍尔斯特说的是八点。"爸爸撒谎道。

"不管霍尔斯特怎么说，我是这儿值班的。"

"我们约了八点的，同梅涅尔约的。"

"梅涅尔？"

"梅涅尔同志，我是说。"

一个脸上有雀斑、身材瘦长的布鲁塞尔人带他们进了房子，说：夫人马上就来；不许抽烟。但是桌上就有两个鸭子形状的乳白玻璃烟灰缸，里面塞满了烟蒂。一个瞎眼埃及女神的青铜头像。一个看上去像摩天大厦的小架子。门构成了有粉蜡笔色窗户的楼层。一架屏风，上面有羚羊和火烈鸟在一座湖的金色波涛中饮水。一面带水晶鸟羽的镜子。一条狐狸毛毯座盖在一座杏色长沙发上。爸爸格外仔细地打量着一只雕花彩釉盒。

"这至少有一百年了。说不定还更老。是拿破仑时代的。"

劳拉夫人走进了房间，从爸爸手里拿走了盒子。

"是1744年，路易十五时代的。"她带着青铜埃及女神像的微笑说。

"我还以为是路易十四时候的呢。"

"不，路易十四不喜欢鼻烟。没有人敢在他附近抽鼻烟。他自己总是含药丸来防口臭。"

"这我也听说过。"爸爸说。

她穿了一件黑金色日本和服，上面的图案和家具上的很搭配，是风格化的燕子和菊花。从有尖角的宽大袖子里伸出了不带任何首饰、丰满、明亮的胳膊。我一定要告诉妈妈她梳的发型。她头发往两边梳开，形成一个半遮住眼睛的波浪。皮肤紧致地铺展在宽颧骨上。痔疮膏。她没有看爸爸。

"我听说过很多你的事儿。"

"从霍尔斯特那儿听说的？"路易斯问。

"他说，你不仅读书，还会把书里写的都记住。"因为又有人拿他寻开心，因为他又面红耳赤了，因为他想阻止这样下意识嘲讽人的口舌演习战，所以他耷拉着下嘴唇，稍稍斜视，轻声说道："我最爱看的是《伍奇和瓦皮》[1]，或者《菲克和佛克》[2]。不过《伍奇和瓦皮》是我最爱的。"

爸爸一下子手足无措。他把一个乡巴佬带进了这座优雅的布鲁塞尔公寓里。他猛烈地清了清嗓子。

劳拉夫人把她那云灰色的眼睛眯成了一条缝，就好像她要保护它们不被香烟熏到一样。"哦，《伍奇和瓦皮》。那伍奇和瓦皮都做些什么？"

"他们会做恶作剧。向所有那些印第安男孩一样。如果瓦皮受了惊吓，他总是叫：神圣的槟了个邦！"

"您这儿真不赖啊，劳拉夫人。"爸爸用激动的语气说道。

"神圣的槟了个邦！"这个让拉夫、霍尔斯特、阿尔曼德舅舅和炸飞了的电车上的那个莫里斯都神魂颠倒的女人重复道。她哈哈大笑，笑得销魂，笑得感染人。"神圣的槟了个邦！"她喊道。维奥蕾特姨妈恨她，可是路易斯希望那厚厚的宽嘴唇能贴上他滚烫的脸颊。

瘦长的布鲁塞尔青年，他也可能是瓦隆军团的便衣成员，他往打磨得闪闪发光的杯子里倒波尔图葡萄酒。爸爸转动着自己硬袖口上的纽扣。"我们现在也许可以谈谈生意了，劳拉夫人。我就开门见山吧：那些书多少钱一本？我当然要先查看一下，才能估计出来它们值多少钱……"

"我不做生意，先生。"

"啊，我还以为……是我弄错了吗？我还想……"

路易斯丢下了傻瓜的伪装。她觉察到了。他觉察到了她的舌尖。

"我这么做只是——我知道我要冒多大的风险——只是为了您的儿子。霍尔斯特给我说过，呃，路易斯……是多么想读书。我觉得我有

1《伍奇和瓦皮》（*Ukkie van Wappie*）是改编自美国漫画的一套荷兰连载系列漫画。
2《菲克和佛克》（*Fik en Fok*）其实就是《伍奇和瓦皮》的弗拉芒语版。

义务让他手上有点别的可读，而不是现在年轻人们被迫要读的那些菲利克斯·提默曼斯[1]和斯泰因·斯特罗福斯[2]的乡村故事。”

“还有叙利尔·费夏福的。”路易斯放肆地大声叫道，他朗诵了起来，“在琐细无可留存之处，在它们只能独自生存之处，那些海鸥……”

“路易斯！现在够了。”爸爸叫道。

她挑逗地跷起二郎腿。“再来一点儿波尔图酒，塞涅夫先生？”她那暧昧模糊的嗓音里突然冒出了一个酒吧女郎的粗哑腔调（我要在我的小本儿里记下来，在我房间里嗅来嗅去的妈妈说不定这会儿正巧在读我的笔记本呢，不，妈妈不会对这些鸡毛蒜皮，对我这封锁起来的生活感兴趣的），我还从没有靠近观察过一个酒吧女郎。这里现在有了一个。我之后一定要记下来，她有一双猫的眼睛，猫科猛兽的。这样写会不会太平庸了？可是事实就是这样啊。她的眼睛有时候还会放出光来。

“不，谢谢。不用再上波尔图酒了，谢谢，劳拉夫人。就这一杯，我都已经上头了。”

“来吧，再喝点，像您这么一个高大强壮的男子汉。”

她抿了一口自己的波尔图酒。

“最近有两本赫胥黎很中我的意，路易斯。我可以推荐给你。《针锋相对》是放在斐·克罗瓦泽的绿皮书系列里出的，我这儿至少有二十本吧。”

在切尔卡瑟看过密密几排亚洲人朝着他的位置汹涌冲来的那个瓦隆军团士兵走过来通报说，理发师到了，在客厅里等。

“你得向我保证，路易斯，很快就要再来哦。”

“我向您保证。”路易斯说着，偷偷看了看那士兵有没有狡诈地朝她挤挤眼睛或在他那“我忠诚我光荣”的灵魂（瓦隆军团眼下已经并

---

1 菲利克斯·提默曼斯（Felix Timmermans）：20世纪弗拉芒语的著名作家，三次获得诺贝尔文学奖提名。

2 斯泰因·斯特罗福斯（Stijn Streuvels）：弗拉芒语重要作家弗兰克·拉提尔（Frank Lateur）的笔名。

入党卫军了）深处哈哈大笑。

“或者我也可能到巴斯特赫姆去看你。因为我们马上要结婚了，安德烈·霍尔斯特和我。说不定你有时间来参加招待宴会。婚礼只会在小圈子里举行，但招待宴会，我会邀请所有的朋友。”路易斯离开了她，上帝在第七天为他，路易斯造出的这个人，因为他的手指在发痒，所以手指像橙子薄纸下面那只螃蟹的脚一样被砍掉了。她那双笼罩在阴影里的灰色眼睛带着嘲讽的忧愁，如果有这种忧愁存在的话，追随着他，看得他不由转过脸去。因为她以为他是在斜着眼看那只路易十五时代的鼻烟盒，就像一个典当商人或旧货商人一样，所以她说：“这当然是个仿冒品。”她那感染人的大笑，“如果这是真的话，那我就成了百万富翁了。”

站在楼门口的那位“黑卫队”男人（是个门房，因为他没佩戴武器），带着他们走过空空的走道，顺着楼梯走到了一个地窖里，那里有成堆的无烟煤。

“这儿闻起来像是可以烧好多个冬天了。”爸爸悄悄说。他们在煤堆上爬。“如果要给整栋楼那么多高房间取暖的话……”门房说，“多一公斤少一公斤，对他们来说都不是什么问题。”

他用肩膀抵住一扇有点卡的门。“好了，规矩您都知道的。不要叽歪了。要和老鼠一样安静。”这两只安静的老鼠，不要叽歪！点点头。

“连咳嗽都不行！”

“明白。”爸爸说。他整个儿倒在了一捆书上，拉了路易斯一起。他们听到钥匙在锁里转动。

这个房间里有黯淡的光，是一个地窖小窗漏下来的。一个工作得太多已经发了疯的图书管理员整天都把成百成千的书四处乱扔。地板也是横七竖八堆积的书形成的一个小山包，这些书都是从小窗里扔进来的，或者是用一把巨大的铲子像煤一样倒进来的。不，不对。书是靠着一面墙一直摞到了天花板。跌跌撞撞的囚徒就这样逃出去了，而书塔就倒塌了。爸爸费劲地站了起来，坐在了一堆字典模样的红皮书上面。是《海因里希·海涅文集》。他拧亮了一支手电筒。

他要路易斯把用皮革包装、带插画的书都摞成一垛。如果是一套文集，他就必须把所有的分册都找齐。“如果不完整的话，就一个法郎都不值了。最好是法语书，我的顾客里要法语书的更多一些。这真是丧失尊严的事儿，但是出得起钱的，读的都是法语书。”

不过看起来法国人没有出版皮革包装的高价书。糟糕的是，居维叶的《动物界》[1]缺了第四册和第七册。动物都是用手细描细绘出来的。“要完整的，我说过的！”爸爸撕下了几幅画，一张是食蚁兽，一张是企鹅，一张是红尾蟒。“给你母亲的，她对野兽很是着迷的。”

“亨利·巴比赛[2]，”路易斯念道，“在《日本大帝国》上面。”

“不要纸板包装的，我说过了的。”

过了几个小时后，爸爸觉得已经够了，已经有两大垛了。他在书之间给自己整出了一小块舒服的空地，卷起了膝盖。他打起鼾的时候，路易斯从他的大衣口袋里钓出了手电筒，开始读《针锋相对》；书里讲的是修养高但无聊的英国女人。他又读《横断面》，一本杂志，里面有的文字和保罗·凡·奥斯特泰因的诗歌挺像的。他又读雷马克的《三个战友》。这三个战友在年末集市上往一个木棍上扔圆环，结果赢了所有的奖品，因为他们在14—18年的战壕里就没有做过别的。虽然集市店铺的老板怒气冲冲，但他们一直不停手，这个可怜的傻瓜就只能一个接一个地把布娃娃送出来。当这三个战友中的一个在他的情人之前醒来，他赶紧去刷了牙，好在她醒来的时候自己呼吸清新。路易斯读巴比赛的《地狱》，有人在一家旅馆的房间里的一面墙上钻了一个洞，这样他就能看到隔壁房间发生的一切了，包括那个长着毛的黑色三角。他读得快起来，从罗伯特·诺依曼[3]的《史特伦湖》和以瑟列尔·奎丽

1 这是法国18世纪动物学家和自然研究者乔治·居维叶（Georges Cuvier）写的重要著作，分门别类介绍了所有动物。

2 亨利·巴比赛（Henri Barbusse）：法国作家，因写战争小说而出名。

3 罗伯特·诺依曼（Robert Neumann）：奥地利20世纪著名作家，二战期间流亡英国，也用英语写作。

朵[1]的《旧世界》的这里那里挑了几段读。因为读得太快太贪多而头痛的时候，他就看看阴毛通红，屁股上有鞭痕的肥胖裸体女人的画像。格罗茨[2]。“胖女人们当然觉得有乐子，能照着奇特的样板、疯狂的样板去生活……”

在一期《精选》上，他找到了风格化的胖墩墩的女人，是弗里茨·冯·德·贝尔歇画的。那个时候，就在西蒙娜带着她的悲伤第一次出现在路易斯的人生中的那一天，一个黄绒毛的猴子曾经大肆藐视过这个画家。一个肥肥的裸体女人，冒着小尖儿的胸像黑线鳕的眼睛，四肢张开躺在那儿，一个戴蝴蝶结的男人在一个山谷的近旁抽烟。一个农妇同时给三个小男孩喂奶。路易斯的眼睛不知不觉地合上了。他又睁开眼睛。一阵持续的吼叫。沉钝的敲击声。吼叫的男人在抵抗。三四个粗暴刺耳的嗓音断断续续地响着，像是在模仿德国人的号令，机械、墨守成规、不容反驳：“你最好马上就——你这贱货——我们都知道——你还不肯说——快，都倒出来——还想要啊？——一月十二号凌晨两点。”

“该死，”爸爸轻声说，“他们把他整惨了。”

“他们就在隔壁。”

“不，不，是在院子的另一头。”

可能是霍尔斯特在受拷问，因为他偷偷把他们带进了禁区，带进了颓废的犹太人宣传过的让人亢奋的天堂。

“是霍尔斯特。”

“瞎说，”爸爸说，“弗拉芒卫队不会做这种事儿的。这不是他们的风格。你没听出来这些是林堡人吗？”

水管里发出了咕咕噜噜、刮刮擦擦的声音，铁门关上了。那个男人现在像个女人一样尖叫，最后只是在哀叹：“上帝啊，上帝啊，上帝。”蛋头说过：“上帝只会在他的造物呼唤他的时候到来。”皮靴在铁

---

1 以瑟列尔·奎丽朵（Israël Querido）：荷兰作家，自然主义代表作家。
2 格罗茨：乔治·格罗茨（George Grosz），德国现代主义画家，以色情讽刺漫画闻名。

楼梯上蹬蹬蹬往上又往下，一辆卡车的引擎响起来。

“他们把他打死了。”

“闭嘴。”

“不小心打死的。他血管不好，这个他们不知道。只要往太阳穴错打了一下……”

“说什么呢。他们是放过他了。他都说了，名字和地址。”

“他们强势啊。四对一！”

“这又不是拳击赛。也只能这样办了。不能再任由他们一拨又一拨地射杀无辜的弗拉芒人，在火车下面放炸弹了。我们必须要好好教训他们。”

“如果他们教训错了人呢？如果他什么都不知道呢？”

“那他们就不会抓住他不放了。如果他们真的弄错了，在拷问的时候发现他没有干坏事，那他们就会向他道歉，把他放了的。”

“他们怎么发现得了呢？”

“他们是专家。他们是在专门提供这样的培训的大学里学过的。现在别再提你那些愚蠢的问题了。”

在接下来的一刻钟里，爸爸一个接一个地放屁。“都是神经紧张的缘故。再说了：该来的总得来。人一天至少要放七次呢。不然就得去看医生了。”

在路易斯放到一边的书里有一本叫《玩偶》，里面有张相片是他认识的。他在家里有一个文件夹，里面保存了不少剪报——文章、漫画和插图。那张相片就放在右下角，一个双面插图上，插图在用例子说明古典艺术和犹太艺术之间的差别。得胜的裸体战士有着细密、均匀、卷曲的阴毛，就像大理石做成的火焰，他们挥舞着火炬。充满母性的妇人胸口抱着一个孩子。还有身体健壮，经历风吹雨打的船员。而另一边是像蛋卷一样软塌塌的钟表，破碎的机器人模样的侏儒或除了菱形格子什么都没有的画，就像是块擦手抹布。《玩偶》里的这张相片很清晰，上了色。在秋叶满树的树林里站着一个裸体的人形，像一个女人那样丰满多肉，但这是个玩偶。可以看到膝盖上、腹股沟上和大腿上的关节。这玩偶没有脸，也没有肩膀，因为从她的肚脐又朝上长出了一个肚子，带着大腿小腿的。玩偶的上面和下面的脚上都穿着翻卷的白色袜子和黑漆皮鞋。下面的脚在金色树叶做的床上往两边叉开，就像查理·卓别林那样，脚旁边摆着一条揉成一团的格子裙。两条大腿之间拱起来的浅土色小块，也可以分裂开来做出芭蕾舞的交织步，一直都是模模糊糊的。借着地窖小窗里漏下的最早的晨光，路易斯认不出太多东西。隔着一点距离，在两棵梨树背后站着一个男人，也没有头，手插在口袋里。他穿着暗色的大衣，肚子贴在一个树干上。尽管他没法看到玩偶——就算他有头，梨树也遮住了他的眼睛——他是一个目击证人，是刚发生的罪行的同谋。他的形体与霍尔斯特的相似。但我才是盯着这个在尸体解剖之后急急忙忙拼凑成个大怪物的残肢和下体看的人，我这个长了多余的脑袋的家伙，用我那拼命伸展的神秘玩意儿往梨树的树皮上，往一切障碍物上撞的家伙。

爸爸从他手上拿走了薄薄的书。“他们做的是对的，这样的污秽就该毁掉，烧掉。”

“给我！”路易斯哼哼道。奇怪的是爸爸真的还给他了。

门房来释放他们了，他带来了两个印刷纸板做成的崭新的箱子。“这里好臭。”他责怪道。

“我还以为，您不会再出现了呢。”爸爸说得就像个幸福的情人。

“本来这儿在星期日是不干活儿的，但情况紧急。您可能已经听到了。”

“模模糊糊听到了一些。”爸爸说。

“他们把他射死了吗？”路易斯问。门房火了：“你没听到，你什么都没听到，懂了吗？”

“您用不着跟我们说两遍。”爸爸说。

箱子非常沉。火车迟到了好几个小时。

他们在客厅里把书拿出来。“我们明天按字母顺序来整理整理。”

爸爸说，“现在我要去睡一觉。”

路易斯梦到了两只涂成彩粉色的犰狳，它们在天堂般的树丛里嗅了嗅，然后笨拙地爬上了在瓦勒塔楼下竖起的木制绞刑架，一个插了旗子挂了花环，摇摇晃晃的架子。上面站着索伊斯特和德·科讷，嚼着口香糖，腰带上别着童子军百合徽。回旋的鼓声轻轻响，是序曲。他想去他们那儿，因为他们朝他投来了乞求的目光，妈妈说："好吧，去吧，你可以帮他们，但首先你得梳梳头。来，让我来给你梳。"

路易斯没法反抗，他把头放在她的膝盖上，就像放在砧木上。从有孔雀眼的裙子下面，她掏出了一把滚烫的火钳。“妈妈，我来得太晚了。你听，鼓声越来越响了！你抓紧一点！求你了！”可是她没有停下，继续卷着他的头发。润发油嗤嗤响。

劳拉夫人，其实那会儿已经结了婚，不过是悄无声息地结的，贝尔沃茨，那个门房告诉他们。他们再也没见过她。有五个星期，他们每个星期六晚上都坐车去取书，不过没有再在布鲁塞尔过夜。纸板箱现在已经几乎要四分五裂了。

路易斯抚摸着放在他卧室里的书的彩色书脊。大部分书他都是一目十行挑着读的。《针锋相对》他读了一半就丢开了。但格奥尔格·赫尔曼的《小耶特·吉伯特》和《亨利特·雅克比》[1]他几乎每一句都读了。“你现在又在犯什么毛病？”爸爸发现他满脸泪痕地站在阳台上的时候问。

“那些犹太人，不论在哪里都遭人嫌弃，不论在哪里都被人驱赶，命运对他们真是太不公平了。”

“这是那本书里写的？”

“不，可是我可以感觉到。”

“犹太人就会说些动人的话。”

---

1 格奥尔格·赫尔曼（Georg Hermann）：德国著名犹太作家，二战期间死于奥斯维辛集中营。他这两部作品是当时的畅销小说，均被改编成了电影。

“但他们说的是真话。”

“对一个犹太人说的真话，你一定要多怀疑怀疑。”

“那你说的真话多半是不用了吧！”

“所以你犯不着这么哭哭唧唧的了。”

路易斯知道得很清楚，这个男人不是他的父亲。我也不是妈妈的孩子。连他们自己都不知道，当我睡在新生儿养育房的襁褓里的时候，就和另一个婴儿调换了。这件事儿只有教父知道，但他守口如瓶，只向他最宠爱的莫娜姑妈透露过，所以她对我的态度总是这么特殊。

“那些在英国的集中营里挨饿、受折磨的南非布尔人[1]怎么说呢？还有被英国人谋杀的爱尔兰人和印度人。还有14—18年在战壕里牺牲的我们的年轻小伙子们！这些你就不提了。对这些人你就不掉眼泪了。总要有替罪羊的。而今天的替罪羊就是那些犹太人。”

“非得有不可吗，爸爸？”

“因为总要有替罪羊，你听不懂吗？这就是生活。如果你撞上了，你就会觉得它残酷。可是生活中总是有幸运和不幸的。”

“大部分法律都是以幸运和不幸为基础的，整个国家秩序都是。”教父说。

“替罪羊就是一只绵羊。”蛋头说。

“不！不！”路易斯执拗地喊道。

蛋头这一天说话说得比平时都要慢。“不论我们的集体多么不公平，你们四下里看看就知道，它却有拯救我们的可能。我是没法看到了，但拯救是能够实现的。平等与公正，把这样的概念散播出去的人也正是每天都在践踏它们的人，而只有通过一个集体，这些概念才能成为现实。要通过一个国家来实现，但是怎样的一个国呢？上帝的国吗？怎样的一个上帝？是那个以另一张面孔示人的上帝。我们等待的

1 布尔人：移民南非的荷兰裔白人后代。1899—1902年英国统治者与南非布尔人之间爆发战争，大量布尔人被送进集中营。

是什么样的启示，在我们认识到人的功业中都包含着神性之前？没有启示吗？没有吗？或者还是有？没有。降临到我们头上的兽性的野蛮，小伙子们，这些绝无仅有，不堪入目的暴行，我承认，从中看不到零星半点我称之为上帝的光，我认定在每个人心中都会亮起的光。可是啊，上帝，正如保罗所说，在他可能出现之处，在我们希望有他存在的地方，他却是无人可知的。他在我们之中最受屈辱的人身上。”

“那就是在索伊斯特和德·柯讷身上。”路易斯大声说。昏昏欲睡的全班人竖起了耳朵。蛋头说："是的。”他沉默了好一阵。就像是他换到了另一门课，在另一个班上似的，他开始讲一个长长的故事，讲的是摩西，还讲到一个滑稽的轶事——他费力地咧嘴笑，但心思却在别处——米开朗基罗给这位先知的雕像头上加了角，来源是《圣经》翻译中的一个错误，将“发光的脸”（facies coronata）翻译成了“长角的脸”（facies cornuta）。

在教师阅读室里，蛋头给了路易斯两箱子香烟，要他带给爸爸。这件礼物是这么不可思议，路易斯不禁想：他现在是真的疯掉了。校长知道吗？这件礼物足足抵得上几千法郎啊。

“你明白我在课上说的另一张面孔吗？没有明白吧。我看出来了。”

蛋头深深地坐进了好几代教士都坐过的那张皮革沙发椅里。他看上去挺无助。

“没有哪个学生像你这样让我这么哀伤。也许就因为这样，我才为你祈祷得最多。不要摆出这么一张若无其事的脸来。我是你的朋友。因为你受了伤害，哪怕你没有认识到你受了什么伤，伤得多重。你每天都用新的膏布盖住那个伤口。”

“您还是操心一下自己的事儿吧。”路易斯说。

“听好了，小鼻涕虫。我没有太多时间了。为什么，我不能告诉你。”他的圆形眼镜片蒙了雾气。他摘下眼镜，用软塌塌的一块手帕擦。他比平时显得更加无助了。

“路易斯。”

“在，阁下。”

“好好学希腊语。每天都要学。”

“就这些吗？”

“你的冷酷，让我害怕。可它又让我充满了怜悯。好了，去吧！”

在门口，路易斯说：“我已经明白了。另一些人，是关键。”

蛋头做了个急切的手势，就像是在驱赶什么，以此来赐福他：“我会为你祈祷的。现在走吧。快。”

两天以后，蛋头被捕，送往德国。送到哪儿去，没有人知道。路易斯现在和他说话就坦诚多了。

“阁下……”

“别叫我阁下。”

“我的父……”

“受孕得你的时候我并不在场。”

“先生……”

“我虽然是个先生，但是我不想别人这么称呼我。”

“埃瓦利斯特·德·鲁内·德·盖霍夫……”

“说：蛋头。”

“蛋头。”

“什么事，你这个愣头青？”

“我在学希腊语。每天都学。‘集体’这个词，对别人来说就是‘koinonia’[1]。”

“重音放在第三个音节上。”

“koinonia。”

“这就对了。现在走吧。快。”

蛋头走掉了，贝卡回来了。她装作从来没有写过一封信的样子。

1 希腊语的拉丁写法，有团契、交往、沟通等意义。

她迫不及待地吃下了四块抹了桑葚果酱的黄油面包，跟着路易斯上到阁楼里，与他一起在两个“莱厄河之子”——爸爸战前参加过的业余剧团的箱子里翻来翻去。她找出了毛巾、丝带、手套、天鹅绒外衣、多米诺眼罩、带绒毛的宽檐帽。路易斯给她戴上了歌剧《赫伦塔尔斯[1]之春》里的邮差的帽子。她穿上了一直高到她大腿的步兵高筒靴，然后撩起裙子看效果。邮差大衣垂到了她脚踝上。路易斯费力地把自己塞进一件镶荷边的橙色裙子里，戴上了一顶白色的宽檐帽。在灰扑扑的镜子里，他是一个骨骼粗大的昔日妈妈，一个糟糕的低版劳拉夫人。他躲在一扇屏风背后，屏风上贴满了香烟广告条组成的同心圆。贝卡举起了右手臂。“胜利万岁！”她朝着一个挤满了盛装宾客的大厅说道。“我是党卫军高级将领，我到波西米亚这里来是为了休养。虽然是阴天，但这不会影响我们。我们已经经受过完全不同的考验了。我真的猜不到我还会遭遇什么事儿，我们走着瞧好了，我的女士们和先生们。”

她坐了下来，把制服大衣拉到瘦削但是有肌肉的大腿上。她从爸爸成功地作为沉默的拉比参演过的那部费夏福的《犹大》中的黄铜杯子里喝水，打了个嗝。“我在这里感觉很好。我说什么，波西米亚人都会听从。埃及人也是。如果他们不乖乖听话，就在军营里等着脑门上爆栗子。”她跳了起来，抓起百夫长的短木剑挥舞起来。“你们懂了吗，你们这些波西米亚的弟兄们？我听到了什么？电话铃声？喂，啊哈，是您啊，元首！是啊，我的元首，我顺利到达了。天气说不上顶呱呱，但是其他的一切都好。万岁！我们会摆平那些吉卜赛人的。万岁，我的元首，您会满意的。”

她把电话机抛得远远的，飞过了刚刚重建的警察哨所屋顶，站到了屏风后面，敲敲屏风。“有人在吗？”她重重地踏步走开，灰尘的微粒打着旋儿飞起来。“我坐车回我那座有两部电话机和两个洗手间的城

1 赫伦塔尔斯（Herentals）：比利时北部城市。

堡哈尔康尼（哈拉羌尼[1]，他给她清清楚楚地念过这个名字的）吃点可以生出小孩子的花菜了。您是谁？说话啊，老天爷啊，说话，夫人！您是谁？”路易斯深深地鞠了一个躬，用网格手套牢牢地抓住帽子。“一个当地的可怜农妇，高贵的党卫军将领先生。”

“噢，你这该死的大骗子！”贝卡尖叫道，用剑的钝边敲打白帽子。“哇嗷！哇嗷！我什么都没对您做啊。”假扮成和路易斯一样的农妇的游击队员叫喊道。

“少废话！跪下！”剑对准了他的脖子。

“求求您了，我的先生，我年纪太大了，如果我跪下去就站不起来了！求您了，求您了！”

贝卡踢他的肋骨，一直踢到他躺倒在拼接木地板上。在破碎的宽地缝里塞着灰色的颗粒。邮差手持剑打转。“你这吉卜赛人脑袋不准提高一厘米，不然你就会少一颗脑袋了。”

“可是……”

“没有可是。你没有权力说话，你们都不是人，你们只是人类的渣滓，看看你们这些黑眼睛和小身板……”

贝卡停住了，因为她想到了她那个关在某个劳改营里的父亲，或者因为她听到了下面传来的某个声响。接着，她踩高跷般来回走正步，就像是踩着进行曲的节奏一样。“站住！”他从裙子下面掏出一把冲锋枪。她咧嘴笑着举起双手，说：“同志！”

“我是你的同志？绝对不是。永远不是。”他站起身来，恢复了他男子汉的身高，“你的临终时刻已经到了，莱因哈德·特里斯坦·奥伊根·海德里希[2]。我从苏格兰训练营飞到这里来，就为了复仇的这一刻！”

她急急忙忙地四下里看了看，不得不承认没有退路可走。她准备好了赴死，开始祷告。他从一个柳条筐里拿出了一个西瓜大小的地球

1 哈拉羌尼（Hrad’cany）：布拉格城区，以其中世纪城堡出名。
2 莱因哈德·特里斯坦·奥伊根·海德里希（Reinhard Tristan Eugen Heydrich）：纳粹高官，曾出任党卫军高级将领和警察部长，主持了针对犹太人的大屠杀。

仪，教父在战前卖过这样的地球仪。“说出你最后的祷告吧。这颗手榴弹会落进无辜人的血里。”

“宽恕我。”贝卡在发抖。突然地板上刮了穿堂风。他扔下了手榴弹，落到一堆湿漉漉的散发霉味的戏服上。她手上拿着地球仪站着，指着上面的颜色。“阿拉斯加，格陵兰岛。”她说。

“你已经死了！”路易斯叫道。

“我没有。”

“受了致命伤。金属碎片和玻璃碎片进了肝脏。他们给身处东线的元首打电话说，他们要给你动手术。”

“不要。”她反对得执拗、倔强，娘儿们。他把她手上的地球仪打落，圆鼓鼓的星球沿着楼梯滚向了深渊。

“手榴弹没有爆炸。”路易斯说，“美国的赝品。导火索没起作用。这改变了我们的计划。”

他，农妇，要掐死这位帝国守卫者，这个干瘦的女孩子。她听任他处置，哪怕在他根本不想停止掐她的时候。当她最后一动不动地躺倒在地上，体内咕噜噜响，马上要死的时候，他撩起了她的短裙，用低沉的声音叽叽咕咕，说他要把她埋在赐福的土里，哼哼着“复仇日”，毛手毛脚地摸她，拉扯她已经被擦洗得透明的小三角裤的松紧带。

“把手拿开。”这个死人有气无力地说。

“啪啦。”他把她的小三角裤扯掉了。电影《黄金城》[1]里中音提琴、小提琴、竖琴、长号组成的合唱团的音乐声齐齐奏响。在经历了那么多巨大而神秘的饥渴之后，他终于能第一次目睹穿靴子的两条大腿之间黄金色的雪了，但是光线太暗了。他把这个夹紧大腿的女死者拖到了窗户透出的光下。一只大老鼠沿着楼梯爬了上来。

“继续干，尽管继续干。”希采丽从楼梯开口处露出上半身直到胸

1《黄金城》：1942年在纳粹德国上映的彩色爱情故事片，纳粹时代最成功的电影之一。

口的时候说，“就当我根本不在这儿好了。”贝卡用一个熟练的动作把裙子拽了下来，感到轻松，她为了几块抹桑葚果酱的黄油面包而登场的这场戏提前结束了。

他们仨蹲在一架古老的照相机旁边，这是妈妈的叔叔维莫尔希教父的，他是一个传教士。他将一生心血都耗费在了给主教搜集的，处于自然环境中的野兽和黑人部落拍照上。

希采丽觉得路易斯裙子下穿灯笼裤，看上去很傻。

路易斯一开始想解释说他是有意这样做的，在我们东部边界之外的国家的女人们就是这么四处走的，他这样装扮才能让人看出他是在乔装打扮一个妇人。但想到希采丽是头笨鹅，他就没有吱声。他亲眼在梅克伦堡看到过那样的女人，从波兰和俄罗斯来的，穿着统一的外套，戴着头巾，裙子下面是军裤；她们拖拉着步子走过那些住着她们主人的茅草低垂的矮房子；女人们大袍灯笼袖，残疾的男人们穿着皮围裙，头上是旧的党卫军圆帽子，都在为东线战士用干柴、木棍和树叶编织纳粹十字标。

希采丽真笨，总是乖乖地、懒懒地、呆呆地最后一个把牌按正确的顺序摆好，虽然别人早就能看出来她的接龙完成了。她解释说，家里人把她赶出来了。不，不是永远地赶出来。

“妈妈坐在佩佩的怀里。”她说。路易斯嘲讽地看着贝卡。

佩佩，这在意大利语里是胡椒的意思。我以后见到他，就要这么叫他。佩佩！

“佩佩给我钱，让我去看电影。他没想到星期三都没有电影看。他带着他那一肚子学问生活在另一个世界里。他说，他对这个世界来说太善良了。这话也没说错。上个星期，他一整晚上都苦兮兮地坐着，佩佩。”

“为什么呀？”路易斯觉得诧异。

她没有管他。她就像一个缩小版的莫娜姑妈一样最终转向了贝卡：“就因为她的，叫什么来着，她的宫外孕。就是孩子没有在子宫里。整整弄了三个小时。不过结果还好。"

"今天这都不算什么大问题了。"聪明的老女巫贝卡·赛因斯说。

"只有在手术好好做了的时候。"

"一次刮宫。"

然后她们谈起了癌症。就像女人们那样。就像妈妈之外的所有女人那样。妈妈不会有这样的什么宫外。

路易斯嗅了嗅希采丽的呼吸。"哎哟，该死的，"他叫道，"你在楼下偷吃了我们的桑葚果酱。"

"就吃了一小勺。"她说。在一堆散发霉味的五颜六色的杂物里找到了一条芭蕾舞裙，举了起来。

"这肯定是给一个胖女人穿的。"她把它扔过路易斯的头顶，开始跳起舞来，就像个调皮小子一样蹦来蹦去。

"简直就是秀兰·邓波儿本人了。"路易斯说。

"你个蠢货！秀兰·邓波儿只会跳踢踏舞。"

随着希采丽跳的舞，他看到，贝卡也跳了起来。她以灵活的肩膀和膝盖跟着一起弹跳，一起展臂旋转。另一些人，另一些人，蛋头说过。其他所有人都在跳舞，只有我没有。就连我的梦，只要我早晨还记得，都在回旋，下降，坠落。往下落。笨拙地。就像《精选》上的画儿一样。泥浆里粗糙、笨重的一团脚。这是堕落艺术家[1]们干的吗，把人拖进他们的画里，按照他们的画来进行扭曲改造？不知不觉地，你自己也成了其中一个。在柯尔柏、托拉克[2]、布列克的雕塑——路易斯在本子里贴了这些雕塑的图片——中对勇气和行动力的热烈美化，那些神圣之物，对于那些相信它们的人来说，还算得了什么吗？算得了的。他（还）属于这些人吗？不属于了。

提着就像钉在过道地板上一样格外沉重的小腿肚，路易斯在希采

1 堕落艺术家（Entartete）：希特勒用来污蔑诋毁现代先锋艺术家们的用语。
2 托拉克：约瑟夫·托拉克（Josef Thorak），出生于奥地利，后移居德国的著名雕塑家，作品以庄严宏大的风格著称，是第三帝国时期最受欢迎的雕塑家。

丽小步跑和左右摇摆的时候发现，他受到了国际犹太人品性的感染；这品性狡诈而不可阻挡地溜进了他的大脑。如果有另外一些人是我所属的，是我想从属的，那么就应该是他们了，他们这些破碎的、零散的立体主义、表现主义、某某主义的画家了。持剑和火炬的英雄是奶油做的，是会融化消失的。

贝卡鼓掌。希采丽单腿站立，上身前倾，仿佛随时会飞起来；这也是她在很多教父给她拍的照片上的样子。其中一部分放在客厅的抽屉里，其他的她都放到了钱包里，搁在心尖儿上。

妈妈大发雷霆。“你吃得可是够多了的！比街上其他孩子吃的都多！”路易斯刚想跟她解释说，他给了街上一个快要饿昏了的小老太婆几块抹桑葚果酱的黄油面包，但发现让妈妈生气的是香肠的事儿。猪肉馅做的香肠，霍尔斯特带过来的！

“你不仅嘴馋贪吃，总想着自己，而且，而且你还尽给我惹麻烦。你至少可以告诉我一下的，但你就不，就像个夜里出来的贼一样……”

“那是死亡。”引雷针塞涅夫说。

“什么死亡？”

“死亡才像夜里出来的贼。”

“你也像！”她叫道，怒气冲冲地抽出香烟，“这事儿不会算了的。不会轻易放过你的！鲁奇恩·冯·卡佩伦这个名字你多半没听过，对吧？你怎么会知道呢，我纯粹为了照料你才在艾尔拉做的那份工作，对你来说屁都不是！”

“鲁奇恩·冯·卡佩伦。”路易斯做出思考的样子，其实并没有思考。

“地主家的儿子。他的父母就是为了表示感谢，送了两公斤香肠来！”

“顶多就一公斤！”

“两公斤！”妈妈尖叫道，“鲁奇恩·冯·卡佩伦不会撒谎的。不会像你这样一天到晚撒谎。他说：‘嗯，塞涅夫夫人，香肠味道还行吗？’我说：‘哪些香肠啊？’我完全不知道有香肠这回事儿。他说：‘哦，这样啊？您就是这么看待这些事儿的啊？’他说完就转身不理我了。我站在那儿目瞪口呆！这群小子自打有了扬杰·皮隆那件事儿以后，就都以为我做的是黑心交易，以为我是个难讨好的娘们。”

“连四分之三公斤都没有。”

“那是谁吃掉了另外一公斤？”

“霍尔斯特。”

她立刻就安静了下来。就像正在沸腾的牛奶突然断了煤气的时候。表现主义艺术家们就会这么表述。

“霍尔斯特，这倒有可能。”

“在来这儿的路上，”路易斯说，“霍尔斯特总是饿，他块头那么大。”

“糟糕的是，鲁奇恩·冯·卡佩伦参加了‘白卫军’。”

“那就把他抓起来扔进牢里，不就了事了！”

她吓了一跳。被他这头*毫无顾忌*的野兽吓到了。他从她的眼里，就像从一本书里一样读到了恶心感，这让他兴奋。

爸爸帮忙把受重伤的人抬进一辆卡车里。墙熊熊燃烧，黑烟降落到尖叫的大嚷的人群头上，大部分都是士兵。空袭警报有点不对劲。尽管轰炸机已经消失了一个多小时，但警报还是一阵又一阵地发出短时间的愤怒与哀怨声。所有的士兵包括那些没被击中的，都在吼叫，散落在四处，在横飞的血肉间寻寻觅觅。两座教堂被炸了，据说。火车站也炸得没剩下些什么。士兵们穿着卡其色短裤，其中大多数都在这里待满了两年正要回家去。

爸爸满头大汗，气喘吁吁，但没有塞涅夫家族的那种慌张。他带着几乎温柔的神情冲向那些士兵，安抚了一个痉挛地抽打自己的红十字会女帮手。几个士兵爬到了一个废弃的火车车厢下面。一个少尉冲着他们喊叫，拿着手电筒搜索他们。

路易斯在一辆停着的卡车里扶住一个紧紧抱住他膝盖的垂死士兵，突然听到了爸爸在咒骂。他的脚撞在了拱起的一截有轨电车车轨上。但他接着就继续拖着步子往前走，去抚摸和安慰伤兵了。

垂死的这个士兵还很年轻。他叽里咕噜地说着花儿之类的话。他发臭。他的内脏从大衣上好几处涌了出来，但又被腰带给勒住了。路易斯对面站着一个惊慌失措的上尉，两只手举着一个包在空军制服的袖子里的手臂，就好像那是一个婴儿。路易斯身边这个士兵已经没有了下巴，就像是用一把剃须刀剃掉了一样。在他的手指之间挂着碎肉，就像是血淋淋的白色山羊胡子。这垂死的人清晰地说出了“本雅明诺”，用心听着最近地方的动静。他想站起来。路易斯抓住了他，反复说：“安静，安静，拜托，安静，安静。”

路易斯乘着卡车在火车站和战地医院之间来回跑了六趟，接着就在缺胳膊少腿的士兵中间睡着了，司机也没有再想叫上他。

爸爸身上覆盖了一层厚厚的黑灰色粉尘，蹲坐在废墟里。太阳升了起来，驱散了烟雾。

“我的大脚趾断了。”爸爸说，“我走不了了。不过我一看到那些长年在外现在一心想回家乡的年轻小伙儿们，我就只能闭嘴不说话了。可脚上还是痛啊。”

他伸出手去够自己的儿子，而他的儿子看出来他老了，头发花白了，于是便拉他起来，患难中的朋友，风雨与共。

“可是，斯塔夫，这么乍一看我还以为你瘸了呢。”罗伯特叔叔叫道。

“我脚踝骨坏掉了。”爸爸边说，便带着僵硬伸直的右腿落到了椅子上。

“之前你说的是大脚趾。”路易斯说。

“我都感觉不到了。我的脚从里到外都坏透了。但有可能它自己又能长好的。”

他们走进来的时候，路易斯看到罗伯特叔叔和莫尼克婶婶穿着血淋淋的白色屠夫大褂，差点以为他们是自发地、没有声张地把自己家里变成了私人医院，好在这个恐怖的、撕裂的夜晚，帮着减轻人类的痛苦。但并非如此。罗伯特叔叔给他们斟上了巴勒赫姆的杜松子酒。路易斯得到了四分之一杯，还从莫尼克婶婶那儿得到了一小块方糖。在车库里，两个学徒工紧张地砸着一米高的肉末塔，肉末塔像新嫩的桦树一样咔嚓响。罗伯特叔叔摩挲着沾满血的手。他和他妻子还有帮工从被炸坏的火车里拖出了三匹马。他那已经老旧破烂的运货车居然没有出过一次岔子。“你也知道，火车站附近都变成了什么样子！”

“可我现在累得像条狗了，”莫尼克婶婶说，“都是一路颠的。”

“我还想再弄走几匹小马驹，但战地警察眼尖发现了。他们差点儿就把我逮着了，可他们还得和那些偷煤的较劲儿。我估计，有上百公担[1]的煤被拖走了。假设有一百个人，每个人麻袋里能装二十公斤，他们再每人跑三个来回……”他算了起来，但是没算出结果。

“可是没有人好好组织一下那些人。”

爸爸点点头，彻底精疲力竭了。

“这样的事儿得要有组织才行啊，五六个年轻小伙儿，两辆小拖车，空袭警报来了拔腿就要跑……好吧，谁都说不准的，说不定他们还会遇到一个煤仓呢……”罗伯特叔叔拿来了两大块马肉。

“我欠了你什么吗？”爸爸问。

“哎哟，老哥，你说什么呢？我们生在这世上，就是为了互相帮助扶持的嘛。来，再喝一杯。我们就这一辈子可以活啊。”

“不，你不行，路易斯。”爸爸说。路易斯得到了一杯山羊奶。他怀疑那只山羊还有没有活着，在这样一个屠宰场。

---

1 公担：重量单位，在德国是五十公斤，其他国家一百公斤。

“我们的父亲马上就会来取走他的肉了。”

“他如今也吃马肉了？”爸爸问，突然之间兴致高了起来，“真难以相信。”

“不，不，他只要牛肉肋排。”

“我也猜到了。”爸爸说。因为教父对马有着深深的恐惧。他宣称马是歇斯底里的，因为它们看所有东西都是九到十二倍大，所以会把路边的一只蝴蝶看成一头鸭子；而且他还亲身经历过，提伦忒恩先生——上帝怜悯他那被枪毙的灵魂吧——他的一匹牝马纯粹出于忌妒而冲撞了他。

“他那享用肋排的样子啊，”罗伯特叔叔陷入了沉思，“尤其是紧贴着排骨的肉，如果他津津有味地在上面咬来咬去，看上去真让人开心。我看着他这么起劲地大嚼大咽的时候，我都忍不住想：‘随萧伯纳怎么说，他只管自己靠吃核桃和绿色植物过活吧。可这儿这个人真的就是个食肉动物。’”

（上尉高高举起空军袖子，一截手臂就像一截桦树树干一样被砍下来。上尉把拳头举到了自己张开的痉挛的嘴边上。）

路易斯走到厕所里呕吐。在那堆油乎乎的组织物上又是切又是刮的那些学徒工大肆嘲笑他。“够劲儿吧，巴勒赫姆的杜松子酒？”在地板上散落着马的牙齿。

在回家的路上，他们必须出示专门的证件。年纪大的德国人组成的巡逻队显然不太相信他们的袖章。一个骑着自行车路过的宪兵也过来凑热闹。

“我还以为你和德国人都熟呢，斯塔夫。”

“唉，”爸爸疲惫不堪地说，“他们必须履行他们的职责啊。规定面前人人平等。”

“听着有点道理。”宪兵说着走掉了。

“在所有自杀的人中，比例最高的是宪兵，”爸爸说，“我开始慢慢明白为什么了。”

“为什么呢？”

“没有人能受得了他们。”

奥登阿尔茨大街上的家似乎还有几公里远。一直还有短促的刺耳警报声断断续续地传来。

“罗伯特的脸显出了一点正常人的神色，”爸爸说，“而且他这段时间也长胖了。他本来就挺胖的，但现在胖得过分了。他什么都就着蛋黄酱吃，肉啊土豆啊，连黄油面包都是。‘最重要的是，味道要好。’他一边说一边就把整个酱汁都当汤喝下去了。如果你问我的话，这都是他老婆害的，让他变得这么呆傻。一个男人会因为他老婆而发生变化，这种事儿常有。在我看来，这两人要是还生得出孩子的话才叫奇怪呢。”

妈妈炸马肉排。爸爸给她看他的脚，真的看上去不好，整个都青了。药方师傅佩林克被叫了过来，他把爸爸的脚拿在手里的时候说：“不管怎么说你这情况都不如扬杰·皮隆惨。”

扬杰·皮隆出了什么事儿？一个炸弹落在了牢房上，那个从彤杰大街上来的没有钱上诉只能进牢房的可怜酒鬼就被炸到了。“两只腿都炸掉了。他能挺过来，但要花时间花钱。”药方师傅说，然后又说，“斯塔夫，我的诊断是，你以后一定要好好儿洗脚。”因为这青色是来自爸爸掉色的袜子。

佩林克走了以后，妈妈用甜蜜蜜的嗓音说：“要我给你拿水来洗脚吗？”

“都怪你买的这些便宜袜子！”爸爸喊道。

“一个普通人每星期要洗两次脚的。”妈妈说。

“你最好先把自己洗干净。”爸爸用突然走调的声音说，猛地把门撞上。妈妈听着大街上他逃走的脚步声。“自以为是的混蛋。”她嘟哝道。

虽然现在盟军白天也会飞过来，中学生们常常要跑到地下室里去，教士们还是顽固地拒绝关闭学校。我们所有人都必须相信情况会好起来，就像色诺芬在小亚细亚带领的一万希腊人相信会回到希腊一样。[1]

路易斯穿过公园去学校。他越走越慢，最后停了下来。

在一个铁做的废纸篓旁边，马尔尼克斯·德·派德蜷缩着躺在石子地上，赤裸的有金毛的双脚毫无保护地伸出灰色的法兰绒裤腿。

（“不要去碰，”体操老师说过，“你没法判断他是不是有内伤。”）

路易斯仔仔细细地看了一下这个男人。德·派德的耳朵贴在帽子上，肚子一起一伏。这个睡着了的男人喘着气呼吸。

“德·派德先生。”

要像一个撒玛利亚人一样把他拉起来吗？还是跑掉算了？如果他没有活过来，呼吸过重而死，那我会成为一个凶手，直到末日来临吗？

德·派德胖乎乎的小手在空中划过，抓住了他旁边圆弧状的铁铸凳子脚。他沿着凳子把自己拉了起来，找到了支撑。他那小香肠一样的脚趾在石子地里刨呀刨的。

“德·派德先生。”

“奇怪。”这位弗拉芒的灵魂人物说。

“您睡着了。”

“是啊。可是我完全就靠自己一个人起来了。奇怪。我还在想，马尔尼克斯，你觉得歇歇脚怎么样？然后我就躺到了草地里。奇怪的是，我听到自己说出了伟大的圭多·赫泽拉，我们神一样的牧师，我们的凤凰在临死前说过的话——这证明我在我自己挑选的宇宙的边缘，和不可相比之人化为了一体。我听见自己说——你不会相信，我说话的声音都肯定不是我自己的——‘我是多么爱听小鸟儿啁啾地叫唤。’好吧，我的自我会发生一点儿分裂，这对我来说从来不是什么新鲜事儿。你是谁啊？”

“路易斯。姓塞涅夫。印刷厂老板的儿子。”

“会写作文的那个。对不对？”

---

1 色诺芬是古希腊军事家、历史学家，苏格拉底的学生，曾经带领一万余人的希腊雇佣军穿越波斯帝国回到希腊。

“还可以吧。”路易斯诧异地说，他在德·派德身边坐下。

“写作文的天赋。我是从……”

“从我教父那儿听说的！”路易斯叫道。他浑身颤抖。德·派德悠闲地点点头。不敢相信，我教父居然会背着我随随便便给我大唱赞歌，或者不如说，是给他孙子唱赞歌，这孙子继承了祖父的好品性。然后他意识到，德·派德开口说话了，不仅仅说了这些，还滔滔不绝地说出许多修辞的套话。他在“格略宁尔”不都只是沉默吗？他现在说话，是因为他身边这个高中生，嘴上没毛的小子，对他来说根本不够格在这空荡荡的公园里做个谈话伙伴吗？

“我们在哪儿？”

“在公园里，德·派德先生。”

“哦，是阿斯特里德公主公园。”

“不，是金马刺公园。”

“随便了。”德·派德说。

“您身上不疼吗？”

“疼啊，可疼着呢。”德·派德说完沉默了。在橡树后面，市政厅旁边，听得到行军士兵们那熟悉的、单调的声响。突然他们唱了起来：“……开始新的征程。”他们一直就没添加什么新曲目。

“你叫什么？”

“路易斯·塞涅夫。”

“路易斯，路易斯，与那个给耶稣荆冠建了个圣礼拜堂的国王[1]一样。路易斯，听好了。”

“好的，德·派德先生。”

“所有的事儿我都做错了。所有的事儿。这都是我自己的错，怨不得别人。没有什么事儿能让人心里好过一点儿。”

他站在石子路上。路易斯也是。他抓住路易斯的手臂，走了起来。

---

1 法国国王路易九世，于13世纪修建了圣礼拜堂，用来保存耶稣受难时的圣物，比如他头上的荆棘王冠。

路易斯感到极度羞愧。被德·派德像个未婚妻一样搀着胳膊，他走过了莱厄大街，走到了赫洛特市场上。在高高的钟楼上蹲着他死去的朋友莫里斯·德·波特，正把望远镜朝向他和这位肥肥胖胖、浑身冒汗的诗人，他们这摇摇晃晃的是哪一种植物啊？爵床花与当归。或者是两棵紫色的丝路蓟，头顶着奇怪的两大团花序？我占有了莫里斯的小笔记本，里面写了所有的名字。学着核定植物和花，而不仅仅是说出它们的名字，这是我唯一能为我死去的朋友做的事情了。

德·派德在“根特徽章”前的一张藤椅里坐了下来，朝着阵亡战士纪念碑的方向高声叫道：“两杯淡啤酒。”

酒吧老板很快给他们上了酒，但样子不是很友好。

“路易斯，我以前是有天赋的……”

“您一直有天赋，德·派德先生。”

“啊，小伙儿啊。”

“是真的，是真的，德·派德先生。”

“我以前有的更多。我有热情，有动力。还有骄傲、急性子和摧毁欲。我以前啊，路易斯，有的是任性的人、好战的人才有的驱动力。顺便告诉你，人们也是这么来称呼圣路德维希的继承人的：好斗的路易斯。然后呢，唉，然后呢……我真应该在我的作品里唱唱歌的，当然不会像保罗·冯·奥斯泰耶恩[1]那样唱出不可思议的肖邦式抒情调子，但也不会差得太远。可是我把自己给出卖了。”

“月亮之下水流无穷……”路易斯说道。

“无穷水上月亮厌走。啊，小伙儿啊。”德·派德沉默了。路易斯强忍着没有告诉他，肯定是“倦”不是“厌”。

好斗的路易斯？好斗的路易斯？“我爷爷说，冯·奥斯泰耶恩写的东西都挺幼稚，不过仍然算得上艺术。”

“就别再提你爷爷了吧，”德·派德说，“我这一辈子都在听你那些

---

1 保罗·冯·奥斯泰耶恩（Paul van Ostaijen）：比利时现代派作家、诗人，弗拉芒民族主义者。

祖辈长辈的话。还有祖父级的赫尔曼·特尔林克。'马尔尼克斯,'他说,'你和我,我们都是倒了霉才生在一个困苦的小国家。这里没有位置留给诗人。比利时的蒸汽压路机会把我们压进碎石路面里去。尤其要想尽办法,马尔尼克斯,给自己找份保障。我会照应你的。你觉得一个图书馆监察员的职位怎么样?'我说:'赫尔曼,如果为了这活儿我得进小黑厢的话,我不会干的。''你这人怎么这么古怪啊,马尔尼克斯,都是谁给你讲过这种事儿的?'我要两份淡啤酒!"他冲着赫洛特市场叫道。

"您里面不都有了嘛。"老板用充满责备的语气对路易斯说。当他带着受侮辱的表情拿来新的啤酒的时候,他摩擦着大拇指和食指,用询问的眼神看着路易斯。路易斯耸了耸肩。回到储物间以后,老板开始大声谩骂,跟他老婆解释说,还是老一套。德·派德赊的酒钱加起来都要顶到天花板了,现在再也不能迁就他了。德·派德没有听到。"……那时候我有玛利亚要养,所以我就只能让我内心的宫殿变为废墟,拔掉了我内心里的夜莺的翅膀,掐灭了它的歌唱。那时候,年轻人,我是在部里工作过的。真的,在你旁边这儿坐着的这个男人,他在布鲁塞尔累死累活,就为了改善他的艺术家兄弟的境遇。而同时,他给自己的灵魂套上了一层棉花,套上了用软木塞做成的束胸衣。两杯淡啤酒在哪儿呢?"

"谁给酒付钱呢?"送啤酒上来的老板娘问。德·派德一拳头砸在大理石桌面上。路易斯恨不得一个冲刺跑到空荡荡的又大又宽的广场另一边去。

"谁?我!我,德国弗拉芒工人联合会的会员!"

"我明白了,德·派德先生!"老板娘说,"没事儿了。"

"顺便说起来,"路易斯说,"我最近读到了几篇写表现主义的有趣的文章。其中有一个叫赫尔曼·巴尔[1]的。"

德·派德努力用迷蒙的眼神盯着路易斯。

1 赫尔曼·巴尔(Hermann Bahr):奥地利著名作家、文艺评论家。

“对我来说这是一次激励，让我能深入了解通常被称为堕落艺术的作品。”这些学究气十足的话神气活现地从路易斯嘴里飞落出来。比他原来想的要容易多了。就是要有勇气。还要有淡啤酒。

“福伊希特旺格的《成功》，曼的《约瑟夫和他的兄弟们》[1]，当然都是那位父亲曼。”

“什么父亲？”

“是另一个曼的父亲。”

“谁呀，海因里希·曼？”

“不是，那是他哥哥。克劳斯才是他的儿子。还有瓦瑟曼[2]的《克里斯蒂安·万夏福》。”一整个曼之队[3]。他在努力找一个姓名不含曼的作家。“还有赫胥黎的《针锋相对》。”

“我以前也读过很多书。”德·派德说。这个变娇弱了的酒鬼，都不会赞扬下这样一个中学生所拥有的惊人的阅读量和知识量。我站起来，听任他那么呆滞地坐着。“读过很多书。”德·派德用迟钝的声音说。他也不追问一下，路易斯，为什么会知道，怎么会知道曼氏家族三人，这些来自异国且禁止阅读的三个作家的名字，整个瓦勒也就他一个人知道了吧。

“我在布鲁塞尔路易萨大街上德国鹰的老巢里偷了这些书。”路易斯说，“虽然有全副武装的哨兵守卫，但我还是拯救了这些书，让它们不会被磨碎或烧掉。”

“烧掉。”德·派德说，“我也恨不得一把火烧掉赫尔曼·特尔林克的所有作品。就像迭戈·德·兰德[4]烧掉阿兹特克人的经书一样。”

---

1 德国著名现代作家托马斯·曼（Thomas Mann）的小说。托马斯·曼和下文中的作家海因里希·曼（Heinrich Mann）是兄弟，作家克劳斯·曼（Klaus Mann）则是他的长子。

2 瓦瑟曼：雅各布·瓦瑟曼（Jakob Wassermann），德国现代小说家，犹太裔，在世时颇有盛名。

3 德语中“Mannschaft”也是球队的意思。前面的托马斯·曼和瓦瑟曼，姓中都含有“Mann”。

4 迭戈·德·兰德（Diego de Landa）：西班牙方济各会教士，狂热的基督徒，在尤卡坦传教时下令毁掉了玛雅人的所有手稿。德·派德混淆了玛雅与阿兹特克。

路易斯放肆地叫道:“老板，请来两份淡啤酒。”但是没有人来，他便走了进去。老板和她老婆在玩纸牌，两人都是怒气冲冲的表情。路易斯说:“我身上没带钱，但明天我肯定会来付钱的。也许今天晚上就会来。我是每天都在‘帕特里亚’打桥牌的塞涅夫先生的孙子。”

“如果你想喝酒的话，干吗不去‘帕特里亚’?”酒吧老板问道，“德·派德先生在这儿赊的酒钱堆起来都能顶到天花板了。”他一边说着，一边还是站了起来。“好吧，最后再赊给他一次。要是今天晚上看不到你带着钱过来，你就得给我放小心点儿了。”

路易斯自己端着最后两个酒杯走到了露台上。德·派德瘫在自己椅子里，又昏过去了。一队托特组织的人大吵大嚷着走了过去，但是路易斯·塞涅夫以自己充满活力、矜贵高雅的姿态抵御住了他们的风头。虽然他们这般喧嚣吵嚷，都是人性使然，是合理的，是可以理解的（刚从斯摩棱斯克[1]零下三十度的冰窟窿里解救出来的人，骨头里还都是寒气，兴奋也是难免），但他们如果吵到他的病人，那就不行了。淡啤酒的气味钻进了德·派德的鼻子，让他忍不住打起了喷嚏。“哎哟喂。”他贪婪地喝起来，然后说，“我把所有的事儿……”

“都做错了。”路易斯说。

德·派德点点头。“我的发动机早成了一堆废铁，电池都没电了。平庸的巨大力量，愚蠢的庞然巨兽碾压了我。我以前……我以前……我以前常常以为：我一个人，无牵无挂，也能熬下去。也许一个人也能跳探戈。”

路人们像大冰块一样（在积雪的平原上死去的俄罗斯游击队员）在赫洛特市场边站住不动，当他们听到德·派德的嘹亮歌声时。从一声不吭到让人听不懂的嘶吼，这是进步。通往光明的路已经铺开了。

“更多的是斗牛曲。”德·派德唱完了说，喝光了路易斯杯子里的酒。“现在走吧。”他说，“你已经尽了你做人的职责了。你为此赢取了

---

1 斯摩棱斯克：俄罗斯西北部城市。

我这颗破烂的心的感激。让我一个人在这儿待着吧。”

“没有什么需要我帮您做了吗，德·派德先生？”

一个身材高挑的红头发护士现在吸引了德·派德的注意力；她穿着蓝白条纹的护士服走过他们身边，目光落在大西洋壁垒[1]上，那儿正需要她。

“好了，”德·派德说，“你还等什么呢？这步子走得，简直就像被叫作闺秀鹤的那种大鸟。你还在等什么？”

为了让德·派德高兴一下，路易斯跟着那位闺秀鹤少女走了去。等他走出了诗人的视线范围，他就拐进了另一条旁道上。

路易斯用禁书塞满了自己的书包。在街上，他挥动着书包，就好像它只有两公斤重，这样德国人就不会起疑心了。他就像个与民众为敌的坏分子，带着爱伦堡[2]和犹太兄弟茨威格[3]写的书大摇大摆地四处晃荡，虽然他有可能因此受到重罚。比偷运黄油所受的还要重的惩罚。他会被就地正法吗？还是说，他们只会这么枪毙士兵？

诺拉姑妈已经在屋门口等着了，她让他进了屋门。（“她还在伤心，”爸爸说，“就让她读书吧，直到她变成斜眼。这样对她有好处，哪怕是宣传犹太人的、宣传民主的书也好。”）

“关于美第奇家族的那本书我几乎都读完了。是干净的一家子。”诺拉姑妈说，“倒也不是没趣，正相反，可以让人学到当时宫廷里的礼节。还有好多关于贵族的细节：他们吃的是什么，穿的是什么。不过这些个贵族一到天黑，在府邸里除了互相动手动脚就不会干别的，尤其是那些红衣主教。要说长知识，还真长知识，但爱情这方面就没什么太多东

---

1 二战期间纳粹德国用来防守西线的军事设施，主要建立在欧洲大陆沿大西洋的港口城市和地区。

2 爱伦堡：伊利亚·爱伦堡（Ilya Ehrenburg），苏联犹太作家，二战期间因撰写政论通讯而出名。

3 斯蒂芬·茨威格（Stefan Zweig）和阿诺德·茨威格（Arnold Zweig）为年纪相仿的两位著名德语犹太作家，但并非兄弟，此处当是有意说错。

西。一本书说到底，无论说东还是说西，它都得是关于爱情的。不，我还是更想读点薇奇·鲍曼[1]或盖拉尔德·瓦尔夏普[2]的书。”

她走进了厨房。路易斯想象了一下，趁现在她在厨房里忙乎的时候，或者等她去上厕所的时候（这肯定是会发生的，因为女人上厕所的次数是男人的六倍）他可以溜到碗橱前，小心翼翼地拉开金色的彩色玻璃橱门，不要让它发出吱呀声，把手伸进贴了神圣的阿斯特丽德王后画像的铁罐头里，抓取一片紧贴一片的饼干。他要把整个罐头都偷出来，藏在外套下面，因为厕所里已经开始冲水。或者不会冲水？说不定诺拉姑妈和百万富翁宏泰斯一样小气，妈妈说宏泰斯每天早上去工厂之前都会指示家人和仆人，一天只能冲一次水？不论怎样，做贼的密探路易斯·塞涅夫还是紧贴着墙壁溜了过去，给自己挥了挥手，无声地唱了句“再会了”，狡诈地将装满珍贵的松脆饼干的铁罐头塞到了自己左侧，让它避开了他父亲的妹妹那老鹰一样的目光。

他犹豫不决地在房间里走来走去，满脑子都是这个画面：诺拉姑妈——不是完全不注意，她还一直在看他，只不过不那么刻意，仿佛只是理所当然——在厨房门前提起了裙子，将丝袜在吊袜带上拉拉齐整。这么理所当然，就好像她是一个人在家，在房间里顶多还有一个模糊不清的幻影或一个回忆。这就是他，路易斯，一个侄子的影子。她消失了挺长一段时间。拿着咖啡回来了。当然不是真正的咖啡豆磨出的咖啡，只有其他人——更受尊重、更受照料的家族成员来做客时才会端出那样的咖啡。

她多半是用一条丝袜的底端来做的咖啡滤纸，一条琥珀色的丝袜，与她腿上那条一样。咖啡有她的腿的味道。她仔细地查看新到的这批书。福伊希特旺格、赞格威尔[3]。“就没有口味重一点的吗？”她问道。

---

1 薇奇·鲍曼（Vicki Baum）：出生于维也纳的犹太女作家，在20世纪20年代是德国最成功的作家之一，1932年移居美国。

2 盖拉尔德·瓦尔夏普（Gerard Walschap）：20世纪弗拉芒语作家、诗人。

3 赞格威尔：伊斯雷尔·赞格威尔（Israel Zangwill），英国20世纪犹太作家，信奉犹太复国主义。

夹了香料的书？还是有别的意思？

“重口味！”她说，她那嘴唇饱满湿润的不规则脸庞在他眼里充满了神秘感，“你知道我是什么意思的吧？你这个年纪的男生，要是读到了某本重口味的书，肯定会感觉身体或心里哪儿骚动，不对吗？你用不着害臊，你姑妈还是挺懂生活的。”

他一定要给妈妈留几片饼干。现在在家里惊慌失措地来回走，生怕他会遇到什么不测的妈妈。在家抽着香烟，打着单人纸牌，压根不会花心思想念他的真实的妈妈。

“没有盖拉尔德·瓦尔夏普的书吗？”诺拉姑妈问，“至少他写出的生活还是生活本来的样子。”

诺拉姑妈到底要从这个“生活”里得到什么？还是说很久以来，她说起“生活”，都是像东弗兰德这儿的人一样，指的是男人们和女人们做的那回事儿？（“他们这个下午又一起过了一下‘生活’，教士和他的女管家。”）

“瓦尔夏普，他不管说到什么都是直截了当！他不会遮遮掩掩。就该像他这样。我们也应该一直这么做，直截了当地说出我们的想法。只不过，可能也不是什么时候都合适。”

她把两腿张开，揉搓着微微发光的琥珀色膝盖，这期间一直看着他，在他身上发现了以前没有过的东西。

“你很快也要开始剃胡子咯。”

“我已经剃过了，”路易斯说，“剃过三次。”

一只有着深灰色尾巴的黑兔子跳进了房间。它瘦骨嶙峋，浑身发抖。诺拉姑妈说：“快，法伦亭杰，出去。回到花园里去玩儿。”小兔子听从了，挺严肃，耳朵服帖地压下来。

“它是没法认识爱情了。下个星期就要进锅里了。”

“不要等它再长胖一点吗，诺拉姑妈？”

“我们等不了了，小伙儿。”她目光尾随小兔子在露台上蹦来蹦去，“话说回来，你想拿就拿走吧，带回你家里去。”

“我可以吗？”路易斯不敢相信。

“只要你在兔子下锅的时候请我去吃。”

“什么时候？不会就下个星期吧？”

“这得你自己决定什么时候。你已经够大的了。”她继续说下去，她的声音有了一种沙哑、催迫的音调，让说出的话都变得模糊不清。她四处拉扯着自己的裙边，又摸了摸自己的膝盖（两个非常小的东方小孩的头骨）。她刚说了什么，结尾是“就这么定了”？

“什么？”

她微笑了，露出了细细的牙齿、暗红色的牙龈。“你还想我再问你一次？哦，你这小调皮鬼，你这‘不让人碰’的家伙！那我就再说一次。我让你拿走兔子，你给我一个吻。就这么定了？”

“当然咯，诺拉姑妈！”（我要煮土豆皮来喂兔子。可是我怎么才能从妈妈那儿拿到土豆皮呢？她煮土豆总是连皮一起煮了，好让我能吃到所有维他命，在这样糟糕的时代我需要这些维他命。据罗伯特叔叔说，牲畜很快就只有报纸吃了。他是屠夫，他知道。）

路易斯想站起来，按约定给诺拉姑妈一个吻，而她却谴责地朝他伸出了食指。“坐着别动！”这话听上去有着难以解释的生硬。他喝剩下的咖啡，喝得太着急，发出了啜吸的声音。露台上的小兔子一只耳朵伸到了空中。它肯定会死，也许不是下两个星期，但一定会在今年以内。

诺拉姑妈，她和爸爸没有很多相同的地方——她更瘦，更活跃，往往也更快乐，至少在和列昂姑父的事儿发生之前——她还一直在看路易斯，眼睫毛一眨也不眨。在她脖颈上看得到一块红斑，是法国地图的形状。她的右手，戴着两只结婚戒指，正在揉她的右膝盖。

空袭警报随时都会响起。那样的话，他就必须和诺拉姑妈一起跑进地窖里去。或者她的眼睛会在第一阵声响中放过他，她会哀号着跑到走廊上，再从那儿下楼梯，跑到地窖里？当炸弹在他头顶和他周围爆炸的时候，他可以安安静静地打开铁皮罐头，用黏糊糊的、黏牙齿缝儿的甜饼干把自己喂个饱。也许在架子上还有煤矿联合公司[1]的文件，爸爸总是提到它们，还说如果盎格鲁–美利坚人要是打赢了战争，这就会是一大笔财富。不对，它们放在莫娜姑妈那儿，文件是归教父所有的。

“你听力不好吗？我说过了，让你坐着不动！”可他一动也没动啊。路易斯垂下眼，读起了《日报》里讲第六集团军在伏尔加河畔英勇作战的文章。诺拉姑妈从小管子里取出一枚药片放进嘴里，就着咖啡吞了下去，冲到窗户把手边，把当街那一面的深蓝色帘子放了下来。路易斯没法看清楚字了，一束蓝幽幽的光落在了诺拉姑妈摇动的裙子上，她抬起手肘，取下了头发里的发夹，波浪状的鬈发披散在肩头，就像简诺薇拉·冯·布拉班特[2]一样。

诺拉姑妈走到了壁炉台前面，把铝框架里的列昂姑父照片转到一边，朝向汉诺威方向，列昂姑父在那里，虽然按照规定从工人队伍开除，但却在一位女士身边逗留，那女士出身虽是好人家，自己却是个浪荡货。

诺拉姑妈打开了收音机，男童合唱团在唱拉丁语歌曲。她又关上了收音机。她从碗橱里拿出两支深黄色蜡烛，插在在汉诺威镶上了刺眼彩花的木制烛台上，点燃了它们。

“好了。”她满意地说，在壁炉旁边的沙发椅上坐了下来。路易斯感觉到自己的心脏跳得高高的，感觉到耳朵里热血涌动，他咽了口口水。

“不要以为，”在烛光里闪烁的女人说道，“我不知道你在奥登阿尔茨大街上自己房间里读重口味的书时都干过什么。上帝看到了你，我

1 煤矿联合公司（Union Minière），兴建于1906年的比利时采矿公司，主要在比属刚果采矿，在20世纪20年代拥有世界上最多的铀矿资源。

2 简诺薇拉·冯·布拉班特（Genoveva von Brabant）：德国中世纪传说中的一个贵妇，遭人诬陷通奸而流落村野，后得到丈夫拯救。

也看到了你。怎么样，你现在说不出话来了？你至少可以承认嘛：是的，诺拉姑妈，您说的没错，我承认我的罪孽。”

壁炉台上的钟的嘀嗒声清晰可闻。外面有摩托车开过。一个老妇人在叫某个人回家吃饭，听上去像是推手推车卖贝类的男人在呼喊。

“过来。”诺拉姑妈说，“这儿还有另一只小兔子。”

在哪儿？在她搁着双手的怀里没有。在碗橱底下吗？在两支壁炉支脚，镍制的狮爪之间？

“而且它还饿了，这只小兔子，”沙哑的声音在说，“快来，它想吃黄油面包。”

她的脸皱成一团。她的嘴唇又变得饱满，对着空气张开，轻轻咬着。我身体的一部分现在居然插在另一个身体里，这真棒，人类到底从哪里得到的这种信任，可以无耻地奋不顾身去做这样的事儿？我的肚子咕噜咕噜响了。一个装满整整齐齐的饼干的铁皮罐头。在二战的第三年，在这个星球上，这件事已成：希特勒青年路易斯·塞涅夫第一次性交了。他将作为日耳曼王国的第一位获得铁十字勋章——在《民族与国家》头版可以读到这则新闻，旁边是下沉了的潜艇“海德堡号”的相片，没剃胡子、留着毛腿的全体船员都飞到了空中，四分五裂，被大海吞噬。列昂·德黑勒将军请他检阅仪仗队。

她下巴压进了他的眼窝，他看到了密集的光点。她咬住了他的下嘴唇，他尝到了血。她用自己的脸颊刮他的，他有那么一刻觉得她没有好好剃掉胡子。然后她猛地放开了他，落了下去，她的手肘斜搁在他脖子上。“诺拉姑妈！”他叫道。她沿着沙发椅落到了没有冒烟的地毯上。她哭了。屋外的邻居挤挤挨挨地到了砖墙跟前。墙在颤抖，墙自己也在哭泣，哼哼唧唧的声音和她的声音混在了一起，不愿平静下来。耶路撒冷的哭墙。

诺拉姑妈跪下来，把他的裤子扣上。那依然昂首挺立的话儿，她像对待一个玩偶一样把它卷进了他的衬衣里。她用袖子擦干了自己的眼泪。他左眼眨了眨，又能看东西了。

“我真差啊。”她说。他刚想认可这一点，她却又说：“因为我没有和你好好做。我只想着我自己。”

路易斯在考虑，这是不是个好时机，可以无礼地要求得到饼干罐头。但他还是没提，否则这情况就成了：你给我我要的，我就会给你你要的。

这个女人现在安静平和地穿过房间，开了灯，找到了发夹，把头发重新盘高，又差不多变回了他父亲的妹妹，这个妹妹轻声说：“这事儿就我们知道，对不对，小家伙？就这么说定了？”

小家伙。列昂姑父的侏儒版。她把他的书包递给他，还给了他六根香烟转交给妈妈。

“在14—18年的战争期间，”莫娜姑妈说，“希特勒因为一次不幸的意外，被一颗误入迷途的子弹击中了。然后他们就得摘掉他的一个蛋蛋。”

“我还以为，小希特勒的蛋蛋没有长进囊里，还留在他肚子里呢。”

“所以他才总这么暴跳如雷啊，这位元首。”

“这样的事儿绝对是会影响心情的嘛。”

“所以他也没结婚。”

“就和教士们一样咯。这样他们就可以全心全意履行职责，为他们的理想竭尽全力了。”

“所以他才反对英国人啊。”

“说什么呢，莫娜，他从来就没反对过英国人。是英国人在反对他！冯·利本特罗普[1]向丘吉尔伸出手，丘吉尔就往他手里吐了口唾沫。”

“你怎么这么急躁，路易斯，你出了什么事儿吗？”

“这都是因为他到了青春叛逆期。”希采丽矫揉造作地说。

---

1 冯·利本特罗普：尤阿西姆·冯·利本特罗普（Joachim von Ribbentrop），纳粹高级官员，1938—1945年任纳粹德国的外交部长。

“臭八婆，促狭娘们！”路易斯叫道。

“长身体的时候都这样。他会和他祖父一样长成长竹竿儿的。”

“挺正常啊。一个男人平均要比女人高十二厘米呢。”

“我不管说什么，他的回答都是有一搭没一搭的。”妈妈说，“而且他这样时时刻刻都叫饿的，我能有什么法子呢。”

“他肚子里长了带虫。”希采丽说，躲开了路易斯的手。

贝赫尼丝姨妈坐在厨房里。神情严峻，没有了那种相信耶稣复活而露出的容光焕发的微笑。“斯塔夫·塞涅夫，你今天晚上可以称心如意地睡个好觉了。你从魔鬼那儿得到了你一直想要的东西。我恨不能祈愿你在我眼前倒地身亡。不过我的信仰阻止我有这样的念头。尽管如此，我是不会为你送上我的另一边脸颊的[1]。”

妈妈斟上了用贝赫尼丝姨妈带来的椴树花熬出的一种奇特的茶。看起来，荷兰人经常会喝这样的东西。

“你的费尔蒙被抓起来，难道就要怪到我头上吗？他就不该给人看一张伪造的假护照。”

“那他就该说出他的本名，德博雅诺夫吗？”

“伪造护照，有法律明文规定这样做是违法的。”

“那不是上帝的法。”

“这我必须承认。”爸爸说，“那是比利时人的法律。”

“你的心已经硬得和石头一样了吗？你忍心让费尔蒙在列日的监狱里被杀害吗？”

“那我该怎么做？”

“去盖世太保那儿替他求求情。你在那儿可是随便进进出出的啊。”

“这样说可太夸张了，贝赫尼丝。”

“如果德国人真是你说的那种可敬的、公正的法官，那他们就会

1 此处引用了《圣经·马太福音》中基督所说：“有人打你的右脸，连左脸也转过来由他打。”[《马太福音》(5：39)]

听你的，哪怕你是在为一个犹太人辩护，不过这个犹太人不是犹太人，只是个保加利亚人。德国人会考虑到，你是在为一个亲戚辩护的。”

“一个姻亲。”

“他没法为你们做任何事情。盖世太保的人，他一个也不认识。”妈妈实打实地说。

“哎哟，你这说的什么话。难道我不认识拉特豪斯先生吗？”

“你就跟他握过一次手，在‘旗帜’庆典上。你说了句‘荣幸’，但那个男人没听懂。”

“那你呢，康斯坦泽，你就不能帮帮我们吗？”

“也许能帮一帮吧。”妈妈说，“我没法承诺你什么，贝赫尼丝，我只能在我能力范围里尽力试一试。也许我能通过宏泰斯先生想想办法。”

“千万别呀，别把宏泰斯牵扯进来。”爸爸叫道。

“那就试试科尼格医生。他是个挺有同情心的人。”

“上帝会宽恕你的，康斯坦泽。”

贝赫尼丝姨妈走了以后，爸爸立刻把椴树花茶倒进了冲洗池里。“总是念叨上帝来上帝去的。那就给她那个上帝打个电话好了，上帝会去盖世太保那儿为她丈夫求情的。”

“犹太人以前对新闻界、电影界和银行影响很大，他们和共济会的人，这是事实。”教父说，“现在他们得为之付出代价了。”

“这是个朕兆，说明他们比比利时人更有智慧，父亲。”妈妈说。

“还要过挺长时间，他们才会被民族共同体接受。”

“但他们根本不想加入共同体。”爸爸叫道，“他们只想自己勾结在一起，呼吁他们是上帝选民的狂妄要求，保持他们的怪异风俗习惯。”

“那你和你的全体弗拉芒人大联合的妄想呢？”妈妈问。

“康斯坦泽，这是完全不同的。”

“为什么不同？”

“他们就像木蠹一样，”爸爸说，“他们对你一边说着花言巧语，一边会咬去一根弗拉芒小手指，然后是一只手，一只胳膊，最后咬掉了整个身体。在他们特有的十戒中就有一条说，他们可以抢走另一个种族的所有女人。他们的拉比就这么教他们的。但我们都在说些什么啊？整个瓦勒顶多有十个犹太人！”

“费拉蒙到底为什么会在瓦勒被抓？”教父问道。

“他是和贝赫尼丝一起往这边赶的路上被抓的。”妈妈悲伤地说。

“在这么糟糕的时局下，每个人都只为自己活，不会想到身边人。”爸爸说，“我们必须得做点什么事儿，让邻居们的精神又活跃起来。我们全都坐在一条船上，我们连吃的都没有，或者几乎没有。我们头顶上飞着轰炸机。我们所有人其实都必须团结起来，好让我们在尘世的时光尽可能变得安适一点。所以我在这儿试印了一份请柬，邀请我们街区的人参加一个五彩晚会。在人群中有太多物质主义横行。总要做点什么来对抗他们。看哪，这顶上用加拉蒙体写着‘自助者，上帝助之’。上面另一边还得印上个广告，我想到的是宏泰斯先生。他的地毯虽然贵到没人买得起，但他还是必须要打打广告啊，这也是公司日常开销里要有的嘛。”他用标准弗拉芒语念道：“本区民众的盛大冬季节庆，位于‘格略宁尔’大厅，由斯塔夫·塞涅夫主持。**节目单**：第一项，‘为弗兰德祷告’。这个虽然没有人能背得下来，但我会印出来的，那样他们就可以花三法郎买一份，照着念了。第二项，主持人简短致辞。我会说，我是多么高兴，大家所有人能齐聚一堂，同舟共济，不论每个人对战争和可能的后果有什么想法。第三项，独幕滑稽剧。这我还得从滑稽戏总汇里找一找，比如‘笨宪兵德利斯’。第四项，这我没有问过您，父亲，就印出来了。‘我们本地知名演讲家胡波特·塞涅夫关于盖尔特文化的非凡演讲’。”

“凯尔特，斯塔夫。”

“凯尔特文化。下面用八号字体标明：‘瓦勒首演。极有教益，趣味非凡。’”

“继续，斯塔夫。”

“第五项，诙谐歌曲。‘向我们市长致敬’。这是药房师傅佩林克来负责的。就对我们市长在霍赫兰德买下的地产挖苦几句。但不会太辛辣，市长最近挺容易发脾气。在这之后是十五分钟休息，配上让人心旷神怡的留声机音乐。”

“爵士乐。”路易斯说。

“路易斯，拜托。你也给我们出点点子！”

“月光下，小凳上，只有你和我。”路易斯唱了起来，妈妈也跟着唱。他们紧靠着彼此，来回摇动着脑袋。爸爸等着他这两个堕落的家人唱完停下来。“休息完之后，莫娜·费尔克特伦‘一小杠’塞涅夫演唱歌曲：《我只想要一个母亲》。”

“如果要莫娜唱歌的话，就得让希采丽伴舞。”

“那样就太棒了。也很搭配。是啊。然后就是本地双簧《拜日教》，保证大家笑个够。再然后是尊敬的普洛斯特，海军炮兵队神父的闭幕词。大厅里会上足暖气。这可非同寻常。四点三十分准时开始放人入场。离开大厅后再要入场就得出示离场券。还有些其他的。执行编辑：斯塔夫·塞涅夫。”

“您的名字出现了三次啊。”咪咪，面包房老板娘说。

“这也许有点儿太老套了。”对面邻居科尔斯肯斯夫人说。

“我本来还想找人挥挥旗子，但对于我们街区来说那么做有点太招摇我们的弗拉芒运动了。”

教父慢悠悠地问：“那你呢，康斯坦泽，你要为这次家族汇演表演个什么节目？”

妈妈的有金色斑点的灰色虹膜早就开始发送毁灭信号了。“我？”她说，“会跳裸体舞。”

“康斯坦泽哟，”爸爸说，“我们到底能不能和你说句正经话了？”

诺拉姑妈说：“嘿，路易斯，你连日安都不对我说了吗？”

“日安，诺拉姑妈。”

“康斯坦泽，你真是减了肥了呀！我为了我们的妮可勒，总是省下吃的口粮，可是我还是越来越胖，都穿不了夏天的裙子了。路易斯，你上次可用书搞了回恶作剧捉弄我。一本讲的是一千七百年的农民战争。另一本是那个自己变成甲虫的家伙写的。他早上一起来，康斯坦泽，就有了甲虫那样的触角。这年头真是什么事儿都有。但是对于天真的孩子来说这可有点过分了。

别这么看着我，路易斯。难不成我一下子变黑人了？他态度总是这么奇怪吗，康斯坦泽？要是你不欢迎我的话，路易斯，你就直接说出来好了。"

"马尔尼克斯最近被'格略宁尔'酒馆禁止入店了。"列法艾特说。

"他又开口说话了？"

"简直停不下来。当然我们也不能给他戴上口套，不过有时候真恨不得这样做。上个星期他站在吧台旁边，同诺埃尔谈到了'客观的偶然事件'这个话题。话说回来，这倒是个需要解释的好题目。第二天，我在学生面前甚至还把他讲的话复述了一遍。不过诺埃尔没有发现，马尔尼克斯在说话的时候，一直在桌子边撒尿，脸上表情还半点不变。

"圣母教堂他也没法再进了。在新来神父那儿他彻底没戏了。他着实惹恼了这个神父，因为上个星期天他在望弥散的时候演奏了伊迪丝·琵雅芙[1]的《我的士兵》。在座的所有婆娘都痛哭流涕。一开始神父还以为是他的布道起了作用。我说：'神父先生，每个人都在以自己的方式表达悲伤。''他以后再也不准踏进我的教堂一步。'神父说。"

"悲伤。"妈妈说，"悲伤，路易斯，这是你父亲永远不会懂的。他顶多会在没法继续搞到额外定量的时候悲伤一下下。"

脏塞弗，穿着便服，就像是缩了水。

"我原来非要去看看这个世界不可。好了，我看过了。现在我待在

---

1 伊迪丝·琵雅芙（Edith Piaf）：法国20世纪最著名也最受爱戴的香颂女歌手之一。

家里，可以服毒自杀了。”

“他们不会派人从你军团里过来带走你吗？”

“我可没想过在这儿等他们来。我已经看够了。我连笑都快笑不出来了。别和我谈意大利。我们都是屁滚尿流、脚底抹油从那儿逃出来的。唯一让人欣慰的是，我们把通心粉都拉成屎，留给他们了。不过我们还是找到了点乐子的。我们抓住了六个新西兰人。这些男生那叫一个渴。要不是带着可口可乐，他们都坚持不了那么长时间。

“‘你叫什么名字？’其中一个人问。他是妇科医生。我说：‘塞弗。脏塞弗。脏塞弗。’每一次他们看到我都会唱：‘比赛大来的塞弗脏，把船长操了翻，勾得我心儿直荡漾，哦，他有一张俊脸蛋，脏塞弗，塞弗脏。’[1]而我呢。你是知道我的，我是这么一个浪漫的人。我就穿了女鞋、女装给他们跳舞，在他们被干掉的那个晚上。所有六个人。统统灭掉了。我们没法带着他们一起逃啊。我们的少尉爬进了一辆‘甜心’……”

“‘甜心’？”

“就是一辆斯图亚特M3轻型坦克，是我们截获的。然后他就把他们都碾平了。十三吨重量从六个男孩儿身上轧过去。我看得太多了，我现在就待在家里了。”

“科尼格医生问我，我要不要跟他一起坐车去巴黎。”妈妈说，“我倒是想去，但因为你父亲，我去不了。他现在整天整天都骂我‘婊子’。至少他发火的时候会这么骂。可不都一样吗。如果只是去里尔[2]或有大教堂的兰斯[3]倒也不错。可是巴黎？不，那样你父亲绝不会原谅我的。因为我们那时候新婚旅行就是去的巴黎啊。”

“可这你也得理解啊，康斯坦泽。我哥就是想保留他的美好回忆

1 原文是英语。
2 里尔（Lille）：法国北部大城市，靠近比利时边界。
3 兰斯（Reims）：法国东北部城市。

嘛。”莫娜姑妈说。

“知道我有什么回忆吗？整天都是急匆匆跑来跑去，要去圣心教堂，一步步阶梯爬上去，要去看拿破仑的墓，还有七七八八一大堆。可是没过多久我就巴不得赶紧回家了。斯塔夫预先付了一个星期的钱，但过了两天就玩不下去了。宾馆的厕所真是个法国式的，就是地板上一个洞。我没法用这样的厕所啊。我跑了三四个酒馆，可是到处都一样。只有地板上一个洞，充其量周围铺了瓷砖。我就是做不到。我都开始痉挛了。‘可是，康斯坦泽，’他说，‘在法国就是这样的。’我说：‘我不管。我就是做不到。我不是这么教养大的。’”

“但他做得到？”

“我没有问过他。”

“也是啊，刚结婚的，这样的问题也问不出口啊。”

“等我们回了瓦勒，我也上不了厕所了。大黄茎，干李子，都不管用。”

“在我的新婚之夜，”莫娜姑妈说，“我爬进衣柜，把柜门锁上了。瓦尔德骂骂咧咧，拼命砸柜门。第二天早上他用一把凿子砸开了锁。”

“然后他就把我造出来了。”希采丽边说，边吮大拇指——这么多年都没变过，不管她母亲往上面涂多少碘酒都不管用。

“丘吉尔，”英语老师说，“现在总算走对路了，这头老斗牛犬。诗人艾迪生[1]就曾经把他的马尔博罗先辈比作，你们写下来，还有你，塞涅夫，都写下来：‘一个引领旋风的天使’[2]。诗人影射的是布伦海姆之战。[3]”

“塞涅夫。”他说。但他发音发得这么难听的名字，与其说是路易

---

1 约瑟夫·艾迪生（Joseph Addison）：英国17、18世纪的散文家、诗人、剧作家。

2 此处原文是英语。

3 西班牙王位继承战争中，奥地利、英国、荷兰联军与法国、巴伐利亚军队于1704年8月13日在巴伐利亚的布伦海姆进行了会战。英国的马尔博罗公爵，丘吉尔的先祖，与奥地利亲王共同击败敌军，奠定了胜局。

斯的不如说是爸爸的姓。“我要代德·鲁内阁下问候你。他请我清理他的房间，把他的财物散发给他的熟人。”

“他在哪儿？”

“在一个军营里。其他的我就不能再告诉你了。”

“但是您知道是在哪儿？”

“你这样的人，塞涅夫，知道得越少就越好。给，这是给你的。”他给了路易斯一本读烂了的、软塌塌的黄皮书。路易斯在走廊里嗅了嗅。有霉味。还有胶水的味道。蛋头的带着点儿剃须肥皂味的长袍？不是。是霉烂的味道，烟的气味。《希腊语文选》，加列尔·弗列出版，巴黎版。

书的封面下面塞了一张叠起来的纸条，里面是仔仔细细写下的斜体笔迹，圆形的字母。“让我们逃亡，你们这不幸的被爱者（恋爱者？），只要箭没有在（弓）弦上。很快，我就会是他们的使者（先知），会变成一场烈火（般的热情）。费罗德莫斯[1]。（马尔库斯·阿尔根塔里乌斯[2]？巴苏斯？）费罗德莫斯的图书馆：一半成了灰，埋在赫库兰尼姆古城[3]里皮索尼屋宅的火山灰下。”

在封面上用红笔写着：Koinonia。

集体。共同体。“好好学希腊语。每天都要学。好了，走吧。快。”

“路易斯，来来来。再吃一勺蛋黄酱，小伙儿。这样自制的酱你可不是经常吃得到的。要找很久才找得到呢。

“唉，我年轻的时候也瘦啊。也读了很多书，囫囵吞枣地读，与你一样。是啊，生活有别的要求。

“你觉得我的蛋黄酱好吃吗？自制的哦。我们的莫妮卡要是来了

---

1 费罗德莫斯（Philodemos）：古希腊伊壁鸠鲁派哲学家、诗人。他有多篇艳情诗收入了《希腊语文选》。

2 马尔库斯·阿尔根塔里乌斯（Marcus Argentarius）：《希腊语文选》中三十首箴言诗的作者。

3 公元79年维苏威火山爆发，这座古城被火山灰掩埋。

事儿，是碰都不能碰的。不然蛋黄酱就会结块。你记好了。不过，唉，你还小呢，你怎么会知道蛋黄酱的这些事儿。”

“我知道蛋黄酱这个词是从马翁[1]来的。”

“马翁？”

“那是梅诺卡的首都。”

“好嘛，这谁想得到啊？”

德国人没有后备军了？但是，伙计们，你们看一看这些年轻小子们哪。他们血液里都是火药！这是什么新制服啊？从来没有见过，都是皮做的。

我们来了，英国电台说。但如果托米们登陆了，看到了小子们帽子上的骷髅头，他们就会像袋鼠一样跑掉。会被射出的子弹吓得在平头盔里拉屎！

“我老了，”婆妈妈说，“老得很快，老得身子痛。你都差不多能看得出家人在给你算：‘还有这么多这么多年，或者还有这么多这么多月。’但我一定还要坚持一段时间。我不想在你祖父之前离世。他应该在我之前下黄泉，路易斯。我每天都在祈祷这个，一大早，假牙都没装就祈祷。他就该为他对我孩子做过的那些事儿受地狱里的火烧烤。如果不是这样，那这个世界就都颠倒了，我们就不能不怀疑我们的天主上帝了。就看他现在公开住在自己女儿家里，整个瓦勒都愤愤不平呢。就连隆德泽尔的法政牧师，总是对他网开一面的那位，也当众说了：‘这也许不是最明智的做法。’莫娜，她以前从来没对我这么好过，她说：‘妈，你不想来点儿鹅莓蜜饯吗？妈咪呀，你没有什么要缝，没有什么要洗吗？’我说：‘莫娜，你家男人怎么样了？’‘妈，嘉斯通·冯·德里施不是我男人，虽然他会把每周的薪水都交给我，最

1 马翁（Mahon）：西班牙梅洛卡岛上的主要城市，东临地中海。蛋黄酱（Mayonnaise）据传说是法国人在岛上打败英国军队后庆祝时发明出来的，后来传回法国。

后一点儿法郎都不剩。他只是我的情人。’我说：‘莫娜，你很清楚我说的是谁。你家男人，就是那个一辈子都当了我丈夫的人。’

“‘母亲。’她说。她一生气就叫我‘母亲’。‘母亲，你又开始挑拨了，给别人身上泼脏水。我父亲住在我这儿，是因为他在这里没有被照料好。他只有一双袜子，袜子上还有那样的洞。我能照顾他。我现在有时间。’我说：‘因为你的元帅不在了嘛。’‘是中士，’她说，‘母亲，你根本用不着搓鼻子藐视我，说到底你得感谢中士送来了面包、肥肉、人造黄油和巧克力。’我说：‘是啊，那些酸面包！’‘酸面包也是有营养的呀！’她叫道。我说：‘是啊，可还是酸的。作为比利时人，不习惯这味道，就不会觉得好吃。’”

拉斯佩的手被截掉了。“一开始他们以为我是有意的，因为要射枪的话正好就需要手指。他们以为我是故意冻掉手指的。我从瓦赫特伦那儿过来的，那儿所有人都是见风使舵的墙头草。我可以向他们解释一下情况，但他们不想听。他们等着政府从伦敦回来，他们说。我说：‘可是伙计们，你们从比利时政府那里得到过什么呢？只有鄙视。伙计们，我们会损失什么呢？如果英国人，实际上也就是俄罗斯人打赢了战争的话，弗兰德还有什么机会？’他们笑了。我说：‘祖国’，或者‘工作’。他们只是笑。我说：‘伙计们，什么是比利时？不过就是一堆储备黄金和看管它们、私吞它们的混账政客。与我们的民族品格相比的话，这算得了什么……’”

“我们是个民族吗？”

“好，你们尽管嘲笑我吧。伙计们，我们的民族，是啊，迫不得已的话，也要在太阳标志下与整个帝国一起崛起。从列日到波兰，都是一个国家。”

可是后来，在他喝了好几杯海伦娜姑妈的豌豆啤酒（煮了三个小时，放凉，过滤，然后加上一大把鼠尾草，再让整个饮料发发酵）下肚以后，拉斯佩又说：“德国人就是把我们当猴儿耍。他们会关心我们的理想主义吗？弗拉芒军团，是啊，听着多好，但我们还是要听普鲁士人和巴伐利亚人的指挥。可是现在没有回头路了呀。我们都宣誓效忠了。对，就是用我丢掉的那只手。”

“路易斯，你不觉得，你父亲去对面科尔斯肯斯夫人家去得多了点吗？他给她剪玫瑰花，给她修草坪。我相信，他甚至还给她擦皮鞋了。我都找不到擦皮具的抹布了。当然，你又是什么都不知道，你这耶稣会狡诈鬼。不过我也无所谓了。他如果要到别的地方找乐子，在我这儿他就甭想了。但你可以没事儿的时候顺便给他说一句：他的科尔斯肯斯夫人经常去宏泰斯先生家，坐在一个装满香槟酒的浴池里，在他开派对的时候。宏泰斯虽然自己不好这口，但他还是会带女人回家，去讨好其他的工厂主。他可总是狡兔三窟呢。到战争结束后，人们又会需要纺织品和地毯的。

“好吧，路易斯，你会给他讲对面科尔斯肯斯夫人的事儿吧？这样的事儿你可在行了，打小报告啊，告密啊。这方面你可是世界冠军。”

“尊敬的塞涅夫先生，我带着浓厚的兴趣读了您寄来的三首诗。我谨认为，您具有非凡的天赋。不过这天赋没有得到充分展现，因为您选择了自由诗体这一在我看来在弗兰德已不合时宜的形式。如果可以仔细研读一些经典的形式理论，比如W.克拉姆的《文学艺术品》或A.菲尔维的《节奏与韵律》，对您必然有益无损。鉴于您在这些并非完全不如人意的作品中表达出了浓重的感伤和悲切格调，我推测您还相当年轻。果真如此的话，我祝愿您有好运也有意志力，因为您代表了我们民族的未来。致以低地的问候，J.维勒迈恩斯。《民族与国家》文艺编辑。又及：不知我是否看错，我猜‘一朵云’大约是从荷尔德林（……低垂下的是，一座金属质地的拱顶……）那里得了启发？”

“看错了，看错了，看错了。”路易斯朝着他房间的墙壁怒吼。他的声音引起了屋外冰激凌小车的号角发出回音。前面是骨瘦如柴的小马，小车周围已经站满了舔舌头的小废物。抄袭荷尔德林的这位跑下楼，跑到了街上。

“大西洋壁垒，”药房师傅佩林克说，“有让人担忧的缺口。原因嘛，你知道我说的每个字都是深思熟虑过的，原因是德国人愚蠢地套上了荷兰人去修壁垒。我是赞成大尼德兰的，这个大家都知道。但任荷兰人这么瞎胡闹，就是大错特错了。想一想就知道啊。一个荷兰人首先是个精明的商人，这也就是说，从工头到普通泥瓦匠，每个人都要捞点儿实际利益。如果修的是墙壁必须有两米厚的一座碉堡，比如说，他们就会偷几个厘米。沿着整个大西洋壁垒，荷兰人就靠这种手段把许多古尔登币[1]装进了自己钱包。他们在混凝土、钢材、螺丝、模板上都这么偷工减料地挣钱。那儿的德国人都是睁眼瞎子，大部分人都是在修康复假，或者就是彻头彻尾的愣头青。如果他们要去埋地雷的话，他们就会自己绊倒，扯动线，把自己炸到天上去。”

“他们逮到了一个男孩儿，一个瓦隆人，他手里还有白鸽子。一只英国鸽，腿上绑着写在米纸上的秘密文件。他们立刻把他推到了墙边毙掉了。”

“立刻？他们应该先狠狠折磨他一下嘛。”

“你的耳朵呢？怎么弄？”海伦娜姑妈问，她把路易斯的头发剪得太短了。

“它们就是这么竖着的。”

“哦，还挺时髦的。就像克拉克·盖博那样。女人们喜欢这样儿的。而且塞涅夫家的都有这样的耳朵。你看看你教父。但他现在可要

1 古尔登币：德国与荷兰使用的金币。

让耳朵垂下来了啰。莫娜一刻都不让他安静。她就像是人家老婆一样老吃醋。”

“海伦娜姑妈，希采丽是教父的孩子吗？”

“你疯了吗？是谁给你讲的？路易斯，你可不能听信这样的鬼话。不过……”

“不过什么？”

“希采丽更像是塞涅夫家的，而不是瓦尔德家的。她没有瓦尔德家族的厚嘴唇或青蛙眼。但这也不能说明什么。”

“是啊。我和我父亲看上去也不像啊。”

“比你想的要像多了。”

“我？我？一点都不像。你就是想惹我生气！”

“你可没法躲避，你就是个塞涅夫。”

“就不是！一点儿都不是！”

一个年纪偏大、神情激动的女人按响了门铃。

“塞涅夫夫人，我等您先生出了家门才来的。我知道您总是忙得不可开交，因为您总是这么照顾艾尔拉工厂的小伙子们。也许您会对我说：‘夫人，您别跟我提这些，这都是我丈夫的事儿。’但您没有电话。我已经往这个地址寄了三张明信片了，肯定是您丈夫把它们都扔进了垃圾桶。这么说不是太好，可是您丈夫，塞涅夫夫人，就是个窝囊废。上一次我看到他，是在印刷厂商大会上，他装作没有认出我的样子。这让我好几个星期都不好受，当着其他印刷厂厂长的面这么羞辱我。我只想说，也许您已经知道我的丈夫受了什么罪。他是个好男人，但受尽了命运的迫害。他得过脑溢血，到现在，大部分时间里他还是好好的，挺正常。但有时候，他要想做什么事儿了，就会突然发起脾气来。他是个意气用事的人，夫人，一下子就能火冒三丈，但总替别人着想。如果情况太严重，我就只能把他关在地窖里，那样就没有人听得到他发脾气。她妹妹奥提莉亚也有毛病，她总是有幻觉，听见草哐哐响，拿着扫帚和簸箕四处跑，找碎玻璃。好了，塞涅夫夫人，我已经听天由命了，我丈夫是好不了了。我们不会再把他从地窖里放出来了。我也不敢把他带到疯人院去啊，在那儿他们就会用他们的新药乱来，因为他们相信出问题的不是神经，是肝或胆。好吧，长话短说，塞涅夫夫人，我和公证人一起看了我丈夫的文件，发现了您的欠债条，十万多法郎。我们现在该怎么办，夫人？我有四个孩子，我得把一切拿得到的都拿到手。”

“十万法郎。”妈妈说。

“您可别说您根本不记得有这回事儿。”

“可是我真的不记得……”

“您可别说您要在战争结束之后才还我钱！”

“您冷静一下，夫人。”

“如果我拿不到这笔钱，我就一把火烧了您家房子！”

“夫人……”

“您丈夫挣了那么多钱。他拿到的纸是其他印刷厂家的两倍，因为他只为《旗帜》工作，这是他自己在大会上说的！”

“夫人，我的丈夫……”

“他才不会这么快就赶我走。”那女人哼哼说。

“喝杯咖啡，夫人？”

“咖啡豆磨出来的真咖啡吗？好。谢谢。您是个好人，塞涅夫夫人。”

“你说得对，斯塔夫，我是在欠债条上签了你的名字，我本应该事先跟你商量的。”教父承认道，“不过你大概心里也在问，我为什么在那个印刷厂商那儿借钱。”

“我心里是有这个疑问，父亲。”

“因为我不想拿公家的贷款。我为什么需要这笔钱？就是为了送给你，好让你能买下这套房子呀。”

“送？但是我们给你付了房租啊，父亲。这比你付给那个印刷厂商的利息可高多了。”妈妈强装好脾气地说。

“康斯坦泽，让父亲说完。”

“这事儿简单。”教父说，“如果我们非得还那十万块，就还好了。我们卖掉房子。有足够多的人挣了黑钱，对这房子感兴趣呢。”

“那我们用剩下的钱干什么呢？”

“什么剩下的钱，康斯坦泽？”教父问道。

“就是换了十万法郎后剩下的……”

“你是说，你要拿走其中一部分？按照合适的比例？这我们可以讨论。”

他们讨论。等到教父走了以后，爸爸说，他们也许能用剩下的钱买一辆带木炭汽化器的德卡威。

“你比我原来想的还要蠢，斯塔夫。”

“或者给你买一件漂亮的皮毛大衣。”

“我什么都不要你买。你最好还是想想家里的开支，想想路易斯。”

“我们又能好好过一段日子了。”爸爸说。

“你父亲没有戴结婚戒指。”

“可能戒指对他来说太宽了。他瘦得厉害。”

“还不都是因为心虚。”

“康斯坦泽，你什么时候能不再这么毒舌啊！”

“等到我死了的时候。”妈妈说，“我还恨不得能快一点死呢。”

“他们在诺曼底登陆了，正好就是隆美尔埋伏着等他们的地方。天气那么晴朗又没有风，伞兵就像鸽子一样一个个被打了下来。”

“如果日耳曼的夺胜意志被激发起来，丘吉尔就会吓得掉下轮椅。”

“首先登陆的是黑鬼，他们总是要在最前线从火里取栗子，这些可怜鬼，都是些黑肉挂在了欧洲的铁丝网上。”

“这就是欧洲的生存或死亡。”

“我们的首相皮埃罗自己在伦敦说了：‘还没到战斗最艰巨的时候。’这就意味着，他们又是在试探，就像在迪耶普[1]一样。‘痛苦和损失还会增长。’皮埃罗说。还说我们要有勇气、纪律和信任。他怎么敢这么说，这里每天晚上那些凶手都会飞过来扔炸弹啊？红衣主教凡·罗伊亲自——如果有谁总是等着见风再使舵，那这人就是他了——在布道坛上让人念了一封抗议信，说这么做是多么的不人道。”

“对我们来说这是场灾难。”莫尼克婶婶说，“肉价在两天之内跌了百分之三十。”

“黄油价格也一样。”

“真糟糕，生意居然这么受一次诺曼底登陆影响。但是，罗伯特一点儿都不把这事儿放心上。我无所谓，价格可以再跌，跌到原来的一半，他说。那样也不会让我少睡一个小时。人就活一次！”

“现在，俄罗斯人在自己家里也很努力，死了上百万的人。好啊，现在他们又来了，盎格鲁萨克森人、美利坚人。他们在前进！”

戴着有黑眼洞的尖头套，吊死了烧掉了黑鬼的库·库卢克斯·克兰[2]，

戴着长羽毛的军帽，无耻地露着大肥腿，挥舞星条旗的鼓手队长，

乳房尖儿上镶钻石，阴毛修成V（胜利符号）形的肚皮舞舞女，

从辛辛监狱[3]里放出来的艾尔·卡彭[4]和莱格斯·戴蒙[5]，

科曼奇族[6]、苏族、阿帕切族和约翰·韦恩[7]都在前进，往下扔假美元钞票和硫黄弹，

他们来了，要来摧毁我们的圣马丁塔楼，我们的浪漫派和哥特派

---

1 迪耶普（Dieppe）：法国港口城市。1942年8月19日，盟军攻击当时德军占领的迪耶普，随后又撤退，只是为了刺探军情。

2 即美国三K党（Ku Klux Klan），在一战期间成立的种族主义组织，反犹太人，反黑人，从事暗杀活动。

3 辛辛监狱：纽约的一所监狱。

4 艾尔·卡彭（Al Capone）：美国著名黑帮成员，20世纪20年代在芝加哥享有盛名。

5 莱格斯·戴蒙（Legs Diamond）：爱尔兰裔的美国黑帮成员，富于个人魅力。

6 科曼奇族（Comanche）：北美印第安人的一个部落。

7 约翰·韦恩（John Wayne）：美国著名演员，擅长演西部片。

的骄傲，我们的伯爵城堡和我们的“爱湖”[1]，扼杀我们的《格里高利圣咏》[2]。

就像他们把罗马毁成一片废墟那样，不，是几乎毁成一片废墟，因为教皇当然和他们做了一番交易。不是同类不相聚。他让一个英国将领占领了罗马，那个将领的姓是亚历山大[3]，就像亚历山大大帝，那位征服者一样。

自从奥登阿尔茨大街上的房子不再属于他们以后（虽然这房子还没有最终被隆德泽尔牧师的侄子买去），妈妈就越来越不管家政了。如果爸爸不清洗的话，厨房里就会堆积起油垢结成壳的碗碟。妈妈说，她没有时间理这些了，因为艾尔拉工厂里的加班已经变成了正常的工作时长。

尽管如此，她还是经常久久地坐在厨房里，呆呆地看着前方，预告大家她要报名去做临时护士，首先在什未林[4]削一个月的土豆，照料折了腿的，然后再去东部的一个战地医院，在地图上东部挪得越来越近了。要不她就说她要在一个路灯上上吊。

“等到集市广场上有了圣诞树，等美国人到了再说吧，”路易斯说，“那时候整个瓦勒都能看到你上吊了。”

“你就笑吧，”她说，“走着瞧。”

赫尔曼·坡列特后来去了根特学法学，学完之后，兜里揣着律师证书，他才想变成吞剑吐火的法师。他说：“这些诗的价值连蘑菇都不如，塞涅夫。不要再在这上面费心思了，这讲的都是哀愁。谁会感兴

---

1 爱湖：比利时布鲁日城中的狭长湖泊。

2《格里高利圣咏》（*Gregorian Chant*）：以罗马教皇格里高利一世命名，应用于罗马教会礼拜仪式中。

3 亚历山大：哈罗德·亚历山大（Harold Alexander），英国军事指挥家，在二战中曾指挥盟军第十五集团于1944年6月5日攻占罗马。

4 什未林（Schwerin）：德国东部一座古城。

趣你连女朋友都没有就想上吊自杀啊。”

“我有一个女朋友。”

“谁啊？”

“我不说。”

“那你可以给你祖母讲。”

“我向她保证不会向任何人透露她的名字。”

“她多大？”

“比我小一个月。”

“金发还是黑发？”

“黑发，有普鲁士蓝的光泽。”

“是她被一盏蓝灯照着的时候吧？”

“到了晚上，她就会散开她盘起的头发。”

“啊哈，她是低地少女团的！”

“不是。她家里所有人都会把头发盘高。她的母亲也是，一个钢琴家。但我们晚上见面的时候，她就会解开头发，头发就会落到她裸露的肩膀上。”

“会落到臀部吗？”

“不会，不会。”

“你用不着脸红，塞涅夫。她的屁股肥吗，是有点儿翘，还是垂下来的？”

“坡列特，这和你一点关系都没有。”

“继续说下去啊。讲完了头发，接下来大都会讲到眼睛。”

“杏仁状的，如果光从上面照下来，睫毛就会在她脸颊上投下羽毛一样的影子。”

“她是不是有点斜视？”

“当然没有了。”

“可惜了。”

“为什么？”

"因为斜视的女人高潮来的时候就会直直地瞪着你。她的眼睛是什么颜色的?"

"黑色。"

"普通。"

"带金色斑纹。"

"羽毛一样的影子,金色的斑纹,别这样了,塞涅夫。她搽香水吗?什么牌子的?"

"这我不知道。"

"好吧,她身上臭不臭?"

"等等。我知道了。是'轻率'牌。"

"根本没有这个牌子。"

"我明天给你看香水瓶。"

"她晚上在蓝色灯光下做什么?"

"她说话不多。她读书。她很会下棋。她喜爱大自然和动物。她身边总是带了只狗。"

"肯定是只杂种狗。"

"不是,是只灵缇。"

"啊,你这个该死的骗子。一只灵缇!你肯定这辈子从来没有见过一只真正的灵缇。你被揭穿了,塞涅夫。灵缇是出版荷兰诗集的出版社的名字,所以你现在才会想到这个名字。哈,你以为你是瓦勒唯一一个懂这些的吗?可惜很不巧,不是这儿每个人都是大傻子。灵缇!"

"这是一只俄罗斯猎犬,坡列特。它是用来猎狼的。她是从一位年纪大的男士那里得到这只狗作为礼物的。那个男士爱上了她,但得不到她,所以就去东边前线去了。"

"他在那儿肯定鸡巴都冻没了。她为什么不想要这个男的呢?"

"因为她爱上了我,坡列特。"

"她是这么说的?"

“她白天都在城里找我，她说，虽然她知道我在上课。美国人在城市上空飞过的时候，她死了上千次了，她说，因为她看到我躺在了废墟下面。”

“她是出身有钱人的家庭吗？”

“我觉得是的。因为她想为我买一块很贵的手表。”

“但你没有接受那块表，因为你不想让学校里的我们忌妒你？”

“不是。因为我不想依靠她的钱。”

“她是罗圈腿吗？”

“有一点儿吧，我想。是。”

“啊哈！那她下面呢？湿吗？”

“求你了，坡列特。你稍微收敛一点。”

“你肯定已经摸过那里了吧？”

“你到底想什么啊？”

“啊哈，那她呢，她对你做了什么？”

“上一次她在我面前跪了下来，掏出了我的棒子，用我的衬衣卷起来，然后又把它塞进了我的裤裆里。”

“是哦，如今这些女人哦。”赫尔曼·坡列特说。

路易斯与列昂姑父玩纸牌。他们坐在地毯上，因为列昂姑父还得费点劲重新适应一下自己的家。在德国——现在那就是块到处被烧出洞的地毯，他总是盘腿坐在棚屋的木地板上。德国上空砸下来的炸弹越多，人们在被熏黑的、积满水的地下室里就会越激昂地唱：“旗子高高飘，莱茵河，要守牢。”

诺拉姑妈看上去心情好得很，与一个完全未成年的孩子通奸的她其实本该受鞭刑。“列昂姑父，我睡过你老婆了。”这样的话说得出口吗？

“你这段时间白头发都没长过嘛！”列昂姑父挖苦地说。

“我为什么就该长白头发？”诺拉姑妈卖弄风情地说。

“你日子过得挺不错的咯？”

“换了是你的话，你会怎么做？”

“而我却在德国累得死去活来！”

“别说得这么夸张，列昂。”她摸了摸他的头。

伟大的亡故者：斯塔夫·德·克莱尔克、尤里斯·冯·席福恒[1]、莱蒙德·托伦内勒[2]用黑色线条画在了白板上，像木刻一样，不带阴影效果。比他们小一点，但也有两人高的巨幅照片放在黑色的天鹅绒镜框里，是助理会计员维克多·德赫莱恩。他戴着一顶荷兰头盔，一个肩膀上扛着银色44号，左臂袖子上刚好看得到狮子徽章。他的嘴浮现出轻微的、不信任的笑容。“对于我幸存的同志来说，我的死真的有这么两倍大吗？”他外套上的胸口袋鼓了起来，里面是他的军人证。军号军鼓响起来了，熟悉的哀乐。维克多·德赫莱恩的遗孀倚靠在一个陆军上尉身上。走上前来的弗拉芒卫兵几乎全都穿着灰色军衣，唱着：“低地民族起来了，奴隶的枷锁没有了。”爸爸擦去了眼角的泪。

德国军官不像弗拉芒军官那样站得笔直，有人宣读了布伦塔诺男爵发来的信，信中发誓要照顾幸存的后人。原来站在哈尔斯滕煤仓前放哨的维克多·德赫莱恩在遭到英国炸弹袭击后，留下的遗物都被人收集起来，放在了一个手推车里。爸爸哭得稀里哗啦的。（在过去的十二个月里我都经历了些什么啊？要是在一年以前我也会悲痛得不行。今天，维克多·德赫莱恩对我来说是许多陌生人中的一个。这是与他相称的死。也许不久之后，我会感到这样的死荒谬。就像我觉得空军制服袖子里的那只手臂就很荒谬，它与时间和空间毫无关系地放在一个陌生人的膝盖上。血淋淋的残肢打了个转，升起来，最后够到了我

1 尤里斯·冯·席福恒（Joris van Severen）：比利时政治家，在二战之前的弗拉芒民族独立运动中是个领袖人物。

2 莱蒙德·托伦内勒（Reimond Tollenaere）：比利时政治家，弗拉芒民族党成员，二战期间与纳粹德国合作。

的嘴。吗哪[1]。）

“你们低地国小分队，伸出你们的手，卫队要为民族和祖国前进！”——“开动吧，惠泽！”

一个弗兰德纳粹青年团的男生拿着一个起火的鼓，走出了队伍。队伍在等着追随抬棺材的士兵。他朝爸爸和路易斯行军礼，碰了碰鞋后跟，叫道：“惠泽，塞涅夫！”

“惠泽。”爸爸对这个皮肤被晒黑，头发红金色，牙齿暴突，榛果色（杏仁状）的眼睛闪闪发亮（偏蓝的乳白色眼白，我亲爱的）的男孩子说。是弗里格。他胸上有**希特勒优秀青年勋章**。

“啊，”路易斯说，“嘿哟。”（伊沃·利肯斯带着呆傻乡巴佬身上的粪堆臭气说：“嘿哟。”）路易斯的手指甲深深抠进了手掌，直到他感觉到痛。他又听到了那个傻子伊沃·利肯斯说话；他以一副乡巴佬的笨拙和讨好的样子，用路易斯的声音说：“天哪，弗里格，我们居然又见面了！”

鼓声震天，哀悼的人分行分列地走着。“我们待会儿再见。”弗里格用之前红发男学生的那种朦胧、急切、命令的口吻说。他将自己鼓上的皮带拉了拉紧。他和上百只铁一样的脚开始了踩踏的动作。沉闷、愚钝、乏味的声响。

爸爸缓慢地走在列法艾特和佩林克身边（佩林克的女儿——叫什么名字来着？啊，对了，西蒙娜戴了一副眼镜。我在哪里看见过这姑娘，但死活想不起到底在哪儿了。她看上去挺萎靡的。她缺少爱情，缺少能把她推倒到床垫上去的优秀种马。西蒙娜，是的，这就是她的名字。伯大尼的西蒙娜，那个麻风病人。而我，我是九带犰狳，满身鳞甲可以抵御所有她身上发出的东西。我用我的刨地爪子从她身边慢腾腾地爬开，爬到墓地里去）。

在墓地里，西比斯，中队首领说，颓废的风气要被战胜，维克，

1《圣经》中记载以色列人在路过旷野时上帝赐的食物。

我们的维克多·德赫莱恩所过的精神生活夺取了他的生命，现在这样的精神生活比以往任何时候都更有必要改造，有必要迎来一个新开端。这些火急火燎的问题都在等着回答：我们在历史中的位置是什么？人类的本质到底是什么？我们难道不是非得自己用坚定的意志去创造一个真理？

西比斯粗笨的手中捏着的纸在颤抖。“沙漠，”这男人念道，“在我们周围蔓延。可是诸神将会回到沙漠中来。胜利万岁……”他放松地抬头看，然后又说了句：“阿门。”

士兵们散开以后，弗里格（曾经的小狐狸）说：“该死的，塞涅夫。这世界真小。”

“是啊。”

“可是……”

“是啊，就是这样。”

“谁会想得到啊？”

“我是没想到。”

“我也没有。”

爸爸从纸张尺寸和印刷情况来推测在葬礼客人中间散发的祈祷小卡片的价钱。那卡片上印着哈格尔鲁内文：“认得上帝者，上帝也将认得。”

路易斯和弗里格四目相对，弗里格骂骂咧咧地叫着：“是啊，那样的时光都去哪儿了呀，路易斯？”

那样的时光，我们还小，还未经世事，不曾堕落，完好无损地依赖着对方。至少我是依赖着你的。

“天哪，塞涅夫。你还记得吗，萨普里斯蒂嬷嬷，哎哟，真要命！”

“我还记得那些事儿。”

鼓手弗里格嘴唇上有上火起的泡。他的白袜子按规矩卷在靴子以上的灰色袜子外面，上面沾了泥巴。

“我们都一起做过的那些事儿哟，我俩，该死的，在寄宿学校里。”

“但我们也有过很多乐子。”

“说得也对，真要命。想想那些长霉的巧克力。”

“是啊，没错没错。”

“冬天里冻得该死。”

“夏天里热的要命。”

“你现在画画儿还画得那么好吗？”

“我？”（他把我当作另一个男生了！当作冬迭南了！当作荷辛斯，那个使徒巴托罗缪了！）

“哎，你那时候经常画房子的呀，大部分都是宫殿，加上花花草草和许多细节。还有沙发上的女人。你都不记得了吗？你画的女人还都戴白色大宽檐帽。”

“有可能吧。”

“你现在在上高中，对吧？”

“我留了一级。”

爸爸在咳嗽，就像修女弗罗斯特在昏暗的走道上那样。

“你要走了吗？”（弗里格对这个信号反应挺快，就像以前那样。）

“我想我得走了。”

“我也要走。”弗里格赶紧说，“看哪，那边那个。那个漂亮女孩儿，你看到了吗？那是我的妞儿。”

一个扎辫子的胖女孩。她那件有母贝纽扣的衬衣在宽大平滑的胸部绷得紧紧的。

“我前天送了她耳环，花了几乎一百法郎。我在和我们队长玩惠斯特牌的时候赢了钱。我们玩的价码可高了。他是医生的儿子。”

“她根本没有戴你送的耳环。”（牢骚。醋意。矫情。控制好你自己啊！）

“穿制服的时候不许戴的。”弗里格说，“不过也是，你肯定不懂这些。你肯定是比较亲英的，赞同‘白卫队’。这我一眼就看得出来，看样子就能猜得到。”

“我吗？你怎么会这么想？”

“塞涅夫，你在我面前就别装蒜了。你从来就没装成功过。我总是能看穿你的。”

那女孩儿凑近了。

“这就是她，我的柯尔琳内克。两个月以后她就是先锋队[1]队员了，只要美国人那时候还没打到这儿。”

“惠泽。”柯尔琳内克说。

“我还以为，要说‘弗兰德万岁’呢。”路易斯说。

“我们是低地人。我们都赞成大尼德兰。”弗里格的女朋友说。她裙子下面涌出了透明的雾气，可以让蛋黄酱凝成块，让链子上的狗发疯。

“更为重要的是，我们从现在开始要决定我们是保持自己作为弗拉芒人或低地人的特性呢，还是我们想融入德意志帝国。”弗里格在她的善意目光下背诵道。然后他把手臂放到了她腰间，而她用一把衣刷刷了刷自己毫无褶皱的短裙，说："好吧，我知道我在哪儿能找到你的。保重了。惠泽！"

“惠泽。”爸爸说。

“伸出鼻子嗅嗅风往哪儿吹吧，弗里格。”路易斯说，就像那些在南非的辽阔原野上分别的布尔族人一样。

隆美尔死了[2]，死于卡昂小城旁边的国道179上的低空空袭。临死之际，与自己的创造者对视时，他手上还紧紧攥着元帅指挥棒，直到最后一刻。而美国人则趁机以极快的速度逼近我们。

“白卫队”变得更加肆无忌惮。只要看一看宪兵队楼房外面就知道了，那儿贴满了反对新秩序的煽动标语，几乎连一块墙砖都看不到了；白卫队抽的是特殊的、辛辣有甜味的香烟，那是和武器一道随降落伞

1 弗兰德纳粹青年团中14至18岁的成员。
2 这里描述的隆美尔之死与史实不符。隆美尔其实是在希特勒胁迫下服毒自杀的。

落到施塔德–瓦勒足球场，派发给他们的。

弗里斯纳[1]将军命令第六军撤退到普鲁特河[2]边。

对面的科尔斯肯斯夫人洗了又熨了她的比利时国旗。

在整个欧洲，陆军都只能将行动仅限于防守。

“我们都慢慢开始害怕我们自己人了。”爸爸说，“可我们从战争开始以来就没做过别的，都是在帮助别人。我们最后一点儿法郎都投给了‘为士兵送包裹行动’。我妻子直到今天都还在试着阻止他们把年轻小伙子运送到德国去。”

“她在老百姓那儿不受欢迎。”提奥·冯·巴梅尔说，“她太趾高气扬了。还有那种‘不要靠我太近不然我会咬你’的态度。”

“老百姓只是对康斯坦泽了解得不够多。”

“斯塔夫，我就直接说了吧。你现在掉到泥坑里了。”

“泥坑里！”爸爸叫道。

“如果你愿意，你随时可以拿走我的鲁格手枪，包括证书。用来保护你自己。”

“绝不。”爸爸说，“用枪对准我自己的同胞？”他从路易斯的裤口袋里拔出了路易斯的希特勒青年匕首。“用这个……”路易斯从他手中抢回了属于自己的物件。刀锋上还有酸苹果的味道。

“你信任这个，就和信任有圣克里斯托弗[3]画像的护身符一样。”提奥·冯·巴梅尔说。

“别拿这个开玩笑，提奥。已经发生过这样的事儿：子弹被这样一个护身符给弹回去了。”

“斯塔夫，这都是陈词滥调了。我现在就是告诉你真实情况。你们都做好准备吧，你和你的家人。他们已经在磨砍人的斧子了。”

妈妈回到家的时候，爸爸说：“康斯坦泽，这个街区的人都和你不

---

1 弗里斯纳：乔纳斯·弗里斯纳（Johannes Frießner），纳粹德国陆军一级上将。
2 普鲁特河（Pruth）：多瑙河支流，流经乌克兰、罗马尼亚、塞尔维亚、匈牙利等国。
3 圣克里斯托弗（Christophorus）：传说中背幼年耶稣过河的圣徒。

对付。这不是好事儿。他们这样是忘恩负义。这也不是你的错。但我们得看清楚这样会有什么后果啊。”

塞涅夫家庭核心成员和教父一起开起了家庭大会。空袭警报比往常叫得更加尖厉，听起来是一种新的哀愁。

“我母亲想让我烧掉所有的相册，还有所有的《雄鹰》和《痴儿西木》杂志。”路易斯说。贝卡觉得这样做挺理智的。他们四处晃荡，嚼麦穗儿。一个农夫都看不到。三架银色飞机在天空盘旋，在搜寻什么，但没有冲下来。两头瘦削的母牛在他们一旁沿着铁丝网走。母牛在吃老鼠。猪互相咬。孩子们很快就会啃树皮了。

“我会有很长时间见不到你了。”他说。

“天晓得。”

“我不能告诉任何人我们现在要搬去哪儿。但是你，我可以告诉。”

“我还是不知道更好。”

“你不想知道我要去哪儿吗？”

“越少人知道越好。”

“你是唯一一个我会想念的人。”

“最多想念两天吧。”

“不，我这一生都会想——你也觉得热吗？”

“我？没有。我现在得回家了。”

[现在，在我要走的时候，她对我来说有了意义。她在的这段时间里，对我来说她却没有任何意义。这是一条规律吗？她眼睛大大的（像头小鹿？在《弗拉芒诗歌摘要》里有吗？），有青铜色的瘦腿和刮伤的膝盖。在未来的废墟堆里，她对我来说不会再有什么意义。俄罗斯人会一直推进到北海边上。美国人会轻松拿到法国和意大利，因为那里的气候和加利福尼亚的差不多。等俄罗斯人到了瓦勒，我们打招呼就必须用高举的拳头，驼鹿和熊肉排，伏特加酒，蒙古人。]

“我会时不时给你写封信的。不要在意文法错误。”她说。

"写到哪个地址呢？"

"我到时候会想办法弄到的。"

"科恩纳姆别墅，朵尔普大街8号，荷莱克尼斯镇。"路易斯说。

飞机画出了美妙的弧线，在天空中留下了一道白色痕迹。莱厄河边的高射炮朝它们发射了。

"一场大火会烧遍欧洲了。"路易斯说。

"那我们的国王怎么办？他们把他带到了德国。他除了王冠什么都不许带。王冠重十二公斤。"

"带到了希尔施斯泰因的宫殿里。"

一个农夫骑着自行车经过，怒吼着驱赶他们："从我地里出来。从这儿一直到莱耶瓦德，都是我的！"

他们坐在一片波光粼粼的灰色水面边上，水里有小气泡咕嘟嘟冒出来又炸碎。"要么现在要么永不做。"十字军东征者在出发去奥斯曼帝国，去耶路撒冷之前想。到了那儿很有可能他的头会被劈开，他的脑子会兑上酒，被人舀着吃掉。他急急忙忙地解开了裤裆。

"你瞧。"

"赶快塞回去。"她轻声说。

"我现在要这么来说告别。"他在脑海中读着一页书中带花饰的哥特体字。

她把短裙夹在膝盖之间，用拇指指甲弹打这粉红色的茎秆，就像学校里一个还不太会玩弹子球的毛头小子一样。

"医院护士在给伤员洗身体的时候就会这么做。这东西会挡路。"她边说，边弹得更用力；并不疼，一点都不影响状态。

"快，快点儿塞回去吧。"

"让我也看看你那儿。"

"你还没有全看过吗？"

"好了，来吧。"

"有什么好看的？"

（有很多。都要看！）一股不耐烦的、暴烈的愤怒贯穿了他全身。

他又扣上了裤子。

“你现在是不是又闹脾气了？”

“我就求你这么一次！”

“但这很讨厌。”

“那就算了。可是要是我把我的望远镜送给你呢？”

“我要你的望远镜干什么？”

“你可以把它送给忒杰。”

“我什么时候拿得到？”

“今天晚上，如果你想要的话。”从水面升起来的温热气息，砸在了他脸上。她撩起了自己的裙子，用半边屁股坐着，把小内裤褪了下来。

“但这样我什么都看不到。”

“哎哟，你可真烦人。”她把内裤褪到脚踝上，褪到了沾满淤泥的鞋子上，“好了，你现在满意了？”

“把腿张开。”她做得这么突然，他吓了一跳。几乎看不到什么，一条缝，比她的大腿还要暗，小毛发从里面卷曲而出，但他的心在怦怦跳。他的嘴发干。

“不，别碰。”

她想站起来。“再看一分钟！”

“现在又要干嘛，你这疯子？”

“我再把我的苏格兰围巾送给你。”（海伦娜姑妈说过：“路易斯，这围巾已经过时了。你围着它就像是战前的一个小学生。”）他目不转睛地看。就是为了这个，男人们敲碎了对方的头颅，发怒、绝望到盲目。就为了这条安静、温顺的沟，它和那个无可忍受地、不耐烦地在他内裤的粗糙质料上摩擦的东西——他因为生气只把内裤拉上来半截——没有任何关系。他又把这个捣蛋鬼从衣服里解放了出来。

“噢，你这个混蛋。”贝卡温柔地说。她把两根手指放在那条缝上，张开它，将黑暗的唇拨开，看得见粉红色和红色的褶子，一个闪亮的小火山口。

“说句日安吧。不，不要插进来，只拿小头碰一碰。”她抬起了屁股。两个小伙伴打了招呼，互相碰了碰。一个出奇轻巧地滑进了另一个。

“不过只能进去一小会儿。”在他脑中的游戏里，贵族小姐说。他，罗兰德骑士听从了。时刻准备着。我的荣誉就是忠诚。他拔了出来；但她却用尽全力把下体往前推，涂了油的、有韧性的管道不松开。太阳赐福给了这片田野。一阵海鸥叫。海岸和沙丘离得那么远。“在琐细无可留存之处……”这片海起起伏伏，直到他降落到她颤抖的身体上，她如海水般咸湿的颈背头发里。

她轻声说：“我是谁？”

“贝卡。”他说了十遍或十二遍。

“科恩纳姆”是一幢英式风格的乡间别墅，带悬楼、两个阳台和一片草地，隔壁家照顾田庄的农夫管它叫“草园子”。房子是戈塔尔家的，他们住在法国南部，很感激妈妈直到艾尔拉工厂的最后日子都保护和照料了他们家儿子亨利。在“科恩纳姆”的气氛非同寻常的和谐，因为爸爸藏到了弗尔内[1]周边的一个农庄里，那里的黄油尝起来还一直有14—18年的尸体的味道，当地还住着真正的、谦逊的弗拉芒基督徒，仁慈的撒玛利亚人。

德国人坐着嘎吱响的手推车撤退，说着俄语，拿走了农具、烧菜锅、办公室的柜子和打字机；老马一直在打哈欠。

路易斯不可以露面，因为他个儿已经很高了，在妈妈看来就像是十七八岁的样子了。有时候他躺在花园里的花菜头和大黄茎之间，像“白卫队”的一个伏击兵一样瞄着那些嘎吱响的手推车，坐在炮架

---

1 弗尔内（Veurne）：比利时西弗兰德省的一座城市。

上的目光阴沉、脸色苍白的德国人。他听到妈妈愉快地和晚上骑自行车从代因泽[1]过来，带来新闻和食物的安格丽柯，阿尔曼德舅舅的妻子闲聊。安格丽柯舅妈有点担心，因为阿尔曼德舅舅想坚持做监督员做到最后。就在一个星期以前他还逮捕了一个农夫，这家伙没有细心照料他的猪，结果那些牲畜都四脚朝天死翘翘了。是猪瘟。就因为农民们为了庆祝盟军进入了我们的祖国，一刻不停地喝酒作乐。在这个酩酊大醉、哧哧傻笑的农夫被宪兵队带走的时候，他在村子广场上喊："我操你们的蛋，尤其是你，阿尔曼德·伯塞茨。我们的抵抗战士万岁！"

他们上一次在瓦勒聚会的时候，教父决定送路易斯去圣哲罗姆在瓦费尔赫姆的修士会[2]，好在那儿学习印刷手艺。"我们就直截了当地说吧。路易斯在大学里能干什么？他留过两次级，他对什么都不感兴趣。他对实用的东西就没什么感觉。经商头脑更是半点没有（这是在西弗兰德对一个人能说出的最糟糕评价了）——要去了，他至少能学点基本知识，以后才能接手他父亲的产业啊。"

"产业！"妈妈叫道，"就那些变得破破烂烂的印刷机吗？"

"康斯坦泽，你别掺和这事儿。"这是爸爸最后的话。

妈妈看错了，虽然据说她对实用的东西很有感觉。距新学年开始还有五天，路易斯和她出现在了瓦费尔赫姆兄弟印刷工寄宿学校里。

修道长，一个长着白色鬈发的胖墩墩男人犹犹豫豫地摩挲自己的长袍。他和塞涅夫家族的交情是不用说的，他说。当然是和我们的大家长，他微微一笑，和他我喝光过几瓶勃艮第酒呢。如果换了是另一个学生，不论是谁，他都不会这么做。但对路易斯，他会网开一面。到开课之前的这几天，他都可以安安静静地在这儿待着。妈妈吻了修道长的手，就好像他是戴着印章戒指的大主教一样。

修士阿尔冯斯，一个弱不禁风的小个儿老头将路易斯收到护翼下，

1 代因泽（Deinze）：比利时东弗兰德省的一座城市。
2 即圣哲罗姆修士会（Hieronymite），以圣哲罗姆为守护人的天主教修士会。

给他做煎饼，借给他《比利时印刷术历史》读。

路易斯溜达着穿过空空的教室的时候，他总是会遇到这位修士。路易斯写道：无聊悬挂在这走廊中／我和我的思念在这里迷失／在我的生活中看不到福乐／我应该追求什么？／我应该为我自己谋求一个未来，据说／与此同时那些同志，半冻僵地／死在东部国界上。

这不够现代。没有保罗·冯·奥斯特泰因的感觉，没有维克多·布伦克莱尔[1]的风范。

“无聊，灰色走道／苦闷的生活，不真实／东边灼热，有钢铁的味道！／哦，死亡之歌！”

用大写字母，十二号字体，无衬线？

“真是糟糕的日子啊。”

“是啊，阿尔冯斯兄长。”

“尤其是对你这样的一个年轻男孩子。”

这个老男人是什么意思？是说天气热，而我这样的一个年轻男孩子更想和自己的伙伴去游泳吗？或者对一个年轻小子来说，这是和女孩子们厮混的好时节吗？还是说被我父母丢下不管的我会在这里孤独地凋零？再要不就是说我在这样糟糕的时代里被我的同胞排挤了出来，因为我父亲为了他的弗拉芒理想而像个罪犯一样东躲西藏？

一个敞开的车子开到了学校院子里。穿白色工装的年轻男生挥舞着冲锋枪。

“那是伯纳德啊！”修士阿尔冯斯兴高采烈地叫道，跑到了刚刹车的汽车旁边，帮着司机下车，“天哪，伯纳德，小伙子！”

这位宽肩膀的年轻男子戴了一块“法国内战军”的袖章，带着打探的目光走过了学校院子。修士阿尔冯斯叫道，特拉斯比啤酒已经备好了，就为了今天好好保藏的。伯纳德站到路易斯跟前，检验地看着他。路易斯将张开的两根手指伸向空中。

---

1 维克多·布伦克莱尔（Victor Brunclair）：比利时表现主义诗人、作家、弗拉芒运动激进分子。

“谁会想得到啊？”修士阿尔冯斯喋喋不休地说，“我还以为你在阿登山那边呢。”

“是在弗拉芒的阿尔登山区！”

“在克鲁伊斯山上！我们在那儿用烟把四个家伙熏出了他们的洞。”

“干得好啊！”阿尔冯斯开心地说。

“白卫队”的年轻小伙儿中年纪最大的那个，戴着一顶刷白了的比利时头盔，他一边将自己的冲锋枪像一个孩子一样抱在手臂里晃荡，一边问：“你不是登特海姆[1]市长的一个亲戚吗？”

“不是。”路易斯说着脸红了。

“我倒要查查看，阿尔冯斯兄弟，你是不是因为心软在修道院里藏了‘黑卫队’的人。”伯纳德说。

“我，伯纳德？我是爱国者。从来都是。”

“爱国也排除不了包庇。我们可听说了，这里的班上唱过《弗拉芒狮子》的。”

“还有《肯彭兰》[2]。”

“我们就来嗅一嗅。”他们在院子里走来走去，小心探听着，走着之字形，就像是探查一座被占领城市的集市广场。

一个小时以后，路易斯从修道院棚屋里找出了一辆自行车，骑了起来，有时候像马塞尔·金德一样飞转踏板，有时候像猫仔谢亨斯一样冲刺，最后小腿肚几乎麻了。他兴奋地从托米们开着的橄榄绿坦克和被遗弃的高射炮旁边骑过。在阿尔特[3]附近，他穿过了一片树木被烧焦，一排排房子冒着烟，地平线后面单调地响着隆隆炮声的区域。天色已暗，在他到达莫娜姑妈家的时候。教父头上戴着一顶棉睡帽，咬牙说道：路易斯疯了。希采丽穿着一条白裙，围了一条有比利时国旗

1 登特海姆（Dentergem）：比利时西弗兰德省的一座城市。

2《肯彭兰》（*Kempenland*）：弗拉芒歌曲，以弗拉芒的肯彭地区为名来歌颂弗拉芒民族，成为弗拉芒民族独立运动的标志性歌曲。

3 阿尔特（Aalter）：比利时东弗兰德省的一座城市。

三色的围巾。莫娜姑妈给了路易斯夹小牛肉冻的黄油面包。

“你真的就这么在马路正当中骑过来的，就这个破车？”希采丽问。

“你在路上看到了什么？”教父问。

“我没有看。”

“这小伙子脑子里只有稻草吧！”教父叫着，给自己安上了假牙。

“托米。”路易斯说，“很多开坦克的托米。”

“那不是托米。”希采丽说，“那是波兰人，穿成了托米的样子。”

“波兰人和黑鬼。”莫娜姑妈说。

“我父亲在哪儿？”

“我们不知道。”

“他在弗尔内附近什么地方！”路易斯绝望地叫道，“提奥·冯·巴梅尔给了妈妈地址，但她弄丢了。”

“可是你要找你父亲干什么？”

“告诉他，他们在找他。他绝不能回到荷莱克尼斯去了。”

“这他自己也知道。每个孩子都知道。他们在找所有的人。”

“我的父亲在哪儿？”

“冷静，路易斯。坐下来。坐那儿。”

“路易斯，”教父用冷静的声音说，“你还是不要知道你父亲在哪儿为好。看这些‘白卫队’脑袋冒青烟地四处跑的样子，你知道了他们就会拼命折磨你，直到你告诉他们你父亲藏在了哪儿。”

“用点燃了的英国烟烫你的乳头。”希采丽说。

“你不想他们把你父亲一枪毙了吧？你这么担心你父亲，还真是让人惊讶。老实说我没想到你会这样，不过你脑子里真的都是草。”

“你本来就一直对我有意见。”路易斯喊道。

“莫娜，剩下的米饭，给这小伙子一点儿。”

“给，”莫娜姑妈说，“带水果蜜饯的甜米饭。你看看，你教父为了你这些都舍得不吃。”

在吃饭的时候，他冷静了下来。教父问，他母亲过得怎么样。路易斯撒谎说她经常哭，因为想念爸爸。教父满意地点了点头。

因为人们这些天把强制去德国工作的人常常混淆成了对第三帝国有好感的人，所以列昂姑父就去了瓦隆大区他哥哥那儿，与他那位荡妇妻子诺拉一起。罗伯特叔叔虽然在瓦勒喂养过许多挨饿的人，但还是躲到了他在图尔奈的乡间居所，那儿的邻居都只认识工作以外的他。

路易斯必须早早上床。当他躺在阁楼上的行军床上的时候，他读新到的报纸——《民族报》。里面尽是对元首的傻呆漫画，画得笨手笨脚的，一点儿不像。比如说画成一条被盟军靴子踩碎的蛇。在瓦费尔赫姆，修道长和修士阿尔冯斯互相搀扶着，在雾气蒸腾的草地上找他。嘿，嘿，路易斯！他们越来越害怕他们在开学之前就弄丢了一个学生。他们迷失在了白雾里，突然少将克里斯多夫·祖·施托尔贝格–施托尔贝格[1]伯爵站在了他们面前。他们吓得尿了裤子，哭哭啼啼地说他们是圣哲罗姆修士会的。当然了，看起来和脏塞弗有点像的军官说，然后毫无声息地把他们射倒了。

妈妈几乎没有注意到他，在他骑上上车坡道，把自行车扔到草园子上的时候。她嘴角里叼着一根香烟，在一只猫的嘴里掏来掏去，她觉得它吃错了什么东西。路易斯说他不论如何都不会回到瓦费尔赫姆去了。印刷工的训练，他在根特可以做得更好，找家专科学校就行。

“根特。”她说，“你父亲也是在根特接受的印刷工培训。结果你也看到了。”

然后，她微笑着把猫从怀里推了出去。“收拾行李吧。”

“为什么？”

“我们骑车去巴斯特赫姆，去梅尔克家。不管怎么样都好。这儿这幢别墅让我心烦。”

---

1 克里斯多夫·祖·施托尔贝格–施托尔贝格（Christoph zu Stolberg-Stolberg）：德国军官，二战期间成为少将。

他们并排骑着自行车，行李挂在车把上摇摇晃晃。她有时候把手放在他肩上。当她在德龙恩桥上很费劲地往前骑的时候，他就着车座推她。“别碰我的身体！”她大笑着叫道。头发飘扬，脸颊通红，她让自行车空转着就这么骑过了朝她吹口哨的加拿大人的身边，还发出了一阵印第安人的长啸，士兵们高喊着应和。

在巴斯特赫姆，梅尔腾斯神父领导了有组织的抵抗运动。维奥蕾特姨妈从可靠的渠道得到消息，他明天或后天会戴着手铐来逮捕他们。“日高点”别墅里所有的百叶窗都拉了下来，阿尔曼德舅舅把一根横梁扛到了房门前，在他做那件蠢到家的事儿——去“皮卡迪”庆祝虚有其名的伪解放之前。他最忠诚的女朋友和床伴，店老板娘安托伊内特在给他灌酒的同时偷偷让自己的儿子阿尔弗雷德去找神父梅尔腾斯。现在阿尔曼德舅舅就和其他巴斯特赫姆的叛国者们一起关进了牛奶场。

“可是阿尔曼德做的好事都可以获勋章的。”维奥蕾特姨妈高喊道，“他反抗那些被逼的黑市农民，想方设法让人们都有东西吃！”

“让你和你的德国人有东西吃吧。”梅尔克说。

“他们住进我家来，难道是我的错吗？”

“你和他们交往得太密切了。”

“如果你不是我母亲的话，我现在就会给你一耳光。”

“你似乎看得很开心啊，康斯坦泽。”梅尔克说。

妈妈还在微笑。

“如果他们从瓦勒得到命令，要把你带走呢？”

“他们要怎么对我都可以。”妈妈说，她想起了某个越过水晶地，沿着河谷跑来，尖声叫唤“康斯坦茨、康斯坦茨”[1]的劳森吉尔。

透过车库的小窗户可以看到躺在一堆稻草上的欧梅尔舅舅。在慈善兄弟会的疯人院里，他踢足球的时候为了一个球算不算越位和另一

1 德国人劳森吉尔习惯性地将康斯坦泽的名字念成他熟悉的康斯坦茨。

个疯子打了起来，另一个踢了他一脚，踢出了脑震荡。医护站的医生看到欧梅尔舅舅为了解放而欣喜若狂，就宣布他病好了。说病好了，是夸大了。不过他至少不再吃自己的粪便了。他是在两个条件下被释放回家的：首先他不能随意在村子里走动，其次他要尽可能少地，最好是永不再见到他弟弟阿尔曼德。因为见到他会引发让他进疯人院的类似刺激。

欧梅尔舅舅对他被关在车库里根本没有什么反应。

“舅舅，是我，路易斯。”

“舅舅，是我，欧梅尔。”他平静地回答。

“路易斯，斯塔夫的儿子。”

他被方言迷惑了，斯塔夫就成了“扶手踏”。“圣约瑟手上拿着斯塔夫，翻山啊又越岭。”

“舅舅啊……”

“救啥救，喝碗酒。”

“我亲爱的朋友莫里斯，”路易斯在贴有“给莫·德·波特”标签的笔记本里写道，“给一个死者写信，对于一个马上要做印刷工学徒的作家学徒来说是最简单不过的事儿了，在这个占领噩梦的恶果消退些的时候。我们整个时间都是在噩梦里生活的，你知道吗，老伙计？新的报纸上就这么写的。

“而现在呢，新的报纸上也可以读到，只要纳粹野兽被完全打败，噩梦就会过去了。我们会迎来平等、博爱和自由的梦。当然，是和同样一批人一起。

“你在天上是不是也发现，比利时，比利时这个概念现在得到了万众瞩目？你还记得我们总是把学校地图册里的比利时地图比作一个虚弱无力的驼背老头儿，卢森堡是他被截断的腿。我是说，他腿被截掉的那部分。我们的西弗兰德省是他的头侧面，我们的北海海岸是他头上帽子的边缘？

“所以我们面临的问题就是，又要习惯这个新祖国了。我觉得挺难的，到处读到的都是比利时，而不是弗兰德。另外，我今天还要报告的就是，我看上了一个到我家打扫卫生的女孩子，而她，我觉得，可能很快也会对我产生好感。在你对洗地水和氨水味道皱起你的天堂鼻子之前，你应该想一想，歌德，他在你那儿应该是安置在‘提坦巨神’部的，他也是和一个所谓社会地位低贱的人结的婚。[1]在这件事儿上请赐给我你的光。难道付出不是比激情更好的一个保障，能让人在尘世生活中彼此和谐相处？不过我也等着受激情煎熬，我已经足够大，不对，足够成熟可以受这煎熬了。请你在天上看护我。赐福给我。我会继续告诉你事情进展的。你的朋友和耶稣眼下的弟兄。我加上耶稣，是因为他也许会来视察你的通信。不论在何处都愿意被你见到的性欲高涨的伙伴路易斯。”

欧梅尔舅舅跪在地上玩一只甲虫。他的手指张开做栅栏，甲虫绕着圆圈爬。在货运列车轰隆隆地开过的时候，欧梅尔舅舅抬起了头看。

“日安，欧梅尔舅舅。”

“日安，欧梅尔舅舅。你有芝兰口香糖吗？”

“没有，欧梅尔舅舅。今天没有。”昨天也没有，明天也没有。因为舅舅会把口香糖吞下去。他站起来，走到小窗户边，窗上有雨滴晒干后留下的斑斑点点。

“你进不来，对吧，今天凌晨的时候，你和你的同志。你们要接我出去的。”

“今天凌晨我躺在床上睡觉，欧梅尔舅舅。”

“救啥救，我听到了你的声音，你叫了，还敲了门。”

“不是为了你。”

“你瞎说什么啊！”

---

1 德国大诗人、作家歌德娶了卖花女出身的克里斯蒂安娜。

“是为了维奥蕾特姨妈，你妹妹。”

他歪着脑袋，又去听村民夜里的怒吼了，那些村民在夜色降临的时候会聚集到梅尔克家门口，有时候会被宪兵队或几个加拿大军警赶走。“日高点”别墅的黄色外墙都被画上了颜料还在往下滴的纳粹十字符号，有的符号画反了。雷神大门的锤子被弄弯了，没法再保护房子免遭大火和闪电袭击了。

“他们意味，我是维奥蕾特？”欧梅尔舅舅眨着眼睛问。他把鼻子压扁在窗户玻璃上。明亮的女孩儿眼睛，妈妈的眼睛，盯着路易斯不放。他舔了舔玻璃，玻璃变得更透明发亮。

“日本人的日本蛋蛋被踢了。”他从收音机里听到的。

“德国人也是。”

欧梅尔舅舅指着水果园，那儿的一棵梨树下放着一把刷成钴蓝色的厨房椅子。“他们把我放在那里，把我绑起来，然后就噼里啪啦，稀里哗啦，叽里咔嚓，把我干掉了，像干掉一只鸽子一样。”

“他们为什么这么做，欧梅尔舅舅？”

“有上千个理由。”他说。

“告诉我一个，就一个。”

“因为我是维奥蕾特。”他得意地大叫道。

控诉维奥蕾特姨妈的布告包含了两项指责：她不仅和敌人串通一气，而且还作风低劣，有违公德。一打巴斯特赫姆人都证实，她在阳台上脱得光溜溜的，在年轻的德国佬面前跳舞，其中几个还吓得不敢看。检察官没有调查这两个指责的任何一个。梅尔腾斯神父在布道坛上破口大骂，说比利时让人遗憾的腐败恶行已经蔓延到了司法圈子里。因为检察官都是被现在身在布鲁塞尔，地位显赫的康拉德指挥官牵着鼻子走。而康拉德救了维奥蕾特姨妈，因为他接受了贝赫尼丝姨妈，他眼中的圣人的哀求。“就这么简单。”拉夫说。

“这是不是说，”路易斯问道，“康拉德在布鲁塞尔的军部里也戴着那张面具走来走去？”

一架飞机像南美雄鹰一样降落了下来，它的名字就叫鹰鹰。这一次从飞机里走出来的不是某个和比利时大多数国会议员一样搭飞机和工业界人士一起去布列塔尼玩帆船——同时也不会少带几箱威士忌、香烟盒和尼龙袜回来——的部长。不，这次是一个皮肤晒黑了的年轻男人，穿白西装的金发美少男，他滑下了滑行道。他的手臂太长了，至少按照希腊的理想标准太长了。他拎着一个由绿松石色皮革制成的、绣了他自己姓氏首字母的魔术皮包，里面装了奇异的电子器具，可以发出人类无法企及的精确射线；这位年轻医生，他父亲是烧伤专家，他祖父在没有灯的巴黎伤兵旅馆里缝合了破脸[1]，而他则用这些器具治好了康拉德。康拉德还戴着一副深蓝色眼镜，当然只是出于虚荣心，但脸上几乎看不到任何伤疤。除非是在日光下或在手术室的明亮灯光下。

拉夫和康拉德还有这位年轻的外科医生一起在哥特的“马克西米家”酒馆里庆祝了这个惊人的手术结果。医生喝得醉醺醺的，向一个肚皮舞女郎保证，把她的胸部变成一个十六岁少女的样子，又对另一个说，会让她割盲肠留下的伤疤消失不见。他还宣称，是他的一个祖先用粘固粉给第谷·布拉赫[2]，那个丹麦的天文学家的脸粘了一个金鼻子，布拉赫在和一个名叫帕斯贝尔格的男人决斗的时候失去了自己的呼吸器官。

拉夫现在住在校长的家里，校长被贬到了阿根廷。在波兰人开进巴斯特赫姆之前的一天，解放了的民众把修饰外墙的石雕，那头举起前爪的狮子和三角洲标志砸成了上千块碎片，但在这过程中也毁掉了电线和热水管道。独立前线在那里举行了他们的集会，而拉夫就只能放弃英雄本来有权获得的舒适生活了。

---

1 破脸（Gueules cassées）：法国专门用来指一战期间脸部受伤变形的伤员。
2 第谷·布拉赫（Tycho Brahe）：丹麦贵族，16世纪的天文学家。

“你以前知道我是‘白卫队’的吧，路易斯？”

“当然了。”

霍尔斯特站在大门口。不论是战争年代，还是和平时代，他就那么穿着守林人制服站在大门口。路易斯握了握巨大的、干燥的手。拉夫说：“日安，伙计。”

墙上挂着一幅画，画里身穿白色皮毛大衣的劳拉夫人看起来刚刚掐死一只喘着气看向背景里一支烛台的斗牛犬。劳拉夫人戴着一顶平顶的中国帽子，上面插着一只死了的蜂鸟，她嘲讽又满怀期待地看着路易斯。斗牛犬的脖子上，在粉红色项带上，晃动着一枚骑士十字勋章。

“为我们干杯。”拉夫说。

“为我们干杯。”霍尔斯特说。

路易斯眼里涌出了泪水，因为他喝冰凉的香槟酒喝得太性急了。他费了很大力气压下胃里涌上来的一股酸浪；不要让另外两个人发觉他是第一次喝香槟。“用啤酒杯喝香槟，真有一套。”拉夫说，“还是凯歌香槟[1]，选得好，霍尔斯特，很合适。”

路易斯询问的表情逗乐了拉夫。“霍尔斯特现在可是鳏夫了，小家伙。对不对，霍尔斯特？”

“喝完吧，”霍尔斯特说，“酒窖里还是满的呢。”

“部长怎么样了？”

“挺好的。他下个星期会和他的新闻专员、内阁首领，还有其他人一起过来。他们要打猎。”

“路易萨大街的房子出了什么事儿？”

“应该出什么事儿？”

“既然劳拉夫人都不再住那儿了。”

“谁说她不再住那儿了？”霍尔斯特叫道。

“是啊，她为什么不会再住那儿呢？”路易斯问，语气几乎同样强

1 凯歌香槟（Veuve Clicquot）：法国巴黎北部香槟区第二大酒厂所产，为皇室贵族和名流所喜爱。

烈。我喝醉了。我的胃里翻江倒海。醉得天翻地覆了。我马上就会吐在绣花地毯上了。不，绝对不可以。

“如果劳拉夫人没有被找到，很有可能真的找不到，那我觉得，公证人贝伦斯，抱歉，我是说部长贝伦斯阁下，真的会有礼貌地、坚定地要回他在路易萨大街上的合法财产。”

“她会重新出现的。”霍尔斯特说。

“肯定的。”拉夫说，“就像教堂里说的‘阿门’。”

拉夫分出了两个分身，像爸爸那散发油墨味道的工坊里印出的两张传单一样各自滑开了。路易斯抓住拉夫的分身，揉碎了，扔进了切割机下面的字纸篓，发现拉夫毫发无损地又出现在沙发上。霍尔斯特给他们的杯子又倒满了酒。“这酒还有好几箱呢。我还可以加进去几滴君度[1]，如果你们觉得那样更好喝的话。”

路易斯的脖子刚好能放进沙发的凹坑里去。这怎么可能的呢？路易十五对给他做家具的木匠下令，要让沙发的天鹅绒扶手边能天衣无缝地配上一个汗津津、哼哼叫的人头。

“劳拉夫人在哪儿？”路易斯问。

“他什么都不知道。”拉夫赶紧说，“他这么问不是想让你难堪的，霍尔斯特。”

“他想知道什么都可以。”霍尔斯特说，“她留在了布鲁塞尔，其他没啥好说的。”

“身体好，心情好？”拉夫问。

“当然。”

“那她有可能明天或后天就突然站到我们面前了咯？”

“为什么不呢？”

“那你怎么看那些人呢，那些在警察局里说他们在巴斯特赫姆看到了她，看到她还是穿着白衣服，骑着自行车在疗养院附近转悠的人？”

---

1 君度（Cointreau）：法国甜味橙酒，常用来调鸡尾酒。

“谁这么说了？不就是几个酒鬼。”

“菲尔梅尔克，家具厂厂长，戴伦思，罗杰和邮差。”

“骑着自行车！”路易斯尖叫道，“劳拉夫人骑着自行车！为什么不是坐着双驾马车？”

“预审法官自己说了，这都是无稽之谈。”

“人们可都是坏心眼。”拉夫一边说，一边小心翼翼地喝着，小心得恰如其分，不像路易斯一样贪婪地猛灌，“坏心眼，又都想看热闹。他们能无中生有，编出长篇小说来。依我看，他们是受了气，因为你就这么秘不告人地结了婚。就像列奥普德国王娶莉莉安娜那样。”

“他们应该……”霍尔斯特清了清嗓子，“他们对一个刚结了婚不到一年就失去妻子的人应该有点儿同情心吧。”

“如今还谈什么同情心。”拉夫若有所思地说，“顺便问一句，你最后一次见到你妻子的时候，她还在滑冰吧，对不对？”

“是的，她在滑冰。我可以证明。”

“就为了做点儿运动？”

“她十岁就开始滑冰了。”

“所以她大腿小腿上都那么有肌肉。”拉夫说。（雪花石膏一样的大腿，行为放荡化成灰。）路易斯肯定，劳拉夫人已经死了。

（一个女人美如晨曦／她的死没有让他掉一滴眼泪／那与她有盟誓的人／谁玷污了她／在黑暗的疯狂中咚咚咚／她的生命挥霍尽了／如今寄与亡者之舟／赴星辰之途）

在美国人设在草地上仓库旁的帐篷里，路易斯名叫路。他们问他，三个星期以后他们去德国的时候他要不要一起去。罗伯森，一个从爱荷华州来的电气工，答应把他击毙的每个德国人的右耳朵都给路易斯。因为路易斯跟他们说，他的爹地被盖世太保抓走了，一直在黑森林的一间监狱里受煎熬。他们给了他一大堆口香糖、马尔斯牌和好彩牌香烟。“不开玩笑的，路！”有时候他和他们一起坐着吉普车，目光坚定地从村民身边路过，一个说美国话、毫不动摇、一路飞驰的首领。他知道《别用围栏关住我》《我独自散步》《我要买个属于我自己的纸娃娃》的歌词，这些缓慢地、拖沓地唱出来的歌，听上去就像是播放速度过慢了似的。

这些悦耳的、柔软的音调，好彩牌香烟和机油的气味，司登冲锋枪[1]的慵懒光泽，还有走路像跳舞一样、身段柔韧、无忧无虑、孩子般天真、猫儿模样的电影演员士兵，这些无疑会消灭掉第三帝国；德国的皮革和德国的钢铁都太坚硬、太僵化。在这么多轻松快活的不停吹打下他们会折断的。

在远方弗尔内附近的一个农庄里，爸爸因狂妄和无聊，大着胆子在村子里的酒馆进进出出。没有被认出的他蹲坐在一个角落，喝他的啤酒，拼命管束他爱胡侃的心。一个当地的"白卫队"队员，想让所有"黑卫队"的人都受尽最可怕刑罚的人，一天晚上举起杯子庆祝所有尼民盟的追随者被处决。"先生，"爸爸说，"冒昧了，尼民盟在战争期间就已经不存在了。"

"什么？您说什么？"爸爸解释说，那些想推动弗兰德复兴的尼民盟成员都加入了弗拉芒民族党，但另一些人却没有，他们都为自己领袖的死感到困惑和沮丧。这位领袖，我的好伙计，在1940年公开支持比利时和比利时国王。这位抵抗运动成员拎着爸爸的耳朵，把他拖下椅子，把啤酒倒到他乱蓬蓬的头发里。爸爸挣脱了。"有种的，就和我一起去门外！"

"好啊。"这位英雄说，"你走到门外去，进到四块板中间去。"

黑方与白方开始了一场角斗。周围的人将斗鸡扯开，然后又推到一起。便衣警察到了。检查证件。爸爸在一片吵嚷声中被拖去了警察局，又从那里送到了瓦勒的"弗兰德里亚"小宫殿，以前盖世太保的窝点。

---

1 司登冲锋枪（Sten guns）：英国在二战期间大量制造的冲锋枪。

“咎由自取。”路易斯说。

“你怎么敢这么说？”维奥蕾特姨妈叫道。

“谁如果不尊敬他父亲，也会遭到自己儿子嘲笑的。”安格丽柯舅妈说。

“你怎么能这么残忍？”安娜，来做家务的女孩儿说。她长得像贝卡·可塞恩斯，但是一头金发。

“斯塔夫的父亲也许能想点法子。他可有条长胳膊。”贝赫尼丝姨妈说。

“他有病。”妈妈说。

“看起来他也是走下坡路走得飞快啊。”梅尔克精神十足地说，“他几乎都剃不了胡子，洗不了脸了。”

“莫娜这下子心碎了。”

“隆德泽尔的牧师看到他的时候吓死了。”

“是在打桥牌的时候开始的。他突然就不能数数了。”

“是啊，他把牌往那儿一放，说：‘我的先生们，我的大脑都是洞，就想块瑞士奶酪。’”

“看起来，他一整天都在说他父亲。”

路易斯的曾祖父是一个长着白色瓦勒胡子，威风十足的律师，在辩护的时候会喷唾沫星子。梅尔克还见过他。妈妈当然也见过，但她沉浸在美国香烟的烟雾中，几乎没有听。劳森吉尔，放她回我们身边吧。

“……他的两个女儿，罗萨莉和米莉亚姆，也就是你的姨婆婆，路易斯，不想再住在鲁瑟拉勒了。她们诱惑老头儿，爸爸长爸爸短的，我们为什么不离开这个满是乡巴佬的垃圾场？现在你退休了，我们可以搬到布鲁日住，你在那儿安度晚年，还会有点儿消遣。我们去爱湖边上找个小公寓，这儿这幢冷飕飕的大房子我们没法维护。而他回答说：‘那好吧，但我的鸽子得一起带走。’他的鸽子也带过去了，不过奇怪的是它们一个接一个地病倒了，痉挛，癌症，还有得肺病的。这让他特别哀伤。路易斯。你的曾祖父哦，他以前对自己又长又白的胡子那么自豪，总是细心打理，洗干净，卷起来，可他居然同意他女儿用剪子修理他的胡子，修得只剩下了一小块四角形，几乎都不再需要打理，只要梳一梳就好了。一个月以后，就连这点胡子都给剪成了一个傻气的山羊胡子。等到他要离世的时候，他就索性被剃光了胡子。我看过他临终在床上的样子。他成了另外一个人，我都没有认出来。”

“亲爱的莫里斯，我又来找你了，手里拿着钢笔。我父亲被关起来了。关在‘弗兰德里亚’的牢房里，现在是‘白卫队’在那里打网球了。因为他不想继续成为他房东的累赘，所以他就去了珀尔德村的酒馆。他挺直身板，像棵走动的树一样走进了大肆散发士兵的柴郡干酪的气味的酒吧间，让那儿的顾客很看不顺眼。一个身上披着蜘蛛网的老板走近来，嗓音嘶哑地说：‘您要什么，异乡人？’被一个十岁小女孩用一支蜡烛欺负过的鹦鹉在它的脏笼子里重复了酒吧老板的话，这时候我父亲冲着伤残的白鹦鹉回答道：‘请上一杯稍微有点儿泡的啤酒和一只煮硬的鸡蛋。’后一个引发了村民们的大笑，他们只用灶火照明，互相摸来摸去，现在他们那些被烧酒和猥亵动作加热了的脸都朝向了我父亲。他用目光惩罚这些滚作一团，处于阴暗中的当地人。他感到恼火，一只煮硬的鸡蛋，在巴黎酒馆里几乎每个吧台上都看得到的物品，在悠悠时光变迁里他们所有人都曾从中爬出来的蛋这个实体，居然成了他们嘲笑的对象。我父亲，在好日子里是一个强壮的男人，一个热心的丈夫，一个欢乐的邻居，一个慷慨的商人，他感到了来自己的同胞的威胁。而且他还想到了他儿子，这更加重了他的忧郁；他感到，在同一时刻，那小子身处另一片土地上……”

是妈妈上楼来了吗？路易斯赶紧把这个本子塞到了《滑稽报》《风月场回忆录》《安特卫普报》下面。下面有人在操弄锅盆。是安娜？他往镜子里看，梳了梳头发，像墨索里尼一样拉长了脸，将手插在两侧，下巴上扬，抬起眉毛，卷起下嘴唇。“工人们！”[1]他看到安娜躺在他床上，她收起膝盖，温柔地说：“哦，你这坏蛋！”他掏出了自己不那么有男子气概的家伙，在上面绑了一根绳子，然后紧张地把另一头绑在门把手上。如果妈妈出其不意地进了房间，她当然从来也没这么做过——她操心过他在做什么吗？她操心过他的存在吗？——那她就会做她从来不会做的事儿——冒冒失失地活动，那么猛烈地拉开门，让他身上这家伙掉出来；她会不知所措地看着那家伙在门和门柱之间晃动，她会大张着嘴，瞪着她的白色劳拉夫人裙子上的血滴。他就像头被绑住的小牛一样等候着，轻声唱着：“一个别人偷不走的玩具，有着你的勾引人的，勾引人的眼睛……”[2]但是，没有人来。根本不会有人来。

“嗨，路！”[3]

是在叫他。美国人在他们的帐篷里打扑克牌，被湿漉漉制服的湿气和雾气所包围。今天是鲁西尔·巴尔的生日。外面下着细雨。他们为鲁西尔·巴尔干杯，很快就喝醉了，开始胡闹。两天之后他们要启程了，去俄罗斯人那儿，或者至少去俄罗斯人对面的阵地。

然后他们一群人往村子里走去，这其实是禁止的。他们毫不费力地跑过了铁丝网，蹚过了老莱厄河的沼泽地。只有正在熨衣服的厨子基恩和杰迪留了下来。杰迪在听战争的消息，同时用缓慢的动作抚摸自己长长的、悲伤的犹太脸。基恩开始收拾东西。他想扔掉一张用来包过西红柿和洋葱的报纸，正巧路易斯看到上面有一页是“艺术与文学”。他读了一首约翰·戴埃那[4]的诗，斜体印的。这首诗押韵。

“看哪，这首诗是我的。”他对基恩说，“这是我写的。”

---

1 此处原文为意大利语。
2 此处原文为英语。
3 此处原文为英语。
4 约翰·戴埃那（Johan Daisne）：20世纪弗拉芒语作家赫尔曼·蒂里（Herman Thiery）的笔名。

“别逗我了！”基恩指着约翰·戴埃那的名字，问路易斯，他是不是叫这个“约–汉·戴埃涅”？

“这是我的笔名。”

“哦，一个假名字。为了逃税吧！作家们都很有钱，对吧？”

“这样的东西在这儿卖不了好价钱。”路易斯说，“所以我是免费写的。他们请我写的。我一个晚上就写好了，这首诗就这么从我脑子里蹦出来的。”

“如果我能写的话，”厨子说，“我就会用自己的名字。基恩·墨菲。这样所有人，我所有的朋友，就都知道那是我写的了。”

“编报纸的那些人以为我是个年纪挺大的先生。如果他们知道我还是个中学生，那么他们就不会印我的诗了。不过这个笔名其实也是我的名字。戴珀斯特洛夫·埃那。我家来自法国埃纳省。我的远房亲戚在那儿以前看过，现在还有座宫殿。”

“别开玩笑了。那这首诗里写了啥？”

路易斯翻译起来。到了英语里这首诗就不押韵了，味道就丢失了不少。“我是一座小镇的小孩/在两座小镇里住着爱我的那个她/在三个小镇里我去工作过/什么样的丧钟，哎哟，哎哟，哎哟，在教堂里敲？”

“鸣，”杰迪说，“丧钟为谁而鸣[1]。”

“对。”路易斯叫道，“多谢了。”

“你亲戚的那座宫殿，是什么样的建筑风格？”杰迪问道，“宫殿的塔楼会不会恰巧是17世纪的？”

“猜对了。”

“路易十八[2]在百日王朝的时候是不是就住在那儿啊？”

“很有可能。”

---

1 典自《丧钟为谁而鸣》，美国作家海明威于1940年发表的一部小说。

2 法国国王路易十八是波旁王朝复辟后的第一任国王。1815年拿破仑从厄尔巴岛回到法国，推翻复辟的王朝，再度称帝，但是后因滑铁卢战役失败而退位。波旁王朝再次复辟。这便是百日王朝。

“那里有很多公爵被杀了，对吗？”

“那时候有这种风俗。”

“是不是从那儿的阳台上能看到大教堂和山谷？”

“您去过那儿了吧？”路易斯问。

杰迪嗅了嗅自己的手，然后又抚摸自己忧郁长脸上的皱纹。他有着被联邦调查局审问了一下午的犹太黑帮那样的淡蓝色脸颊。杰迪从来不参加军事训练，从来不在集合的时候露面，其他人都理所当然地接受了。他是反情报局的一个特殊安保人员。

杰迪拉开了帐篷小门。沼泽地上浮着薄薄一层银色。天空堆满雨云。杰迪握了五六次路易斯的手。“以十二步兵团的名义，我很荣幸认识了这个该死国家的一位年轻诗人。”

“谢谢，先生。”

“保重。”他往上拉了拉他那条不成形状的松松垮垮的裤子，走了；棱角分明的肩膀、瘦而宽的背沉着而忍耐地扛着这个世界的所有谎言。路易斯想要追上他，向他道歉：如果我成了骗子路易斯，那也不单单是我一人的错。从一开始，在我是个孩子的小镇里，我经历的就都是欺骗。求您了。

“他从来没说过这么多话。”基恩说，“他这么做当然因为你是个作家。他也一直都在日记本里写着什么。当然也是因为你家人有一座宫殿。”

欧梅尔舅舅慢慢的又有了正常的血色，不再胡言乱语了。有时候，当他在洗浴间的大圆桶里洗了澡以后，他可以坐到厨房里。但他在那儿没待多久就给妈妈几个飞吻，迅速回到了他的车库里。

“你可不能怂恿他，康斯坦泽。”维奥蕾特姨妈警告说。梅尔克为了治眼睛每天要吃一公斤的胡萝卜，不能喝一滴酒，连葡萄酒或啤酒都不行。她看到了越来越多掠过眼前的黑斑。很可能是血压太高了。

在《最新快报》[1]上发布了一则征文竞赛的消息。征求的是一篇有自传背景的小说，与战争有直接或间接的关系。寄去的邮件要附上一张警察局开的无罪证明和一句格言，因为在开启密封信封之前作者的名字都不能透露。路易斯花了好几个小时想这句格言，但就是想不到足够神秘、有创意、吸引人的句子能让他的作品还没读就足以获奖。因为《最新快报》上常常会连载亚伯拉罕·汉斯[2]，梅尔克最喜欢的作家的小说，路易斯就在巴斯特赫姆的图书馆里借了这个比较偏自由派的弗拉芒头脑的一大摞历史小说，而这让维奥蕾特姨妈大发雷霆，她觉得这是叛变，因为梅尔腾斯神父作为灰衣主教让她失去了那个图书馆里图书女王的王位。

教父是要来负担他孙子接受印刷工培训的费用，却还迟迟没有点头。妈妈对路易斯无所事事的懒散很是恼火。“读书吃饭四处躺着四处捣蛋，这样的日子现在可结束了。我给根特的商业学校打了电话。你那么喜欢和你的美国人说英语——在那儿你可以拿到一张外语、速记和打字的结业证书。这总是有用的，对一个印刷工也是有用的。不，我不会跟着去根特，不，我不会送你去车站，你难道还不能靠自己这双脚走路吗？”

在商业学校那灰不溜秋、冷冰冰的豪华大楼里，进进出出的都是衣着优雅的人，老师和学生。从哈尔贝克、瓦勒、巴斯特赫姆来的这个男生穿着一件太过温暖的大衣，那是妈妈用一条美国军用被改成的，与欧梅尔舅舅一起改的，后者身上湿稻草和粪便的难闻臭味也渗进了大衣料子里，虽然妈妈不承认。这个男生不敢走进去。他说话会结巴，会羞愧地窒息。在不到一分钟的时间里，就能从他的乡巴佬脸上看出

1《最新快报》（*Het Laaste Nieuws*）：布鲁塞尔发行的一份荷兰语报纸，是比利时最流行的一份报纸。

2 亚伯拉罕·汉斯（Abraham Hans）：20世纪初备受欢迎的弗拉芒语作家。

来他父亲的叛国行径。路易斯等到街上再看不到任何人的时候，才接近了大楼，从毛玻璃的一条宽缝往里偷窥。在一间教室里，男生和女生伏在桌子上，写下数字。

路易斯沿着格拉斯码头和科伦码头晃荡，这欧洲的历史地段有着罗马风、哥特风、哈布斯堡风、文艺复兴风等风格的房子，房子上有两桅船、船锚和花环的石雕，有巴洛克式的拱顶。根特人穿着天鹅绒长袍悠闲地散着步，有灰狗做伴，戴手套的拳头上举着鹰。路易斯买了两百克奶酪，想象一个等待自己戴尖顶帽的夫人的侍从那样站在"埃格蒙德府邸"的露台上吃掉它，这时候他的目光落在了《北方之歌》的彩色海报上。

女引座员用手电照了照他的脸，没好气地说，门票里不包含小费。他该死地一阵手忙脚乱满头冒汗，居然塞给了她一张五法郎而不是一法郎的钞票；然后，他惊惶地、满心恐惧地看了第一部美国彩色电影。颜色亮得过分，男女主角的肤色显出土黄色。乔治·布伦特[1]的红蓝格子伐木工衬衫比他赶到空中的那位女士更夸张，与此同时，（比他的牙齿还要白皙的）杉树就像烟火一样在整块屏幕上乱飞。乔治·布伦特看起来就要得到一个农夫的倔强女儿了——小提琴是这么预告的——路易斯剥开了奶酪的包装，把这一整块黏糊糊的酸东西都吞了下去。他在椅子的丝绒套子上揩干净了油腻腻的手指，继续看着这个幼稚的、美国的童话故事，而他旁边的两个大学生在用根特方言骂骂咧咧，显然骂的是他。他无动于衷地看着屏幕。这两人站起来，坐到了他之后三排的位置，但还是在叽叽咕咕。对客人不友好的城市根特。从中世纪以来就是这样：傲慢自负。在金马刺战役的时候当然也是姗姗来迟。

现在路易斯前面那排站起了一个秃头男人，他也发出了根特的叫骂，在挺后面重新找了位子坐下。路易斯隐隐约约地感到自己犯了一个迄今为止都没被发现的可怕罪过，接着睡着了；这里暖和舒适，奶

1 乔治·布伦特（George Brent）：美国影视演员，20世纪三四十年代出演过众多好莱坞影片。

酪是电影椅子里一个舒舒服服放着粉红焰光的小暖炉里的泥煤，蛋头在读一本书，刻意地（不是自鸣得意的那种，而是为了掩饰，为了欺骗、卖弄）举着书，好让人能看到书的标题：《懒惰是一种恶习还是一种疾病？》。在奶酪店里路易斯指着一块奶油状的食品。“赫尔弗奶酪？”女售货员叫道。而他又感觉被催促，赶忙点点头。有的德国奶酪闻起来也和赫尔弗一样。这个名字就在他发苦的嘴边，林姆堡牌？还有加了融化在蓝色小行星和蜘蛛网里的山羊屎的瑞士奶酪。我现在才闻到味道，我感冒了吗？这臭味在加重，像一种急速蔓延的植物。舒服的电影院座椅里的人气汹汹地扇着手。屎和氨气的味道充塞了整个大厅。观众们默默地往出口挤过去。乔治·布伦特的那张脸颊上有脓疱、嘴唇开裂的巨大脸庞现在也觉察到了什么，他这会儿正要亲吻他临死的母亲在几层白灰下面嘎嘎作响的面具。哦，他的母亲用最后一点儿气息喃喃地念出了诅咒。而这个儿子，乔治·布伦特大张着鼻洞，鼻毛像受了微风轻拂一样颤动。他从骨瘦如柴的肩膀上把自己撑起来，也叫骂着，跑进了一个马厩，跳上一匹白马，飞快地向北美大草原奔驰而去。他母亲的尸体站了起来，打了个喷嚏，灯光也随之亮了起来。两个女引座员像恶狠狠的猛犬一样露出了牙齿。路易斯站在大街上了，天色已暗，有轨电车叮当响。他在去车站的长长一段路上还在发臭，因为他不敢上电车。他口渴得要死——这都是因为赫尔弗奶酪，可这还是一个法国人都为之忌妒我们的比利时产品。

维奥蕾特姨妈垂头丧气地从布鲁塞尔回来了。她的绝望尝试，去和部里的康拉德指挥官谈一谈，失败了。这都是贝伦斯部长闹的，他发布了命令，不让她进门。而贝伦斯又是从梅尔腾斯神父那里得到的命令，他身后是天主教的人。她悲伤地走上楼去脱下她的星期日裙子。

梅尔克低声说：“现在他病一好，她对他来说就是空气了。”

“以前难道有什么不一样吗？”

“从他到巴斯特赫姆的那一刻起，她和贝赫尼斯就扑向了他。想想看，一个让女人爱到往脸上撒硫黄，然后就此找到了我们亲爱上帝的男人！他身上的溃疡越多，他的皮肤起皮得越厉害，他就越尊敬上帝和圣徒！当他后来创立了自己的教会，似乎是和他有些远房亲戚关系的胡格诺教派中的一种，他当然就能指望吸引贝赫尼斯了。对贝赫尼斯来说天主教徒都不够好了。又因为他和贝赫尼斯眉来眼去，一辈子都在忌妒她妹妹的维奥蕾特当然也不甘示弱了。她做了一切能做的，去取悦那个痘疤脸。”

她摇了摇头，就好像受了电击，多半又看到了眼前飞过一只黑蝴蝶。

“还算运气好。”路易斯说，“如果这两个人有了后代，维奥蕾特姨妈和康拉德，那就会是个漂亮的树精[1]。”

果然如他所料，梅尔克爆发出一声大叫。“哎哟，路易斯，你怎么一下子就想到那些了啊！你一天更比一天下流了。你就不能有一点儿正经样儿吗？”

又有一个旅行的女人——弗兰德把自己的女儿都送出了——回了家。妈妈在“弗兰德里利亚”看望了她丈夫，她也是在那里曾经折磨过她那为弗兰德热血沸腾的哨兵儿子。

“你父亲啥勇气都没有了。没有人知道他们什么时候会审讯他。那里档案文件都堆成了山。另一方面，这样也好。他们不断地就地处决人。谁要是倒霉，现在被判刑的话，就是死刑。然后还有那些控诉的证人。已经有人检举战争之前的事儿了。三四个证人在证词里说我们的壁炉台上放过一座希特勒的雕像。理发师菲利克斯发誓说他在你父亲的外衣口袋里见过手铐和一把老虎钳，都是用来拷打白卫队的。宏泰斯先生向婆妈妈承诺会尽全力帮助你父亲。可是宏泰斯先生尽的全力能有什么作用？谁会想到宏泰斯居然在整个战争期间都往伦敦打过电话？”

“往英国打电话？”

---

1 树精是德国民间传说中的精灵，形貌丑陋庞大。

“或者发电报。或者是通过一条埋在海里很深地方的特殊电话线打的电话。我没有听太仔细。不论如何他在整个战争期间都是从伦敦政府那里获得德·斯梅特·德·耐尔[1]的指令的。他会告诉他要做到哪一步。”

“斯塔夫的父亲怎么样了？”梅尔克问道。

“他很虚弱。他时不时地眼睛会内斜，莫娜说的。”

内心宁静的梅尔克带着几乎容光焕发的表情抓起了自己的针线活计。

“各人都有各人的报应。他以前总是那么傲慢，斯塔夫的父亲。你还记得吧，康斯坦泽，在你的婚礼宴会上他是怎么做了一大通关于康纳的婚礼的报告，就好像我们都是坐在学校里一样。然后他还在自己的肉上戳来戳去。我说：‘有什么不对劲吗，塞涅夫先生？’‘我觉得我们这儿上的是马肉。’他就那么随口说了句。可那是在‘金苹果’酒店啊！斯塔夫肯定在家里说过我们有多穷有多抠，我们大多时候吃的都是马肉。”

“我们以前吃的可没那么糟。”穿着睡衣的维奥蕾特姨妈说。她身上有日光香皂的味道。

“肥肉没少吃。”

“花园里种的蔬菜。”

“晚上有时候还会来一份腌鲱鱼。”

“星期天有浓粥。加了胡萝卜。”

“星期六先有萝卜汤。”

“或者下水。”

“下水，那是什么？”

“内脏做的肉末，小伙儿。”

“还有米粥。”

---

1 德·斯梅特·德·耐尔（De Smet de Naeyer）：比利时政治家，两次出任总理，1913年去世。这里应该是维奥蕾特混淆了比利时流亡政府首脑。

“我们是穿着木底皮鞋去上学的。”

三个女人，三个寡妇几乎不约而同地叹了口气。路易斯哼道：“弗拉迪，弗拉迪，弗洛伊，弗洛伊。”[1]凯伯·凯洛威[2]。

“你还记得吗，康斯坦泽，你那时候需要一个书包，我就从农夫利肯斯那儿得到了一张母牛皮？我把它带到了鞋匠埃德加那儿去，上帝保佑他。这个笨蛋弄错了我的意思，把那张皮倒过来用，毛儿都对着外面了。”

“所以我每天都哭。其他孩子都在我后面冲我喊：‘笨母牛，笨母牛。’”

“爱你的真心，永远永远。”笨母牛。

“每个星期六都在厨房的大木桶里洗澡。”维奥蕾特姨妈说，“突然老师站在了厨房里。他看到了我，那时候我大概才七岁吧。‘真是幅鲁本斯[3]啊。’他说。”

“然后湿淋淋地就穿上了睡衣，快点，快点上床去。那时候天寒地冻可不是玩儿的。”妈妈在好彩牌香烟的烟雾里说。

“我要永远永远爱你。爱你的真心，永远永远。”

“我有一次出了学校，天在下雨。我当然不想穿着罩裙回家，因为职业学校的男生们会看到我。而我的短裙，我就那么一条，就都湿透了。我把它挂在壁炉旁边烘干，没太注意。结果裙子都烤焦了。我们的爸爸打得我鼻青脸肿。我从我们爸爸那儿挨的打可真不少。”

“他是好意，康斯坦泽。他就是太生气了。”梅尔克说。

“没错。”

“他不会处理钱。我总得留心看着，不然法警就会搬着椅子坐到我们家门口了。我总得存一点儿钱下来，每个星期。每个星期我去取支票的时候，都会存一点儿到储蓄账户上。吃的，我买好了一个星期的。

1 这一句以及下文中的楷体部分，均为歌词，原文为英语。
2 凯伯·凯洛威（Cab Calloway）：美国爵士乐歌手，在20世纪三四十年代非常受欢迎。
3 鲁本斯：彼得·保罗·鲁本斯（Peter Paul Rubens），16、17世纪著名的弗兰德画家。

然后你父亲就带着一个哥们儿进了家门。他们唱着《采珠人》，放开了喝啤酒，三下两下吃光了一个星期的饭菜。结果我们就吃了一个星期的鲱鱼。他的哥们大部分都是渔夫。他特别爱听他们讲一个在大海中间爆炸的废引擎，讲俄罗斯人只好拖走了那艘船，把船员嘲笑了个够，因为他们漂洋过海地把愚蠢的比利时人直接送到了俄罗斯。'再给小子们一瓶裴乐杰啤酒。'他喊道，我的巴希尔。'来啊，再来一瓶裴乐杰。'而我就像在一家酒馆那样给他们斟啤酒。总是'裴乐杰啤酒'这个牌子。他们又唱起了《采珠人》，还用两声部唱，唉，不对，是六声部。菲利贝尔特也在，他是一个瞎子，一次又一次地说起他的狗弗洛里斯，弗洛里斯是被他饿死的。我说：'菲利贝尔特，你为什么不找我要点儿剩菜给弗洛里斯呢？''哎哟，阿梅利亚！'他对我说，'我已经找过你那么多次要吃的了。'我说：'对啊，那又怎样？''不行啊，'他说，'人绝不能同时和两个人上床的。'我说：'为什么不行？只要地方够大！'这话儿一不小心就溜出了我的嘴。所有的人都笑了，但我挨了巴希尔狠狠一巴掌，搞得我第二天还眼冒金星。今天我也总看到星星，但是不一样的，现在看到的都是黑星星。

"其实也不是黑星星，而是黑蛾子。"

路易斯说起了他在格拉斯码头和科伦码头散步的事儿，描写了行会大楼、文艺复兴风的墙面、巴洛克的富丽气派、大门楼、山形墙和屋脊上的金帆船。"真是个梦！就是中世纪现身！"

"小傻瓜！"拉夫说，"他们把所有的风格都瞎搅和到一起，就是为了本世纪初的世界博览会，为了那些什么都不懂的游客。还有你这样的小傻瓜！"

修道院学校屋顶上空的天空是海绿色，是一个属于违禁艺术方向的画家用粗糙的笔画漫不经心地刷出来的。修道院的围墙和天空一样高，我太矮了，看不到天空。"那儿，一只小羊，看啦，小路易！"

两个人影，我的祖父和我祖父的儿子。一张抖动的黑白照片，这里那里被教父着了色（梨树的轮廓，贝克朗随时会带着他的镰刀出现的篱笆），木犀草的绿色和旧粉红，用真正的鼬毛做成的精致画笔画的。画完之后他就把它摆放在了垫了紫罗兰色天鹅绒的小盒子——隆德泽尔牧师的礼物——里，发臭的彩虹色长颈瓶旁边。

教父是两人中比较矮的那个，这让我感到惊讶。我总以为他比爸爸要高一个头。“他身子缩小了。”梅尔克得意洋洋地说。比利时人平均每年会缩小多少厘米？年纪大了就会缩得更快？

教父带着探查和惩罚的目光走过缓缓转动的旋转木马，虽然看不到任何使徒、霍屯督人或毛头小子。他的格琳格纹呢西装毫无瑕疵，裤子上的褶儿就像是拉了一条铁丝。鸽灰色的领带打了个宽结，嵌着珍珠，扎得太紧了些。喉结被压了进去。教父咽口水动作那么大，他几乎都没法呼吸！尽管如此他还是用一个地方总督的目光四下扫视，寻找躲在贝尔纳德岩洞里的孩子。他身边的爸爸也在找，怎么可能呢，他不是被绑着躺在稻草上，远离了他的父亲兼主人兼师父？我祖父，也是我的施洗教父，有黄金皱纹。他的太阳穴上的青筋：黄金蠕虫。他腰板笔直地迈着步子，这是他在14—18年之前学会的。冬日阳光。

教父站住了。他在静听。他的儿子说话了：“我什么勇气都没有了。”“可是我的儿子在哪儿？”教父说，叫了我的三个别名，忘了最重要的第四个，不认基督的使徒佩特鲁斯。爸爸低头看着他父亲的鞋带，卑微地站在教父的影子里，在浅灰色的、形状相同的光里。教父两根手指插入马甲口袋，抽出了一张证件照。“是他吗？”爸爸抬头看到了一个耳朵突出的少年的照片，点了点头。教父用碎花白手帕轻轻擦了擦自己的耳朵，一个塞涅夫动作。

“你想逃跑？”他问，“跑到爱尔兰去？”

“去阿根廷。”父亲说。

“爱尔兰吧。”教父加重语气说。他的定制西服来自爱尔兰，一个主教与殉道者的国度。妈妈熨了这件西服，之前往料子上喷了水，在基督之国为基督的和平洒的圣水。修女们随着管风琴或风琴唱歌。

“你为什么要逃跑，斯塔夫？”

“因为他们判了我死刑。”

“谁说的，我的儿？”

“理发师菲利克斯。”

“谁宣布的审判？”

“犹太人。”

“他们完全正确。”

“是的，父亲。”

“犹太人回来了。这是件好事吗？”

“是好事，父亲。财政部长顾特[1]收走了比利时人的钱。他做得对。顾特是公正的。”

“那我现在走了，斯塔夫。”

“别走！我会被判死刑的！”

冬日阳光里两个人在哈尔贝克一条街上的废墟和爆炸坑之间闲聊；混凝土的残体里散落着小蛋糕、葡萄干卷饼和积木玩具。

“上面写着，斯塔夫，只有犹太公会[2]七十位长老都同意，才能判一个人死刑。”

“七十个！”回声抵达了音乐厅，修女恩格尔在那里扫除钢琴上的灰尘。她的脸藏在面纱里。

“可是父亲，七十个人肯定也都会反对我的！”

教父咧嘴一笑。“这你没什么好担心的，斯塔夫。因为这样的话判决无效。犹太人的书里写了：‘每个一致意见都是可疑的。’”

“他们说得对。”爸爸说。教父从马甲口袋里抽出黄金牙签，那是

---

1 顾特：卡米尔·顾特（Camille Gutt），比利时经济学家，从1934—1944年间多次出任财政部长，在二战前将比利时国家银行的黄金储备运走，防止了纳粹德国侵吞。

2 犹太公会：古代以色列由七十一位犹太长老组成的立法议会和最高法院。

教皇的教廷大使为了感谢他多年对梵蒂冈的忠诚而送他的礼物。他用这牙签在城堡的砖墙里掏，掏出了银子弹，那是我朝着爸爸以前有过的轿车，朝着坐在方向盘前的霍尔斯特，从银枪盒子里射出去的。或者那只是一块小骨头，一个指关节？

满客车嗤嗤又哐当地响，沉闷单调的雷，这些让路易斯迷迷糊糊睡着的声响现在又唤醒了他。他觉得胃里寡淡无味。他对面坐着两个旅行的商人，两人嘴里都叼着一只烟斗，膝盖上放着文件夹。平坦葱绿的风景，一闪而过。他第一次注意到，一列火车，其实更多是一列火车的概念，若干米高若干米长若干米宽的这样一个长盒子，是轮子上一个脆弱、无意义，尤其是再简单不过的玩意儿，就这么一动不动地安放着。我都可以碰到火车的天花板，这我从来没想到过。我刚刚还站在修道院学校的院子里，在我祖父的影子里，而他现在卧倒在床奄奄一息。

路易斯挣扎着爬了起来，攥住了可以把窗户拉开的沾满灰的宽皮带。他在行李网兜里找了找，但想不起来自己带了什么行李。他拉了拉皮带，但是窗户锈死了，封住了，黏实了。他想起来了，他是想打开门的。他用尽力气拉了拉门把手。（“不，小傻瓜，门是要从外面打开的。”）他往门上压过去。

（“不，小傻瓜，首先要把门把手往下按。”）

两个旅行商人中年纪轻一点的那个把文件夹放到了身边。路易斯以为他想帮他，但那男人只是拉了拉他的袖子。“别费劲了，小伙儿。”但是，拉夫命令说：“你这傻子，往下按。”一阵穿堂风吹过了车厢。商人叫了句什么，拽住了路易斯的衣袖和领子。电话线杆飞速掠过，后排房屋、小花园和两个抽烟斗的男人情急之下的祈祷就慢下来了。

甜味出自乡村。村/存、寸、蠢，他想不到怎么押韵。押韵的词儿都是自然天成的吗，还是有人发明出来的？古日耳曼人只押头韵，而罗曼语言里是押尾韵。我们都是亲法分子，我们诗人。

巴斯特赫姆这个名字，由诗人理应认识的花花草草之间的白色卵石组成。穿吊带裤的车站站长巴克尔斯对一个农夫说，德国人又回来了。“黑卫队”重新占领了整座阿登山脉，现在正往安特卫普进发。我保存了莱因哈德·特里斯坦·奥伊根的照片。我应该把它重新贴到衣柜旁边的墙上去吗？钢铁时代又回来了？钢铁时代就持续了半分钟。天道如此，头昏目眩的钢铁和皮革骑士都要被消灭。道德也会被消灭。路易斯·塞涅夫，或者叫洛德怀克，洛德，路，是目击证人，会写出颂歌、哀歌、新婚颂诗，只是不知道他要些什么。等我下一次去根特的时候，我一定要给自己买本韵律辞典。

比如说，为教父写一首哀歌。

“直到最后一刻，到了更衣室里，他的同志们都还……”

“‘黑卫队’就这么互相称呼的，莫娜。”

“……那就说他的朋友吧，让我把话说完。他的朋友们都还在吵吵嚷嚷。因为他的朋友们想在他的棺材旁边演唱《弗拉芒狮子》。”

“这些人到底怎么想的？这也太不是时候了，这会儿冯·伦德施泰特[1]都已经到了阿登山了。”

“但主教大人不愿意。他说：‘一大堆弗拉芒激进分子还没有关进监狱。或者又被放出来了。他们有可能会混进教堂一起唱《弗拉芒狮子》。然后唱《肯彭兰》。如果不留神的话，他们还会唱起《我们出发打英国》。’”

“主教说得对。很可能这真不是时候。”

“但他们并不想在教堂里唱，而是在他的坟前唱。”

“那现在他们在他的坟前奏什么曲子呢？不会是《布拉班人之歌》[2]吧？”

---

1 冯·伦德施泰特：格尔德·冯·伦德施泰特（Gerd von Rundstedt），纳粹德国陆军军官，曾出任元帅，1944年被派往西线作战。

2 比利时国歌。

“他们统一了意见。《走向未来》[1]。这首歌在战争期间没怎么演唱过，而且也很弗拉芒。”

“雷克斯的人不是演唱过吗？”

“我觉得棺材太小了。还是说这是我的错觉？”

“他身子缩了，但是也没有比别人缩得更多啊。”

“他整个身子都发青，就像个李子。”

“他活着的时候就这样？”

“当然了，你这小笨蛋。死了就发白了啊，同所有人一样。”

“他最后还有了一点淡紫色。修女们看到了，就只互相看了看，拉长了脸。她们不敢说出来。他什么都听得到的。她们说到‘塞涅夫先生’的时候，他的睫毛就会动。”

“他的头整个都缩小了，这可能会让人吓一跳。大家不会有这个心理准备。”

“他最后五天也没吃任何东西，莫娜。半点吃的都没有下肚，半滴水都没喝。”

“可是点滴是一刻不停的。”

“他最后吃下去的，就是一块小海绵了。他咬了一口，修女谷杜勒想要从他牙齿中间拔出来，但太晚了。他已经吞下去了。”

“什么？他还戴着假牙吗，莫娜？”

“戴着啊。我想让他到最后一刻都看上去整齐利落，会有人来看的嘛。”

“还有那个呼噜声。我知道这现象很自然，但还是觉得让人难堪。”

“修女长握着我的手。‘夫人，’她说，‘他已经在我们的主那儿了。’”

“这样最好不过了。”

“是啊，他已经越来越迷糊。而且很容易暴怒。只要有什么不合他

---

1 比利时爱国歌曲。

的意，哪怕是鸡毛蒜皮的小事儿，他也会像疯狗一样叫。”

“如果他再轮回到世上来，就像印度人相信的那样，那他肯定是一只梅赫伦牧羊犬[1]。”

“是的。不会是诺拉家那只哈巴狗。”

“你吼叫的声音大得吓人啊，莫娜。”

“我也没办法不这样叫。”

“这样做尽样子，对着医生又是叫又是骂的。我可真觉得难为情。”

“这是他们的错。”

“你怎么会这么想？他们治疗他又没有治疗错。”

“他们应该给他注射那种肾上腺素。我已经求了他们一年多了。”

“但是那东西不是国家已经禁止了吗？”

“国家没禁止，是主教禁止了。”

“可是他比教皇还更信天主教啊。我都还能想起他去领圣餐的样子。我一想到这个就觉得很诡异。他闭着眼睛。我想：‘我的上帝啊，他这样要撞到别人的！’你真的可以看出来，他在那一刻舌头上不是小麦粉烤的一块薄饼，而是我们亲爱的天主上帝本人呢！”

“没发酵的小麦饼，莫娜。”

“是啊，是啊。”

“对啊。这才是生命。”

“所有有生命的，都会死。星星也是。”

“我还是没有戴面纱。我首先想的是戴一副墨镜，但你也知道瓦勒人是什么样儿的。到时候就会有人说：‘你看啦，她又想借机会显摆自己了。’”

“他们甚至都不把斯塔夫从牢里放出来，好参加自己父亲的葬礼。”

“抱歉，这话儿不对。斯塔夫是自己不想去。‘我不会在瓦勒丢人现眼地夹在两个宪兵中间，哪怕他们都穿着便衣。’他说，‘再说了，

---

1 比利时牧羊犬的一种。

我父亲根本不想要这么一个隆重的葬礼，还配上圣母教堂里的十一点弥撒。他就想葬在诺尔登德，在小教堂里举行个葬礼，不要有这么多人！’”

“我们作为他的家人能这么将就吗？我们能这样对待我们的母亲吗？葬在诺尔登德，几公里远的地方，就因为安托伊内特·帕西尔斯住在那儿？”

“我们也蛮可以把他葬在朔里斯，那儿住着梅仑，她也是他的情人。这个地方至少近一点。”

“是啊，如果走瓦勒赫姆公路的话。”

“不论怎样他反正不想有圣母教堂里的安灵弥撒，这他说得够多的了。这样的荣耀太重了，他说。”

“尽管如此，还是这么办了。就因为隆德泽尔的牧师要这样。”

“也不是所有的事儿都照他意思办的。你想想，如果他要让我们把他扔到垃圾桶里呢。”

“我只是在说，斯塔夫是怎么说的，莫娜。”

“他就从来没说过实话。”

“看起来安托伊内特·帕西尔斯本来是非要来不可的。但她丈夫狠狠地揍了她一顿，让她没了这想法。”

“她要来了肯定会扑到棺材上去的，你也知道她那人。”

“他在遗嘱里提到她了吗？”

“这你还问？不过我们真得想想法子关紧闸门。至少有五份遗嘱，每一份都作数。”

“顺便说一句，‘泰坦尼克’的老板娘似乎也在教堂里。但我不认识她。那一堆人里我也没有注意到她。一个肥胖的金发女人，穿着呢，比较浮夸吧，就像人们说的那样。”

“有些人就是一点儿节操都没有。”

“她肯定在这几个月里从他那儿吸走了五万法郎。更不用说那些金子了。”

“哪些金子？”

“就是他脑子不灵光了以后，最后带到‘泰坦尼克’的金子咯。用了他的两个行李箱呢。他整个腰板都弯下去了，就那么一点点拖过去的。”

“两箱子全是金子？”

“当然不是。‘泰坦尼克’的金发娘们和另外两个，一个法国妞儿，一个是马提尼克岛[1]来的，她们肯定脱掉了衣服。而他就把满满两箱子土倒在了地板上，她们肯定就光溜溜地在土里挖拿破仑硬币和金币。”

“那现在这些金子呢，莫娜？”

“现在都无所谓了。看看报纸就好了！”

“我就这么一问。”

“他真是让我操尽了心。”

“她的老婆也是啊。最后一个月了，他才表现出了一点儿对她的尊重。可是太晚了哦。”

“她真让我难过，在教堂里坐在轮椅上，手臂里一大捧菊花。”

“居然没有人把棕色的纸从菊花上拿下来，我觉得这也有点儿难看。”

“是啊，他到了最后一刻还是忏悔了。‘我有罪孽，’他说，‘现在，我受到上帝宝座上传来的呼唤，我才意识到我得汇报清楚了。我没有听德·波利尤先生的话。他从加丹加[2]回来的时候说：‘我们得像老黑鬼一样。他们如果感到死亡临近，他们就会把自己的孩子和孙子叫到身边，告诉他们一切，包括一切他们认为必须教给他们去过日子的东西。’现在我到了必须讲出一切东西的时候了，可是我不知道我能教给你们什么。我不是个好榜样。’我说：‘可是，父亲，你肯定会想起一点什么的。’‘我什么都想不起。’他说。第二天他给电话公司打了电话，让他们在他的墓里装一个电话机，万一他又想起了什么呢。副经理来

1 马提尼克岛（Martinique）：位于加勒比海东部的法属岛屿。
2 加丹加（Katanga）：刚果的一个省。

了，说：‘没问题，塞涅夫先生，我们会弄好的。我们会铺一条电话线，您都不用付通话费，只要付接线费就好了。’”

“哎哟喂，我马上要尿裤子了。”

“您不用付通话费！”

“快，你的手帕，莫娜。”

“天哪，只要付接线费！”

“是啊，现在我们只顾着笑，可到头来是我太操心！”

“那我该说些什么呢？”

“我们的母亲，她脑子也是不太灵光了。她和我一起去的医院。我在走廊里就发现不对劲。修女安德里亚，平时总是那么礼貌，‘您请坐，夫人，天气多么好，不是吗，夫人。’那次却皱了皱鼻子，都没怎么和我打招呼。其他修女也是。我就纳闷了，这儿到底出了什么事？我又不是鞋子上有狗屎。想想都有什么可能，你觉得呢？他大吼大叫地把整个医院都翻了个底朝天。其实修女们也是见怪不怪的，她们拿了钱就是要忍受的。可是他叫出来的，都是法语。他总是说：‘一切为了弗兰德，弗兰德为了基督！’可最最糟糕的是，那些法语都是下流话、脏话，什么*小猫咪*啦，*六九式*啦，真是个粪坑哟。”

修女长说：“塞涅夫先生，您至少别说得这么大声！”“*我要奸淫你*。”他叫道。她们只好给他塞了药片，让他好歹闭上了嘴。但现在最精彩的来了。我们的母亲没有保持安静，假装什么都没听到什么都没看到，而是在医院里大笑起来，笑得都停不下来。咯咯咯，哧哧哧，像个傻丫头。我只能马上把她带到车里去，与希采丽一起。但她还呼哧呼哧笑个不停，一路上还叫着：“*他要奸淫我*！”

“不可理喻！”

“我们的斯塔夫在牢房里其实看上去挺健康的。”列法艾特，为《民族》报纸的广告版工作，当然没有固定职位的日耳曼语言博士说，“我本来应该好好和他道个别的，但是您知道情况是怎样的，塞涅夫夫人。领导们等到最后一刻才会告诉你，你被释放了。而你就只想急着回到你爱的家里去，只嫌行动还不够快。我们那儿的人都被迫成了自私的人，塞涅夫夫人。”

妈妈点点头。维奥蕾特姨妈说：“这可以理解，列法艾特先生。所以您用不着道歉。”

“最主要的，我们现在知道，他没有受太多苦。”梅尔克说。

“他还是受苦的，同我们所有人一样，但都还在能承受的范围。不，唯一一个我来得及拥抱的，是我最好的朋友德·派德。因为我必须等第一条有轨电车，所以我就和他在‘弗兰德里亚’的会客室里弹了一回四手联弹，一首赛扎尔·法兰克[1]的简单曲子。说句老实话，我掉了眼泪。但我朋友没有，他没有眼泪了。现在我在上帝的路上四处游荡，乞求人们订阅广告。幸运的是，那些脱离困境的同志们还是挺仗义的。但我的希望主要在我的书上。还有那些帮助我的同志。”

路易斯吓了一跳。“您的书，列法艾特先生？”

“在‘弗兰德里亚’我写了一本小说。一本书要卖三十法郎。不过如果谁现在预订的话，就只要二十五法郎了。如果您要买十本的话，塞涅夫夫人，我还可以再少要两法郎。如果要给您的朋友一份漂亮的新年礼物的话，十本书算得了什么呢？我会每本书上都签个字，为那些得到礼物的人写几句献词。”

“小说里写的是什么？”妈妈问。

“一个想自寻短见的女人。”

“这样的书大家爱读。”妈妈说，“一个有趣的话题。”

路易斯都想掐死她了。她怎么能这么严肃地对待这样的东西？这个黏黏糊糊、酗酒成性的教书佬怎么能写出一本书来？写的还是自杀。就因为他在“弗兰德里亚”牢房里待得无聊了？

“我的主人公是一个女人，我描写了她的几个重要的人生阶段。她

---

1 赛扎尔·法兰克（Cesar Frank）：19世纪比利时法裔作曲家和演奏家。

注定要在经历了最严峻的考验之后，在后一章里看到光明。”

“她最后死了吗？”维奥蕾特姨妈问。

“没有。她学会了她从最困苦的方面了解到的生活。无论如何，是好是歹，她都要接受它。就像我们所有人都必须做的。”

“但愿它不会上禁书目录。”梅尔克担心地说。

“波塞茨夫人，抱歉，您这说法不是这个时代的了。这本书会不会上禁书目录，对我来说，就像俗语里说的，一毛钱关系都没有。”

“话是这么说，但那样的话图书馆就没法去买这本书了。”维奥蕾特姨妈，被驱逐出门的图书馆管理员说。

“只有天主教图书馆才买不到。”

“城里人也不会因为书里写了点大胆的东西就大惊小怪吧。”

“作家是不会为这样的事儿伤脑筋的，维奥蕾特夫人……”

“小姐。”

“维奥蕾特小姐。对此，我还能说的就是，这是一个未受玷污的灵魂的辩护书，我不会有半点遮遮掩掩。我的人物都是有血有肉的，她们失足跌倒，但又会挣扎着爬起来。”

“您的书标题是什么，列法艾特先生？”

“《简妮》。副标题是：宿命如此。”

“我也写了点东西，一篇短篇小说。”路易斯说，“我想我可以把它寄给《最新快报》参加征文比赛。”

“真是让人喜闻乐见的事儿啊。”列法艾特说。维奥蕾特姨妈不为所动地继续吃她的肉馅面包。梅尔克的毛线针一刻也没有变慢。妈妈继续吮吸她那浸了咖啡的方糖，她的牙齿会长出豌豆大的洞。

“我的短篇，其实更应该说，中篇，会叫《哀愁》。”

“啊，小伙儿，你知道什么哀愁啊？”维奥蕾特姨妈说，“你还是个嘴上没毛的愣头青呢。”

“为啥是这么悲伤的一个标题啊，路易斯？”梅尔克说，“人们想要的都是放松消遣。”

妈妈走到灶台边。在她倒咖啡的时候（因为她不想正对着自己儿子的脸说），她发表了看法："路易斯唯一拿到好成绩的科目就是作文和语言了。"

"语言挺重要。"列法艾特说着这话时就点燃了自己的烟斗。真的，他看起来已经有点弗拉芒头脑的派头了，下巴就有三重。"但最重要的是，你关于人类到底说了些什么，社会啦，对上帝的关系啦。而要做到这一点，路易斯，不怕你生气，你还需要一些特别的生活经验才行。在你四十岁之前，你没法……"

"那兰波呢？"路易斯恼火地反驳道。

"别碰兰波！"列法艾特叫得这么尖锐，梅尔克差点把针线活儿掉到地上。

"一小杯安卫妙药酒，列法艾特先生？"维奥蕾特姨妈问。

"如果您也一起喝一杯的话，维奥蕾特小姐。"列法艾特从烟斗里发出嘶嘶的响声，湿漉漉的声音。"兰波是个奇迹。这样的人一百年才出一个。那么浑然天成，那么横空出世，那么……"

"他像我这么大的时候，已经模仿维克多·雨果和阿尔弗雷德·德·缪塞[1]写作了。"

列法艾特猛地从嘴里抽出了烟斗。"这是谁说的？"

"这是我读到的。"

"在哪里读到的？"

"在《新文学》里，我最喜爱的周刊。"路易斯语气生硬地说，"我每个星期都会读。"

列法艾特深深吸了口气，拿起了酒杯，尝了尝，放下了酒杯。"他们就是忍受不了。"他沮丧地说，"他们必须把每个伟大的男人都拉下纪念碑底座。每个他们理解不了，无法接近的天才，他们都想方设法矮化，拉低到他们自己的可怜水平。"

1 阿尔弗雷德·德·缪塞（Alfred de Musset）：法国19世纪浪漫主义诗人、作家。

车库里欧梅尔舅舅像大多数黄昏降临的时候一样，唱着："别了，兄弟们，回程难预料。"同往常一样，八岁火鸡黑克托也加入了歌唱。

列法艾特吃了三盘杂烩，他的烟斗又开始冒烟。"就这么简单，"他说，"我常常给我的学生说，如果他们觉得他们写了几篇好作文，他们就已经自动了解了，语言是什么的话……"

"我只教过四年级和五年级的小朋友。"维奥蕾特姨妈说。

"……那就会有很多可能性，对不对，维奥蕾特姨妈……"

"肯定的。"她不是很肯定地说。

"注意了，路易斯，"梅尔克说，"听仔细了。"

"比如说，你可以表达一种情感，对吧？你也可以设想，你按我的方式来做，或者学你亲爱的母亲怎么做……"

妈妈，别用围栏关住我。妈妈咳嗽了两下。

"……你想要，你也能够打动那另一个人，对不对？现在你可以随便说点什么，哪怕这些话没有，几乎没有任何意义。比如：你在打电话的时候说'喂'。但你也可以，这对我们来说是最有意思的，路易斯，你也可以表达某种诗的感觉。"

"哎，只要多留心，就能做得到。"梅尔克说。

"挺简单的。"列法艾特说。

"有的人用的词语，就是要让人听不懂。"路易斯说。

妈妈朝他微笑。"是啊，"她说，"是的，是的。"

"还有那个世界语[1]。"梅尔克说，"教皇那么看好它。用了它就能又快又简单地传播福音书了。"

飞机隆隆响着下降了。（这声音就像是花园后面运货列车经过时的响声。）客舱是一个颤抖的橄榄绿木匣子。从圆形小窗往外只看得到雾。用完美无瑕的牙齿嚼着箭牌薄荷口香糖的伞兵一点儿都不害怕。

1 世界语（Esperanto）：19世纪末由波兰眼科医生拉扎鲁·路德维克·柴门霍夫（Zazarz Ludwik Zamenhof）创立的一套人为语言，用于国际沟通，一度受到许多人认可和推广。

他们中有一个长得像小个子的东克斯医生，亲法分子，艾尔拉工厂的间谍。所以他和其他目光灼热地等候着的人不一样，朝妈妈点了点头表示鼓励。对，那个穿着小麦黄的夏裙，围着橙色围巾，留着染成深红色的波波头，左边嘴角上叼着一个香烟头的女人正是妈妈。一声刺耳的信号音响起。她在男人们的嘲讽目光下嘟嘟哝哝，骂骂咧咧地找自己的降落伞。

从她身边那个圆形瞭望窗里现在看得到云，如果俯身去看，看得到一座德国城市，一大片灰色石笋，成千上万的雪堆。飞机从它上空飞了过去。看不到汽车，看不到自行车，看不到人，灰色的蜡烛油铺在倒塌的房屋上，飞机像一只苍蝇挂在空中。伞兵吼叫着从打开的窗口跳了下去。我母亲的裙子高高飞起。她压住了下体上的裙子，她穿着米色长袜的大腿小腿蹦蹦跳跳。她尖叫。飞行员竖起两根张开的手指，消失在了初升太阳的光里。他的名字是哈利，是《哈利飞走了》那本书（精选系列，用纸不含木浆）里的。“旧盒子飞起来了！”哈利叫道。这个盒子就成了他的棺材。记得吗[1]，莫里斯?

我母亲落到了一个满是灰烬和粉尘的草地上。小个儿东克斯拍打着一堵烧焦了的工厂墙壁。从墙壁的洞里、地下室、炸出的坑里听得到呻吟声、心跳一样有节奏的砰砰声和打马皮鞭的抽打声。妈妈显然知道路，毫不犹豫地走了起来，受着钢铁的博爱之神的呼唤。她的粉笔状细鞋跟旁边所有那些窸窸窣窣的四脚动物，她都不会在意。她听到了一个在多年渴望之后变得消瘦、憔悴、男孩模样的声音在叫唤“康斯坦泽，康斯坦泽”吗？她手里提着鞋子，用最后一点力气来到了港口边的一个小广场，哥特式当街外墙上满是洞。“这儿是布伦瑞克[2]的莱布尼茨大街吗?”她问。

“不。”有人在蓝色雾气中回答道。

“您是谁?”——“我不想让人认出我，时势险恶，无爱可言。”

---

1 原文为英语。

2 布伦瑞克（Braunschweig）：德国北部城市。

“我在找……”——“我知道您这整个时间里都在找谁，您到底是为了谁抛弃了您坐在监狱里的丈夫和您那自己玷污了自己的儿子?”——“那您就带我去他那儿吧。”——“把您的手给我。”——“不要挠我痒。”——“我对您没有任何坏心。”——“这话我听得太多了。”——“不要害怕。”——“我会好好回报您，只要您带我到他身边。他身体健康吗?他有肢体伤残吗?就算他没了胳膊没了腿，就算他下巴被打掉了，我还是会……我更希望是这样，这样我就可以爱他爱得更多。”

“他就是他的样子。”雾气中那个蹑手蹑脚走动的声音说，它将妈妈领到了一个地下室的洞里，里面摆了一个柜台、一台收款机和空空的架子。她等着。在市郊，美国伞兵部队占领了一座桥。坦克靠得很近了。还有高射炮。

一个穿着有雪覆盖的雨衣的男人站在洞口边，这以前是有个带门铃的店门的。他的脚在地板上刮来刮去，就像是扛着一个炮弹在身上一样。“我最亲爱的。”妈妈叫了起来。劳森吉尔向她摸过来，戴上了一副防尘眼镜，认出了她。他不敢相信自己在厚厚的拱起的蛋头式眼镜下放大了好几倍的眼睛，摇了摇落了雪的头。“好久了，好久了。”他咕哝道。

“一辈子这么久了。”她边说，边想拥抱他，但他带着不信任的苦笑躲开了，靴子踩着地上铺的瓷砖。因为他不想看到自己的梦，自己唯一的财产，不想走到这个梦的眼睛底下去。然后他还是鼓起了勇气，看向她眼睛的深渊里。

“您儿子怎么样了?”他问，“那个路易斯?”

“我的儿子?不用费心[1]。”她紧张地说道，她想带他去莱厄河边一个小村子，去她的母亲、她的兄弟姐妹那儿。她说着说着哭了。他用一块邋里邋遢的橄榄绿手帕擦干了他的眼泪。

---

1 此处与下文的“不用费心”，原文均为英语。

“不用费心。”她说。

这一天和往常一样开始。妈妈问维奥蕾特姨妈，路易斯有没有刷牙。“你看到他刷了吗，维奥蕾特？”“路易斯，给我拿牛奶来。”“花园后面铁路上总是哐啷响，弄得我整晚没合眼。看在老天的分上把那该死的收音机声音关小点。”

在关押了“黑卫队”成员的阿克曼磨坊的大门口，站着两个“白卫队”的人，懒洋洋地提着他们的司登冲锋枪。不再是解放之后的最初几天里那种煞有其事的挑衅姿态了。尽管如此，路易斯在“皮卡迪”酒馆前还是换到街道的另一边，在比利时最危险的快车道上，从那些飞驰的、不会刹车的汽车面前换了过去。世事难预料。哨兵们可能会纯粹因为无聊拎起他的衣领，把他拖进去。大门旁边的狗棚，他们把拉文鲁特的神甫助手关在里面关了整整一个星期，后来在梅尔腾斯牧师的命令下拆掉了。

路易斯到了一幢与堡垒相似的别墅所在的高地，那别墅是一名财政部官员在中了五百万法郎的彩票之后让人修建起来的，有人在他身后捏了下自己自行车的刹车。

“嘿，你不认得我了吗？”

她骑到了他身边，草帽下面头发金黄，嘴唇鲜红，眼睛四周都是皱纹。从没见过。

“你认不出我了。”

“不太认得出。”他承认。

“我是米谢勒！我是差点儿嫁给你欧梅尔舅舅的特雷泽的一个朋友。”

“这样啊。您一说我倒想起来了。”

“你要去哪儿？”

“去买报纸。《新文学》。”

“你想要我们说法语吗？”

“不，不用。我是说，我虽然会说法语，但是……”

“你着急吗？”

“不着急。”

她骑得很慢，把手放在他肩头。

“这是比利时最危险的一条路了。”他说。

“听好了。你平时有时间吗？”

“干什么？”

“我要找人清理我的地下室。如果你愿意挣点儿零花钱的话。”

“我可以在买了报纸以后再来……”（不，拉夫，看她那骑走的样子，她紧实的肉在车座上空鼓起，不，拉夫，她臀部没有下垂。那是，那是，在整本《方达勒荷兰语大字典》里都找不到一个词来形容。那像是鲁本斯和梅姆林[1]的混合，那华丽的臀部。我用法语对她说：简直是一座皇家豪宅啊。）

这间没有窗户的地下室堆满了木柴、破家具，还有一辆生锈的踏板车和兔子屎。路易斯又拖又推地用一个推车把所有这些都扔到了一个篱笆后面，堆成一堆。她把他叫到屋子里，那幢优雅的别墅里。她要他叫自己米谢勒。她的丈夫，一个医生，去年死掉了。她给他倒了一杯啤酒，她自己喝了一杯马蒂尼，两杯马蒂尼。

“你不想洗洗手吗？”

她坐在铺了代尔夫瓷砖的浴缸边上。路易斯从有象棋图案的包装袋里取出了一块力士洗浴肥皂——十个电影明星里有九个，包括克劳黛·考尔白[2]都用力士，好成功抵御摄影棚里聚光灯的灯光——比以前刮手刮得更用力，更久，然后只是匆匆地擦了擦干，免得把手巾弄得太湿。

---

1 梅姆林：汉斯·梅姆林（Hans Memling），15世纪德裔尼德兰画家，作品属于北方文艺复兴风格。

2 克劳黛·考尔白（Claudette Colbert）：出生于巴黎的美国著名影星，在20世纪三四十年代的好莱坞享有盛名。

“你要不要上个厕所？”她摆头示意了一下厕所里的马桶。

路易斯热血一下子涌上了头。

“你工作了三个多小时，还没有撒过一次尿。你看，我都在观察你。”

这些粗俗的工人脏话这么轻易地从她嘴里说出来，这让他吃了一惊。他既觉得反感又觉得刺激。

他像一个挤满人的酒馆里的工人一样大笑。他也不再惊讶，在她用牛血颜色的手指甲抚摸他的裤搭门，解开纽扣的时候。他轻轻推开她，而她不耐烦地拉长了脸。“你更想自己来，就像个真正的汉子。那样我也满意。”

但他也许没法这么尿出来。她肯定是近视，眼角才有那么多皱纹，可是他在这三个小时里在棚子后面急急忙忙地尿过了，还尿了两次。这到底是要做什么？那儿有什么好看的（贝卡在黏土坑里说）？再说了，我们不是动物，有不死的诸神，也有和动物一样终将一死的人。但这之间还有一类人，内心里有神性，比如那些诸神赐予了火舌神力的人，或者不是？他坚定地把纽扣又扣上，像个修女一样轻轻咳了咳。

“你害羞啊？我不是第一次见这玩意儿了。”

“这我也猜到了。”路易斯说，“您可是一位医生的妻子。”

“曾经是。”她粗暴地说。

“抱歉。”

“不用抱歉。”

她用食指点了点他的左边乳头。（“敲在了我不可摧毁的心上，米谢勒夫人！”）

“你不敢。”她说，“但我敢。”

在奥利匹斯诸神的惊愕注视下，她提起了自己的裙子，那下面一丝不挂。她坐了下去。一股水柱沙沙泼下。

“好了。”她说，“示范完了。”

她还坐着。（“我总不该尿到她怀里吧！”）

她举起了下臂，遮住了眼睛。她的下体在马桶上往前滑，她的膝盖往两边退去，那里凸出来，沾湿了，泛出油光。她的小腿肚绷得紧紧的。路易斯现在才注意到，她是踮着脚尖站着的，她的大腿根本没有碰到涂成香草颜色的马桶套。一个女杂技演员，仿佛正抽搐着，执着地等着掌声。

“够了吗？看够了吗？”

“够了。”路易斯说，“是的，够了，多谢了。”他像个农庄工人一样笨拙地说。

“跟我来。”

卧室是一个格外讲究整洁的女仆的，或者是一间客房。米谢勒往衣柜的镜子瞥了一眼，摇了摇金色的乱发。

“躺那儿吧。”她拉上了台球桌一样绿的窗帘，在这没有墙壁没有家具的黑暗空间里脱掉了他的衣服。在所有重口味的书中都写着，一个勇猛的男人欲火中烧，扑倒了一个半推半就的女人。但这些女人，首先是诺拉姑妈，现在是这个医生老婆，都是主动对他下手的！他看上去这么容易让人征服吗？这儿这位用猫一样的亲吻抚弄着他挺起的那家伙，抓住了他的屁股，推来弄去的，直到把他从裙子底下塞进了自己体内，还低声说着，他有多么好、多么可爱，简直不可思议。那儿比他用手更湿、更滑、更不确定。他现在在造小孩吗？双胞胎，亚里士多德和阿玛迪乌斯？基恩的伙伴道格拉斯站在帐篷里剃胡须，而杰迪穿着他的卡其色内裤在一张和这张类似的行军床上坐着，读一本书。道格拉斯转过身去：“路，你要做的就一件事：拖延，不论她们怎么乞求，都要忍住。就因为这个，所有女人都疯了似的追我。我坚持得久，我从来不会在她们之前高潮，这就是他妈的所有诀窍[1]。”

晒成棕色的皮肤（是骑自行车晒的？）在空中晃动。他一滑出去，她就叫骂，拽住他，继续起起伏伏冲冲撞撞。她抓住他的屁股，把他

1 此处原文为英语。

压到自己身上。他把手塞进她的胸罩下面，触摸到了宽大平坦的胸部，一块薄薄的抹布，拉夫，就像一张饼。她咬他的胳膊，用尽力气掐他的手。

然后她沉默了，一种温暖的假死。他退了出来，他睾丸疼。拖延，道格拉斯说起来轻松，持久一点——现在持久的，是疼痛。

她扣上了裙子，仍旧仰面躺着。突然，就像昨天的夏日暴雨一样剧烈，她大声哭起来，把脸埋进了枕头里。

杰迪在他的行军床上读的那本书，标题是《交融》。我往里看了看。一个男人和一个女人/是一体。/一个男人和一个女人和一只乌鸫/是一体。[1]

“我做错什么了吗，米谢勒？”

她坐了起来，鼻子和脸都湿了。她双手交叉放在胸口。“现在你知道了，现在你知道了。你是这么可爱的一个男生，你都不说出来……”她说。

“我本来很想让你开心一下……”他说。

“这都是雷内杰弄的。但也不能怪他。可是……”她说。

“它们以前也是非常挺翘漂亮的。我可自豪了……”她说。

“雷内杰毁了它们。再也没法恢复原状了。我就应该用奶瓶喂他的。但我老公不准我那么做。他是医生他应该知道会怎样的。我真羞啊。你什么都不说。你现在肯定想，她用她填了东西的胸罩骗了我。可是我也没法子改变它们了呀。”

“啊，哪儿的话。”他说。

“你这话不是认真的吧。”

“我是认真的。”

“你人真好。”

“别再说这个了。”他穿上了衣服。

---

1 此处原文为英语。

"你看看，你还是生我的气了！"

（"噢，阿波罗啊，这必须是女人们的衡量标准吗？她不停地责备她自己。/我的睾丸里有针在扎/噢，真是痛苦啊！"）

她热了可可，拿来了糖浆松饼，放上了安德鲁斯姐妹[1]的一张唱片《查塔努加·乔乔》。在餐具柜上，在壁炉台上的云母石玫瑰之间，在小矮桌上，都放着一个年轻男人的照片；其中几张中他神情忧愁，其他照片上他穿着泳裤，摆着调皮的健身教练姿势。

"这是他吗？"

"是的。下个月，他们会在他出生的房子前放一块石牌。总督会来致辞。甚至有人说，一条街都会改成他的名字。他们想让雷内杰来参加纪念仪式，但我反对。他还太小了。我有个笨表姐，她告诉了他。雷内杰，你爸爸是个英雄，所以他们枪毙了他。幸好他没有明白是怎么回事。他问：'妈妈，枪毙爸爸，是什么意思？'我说，就像是给他做了个手术。他还太小了。"

路易斯从远处，在铁轨后面，看到"日高点别墅"的时候，他才想起来，他落下了他的《新文学》，米谢勒还没有把答应给他的钱给他。他要再见她了。他下体的疼痛已经减缓了。*查塔努加·乔乔，你会不会带我回家？*我有个**宝贝儿**。不，这说得太土了。**恋人**，语气太重了，太有莎拉·伊瓦诺夫言情小说的味道了，太像《弗拉芒语诗歌选集》了。我有个**情妇**。就是这个。

"啊，小傻瓜，你是想说，有个**床铺**[2]吧。"

梅尔克、维奥蕾特姨妈和妈妈在厨房里做果酱。梅尔克和平常一样节省，想把苹果核一起煮了。维奥蕾特说，只有穷人才会这么干。"不，这样味道更好，维奥蕾特！"妈妈说，如果糖化了，糊糊就必须

---

1 安德鲁斯姐妹（Andrews Sisters）：美国摇滚乐的和声组合乐队，20世纪三四十年代风行一时。

2 "情妇"（maitresse）与"床铺"（mattress）发音近似。

多煮很长时间。路易斯的任务是在杯子上蒙上他弄湿的——不能弄太湿——玻璃纸。他的尘世时光就这样流走了。妈妈越来越多地在他耳边唠叨，他必须得回学校去。杰克·伦敦懂三角学吗？保罗·冯·奥斯特泰因又懂什么化学呢？

“你一定要拿个文凭。”梅尔克说，“那样你才有机会谋公职，休假啊，退休金啊，一切就都有了安排。”

“你就是睁着眼睛做梦。”妈妈说，“你刚才都在想什么？”

“想些傻里傻气的恶作剧呗。”维奥蕾特姨妈说。

“不是。”妈妈说，“他想的是，他怎么花《最新快报》征文竞赛的奖金，他要送给他可怜的母亲多少钱。”

“还有在他得百日咳的时候深夜里坐在他床边照顾他的姨妈。”

“五千法郎。这要交税吗？”梅尔克问。

“我根本没机会得奖的。肯定有上百篇文章寄过去。”

“关键是，要让人看得懂。”梅尔克说，“要么让人看得懂，要么是讲历史的。你的故事是讲历史的吗？”

“不是。”

“是写的哈尔贝克学校吗？”妈妈问。她轻轻地、轻轻地踮着脚尖，路易斯看到她穿着小拖鞋，带着毛线球倏地溜进了他的房间。她找到了《风月场回忆录》，她在衣柜下面找到了那个笔记本和一卷装订起来的《最新快报》连载小说剪报，《梅里瓦拉宫殿的秘密》，他的灵感来源，他的风格榜样。

“是讲一个学校宿舍的？”梅尔克叫道，“这样的故事，只有那些小时候住过学校宿舍的人才会觉得有意思啊。”

“一部侦探小说就只会让侦探感兴趣吗？”

“你不要立刻就做出这副无赖样子！我总可以说说我的想法吧。”

“要不然，”妈妈说，“要不然他就是在这儿盯着他这双猞猁眼睛埋伏在我们身边，用他的兔子耳朵偷听我们说话，把我们做的我们说的都写下来。”

“他会把我们家写得滑稽可笑吧？”维奥蕾特姨妈说。

“我们的路易斯绝对不会这么做的，对不对，路易斯？”梅尔克问道。

“看在上帝的分上，你们有什么有趣的事情可以讲给别人听的？”我们的路易斯说。

“我们在战争期间做过的那些事儿。”妈妈说。

“哪些事儿？”

“我们的哀愁。你的故事不是叫《哀愁》吗？”

“你们唯一做过的事儿，就是天天操心吃的穿的还有钱。”

“这世界给人的回报就是忘恩负义。”妈妈说。

“你应该感到羞愧。”前教师维奥蕾特·伯塞茨说，“你父亲可还为了他的理想主义坐在监狱里呢。”

“列法艾特先生的那本书，我倒是想读读。”妈妈说，“越快越好。”

“这本书肯定不吸引人，他连一家出版社都找不到，只能自己印了卖。印一本书谁都做得到。”

“他失去了公民的名誉权。没有出版社会愿意放这样一个人在自己的出版计划里。”维奥蕾特姨妈说。

“就算有，他又拿得到百分之多少？现在这样，所有收益都在他自己手里。”梅尔克说。

又忌妒又想报复的路易斯觉得自己被逼到了死角。他耸了耸肩。“如果你们对一个要自杀的叫简妮的女人这么感兴趣，那你们也可以读读《女人国》这样的报纸。”

“简妮自杀了？”

“这列法艾特先生可什么都没说。”

“在这本书的最后！”

“她最后应该看到了光明。”梅尔克叫道。

“不，没有，没有。他说得清清楚楚，这本书里讲了一个女人结束了自己的生活。”

沉默。三个女人互相看看，维奥蕾特姨妈打了个嗝。听上去像是公鸡叫。这是一个信号，三个女巫在散发甜香、冒蒸汽的一锅苹果酱旁边冷笑，然后咯咯直笑。妈妈第一个停了下来。“路易斯，小伙子，生活。又不是生命。列法艾特先生是说，简妮结束了她原来那种糟糕的生活。”

“就像皮卡迪里的那些女人一样。”维奥蕾特姨妈说。

“别又扯到阿尔曼德身上。”梅尔克呵斥她的肥女儿。路易斯把橡胶条绑在盛了热果酱的杯子身上。奥尔登进攻失败了，德国人甚至都无法接近安特卫普。啊，为什么V2火箭沿着那么高的弧线飞过了巴斯特赫姆上空！要精准射中这个笨女人扎堆的房子啊！把厨房炸碎成几千片啊！

“你们看看他。”维奥蕾特姨妈嗤嗤笑着说，“他气得恨不能把我们吃掉呢！”

“咬你一口，我就会中毒倒地而死。”

“哎哟，你礼貌一点哦，”她说，“你忘了，我还给你换过尿片，擦过屁股呢。”

交融。河水流动。/乌鸫一定在飞。[1]

“看起来，戈培尔是服毒自杀了，与玛格达[2]还有十二个孩子一起。一开始大家还以为他会战斗到最后，直到子弹打完只剩刺刀。但他们检查了他。”

“十二个？我还以为是六个。”

“他收养的孩子也包括在内。或者是没有人谈起过的私生子。”

“他吞了什么？”

“他们在广播里没有说。”

“他肯定是往孩子们的牛奶里倒了药粉。”

“玛格达还得在一边看着。”

1 此处原文为英语。
2 戈培尔的妻子。

“或者她自己也动了手。”

“他们所有人都只烧焦了一半。”

“大概是煤油不够了。”

别了，战士，骄傲的大洪水，对功绩的绝望追求，别了，皮革和钢铁的束身衣，骷髅头贝雷帽，戈培尔四十一年神圣夜纪律的美：“我们的美丽帝国，这么白，这么白，这么白，这么美妙”，别了，残忍的帝国，你被三个温顺的家庭主妇的聒噪催入睡梦。其中的一个，同样消瘦、疲惫，消融在了自己的妹妹与母亲身上，她的所有哀愁，在另一座城市、另一个时间里让她美丽、憔悴、失去怜悯心的所有哀愁只是一场空。

就像哈尔贝克电影院放的动画片里的米奇和米妮在星星状的爆炸中会猛地跳来跳去一样，三个男人，一个胖，一个瘦，一个矮，也在框住他们侧影的粗黑线条里跳着舞。他们在一处受风吹雨打，枝叶缠绕的森林——白雪公主的王国里蹦蹦跳跳。胖的陆军元帅戴着一堆勋章，骨瘦如柴的叛徒鲁多尔夫·赫斯[1]涂了鞋油做眉毛，部长[2]，长手臂垂到脚踝的骷髅状侏儒。他们跑啊跑，拨开像蛇和章鱼一样的树枝，玩起了追捕游戏。戈培尔是最灵敏的，有颜色流入了动画里（是大卫·洛[3]的画，出自他的漫画集。路易斯在布鲁塞尔的路易萨大街的地下室书库里看到这个漫画集的时候被吓到了）。

卡其色渗入了赫斯和侏儒穿的军装外套。军灰色进入了陆军元帅的整个体形，银蓝色涂上了他的军杖。他们现在结束了游戏，在“弗兰德里亚”小宫殿的网球场上发生了什么。有东西从更衣室里冲了出来，打着旋涡转了出来，在它变成一条龙或一个女巫之前，它是坐着

1 鲁多尔夫·赫斯（Rudolf Heß）：纳粹副元首，曾在1941年赴英谈判，后被捕。战后被判终生监禁。

2 这两处原文为英语。

3 大卫·洛（David Low）：出生于新西兰的著名政治漫画家，后移居美国。二战期间画了大量希特勒、墨索里尼等人的讽刺漫画。

轮椅的富兰克林·德拉诺·罗斯福，有棱角的下巴，带牙膏的微笑，夹着香烟头。在他宽阔的背上蹲坐着一个拉比。三个人惊慌失措地逃跑。戈培尔追上了气喘吁吁、笨手笨脚的赫斯，戈林藏在了一个没有窗户、堆满木柴的地下室里。最后戈培尔，穿着有缎面的礼服，用特别短的腿跑到了帝国办公室里，大惊失色地看到了死去的元首。他行了个奥林匹斯礼，说："我们的报复武器马失了前蹄，我的元首。我们到得太晚了。我们本来应该早一点起床的。"从元首的衣服里升起了磷火闪闪的烟雾，像嫩燕麦一样翠绿。戈培尔低声道："你现在是谁，我的元首，是基督还是约翰[1]？"这个问题没有得到回答。戈培尔躺了下来，长手臂就像做体操一样绕到肩膀背后，腿收了起来。他就用这个姿势看着自己着了火的矫形鞋子。"起床了。"玛格达说。

"我相信我已经都好了。"欧梅尔舅舅，一个讲礼貌、有教养的男人，穿着干净得一尘不染的睡衣坐在桌边，"从现在起我会每天剃胡子，试着读读报纸。"

梅尔克喜笑颜开。"这都是因为战争结束了。战争把你的心打击得太厉害了。"

"哼，我们再等等看。"维奥蕾特姨妈不是那么相信。

"如果像现在这样继续好转的话，"欧梅尔舅舅说，"我也会鼓起勇气去找找工作。"

"找什么工作呢？"维奥蕾特姨妈问。

"他可是上过大学的。"梅尔克说。

"陈年旧事了。"

"慢慢来，欧梅尔。"妈妈说，"你犯不着立刻就做个什么。"

"我就喜欢你，康斯坦泽。"

"我也喜欢你，欧梅尔。"

1 这里指为基督施洗的先知约翰，他预告基督作为救世主到来。

梅尔克往碟子里倒上带酸苹果片的黄油牛奶粥，从桌上看过去，眼睛里都是泪水。她赶紧坐了下来。

“现在就只差我们的阿尔曼德了。”

欧梅尔舅舅点点头。

“你难道不想再见到我们的阿尔曼德吗？”

“想的，妈妈。”

“真的吗？真心话？”

欧梅尔舅舅陷入了沉思。

“你有颗柔软的心。”梅尔克说。

“还缺了我爸爸呢。”路易斯说。

“当然了，小伙儿，但我现在想的是我们这个家，伯塞茨家。”

没有人提到贝赫尼丝姨妈。

在蓝色客厅里，在餐厅旁边，霍尔斯特站在房间正中的波斯地毯上，就像站在一座小岛上，等待着。他身上插了一把手枪。

“你是一个人吗？”

“这您看到了的。”路易斯说。

“外面有人在等吗？你什么人都没有看到？”

“没有。您自己去看看好了。”

“我想看也看不到。他们大部分时候都躲在杜鹃花花丛后面。”

在大理石壁炉台上，在一个吹苏格兰风笛的小瓷人旁边，放着一把勃朗宁自动手枪。

在宽敞的厨房里，霍尔斯特往水晶杯里倒黑啤酒，一杆双管猎枪靠在门后的墙壁上。霍尔斯特说，艾利克斯·莫伦斯和巴斯特赫姆精英队的年轻队员组建了一个“白卫队”小分队，包围了这幢房子。他不知道莫伦斯的动机是什么。莫伦斯很有可能以为，霍尔斯特作为曾经的弗拉芒卫队成员，在康拉德司令的协助下太过轻松地躲过了法庭的追查。或者莫伦斯认为霍尔斯特对他妻子的消失负有责任。一旦他们见到霍尔斯特的影子，那些年轻的足球运动员就会瞄准预备射击，但还从来没有人射过。

“他们在等。”霍尔斯特说。等什么，他也不知道。也许是等着他离开房子。所以他没有来参加教父的葬礼。商店老板的老婆给他带面包和罐头。另外地下室里满满地都是勃艮第酒、香槟酒、君度酒。

“洗碗洗衣服我本来就自己干。一直都是。”

“可是他们到底想要什么？”

“唉，”霍尔斯特说，“大清洗。”蛋头站在霍尔斯特身边，同样颓丧，没剃胡子，说：“……萨福纳罗拉[1]的神权独裁……多明我修士陷入清洗的狂热……追随他的孩子扯下街上女士的首饰、珠宝和花边衣领……市民烧掉了自己的财物就像塞涅夫烧掉他的相册……他们还烧掉了希腊语、希伯来语的手稿……异端的萌芽。”

“她的衣服，她的首饰，”路易斯说，“劳拉夫人没把这些带走吗？”

“没有，”霍尔斯特怀疑地说，“我会照管这些东西。”

“但您总有些猜测，她这么一下烟消云散地，消失到哪里去了呢？去了美国，同一个美国人一起？”

“烟消云散，”霍尔斯特喃喃地念叨，“烟消云散。”

路易斯扭动了收音机的旋钮。一个男童合唱团在用掐出来的高音唱《垂怜曲》，先后交错地唱了十到十二遍，哀怨之声渐渐高涨，破裂成碎片，又奇妙地重新融合。整一个宿舍的天使。

维奥蕾特姨妈又去了趟布鲁塞尔。

“第五次了。”梅尔克说。

她穿了她那套绷紧了的灰色衣裙，戴了颜色稍微明亮一点的提洛尔帽，系了一条风情十足且遮住她的双下巴的印花丝绸围巾，穿着钝

---

1 萨福纳罗拉：吉洛拉谟·萨福纳罗拉（Girolamo Savonarola），15世纪意大利多明我修士，曾出任佛罗伦萨的精神和世俗领袖，下令焚烧艺术作品和非宗教书籍，反对文艺复兴与当时的教皇。

鞋尖和尺寸合适的厚鞋底的护士鞋，步履蹒跚地走了进来，把蛇皮包狠狠砸进梅尔克的藤椅里，踩着楼梯上楼去了。

“吭都不吭一声啊。”梅尔克抱怨道，“自从她不去教课了，她就没了规矩。”

“她吃得太多了，因为她找不到男人。而她找不到男人，是因为她吃得太多。”梅尔克说，“幸好现在那个大骗子去了法国或别的什么地方。在部里没有人敢透露他的地址。维奥蕾特现在在那儿的办公室里大闹了一场。”

“为了她的胡格诺教徒？”

“就直接说出来吧：新教徒。”

“胡格诺就是新教徒，梅尔克。”

“那他们为什么叫自己胡格诺？部里的人不知道他在哪儿，但为维奥蕾特·伯塞茨的礼物，袖扣啦，丝绸衬衫啦，温克勒·普林斯百科年鉴预订票啦，他们就有地址给了。但还是要承认，他是做了好事的，那个康拉德，就像圣方济各。他从来不嫌累，成天到晚坐着吉普车漫山遍野地转，到所有那些政治家和军事法庭检察官那里请求赦免别人。他给有些‘黑卫队’的人说了好话，救了他们，这是没有二话可说的。”

她把手上的针线活计放到一边，透过窗玻璃往车库看，她最疼爱的儿子欧梅尔在里面坐着或躺着或走来走去。她又抓起了穿衣针。

“胡格诺。”她鄙夷地说，“幸好他溜掉了。要不然他也得进牢房，她就会每天去看望他，给他带香蕉、核桃和新洗好的内衣内裤。”

“溜掉了，梅尔克？”

“唉，小伙儿，我们还是别说这个话题了。人生啊就是这样的。”可是她当然又会绕回到这个话题上来，这位流言先知。在长久的、恶意的犹豫之后，她讲道，康拉德在战争期间，在他躲在木匠于勒家里的时候，也都一直在布道。他是偷偷干的，大部分时候都是深夜里在某个仓库里。整个战争期间他都为农夫和农妇们祈福，教会他们吃荞麦。但之后他的这些异端学说就成了他自己的陷阱。波兰士兵开着吉普车在一条乡间大道上发现了菲森阿肯的女儿，流着血，还带着一个脐带都还紧紧挂在她身上的孩子。她拒绝上吉普车跟他们一起走，但她身体太虚弱，没法反抗。因为这是那些胡格诺派的魔鬼规则中的一条。如果有人生了病，不可以去看医生。如果他们感觉到马上有孩子要出生，他们就必须走到空地上去，直到走不动了就躺倒在地，肚子朝向太阳或星星。”

“菲森阿肯的女儿的孩子呢，他……”

“他活下来了。但对于法庭来说没有区别。每个人都应该按自己的方式享有福乐，这是写在法律里的。但做得太过了，就是做得太过了。”

“那个孩子是他的吗，是康拉德的吗？”

“这有谁能知道呢，小伙儿？——他在仓库里为许多农妇祈过福，不仅仅是用胡格诺的圣水哦。你姨妈有一天嘴唇上因为感冒起了泡，一个又一个的。如果你问我的话，我会说她是在他那儿染上的。她往上涂了药膏，泡就消失了。这算了了。但我还是背着她去找了梅尔腾斯神父，告诉了他——我虽然说他是溜到法国了，但他常常提到瑞士，提到瑞士的茨温利[1]。梅尔腾斯神父肯定知道那地方在哪儿。”

路易斯围着米谢勒的房子转圈，圈子越变越小。但他还是不敢去按门铃。她反正也不会开门的。如果她开了门，就会问：“哟，年轻人，我能为你做点啥？”而且是她为自己的胸部感到羞耻，应该是她逢迎地骑着自行车，满怀渴望地到“日高点别墅”来。他不得不又买了一期《新文学》，这让他恼火。拉夫不在家。路易斯没兴趣去霍尔斯特那儿打扰他，他没准儿刚刚在一张被蜡烛光照亮的劳拉夫人的照片前跪下来。

他回家了。在入口处，在大丽花之间，他听到妈妈在用熟悉的轻

---

1 茨温利：乌利希·茨温利（Huldrych Zwingli），16世纪基督教新教神学家，瑞士宗教改革运动的领导者。梅尔克这里应该是误将人名当作了地名。

声调念爸爸的一封来信。在洗衣房里，他撞到了排列整齐的木底皮鞋，朗读戛然而止。他狐疑地看到维奥蕾特姨妈、梅尔克和安娜坐在桌子边。在她们面前防水油桌布上面放着咖啡杯和一块赭黄色的蛋糕。女人们抬眼看着妈妈，妈妈站在桌子前，手上拿着他的日记本，用褪色的棕色带子捆好了的、稍长的记账本。她伴着一个让人不安的声响合上了日记本。

"坐下，路易斯，"梅尔克说，"吃块蛋糕吗？安娜的母亲烤的。"

他跳向自己的母亲。她躲开了，举着日记本让他没法拿到。她会像扔篮球一样把书扔给姨妈，她又会继续传给安娜。她们是一个女子队。灾祸降临了。但是他统治的这些女人，在拉夫前面称为他的"后宫"的这些女人，似乎还不清楚她们这一过失的可怕性质。该来的，就来吧。

他将叉子插进蛋糕里，填满了自己的嘴。

"你在这里面写的这些，还真是棒啊。"梅尔克说。

维奥蕾特姨妈点点头。"我们已经开心地读了一刻钟了，尤其是安娜。只是有些词她还看不懂。"

"这里写的都是我们的事儿。我一下就懂了。"妈妈边说，边把日记本夹在自己腋下。

"写的根本不是你们。"路易斯说。蛋糕吞下去了一半。维奥蕾特姨妈迅速切下了丁点儿大的一小块。

妈妈用她横向扩大的臀部抵在水池边上，把日记本举到脸前，用优雅的克制声调念了起来。

"在这浮华的别墅的居民中间弥漫着一种巨大欲望的元素。"

"浮华，"安娜说，"这个词，比如说，我就从没听过，是荷兰语吗？"

"这个词就是说摆阔。"维奥蕾特姨妈说，"现在闭上你的嘴。"

"每一个人都安然知足地退回到一个香蕉皮里，对外面世界发生的一切丝毫不在意。他们主要关心的，就是把一切代表时尚和奢侈的物件安置在自己周围。尤其是那个忽视了自己作为母亲的最基本职责而投身于无耻的勾当里去的女人。”

“是无聊的！”路易斯叫道。

“谁要你写得这么不清楚！”妈妈叫得更大声，她接着往下念道，“因为这个女人把自己的生命都耗费在对自己的自私自利沾沾自喜上，却不去想她的自私给她的亲人带来的阴影，她的亲人不得不承受她在上帝创造的每一天里都沉迷其中的那种自我陶醉，那种自我美化。”

“这小伙儿到底是怎么想出来这些句子、这些词的啊？”梅尔克说。

“所有这些句子听起来都好美啊。”安娜说。

“可他一直在用这样的句子污蔑我。”妈妈说。

“时尚和奢侈，这可太夸张了。”维奥蕾特姨妈说，“我们过得也不拮据，但时尚和奢侈，路易斯……你是想说什么？”

他没有话好说。他本来以为，他可以把这杯苦酒喝到点滴不剩，同样保持克制，就像她念日记本那样。他感到极度羞愧，连安娜也都听到了。但他已经是隔了一层泪水在看厨房和那个背叛者了，他尝到了泪水的盐味。

“别这么伤心了。”

“我们大家都喜欢你写的啊。”

“唉，路易斯。”妈妈说，就好像是在和腊肠犬比比二号说话。

现在他明白为什么他的泪腺发作了。因为妈妈既然念得这么毫无感情，语气平淡，那显然这些文字写的都是没有才华、没有价值的废话。

“我只是不知道，是不是别人也都喜欢读这些。”梅尔克说，“我们当然知道是你写的，我们了解你。”

“您再念几句吧，康斯坦泽夫人。”安娜请求道。

“不要，已经够了！”

“别这么孩子气，路易斯。《最新快报》的人会念，为什么我们就不能念！”

“念一下结局吧，康斯坦泽，这样我们就大概知道整个故事了。”

妈妈翻了好几页。“……那个旋律几乎毫不费力地从奥福莱夫人嗓子里珠落而出。然后，最后一个音符消散而逝，就像玎玲作响的水晶一样纯粹清澈。疲乏，但却沉浸于极乐的她，降落在沙发里。奥福莱先生的心充满了阳光，他问自己，会有什么样的命令从她唇上流出，而他是不是应该盲目地听从。”

“这就完了？”梅尔克问。

“后面没有了。”

“一个古怪的结局。”安娜说。

“我冒昧做个评论，”维奥蕾特姨妈说，“音符消失了，她降落在沙发里。谁降落了，音符吗？”

“哎哟，维奥蕾特小姐，当然是那个女人哪。”安娜说。

“我就降落到沙发里过，”妈妈说，“我。”她离开了水池，胸部颤抖着，穿着麦斯力棉布围裙，躺在桌子上，抹了托卡龙[1]牌磨砂香粉的脸在油桌布上蹭，目光嘲讽的灰色眼睛睁得大大的，里面有曾经是金色的小点在闪亮。“我就这么疲乏又沉浸于极乐地躺着。”

她坐了起来。“你会在《最新快报》那儿中奖的。赌不赌？”

“如果里面的句子都写得这么美，那肯定会。”梅尔克说。

“这个女人，这个奥福莱夫人，让我想起了温莎公爵夫人。”维奥蕾特姨妈说，“那也是个自私的女人。”

蛋糕吃完了。路易斯湿漉漉的食指按在蛋糕屑上，粘起来吃。干燥的碎屑卡在了他喉咙里。他要打喷嚏。试着忍住不打。眼泪，喷嚏，留住精液。*时刻都要微笑*。在他的灯芯绒裤子膝盖上落了两滴血，血也流进了他嘴里。梅尔克最先看到，叫了起来：“哎呀，小伙子！”

他看到了安娜充满反感和恐惧的目光。梅尔克用一块湿手巾按住他的鼻子。“让我来吧。”妈妈说。她用两根暖暖的手指堵住了他的鼻

1 托卡龙（Tokalon）：瑞士化妆品牌。

子，让他头往后仰，抵住她的胸。“等着吧，”她说，“冷静下来，没什么可怕的。”

她从围裙兜里掏出了一块她常用的土气的薄手帕。手帕染红了。然后她用这湿手帕擦干净他的脸颊，他的嘴唇。他咬了一下手帕。他越过塞涅夫鼻尖看到了几乎无动于衷的残忍目光，这目光砸进了他体内，而她正嘟哝着什么，把他按到自己身上。这么多年了，他都没这么亲近过她。

“塞涅夫夫人。”他模仿艾尔拉工厂的医务室那些装病的人，那些把自己弄伤就为了接近她的人说。他的手不自觉地往上摸，像一只被放出来的凉凉的、安静的、多肉的动物爬到了她的肩膀上、她的脖子上和她的下巴上。

“别动。”她说。

他的手指抚摸她的脸颊。他看到他周围的女人们在仔细观察他，闭上眼睛，脖子在他母亲的胸上蹭。这里的感觉我永远不会忘记。居然还有这样的幸福。妈妈。

“安静。”她说，但这话是说给其他女人的，她们开始收拾厨房了。他继续闭着眼睛。她扭转上半身，让他的手掉下来。他又成了一个和其他人一样的孩子，或者就像伊沃·利肯斯，据说他直到四岁还赖在母亲胸口上；或者像奥里诺科河[1]边那些孩子，他们的母亲会在他们肩头压下一块爬满白蚁的草垫，锻炼他们坚强地面对未来生活里的所有忧愁。她温柔地、缓慢地把他推离她那天鹅绒般的、散发香味的温暖。“你去床上躺一会儿吧。”

他拿着自己的日记本上楼。头往后仰着，他撕碎了日记本，就像在瓦勒的过年集市上弗兰德最强壮的男人撕碎电话本一样。他在自己的小圆铁炉里烧掉了碎纸，用火钳拨弄那些精心写下的句子，在蓝色的火焰里，在白色的烟里。

1 奥里诺科河（Orinoko）：南美洲第三大河。

他醒来的时候鼻孔里结了痂。他掏了掏鼻子，开始写一本新书。妈妈根本不笨，她问他，他的故事是不是讲哈尔贝克的宿舍的。向爸爸一样匆忙，像教父生前一样冷峻（当然他现在真的冷掉了，路易斯咧嘴笑笑），他写道："冬迭南把七本禁书中的一本藏在宽罩衫下，把我招呼到身边来。"他画掉了"我"字，写上"路易斯"。

提奥·冯·巴梅尔用两只手抓起自己的小腿肚，提起来离开自己身体五厘米，同时做了个鬼脸。"这可不是一般货色。这样的腿，我还一直都是靠着这腿来回跑呢。我已经搞不清我脑子是怎么了。我就是非来不可。你知道，我对你总是特别尊敬的，康斯坦泽。"

他汇报说，他现在才从荷兰回来。秘密警察以前在那儿很猖獗。他费了很大劲解释清楚他发挥的是什么作用。"荷兰人一点都搞不清状况，康斯坦泽。他们对比利时也半点儿兴趣都没有。'您是雷克斯的人。'他们对我说，但他们指的却是西弗拉芒的突击部队。他们成天嚷嚷着要和弗拉芒人合作，但连不同组织的名字都不知道。真没办法。我说：'是的，我是秘密警察的人，这是官方的说法，你们在档案里能够查到。'他们想立刻给我戴上手铐。'等一下！'我说，'你们先给这个和这个号码打电话。'他们不肯。我说：'等一下，伙计们。'然后报出了两三个名字。等他们打完了电话，就只会说：'请您原谅！''抱歉，先生！'也是没法子。但是为什么我会在这儿呢？我前天凑巧去参加了我们1940年8月建立的联盟的一次集会。我们是第一批起来用行动反抗纳粹的啊，康斯坦泽。我们没有等到伦敦电台的讯息才行动。可我听到了什么？我们的同志，冯·迪肯警官，我们四下里当然都叫他地坑，前几天和约翰·瓦拉尔特·冯·奥特列夫一起走掉了。这本身是挺正常一件事儿。冯·迪肯和瓦拉尔特总是黏在一起，如胶似漆的。这两个捣蛋鬼真是臭味相投，天作之合。有时候，每周一到两次，他们会巡游一下被关押的'黑卫队'女人们。他们受到的款待，想都想得到：豪饮狂欢，拿贿赂，其他的更不用说了，你都懂的。那些女人以为和军事法庭的控告人搞好关系总不会是坏事……好啊，我要的，再倒一点儿。不过医生倒是严格禁止我喝酒，因为我的腿……但现在最精彩的来了，康斯坦泽。这个卑鄙的先生，这个该死的男爵瓦拉尔特·冯·奥特列夫早上回了家。他在那儿遇到了谁呢？他的一家子人，他母亲，他姐妹，他丈母娘，乌泱泱一堆人。因为他老婆夜里生了个孩子。他酒还没醒，就趴到了地板上，高兴地哭起来了。

好了，言归正传，康斯坦泽。我为什么在这儿呢，因为我尊敬你啊。这个瓦拉尔特，尤其是现在他老婆不抵事了，他就是个谁都比不上的发情公羊。他，用委婉的弗拉芒语说，容易被女性魅力打动。所以如果你能去拜访他一次，也许不是个坏主意，当然是很正经的去拜访。"

妈妈点了点头。路易斯点了点头。冯·巴梅尔还真会说话。

"但是冯·巴梅尔先生，如果您那么反对德国人，您为什么还带着秘密警察去学校抓走了索伊斯特和柯讷呢？"

提奥·冯·巴梅尔在手指间转动空酒杯。路易斯又斟上了酒。

"我反对每一个人。"他说，"因为每一个人都需要我。"妈妈点了点头，就好像她听懂了，同意了他的话似的。

"人啊，得学会越过鼻子尖往远处看，"冯·巴梅尔说，"所以我现在要等一段时间再回瓦勒。大多数人都以为他们看到了我做德国人的狗腿子。"

"但是，冯·巴梅尔先生，人们的确看到了你那么做啊。"

"做什么？我有时候自己都不记得那时候到底是怎么回事儿了，我到底是在为德国秘密警察还是国安部干活儿，其他人又怎么会知道呢？"

一个头发暗金色的女人，现在头发染成了栗棕色，只残留了一点儿红。尽管是三十七岁的年纪，但保养得不错，虽然透露出那种名为忧郁的暗藏的煎熬。她迈着坚定的步子走进了代表比利时司法的办公楼。

（如果你现在在我的新本子里打探的话，妈妈，那请你走开。）

一个中年妇人，我的母亲，急急忙忙走进了军事法庭控告人的房间里。

（妈妈，走，我要你走！）

在贝尔弗里德钟楼的影子里，在与“根特固若金汤”的两个标志之一（另一个是吐火的龙）——“妈姆落客”，根特方言里说的吸乳婴儿，实际上是一座浮雕，雕着一个衰弱的老头在一间牢房里靠着自己女儿哺乳而存活——平齐的高度，在这幢建于十九世纪的堂皇大楼的第二层，是军事法庭所在地。塞涅夫夫人，嗜烟成癖的女人，虽然就走了几级楼梯，却已经气喘吁吁了。她推开了一扇装了隔音软垫的门，走进一个洒满阳光的房间，检察官在那里等她。

这个男人不仅只是出身于低等贵族，他整个人看起来也不出众。就像小人物到了高位惯常会做的那样，他煞有介事地俯身看着他的文件看了好长时间。塞涅夫夫人做梦都不会想到要提醒别人自己的在场，但脸上却已经气得通红。她没法逃走，因为她在一楼是背着宪兵偷偷溜过来的。如果她现在给这个检察官一耳光，然后被他追赶着，又落进宪兵手里的话，那对方会以为这是一个“黑卫队”的夏洛特·科黛[1]，而齐木尔的假男爵[2]就充当了可怜的马拉。所以塞涅夫夫人就决定怯怯地清一下嗓子，发出点声响。

军事法庭检察官说道：“夫人，您的案子看起来不太妙啊。”

“我丈夫的案子。”

检察官露出了一个高傲的微笑，把眼镜在鼻根上压压紧。“当然咯，我只来得及草草地看一遍档案，但我看到的内容是如此一种状况，我不能不严肃地请求您，不要再这么顽固地坚持自己的意见。您有支持者，政界名头很响的大人物，毫无疑问也有来自西弗兰德主教的压力，说得委婉点，可是……”

---

1 夏洛特·科黛（Charlotte Corday）：法国大革命时期重要人物，出身于没落贵族，反对罗伯斯庇尔的专政，刺杀马拉，后被逮捕处决。

2 这是1926年的一部德国滑稽剧电影中的人物，流浪汉假冒男爵行骗，事发后被赶走。

“可是就算匆忙的浏览，您的司法之眼肯定也已经注意到，这些指控……”

他恳求地，但也有点儿笨拙地举起了戴金表的手臂，就像交通警察第一次在安静的街区执行任务一样。“目前有大批检举的报告。我们必须平心静气，仔仔细细地一条条查看。”

在一幅画着永冻平原上的仙鹤和木槿花（亚洲人不懂或不愿意用透视法），有异国风味，绷紧了的屏风背后传来轻咳声，塞涅夫夫人觉得这是一个认可的信号，有人在移动一把椅子。

“您没有耐心，夫人。我要是您的话也会不耐烦。但按照公平办事的法则，每个案子要得到一样的处理。您自己来看看。”他用一个他在法院里戴着黑色宽袖索取叛国者头颅的姿势，指向了他的案卷，“我们才进行到字母D。”

塞涅夫夫人不自觉地将一只犹犹豫豫的手伸向了高高摞起的档案文件。

“您肯定不会建议我改变字母顺序吧。”

女人没有征求允许就点燃了一支好彩香烟。

“要加快处理速度的话，就要放弃检查上的仔细。幸好我们手下都是能干的职员，但我们在尘世的时间都是有限的，塞涅夫夫人。”（这个塞的发音就像是一个女巫的咝咝声，带着威胁，带着挖苦。）

“您没有时间吗？”

“夫人，我在这里夜以继日地工作，加班费都没有，在您丈夫工作的私营企业里加班费可是惯例。”

“您今天早上是几点到这儿的，检察官先生？”

在异国情调的屏风背后听得到一阵警告的，但也被逗乐的咳嗽声。

“夫人，您绝对没有这个权力，在这里对我进行质询。我恐怕您得调换一下角色才行。”

“您今天是什么时候钻出被窝的？”塞涅夫夫人说这话时心怦怦跳着，“您又是什么时候钻进被窝的？”

“夫人……”

“您当然没有时间来处理案子的文件了，如果您整夜整夜都在外面寻欢作乐，骚扰弗拉芒的有夫之妇，与您的同伙花着囚犯的钱喝个酩酊大醉的话。”

军事法庭检察官的那张惊恐慌张、不知所措的脸让人想起萨尔特拉特·罗德尔泡脚液广告画上那些受鸡眼折磨的脚后跟，它们和人一样对疼痛感到惊恐，鸡眼使用放射状线条画成了受惊吓的人眼；治病的盐分会从根子上克制它们，这样很快脚就能穿上小了整整一码的鞋子，而这正是塞涅夫夫人的母亲期望能在最近达成的目标。

“他被吓得要死！”对自己的胜利还兴高采烈的妈妈，袖子把一个烟灰缸从厨房桌子上扫了下来。“没关系。”她叫道，“我给你们买五个新的。”

“还不如把烟戒了，这样我们家里就用不着烟灰缸了。”维奥蕾特姨妈说。

“继续说啊。”梅尔克说。

“我还从来没有动过这么大气。我完全刹不住车。我都冒了多大的风险呀！我说：‘您这个该死的混账东西，对您处境艰难的妻子，您不管不问，而是跑到外面花天酒地！’‘可是夫人，’他哀怨道，‘看在上帝的分上，您也考虑考虑我的职位啊。这样的情况……’我打断他：‘是您应该考虑考虑您的妻子，她那才叫有情况！’‘可是我答应了她带她去尼斯旅行。您自己问问她好了！’”

塞涅夫夫人的亲近圈子里，大家都知道，她一旦这样大发雷霆，几乎就没法遏制住。这也和她在这样的状况下爆发的偏头疼有关（这在动物界挺多见，参看宾夕法尼亚大学兽医学系关于牛的不满与头疼之间的关系的研究）。

塞涅夫夫人用暴躁的左手在文件堆上扫过，封套从文件上脱落下来，里面的纸张也散落出来，中间有几期《巴黎好莱坞》[1]。这些书页在整个办公室里飞舞。塞涅夫夫人冲到屏风前，拼命摇晃它。

后来她解释说，她在那一刻已经被气昏了头，看到检察官那张因为缺少睡眠和喝高浓度饮料而疲弱的脸，看到脸上表现出的极度惊慌，她就猜到在屏风（这让她很容易就联想到了风流游戏和力比多，尤其是因为她见过一张照片，上面是霍尔斯特的妻子以前在布鲁塞尔住过的公寓，是今天的贝伦斯部长当年指挥一个装饰工装修的）背后是他前天晚上在社区里游荡时拉着作陪的许多不幸女人中的一个，一个著名内奸的妻子或姐妹或女儿，也就是她的一个姐妹。倒不是她想拯救这个姐妹脱离这种屈辱。其实更多的是女性的好奇，尤其是那种从她体内爆发出的盲目的冲动、那种怒气（就像在新西兰的某个地段，地壳太薄，只要有人用拐杖戳进地里到一定深度，就会冒出一股蒸汽——塞涅夫夫人皮肤也薄，而军事法庭检察官瓦拉尔特·冯·奥特列夫就是那根拐杖）。

屏风歪了，倒下来了，落在了咳嗽的那个人身上，他跳了起来，双手攥住了丝绸仙鹤。这是一个脑壳大得出奇的办公室职员。他把屏风又扶了起来，鞠了一躬，说了些礼貌的套话。这些话没法复述，因为他嘴里当时含着一支自来水笔。

"我能向您介绍一下我的朋友丹尼尔·菲里耶·德·罗德贝克吗？他现在是我的实习生，但近期就会成为我的合作伙伴。"

自来水笔转移到了实习生的耳朵上。"我什么都没听到，真的什么都没听到。"这个几乎像是脑肿大的家伙说。

"我也没听到。"检察官说，这一刻他装出了一个依赖助听器的人的样子。

"我说'你们说什么？'，"妈妈说，"'你们说什么？我要不要洗一

1《巴黎好莱坞》：一份法国色情杂志，常常刊登女明星的露骨艳照。

洗你们的耳朵?'——'哦，不用了，夫人!'他说，'我只想让您明白，所有在这四堵墙壁之间说过的话，都不能传到外面去。'——我说:'您说什么?那您就太不了解我了!我今天就给《安特卫普报》打电话。''夫人，'那个油嘴滑舌的菲里耶·德·罗德贝克说，'当然也可以递交一份说明，说她有病，附上一个可信的医生的鉴定书。'——'这样的话就大不一样了，'另一个人说，'其实这案子看上去就会完全不同了。'"

"菲里耶·德·罗德贝克，这个名字我觉得挺熟悉的。"维奥蕾特姨妈说，"这是不是住在罗腾呼勒，住在白色宫殿里的那个侏儒?"

"现在我必须马上去找凡登纳贝尔医生了，去开鉴定书。"

"就说，你肾有病。说肾管堵住了。这是检查不出的。"维奥蕾特姨妈说。

"或者说我严重缺钙。"妈妈说。这是针对路易斯说的。她看着他，他的牙齿、他的指甲在她肚子里就已经吸走了所有的钙。

一天下午，贝赫尼丝姨妈按响了"日高点别墅"的门铃，平时从来没有人来按过这里的门铃。

"我不敢直接从后门进。"她说。

"我可真是吓着啦。"梅尔克说，"我还以为是邮差来送电报了。"

"我可以进来吗，妈妈?"

"贝赫尼丝哟，你这问的是什么问题啊!"

"我一开始是想写张卡片的，但是我又想，万一她不回信我该怎么办呢。"

"我随时都欢迎你来的。"

"路易斯，你真是大变样了。根本认不出来了。"

"为什么认不出，贝赫尼丝姨妈?"

"明天我再告诉你。我还得想一想。你知道我的，我很在意准确。还是我说错了什么?"

她在厨房里放下了行李箱，把她的雨伞靠在了墙角，提起了一点儿裙角，跪了下来。她低着头说："妈，我请求你原谅我。"

梅尔克用大拇指在她额头上画了个十字。贝赫尼丝姨妈跳了起来，脱下了大衣。"好了，"她说，"有碗要洗吗？"接着就走到了洗碗间。

"她一点儿都没变，"梅尔克说，"我真高兴。她能照顾我们的欧梅尔了。两个人小时候就像一根藤似的连在一起。"

可是欧梅尔拒绝走到车库门口或窗户前来。贝赫尼丝姨妈用孩子的声调喊道："欧梅尔哥儿，欧梅尔哥儿"，把脸贴在窗户玻璃上。但他也许以为这个陌生女人把他当作了梅尔克。这一天是他的一个坏日子。

"今天是个好日子还是个坏日子，欧梅尔舅舅？"

"一个好日子，路易斯。昨天是个坏日子。"

"你妹妹贝赫尼丝又来了。"

"我和她一直相处得挺好的。是啊。"

"她之前叫过你。"

"可惜。昨天真是个坏日子。"

"那是三天前的事儿了。"

"看起来她就做不到安静地叫唤。黑克托，它会安静地叫。她为什么就不可以？"

"她今天晚上还会来。"

"我们走着瞧。我们走着瞧。"

"你会进屋子来和我们打牌吗，欧梅尔舅舅？"

"不，我觉得，今天我不想出去。"

"但你已经有一个星期都没出来过了。"

"坏日子，不是按一个星期一个星期来算的。本雅明修士也不明白。'所有的日子都一样啊。'他说，然后，砰，我头上就被砸了一下橡皮棍。'这不是橡皮棍，'本雅明修士说，'这是一颗晨星。'砰，头上又是一下。'我不喜欢看苦兮兮的脸。你头上有屋檐，又有饭吃，实在必要的话，我们还会给你擦屁股，所以在我走过来的时候，最好不要做出这种悲惨的表情。’接着又是砰，一颗晨星。‘你们必须和早晨打个招呼，’他说，‘来啊，大家一起，晨星照耀我们多美丽！还有一个新早晨，无忧又无虑！’本雅明修士是所有人里唱得最响亮的。我们有时候也会开心。你觉得呢，路易斯，我们开心吗？你是对的，这个我不可以问。我要知道自己的位子在哪儿。我再也不会像以前那么开心了，有时候我的嘴会歪，我会感觉喉咙里有黏液或鼻涕要流出来。但我笑不出来。就连最好的日子里也没法笑。只有到了没有白天只有黑夜的时候才笑。

“康拉德说：‘看着我的眼睛，那你肯定就会笑了。’其他人说我笑了，但如果人自己都不知道，路易斯，那他怎么会是笑了的呢？就算我笑了，难道这就说明我是幸福的了吗？‘看着我的眼睛。’康拉德说，这话说起来容易。因为你知道，你会在他眼睛里淹死，然后他们就会把你拖进黑暗里，你都没注意到就已经消失了，只能眼皮眨呀眨了。这里面有那个词‘Linz’，路易斯，德国东部的林茨[1]。”

“它又归意大利了，欧梅尔舅舅。”

“那就好。好，好，这样好。可是为什么好？请给我解释解释。”

“下一次吧，欧梅尔舅舅。”

“康拉德也这么说的。下一次吧，欧梅尔舅舅。还是只有欧梅尔。我觉得他大部分时候都叫我欧梅尔，不叫欧梅尔舅舅。”

“天黑了，欧梅尔舅舅。”

“这都是因为女人。你有没有从我嘴里听到过一句关于女人的坏话，路易斯？你是对的，我不可以问这个。如果女人们不是这么卑鄙地戏弄我，我本来能好好上大学的。我有个会想问题的脑子。”

“你还有机会的，欧梅尔舅舅。”

“我们走着瞧，我们走着瞧。”

1“眨眼”（blinzeln）这个词里恰好包含了“Linz”这四个字母。林茨是奥地利东北部城市。二战期间，纳粹德国吞并了奥地利。

“天黑了，我得去吃晚饭了。”

“‘别这么激动，’特雷泽说，‘我就是和你弟弟正正经经地跳了舞。’我说：‘特雷泽，你以为我眼睛上长了西红柿吗？’那个时候，我说的是打战以前，我就已经这样了。我的嘴有时候准备笑，我觉得它都好像橡胶一样拉开了，但我就是笑不出来。‘那又怎样，’她说，‘就算我现在和你弟弟有了一腿又怎么样？’我说：‘特雷泽啊！’‘只是假设。’她说。‘假设而已。’我说，‘女孩儿啊。’‘这可是说不准的事儿，’她说，‘这上头，人是控制不了自己的。爱神只是射出了箭，可恰好就有人挡在了面前。’克劳丁尼嬷嬷在治疗室里也这么说，在她把我的头放到她那把钳子里的时候。‘是爱神，爱神，爱神，’她说，‘把你带进了我们家。’本雅明修士也牢牢抓住了我。‘你还蹦跶吗？’他叫道。他打九柱戏[1]的手臂可强壮了。克劳丁尼嬷嬷说：‘安静躺着，只要想想小骚猫就好了。很快就过去了。’但我想了想小骚猫，还没有过去。我开始乱动乱抖，我越想就越……”

“到底什么是小骚猫啊，欧梅尔舅舅？”

“我还以为天黑了你要去吃晚饭了呢。”

“还早呢。什么是小骚猫？”

“如果谁想带坏一个纯洁的人，谁就会脖子上吊块磨坊石淹死。就算他有七条命，也会死七次。”

“你自己都不知道，什么是小骚猫。”

“管我知不知道。就当我不知道。就当我从来不知道。”

“我给你带十根香烟。”

“带火柴吗？”

“不，我每次来的时候给你带火儿。”

“去维奥蕾特的房间，去找贴了阿斯特丽德王后图片的饼干盒。盒子里的照片，有一张是特雷泽的，她在向我挥手，她身边站着一个戴

1 九柱戏：类似于保龄球的一种击球游戏。

白帽子的女人。你把那张照片拿出来。她向我挥手。你能看得很清楚。那时候我上火车去考试。”

“欧梅尔舅舅，你现在是第一百次求我做这件事儿了。你知道你不可以拿到那张照片。这对你来说不好。”

“那就向我保证，你会记着这件事儿，有一天会带给我。像今天这样的一天。”

“我保证。”

“用你悲伤的母亲的头发誓。”

“我发誓。”

“为什么你要向我发这个誓？”

“因为你要给我讲讲小骚猫。”

“特雷泽从来没做过小骚猫。从来没有过，从没有过，从没有。”

“没有，那是克……克劳……一个修女。”

“克劳丁尼嬷嬷不是修女。哎哟，讲真的，你还有很多东西要学。”

“那就是一个护士。欧梅尔舅舅，我还是会给你带十根香烟的。”

“好。解答。小骚猫，这是大家都知道的，说的就是往一个女人那儿塞进一个气球。”

“就这些？塞进去一个英国帽儿[1]？”

“路易斯，我说什么来着？你不懂弗拉芒语吗？我先得用正经弗拉芒语说说你幻想的这些事儿吗？一个气球，什么颜色都行的。就这些了。不，抱歉，还不是全部。你塞进去了以后还要吹。我给克劳丁尼嬷嬷至少买了一百法郎的气球，在大巴扎[2]的玩具摊上。‘我要买这些搞庆祝活动。’我说。然后就是吹。说完了。”

“吹多久？”

“吹不了多久就没法再吹满了。两个星期吧。新东西的刺激就没了。这时候做这事儿就不会太用心了。但是我还得做。因为她都那么

---

1 法国俚语，指避孕套。
2 大巴扎（Grand Bazar）：大型集市。“巴扎”为波斯语。

和善地请求我了嘛。我又不是石头做的。所以就继续吹咯。我的眼睛鼓出来了，我感到我的血管要爆掉了，头就像个气球，或者更像个鼓鼓的足球。这个星期来看我的弟弟，他们以为我快死了所以叫他来了。是啊，这个弟弟，他的名字我是不会大声说出来的。他在会客室里说：'你出了什么事儿？你头变得这样肿。你一定要去瑞士待一阵儿，在这里你吸入的氧气不够。'他是喜欢我的，我弟弟。

"特雷泽说：'就算我和你弟弟有一腿……'

"精神病医生，伊尔德冯斯，说，都是特雷泽和我弟弟让我变得，变得，变得……但这不对。他还有很多东西得学，你也是。是在霍勒赫姆的有轨电车停车站，在'中转站'酒馆里。就是在那儿，不是在别的地方发生的事儿。她说：'就算我……''只是假设，'她说，'假设而已。'我觉得自己糟透了。这没错。我甚至站了起来，走了出去，走到了车站。我不生气，就是伤心。一刻钟以后她也出来了。我说：'你在酒馆里付了钱吗？''付了，'她说，'我付了钱。'我们等电车，然后'中转站'酒馆的布兰切就出来了，出来了，站在了车站上，对着特雷泽吼叫：'臭婆娘，你这脏贱货，你以为你是谁啊？'我想，特雷泽还是没付钱。这时候布兰切又叫道：'这种事儿回你家去搞，这些东西都放到你自家厕所里去！'布兰切往特雷泽身上扔了一小包东西，但却落到了我的白衬衫上。在这儿，在这儿，我捡了起来，那个小包裹。那是一块血淋淋的布。我手上、白衬衫上都是血。我还听到特雷泽说：'这事儿挺自然啊'等之类的话，我紧张啊，我就大喊了一声。因为我听到了自己的喊叫声，我就像：这家伙干吗叫成这样？我就把血布塞进了自己嘴里。特雷泽又把它拔了出来。在车站上等电车的人说，我说了十遍二十遍，这事儿挺自然，挺自然，挺自然，就好像我在那一刻真这么想一样。但我根本没有想法。我的脑袋空空的，然后我就躺到了草地上，在蒲公英中间，正正经经的。"

"晚饭好了！"维奥蕾特姨妈在叫。

欧梅尔舅舅帮着把洗衣桶从车库里拖出来。“嘿唷。”他叫道。

“你小心别扭伤了自己。”贝赫尼丝姨妈说。

“我总是很小心，夫人。”他说，“您也小心。”

在苍白的日光下，妈妈洗她和路易斯的衣服。她拍打湿衣物的时候，听起来有时候像是马鞭在响。在疗养院周围的树林里有很多回音传来。不知什么时候，一个穿着过于宽大的雨衣，戴着拉到额前的帽子的男人一动不动地站在那儿，观察着这个勤劳干活、满头大汗的女人。这男人提着一个方形的筐，上面挂着一双格子凉鞋。

妈妈从肥皂液里抽出红红的手臂，在围裙上擦干。爸爸犹犹豫豫地走近。他稀疏的眉毛下面有了一道以前没有过的深沟。妈妈还在擦干手。

“哎，康斯坦泽。”他做了一个要拥抱她的动作。她往他面前走了一步。“嗯。”她说。

“哎，康斯坦泽。”

“我在。我刚刚在洗衣服。”

“日安，爸爸。”

“呀，你在这儿呢。”他们向对方伸出手。路易斯从他父亲手上接过了筐。他查看了一下囚禁遗留下的痕迹，看到的是一个阴郁的、昏沉沉的男人，穿着晃来晃去的裤子，一脸没睡醒的表情，那是为了其他的检验而刻意做出来的，为了另一种环境，另一种空气。而且他的牙齿好小啊。

“他们说，我可以走了。”爸爸说。

“他们这么说了啊。那好。我们走着瞧。我们走着瞧。”欧梅尔说。他转过身去招引鸽子。鸽子飞过来的时候，它们几乎扇到了爸爸。他害怕地挥手赶它们。贝赫尼丝姨妈从厨房里跑了出来，她欢呼道：“斯塔夫！斯塔夫！”她亲了他两面脸颊，挽住他的手臂。妈妈牵住他的另一只手臂。他就像一个被拖着而不是被牵着的病人，被带到了厨房里。

梅尔克说，他气色不错。他在那儿大概都是在新鲜空气下劳作？

“我给男爵寄张卡片表示感谢，”妈妈说，“还要寄一瓶勃艮第酒。”

爸爸坐在梅尔克的椅子里，摇晃，脱下雨衣。在破碎脱线的口袋里放了些宝贝，他会在适当的时机变出来，做个迟到的圣尼古拉斯。

“我在那儿吃了多少难吃的炸薯条啊。”他说，“你知道的，又粗又淡。还总是半热不热的。”

“康斯坦泽，赶紧给你老公好好烤点儿土豆条，”梅尔克叫道，“加碎肉的！”

“晚点再说，”这个既是肇因和祸端，也是结果和救赎的女人说，“晚点再说，我们首先得习惯一下他。你不觉得吗，斯塔夫？”

“但你老公饿得快要不行了！”

肥肉配鸡蛋端上了桌子。所有人都看着。他吃得越多，他身体就舒展得越开，就越有力气，越自信。不光是因为有吃的，也因为塞涅夫家和伯塞茨家的人都在。她们喂养他。脱胎换骨之后的他很快又会统治路易斯的后宫，让整个房子里处处都会感觉到他的存在了。因为他被软禁在家，而且他头秃了不少。

“你们这家里还有什么甜的吗？”

“来份果酱面包，斯塔夫？或者……”梅尔克爬到一把椅子上，从厨房柜子的最高一层抽屉里拿出了一大块她藏在那儿不让维奥蕾特姨妈拿到的杏仁奶油。

“别吃太多了，斯塔夫，七点吃晚饭。”妈妈说。

“尝得出来，这是用上好的黄油做的。”他一边说，一边往自己嘴里填果仁甜蛋糕。

“肯定也加了杏仁精华。”贝赫尼丝姨妈说。

“杏仁奶油，”爸爸说，“我是有多久没吃过了啊。”

“别吃太多，斯塔夫。别这么狼吞虎咽的。”

“想想那些受害者，斯塔夫。所有回到安特卫普的犹太人。”贝赫尼丝姨妈说。他填满蛋糕的嘴大开着。

"别在这时候犯嫌，贝赫尼丝！"梅尔克怒吼道。

"我刚才说这话，母亲，就是想劝他不要一次吃太多。就像那些从集中营回到安特卫普的犹太人。别人警告了他们，他们所有人，说他们的家人会把他们喂到撑。他们有许多人就因为一次吃太多撑死了。"

"我还是不要想那些犹太人为好，"爸爸说，"但不想不行。我们在战争中都是傻子。我们都做了睁眼瞎。"

"说点别的吧。"梅尔克说，端着最后一块蛋糕往厨房柜子方向走。

爸爸眼见着身材就长了起来。穿雨衣的憔悴男人消失了。藤椅里的男人变得亲切起来。就连他闹胃疼也让人觉得亲切，尽管他以前有个钢筋水泥胃；就连他的那些牢骚话也让人亲切，他说他在牢房里受了那么多苦，每天夜里都向亲爱的上帝祈祷，几乎每天夜里；他现在亲身体会到了人和人之间是有情义的，有的囚犯简直是圣徒。他说起了他们的名字，他们的事迹。当他说到圣徒年历上第三个或第四个名字的时候，发觉女人们的注意力下降了，他就说："也许最后一块杏仁奶油蛋糕能够安抚我的胃。"

他得到了蛋糕，吧唧吧唧吃起来。"我有多久没吃过了啊。尝得出来这是自家烤的。"

"这是圣方济各的蛋糕。"贝赫尼丝姨妈说。

"这个名字的词源就是面包，方济各[1]。"路易斯赶紧说。（因为我，我亲爱的姨妈，是擅长做这类无聊又傻气的评论，要耍农民年历八卦和陈词滥调的小聪明的废话大王，这都是我过世的教父像一个黑鬼部落的酋长那样传给我的传家宝。）

"他爱面包胜过一切，"贝赫尼丝姨妈说，好像临终的圣方济各就躺在隔壁一样，"在临死的时候，他在床上还索要面包，因为他太虚弱，咽不下去，所以其他神父和他的朋友不管有没有胃口，都当着他的面吃下了好多杏仁奶油蛋糕。"

1"方济各"（Franziscus）和"杏仁蛋糕"（Frangipane）词形相近。

“真不赖，”爸爸说，“又是我从来没听过的新段子。”

杰迪带着装满军用罐头的大箱子来了，他要用这些来换花园里的蔬菜。炸薯条的味道似乎不招他反感。

“这是我老爹。”

“嗨。”[1]

“他是犹太人。”爸爸说，“对不对？我一眼就能看出来。先生，我一定得以个人名义请求您的原谅。路易斯，翻译给他听。”

杰迪发青的长下颚上下动了动。“以个人名义和弗拉芒人的名义。我对您和您的所有同种弟兄做了坏事。翻译。”

同种弟兄。用这个词对吗？您的所有同种弟兄？[2]

杰迪看出来路易斯在绝望地绞尽脑汁，他下一次肯定要买一本荷英字典。杰迪说：“同类。”[3]从来没听过。路易斯重复了好几遍这个词，可还是觉得陌生。

“懂了吗？”爸爸说，“嗯，抱歉，嗯，懂了吗？”

“懂了，懂了。”[4]杰迪说。

这天夜里，路易斯娶了米谢勒。在一棵苹果树的树荫下，他们坐在兴奋的婚礼宾客中间，坐在一张铺了白花亚麻桌布的桌子旁边。爸爸面前是一个放着烤成金棕色的鸭子的黄金碗，他眼巴巴地看着那烤鸭。一个暗色皮肤的人，是杰迪，他骑着一匹白马慢慢地踱过来。等他们在幕布左边消失，米谢勒激动地像欧梅尔舅舅一样结结巴巴地说：“同，同，同类。”路易斯大吃一惊，他发现他的新娘戴着白色帽子，显得庸俗。他扭过头不看她，却看到闪闪发光的碗里只剩了啃得干干净净的鸭骨头。爸爸也抬起头看过来，一脸贪婪，眼睛突出，没有嘴唇的嘴张开着。“可怜。”贝赫尼丝姨妈说。爸爸就这么死了，还在那

1 这两句原文为英语。
2 这一句原文为英语。
3 原文为英语。
4 原文为英语。

儿坐了一阵，沾了鸭子油而发亮的双下巴下面是一张餐巾纸。可是从他死了的脸上发出了一种幼稚的悲叹。悲叹声充满了路易斯的房间，米谢勒的新娘面纱飘扬，白色帽子哪儿去了？她跑向正跳着民族舞作乐的婚礼宾客。爸爸长吁短叹，妈妈安抚他，爸爸呻吟，妈妈格外清晰地说："可是我告诉过你的，斯塔夫。"听到这话，他像以前那样叽叽歪歪地反驳："我要说，这都是炸土豆条闹的！"然后妈妈的房间里就安静下来。只听到她大声地喘气，然后她猛吸了好一阵空气。

"那儿什么样的人都有。"爸爸说，他们这会儿坐在客厅的壁炉旁边。

有一个骨瘦如柴、驼背、卑屈的女人，身上穿着她从一个加拿大人那儿搞到的卡其色外套。她每天都要把垃圾桶提到外面去。因为男囚犯一般见不到女人，他们就会朝她喊些暧昧的讨好话，但会被带着警犬的看守打断。女人在1943年6月告发了六个把她房子连同她老公和六岁的儿子烧掉了的"白卫队"男人。她嘴里一颗牙齿都没有了。她攒过钱买加压，但钱还远远不够。

有个在德国完成了犯罪学朗玛克[1]学业的眼科医生，在"弗兰德里亚"的主任办公室设计更有效的监狱管理方案，而且画了示意图。他被判了死刑，但我们认识的囚犯中再没有谁像他那么欢乐了。他经常拿出自己的笔记本，那里面用其他任何人都不懂的缩写符号编了号，藏了上百个笑话。他已经编到了他搜集到的笑话的四分之三，在他走到比利时步枪前的时候。我们齐声咆哮着"生活要过美好！"[2]，因为他每天早上在水泵前洗澡的时候都会开玩笑地说这句话。

还有《宛腾和达勒》广播节目里的宛腾。大家想起的都是那个啰啰唆唆、慢腾腾又傻乎乎，说话的时候还总是被激动、发骚的女巫达

---

1 这是1934—1944年推行的一项天才破格升学计划，推荐有特殊天赋的中学生入大学读书。后来被纳粹政府控制和利用。

2 原文为古弗拉芒语"Levet Scone"，该口号与弗拉芒民族运动有密切关联。

勒打断的笨蛋，所以看到面前这个彬彬有礼、发鬓斑白的工程师，一点儿也看不出他演出过的上百种滑稽样儿，都会大吃一惊。“还真什么都看不出来啊。”大多数时候他都在翻一本地图册，计算瓦勒到新几内亚或瓦尔帕莱索[1]有多少公里距离。

还有米罗·冯·登特赫姆，纳粹汽车军团[2]成员，在睡觉的时候都会把手指关节弄得噼啪响。

还有阿木布罗西乌斯，他的眼镜被人踩碎了，直到被处决那一天都不愿再戴上新的。“我不想再见到你们所有人。”

还有冯·罗索姆，他得到了回家的多尔夫·泽布略克的僧袍，从此再也没有脱下来过。“你们根本想象不到，不穿内裤有多舒服。现在我才理解神父们。”

还有公羊略尔。他得了这个绰号，是因为一有飞机飞过“弗兰德里亚”上空，他就用头猛撞门和墙壁。

约斯，音乐家，没完没了地唱《肯彭兰》但是从来唱不出第一句之后的歌词，只能用啦啦啦来顶替。

索杰，总和自己的小马对话，就像他还拉着自己的冰激凌小车走街串巷一样。

还有别斯克，这名字来自职业自行车赛手和多次短距自行车赛的世界冠军别斯克·谢亨利，因为他获得过一次弗兰德自行车赛阶段赛冠军，他还宣称自己经常吃伊凡[3]身上某部分的肉。“哪部分的肉呢？”“你们可以猜三次！加洋葱和柠檬汁，尝起来就像是牛胰脏。”

还有傻大个皮埃特，他因为腰上患风湿痛而睡在地板上，常常被夜里起来撒尿的人踢上一脚，完全无心的一脚。

还有疯子莫里斯，他写诗，写的都是巴伐利亚公爵夫人雅克芭，他认为她在她那个时代是个热辣美人儿。

1 瓦尔帕莱索：美国印第安纳州的一座城市。
2 NSKK，1931—1945年从属于纳粹党下的准军事组织。
3 伊凡（Iwan）：对俄罗斯人的谑称。

他们所有人都住进了梅尔克家里，庆祝夏至日[1]。爸爸这些熟人，他聊起来比聊自己老婆和儿子还多。他们甚至在晚上围坐在填了煤饼和最后一点儿煤球的壁炉的时候让爸爸露出了微笑。“哎哟，我们有时候恨不得把自己的水桶砸到脑壳上，那样一个小时后我们就可以重新躺到别人怀抱里了。”

“那达勒呢，爸爸？”

“哪个达勒？”

“哎，就是药房师傅佩林克。”

“那个男人遭了不少罪。没有人知道，他一直在吞咽自己药房里的某种药片。知道了这个之后，有些事儿就可以解释通了。他走起路来总是飞快，你还记得吧，康斯坦泽？那些报告，他在电台的工作，他的药房，不服药的话他怎么能一个人干这么多事儿？他们后来发现了，西蒙娜总是偷偷给他带药嘛。他们就把他关在了一间单间里。他的吼叫好几公里外都听得到。”

“那西蒙娜呢？”妈妈问。

“不知道。同一个加拿大人混在一起吧，我猜。”

一天晚上，一家人早已坦然，知道对爸爸的同志及他们的缺陷的这一番闲侃、责骂和讪笑还要持续好几个星期，而他刚刚讲到了笨牛雅克，一个多长了一个胃，会反刍的电工。这时候他突然沉默了，环顾了一下房间，从妈妈嘴里抢下了香烟，吸了起来。他的目光继续在房间里游荡。没有人，就连贝赫尼丝姨妈也都没有询问笨牛雅克最后怎么样了。接着爸爸就早早地上床睡觉了，他的患难之交们，他仅剩的亲人，跟着他一起入睡了。他再也没有提到过他们。

“我承认，”爸爸说，“希特勒干了大坏事。他消灭犹太人，结果也

---

1 夏至日与梅尔克别墅的名字“日高点”是同一个词。

就这样消灭了他的理想。这事儿太不人道了，看到那些相片的话，你会觉得血都被冻住。可他能杀这么多人吗？这我可不太相信。大概就十万人吧，或者二十万人，粗粗估算一下的话。[1]这里面有多少罪犯啊，或者多少想要推翻国家政府的家伙啊？一个国家必须得做点什么来阻止。生死存亡的大事啊。你们看看其他国家，如果它们受到威胁的话它们会怎样，你们看看我们国家，如果……”

如果。没有如果。犹太人还是回来了，他们被迫吸收的毒气也降落在了巴斯特赫姆。莫伦斯先生与梅尔腾斯神父领头的一次挥舞比利时旗帜的示威游行中，有三十个人参加，其中包括巴斯特赫姆精英队的所有十一名年轻球员。他们抗议提前释放关押的“黑卫队”成员；他们踩着卡门格局的斗牛士舞曲拍子来回走，朝着涂满纳粹十字的房子甩出咒骂。本地宪兵荷辛斯要他们走开，晚上走进了“日高点别墅”，穿的是便服。这个男人，康斯坦泽还是背牛皮背包的小女孩的时候他就认识她，所以他建议爸爸静悄悄行事，也不要在蔬菜园里露脸，或者干脆从巴斯特赫姆消失。

“主要是因为有莫伦斯。你也认识他的，他恨一切‘黑卫队’的人。”

“所谓的黑卫队的人。”爸爸说。这个变节者。

“他要清洗我们的村子。因为他想春天做市长。”

“但我从来就不会挡他半点路啊。”

“不是针对你个人，斯塔夫。他反的是纳粹。每个人多少都会反纳粹的嘛。”

“莫伦斯对我有意见。”维奥蕾特姨妈用平静的声音说。

“人什么时候才能消停下来，不再互相掐脖子呢？”宪兵说。

“就是针对我一人的。”维奥蕾特姨妈说，语气更平静了，“莫伦斯不但在委员会面前说我的坏话，还和梅尔腾斯神父一起散播关于我私生活的谎言、假故事。如果不是时局变化太快，我一定会控告他的。”

---

1 据纽伦堡审判中艾希曼的供词，纳粹屠犹达六百万人。也有学者估算为五百多万人。

“想想这得花多少钱。”梅尔克说。

“有的人就是不能容忍其他人。为什么是这样，他们甚至都说不出一个原因来。”宪兵说，“照我的意见，希特勒对犹太人也是这样。说实在的，如果我仔细听听我内心深处的声音，我对有些人也是这样。比如说我看到凡登纳贝尔医生站在街上，一个从来没有给我做过检查，更不用说给我做过手术的男人，我就会往另一个方向看。当然不会让他察觉到。毕竟我也是有家教的人。但我就是不能闻到这个家伙的味道。如果我要问自己这是为什么……”

“……您自己也不知道为什么。”路易斯说。

“对。该怎么来解释呢。只要我看到他，我血液都会沸腾。也许这是因为他是从奥登阿尔荻大街地区来的，而我老婆就出生在那儿。可能这就是原因。”

宪兵刚走不到一分钟，爸爸就想移民到阿根廷去了，比特贝尔先生拿着宏泰斯的投资在那儿开了一家木材店。塞涅夫的这一支将用西班牙语开创新的未来。要不是用葡萄牙语？路易斯立刻就在维奥蕾特姨妈的《拉鲁斯百科全书》里查了查。是西班牙语。那这就容易了，如果会说法语词，就只要在这里那里添一个“O”，就能让别人听懂了。肉在阿根廷物美价廉，许多同志都已经到那边了。就连妈妈在这天晚上也被说动了心思。“在这里，等着我们的只有哀愁。”她说。

“比利时的哀愁。”爸爸说。

“我差点儿和莫伦斯订婚。”维奥蕾特姨妈说，“在我十八岁的时候。他给我写了信。”

“又是这些陈年烂谷子。”梅尔克说。

“写得很美的信。从一本情书示范的书里抄下来的，但里面有些东西是出自他自己的灵魂。”

“这我可想不起来了，维奥蕾特。”妈妈说。

“我也想不起来了。”贝赫尼丝姨妈说。

“那段情本来就短啊。不可能有更短的了。因为他送我回家的第一天，我重复一下，在第一天，我们沿着莱厄河走。他对我说，他想在进入他父亲的纺织品商行之前做一次世界旅行。《赌场地狱澳门》[1]、桑吉巴[2]、好望角。他沉浸在地理遨游的热情里，手臂就围到了我的腰上。而我，我正处于热恋嘛，就做了同样的动作。而那边那位”——她用圆鼓鼓的白色双下巴指了指她办事公正的母亲，这位母亲一辈子都在驱赶所有靠近她身边的男人——“看到了我们，就说：‘维奥蕾特，这我可不能不管。一个和你第一次见面就做这种事儿的男生，他什么都干不成的，他不会有什么出息。’那个时候就是那样啊，我又听话，又是基督徒，什么都听妈妈的。我给他写了一封信，让他还是不要来了，这样对我俩都好。他根本就没能承受这个打击，一直都没有，在那之后他就走上了歪道。”

“问题是，”爸爸说，“我们怎么去阿根廷呢？”

“坐船去。”

“我指的不是这个。我们怎么才能，用什么法子才能到这样的船上去呢？我现在不敢走出家门。我必须到我同志那儿去打听，可他们也都被人监视起来了。”

“我可以替你去，斯塔夫。”贝赫尼丝姨妈轻声说，“给我地址，我去你同志那儿。”

路易斯预计到爸爸会想什么：是啊，是啊，所有的地址一给，就会径直到军事法庭里去了。因为她的保加利亚男人消失了嘛。

“这事儿也不急，”爸爸慢慢地说，“我们首先要报班学学语言，这样到了那儿我们就能说点儿西班牙语了。”

“我懂了。”贝赫尼丝姨妈又披上了她的弃念云雾，收拾干净了桌子。

婆妈妈要么就是更颓丧了，要么就是身子严重缩小了。从她的黑色围巾和睡衣里冒出一股湿叶子的味道。在她松弛的脸颊上流着泪水。

1《赌场地狱澳门》：1939年的一部法国电影。
2 桑吉巴（Sansibar）：印度洋上的岛屿，紧邻非洲大陆西侧。

“噢，古斯塔夫，噢，路易斯——啊，路易斯，你长成了多么漂亮的年轻小伙子啊！肯定所有女孩子都在追你吧？别注意我了，我可没有长高。海伦娜也想来的，但萨尔玛集市里有清仓甩卖，她大概就留在那儿了。啊，路易斯，我的黄金小伙儿。我真爱你呀。”她抓起路易斯的胳膊，在手腕上按下了四五个啪啪响的吻。当她抬起粉红色的小狗头时，她的所有皱纹都掉落了。“你这小调皮。”她说。

爸爸一脸不高兴地翻看《标准报》里的文章。她赶忙说：“你看上去也好多了，古斯塔夫。新鲜空气看起来对你很有好处。你看上去真是精神焕发了呀。”爸爸和他母亲从没这么像过，倒不是面容有多像，而是表情变化像，在他对什么事儿做出反应的时候，就像现在吃醋的薄嘴唇。我肯定也和妈妈像，因为我在最早的岁月里都在模仿她。我躺在她胸前，我咬下去，她发火了，因为我弄疼了她，她就皱了皱鼻子。我看到了我也皱了皱鼻子，就这么样……

“我再也见不到他了。”婆妈妈叫道，“我在他离开的那天就知道了。”爸爸拿起了那张被揉作一团的脏兮兮的纸，纸上有打字机打出的字。这是教父那散落在整个西弗兰德省各个银行保险箱里的众多遗嘱中的一份吗？

“用法语写的。”爸爸恼火地说。英国官员用法语通知说，弗洛伦特·玛丽·皮埃尔·塞涅夫下士已于1942年死亡。

“他在格罗斯特郡[1]那儿显然是一个朋友都没有。从来就没有谁到我们这儿来说他的消息。”

一幅圣母怀中没有尸体的哀悼基督图[2]。

“也许他在那儿结了婚。”

“那在这通知里就会提到呀。”爸爸说。

“可是他的未亡人呢？”她小心翼翼地问。

---

1 格罗斯特郡：英格兰西南部的一个郡。

2 哀悼基督是基督教里常见的绘画雕塑题材，是圣母马利亚怀抱着被钉死的基督耶稣，悲痛万分的情景。

“我们得把一切料理好。罗伯特可以照管这事儿。我不行。我被软禁在家了。我其实都不准到这儿来的。”

“他们对死者家属一点儿钱也不给吗？他可是为英国工作了的。”

“唉，妈妈，那是些英国人。”

“你觉得，他们不会再对弗洛伦特的后事尽点儿心意了吗？”

“英国人只会操心英国的事儿。岛民常常就是这样的。”

“不幸中的万幸是，他父亲不会知道这些了。他爱他所有的孩子，但弗洛伦特是他心头肉。罗伯特就不能想办法让他们从英国把弗洛伦特运送过来，好让他能躺在他父亲旁边吗？不然我们要家族墓地做什么用呢？”

一次带给两人菊花，两人一起葬在一块墓碑下，两人同时成为墓碑下湿蠕虫的饲料。

“我不太敢说出口，但是我心头的石头总算落地了。我总是不停地盼望、希望，收听英国的广播。期望，路易斯，期望。这是残忍的东西，它让人难受，而且不会消失。”

期望，妻旺[1]，在一部弗拉芒语的农民小说里一个牧师的忠诚的赤脚女管家就会叫这样的名字。妻旺·布列姆朔伊特。

爸爸说，他和路易斯必须赶四点钟的火车走。四点一刻他挨着他儿子坐在了“格略宁尔”酒馆吧台前的椅子上，现在这酒馆改名为“马克斯家”。原来挂斯塔夫·德·克莱尔克和莱蒙德·托伦纳勒照片的地方，现在的墙纸被磨光亮了些。诺埃尔的老婆说，她老公在洛克伦[2]的牢房里过得不算坏，而他们最好喝一杯啤酒就走：“你们知道的，今天人们都是啥样的。我血压太高了，塞涅夫先生。我就直截了当说给你们听，我觉得您最好不要再来了。我也没法改变这状况。至少暂时改变不了。”

“我们也不能对着街道就下跪啊，”爸爸激动地说，“我们应该……”

“……每个人都应该自扫门前雪。”她说。

---

1 法语中的“期望”（Espérance）一词也可作为人名使用。
2 洛克伦（Lokeren）：比利时东弗兰德省的一座城市。

市政厅挂了比利时和法国的三色旗。商店里到处都是巧克力、葡萄酒、菠萝、肋排和剥了皮的兔子。

“您说您的血压，”爸爸抱怨道，“就好像我没有高血压似的。我一直都在耳鸣呢。”

路易斯在每条街上都四处张望找贝卡，但哪儿都找不到她。

如果你要做世界旅行，期望就是马达加斯加岛旁边的一座小岛。

除了比利时和法国国旗之外，挂起来的还有带绿色枫叶的加拿大国旗。挂它的时候，瓦勒市民都欢呼了，因为市政厅，这座用布拉邦特[1]产的石灰岩做成的老房子，带瓦伦西亚石头做的精美如神龛的壁龛，里面放置精心描画的镶金圣徒像，它终于又能得到恰如其分的装饰了。在房子东南角，就像16世纪以来的大多数政府建筑和城市大厅一样，立着圣母玛利亚的像，头上戴着王冠，手中拿着一支权杖，臂弯里抱着圣子耶稣，脚踩着弗兰德狮子。

这天是星期天。上帝定的安息日，从星期六晚上到星期一早晨，后来出于敬畏也包括了我主耶稣最后受难的日子，也就是从星期三晚上到星期一早上，所有敌对行为和抢劫行动都要延后。但这样的禁令在瓦勒没有得到遵守。

大家叫嚷起来，在第三辆卡车开到格略特市场上的时候。“那时候是十一点一刻。我看了贝尔弗里德大钟的。”咪咪，那个面包房老板娘说，“因为其他卡车都挺满的，而他就一个人站在上面，旁边两个‘白卫队’的人。那大家就以为他肯定是个重要的、著名的‘黑卫队’的人。一辆卡车就给他一个人用。不管怎样他们在车还没停的时候就都拥过去了。当然都是那些彤杰斯大街来的人，不过也有从多尔尼克斯区来的正经市民。我说不出名字来，但我用我的眼睛给他们照了相的。而他呢，他就那么站着，高举着手，直到他们把他从车上拖

1 布拉邦特：比利时中部的一个省。

下来，像拖一袋土豆一样。两个‘白卫队’的人觉得自己受了推挤，说着‘走开，走开’，自己却不动。然后，扬杰·皮隆的妹妹希欧谢特认出了他，叫了起来：‘该死的，那是脏塞弗啊。’所有人也跟着叫嚷起来：‘脏塞弗！大家看哪，脏塞弗本人！盖世太保，盖世太保！’‘悦乐伯爵’酒馆的简妮扑到他面前，往他脖子上打了一巴掌，尖叫道：‘你现在不来我酒馆唱美国歌，就是为了让盖世太保来抓我吧？！’他们喊着‘盖世太保’，隔着几公里都能听到。一个胡闹鬼说：‘他那么想做个女人，我们给他剪个女人头吧。’‘好主意。’他们叫着笑着，就像在马戏团。带着剪子的小子剪了起来，但剪出来的效果当然不会是女人的发型。他的头发已经按照德国的规定剪短了。我还以为，他也许不会受太多罪就能了事，唱唱《布拉班人之歌》，挨一顿揍。可是他那么紧张，抖得那么厉害，塞涅夫先生。拿着剪子的小子也在发抖，然后剪子还掉了，直接掉到脏塞弗眼睛里。拿剪子的家伙叫道：‘抱歉，这不是我的错。他老动！’彤杰大街上那些人就问：‘哎，脏塞弗，你现在满意了？还是不够满意？’塞涅夫先生，他呆呆地看着前方，一只眼睛都坏了，血都流出来了；另一只就像块蓝色的石头。他的眼睛很漂亮的，你还记得吧，路易斯？他总是用心打理它们，滴滴眼药水，染染睫毛啥的。‘满意吗？’他们问。他把头往后仰，点了点头。他点着头，点着头，满脸都是血，就像是他在说：我肯定了，你们这群人都只配被我操蛋的。这当然惹恼了他们。他们把他推倒，十个人、二十个人地一起踢他。简妮也加入了。踢到他们踢不动为止。然后‘白卫队’的人就走出了门口，把他拖了进去，送去了医院。他的肺都碎了，脾脏坏了，因为一根肋骨朝里折断了。

“现在我想了想，塞涅夫先生。请您告诉我，您是怎么看的。他们问他‘你现在满意了吗’的时候，他是不是其实想说‘不满意’的，那才是他们期望他回答的。可是他最近去过希腊，在去非洲之前和之后，他因为神经紧张就按希腊的方式回答了，希腊人点头就是在说不嘛。他对希腊可着迷了。他还给我带了那儿的风景照片，那儿的石头山照片。您觉得呢，塞涅夫先生？”

巴斯特赫姆精英队的少年们也在监守车站，他们记录了爸爸和路易斯去瓦勒的行程，所以向他们告密的忠诚宪兵才说，爸爸一定要从村里消失。“你绝不能让他们有借口到这儿来胡闹。你也要稍微想想我做宪兵的责任。”

爸爸不想走。“我不能把四个女人单独留在这儿。”

“我们有路易斯。”妈妈说。

“我知道，但是……我真的必须溜之大吉吗？”

他们决定让他在木匠于勒那儿住，在那个很可能还闻得到化脓的脸上的药膏味儿的小杂货间里。

“从一间牢房到另一间里去。”爸爸说。

“现在就别这么夸张了行吗，斯塔夫！”

“我在这里才刚刚住踏实点儿。”

“斯塔夫，想想你在‘弗兰德里亚’的那些同志。”

“你说得对，康斯坦泽。”爸爸心不在焉地说，将一包“里斯特男爵小说”和尼克·卡特尔小册子夹在胳膊底下。

“路易斯，你不能告诉任何人我在那儿，哪怕别人把你舌头扯出来。”

“可是我要没了舌头还能说什么话呢？”

最重要的联系人和信使就是安格丽柯舅妈，阿尔曼德舅舅怀了孕的妻子。她自己总得忍受许多流言蜚语，它们影射她的孩子或她的半个孩子是怎么在牢房里造出来的。每一次她都会满脸通红，说：“那可不便宜。”

她报告说，爸爸常常和木匠打牌，他修好了那儿的手扳印刷机，有时候也会遇到问题，在他要上厕所的时候，因为木匠总是蹲那儿。他请求妈妈在他的纸中间找一找歌剧《快乐的农夫》的剧本。“不管怎么说，他没有抱怨，康斯坦泽。他不想我的阿尔曼德。我的老天，男人们都是多么爱发牢骚啊！阿尔曼德总是抱怨个不停。”

“那他也要有个理由抱怨吧。”梅尔克刻薄地说。

“如果什么罪都没犯却老被人跟踪，肯定会更敏感啊，就好像自己真的有罪似的。”维奥蕾特姨妈说。

“他为别人做了好事，这就是他犯的罪。”妈妈说。

安格丽柯舅妈在桌子边摩擦肚子，孩子感觉到了这动作。“嗨，路。”[1]孩子眨着眼睛说。

“他们在阿尔曼德身上找着了一张纸条，是他以前的老板，冯·贝勒赫姆写的一条消息。上面只写着：‘阿尔曼德，想着你的孩子们！’监狱长把我叫了过去。‘夫人，’他说，‘这是不是一条密码信息？这是不是在说：阿尔曼德，想着藏起来的那笔钱或金条？您要是对我们说了，最好是对我一个人说了，那绝对对您是有极大好处的。因为他真的会重重摔到泥坑里去。他的案子，通常下个月就会审，但也可能推迟个一年半年的。所以您就尽管说出来，就我们三个知道，我们会严格保密的。’我说：‘监狱长先生，我什么都不知道。但是我可以想办法知道。’我夜里就没再合过眼。我想着孩子们，我问自己，阿尔曼德是不是到处拈花惹草的时候有的孩子，这还只是往轻了说。他会不会背着我在哪儿养了孩子，有另一个带孩子的老婆。男人们都是狡猾的，诡计多端的。但根本就不是这回事儿。”

“那些球迷在球门背后总是这么喊的，在阿尔曼德在监狱球队里做守门员的时候！”路易斯说，“留心你的孩子们！”

“不。他们在打牌的时候总这么说。冯·贝勒赫姆和他，在经济部大楼里。在打惠斯特的时候，一个人就会对另一个人这么说。”

“推迟个一年半年！”梅尔克说。

“一心为别人做事，结果就是这个下场！”

“忘恩负义的比利时！”妈妈说。她的嗓音让人奇怪地想到了死去的教父的平板声音。

“他推动了农业经济。”维奥蕾特姨妈对她以前的学生说，“从田地

---

1 此处原文为英语。

的所有耕种面积上获取了最大收益。是他进口了庄稼。是他阻止了德国人没收走所有东西。黑市交易除了用硬手腕对付还能怎么办？德国人走了之后，这里每个人都有的吃，虽然不算多，总比荷兰好，那儿他们吃的都是鞋后跟。”

“‘这世界给人的回报就是忘恩负义。’阿尔曼德说。我说：‘啊，忘了算了。’‘绝不！’他说，‘只要我还活着，我就要还比利时国家这笔报酬，用我所有用得上的手段！’”

“那他有哪些手段可以用？”路易斯问。

“他在行政单位干过，在经济部。他对那儿的情况摸得一清二楚的。‘等着瞧。等我重获公民名誉权的时候，哪怕只在国家政府混到了一个小职位，’他说，‘那时候就有的好看了。’”

“我们走着瞧，我们走着瞧。”路易斯说。赫克托挥挥翅膀表示赞同。

“阿尔曼德本来一直就挺敏感的。”梅尔克说，“这都是遗传了我。我是从我的提奥叔叔那儿继承的。”

日晷指向了中午时分。太阳在正南方。指针的影子落在了霍尔斯特身上，他坐在户外楼梯的阶梯上。在他头顶上，屋檐以下，燕子们箭一样来回穿梭。

“他今天早上已经敲完烟斗了。”拉夫说，“看得出来。”路易斯看到了，认出了那种目光。在灵魂遭受损失之后，在欲望的巨大森林——比起消失了的那位悲伤爱人，劳拉夫人的房子周围的森林还要更大、更黑暗——里丧失一切之后，眼睛里那种呆滞、充满罪责感的目光。

“你们总是跟在我屁股后面啊。”霍尔斯特说着，放拉夫和路易斯进了屋。巴斯特赫姆精英队的少年球员撤走了，可是宪兵警告他，要他尽快在军事法庭现身，法庭传讯已经在路上了。双杆猎枪立在门后，可靠地闪着光。他们用装饰有金箔月桂叶的杯子喝葡萄酒。

“地下室里满满的都是这些。”霍尔斯特说，“康拉德在哪儿？”

“也许他还过来的。”拉夫说。

“也许！也许！”

“他如果保证说要来，就会来。”

“如果他不来，我就完蛋了。梅尔腾斯和莫伦斯告发了我。他们说我在盟军登陆迪耶普的时候在一个法国小岛上捆绑了一个英国士兵。”

“人们会信任你的。”拉夫说。

“我也不会反驳。这事写在我的档案里。我签了字的。在迪耶普，英国人抓了五个德国步兵和一个列兵。他们躺在地上半个多小时，双手反绑在背后，只穿了衬衣。他们被绑在一条绳索上，这样他们就没法再穿上制服外套了。对一个德国士兵来说，这是最糟糕的事儿，这有损他的军人尊严。所以他们就开始唱，‘因为我们要进攻英国。’英国人一下子就疯掉了，用刺刀把德国人都解决掉了。所以我们的头儿才说：‘伙计们，如果你们还抓得到一个英国人，我们就不会再遵守什么国际法，我们要……’”

“……割断他的喉咙。”路易斯说，“以眼还眼，以牙还牙。”

“不，不，‘我们要用绳子绑住他的手和脚。’我也就那么做了。”

“你到底在迪耶普做什么，霍尔斯特？”

霍尔斯特耸耸肩，倒酒。桑特内酒，尖角高地酒庄产的。尝起来有杏仁味。

“康拉德在哪儿？”

康拉德在埋头读他的书呢，拉夫说，在瑞士的卡佩尔[1]，那是茨温利战死沙场的地方。他那么用心钻研，两个星期后都把拉夫赶走了，因为有别人在屋子里他就没法集中注意力。

“问题是：劳拉夫人在哪儿？”路易斯说。他的脸因为喝了既有杏仁味又有草莓味的桑特内酒而变烫。路易斯同时变成了军事法庭检察官瓦拉尔特·冯·奥特列夫和里斯特男爵，怒吼道：“在哪儿？”

“她现在肯定蹲在哪里的一个衣柜里。”拉夫说。

---

1 卡佩尔（Kappel）：瑞士北部城镇。

“你说什么？”

“蹲？”霍尔斯特说。

“或者站着，或者躺着。假定了啦。”拉夫说。（欧梅尔舅舅的特雷泽！）“她打开了她卧室里或其他某个房间里那个又大又沉的衣柜。她看了看门内侧的镜子，因为她要检查一下，她的假发是不是戴正了。她看到什么了呢？在她的内衣上有一块污渍。至于是什么样的污渍，我们现在也不想知道。‘哎呀，哎呀，哎呀。’她叫道。因为她这样可不能去见她的庇护者和恩主，公证人兼部长贝伦斯。她脱下了整套内衣，但因为你，霍尔斯特，连着好几个星期都不洗衣服，这是大家都知道的，都记录在册的，所以她就在柜子下方深处的一堆内衣内裤里找另一套。门在她身后锁上了，她出不去了。她用力擂门，大声喊叫，整整两天……”

“那我那时候在哪儿呢？”

“那我还得弄弄清楚。”

“我还以为，一切都记录在册了。”守林员在日晒雨淋中肤色变黑的脸，仿佛是带深棕色凹痕的木材做成，显得机灵而聚精会神。

“也许你那时候在家里。”

“也许，也许。”

“你就让她擂门，喊叫。她躺在自己的排泄物里。木蠹蛾子从柜壁中爬出来，在她衣服上散步。”

“然后在她的应许之地上死去。”路易斯头脑发热地喊道。

“她从来没有戴过假发。”霍尔斯特说。

“那当然了。她从来不戴假发，你从来不戴疝气带。”

巨人走到了水池边，开始用钢丝球刮擦一个留有豆渣残痕的罐子。

“开开玩笑你总不会介意吧。”拉夫说，“对不对？别生气了。我会想办法让康拉德过来的。哎，霍尔斯特，别这么没精打采了。开个玩笑你总不会生气的吧。”

“他的脸到底怎么了？”霍尔斯特不情愿地问道。

“就像个奇迹，一下子都痊愈了。而且越变越好。有时候他看上去就像电影《茶花女》中的罗伯特·泰勒[1]。”

“我下次得再来您家一趟，把篱笆后面的旧木板和垃圾烧掉。”

“不着急的。”米谢勒说。

“不行。我还有很多事儿要做。”

“等你有了时间再说。”

“什么时候呢？”

“等你有了时间的时候。”

米谢勒晒黑了。她和特雷泽去了海边，她说。她婆婆在克诺克[2]有度假公寓，她们去那儿庆祝她的生日。雷内杰用陶泥做了一个侏儒，也可能是一个蘑菇。不管怎样是红色的，有眼睛。路易斯几乎不敢看米谢勒的嘴唇，那是外翻的、滴泪的、现在藏在一条百褶裙下面的另一张嘴旋转了九十度的镜像。他也不敢看她坚挺的胸部。

“根特正在放有安德鲁斯姐妹参演的《好莱坞餐厅》[3]。”他说。

“啊，这部电影我几个月之前就已经看过了。”

“您有时候也会想我吗？”

“不是每天都想。”

“我什么时候能来你家烧掉那些东西？”

她在想。星期三不行，她的清洁工会来。之后那天是大卫基金会[4]的集会。周末的话，她又要再去克诺克了，她已经答应好了的。

“下星期吧。下周末。”

“如果我那时候能来的话。”他败兴地说。

---

1 罗伯特·泰勒（Robert Taylor）：好莱坞著名男星，20世纪三四十年代炙手可热的一代明星，1936年出演了电影《茶花女》。

2 克诺克（Knokke）：比利时西弗兰德省的一座城市。

3《好莱坞餐厅》：1944年上映的一部好莱坞歌舞喜剧片。

4 大卫基金会（Davidsfond）：比利时弗兰德地区的天主教会组织，以保护弗拉芒文化为己任。

她向皱着眉头走过的梅尔腾斯神父打了个招呼。"我得回家了，"米谢勒急急忙忙地说，"我在等一个电话。"她跳上了自行车，将车座上柔韧的李子压成了糨糊。

"再会了，我的小王子。"

"再会。"（床铺，床铺）

路易斯在科恩市场这一站下了有轨电车，同一个邮差说起话来。他听不懂油乎乎的、半截发音被吞掉的根特方言，但这个邮差还是给他指出了去米尔保兄弟大街的路，很近，往左走，"直接穿过大教堂咯。"路易斯走过了冯·艾克[1]兄弟的雕像，走过了盖拉尔德那个魔鬼的宫殿，走过了大教堂。大教堂里面肯定能找到明信片上的有上帝羔羊的圣坛。他在教堂大钟敲响的时候按了门铃。一个戴眼镜的瘦长男人刚刚从厕所里出来——因为马桶冲水的声音还听得到，递给了他一只湿漉漉的手。

"公证人不在。"他边说，边带头走过一条走廊，走廊墙上挂的浅绿色丝绸帷幔肯定是出自玛丽亚·特蕾西亚女皇[2]的时代，这位女皇禁止了耶稣会；或者是出自贝利撒留[3]统帅的时代，那位统帅最后作为乞丐死去。

在公证人的会客室里放着整墙高的档案柜，弗里格的父亲就坐在书桌后面。看得出来这不是他往常坐的位子。除了没有墨水的大理石墨水瓶和一支拭墨笔，书桌就是空的。墨索里尼的书桌也总是空的；堆了许多档案文件的地方，都不会是有人办公的地方。教堂钟声奏出的是古老民歌："小可爱，来吧，让我们跳舞吧！"深绿色的牛眼形玻璃投下了一种不真实的光在弗里格的父亲身上，坐在公证人椅子里的

---

1 即扬·冯·艾克（Jan van Eyck）与胡伯特·冯·艾克（Hubert van Eyck），两者皆为15世纪尼德兰画派的重要画家。

2 玛丽亚·特蕾西亚（Maria Theresia）：奥地利女皇，1740—1780年在位。她推行教育改革，免去了不少耶稣会教士的教授职位。

3 贝利撒留（Belisarios）：东罗马将领。

这个男人。

“公证人在诺曼底。”这男人说，“你看上去和我儿子经常描述的一模一样。你看上去是个正派小伙子。”

“差不多是吧。”路易斯说。

“坐吧。我给你写信，是因为……”（写在公证人信纸上：“尊敬的塞涅夫先生，为了一件重要的私人事务，我想用下午的时间在公证人孟杰伊的事务所里与您谈一次话。阿迭玛·弗里格秘书。”路易斯立刻有了疯狂的念头，要不就是埃纳省的那座宫殿里的财宝在几百年后终于分到了继承人手上，要不就是由于他对杰迪的一顿吹嘘，人们把他当作了约翰·戴埃纳。）

“我首先想通知你盖拉尔德的死讯。但我觉得我也有责任亲自告诉你，我对此也感到格外难过。你看起来是个正派小伙子，所以……”

“死了。”路易斯说。

“对。”父亲说。弗里格在他一生中个头都没有超过这个战前、战中自己也做公证人的男人。

“我很想请你喝杯咖啡，但餐饮间已经关了。公证人在诺曼底玩帆船。也许有汽水，在基瑟勒的办公室里……”

“不用了，谢谢。他死了？”（在青少年营，在步兵队，在奥德河上？作为预备炮兵在高射炮旁守到最后一刻？什么时候？整段时间里都像是被碾碎的苍蝇。其他食肉的苍蝇围绕着它嗡嗡飞。我有好几个月都没再想过他。“不是每天都想。”在德国人和乌克兰人穿着国防军制服撤退，把床上铺盖和日用器具挂在炮架上推走的时候，我以为，他会跟他们一起走。如果我是个女孩，我现在就会痛哭流涕。找手帕，擦鼻涕，要水，要安慰。）

男人拉开了一个有点卡住的书桌抽屉，取出了一张带有公证人孟杰伊的信笺抬头的信纸，机械地在上面勾出一组类似于三叶草的花儿。

“我总是劝自己说，不管怎样，他的死是平和的，结束得快的。”他的喉结在对他来说过大的、磨损了的衬衣衣领之上起起落落，他的眼镜上蒙了雾气。“他死的那天早上，他请我把这封信转交给你。就是这封。”他费劲地从后裤带里掏出一个盖着红色“**航空信**”字样的淡蓝色信封。路易斯看到了自己的名字，用粗大字体写的。“Y”那个字母放在一个看上去像小鱼钩的曲线下面。

男人用手帕擦了擦眼镜片，浮肿的眼睛周边是深棕色的眼圈。“他所有的老师都一致认为他是很有天赋的。”

“我没听到任何消息。一点消息都没有。”路易斯说，“我要是早知道了的话……”

“十一天前下葬的。”

“……我肯定会赶来的。”

“赶在他死之前吗？”

“之前和之后。”（但不是在死的那一刻）

“我们从来就不知道我们到底必须做什么，我们这些教育者。我们知道的时候都已经太晚了。太严厉了不行，太散漫了也不行。总是以为‘我至少能阻止最坏的事儿发生……’他和你一样大啊。”

“小可爱，来吧，让我们跳舞吧！”画有在莱厄河或谢尔德[1]河里蹚水的母牛的油画下面是多肉植物，看得出来要么就是浇水太少，要么就是浇了太多水。暖气管道里的水滴滴答答地漏下来，就像撒尿不畅的梅克伦堡侏儒古斯塔夫·菲尔布歇。

“到最后一天，他都在弹班卓琴。可我居然还说：‘看在老天的分上别再弹那玩意儿了！’”

“他是怎么死的？因为什么死的？遭遇了什么死的？”

“他是自杀。”老弗里格像个刑事审查官一样冷静地说。

“他和你一样大啊，路易斯。”他轻声说。

这个颓丧的男人到底要我做什么呢？他为什么像对自己同类说话一样和我说话，就好像我也能和他一样用魔鬼般的冷漠说起弗里格，

1 流经法国、比利时和荷兰的一条河。

那个金红头发的弗里格，我还记得很清楚我以前管他叫“我的爱”？

男人站了起来，走出了房间。这时候弗里格躺在了寄宿学校大门外，手里拿着冒烟的手枪。修女亚当说：“他在这儿会冻死的，来，路易斯，帮帮我。”他们两个人把这疲软的身体抬到了圣贝尔纳德岩洞里。圣洁的处女穿着镶有金色星星的蓝色大衣，上面颜色有点脱落了，她说：“使徒佩特鲁斯，你会落下热泪！”

透过眯成缝的滚热、湿透的眼睛，路易斯看到弗里格的父亲回来了。男人从一个鼓鼓的人造革书包里掏出了一包灰色的棉毛，那是一件套头衫；领口周围绣了鲁内文“Ar”。“Ar”指的是太阳。也是雅利安人（Arier）。工作（Arbeit）：太阳的战利品。“Ar”的口号：“让光荣耀。”

路易斯犹豫地把套头衫放在膝盖上。

“这件毛衣是他母亲织的。她再也没法从这事儿里解脱出来了。她现在得全力照顾瓦尔德。幸好瓦尔德还太小，还不明白他哥哥发生了什么事儿。”

“小可爱，来吧，让我们跳舞吧！”还要多久啊！还没完吗？

“都是教士们的错！”弗里格先生突然尖声叫了起来，“所以我给你写信让你来。因为我不想还有任何孩子成为教士的牺牲品。”

他飞快地勾出一连串小花。

“盖拉尔德有一次，唯一的一次，去了一个名声不好的女人那儿。就那一次，不算多吧。他在那个女人那儿染上了病，就是教士们说的女人病。”

“所以他才……”

弗里格先生点点头。

“这个病有药可以治的。这种情况下本来可以做点什么的，不至于弄到什么都太晚了。这个病和其他任何病都一样啊。可是我们的小伙子，我们的小伙子肯定不知道啊！谁知道那些教士都对他讲了什么？脑萎缩、脊髓痨，还有什么？”

路易斯在格拉斯雷码头上昏昏沉沉地走着，走过了世界博览会的伪历史外墙，走过了新哥特风格的邮局。有轨电车的叮当铃声、汽车的喇叭声、街上熙熙攘攘的人群，还有弗里格父亲让人痛苦的拖长的嗓音，都让他头昏。突然他脑子里冒出一个念头，他夹在胳膊下的这件套头衫也许是来自弗里格被坏名声女人钉上十字架的那个风月场。不，更有可能的是，这是一个"黑卫队"成员的妻子，是那些被逮捕的"黑卫队"成员的姐妹、母亲、女儿中的一个。她为了复仇把病传染给了军事法庭检察官和警官，但有时也换换口味，传染一下弗里格这样的人。弗里格这个阴险小人，想把他的遗留物传给我，从他发霉的棺材里伸出手来抓我，借助这件毛衣散播他的瘟疫。在写着鲁内文"Ar"的棉毛里聚集了米泽尔，看不见的、贪婪的病菌。路易斯愤怒地叫出了声，把套头衫扔进了排水沟里，还两只脚轮番踩了几下，飞快地跑开了，然后渐渐慢下来，在纺织大亨利芬·鲍文斯[1]的全身雕像旁边才又恢复平静。

弗里格父亲缓慢而又小心地说出的话现在又进入了他脑海。别再想了。他打开了航空信的信封。信没有边缘。有着狐狸红头发的节约的弗里格。

"好友路易斯，我是从坟墓里给你，在我还活着的时候就已置我于不顾的你，说出这些话的。但我不会为此生你的气。你有权那么做。在我还活着的分分秒秒，我都不会怪罪你。你还记得我有多么爱你吗？我从来没有说出半句这样的话，因为我认为，被爱的那个人肯定也会感觉到，会认识到这份爱。如果不是这样，那真可惜，我的爱人。但现在我必须告诉你我有多爱你，不然还能等到什么时候？对我来说再没有'不然的话'，也没有'其他时候'了。我的身体现在马上就会康复。或者马上就会死去。是个难过去的坎儿，我珍爱的路，但我有信心。毕竟我是想学医学，做医生或外科手术师的。我现在就能做点尝试了。不过我的信心还是不够，不太够。世事难料。如果我的身体康复了，你就不会

1 利芬·鲍文斯（Lieven Bauwens）：比利时18、19世纪之交的工业家，曾任根特市长，因推动弗兰德地区的纺织工业发展乃至工业革命兴起而青史留名。

读到这封信了。另外一种可能，点点点。另外一种可能，是我不再在这个世界上了。听起来有点可笑，我现在也忍不住笑了，虽然我一点儿幽默感都没有。很多年前你在修道院食堂里就这么说过。但我不想废话太多。我原来认为弗兰德的复兴，哪怕是在德国的皮鞭下的复兴，是我的理想。但在我生命的最后几分钟里，点点点，我不再这么肯定了。生活要过美好，宝贵的伙伴，你的弗。又及：我把我们的护身符放进了嘴里，这样情况太糟糕的时候我就可以咬一咬它。你还记得吗，我们的护身符，使徒佩特鲁斯？但愿我们的护身符能保佑我，让我永远不需要寄出这封信，让它变成废纸一张，狗都不理。你的小苍蝇[1]。”

路易斯从魔鬼盖拉尔德的城堡和主教大宅旁边走过，然后又沿着莱厄河、谢尔德河或运河走。河里躺着一艘损坏严重的货船。信的碎屑落到了涂了焦油的船舱板上。太晚了。一点消息都没听说。我给死了的莫里斯写信。死了的弗里格给我写信。这都是无意义的苦想，都是空发的哀愁，因为哀愁所系，其实并不存在，因为我不知道它的存在。现在它却来临了。

父亲那被恶臭围绕的嗓音在试探，在感觉，像舌头回到一颗发痛的牙齿一样回来了。工厂里发出尖锐的警报声。可是那嗓音，因为他而不是他儿子所遭遇的不公而充满迟滞的愤懑，傲慢又黏糊，始终盘踞在路易斯的头脑里。住在我们童年时代的那栋新哥特式小塔楼里的弗里格，他跟随着身着修女服，手持盛有热煤的铁锹的七个聪明处女中的一个，穿过了墙上镶大理石的走廊。他总是在那儿，我已经不记得，他怎么会从小家伙组成的无名畜群里脱离出来，暴露出原形，一个有名字的弗里格，琥珀色的眼睛里撒了沙魔的沙子[2]，鼻子里流鼻涕，头发里有肥皂泡，那个时候脖子上就戴了一颗磨石。

路易斯一直都听到父亲的双重嗓音在耳边响——既像调频差的伦敦电台一样从远处传来，又像呼吸声一样近在咫尺。想学医学的盖拉

1 弗里格（Vlieghe）的发音与苍蝇相近。
2 沙魔是欧洲的一个童话人物，会把沙子撒进孩子的眼睛里，让他们入睡、做梦。

尔德，拿起了他祖父的一把剃须刀，朝着自己的阴囊切了下去，要让睾丸掉出来。但他没有做到。然后他用碘酒浸湿了棉线，包住了他被传染的下体，然后再切下来。睾丸他在厕所里就冲走了。“……还会怎样？它们就再也找不到了。然后他直到生命终结都一直躺着了，路易斯。他的终结比人们想的要温柔些。失血而死，会引起某种狂喜的快感，我们的家庭医生说。盖拉尔德躺在那儿，胳膊里夹着班卓琴。多的我也没法告诉你了，路易斯。但我想让你知道刚才那些情况。在他的臼齿之间夹着一颗磨损了的旧的铅制‘比克尔’。”

“我不知道，你们感觉怎么样。我反正是再也搞不明白这些人了。他们在战争期间可不是这样的。有多不一样呢？哎，我该怎么说呢？他们还有某种理想。我这话当然不是说，他们是赞成或反对希特勒的。不，我说的是那种感觉，觉得我们所有人是拧成一股绳的，我们有了人造黄油和煤饼，时不时有了一点儿香肠，都能熬下去。如果同时还能挣点儿钱，当然更好，但首先是要帮帮邻里乡亲啊。但如今呢，我真不明白了，就拿水管工皮尔来说吧，他一辈子都是个老实的管道工，哪儿漏水了他立刻就会跳出来，而且还很有礼貌：‘如果这儿还有问题的话，您尽管告诉我，小姐。’可如今呢？前不久他来修我厕所里的弯管，还没走到花园门口，管子就又开始滴水了。我已经问了他一个星期了：‘皮尔，我什么时候能跟您结账？’结果他说什么呢？‘维奥蕾特夫人（可他明明知道说小姐才对），我也不能把我自己掰成四份用啊！’”

“噢，多么漂亮的一顶帽子啊，安格丽柯！”

“是一顶圆钟帽。但我回到家以后才发现这个帽子只加了一半衬里。这个骗子。伊丽莎白女王在《大众公报》的照片上戴的是同一款。不过她的帽子肯定是加足了衬里的。”

“这个白色和你的头发很搭配呢。”

“这是一种断裂白。”

“肯定挺快就会显脏，对吧？”

“我都是用丙酮洗的……不过在我戴上之前，我总会把手彻底洗干净。”

“你也可以用干面包洗。我的米色帽子我就总这么洗。”

“前几年谁能想得到这样的事儿啊？我们会用面包来洗帽子？”

“菲鲍文现在是一栋接一栋地拔高这些廉租楼啊。如果有个哥哥在内阁的话，这倒也不是什么难事。在战争期间肯定是不准他这么做的。德国人会说：‘菲鲍文，您给我们看看您的财务记录。不，不是这些。是藏在床底下的小盒子里的。我们在这里面看到了什么？不参与经营的合伙人是路易泽·舍勒科斯夫人，您的嫂子？接下来几年就待在劳改营吧！’”

“昨天我赶时间。在去乘有轨电车的路上我还很快地交了足球彩票，买了一份《人民报》。我回到家，坐到壁炉旁边，打开报纸却懊恼地发现，他们塞给我的是前天的报纸。今天早上我又去了。‘可是先生，’卖报纸的说，‘您怎么能说这样的话呢。像您这样的话，每个人都能跑过来，读完了报纸，第二天又拿回来闹了。’”

“犹太人又在集会了。他们变得让人不舒服了。可他们这么做是有道理的。如果别人像那样对待你的话，你还能怎么做？是那样规模的暴行啊！现在风是从另一边吹了。这样也公平。他们在报复每一个不是犹太人的人。换了是你，你还会怎么做？现在轮到他们来保护他们的种族了，为了达到目的就得把其他人都打倒。就是这世道。世界上不可能有真正的公平。公平的世界太美好了，不可能是真的。”

“但劳拉夫人到底戴过假发还是没戴过？”

“我从来没有从近处看过她。”

"可是我看过。那都是人的头发。"

"我认为那是假发。因为她懒到都不愿意去理发。把这样一个东西一戴，神不知鬼不觉的，头发一下就搞定了，干净利落。"

"霍尔斯特呢，他还是一个人守在有八十二扇门的屋子里。"

"你去选举吗？"

"作为一个比利时人，我非去不可啊。不然就得交两百法郎罚款呢。"

"我是生平第一次选了社会主义党。因为冯·阿克[1]不想把送到德国劳动的那些男青年送上法庭。我虽然知道，他这么做能确保有几十万的选票，但对我来说，重要的是态度。"

"我不知道我该选谁。我要么就得选我不认识的家伙，他们宣称他们在黑暗的战争年代里为国奋战过，在那些我们都不知道的地下抵抗活动里，要不就是我在四十年前的时代认识的那些人，还有就是吓得尿裤子然后逃到英国去的那些家伙。不是他们的话，也是他们的叔伯或女婿。"

"这些个五花八门的党派，只是往普通市民眼睛里扔沙子。其实都是互相勾结的。工会代表啦、议员啦、大股东啦、军人啦。报纸只是表面上代表了不同立场，其实是因为这样可以卖得更好。但所有的话都是有人口授的，是商量好了的。我们稍微往左偏一点，然后又往右偏一点，这是个探戈舞，不过我们首先要找个能管好羊圈的。"

"就，就是说，能把所有人都，都能联合起来，让大家不，不要太快炸，炸开，炸个七零八碎的。"

"因为他们所有人都在一条船上。就是一大堆屎，皮埃特。你可以往钱柜里伸进这么多手指进去，但不能再多了，不然我就会往你背上捅一刀。好了，我闭上眼睛，你把手指放进去吧。——嘿，你还是往我背上捅了。——是啊，因为你这么笨，居然背对着我。"

---

1 冯·阿克：阿奇里·冯·阿克（Achille Van Acker），比利时政治家、比利时社会党成员，1946—1958年出任比利时首相。

“还有如今的电台广播。他们对听众是半点体谅心都没有了！在战争期间，放一张唱片都是轻轻放上去的，对耳朵来说很舒服，无可挑剔。今天他们只会四处乱扔唱片。结果唱片就有了划痕，会卡壳，在一段美妙曲子正当中停下来……”

“我们的国王还在等着回家。”

“他在等海岸安宁下来，按海盗的说法来说。”

“他会当着民众的面亲吻他弟弟，摄政王的脸颊，左边的和右边的。然后就会照他屁股上踢一脚。”

“摄政王的手上沾了太多血。”

“而且他也从来管不住自己的手。他总是在奥斯坦德酒吧里对那些放荡女人动手动脚。”

“是啊，那两只手也抖得太厉害，抓不住钢笔。所以他就没法签赦免申请书。”

“他就是害怕做错事情吧。”

“谁？查尔斯·西奥多·亨利·安东尼·迈恩拉德[1]，弗兰德伯爵的那个恶心鬼？他太懒了，懒得出奇，大多数时间里还醉得不省人事！”

“这也是可以理解的嘛！他这一辈子都在听别人说：‘噢，列奥普德，噢，圣主，噢，陛下，噢，国王列奥普德三世！’‘查理，那是谁啊？啊，对了，是他弟弟！’现在他是摄政王了，要做起国王的事儿了，也要担负起一点儿生杀予夺的大权了。他会这样也正常啊。”

“那要这样说，死人们都从墓地里复活，向他讨个公道，也正常咯。不这样就根本不行啊。不这样的话，这尘世就都是反基督徒在统治了。”

“我遇到了胡明纳，实际上，是他开着一辆崭新发亮的别克车从我身边过去了。我说：‘哟，生意挺红火啊，莫里斯。泥瓦匠也能混到这

---

1 查尔斯·西奥多·亨利·安东尼·迈恩拉德（Charles Theodore Henri Antoine Meinrad）：比利时阿尔贝国王次子，1944—1950年出任比利时摄政王。

样的好车！’‘抱歉，’他说，‘别提啥泥瓦匠了。我这儿是万能维修公司了！’

“我们闲扯了几句，他告诉我，他去修一个漏雨严重的阳台……等他拿起气焊嘴的时候，他看到，这家人卧室里挂了三四幅名画，到处都摆着中国瓷器，简单来说，就是这家人比他原来想的富有得多。‘我就爬到了屋顶上，’他说，‘用我的刀子往屋面油毡里割了四五下。“夫人，”我对那位夫人说，“您阳台的屋顶没有密封好，这没错，但问题出在屋檐水槽。”“这样啊，”她说，“那屋檐水槽也得修啊。”我就在上面打好了几个补丁，一个五十法郎。她总共付了七百五十法郎。谁在卧室里有真品名画，那就得拿点钱出来撒撒嘛。’

“我说：‘胡明纳，有的人连做他们棺材的木板都不配。’他说：‘你不是在说我吧？’我说：‘我说的是普遍情况。谁要对号入座就对号入座去。’”

“我们被夹在了美国人和俄罗斯人中间。不过隔远一点看的话，这两边的差别也不是那么大。两个国家都对那些他们降压不住的技术有嗜好。他们都想要创造所有人，不管根子如何，都一律平等的社会。”

“我们在战争期间吃了不少根子。”

“俄罗斯人还从来没有过文艺复兴！”

四处的海报都在预告全民欢庆日的来临。那些骑着马去水里拉网的螃蟹猎手被多尔夫·泽布洛克画了下来。在乌云密布，暴雨将至的天空下用哥特花体字写着：“我们的渔夫，大海的骑士！”

列法艾特和他的助手路易斯坐在一条板凳上，他们前面就是海滩。传来悠闲喊叫的渔轮，正突突突地叫着从乳白色的海面驶回港口。在板凳后面，两位妇人手挽着手滑溜冰鞋。波浪上的闪光：银纸。

列法艾特在这一天卖出了一套四卷本吕斯布鲁克[1]全集，一套《机

1 吕斯布鲁克：扬·冯·吕斯布鲁克（Jan van Ruysbroek），比利时14世纪的神学家，基督教密宗作家。

械工百科全书》和三本《简妮：宿命如此》，其中两本是带签名和题词的，也就意味着价格多四十法郎。

路易斯拖着出版社所出书目一半的样书，都很沉，皮革精装。他答应了维奥蕾特姨妈，要从奥斯坦德给她带回去新鲜的螃蟹。他却不知道什么时候才能去买螃蟹，因为他们还必须走访三个地址，其中一个肯定是卖国贼的；路易斯的手不能有螃蟹味道，但这是避免不了的。因为他一旦买了，就会忍不住去拿。而天已经黑了。

在大坝上听到的主要都是法语的闲聊。邮轮进了港，已经亮起了灯照明。列法艾特站了起来，做了几个体操动作。“继续工作。”

“夫人，”列法艾特说，“我们代雷姆东克博士（或者公证人，或者牧师，或者律师，或者教授，诸如此类）向您致以最衷心的问候，博士先生要通过他的私人代表表达对您的赞赏之情。”（或者，如果是一家明显有弗拉芒民族倾向的家庭，就要说：“通过我这卑微仆人。”）然后就是对现代或古典家居的恭维，用有意挑选的带有海岸地区方言口音的话。家中男主人大多不在家。“路易斯，给夫人看看那本讲拉特姆学派艺术家的书。把书放在那边的书架上看看效果。夫人，光就这个牛皮包装都值一百八十法郎。”或者，“看这套由淮南茨教授领头的一个教授团队撰写的《西方历史》，淮南茨教授的名字您肯定听过的，是狮子大学的。已经失传了。几本分卷也就只能在古董商那里买得到了，价格是要吓死人的。而且特别有趣，读起来就像部小说。我们不是常常都会忘记：‘兰赫马克—普尔卡佩莱战役[1]，那地方离这儿就几步之遥啊，那场战役是什么时候打的来着？战场上牺牲掉的将军又是谁？’”

这会儿天真的全黑了。列法艾特又给一个男人推销出去一本《简妮：宿命如此》。这个买家说：“那好吧，您就在里面留个签名吧。”又说，“我买这本书是出于团结，多的我也不说了，您懂我的。”

列法艾特现在坚定地往一条林荫道里走，林荫道两旁的小巷里发

---

1 兰赫马克（Langemark）和普尔卡佩莱（Poelkapelle）均为比利时西弗兰德省的地名，一战中德军与协约国军队在这里交战，德国第一次使用了毒气。

红光的酒吧一间挨着一间地排过去。在一个被街灯的微弱光线照得黑亮的橱窗前，他却突然站住了。橱窗里展示着穿内衣裤的女人的相片。路易斯离开了几米距离。列法艾特弯下腰，几乎是在舔橱窗玻璃了。路易斯羞愧地转过身去。水手们从身边走过，唱着“嘿哟，嘿哟”，《七个小矮人之歌》。橱窗里的灯亮起来，酒红色的一排大字“中途站”照到了列法艾特脸上，他叫了声“啊哈”，戴上了眼镜，往前弯得更低了。

“我们十点才开门，伙计。”一个粗壮如牛的男人说，他戴着那顶看门人的帽子就像那是“黑卫队”军官的帽子一样。

“伙计，”列法艾特说，“乔乔是不是以前在这儿工作过，米克·劳尔斯？”

“那肯定是在我之前的事儿了。”门卫说。

“我在这儿也看不到她的照片了。”

“如今女孩儿们是靠不住了，先生。不过这样也许更好。这样总能有鲜肉上门。”

“东方酒吧”是一个缩小版的清真寺，圆形的窗户在雕花铁栏杆背后放着粉红色的亮光。列法艾特大摇大摆走了进去，就像走进一家食品店。这我永远都做不到。“日安，我的小乔。”他边说边亲了一个头发淡金色、身材壮实、穿晚礼服的女士扑了粉的脸颊。路易斯接过她的手，吻了吻长茧子的手面。

“嘿哟哟！一个经验老到的公子哥儿呀。”她叫道。在一个小舞台上放着一架钢琴，在合着的琴盖上马尔尼克斯·德·派德正趴着睡觉。他的头枕着手臂，有着孩子样儿的厚嘴唇的嘴张开着。汽车头灯射出的光线在酒吧里一闪一闪的。

“睡觉先生。”妇人说。

“两杯香槟。”列法艾特说，“你呢，玛格特？”

“我要一杯君度。”玛格特说。

“这倒对谁都无害。”列法艾特说。三个工业家在向两个把自己装扮成蒂罗尔[1]村姑的奥斯坦德女孩儿说，明天的赛马，要不就是“香榭丽舍”，要不就是“纳克索斯五号”，要不就是传奇神马“克罗品内特”会赢。香槟冒着泡。睡觉的德·派德，穿了尖顶皮鞋的两只肥肥的大人脚并排放着，一个鞋尖配合着他在琴盖上弹奏想象的曲子——就像荷尔德林弹没有琴弦的羽管键琴一样——的手指有节奏地晃动。奥斯坦德女孩儿中的一个淡黄头发，留着刘海，戴着一条铜币项链，像铁心王子。她坐在香榭丽舍男人怀里，这男人对她又是抱又是挠又是摸又是亲的。她说唯一让她母亲还能活在世上的就是对新一季贝类几个星期后上市的期望了。“那让我们也来尝尝你的贝壳吧。”香榭丽舍叫了起来。她大笑，笑得让人看到了她的粉红舌头。铜币闪闪发亮。路易斯在喝了玛格特斟给他的第三杯香槟后，急着要去撒尿，但又不敢。他猜测吧台旁边的厚垫门是通往厕所的，但没有看到谁走进去。

德·派德站了起来。“名媛们，先生们，都想听什么曲子？我的曲目是有限的，但都是精选的。”

“我的弗兰……兰……兰德，我多……多喜爱。”路易斯叫道。

“你振作点。”列法艾特低声说道。

“如果这小伙子这么爱听这个。”玛格特说，她的手放在了路易斯的裤裆处，幸好那儿没什么动静。如果我站起来，跑到门口去，我就会啪的一下摔倒在地。如果我朝着铁心王子落下去，那她就没有小裤子了。

玛格特问，他是不是要在这儿过夜，她就住在附近。他也可以搬到她家住。他什么都不用做，只要每天解决点买东西的小事儿。

（我死去了的教父说：“路易斯，你没有经商头脑。”）

“我得好好睡一觉才能决定。”他说。

“那就到我家睡。”玛格特说。

“玛格特，”路易斯大着舌头说，“这话不会是认真的吧。说什么成

---

1 蒂罗尔（Tirol）：奥地利西部及意大利北部的阿尔卑斯山区。

本啊，后勤啊，可是到了月底我手上能拿到什么实在东西？”

奇迹发生了。她惊讶地看着他，有那么片刻似乎心神完全不在现场了，然后就吻了他的嘴，说——火热舌头的奇迹，越过受选之人头顶互相交融——“看哪，小家伙。你还真有经商头脑嘛。”

“我现在为你们弹一曲。”德·派德说，“是为了方便你们接受而压缩了的版本，献给最小儿子的安魂曲。”他弹琴的时候，看上去就像是教父的父亲，在他失去了胡子以后。虽然没有一张照片留下来。但就是那种样子。傻样子。真的让人恼火。还是临死前在照片里最好看。“现在我想特地让玛格特高兴一下。”德·派德说——在好几个小时过去了之后，之前挤满了妓女、嗑药的人、打打砸砸的人、异教徒和各种妖魔鬼怪的酒吧这会儿落进了安静的黑洞，顶多只有一条木蠹蛾在路易斯的颞骨上咬啊咬的。“我现在要为她演奏，又是献给最小儿子的，那个因为贪婪而转信天主教的摄政王，真挚的《圣母万岁》曲。”

确实真挚。真挚得让人恶心。“弹一弹《微笑之国》里面的曲子吧。”路易斯叫道。

“不，”玛格特说，“不，不，我再说一遍，不。”她闻起来有海的味道。在他们四个人一起沿着海滩走的时候，四个人一起，手挽着手，一摇一摆地走的时候，也有这个味道。“我让你见识见识，什么是爱，小家伙。完事之后你就什么都知道了。”

“在这个年代，哪儿还能搞到点正经东西喝啊？”列法艾特说。大海上是白色的涟漪，泡沫的花冠。

“在‘班克’酒吧。”

“那儿的人不会不礼貌就好。”德·派德说。

他们嬉闹着走进了酒馆，赌场主持在里面就着番茄酱吃小牛头肉冻。

“这些人又长胖了。”德·派德说，“你们四下里看看好了。我们就真的什么都没有变。一点儿没有。这一切都是我们臆想出来的。希望你们都能好好琢磨琢磨我这句话。”他满头鬈毛的花白的头往前低垂，他的嘴找到了酒杯。

“不管胖不胖的，我是什么样儿，别人就得接受我这样。”玛格特说，“你是不是也这么想，小男生？”

“俄罗斯人已经站在门口了。”列法艾特说，“我还想要一杯淡啤酒。”他嘴角淌下一线浅棕色的洋葱汤。赌场主持在天堂般的宁静中打扑克牌。烟灰缸里嗡嗡地挤满米泽尔。

“您见到我，不觉得高兴吗？”路易斯问。

“不。”德·派德说。

“您不认识我了，德·派德先生？”

这男人挺起胸膛，往后甩甩蓬乱的头发，手指在桌边处敲，仿佛敲在黑白琴键上。

玛格特一边说“我明天给你洗衬衣，我有一台洗衣机”，一边拽了拽路易斯的衬衣领子。冷汗流进了他眼睛里。我有两个独眼人作随从。莫里斯·德·波特和脏塞弗。彼得·德·科宁克，1302年金马刺战役中的纺织工领袖有两只眼睛。他在画像上都被画成独眼，原因在于，一个近视的意大利笨僧侣在撰写或抄写纪年的时候把他和另一个彼得，皮埃尔·弗洛特[1]弄混了。好吧。现在是您了！

“那一夜和那一朵玫瑰。”德·派德开始念圭多·赫泽拉的一首诗的标题，专门为路易斯念的。

“是啊，”路易斯说，“是啊。”

“那一夜和那一朵玫瑰，从哈尔贝克的火焰里升起。”德·派德继续背诵道，“那天晚上我躺在瓦勒自家床上。我的妻子，现在已经一百一十公斤重了，躺在瓦勒我的卧室里，我的床上，我旁边。我读蒙田，翻阅《女人国》，我想到的是，我最好独自在这尘世间生活，我必须独自一人才能保护我无力的艺术，才能保存我的艺术这柔弱的火苗。独自一人。然后，路易斯，我又想道：如果我再也不必看到和听

1 皮埃尔·弗洛特（Pierre Flotte）：法国13世纪著名法学家。

到我旁边这个女人，他们所有人，我的所有家人，啊，如果他们突然之间都飞到空中去了，那将是怎样的一种解放啊。”

“所有人啊。”路易斯说，路易斯问。

“所有人，老婆孩子，家里的帮工，猫猫狗狗，砰的一下都没了，那样我早上就可以独自一人，自由自在，听我自己的心跳声或麻雀叫了。”

“孩子们也没了。”路易斯说。

“对，”德·派德说，“主要就是他们。主要就是那天真无邪的欢庆声音。‘亲爱的上帝在上，’我说，我祈祷，‘以上帝的名义让他们两个人都飞到空中去，这样我就能享有一分钟的安宁了，就能有那么唯一一次听到小鸟的啁啾之声了。’

“他在那天晚上听到了我的祈祷，玫瑰迸发出来了。火的玫瑰。轰炸机俯冲到了哈尔贝克上空。”

“是啊。”路易斯说。

“我的可怜的穆尔柯尔就在哈尔贝克的小床上被炸到了空中，烧焦了，连带睡衣、玉米饼干、动物画册、积木和弹子球一起……”

路易斯跳了起来，甩开了玛格特长茧子的手，拽着德·派德的银白头发把他扯起来，感觉头发都被扯掉了，然后用尽全力扇了他一耳光。这一记耳光的声音在“班克”酒吧的玻璃镜墙面之间回响。

一个穿着满是头发屑的橙色短上衣的渔夫，头上烟雾缭绕地迈开大步走了过来。

“别这样，小伙子。”玛格特说。德·派德摸了摸脸，咧嘴笑了笑，用舌尖抵住脸颊，脸颊淫荡地突出一个拱形[1]。

“他不是这个意思。”列法艾特叫道，“真的不是。”然后坐到了德·派德身边，大腿挨着大腿。

“抱歉了！”路易斯说。（法语的“抱歉”已经到了他嘴边，但他想

---

1 这是一个模拟口淫的表情。

起来，他扇了耳光的这位是弗拉芒的头脑。）

“他都不知道他在做什么！”列法艾特叫得更大声了。

“对不起。”路易斯说。德·派德喝光了列法艾特的淡啤酒，他的脸颊泛红了。赌场主持又转过去打牌了。

“你也不觉得害臊？”玛格特说。路易斯点点头，咬起了一小块萨拉米香肠。德·派德对渔夫说：“在我们的年代，发生这样的误会以后就要请全场喝一杯，对不对？”

“全场巡回一圈！”路易斯叫道。但店老板没有听到，或者不想听到，或者没当真。德·派德揉了揉脸颊，然后又用肥手在桌子上敲打起来，《帕蒂塔组曲》，《恰空舞曲》。他说：“路易斯·塞涅夫。”

“在。”

“你忍受不了我从深渊里对你的召唤。”

“这对我来说太深奥了。”玛格特说，坐到了德·派德的另一边，用舌头舔他的脸颊，“我今天晚上让你见识见识，什么是爱，马尔尼克斯。完事之后你就什么都知道了。”

德·派德还一直用挑战的目光盯紧着路易斯。

“我来买一杯。”一直还站在他们桌子前的渔夫说，“给所有人买一杯，除了这个自以为是的臭屁小子。”

臭屁小子说：“您现在想干什么，德·派德先生？直接说了吧。”

“我必须停止这样的生活。”这个男人说，他的手指还在不停地敲。

路易斯和维奥蕾特姨妈比较他们手上的官方许可寄送的黄色明信片，这是关在根特的“新散步”拘留所里的霍尔斯特寄给他们两人的。路易斯的这张上面写着：“不要相信别人说的所有话。A.霍尔斯特。”维奥蕾特姨妈的那张则写着：“我坐在‘新散步’里。A.霍尔斯特。”两张卡片上，简短的文字都是写在顶上的。维奥蕾特姨妈这张的字母歪斜得多一点。她说：“‘散步？’这对监狱来说是个什么鬼名字啊？该不是要讽刺里面的人吧，他们可没法散步。”

“可以的，维奥蕾特姨妈。他们每天都散步，绕圈子，手放在背后。”

“他一直都喜欢我的。”维奥蕾特姨妈说。

“每个人都喜欢你。”梅尔克气汹汹地说，因为她没有收到卡片。

“我倒不是要说，他是我的崇拜者。我是说普通人之间的那种喜欢。”

巴斯特赫姆的居民察觉到，霍尔斯特出于某个不明原因，不再受到高层保护。他们一言不发地欢呼，七嘴八舌地停顿，在警察调查的时候举报他攀权附贵地结了婚，就为了能鄙视之前看不起他的村民们。

他有能力为劳拉夫人，他妻子，做点儿什么吗?

“这话说得可能有点过，警长先生，但是他们之间差得有点远。”

“劳拉夫人也是出身普通人家啊。”

“可是她有钱，警长先生，钱多钱少差得远了。”

霍尔斯特去猎鸭子（“和谁一起呢?没有人会单独去打鸭子的。”“可是他真的会一个人去，警长先生。”）的时候，有人闯入了那栋有很多房间的房子。

“谁?”

“人们说，好吧，人们说的也挺多的，那多半是巴斯特赫姆精英队的少年球员们。”

“谁?”

“我当时不在场啊，警长先生。”

“有人砸开了洗衣房里的窗户玻璃，开了窗户，但他没有真正得手，因为霍尔斯特意外地回来了。是谁呢?”

“谁?是啊，是谁?”

“锁匠嘉斯通·德·凯泽说，在那之后，他和一个侦探一起打开了房门。”

“如果德·凯泽这么说，那就错不了。”

“那位侦探是谁?”

“那您得问德·凯泽，不能问我。”

“但是，德·凯泽说，他不认识那位侦探。我们也不认识他。”

“那就没办法了，警长先生。”

在铁路路堤旁边找着了一只鞋后跟有血迹的海绿色丝绸女鞋。除了劳拉夫人，在巴斯特赫姆不会再有人想到穿这样的小鞋子，穿了它要站起来都不容易。

检察官检查了小宫殿入口处的椰子草席。也发现了血迹。

房子里有两样东西由官方负责保管起来：一把切面包的刀和一把厨房用的刀。

我们还听到了什么？目击证人还说了什么？

探访受害者居所的德·波克‥拉斐尔[1]，在地下室入口对面，离隔墙大约五十公分的地方发现了两个挺深的凹痕，还有撒落在墙线上的一点石灰。

荷辛斯‥安通，本地宪兵在夜里巡逻的时候听到了声响，像是有人在激烈地争吵。他肯定他听到其中有劳拉夫人，我是说，凡登辛思特‥劳拉的声音。

德·布劳维勒‥阿尔忒弥斯–阿尔蕾特从被告人口中得知，劳拉夫人再也不会在草地里尿很长时间了，她以前可喜欢这么做了。而一被追问原因，被告人就说就是这样，没啥好说的了。德·布劳维勒‥阿尔忒弥斯–阿尔蕾特还说，这些话是被告人在“皮卡迪”饭馆酒吧旁边的一个小房子里喝了挺多酒以后说出来的，这个饭馆虽然不是一个公开的风月场，但名声也颇为可疑。他们朗读了一遍证词，不改了，签了字。

“希望他能有一个好律师，”梅尔克说，“又没有实打实的证据。也还没有找到尸体。没有尸体，他们就不能判他刑。”

---

1 在接下来的几段中，叙事者模仿司法记录的笔法，提到人名时先写姓，后写名。译文中以‥来标明。

“我没法想象他会用一把切面包的刀或一把厨房里的刀，”妈妈说，“他是把她掐死了。用他的两只大爪子。”

“掐死。然后切碎。然后放进没有化开的石灰里。”路易斯说。

“不，”妈妈反对说，“这不是他的风格。他太浪漫了，做不出这样的事。”

拉夫也收到了监狱里寄来的一张明信片。“康拉德在哪里？拜托了！”

身份已经经过核实的德·布劳维勒··阿尔蕾特当着检察局的代理人和检察官代表的面说，她申请说弗拉芒语，并且让人记录下来：她要把霍尔斯特··安德烈，最后一次在“皮卡迪”酒馆花的钱交给法院，所有的钱，四千法郎，因为她不想拿一个杀人犯的钱。

在大门左边有两个写着“皮卡迪”字样的窗户，挂着往左、往右各拉开了一截的窗帘。房子外墙刷成了红色。在警察调查的这一刻，右边窗户前坐着能让路人看得一清二楚的两个年轻女人。房子大门通向一个小厅，厅里有一扇小门往左通往真正的酒吧。在小厅的尽头，正对入口的地方，有一扇门通往楼道。在楼道尽头，有一扇门通往上有屋顶的厕所处。楼道里的另一扇门通往酒吧旁边的另一个房间。

真正的酒吧与这第二个装修成沙龙的房间之间隔着一道墙，墙上破了一个洞，洞又被一道不透明的帘布遮了起来。我们探察的时候，帘布拉开了。第一个用作酒吧的房间配备有一个吧台、三张小桌子和八个吧台椅或小凳。

那儿光线不怎么亮。我们认定是因为没有顶灯，是间接照明。第二个房间有一扇窗户，可以从中看到加盖了屋顶的天井，虽然是间接照明，那儿还是有微弱的光。窗户前面放着一张长沙发。这个房间还有三张桌子和四把沙发椅。窗户前面挂着黑暗的帘幕和不透明的窗帘。没有摆出价目表。

老板娘德·棱忒黛珂··安托伊内特在受到盘问时说，这个酒吧的名字取自意大利的一个地名，不过这个名字还有另一个渊源：她1939年在布鲁塞尔见过奥古斯特·皮卡德教授，教授给她看了一个他用来研究海洋的金属球模型，所谓的深海潜水器。

梅尔克斯··约西安娜在问到她的时候说，被告人在性交的时候发出过大声喊叫。问他为什么这么叫，他就说他杀死了他老婆。当时梅尔克斯··约西安娜没有当真，因为她前几次已经和被告人混熟了，对他温柔拘谨的性格颇为欣赏。

我们安排了一次梅尔克斯··约西安娜和被告人之间的对证。后者当着这个他认出是“皮卡迪”的招待女郎的年轻女人的面，再次确认了自己的证词，说他没有和她发生过性交，因为他根本不能进入双方期待的、必要的心理状态，因为他的身体感觉不到其他种族或混血女人的吸引。尽管如此，梅尔克斯··约西安娜却能描述出被告人的某些身体特征，也能大致画出来。很显然那是一个呈现为半圆形鱼钩状的盲肠瘢痕。

被告人随之指控梅尔克斯··约西安娜，说她当晚想勾引他，用尽一切办法吸引他的注意力。他举例说，她两次跳上一张沙发椅，好让他能看到她的性器官。随后他又称“皮卡迪”出售未缴印花税的香烟。

“霍尔斯特就连一个好律师都请不到。他一个法郎都没有了。”

“他可以把小宫殿卖掉嘛。”

“哎呀，你这小笨蛋，土地登记簿上写的是劳拉夫人的名字。”

“实在不行就卖掉家具啊。”

“贝伦斯部长早就已经把家具都没收了。你知不知道这位部长行动起来有多迅速。所有的账单签的都是他的名字。就连那女人的鞋子和围裙都是。”

“劳拉夫人不会穿围裙的！”

“怎么不会？她要在布鲁塞尔待个两三天回来，她最爱做的不过就是打磨地面，给地板上蜡了。”

“就是为了让自己脑子里想点别的。”维奥蕾特姨妈说，“我这是从梅尔腾斯神父那儿见识到的。天气一暖和，他就穿着泳裤做家务。”

拉夫说，他知道，劳拉夫人尽管庄重地发誓要忠于霍尔斯特，但又和贝伦斯部长建立了亲密关系。因为她的情欲只有那些年纪大的、有一定社会声望或表现出行动力的男人才会激发出来。只要他们有钱又有精力，五十岁左右，穿着定制西装，戴着金手表，用响亮而自信的嗓音发号施令，那么他们长什么样儿，就是次要问题了。贝伦斯，肥胖，脸上总是泛红，既是工业家又是公证人兼部长，他就符合这个理想。一开始她还隐瞒这一婚外情，然后就是矢口否认，说她和贝伦斯之间的来往止乎友情。对此，霍尔斯特调侃地唱起了一首街头小调：“我的友情会给你，二十个法郎就可以。”她扑哧一下笑了起来，承认了她的婚外情。

拉夫说，霍尔斯特告诉了他，他是怎么作的案。

“但他肯定添了油加了醋的。”梅尔克说。

“可是每个人都会这么做吧。”妈妈说。

夜晚降临在日晷上、杜鹃花上、篱笆上。客厅里一个女人躺在沙发上，死一样的惨白。她举起了膝盖。她的丝袜脱了线。白肉，夹在吊袜带、袜子和小裤子之间，涌出来。女人看了看她的蜂窝织炎有没有恶化。一股腐烂的气味从她身上散发出来，红头发的人据说在下雨天就会发出这样的臭味。身着守林人衣服的巨人目不转睛地盯着她。他靠在笔录上。女人提起膝盖，察看她的丝绸鞋的破鞋尖。男人拿起了双筒猎枪，用一块浸了油的布擦枪管。

“我们之间为什么会出现一道鸿沟?”他问，“给我解释一下，劳拉。也许我们能把关系修复好。”

“我们可以像兄妹一样一起生活。”她说。

“霍尔斯特和劳拉夫人在生活中从来不会这么说话。”妈妈说，“霍尔斯特嘴里绝对说不出这样的话来。”

“为什么不会？”欧梅尔舅舅问。他全身透着股清洁劲儿，他在洗衣房的大圆桶里洗过澡，穿上了一件新熨过的条纹睡衣。

“按我看，拉夫这都是从他自家父母那儿听来的。”梅尔克说。

“没话说了吧，劳拉？”

女人朝他伸出了舌头。这让男人想起了他的学生时代，其他男生因为他穿着破烂衣服四处跑，不会或不愿意说话，把别人扔掉的课间餐用面包捡起来吃掉而朝他吐舌头。他把猎枪放到一边，用手掌边打了一下女人的太阳穴。她立刻就失去了知觉，假发掉落在了地毯上。他用一条公证人的灰色丝绸领带把她的手肘绑在暖气管上。五分钟以后他用浇花的水壶往她脸上喷水，她醒了过来。她说，他们之间一切都不会有丝毫改变。他想做什么，尽管做好了，她的灵魂是自由的。

“愿上帝怜悯她可怜的灵魂。”贝赫尼丝姨妈低声咕哝道。

就在这一刻，屋外的花园路灯下有一只雄鼬跑过了草地。

“凶手？可是我还以为霍尔斯特就是凶手[1]呢。”欧梅尔舅舅说。

“不，是一只黄鼠狼。这只动物在附近造了窝，有时候在池塘边就能看得到。晚上它就会跑出来，找蜗牛吃。”路易斯说。

“它属于鼬科，”维奥蕾特姨妈说，“差不多八十厘米长。现在见得越来越少了。”

霍尔斯特走到门口，很轻地开了门，看了看站着不动、竖起耳朵、近视却又四下张望的臭鼬。劳拉夫人喊救命。霍尔斯特扑向她，把浸了油的布巾塞进她嘴里。他急匆匆地说：“我该拿你怎么办呢？我没法和你说话。我从来就没学会过和你说话。你在答应做我妻子的时候，你也知道这一点。我该怎么办？参加个培训班，学习怎么说出心

1“鼬”（Marder）与“凶手”（Mörder）发音相近。

里话来？这都是我的问题，我知道，但是你就不能帮帮我吗？如果你同意就点点头。点头！”因为他说话的时候顾不上吸气，所以他就——嗝——打了个嗝。他也不吸口气，而是很快地说了遍止嗝咒语：“我和我的嗝，飞得远又远，我跑了回来，嗝留在那边。”但不管用，他又打起嗝来。

“是战争让我们遭的这份罪吗，让我们每说出一个词，都会立刻想到相反的意思，让我们每有一个想法都立刻拆得四分五裂的？

“我该怎么办？干你吗？然后呢？我这样做是要告诉你什么呢？”

他打着嗝，走到桌子边，从一个装了他为她买的水果的碗里拿出一个橙子，一口气连皮带肉地吃掉了。

“我们在这里本来可以过上好日子的。也许你很难爱上你以外的人或物。但我就该下半辈子都像条狗一样冲着你哼哼唧唧吗？在这里，在这些冰冷的墙中间？”

拉夫说，这男人然后又说，他对她感到抱歉，因为她显然快要吐了，因为她脸色这么苍白，他都害怕她的肺又会犯她十四岁的时候犯过的病。他从她嘴里掏出了散发酸腐味的堵嘴布，请求她的原谅，而她就像呕吐一样，一阵一阵地叫唤，她绝不会，肯定不会，永远不会原谅他。放开我，你这条狗。他说：“我这就放开你，劳拉，放得开开的。”他打着嗝走到厨房里，从抽屉里拿出一把切面包的刀，但又扔开了，把切肉刀咬在牙齿之间，回到她面前，回到了她的诅咒那儿。

霍尔斯特做了个脱灯芯绒上衣的动作。检察官允许他这么做了。霍尔斯特指明他把妻子绑在中央暖气管上的位置。放在他面前的切肉刀，他认出这就是他用来杀死自己老婆的那一把。他手上拿着切肉刀，让人照了相。然后他演示了一下他怎么切断领带，手插进他老婆的腋下，把她拖下了楼梯。他问他是不是要稍微改变下姿态，因为他觉得他从透镜里可以看到他没有整个人出现在照片上。

检察官问他是不是冷，因为他全身都在发抖。他否认了。人们当面交还给他切肉刀。他表演出他是怎么抬着左手，同时捅了他妻子好多刀，而且大部分都是在脖子下的。在被带回牢房的时候，被怀疑者请求带上他的无袖上衣。他得到了许可。最后房子里的电灯关掉了，房子大门的弹簧锁上了锁，门上贴了一个印章。

劳拉夫人仰面躺着，穿了衣服。她的假发落在离她五十厘米的地上。头朝向巴斯特赫姆的教堂塔楼。

她身材普通，有一米七。手指甲一片紫青。左眼眼皮底下和左边颧骨高起处有血肿。左耳廓显示出疑似切割的伤口。喉咙完全被割开，头已经有一半与身子分离。在几乎没剩多少头发的头皮上有四处疑似切口的伤口。右半边脖子显示了至少四处试图切入的痕迹。喉部是在舌骨和甲状软骨之间切开的。食道前壁及大的颈静脉和内外的颈动脉都被切断了。口腔里是空的。大脑被压碎了。肺在胸腔里敞露着。大呼吸道里有混合着血液的黏液。腹腔干杂，肠道发光。脾脏重一百克。两只肾脏总共重二百二十克。左右手肘的受压点表明在被捆绑状态下发生了突然运动。左腿放在一个盛有榅桲果的篮子里。右手放在浸透了血的抹布上，左手放在一个专门给长耳朵狗喂食的狗食盆里。

“你看看，欧梅尔，如果不留心的话，会发生什么。”梅尔克严厉地说。

“放过欧梅尔吧。”维奥蕾特姨妈说。

“上帝保佑他们。”贝赫尼丝说。

“没有上帝。马利亚是他母亲。”欧梅尔叫道。

“欧梅尔，你又胡闹过头了。”梅尔克说。

“这样的话别说，哥哥。”贝赫尼丝轻声说。

“你去哪儿，路易斯？”

“去楼上，妈妈。”

“你还没写完你的故事吗？我们什么时候才读得到啊？”

“我还得再写十页。”

“还得两三天咯？”

“我还得把所有的内容誊写一遍。”路易斯闷闷不乐地说。

路易斯把他的自行车靠在棚屋边上，解下了车篮，篮子里是一个装了弗拉芒式啤酒炖红烧肉的罐子。于勒在读《1922年斯诺埃克年鉴》，同往常一样问道：“你走哪条路来的？”

“先去了凡登纳贝尔医生家，然后沿着利肯斯姐妹家旁边的小路走，接着是通往克拉斯特伦的大街，最后穿过了小教堂旁边的小树林。”

“你又撒谎了。就像他一样。”

“我没有看到任何人，我发誓，于勒。”在小教堂旁边他看到了一个足球队少年队员，就那么一小会儿，不过他也许就在那儿偷偷打猎而已。

“告诉你母亲，她应该把你父亲接走。”于勒重复说道。

“我会转告的。”

“我大概是有点儿昏头了，但还没有完全疯掉。我把他当作有教养的人，但是我发现我错得彻头彻尾。我听收音机里的布道。他说：‘于勒，关掉！’我说：‘斯塔夫，只有宗教能拯救我们。’‘这话说给我的法官听去吧。’他居然这么说！”

爸爸狼吐虎咽地吃掉了红烧肉，都等不及先热一热再吃。

“腰花太多了。”

“妈妈还以为你喜欢腰花多一点呢。”

“她知道我喜欢什么吗？”他的右眼现在比左眼陷得深。我没法再要第三个独眼巨人了。

爸爸用袖子擦擦嘴，交代起任务来。告诉妈妈，他在这里待不下去了。“这话要说得真像回事儿。有一点点剧场感！”

然后他要妈妈去军事法庭检察官那儿旁敲侧击打听打听，这样的软禁到底要做到哪一步，是不是这些规定都可以悄没声息地慢慢撤掉。“她不是经常去检察官那儿吗？她不是每个星期要去他办公室两三次吗？他肯定什么事儿都会为她做的吧？这两个人不是关系很不一般吗？他们也一起外出，对不对？你根本不用为她辩护。有人在马利克伦大街上的一家甜品店里看到过这两人！”

此外，他还要路易斯到图书馆里弄出菲利克斯·提默曼斯的《帕里尔特》、卡尔·迈的《穿越库尔德斯坦荒原》，以及《穿越斯吉普塔伦[1]的国度》。

“维奥蕾特姨妈不想让我去图书馆了。”

“那你家里还有什么书？”

“《杰特馨·盖波特》和《亨丽埃特·雅各比》，很棒的书。看得我都忍不住哭了。”

“拜托，路易斯，拜托别说了。”

他还要路易斯下一个星期去瓦勒的时候向婆妈妈讨半公斤腌鲱鱼和一张教父的四开本照片。还要去教父墓前除杂草。“因为我很肯定，那里已经是一片荒野了。”

“这里有臭味。”

“我今天早上才通过风的。”

“你没洗澡，爸爸。”

“每天我都洗的。几乎每天。你问于勒。妈妈到底在做什么？”

“她在等。”

“等我回家吗？”

“当然了。”

“但是她一天天的都干些什么？织毛衣，缝衣服？不会，她两只手都那么笨。当然是闲侃了。侃侃她老公。喝咖啡，吃小蛋糕，背着她老公说他坏话。她晚上经常出去吗？”

“从不出去。”

---

1 斯吉普塔伦（Skipetaren）：阿尔巴尼亚人的自称。

“也是，你很早就睡了，你没法知道她深夜里干了什么。教堂司事齐格似乎现在会定期在凌晨一点骑自行车去‘日高点’别墅，对不对？收音机是不是那时候都还一直响着？”

他用一根漆黑的手指从罐子底抠出一条肉丝，用让人恶心的陶醉吮吸这根手指。“但我也不想抱怨。真的不想。我整个星期都过得挺好，自从我听到他们把丘吉尔赶下了台。结果他说了什么？英国的社会主义党就像盖世太保！他现在遭报应了吧，这个先祖出自《马尔博罗奔赴战场》[1]的W.C.先生！英国人还真不是他们戴圆顶礼帽时看起来那么蠢。”

永远乖巧的贝赫尼丝姨妈在她母亲说话的时候都会低眉顺眼，她在女子寄宿学校学的就是这个，或者在她和费尔蒙——远走高飞——姨父在一起，在摩门教徒、波格米勒派教徒，或者什么另一个名字的教徒那儿的时候就学了这个。她再也不谈她的这些秘密教派了。只谈论上帝。她削芦笋削得两手通红。

妈妈把面包屑揉成了小丸子，她指甲的斜凹口下出现了圆形的人脸，一个小凹槽就是一张噘起的小嘴。妈妈把每个小丸子在蜡桌布上压扁，桌布的图案让人想起科尔多瓦皮革。在布鲁日，在弗拉芒同业公会和手工业行会兴旺发达的年代，四百个手工业人用科尔多瓦出产的皮革造出的产品。或者是三百个工人？

“这是为你自己好，贝赫尼丝。如果你走，我们大家都好过一些。现在什么都别说了。能说是银，沉默是金。”梅尔克说。

“那你也闭嘴。”路易斯说。

“好啊，你也是参加了阴谋的。”

“阴谋。”贝赫尼丝重复道。

“随你怎么叫它都好。”

1《马尔博罗奔赴战场》（*Marlbrough s'en va-t-en guerre*）：法国最流行的一首民歌。丘吉尔的祖先是马尔博罗公爵。

“我只是尽我的职责。”贝赫尼丝目视前方，轻声说。但对于她的感觉来说，这还是像叛逆的怒吼。她被自己的高傲吓了一跳，坐到了妈妈身边，吃掉了一张几乎扁平的脸。

“一份慈善事业。”妈妈说。

“照顾病人。”路易斯说。

“这样欧梅尔也不会好多少。正相反。不过算了别谈了。”

“她照顾她哥哥，你有什么好反对的？”

“照顾？哎哟我说康斯坦泽！”

“她和自己哥哥聊几个小时的天，你又有什么好反对的？”

“他们连着几个小时都不说话的，他们只是互相看着对方的眼睛。”

“但是，我们聊天的。”贝赫尼丝带着被诅咒之人的微笑说。

“聊什么呢？”

“有啥聊啥。”

“肯定是聊上帝和他的保加利亚圣徒吧？”

“这话太毒了，母亲。”

“贝赫尼丝，你撒起谎来，屋梁都能被说弯。”

“或者我就给他念报纸。我事先会挑好文章。”

“你肯定还从没坐到他怀里去过吧？”

妈妈看到她妹妹脸红了，在几乎纯净无瑕的白色围裙里惊讶得发抖，但没有表现出任何同情。

“他并不开心。”贝赫尼丝说。

“因为你把他弄得晕头转向。”

“他到这儿来的时候就已经晕头转向了。”妈妈说。

“这里是有点儿让人头晕，妈妈。”

“路易斯，你最好别插话！你以为，就因为你读了那么多些书，就可以和大人一起说话了……你真是让我受够了！”

贝赫尼丝姨妈削芦笋，不能削太粗，也不能削太细。芦笋快要过季了，吃起来已经有苦味了。在煮了之后还要稍微凉一凉。

“如果你觉得我走了更好，母亲，那就直说。”

梅尔克不回答。

“你是什么意见，康斯坦泽？”

“我觉得母亲脑子不清醒了。”妈妈干脆地说。路易斯为她的香烟点燃了一根火柴。

“我不想吵架。”贝赫尼丝姨妈说，她把芦笋捆在一起，“我收拾我的行李去。”

“别这样！”妈妈叫道，“你别当真了，随她怎么说好了。”

“母亲说得对。”这谦卑的女人说，“我看出来了，我在这里就会撒播不和的种子。”

“我的老天，贝赫尼丝，别再说那些劝道书里的成语了。”

她还在捆芦笋杆。妈妈看了一眼她平静的手，说：“做个和其他人一样的人，反抗一下吧！”

贝赫尼丝姨妈转身背对妈妈。从她和妈妈一样的灰蓝色眼睛里，突然涌出了泪水，就像小孩子哭的时候一样。透明的珍珠滚下脸颊。“他那么不开心。”

欧梅尔舅舅几个小时之后才发觉她消失了。他咆哮，用脚踢火鸡。他从苗圃里拔出了所有的花菜，踩了个稀巴烂。整整一晚上他都在呼唤她，直到妈妈走到他身边为止。

瓦勒下雪了。雪花纷飞，像莫扎特下葬那天的维也纳一样。

瓦勒下了好几个月的雨，结果造成了饥荒，爆发了瘟疫。庄稼在田里烂掉。无辜的孩子被人用连枷打死，就因为他们不停咳嗽。

瓦勒经历着一个谜一样的灼热夏天。轰炸机来的时候，人们因为太热都不愿躲进防空洞里。轮箍、梁木和半个火车头都搁在燃烧的糕点店里。士兵们用步枪枪托把人赶到莱厄河上的浅底小船上，然后在小船上射出洞来。在河岸上他们把拒绝咒骂王室的一个教士绑了起来，放在一架大炮前。铅弹弹丸和教士的碎肉像下雨一样落到水面上。

太阳虚弱地照着瓦勒，在路易斯路过圣母教堂的时候。一缕乳白的光照射在格略特市场上。从教堂里走出来一个摇摇晃晃的法国共和国军官，怀里抱满了金杯金盘，用来盛放圣饼的器皿。“帕特里亚”酒馆老板看到了这一幕，跑向占领军，大声吼叫着扑向他。那法国人还没来得及拔出军刀，这个弗拉芒人就已经往高地方向跑掉了，正好在组织“我们要宪法”示威游行的所有瓦勒市民报以欢呼声。这一天是共和国3年雨月[1]23号。在格略特市场上，正对着市政厅，在以前人们放断头台的地方，脏塞弗高举着双手站在一辆卡车上。

在贝尔弗里德钟楼旁的一个平台上，一个胸部松弛的半裸家伙在跳舞，看上去像是米谢勒，象征着理智女神。“法国佬，滚回家。”人群在吼叫。

路易斯在圣马丁教堂的大拱门前站住了，像他在战争期间去上学的时候经常做的那样，读起了刻在蓝色石头里纪念会写诗的铁匠姚斯·马特莱尔的铭文。他名字的回文写法就是一首短诗：“凡事三思。”[2]“姚斯·马特莱尔。匆匆而过的你们，请在此驻足，为凡事三思君的灵魂祈祷。你们不认识他吗？只有那会倒错念字母的，才会猜到这是马特莱尔。”

婆妈妈没有腌鲱鱼了。她也不想去教父的墓。“去的话我的心脏受不了的。”她指着胸前的小圆盒说，那里面有教父的一根白鬈发放在红色天鹅绒上，看起来像个瘦小的鱼钩。“我上个星期还去过，带了三朵玫瑰，纪念我和他在一起度过的三十七年幸福日子。世界上不会有更好的人了。”

“但是婆妈妈，在他还在的时候……”

“你祖父和每一个人一样，没那么多优点。但最重要的是，他直到最后都在为家人着想。”

“最重要的是，他从下面往上看小萝卜。”海伦娜姑妈说，“还有，

1 法国共和历中第五个月，对应于公历1月20日至2月18日。
2 Al met raet，是把马特莱尔（Mattelaer）这个姓的字母打乱顺序后重新组合而成的。

棺材盖子关紧了。”她把自己肥胖的身子硬塞进了一套衣服里，一位瓦勒的妇人，每天下午要在“梅乐喜”糕点店里吃光奶油卷和柏林果酱包。

“我去买张西德尼·布歇[1]的唱片。”路易斯说，“你要跟我一起去，帮我挑一挑吗？”

“不行，路易斯。”她粗声粗气地回答说。

“你不喜欢听西德尼·布歇吗？”

“对我来说，他们听起来都一样。”她说，“还要我带点儿什么来吗，妈？”

“哎哟，海伦娜，我可是给了你一个购物单的。”

“我觉得，她怀孕了。”婆妈妈从地下室窗户往外瞥了一眼，确认海伦娜走了以后，说，“她找埃里克也没找对人，那个木头人。我的这些女儿们都怎么了？就海伦娜来说，我觉得挺悲哀的，这孩子值得有更好的。我完全不明白她看上了埃里克哪一点。但可能就是这样，不是冤家不聚头。上个星期我被她请到家里去。我对自己说：‘这不会是真的吧？’但这是真的。又有牛舌配白酱和香槟酒。如果没有牛舌，就有小鸡配白酱。甜点又是香草冰激凌。”

“香草是催情药。”路易斯说。（马尔尼克斯·德·派德在亚里士多德死去后好几个星期都不想吃任何别的东西。因为他儿子最后吃的就是香草冰激凌。）

“这我一点儿都没发觉。”婆妈妈笑得咯咯叫，忍不住咳嗽起来，咳得松弛的脸颊直晃。路易斯轻轻地拍她的背。她往后仰，路易斯的手被夹在了椅子靠背上。他慌得赶紧把手抽出去。“这么多年了，”她咯咯笑着说，“我总是吃香草冰激凌，还从来没发觉有这作用！小伙子，给我倒一小杯柑曼怡[2]。虽然这酒对我没好处，可是管它呢！”

婆妈妈拿出了纸牌，他们打起了马尼拉。“马尼拉，香草花。”婆

---

1 西德尼·布歇（Sidney Bechet）：美国著名黑人音乐家、爵士乐演奏者与作曲家。
2 柑曼怡（Grand Marnier）：一种香橙力娇酒。

妈妈嗤嗤笑。她一直赢，带着胜利的呼喊坚持要路易斯立刻给钱。路易斯为她煮咖啡。她的椅子上方的墙上挂着有雕花金框的教父照片，四开本。我在你们之中。婆妈妈注意到了路易斯的目光，跟着看过去。

“一个圣人。”他说，“你有时候也会想他吗？想他怎么用标准弗拉芒语来表达自己的想法？在他的好日子里，他每天去领两次圣餐。五点半去牧师那儿望弥撒，九点去望大弥撒。海伦娜说，他这样只是想让瓦勒人看到他有多虔诚。我说：‘孩子，重要的是，初衷是好的。’”

咖啡她觉得不好喝。啊，当然了，他忘了加一小撮盐进去。

“你还有很多要学啊，我的小路易斯。”

她吃了十五块杏仁小饼干。

“诺拉和列昂互相不说话了。他们之间安静得像坟地一样。这让诺拉很难受。她要有人和她说话的。这都是斐法克，那个邮差的错。你还记得他吧？他还是每天以泪洗面的，就因为他没有通过鲁瑟拉勒的教士考试。你教父总是认为，他是故意娶了他爱上的女人的妹妹，因为他，你教父说，不想放纵自己的肉欲。因为这个妹妹以前丑的不像话，还病恹恹的。她胆汁都吐出来了，同那边的黄瓜一样绿。我怎么说了‘以前’，她现在还这么活着呢。如果那样也算活着的话。”

“都是斐法克的错？”路易斯问道。

“是的。这个傻子在诺拉出门买东西的时候过来了，从邮差包里抽出一本存折。‘哎哟，’列昂说，‘这是什么？’‘您夫人的存折。’这个蜡烛台说。这下列昂就发现他老婆背着他偷偷存了钱。这是法律禁止的，因为只有一家之长才能存钱。”

“可能她是为了他的葬礼存点钱吧，假如她遭遇什么不幸的话。”

“我们的诺拉！”婆妈妈叫道，然后立刻又平静下来。一阵来去匆匆的夏日雨云。“不，她在存钱买新壁炉。要花四千法郎的。带石板的那种，弗拉芒古典派的。她在一个律师那儿看到过。‘我现在已经看了二十年这个壁炉，’她说，‘这也太久了。’她还想买个枝形吊灯，有棕色精雕支架的，像个车轮那么大。‘一个枝形吊灯，’她说，‘最多只能看上五六年。'"

"他们为了那本存折就不再和对方说话了。"

"唉，路易斯，这才是前奏。你知道的，列昂可以用各种颜色、各种类型的小木片贴出漂亮的风景画和静物画。以前他还画过水彩画。现在他就用木片做马赛克。比如说，用樱桃木做天空，用烧过的柚木做莱厄河。可棒了。现在在他们街上有位夫人，我就说某夫人吧，因为你是个到处乱说的大嘴巴。她委托列昂做一幅木版画。他要按一张照片来拼，上面是圣伯纳德塔楼，还有帕博大街的一角，她父母以前在那儿有一家童装店。列昂想靠这个挣点儿钱，就接下了这个活儿。结果他做出了一幅大师级作品。校长先生也想要这样一幅画挂在自己客厅里。厉害。某夫人，她也是个美人儿，就说：'列昂，你可以星期三晚上九点的时候把这幅大师级作品送到我家吗？我想让我老公生日的时候有个惊喜，他那时候就会去打牌。我会虚掩着房门，因为我可能会在花园里。'"

"晚上九点在花园里，婆妈妈？"

"别着急，听我说完呀。"

"夫人就说：'你会把那幅杰作送过来吗？'虽然她根本都没见过。"

"没错。但到底是你讲，还是我讲？听好了。列昂就去了。他发现门虚掩着，就走了进去。走廊上亮着灯。他叫道：'有人吗？''哦，列昂，'她说，她站在楼梯上方，'进客厅坐下吧。那里有白兰地和君度。'

"在客厅里列昂四下里看了看，看他的马赛克放哪儿效果最好。她穿着家常睡衣就走进来了。'玛尔塔，'列昂说，'我带着我的作品来了。''很好，把它放在那把椅子上吧。'她说。他把画放在了椅子上，她解开了睡衣，脱掉了。路易斯，她一下子就脱光了。她躺到了沙发上。

"'可是，可是，'列昂说，'我是来送画儿的，这样的事儿我没时间做！''为什么没有时间？'她说。'不，玛尔塔，'列昂说，'我就老实告诉你吧，我是不会和邻居做这事儿的。到时候只有没完没了的麻烦。''啊，'她说，'列昂，如果我搬走，住到圣依纳爵大街上去，那样就可以了吗？’‘那样的话，我也许能考虑一下。’列昂说。她，某夫人，就开始哭。她抽抽搭搭地边哭边说：‘列昂，列昂，列昂哟！’”

婆妈妈脸上痉挛地发出了尖厉的孔雀叫，屋外睡着了的大街都被叫醒了。

“列昂，列昂，列昂哟。我老公已经有六个星期碰都不碰我一下了。他总是一个人睡，因为他马上要去考建筑工程师的考试，而你老婆，我最好的朋友诺拉跟我说，你是这个区最大的偷情种马。列昂，列昂，列昂哟，我不知道还能怎么办。我本想着，既然这样，那我最好去试一试列昂。”

她长叹了一口气，路易斯的这个粗笨的祖母。她那双少女眼睛为这刺激的真相闪闪发光，她的嘴唇位于嘴角细纹组成的网之中，拉出了一个嘲讽的冷笑，笑人类的这些怪异的胡闹。这也是一种反抗死亡的歌。与弗里格手臂里抱着血淋淋班扬琴唱出的歌不一样的歌。

“我知道，某夫人是谁，婆妈妈。”

“是吗？”

“是啊，玛尔塔·科尔斯肯斯，她以前住在我们家对面，后来搬到茨威斐赫姆区去了。”

“你怎么会想到她的？”

“你刚才说了啊：玛尔塔。”

“玛尔塔。这个名字我没说出来啊。”

“而且她老公那时候读的也是工程师。”

“我说的完全是另一个人。”婆妈妈说，“还是莫娜告诉你了？”

“莫娜姑妈我已经快一辈子没见了。”

“这样才好呢。她坐在一大捆他父亲的档案文件上面。但她不准其他任何人靠近！‘我必须完成他的遗愿。’她说，‘我也想立刻把这些文件拿走，正式分发给你、我的兄弟姐妹和我自己，但把公证费啊、遗产税啊，七七八八的花费一付，还能剩多少啊？所以我最好还是把它们保存在我的保险柜里。’我说：‘尽管保存吧，莫娜。每个月去银行

取利息吧。’‘等六个月，’她说，‘然后就没有哪个还想分蛋糕的来提要求了。’

“她这说的当然是安托伊内特·帕西尔斯了。但这也意味着，我至少还有六个月要在我这屋顶下招待莫娜。”

海伦娜姑妈带着两个塞得鼓鼓的购物袋回来了。路易斯帮她洗菜切菜：萝卜、土豆、芹菜、韭菜、甘蓝。婆妈妈削土豆。肉配的是牛肉、牛颈肉、羊肩肉、猪肩肉、一条猪尾巴和瘦肉。“不是你母亲做的那种杂烩汤，路易斯。她家乡的那种清淡菜，不是我要的杂烩，只是汤或火上锅。纯正的杂烩汤的话，叉子都要被黏住的。你最好明天来，路易斯。过一天了这汤更美味。我们也是这样。我们有了烦心事，睡一晚，就能更好相处。”路易斯说，他要走了，去墓园。

“坟墓又不会溜走。”婆妈妈带着愠怒的微笑说，“躺在里面哪个也溜不走的。”

她的脸上突然铺上了一层泪帘。

“现在我在这里做了这么一大锅杂烩汤，为了谁啊？海伦娜明天给诺拉带去一份。这就完了。她自己又不喜欢吃。但我什么都不会给莫娜的，除非在里面掺上老鼠药。罗伯特不吃肉了。莫尼克那么傲，对她来说，杂烩汤是普通老百姓吃的。而你又要走，路易斯。我今天晚上还差点以为弗洛伦特坐在我对面呢。可他现在躺在英国的地下。每天早上我起来的时候都会看看他的遗照，上面还有句话：‘基督徒的灵魂，到耶稣那儿去，到最神圣的圣体那儿去，他为你献出了他自己。’

“如果厨房里有什么烧煳了，每次都是因为我在想我们的弗洛伦特。”

路易斯在布鲁塞尔南站下了车，一股沁入心脾的巧克力味迎接了他。排在出租车队列第一位的那辆最小的车里，司机在读《晚讯》[1]。但当他看到路易斯这个土包子的时候，他就说起了布鲁塞尔腔的弗拉芒

1《晚讯》（*Le Soir*）：比利时法语区的重要报纸。

语，让他上了车。屈从让诸神仁慈，所以路易斯就钻进去，坐到座位上，弯起膝盖，手肘抵在了车门上。“天生的失败者。”杰迪说。“不，杰迪。”[1]杰迪现在消失在了欧洲这座迷宫里，或者已经回美国了。他和一个心理治疗师结了婚或即将结婚，基恩说。他想把脚踏风琴留给我。对乌鸫的回忆已经褪色了。乌鸫，帮帮我。

出租车司机一刻不停地自顾自地唠叨着：“……不，您没有车道优先权，公车司机先生，不，我就该从阿格涅森拐进去的，这位夫人想要抢道了，走开，你这婊子，埃伦贝格，然后是圣冉克大街，冉克曼大街，好了，这一趟也挺快的。”

在这座巨大的楼房里，所有灯都亮着，在晴朗日子下午四点的时候。玻璃板后面的一个职员指点路易斯说，广告是隔壁那个窗口收，但那个窗口现在正好关了。“参加竞赛的？什么竞赛？”

“就是关于战争或和战争有间接关系的最佳短篇小说竞赛。后天就是截止日期了，我……”

“安德烈，你听说过这样一个竞赛吗？”

“啊，安德莱赫特[2]小姐选美比赛吗？”

“不，是一个最佳战争短篇小说的竞赛。”

“也包括中篇小说。”路易斯说。

“短篇小说？”正懒洋洋地半躺在书桌边打电话的安德烈点了很多次头，一边打量着路易斯，“去二楼。”

“我刚才也是这么想的。”先前的职员说。

在一个散发着霉味的小房间里，路易斯心儿怦怦跳地等着，面前是涂成森林绿的一尊石膏像，一个长胡子、打艺术家领结的弗拉芒头脑。一个戴领结的男人介绍自己是评委秘书，问路易斯他可以如何为他效劳。“我来递交我的小说。”（我的文稿，编号了页码，装订好了，我的毕生制作，我的心血，我的孤儿。妈妈付了一个前“黑卫队”首

---

1 这两处原文为英语。
2 安德莱赫特（Anderleicht）：组成布鲁塞尔首都大区的十九个区之一。

领许多钱，让他打出了两份。“您觉得怎么样？”“我打字的时候没法阅读的。”“是啊，但是您的大体印象呢？”“不是我喜欢读的那一类。”）

“《哀愁》，路易斯·塞涅夫作。”这男人用男低音读道，就像是在电台里预告一个广播剧，“可是年轻人，您脑子里都在想什么？这完全不符合规则。”

“日期……”（妈妈把写了规则的那份剪报扔掉了。但我记得日期。还有《最新快报》的地址。还有必须递交三份打字稿。）

“可这上面写了你的名字啊！这可不行！”

“这不是我的名字。”路易斯说，“这是我哥哥的名字。”

“您哥哥难道就不会读一读规则吗？每篇竞赛稿都要邮寄送来。邮戳日期是按期递交的证明。这些规则不是我们凭空想出来的。可是您就这么把文稿带来了，上面还有作者的名字，您哥哥的名字。上面只能有一句题词。我们不可以认出作者来，不然我们就会先入为主了。这样的事儿我还从没遇到过。”

路易斯的心狂跳起来。我马上就要神经错乱了。

“这个作者，”他说，“读不了规则。因为他已经死了。”

秘书指了指一把用古典皮革做的镶黄铜铆钉的椅子。他自己也坐下了。“这对我们来说就是个难题了。”

“我哥哥是在一个集中营里丧生的。”路易斯说，“他是个积极参加抵抗运动的知识分子，但是他已经没法享受到他的地下工作的成果了。”

“文稿里有他自己的经历吗？”

“他自己的经历吗，当然了。”

“这样的经历，《最新快报》肯定是感兴趣的。”

“书里没有直接写到集中营。而是……”

“哪一座集中营？”

“……以象征手法写到过。嗯，诺伊恩加默[1]。”（我会为此遭报应

---

1 诺伊恩加默：德国北部汉堡附近的一处集中营。

的。深入血液的惩罚。癌症。首先是肠道。然后扩展到全身。）

“一个重要的主题。比利时民众必须了解真相。从第一手资料里了解。”

“他在被押走前给了我这些文稿。他上了一辆运牲畜的车。‘好好保管它，路易斯。’他说。”

“您哥哥不是叫路易斯吗？”

“他请求我以后用他的名字。这样在他死了之后，我就可以挽救他的毕生心血，能够让它延续下去。我叫莫里斯。”

“如果是这样的话，我们是能想到一个办法的。作为评委秘书，我没有投票权。我可以说是不会带有偏见的。我相信，我可以负责任地说，手稿是邮寄来的。”

他在手掌上掂量了一下信封。“大概二十法郎。您立刻把这一封信投入街角处的信箱里，那它明天就会到达这里，很符合规则。谁都不会关心这种事儿。我很乐意自己掏腰包来付邮票钱。一个抵抗运动战士一定要得到平等的机会，哪怕得不到更好的机会。但我在月底也要考虑家用。我有三个女儿，钱上面也不宽松。”

“多谢了，先生。”

“里面肯定写了不少可怕的事儿吧？”

“里面更多的是关于他的童年。”

“《哀愁》，这是个好标题。另一方面……还缺了点什么。这标题显得……显得……太单调了。每个人都有哀愁。为什么您不写成《为祖国而哀愁》？我常常给我们自家报纸拟标题……”

“我不知道我哥哥会不会同意改标题。”

“或者，简单点，就叫《比利时的哀愁》。英语就是*The Sorrow of Belgium*。如果您以这个标题得奖了的话，您就可以亮明身份了。”这不是开玩笑的。这不是开玩笑的。

“其实我想把奖金给路易斯的母亲。”路易斯说，“她在凑钱做一块纪念碑。”

“噢，对了！”秘书叫起来，“该死的！题词。您别忘了题词。在简历信里也要有完全一致的题词。”

“生活要过美好。”路易斯说。

“不可以。太有弗拉芒独立主义色彩了。现在不是捣弄这些中世纪标语的时候了。要写了这个，盖尔桑特·凡·科克莱尔，我们的总编，连看都不会看一眼的。不过他也不会往其他文稿里看一眼。但如果有能让人联想到弗拉芒独立主义的任何蛛丝马迹，他想都不想就会投反对票。当然他平时想得也不多。但他的投票在大家做不了决定的时候会起很大作用。”

“科尔尼德莱。”[1]路易斯说。耶路撒冷的哭墙整个都在哀叹。

“这是希腊语吗？”

“是希伯来语。”

“啊，是嘛，当然了。这个姓塞涅夫让我有点困惑。塞涅夫，塞森斯，这听起来是弗拉芒的姓。当然了。这也解释了为什么他会参加抵抗运动。你们犹太人总是在对抗纳粹的最前线。我怎么没有立刻就想到这一点。抱歉。”

“难道您看不出来吗？”路易斯一边问，一边向那人展示了他凹陷下去的西弗拉芒侧脸，这是他从爸爸和教父那儿继承来的。

“经您这么一说我就看出来了。我是说，您提醒我，我就注意到了。那个题词叫什么来着？科尔尼德莱？我要记住它，到评委会议上说。”

路易斯重复了这个题词，一个字母一个字母地说，满心都是对那个很多年前遭到荷兰语老师戴尔斯侮辱，被他说关于城中春天的作文不是自己写的男孩子感到的恶心，他如今居然用这么可恶的方式找到了补偿。尽管如此他还是把带有题词的文稿和信一起投入了街角处的信箱里。

---

1 科尔尼德莱（Kol nidre）：是犹太教的祷文，用于赎罪日的晚祷之前，意在解除之前人与上帝的一切未履行的盟约。

欧梅尔舅舅大张着腿站在一棵苹果树下，在树干上摩擦自己的下体。尽管家里没有其他人在，路易斯还是急忙走到了他面前。

“别这样做了，欧梅尔舅舅！”

“为什么?”（为什么，为什么不呢，所有问题中最痴呆的问题。）

“你母亲会看到的。”

颤动停止了。一片空洞的寂静。路易斯牵起了温暖的、发抖的手，领着他舅舅回到了房子里。欧梅尔舅舅张开了胳膊，发出扑噜扑噜的声音，模仿双翼飞机，然后突然发出一声呜咽的叫喊，冲进了车库，把车库门锁上了。阿尔曼德舅舅骑着摩托车，沿着大丽花一路开了过来。当他摘下防护眼镜的时候，他的脸上显出了眼镜边留下的印痕。他食指竖起在嘴边，踮着脚走到了车库那儿，带着担忧的好奇，透过脏兮兮的窗户往里看。路易斯站到他身边，看到欧梅尔舅舅的头和上身都藏进了四五条英国军被下面。举起的裤腿下面赤裸的小腿肚毫无防护，纸一样白。

“你看，”阿尔曼德舅舅低声说，“你看看。”他擦掉了肩头上的石灰，走进了厨房。路易斯说，女人们都在女裁缝那儿。阿尔曼德舅舅在厨房柜子里翻找，独自待在母亲房子里的一个儿子。他找到了饼干，用发黄的长牙齿吃掉了几块。

车库里传来了单调的诉苦声，比平常持续得更久。也许欧梅尔舅舅在等待他熟悉的黑克托的陪伴。但是，黑克托已经被吃掉了。爸爸吃了一半。

“我们必须给欧梅尔搞个女人来。”阿尔曼德舅舅说，“也许可以找‘希罗克’里面那三个妞儿中的一个。但我没这个钱。我可以让他上摩托后座，把他带到‘希罗克’里去，比如两三点的时候，如果没有其他什么事儿的话。那样他就能平静下来了。”

“或者更闹腾。”

“很有可能你是对的，路易斯。我反正也没这个钱。”

阿尔曼德舅舅身上发出了刺耳的刺啦声。他赤裸的胸脯上有包装纸。他从坐牢的时候起，支气管就落下了毛病。

“更闹腾。”他说，“你说得对。我们为什么就是不明白呢，我们最好还是把他放到自己手中或者塞进一个牛奶瓶子里。”

爸爸和路易斯朝一个软木塞扔小铅片，木塞上堆了一法郎硬币。硬币飞散的时候，爸爸发出了一声人猿泰山式的大叫。妈妈从她房间的窗户往下喊道：“现在安静安静好吗，大孩子？”

“说的是你。”爸爸说。

“滑头。”路易斯说。他们走进了房子。

“等我下次回瓦勒的时候，我就组织一个朗诵会，只念讲死亡的弗拉芒语诗歌。马尔尼克斯·德·派德可以弹钢琴伴奏。为了致敬我的同志塞瑞斯，他在‘弗兰德里亚’牢房里死于伤寒。我今天早上刚听说的。”

“塞瑞斯，那是谁？”

“扮演宛腾的那个男人，一个工程师。药方师傅佩林克可以从他的常备节目单里找一找，重新作为达勒登台。圭多·赫泽拉、叙利尔·费夏福、阿尔布莱希特·罗登巴赫的诗歌，这之间作为消遣调剂，与以前一样，演点儿《宛腾和瓦勒》的段子。”

“那谁来演宛腾呢？”

“当然是我了。”爸爸说，“我对他们的演出戏码了如指掌。而且我学得也快啊。”

“饭好了！”维奥蕾特姨妈在吼。

“我们可以一起移民到阿根廷去。比特贝尔一家在那儿开了家木材店。作为普通的店铺管家，在那儿挣的钱用了还有富余。生活又便宜。肉是成堆成堆直接从南美大草原上运来的。”

“那妈妈怎么办？”

“她也可以一起走啊。”爸爸有点儿犹豫地说，“如果你非要不可的话。”

罗伯特叔叔再也不吃肉了。他连看都不能看，闻都不能闻。他也不可以吃太多鸡蛋，几乎吃不了巧克力，因为他的肝脏，人体里最难修复的器官有了病。

“一根雪茄，路易斯？拿吧，你穿着灯笼裤呢，就算拉肚子了也没问题。这些味道可重了。不过你也不一定抽了就会咳嗽。”

“弗兰德狮子。”一个“黑卫队”用的牌子。

“你的罗伯特叔叔，”莫娜姑妈说，“不知道怎么花掉他的钱。财政部长古特也没法从他那儿拿到钱。他有第六感，即使把所有钱都投资到了房子和地产上。当然用了不同的名字。但最妙的是，他在自己的路易十六卧室里偷偷地在天花板下面放了一面镜子。你明白吗，路易斯？就是要看着他们在一起……你懂的。好，在第一天夜里他们睡到了床上，罗伯特和他的莫尼克，那个鲱鱼刺。然后他们才发现他俩都戴着眼镜，因为他们干那好事，你懂的，那时候如果要看清楚就得戴上眼镜。我真是差点儿笑尿了！”

“你的莫娜姑妈，”罗伯特叔叔说，“真是让我感到难过。虽然她把父亲最后一点儿钱都哄骗到手了。因为她现在先得操心希采丽的事儿。什么，你还不知道吗？希采丽怀孕了。她才十五岁，被一个十六岁的芭蕾舞演员搞大了肚子。比利时最年轻的父母。莫尼克和我，我们笑得东倒西歪的。这是在市剧院第一次弗拉芒芭蕾舞演出的时候发生的事儿。那男孩是从登德略夫区来的，他把她带回了家。是啊，带回了家。他们一路都在卿卿我我搂来抱去的，一直到宪兵队那儿。结果他们就干了那回事儿，靠着宪兵队驻地的围墙，站着干的。我说，‘莫娜，他们就不能找一个好一点儿的地方呀，那地儿直接正对着妇产科医院。’我们笑得都不行了，莫尼克和我。”

“我只担心一件事儿。”莫纳姑妈说，“孩子会像我一样脚踝太细，脖子太瘦。我这一辈子就因为这个老是出毛病。其他的，罗伯特想笑就笑吧。”

“哟，这可真摩登啊，莫娜。年轻人如今开始得真早。”

“罗密欧与朱丽叶，他们到底多大？也才十四五岁呢。”

“我会把父亲的房间出租给两位新人，这样大家都得好处。如果谁觉得不合适，他尽可以走人。”

“那我们很快又能从我们的路易斯那儿听到，他有了女朋友，对不对，路易斯？”

“我们的路易斯对女人们可不是这样儿的。”妈妈既温顺又刻薄地说，指甲涂成鲜红色的修长手指搁在干燥的怀里，那里我曾经——迫不得已——晃荡过，遨游过。

“你那时候才刚出生，路易斯。”维奥蕾特姨妈说，“我去看望你妈妈。我坐火车的时候晕车。你妈妈打了一针，刚睡醒。她睁开眼睛，看到了我，说：‘天哪，维奥蕾特，你穿的这是什么呀？’我是为了这次探望，特地在妇产医院买的这套裙子，查尔斯顿风格的，正好搭配我的丝绸小外套。‘可是维奥蕾特，’她叫道，‘维奥蕾特，你没有穿百褶裙的身材。’从那一天起我就再也、再也没有穿过有褶子的裙子了。”

“我们必须把欧梅尔重新送回到慈善兄弟会。但他们已经没有空位了。现在他进了圣伯纳哈德修道院。不这样不行了。邻居们都在抱怨他整夜不停地呼唤贝赫尼丝了。他白天里就一直把缝衣针戳进自己皮肤里。他可以在修道院花园里干活。圣伯纳哈德修道院不是普通的修道院。中国的前总理[1]都在里面。是的，穿着僧侣袍。不，当然不是作为病人。拜托，那是一位总理。他和一个比利时女人结了婚。是不是

1 这里指的是陆征祥，北洋政府第一任外交总长，第二任国务总理，1899年娶比利时外交官的女儿博斐·培德（Berthe Bovy）。1926年在比利时加入天主教本笃会，1946年由教廷封为圣伯纳哈德修道院领衔院长。

一个凯尔怀恩·德·罗泽贝克伯爵呀？他叫傅，或者杜，我也记不清了。现在他叫佩特鲁斯·策勒斯汀努斯。见习修士总是围着他转，因为他能讲那么多亚洲的事情。那儿的人脑袋壳长得都和我们不一样。但他是个值得敬爱的男人。是呵，我在会客室里和他谈过话，就在他们把欧梅尔塞进浴缸里的时候。每次有访客来，他们才会洗澡。我们谈到了教会。他知道梵蒂冈的所有事情，这个傅先生。或者杜先生。改宗的人经常会这样。他们比我们要狂热多了。我们也笑了。因为他说教皇列奥总是布道讲述游戏的罪恶，但自己却整晚整晚地下棋玩儿。而教皇皮乌斯，我想是皮乌斯九世，打得一手好桌球。”

“我的友情会给你，二十个法郎就可以。”贝卡在黏土坑里唱道。

“贝乐——巴巴——乐吧。”海伦·休谟斯[1]在“美国军中广播”里唱道。一个有电击效果的声音。

爸爸想开一个新的、锃亮锃亮新的印刷厂。开在罗伊佩赫姆[2]。妈妈不愿意。“我不要老死在罗伊佩赫姆，斯塔夫。”——“那你更愿意待在大都市巴斯特赫姆咯？”——“这里住着我的兄弟姐妹。”——“还有你母亲。”——“我母亲又怎么了？”——“她就是个复仇女神。”

“为什么？”

“不为什么。”

爸爸走了进来，被布兰肯贝格的阳光晒黑了。他一定要去看海。海，与“零狮子”一样是中性的。人们说，德国人，德国人，对啊，是德国人正式为伟大的语言学家弗林克，瓦勒孩子的父母和祖父母朝他扔石头的那位，安排了葬礼。

---

1 海伦·休谟斯（Helen Humes）：美国爵士乐歌手。

2 罗伊佩赫姆（Leupegem）：比利时东弗兰德省的一座城市。

“我被晒伤了，伤得很厉害，康斯坦泽。”

“涂点人造黄油。”

“我带了螃蟹钳回来，新鲜得很。”

“今天晚上我没法煮它做菜了。别来烦我了。我正在听广播。”

“但它们都煮好了的。能当冷菜吃，就着蛋黄酱。”（蛋黄酱，在蒸汽中伴着几乎听不见的嘶嘶声凝固，那是从她，从她的“友情”里冒出的蒸汽。）

（结果就用了酸味沙拉酱。切碎的香菜和葱。剪刀去哪儿了？剪刀在脏塞弗的眼睛里。它在里面不颤抖。索灵格钢铁做成的剪刀。）

爸爸把螃蟹钳放在了厨房桌子上，用一把锤子砸。要把它们里面最后一点儿肉丝都弄出来。这些螃蟹，这最后几克的连接组织。

“斯塔夫，现在弄完了吗？”

妈妈已经听不到广播里在说什么了。

（“转到另一个频道啊，康斯坦泽。”

“我不行，维奥蕾特，现在不行。”）

德国的电台播音员，我们从来听不到她猛地吸气，听不到她打嗝，她也从来不说：我和我的嗝，飞得远又远。她说的是：“多瑙辛根、哈斯、哈贝曼、哈伦、赫伯、赫克、赫尔波斯特中尉、霍伊斯勒、西贝、麋鹿……[1]

“在1942年1月的某个夜晚，我重复一遍。在1940年9月3日……”

爸爸把螃蟹钳放在叠成三叠的手帕上，手帕放在厨房地板上，然后温柔地砸下去。对螃蟹钳来说太温柔了，对妈妈来说还是太吵了。她大叫道：“现在完了吗？你到底能不能停下了啊？”

在说到字母M，马勒、马席勒、马提乌斯的时候，她带着自己的海水气味走进了厨房。因为螃蟹的气味而大发雷霆。

惹她生气的还有刚擦干净的地板上的礼物。这些碎壳！我们该拿

---

1 随机写下的德语词，有地名、人名。

这些碎壳怎么办？（像人的骸骨一样在匆匆烧掉之后踩碎、碾碎，然后把骨灰撒到玩具厂周边的田里，用作肥料。）

“你想尝尝吗，康斯坦泽？新鲜得很呢。”

“不用了，谢谢。”

爸爸吃得太快了，太有塞涅夫的急速进食做派了，总是要躲开钳子。他吃得太多了，一刻不停地往嘴里塞蟹肉，大口嚼，吞下去。德国电台播音员也说个不停。只有妈妈是一个不可预见的长停顿。爸爸，嘴里塞满了蟹肉，打着嗝，喘着气，站在阳台上。

“一个简单的小房子。用稻草做应急的屋顶。”他说，“在罗伊佩赫姆这样的村子里还能找得到这样的。自己刷的墙。晚上在炉火边读一本富于教育意义的书，或者听乌鸫唱歌。”

维奥蕾特姨妈转到了“美国军中广播”频道。现在她可以这么做。德国落败者的字母表明天还会再播出的，在同一个时段。

没有人提到放榅桲果的地下室里劳拉夫人身上长出的蛆。但是，肯定有人听到了动静。产卵、成蛹。如果榅桲果地下室里暖和的话，它们一天之后就会孵出来。虫卵大多数时候是白天产下的，在阳光下。蛆虫是贪吃无厌的，比塞涅夫几代人都吃得更急切。

评委秘书说：“一种卑劣的、极其卑劣的诡计。我们都说不出话来了。就有些事物，是你从来就不，永远都不会……

“总而言之，评委和我都觉得您的做法很没品格。好吧，您还年轻，所以……

“道德方面就不说了，简直不值一提。

“说到底这事关……

“当然，有趣是足够有趣，以至于……

“不过太长了，就是太长了，这是个该死的……

“如今会把这样的书稿称作长篇小说，说实在的。

“但太不清晰晓畅了，对于我们普通……

“而且太生硬了。我们的一般读者……

“《墨丘利》的约翰·菲尔海森先生将给您……是的，就是《墨丘利》杂志的。”

光荣的日子就要来了。[1]我走在去车站的路上。公牛的爱人，伊维恩那头母牛，挥舞着一把干草叉，在我身后喊着“黑混蛋”。

车站上看不到少年足球运动员。莫伦斯管他们叫“足球小子”。

然后出现了朕兆。列车员用一声不祥的口哨给了火车司机发车的信号，这时缠头巾女人还想下车，已经准备好下车了，冲到了砾石上，拽住了车站站长巴克尔斯的吊裤带，依靠自己两条肥胖的腿愕然地站起身来。戴头巾女人缓过神来，开始打。列车员丢了自己的帽子，叫唤起来。他等到了规定的时间，整整五十秒。

我去剃了胡子，在我早熟早堕落的人生里这是第一次。

我的鼻子被紧紧地夹在了两个手指之间。

杰迪:“如果你后半辈子都想安逸，不想再剃胡子了，你就必须烧掉最早长出的胡须。”真是这样吗，还是开玩笑的？

（达勒尖声尖气地说:“对祖国的爱，最高表现是什么，宛腾？”

迟钝的宛腾:“不晓得。”

达勒这个复仇女神:“就是用红屁股在黑石头上拉黄便便！”）

（“对弗兰德的爱，最高表现是什么？”

“不晓得。”

“手臂下夹着一块法国面包饿死。”）

杰迪是不是在开玩笑，从他那儿是绝对看不出来的。那张蓝红色的黑帮脸。脸颊变成过浅灰色，在爸爸对他道歉的时候。

---

1 这是法国国歌《马赛曲》中的一句歌词。

我给自己涂肥皂水的时候，我总是觉得要打喷嚏，但还是管住了我这腺体叛逆的身体。被绝望的飞行员哈利扔在飞行线路后面的我，躲在莱厄河的淤泥里，只剩下鼻子出气。党卫军元首贴身卫队的坦克冲过去了。打喷嚏可是致命的。

所以我的身体不打喷嚏。

“请吧，往后一点点。谢谢。非常感谢。请吧。往旁边靠一点点。”

给了理发师百分之二十五的小费。他无动于衷。

《墨丘利》的约翰·菲尔海森喝波尔图酒。“您读过我的书《等待关朵琳》吗？或者往里看过两眼吗？”

“以前看过。”

“是嘛，以前看过。在上幼儿园的时候？”

“不，在高中。”

“在高中？在高中的图书馆里？”

“我是说，在我读高中的那段时间里。”

“您那个时候就已经写作了？”

“写诗。”

“是嘛，是这样。一个弗拉芒的兰波。”

“不要碰兰波！”“坎特贝利”参观的几位客人下巴下面系着餐巾或者一条印了巨大龙虾的围裙放在肚子墙面，迷惑不解地看了过来。一个穿着燕尾服，脖子上挂一条金项链的男人像一个战地警察一样恼火地站了起来。约翰·菲尔海森，文化杂志《墨丘利》的大使，恨不得钻到桌子底下去。

“在大使馆，”他飞快地说，免得又引起新的战争呼声，“我从格罗米科那儿收到了一份礼物，两公斤的鱼子酱罐头。作为笔社[1]主席嘛。”为了挡住更多的抗议叫喊，他低声说：“我不喜欢鱼子酱，但如果你们

1 笔社（P.E.N. Club）：创建于1921年的国际作家协会。

想吃的话，从这儿到我家走路就十分钟。不，我不喜欢鱼子酱，这就和香槟酒一样。不，我更愿意喝苹果酒。或者像吃蚝，不，我更愿意吃普通贝壳。”

《墨丘利》的主编已经决定了。嗯，这么说吧，《墨丘利》的主编建议印您的作品出来。但请您原谅我们的怀疑。您读英文的书吗？对吧？这我之前已经猜到了……

因为我们有几个人相信……不是鄙人，也不是我们的主席，他的感觉很确定……

印出来的东西有很多啊，亲爱的朋友，那么多！尤其是给普通大众的，对不对？西格内特啦、泽夫罗啦、企鹅经典啦、皇冠经典啦。[1]要剽窃一段，甚至，剽窃一整本书都不是什么难事。就连博学多识的人也不太会发现。

但我还是感觉这些文稿挺可靠的。再加上我现在认识了您……

提奥·冯·巴梅尔的腿几乎已经废了。化脓骨髓炎。“非常简单，路易斯，在脊柱里和骨膜下堆积了所有脓水，而腿，腿骨就坏掉了。他没救了。很简单。”

“我没法再去打猎了。打不了人，也打不了动物。我没觉得有什么大不了的。起起落落都有时。我还有几年好日子要过呢。换换岗位对我来说也挺好的。它们让我去文化部。是啊，路易斯，我现在是教科文部委顾问了，分管文化。我对纯艺术一直还有点儿感觉的。你了解我。文化，这可是个大得没边的领域。

“顺便说一句，告诉你父亲，他不要再偷偷摸摸跑去约斯特·冯·登·封多[2]圈子的聚会了。那里面我们的人比他想象的要多。现在莫斯科叫嚣得这么嚣瑟，搞这些事儿还真不是时候。”

---

1 这些都是不同出版社的经典图书系列。

2 约斯特·冯·登·封多（Joost van den Vondel）：荷兰17世纪著名诗人、剧作家。

来到了一个有田园风味的小车站。等着。

在慢车上读报纸："煤气危险""煤气过滤器""煤气均衡"。闻到的都是煤气。尝到的都是煤气。

黄星[1]是一种花。

等了十分钟。这段时间里一个大约十六岁的女孩子一直在一块墓地上跳来跳去，从左往右，从右往左，每次都是双脚着地。接着克拉森斯来了，开着一辆1939年产的白色梅赛德斯，带黑色皮革座椅的那种。

"免贵姓克拉森斯，名尤利安。我代表阿诺尔德·帕蒙提尔。他衷心向您问好。他是世界上最诚心实意的人了。《墨丘利》发展到了今天这一步，他却逃到自己的帆船俱乐部里去了。我一定要向您致敬。我读了您的小说的清样稿。很有潜力。"

《墨丘利》和欧梅尔·伯塞茨都经历了好日子和坏日子。

感觉要拉肚子了。我就像一个五十岁老头一样费力地爬着石阶梯，走到了《墨丘利》的大门口，走进了它的特殊日子。帕蒙提尔的居所在1520年被起义的农民占领过，克拉森斯说，而我掐了掐自己的屁股，把胀气都压回肠道里。但是，宾纳·冯·欣能和威尔玛·冯·恒能制服了占领者。

帕蒙提尔夫人，刚取下笼头的一匹老马，那马脸一看就是每天骑马的人。她旁边是约翰·菲尔海森。帕蒙提尔夫人嘶叫了一下。

"我感到万分高兴，能看到新鲜血液加入《墨丘利》。"（不是我的血，宝贝儿！）

与弗拉芒头脑握手。肠子发出警告。钢铁的意志。在喝开胃酒时，为阿诺尔德·帕蒙提尔干一杯。这位先生每年都会将自己的屋宅、自己的博物馆、自己的领地开放给《墨丘利》进行周年庆祝。这位帕蒙提尔恩主，在战争年代也毫无畏惧地为我们的文化冲锋陷阵，堵住缺

---

1 黄星：顶冰花的别称，在《圣经》里黄色的星在基督降生时出现。

口，现在却由于私人原因而令人遗憾地缺席了。

所有人到露台上拍集体照。是啊，年轻的塞涅夫，我们的本雅明，往前往前。蹲下！

军乐队圣雷洛皮乌斯开始演奏。三个打扮成捕蟹渔妇的年轻女子唱起了一首古老的歌："我每天将爱的网 / 撒在你家门前 / 要将你的心捕捉 / 永远留在我身边。"

在过道里一下子就找准了急需的房间。真幸运。男仆在门外等，带我回到我的座位，在斐尔纳德尔·帕蒙提尔夫人左边。

一个长了灰色髭须、灰色络腮胡子和麻子的男人在讲话。《墨丘利》的化身、创建人和主席，《飘零人山谷》的作者。他讲到了弗拉芒文化人深入内心的抵抗运动，许多人的奉献，少数人的耻辱。但是，精神，如往常一样，取得了最后的胜利。

全面的胜利就是它自己的落败。

"不，路易斯，吃芦笋的时候不喝葡萄酒。这会破坏……"

"夫人。"

"是，亲爱的作家。"

"我们是不是在'皮卡迪'见过？"

"我想……没有……但是我对艾斯纳区还是挺熟的。蒂耶里城堡，苏瓦松……"

"夫人，我们是不是一起去过'皮卡迪'？"

"没有。"

"那就请您不要再用我的名字称呼我。"

"……"

"另外，夫人，吃芦笋的时候完全可以配葡萄酒的，天然香槟。"

罗伯特叔叔家的两个屠夫学徒在瓦勒的一个浪荡夜晚之后从马的头颅里拔出来的马牙，在这张马脸上找到了新家。她招来了招待员。

"费尔南德，您立刻给我上酩锐酒庄的香槟酒。"

男仆去了又来。我旁边的母马发出了一声嘶叫。

在《南北》《金色莱雅》《弗拉芒丰收》《银笛》《晨曦》上发表过文章的弗拉芒头脑们打哈欠，瞪着空中的洞，互相窃窃私语，吞咽食物。

“夫人。”

“是，塞涅夫先生。”

他巧舌如簧，在马鞍上转动：“我可以斗胆向您祝贺，祝贺您有这么精致非凡的餐具吗？”

“可以啊。噢，当然。的确是。我丈夫，他攫取了，我是说，他获取了这些餐具。是他参加比利时独立旅[1]最后对抗人民冲锋队[2]的时候。这套餐具不完整。可是还是不错的。大概也就是比克堡[3]农民所能提供的最完整的服务了。”

在客厅里她也没有离开过我身边。虽然她也围绕着、装点着、衬托着那些红脸蛋的客人，那些写作行家们。

“十字架式的苦难就在于，我的好小伙儿，我们的作家对自然科学置之不理。比如说，我们的好梵霍尔，我在学院里最好的朋友，写出了完美的叙事歌谣，但我敢打赌他连质数是什么都不知道。”

“写得真正出神入化的，是路易斯的肛欲期[4]。”

“我有一个儿子，他也写作。他比您开始得还早。您稍等，我想我的手提包里有他的作品，那时候他才十二岁……”

1 独立旅（Brigade Piron）：二战期间比利时自由军与卢森堡军事单位。
2 人民冲锋队（Volkssturm）：纳粹德国在二战最后阶段成立的国家民兵部队。
3 比克堡：德国下萨克森州的一个小镇。
4 弗洛伊德心理学术语，指孩童的第二个性欲发展期，大约在18—36个月大时，对自己的粪便感兴趣。

“对逗号的使用有时候也很奇异。一个逗号就像是一次呼吸……”

“但是他到了十七岁就不写了。这让我很哀愁，比利时的哀愁，啊哈哈哈……”

“还有夸张的手法，我亲爱的。几乎用得有点滥了。而且显得牵强。我做了记号。等一等，在这儿。第二百零六页：‘爱的望远镜’。而在三百零几页：‘欲望森林’。这有点过了。”

“‘逗号’，‘la virgule[1]’，不是源自‘处女’（virgo），而是来自‘virgula’，‘棍子’或‘藤条’。”

“您知道，欧几里得并没有发明质数。”

“您对历史的看法，我不能苟同，真的不能。一个民族的理想历史必然也要包括它的梦想。不。”

“可是卡列尔，历史是一个民族的记忆。如果记忆被歪曲了，那么……”

“我已经咳嗽了整整一个星期了。我服了止咳糖浆，但一点儿作用都没有。是佩林克的糖浆，吃的时候有查尔特勒[2]酒的味道。”

“但是，佩林克的糖浆是一种兴奋剂呀！”

“我看到书里写男孩子们怎么当面训斥其他男生，就是小踝骨那

1 逗号的法语词。
2 查尔特勒（Chartreuse）：法国酒品牌。

儿，我看得可开心了。这样的事儿我也干过，那大概是1926年，是吧，我想。那时候我还在上高中……”

“我在占领期从来没有害怕过。就连我连名带姓出现在《布鲁塞尔报》上的时候也没害怕过。”

“马赛尔，你要去暹罗了吗？跟着笔社一起去？去调查关于东方女人的传闻是不是真的？你不会又带上你老婆吧？”

“这我得说，我还是更愿意带着我自家肉去。我喜欢从干净盘子里吃肉。”

“部里的新人看上去是个工作狂。他叫冯·海勒，要不就是冯·马勒、冯·佩梅尔，或者差不多这类名字。”

“这肯定是自传。可以感觉出来。有些东西让人觉得就是这样。我当年在圣阿曼德学校上学的时候，我老实说，也感觉到了心动，对……”

我在一面威尼斯洛可可风格的镜子中看到了他。他的头有我的一半那么大。

我朝他打招呼。用一个弯曲的食指，就像一个小肉钩。他身子壮实，头发暗金色，长了一个肥肉鼻子、一张细长的嘴，眼睛周边泛红。他来了。我喝醉了，又格外清醒。

“你为什么这么盯着我看？我脸上有黑东西吗？”

“没有。”他激动地说。科特赖克口音。“莫有。”

“你在这里做什么？”

“我来给我叔叔做帮手。如果什么地方缺了什么，我就要去帮忙。”

“你叔叔是谁？”

“尤利安·克拉森斯。”

“老马……玛利……玛利亚……帕蒙提尔的种马？”

我彻底软了的舌头说话打结。

“你拿了这些钱做什么呢？”他问。

“哪些钱？”

“《墨丘利》登载你的长篇小说时付给你的钱。”

“是中篇小说。”

“威廉姆·埃尔朔特的《奶酪》比你的还短。你每页就能拿八十法郎。”

他把碗里的甜点都吃光了。蛋糕、杏仁牛角包、奶油夹心饼、小牛轧糖、普拉林。然后他又吃掉了黄铜咖啡壶旁边的方糖。

“这不公平。”

“什么？”

“他们在《墨丘利》上从来不登我的作品。可是我比你还大一岁。”（俺比侬还大一税。）

“他们为什么不登你的作品呢？”

“因为我是我们这个时代的一个诗人。”

我鼓掌。帕蒙提尔博物馆的灯火变昏暗，声响消沉。

“兄弟们！我很荣欣，给乃们介绍我们时代的斯人！”

他并不惊讶，也不脸红，没有像我很熟悉的某个人一样尿裤子。他向各个方向鞠了鞠躬，拿出一张不久前刚折叠起来的纸，用浓重的科特赖克口音朗诵起来。我在这里复述一下这篇文字：

“要赞美夜莺的刽子手，要赞美所有的雌性哺乳动物、腔肠动物，以及林区、荨麻和兹韦弗海姆[1]。

“要赞美不容放弃的要求和潮汐，被煤气填充的皮肤和琥珀里的苍蝇。

1 兹韦弗海姆（Zwevegem）：比利时西弗兰德省的一座城市。

“要赞美缺乏淤泥的人，不是按事物的本质，而是按其外表来认识它们的人。

“要赞美植物和挂在植物上的人猿泰山。

“要赞美我。”

他点点头，对稀稀拉拉的掌声表示感谢。他将这页纸送给了我。“可别弄丢了啊。”

弗拉芒的头脑们絮絮叨叨地轻声说话，直到其中一个人叫了起来：“要赞美山楂和犀牛。”

克拉森斯对他的侄儿瞧都没瞧一眼，说：“塞涅夫先生，如果您什么时候想要回家，我愿意效劳。”

“你不会错过什么的。”侄子说，“他们马上就会去家族小教堂，然后在社区大厅里选今年的‘廷内克·凡·霍勒[1]’。”

“只要给个信号就行了，在您……”叔叔说。而我说：“伙计，您真说中了我的心意。”

侄子陪我走到了乡村风格的车站。

“一首好诗。棒极了。”

“这样的诗我一天写三首。”他说。

“你真厉害啊！”

“因为我有技巧。我从字谜游戏里找到词汇，再把它弄得更乱一点。”

“《标准报》上的吗？”

“比如说。”

他没再说话。我也就沉默了。我们一起唱起了《一切都很好，我的贵妇人》，雷·文图拉与初中生们[2]里面的滑稽狐步舞曲。我们听到

1 霍勒（Heule）：科特赖克市下面的一个镇，每年这个镇都会举行廷内克节。

2 雷·文图拉（Ray Ventura）：法国爵士乐队领队，在20世纪30年代的法国推动了爵士乐的流行，他的乐队名字为“初中生”。

了萨克斯风和鼓声。我们看到了一只跛脚的海鸥。

我们走着瞧。我们走着瞧。就这样。

图书在版编目（CIP）数据
比利时的哀愁 /（比）雨果·克劳斯（Hugo Claus）著；李双志译．—南京：译林出版社，2020.6
ISBN 978-7-5447-7993-7

Ⅰ.①比… Ⅱ.①雨… ②李… Ⅲ.①长篇小说 - 比利时 - 现代 Ⅳ.①I564.45

中国版本图书馆 CIP 数据核字（2019）第 215475 号

This book was published with the support of Flanders Literature (flandersliterature.be).

FLANDERS LITERATURE

比利时的哀愁　［比利时］雨果·克劳斯 / 著　李双志 / 译

责任编辑　张　睿
装帧设计　王志弘
内页设计　韦　枫
校　　对　孙玉兰　王　敏
责任印制　颜　亮

出版发行　译林出版社
地　　址　南京市湖南路 1 号 A 楼
邮　　箱　yilin@yilin.com
网　　址　www.yilin.com
市场热线　025-86633278
排　　版　南京展望文化发展有限公司
印　　刷　恒美印务（广州）有限公司
开　　本　718 毫米 ×1000 毫米　1/16
印　　张　48.75
插　　页　4
版　　次　2020 年 6 月第 1 版　2020 年 6 月第 1 次印刷
书　　号　ISBN 978-7-5447-7993-7
定　　价　128.00 元

克劳斯之国

Clausland

Cees Nooteboom

Hugo Claus

Over *Het verdriet van België*

雨果 · 克劳斯

塞斯 · 诺特博姆

谈

《比利时的哀愁》

林霄霄　编译

RUGGE
Gent
Bastegem
Jordane van mijn Hert
De Leie,
are
OOST-
VLAANDEREN
Walle
Haarbeke
TIEGEM
ZUID
WEST-
VLAANDEREN
AVVKV
HET
ONDIGE
RANKRIJK
HENEGOUWEN
Louis 193
Seynaeve

1983年4月，雨果·克劳斯与塞斯·诺特博姆进行了一次长达两天的马拉松式对谈。这次对谈主要是围绕着《比利时的哀愁》这本书展开，之后被当时的比利时广播电视台制作成了六集的节目播放。1984年2月，荷兰杂志《大道》（*Avenue*）刊登了这次对谈的缩略本。2004年，Atlas出版社为了庆祝雨果·克劳斯七十五岁生日，出版了完整版（本册选摘的内容即是来自该版），配有艾迪·波茨图玛·德·布尔（Eddy Posthuma de Boer）拍摄的照片，以及雨果·克劳斯本人所画的插图（包括地图和肖像）。

进行对谈那两天的天气挺冷，刮着风，除了彼此相熟多年的雨果和塞斯，同行的还有广播电视台的记者鲍勃·德·格罗夫（Bob de Groof）。三人将要共同进行一场在“克劳斯之国”（塞斯语）的探险。

目录

作家的力量

塞斯：“作家的力量有时候很小，有时候又很大，他们的力量时有时无，没法儿计算清楚，但至少有一种力量是他们肯定具有的：用他们的想象力创造一个世界，这个世界并不真实存在，却令人信服。这个世界建构在作家的回忆和想象之上，看起来很像真实的世界，而作家操纵着这个世界里所发生的一切，赋予这个世界里的人物以姓名。

“没人能说得清楚，这个世界究竟是

怎么产生的，其中有哪些地点、人物、细节来源于所谓的真实世界，也许作家是把某个人的鼻子安到了另一个人的两眼之间，又或许他把某间曾经见过的房屋放在了一个并不存在的村庄里。作家们总是乐于承认存在某种自传性质，同时又总是强烈否认这一点。因为他知道，他所幻想的一切都在某种程度上来源于现实，他却用这些幻想跨越了真实世界，建立了一个貌似真实，实则全新而虚假的想象出来的世界。有些作家想象出一个故事，有些作家则想象出一个完整的世界。在普鲁斯特的想象中，伊利耶成了贡布雷，卡布尔则成了巴尔贝克。直到今天还有人身处真实的卡布尔，却觉得他们是在巴尔贝克——即使后者从未真正出现在任何一张地图上。普鲁斯特对自己来自上层社会的朋友们进行了一场‘大洗牌’，重新组合这些人的外貌与脾性，创造出了全新的、活生生的人物，即使书中这些主角和配角的原型早已离世，他笔下的人物却依然存在，永远活在书中，以及读者的心中。”

瓦勒

塞斯：“是否有道路通往《比利时的哀愁》中的世界呢？我们能够到达那个世界吗？那里通公交或火车吗？如果我在安特卫普买一张去瓦勒的票会怎样？什么也不会发生，因为瓦勒并不存在。然而今天下午我还是来到了瓦勒，克劳斯之国的首都，也是哈尔贝克（Haarbeke）和巴斯特赫姆（Bastegem）的所在地。

“熟悉比利时的人会知道，瓦勒是科特赖克市一个区的曾用名，不过作者克劳斯在这里充分发挥想象，以部分代替了整体。科特赖克现在成了瓦勒，一座拥有街道、公园和银行，拥有‘格略宁尔’酒馆和‘罗通德’酒馆的城市。这一切都是虚构的、似幻非幻的装饰。书中的主人公少年路易斯·塞涅夫在这里成长着，看着，不，观察着。有朝一日他成为作家，就会将这些多年来保留下的细节以扭曲、改变或神化的方式重现，并且从某种意义上而言，将它们归还。

“塞涅夫在瓦勒长大，克劳斯则在科特赖克长大。我们在书中读到，塞涅夫成长为一名作家，但我们从未读过他的作品。与之相反的是，我们读到了克劳斯写的书，一本关于塞涅夫、瓦勒、塞涅夫的家人和在瓦勒的人们的书；一幅各种反映一个时期、一个家族和一个地区生活的片段彼此交融的充满魅力的壁画。这幅画围绕着一名将成为作家的少年的生涯展开，这个少年既是观察者，又被他自己，也就是被我们所观察着。克劳斯——他本人认为——并不是塞涅夫，因为你不能是某个根本没有在市政厅登记过出生情况的人——就像弗兰德人所说的那样——没有身份证明的人。而瓦勒——如他所说——也不是科特赖克，一切都是似是而非的——他拿出记忆片段中的街道、房屋、公园、风景和村庄，又凭着想象力，把它们放在了别的地方。”

寻找逝去的时间

塞斯：“如果有人能够在这个并不真实存在、却又存在着的世界里为我们指路，那只能是那个骗子、造假者，也就是作者本人。他一个人就能画出这片想象出的街区的地图，而今天下午，我们将要和他一起潜入他的记忆中，前往那个表象与实质交织的陌生世界。那个世界有着真实的石块和想象出的房屋，在那里诞生了一份想象力，而这份想象力在五十年后，从那个世界里创造出了一个新的世界——克劳斯之国中的瓦勒的世界。

“我们要做的，是一种奇怪的混合体。一趟多愁善感之旅，寻找逝去的时间，潜入记忆深处，如果你愿意，也可说是潜入地狱。不过你也可以把这视作两位制图师的作品，用以支持未来的文学研究者。”

通往“克劳斯之国”的路

塞斯将这次的科特赖克之旅比作都柏林之于乔伊斯，或者卡布尔大饭店（Le Grand Hôtel Cabourg）之于普鲁斯特。他想从科特赖克之旅中，找到通往“克劳斯之国”的路。

雨果·克劳斯在圣约瑟夫学院前（即路易斯的小学所在地）

圣约瑟夫学院

塞斯：“我们现在在阿尔贝克，对于许多人来说，这里就是哈尔贝克，一座西弗兰德省的小村庄，但对于《比利时的哀愁》的作家而言肯定不是，因为他现在正站在一座曾经统治过他人生的建筑前。你现在感觉如何？”

雨果：“非常奇妙。我有将近五十年没来过这里了。这里曾经给我很经典的感觉，现在却显得越发荒凉、渺小、不起眼，而我曾经把这里想象成一座带有高塔和城墙的碉堡，就像中世纪的城堡，比如说那扇门。”

塞斯：“这座建筑叫什么名字？”

雨果：“圣约瑟夫学院，你看，那上面就是圣约瑟夫的像，他是众多国家的守护者，包括比利时，这总是能触动到我，因为我父亲也叫约瑟夫。我曾经徒劳地寻找他俩之间的关联。”

幼时的记忆

雨果在此回忆了很多幼时上学时的经历，宗教学校的压抑，修女们管教的严厉等。

雨果（最后他总结道）：“我知道，我所描绘和展现出的巨大痛苦，主要是想象力过于丰富之故。我觉得自己当时过得其实比我后来回想起来的要开心许多，也随性许多。我觉得这些痛苦很大程度上是我幻想出来的。我也不确定。不过当时肯定是有快乐的时刻的，也有简单日常的生活存在，而不是都像我所回忆的那般戏剧化。”

塞斯（随后提了一个问题）：“……你对如今的自己满意吗？因为现在的你，主要是由你少年时代不可抹去的一部分经历塑造而成的，所以，你想抹去那段经历吗？假如能够抹去，你就会变成另外一个人。你会变成一个怎样的人呢？”

雨果：“也许会。我在这儿学了不少好东西：冤仇、报复、警觉、怀疑、一整套生存的基本技能，大概在之后的人生里还保留了一点宽恕的片刻。”

塞斯：“你知道，弗洛伊德最主要的理论，就是人的性格是在其早年形成的。所以孩子在这么小的年纪，就被父母扔进了——我不想说诋毁的话，但是……”

雨果：“哦，你随便说吧！我相信这造成了无法挽回的伤害，这是肯定的。我很难不假思索地接受生活中的大多数事物，我很难宽恕别人，即便是在我觉得自己已经完全被解放了的时刻。无法宽恕，我很确定。”

塞斯：“是这段人生经历造成的。”

雨果：“是的。这还塑造了一生的力比多，这从我有时候过高的性欲中就能看出。”

雨果·克劳斯和塞斯·诺特博姆合唱《虔诚》（*Adeste Fideles*，著名的拉丁语基督教歌曲）

犬吠

雨果唱完后谈起了幼时在乡间听到的犬吠声。

雨果：“我曾在这里听到了儿时听过的最邪恶的声音——看门狗的叫声，当时我已经试图在这种声音上寻找自我了。”

塞斯：“你是在宿舍里听到的吗？”

雨果：“在我的小房间里。那就是我。很明显是对妈妈的渴望。”

塞斯：“你在对着世界吠叫。”

雨果：“我希望自己仍在吠叫着。”

圣阿曼德学院，小说中人物德·鲁内（埃瓦利斯特·德·鲁内·德·盖霍夫，修士，绰号“蛋头”）教书的地方

修士“蛋头”

雨果说起少年时对这所建筑，或者说对这里的修士们的恐惧，那种恐惧让他甚至经常性地在上学路上晕倒。之后他们谈起了“蛋头”这个人物。

雨果：“他是个非常关心我的人，他觉得我身上也许有成为神职人员的潜力。”

塞斯：“他是个令人印象深刻的人物。事实上你没有提及其他老师，那些老师都或多或少地被遗忘了。”

雨果："是啊，特别关注，因为他也是父亲的替代品。作为神父，'蛋头'很关注我。在他那里，我觉得我也是有存在感的。还有，或许是最重要的一点，我觉得他了解我，他能看透我，他瞥我一眼就能辨别我的罪孽。"

塞斯："挺负面的，不过从什么时候开始，你把这视为正面的呢？当他意识到你是特别的时候？"

雨果："是啊，不过辨别罪孽完全不是负面的，那几乎是一种同谋了。同时，当然还有彻底的恐惧和羞愧，还有点色情的意味。"

塞斯："你会向他忏悔吗？"

雨果：“不会不会，忏悔你得去圣马腾教堂。”

塞斯：“书中很特别的一点是，你把‘蛋头’塑造成了一个与抵抗运动沾边的人物，在冷漠或通敌的人群中他显得很另类，他最终也被押往德国了。在这一点上，你是创造了一个理想的形象，还是想美化他？”

雨果：“只是一种对比罢了。”

塞斯：“‘蛋头’是这本书中的一个重要的人物。首先，因为作者对他的描述充满爱意，很详细。你写的很有意思的一点是他的讲话方式，还有他是如何用一种极其复杂的方式，试图和你，或者说试图和路易斯沟通一些只有你，或者说只有路易斯理解的事情的。”

雨果：“如果在你的小说里，已经有一些人物以散漫而无知的方式通敌了，那就必须出现一个对立面。为此我选择了这个较为明智，却身处可怕地位的男人。他如果参加了抵抗运动，是不能对外说的，因为保密性是抵抗运动的特点，于是他努力以隐蔽的方式传达这一点。同时他也受到了影响，受到了那些运动的影响。于是你以一种相当奇怪的方式获得了神学问题，关于罪责的问题，还有你该如何与野蛮斗争，就像‘蛋头’所说的那样。”

英雄

塞斯：“……这里有一个典型的作者问题：你在事后为某人披上了美丽的外衣，这是为什么呢？只是简单的重新组合，还是有更深层次的理由？”

雨果：“我的世界里也需要英雄。也需要——无论有多么隐晦——能超越他们用肉体经验和简单的精神经验所做出的结论的人。需要有更多追求的人，需要不妥协于其动物性的人。”

塞斯：“所以你在这个非现实的世界

在科特赖克市瓦勒区的圭多·赫泽拉（Guido Gezelle，天主教神父，比利时著名的荷兰语诗人和翻译家）塑像前，雨果少年时代上下学途中常路过这座雕像。雨果本人很欣赏这位诗人。

里，为某人披上了他在现实世界里不具有的美德的外衣。因为他认可你，也许，是一种奖赏？”

雨果：“你看，从个人层面来说，他确实对我影响巨大，否则这个人物这么多年来不会一直停留在我心里。但我的目的并不是去掌握他的世界和我的世界，这对于小说写作而言是很典型的。我们的道路是分开的。”

圭多·赫泽拉

这趟旅途中过去与现在穿插，真实与虚构交织。在通往小说中重要的地点——“格略宁尔”酒吧的马路一角，一座教堂前，有一座圭多·赫泽拉（Guido Gezelle）的半身像。

塞斯：“稍等。小说中第 446 和 447 页，他们路过圭多·赫泽拉的半身像时，与西蒙娜和她父亲散步那段。让我找找，这么厚一本书找起来可不容易。城市剧院的入口处……当他们走过圭多·赫泽拉的半身像时，他讲述道：‘前一段时间，我试着喝了喝加拿大的威士忌，从紧急迫降的一架加拿大飞机上偷下来的。’这一段之后是：‘所有人现在都挤在了“格略宁尔”酒馆门口。’是那边吗？”

雨果：你从那边可以很清楚地看到，是的。因为我以前经常路过这里，上学路上，所以每次都印象很深刻。因为赫泽拉在这里生活过，在这座教堂里服务过，作为孩子你可能会想：天哪，说不定我还见过他呢，尽管那边就是他闪闪发光的半身像。所以这本书里圭多·赫泽拉不断地出现，在最不符合常理的时刻出现，甚至路易斯和姑姑做爱的时候，他也在幻想着圭多·赫泽拉正在墙外偷听。

塞斯：“那他觉得这是好事还是坏事？”

雨果：“不，这也是因为，即使是本身非常简单的事情，无论再刺激，仍然得被神话。这必须放在更广泛的背景下，以便这位卓越的国民诗人，即使不是弗拉芒的天才，仍然参与其中。”

塞斯：“你是真的这么觉得吧？圭多·赫泽拉对你而言是一位伟人。”

雨果：“是的，绝对是。他是弗拉芒文学给我的为数不多的惊喜之一。”

塞斯：“你还在读他的作品吗？”

雨果：“当然了。”

“格略宁尔”酒馆

塞斯：“我们现在去‘格略宁尔’酒馆吗？该怎么走？希望能有惊喜。反正不要去问那两位修女，她们永远都不会去那里的。不管怎么说，这里是‘格略宁尔’路对吧？为什么叫‘格略宁尔’？”

雨果：“格略宁尔是金马刺之战发生地……”

塞斯：“哦，对。”

雨果：“……那个战场叫 Groeninghekouter（译注：kouter 意思是‘良田’），所以这个

在“格略宇尔”酒馆

名字对于所有的商人而言都很有商机。”

这仍然是一座充满弗兰德民族主义的酒馆。墙上挂着比利时弗兰德地区右派民族主义的报纸，以及“我是弗兰德人，我对此无比自豪”的标语。

塞斯：“我得说，这里的气氛没怎么变啊。……现在有两个人，一个是你本人，另一个则还是你书中的主人公。在这里你有没有经历过什么特别的事情，却没被写进书里？”

雨果：“没有，唯一一件我还记得的事情是，我有一次和我父亲一起进来，当时这里站满了穿制服的人。”

塞斯：“德·派德也来这里对吧？他

在“格略宁尔”酒馆

会喝醉吗？他的子女们死的时候他在喝酒，但不再说话了。”

雨果：“他当时完全陷入了沉默，但这种沉默有一次以一种奇迹般的方式被打破了，就是书中的主人公在公园里欢呼那一次，仿佛是把他的讲话能力还给了他。不过我对这里最主要的记忆，还是那些关于弗兰德和欧洲命运的嘈杂的讨论。”

圣罗胡斯大道41号（雨果·克劳斯祖父的旧宅）

祖父

天色渐暗，一行人先是走过从前雨果父亲的工作室所在地，接着又来到另一个街区。这条街上有一排残破的黄色房屋，门牌上有一排蓝色的瓷砖，房子的门很大，是绿色的。圣罗胡斯大道——这里的生活中从不缺少圣人。

雨果：“……我的父亲把这里称为他父亲的豪宅。他的父亲，也就是我的祖父，同我叔叔一起，把这里统治成了一座宗庙，统治着十六个孩子。在我的想象中，这是一座宏大的房屋，有着无数的楼梯，还有几乎像迷宫一般的走廊。现在在我看来，这不过就是一所普通的小房子。仅三层而已。”

塞斯：“你刚才也说了类似的话，你刚才说：‘在我的记忆里，科特赖克可不是这样。’”

雨果：“是啊，在我看来，科特赖克曾经是个相当轻浮的城市。人们举止考究而时髦，时不时展现点法式风格。这也就意味着，比方说周日十一点的弥撒时，所有的女士都会喷上她们最好的法国香水，男士们也不会把管风琴演奏完全视作宗教行为。在我的书里，演奏管风琴的是马尔尼克斯·德·派德，他会在赞美诗中穿插些法国小调。这看起来是有些淫乱的，非常轻浮。”

塞斯：“但假如你变小了，会不会又有了同样的想法？会不会只是因为如今的你早已习惯了世俗的环境和国际化的环境？因为这里本身当然是不变的。还是说，这里确实变了？你觉得呢？”

雨果：“我觉得这里完全没有改变，我觉得科特赖克人至今还有着同样的感觉。”

塞斯：“……你当时怕你的祖父吗？”

雨果：“敬畏——不完全是害怕。不过他当时确实是整个家族的大家长，克劳斯家族。他也是一位广受赞誉的杰出市民。”

雨果·克劳斯父
亲旧宅的背面

雨果·克劳斯的外祖父母的旧宅前的景色

提伦忒恩先生的变化（抵抗运动中的一员）

面包房的女店主介绍“脏塞弗”（Vuile Sef，本地的一种甜点。塞弗这个人物也出现在了小说里，雨果认为他是一位英雄，在战后抓捕通敌者时差点被愤怒的人群处死。）

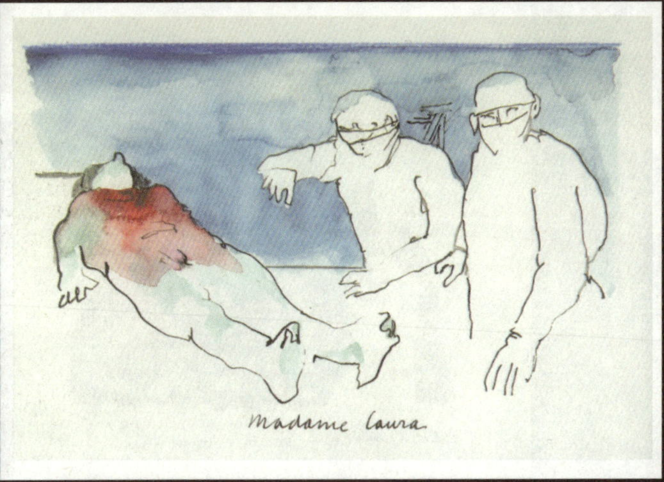

劳拉夫人（劳拉·凡登辛思特，巴斯特赫姆一位令人垂涎的单身女性）

梅尔克（路易斯的婆妈妈）胃疼

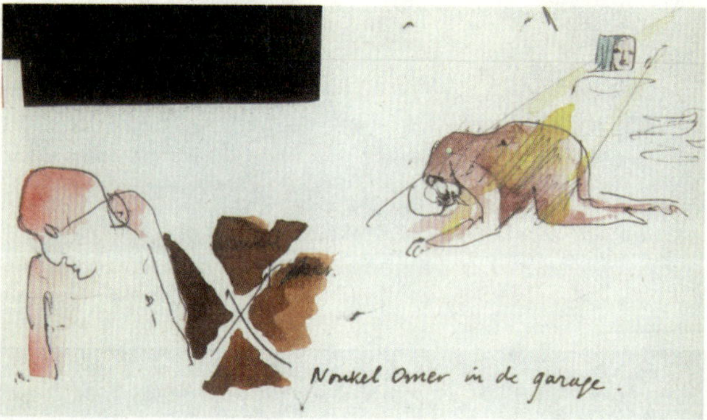

Nonkel Omer in de garage

欧梅尔舅舅（路易斯的舅舅）在地下室

母亲的情人

在路过贝尔福（Belfort）铁路时，两人谈到了书中路易斯母亲的德国情人。

塞斯：“你母亲的情人有原型吗？”

雨果：“没有，是想象出来的。”

塞斯：“这个人物是想象出来的，还是这个事件是想象出来的？”

雨果：“人物和事件都是想象出来的。如果你真的是个‘精读派’的话，你其实能找到他的原型，因为他叫劳森吉尔

(Lausengier)。劳森吉尔是一个很奇特的人物，出自《宫廷爱情》(*L'Amour Courtois*)，出现于那些吟唱法语赞美诗的行吟诗人的歌谣中。这是我用古典文学开的一个小玩笑。”

塞斯：“是啊，而且你觉得读者会明白，没有一个做你母亲，或者说做路易斯母亲情人的德国人会叫这个名字。”

雨果：“是啊，这么想就更完美了。”

少年的成长

塞斯：“书中还有这种类似的小秘密吗？”

雨果：“有呀，这些可是我的叙述得以进行下去的依仗呢。”

塞斯：“你现在已经收到了不少书评。有没有什么事情是大家都没发现的？”

雨果：“他们其实错过了一切。他们把主题、涉及战争的事件和通敌合作，与这本书搞混了。”

塞斯：“对你来说，这本书更多的是关于少年的成长，而不是对外部和社会环境的描绘？”

雨果：“当然啊。至少对我而言，这本书的本质完全是在另一个层面。”

旅行的意义

夜幕降临，一行人对第一天的漫步做了简短的回顾。塞斯和雨果再次谈起了作家保持现实世界与笔下世界平衡的问题。塞斯说读者可以分为两类，第一类读者满足于书本身，止步于书中的宇宙；另一类读者则是“作者型”读者，他们不满足于书本身，想要探究书中故事背后的真实世界。

对这趟重回故地，雨果评论道：“……我觉得，我通过这次探访也学到很多。我相信这次旅行对我而言，甚至比对那些‘作者型’读者还要有趣。我与眼前朦胧的黑影正面相遇。在我写作这本书的那些年里，我很高兴自己当时决定不回科特赖克，不再穿梭于这里的街道。否则我就会陷入巨大的痛苦中，因为这个世界会击碎我的想象，阻止我的写作。”

艾尔拉工厂（路易
斯母亲工作的工厂）
的经理们，其中一
位是劳森吉尔

在一战遇难者纪念碑前

为什么是塞涅夫?

在这里两人谈到了路易斯·塞涅夫的名字。

塞斯:"我在这些遇难者中，没有看到姓克劳斯的。于是我就想到了塞涅夫这个姓……"

雨果:"我觉得塞涅夫这个姓应该是有的。"

塞斯:"没错，你为什么会取这个名字？"

雨果:"这是个典型的西弗兰德地区的

姓氏。”

塞斯：“你有亲戚叫这个名字吗？”

雨果：“没有。”

塞斯：“你就是觉得这个名字挺不错的？”

雨果：“不过，我们也许该把这归功于克劳斯家族族长的机智，他没有让他的家族成员在一战中被炸飞。所以这个家族的人现在都舒舒服服地躺在公墓里。”

弗里格

之后他们简短地谈起了书中的一个情节。

塞斯：“……再次见到弗里格，真的发生过吗？”

雨果：“那个，没有，我那么写，只是不想让那个男孩完全陷入孤独。他需要爱，于是我慷慨地给予他爱。”

塞斯：“我这么问只是为了帮助未来那群文学研究者……”

雨果：“别探究我少年时代对男性的爱，我可不能回想那些。”

情感的衍变

一行人向乡间走去，路上两人谈起书中主人公的情感，特别是关于巴斯特赫姆的章节。

塞斯：“我在读巴斯特赫姆的段落时感觉有一种情色感，所以我想问问。你在书中写了不同的层次，不同的、非常基本的情感史。有对母亲的爱，有时候表现得很感性。然后是对女孩子无望的爱恋。不过也有被称为友情的爱，但对弗里格的爱比友情要深得多，所以是这本书中的同性爱成分。”

雨果：“这是一个很经典的发展：从对自己的爱，到对同性的爱，最后艰难地发展为对异性的爱。这是一种经典的衍变。”

变形

在“皮卡迪”妓院（文中为酒吧）前，两人谈及本书的创作手法。少年时代的雨果从未进入过这家妓院，所以他，或者说本书的主人公，对这所房子有很多的幻想。这所在主人公想象中应当非常香艳的房屋，却成了谋杀案的案发现场。

雨果：“（书评应提及）这样一所房子在主人公心中所经历的变形。”

塞斯：“……你是说评论家都没有发现

这一点？”

雨果：“他们根本没提，没有注意书中随处可见的变形。所有的东西都不同于其表象。基本上可以肯定，书中某些特定时刻所出现的事物，其实是与它的表象正相反的。这是一种写作手法。这种手法伴随全书，可是评论家却只看到了对过去时空没头没脑的模仿。这对我而言真是无趣极了。”

塞斯：“他们完全无视了书中变形的一面。”

雨果：“没错。这才是这本书的主题，否则我写一本纪实文学就好了，或者我索性去看电视吧。”

塞斯：“这一点对于我们现在所做的事情是很重要的。否则我们只是在没头没脑地试图确认，书中有哪些描述是与过去吻合的。而我现在所做的，其实是在寻找，寻找细节的组合方式，那些与现实不符的细节是怎样与来自现实世界的真实与虚幻共同创造了一个整体的世界，一个不可被打破的世界。”

雨果：“是独立的。”

雨果还谈到书中对“皮卡迪”妓院的描述。这段文字非常僵硬，是借鉴了法院卷宗的用语。少年时代的雨果其实从未进入过那家妓院，他在创作小说时，在法院卷宗中发现了另外一起案件里对案发地点的描述很符合他对“皮卡迪”内部的幻想，于是借鉴了这段非常“法院体”的描述。

在阿斯泰纳的“水闸楼”

［阿斯泰纳（Astene），现在是代因泽市的一个区，即小说中巴斯特赫姆的原型；“水闸楼”（Sluishuis），雨果·克劳斯外祖父母的旧宅，因为在河边，所以被称作这个名字］

与记忆和解

旅行的最后阶段，他们来到莱厄河（Leie）河畔，雨果母亲（或书中路易斯母亲）的老宅前，望着河对岸如记忆中一般的典型的弗兰德乡村风光，雨果终于发出了感慨，感叹原来还有不变的东西存在，并坦承自己的内心终于获得了安慰。

塞斯：“……昨天我们开始这次追忆之旅时，我一直用我惯有的忧伤口吻，喋喋不休地抱怨着消失了的，或者被摧毁了的事物，当时你却表现得满不在乎。而现在我却听到你说：‘啊，好奇怪啊，啊，好奇怪啊。’我们现在来到了莱厄河边，这对你们而言不仅仅是一条河，毕竟你已经可以确定，现在没有，以后也不会有什么比这里更具有原始的光彩了。”

雨果：“我第一次感到心痒难耐，因为这里还算完好，还是我记忆中的模样。”

在对谈的最后，塞斯和雨果探讨了这次旅行的意义。塞斯认为，是否了解科特赖克，或者是否了解科特赖克与书中世界的关系，其实并不会影响对这本书的阅读体验；他所做的，只是代表了这本书的狂热粉丝。雨果则说，他写这本书并不是单纯想在书中重现四十年前的科特赖克，很遗憾大多数评论家都没有理解他创作的意图。

记者：“经过两天的行程，我们在科特赖克结束这次对谈。我们从西弗兰德一路逛到了东弗兰德（比利时荷兰语区的两个省），所以这里用来结束这次对谈是个很不错的地点。事实上，走完这一大圈，经历过某些时刻的赞叹和愤怒后，一切都被破坏了。你看起来就像刚才在经过与你其他的家庭成员有关的地点时，获得了某种平静。”

雨果：“我也并没有获得平静，不过确实是与我心目中的形象达成了某种和解，至少是与我在写作这本书时，眼前所浮现的景象达成了和解。因为我一下子发现，（现实与过去）是有关的，这让我有些高兴。”

塞斯：“顺便说一句，这是个循环，因为你正站在你母亲出生的房子前。”

雨果：“对，这里还是她结识我父亲的地方。我还写过，在这里我父亲和外祖父一起给兔子切过饲料，还在那边用上膛的左轮手枪威胁……”

塞斯：“因为你母亲不想要他，对吧？”

雨果：“我母亲根本不想要他。于是他就威胁她，如果不妥协，不想生我，就要让她的脑袋开花！”

塞斯：“如果——呃，那个经典问题——如果当初你母亲就是很固执，而你父亲没有那么奉承你外祖父的话？”

雨果：“那我们仨就不会站在这里了。”

塞斯：“是啊，否则我和鲍勃（记者）在这里干吗呢，难道报道莱厄河吗？”

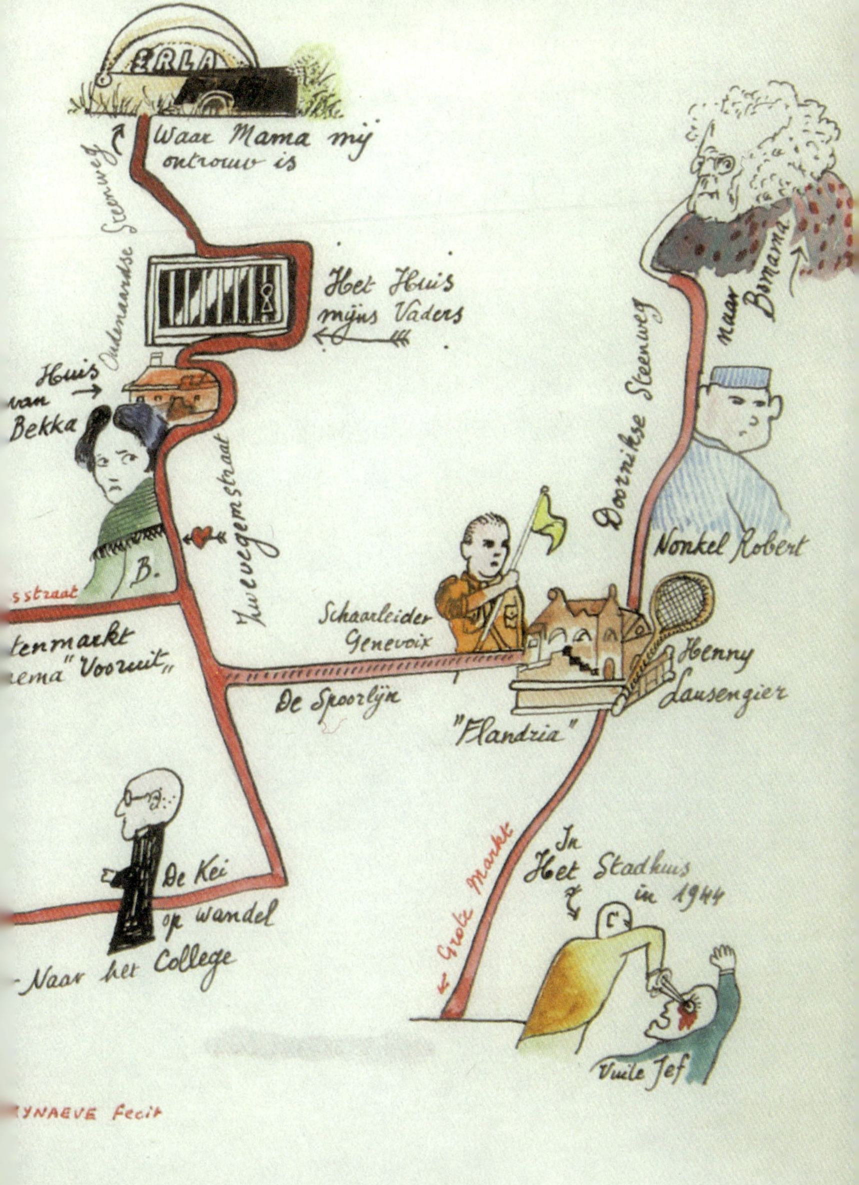
ERLA
Waar Mama mij ontrouw is
Oudenaardse Steenweg
Het Huis mijns Vaders
Huis van Bekka
B.
Zwevegemstraat
sstraat
tenmarkt
ema "Vooruit"
Schaarleider Genevoix
De Spoorlijn
"Flandria"
Henny Lausengier
Doorniikse Steenweg
Nonkel Robert
naar Bomama
De Kei op wandel
Naar het College
Grote Markt
In Het Stadhuis in 1944
Vuile Jef
YNAEVE Fecit

随书附赠，不单独发售

编　　辑：张　睿
封面设计：韦　枫
内文设计：陆　莹